中国当代文学经典必读

2021中篇小说卷

吴义勤 ◎主编

崔庆蕾 ◎点评

ZHONGGUO
DANGDAI
WENXUE
JINGDIAN
BIDU

百花洲文艺出版社

图书在版编目（CIP）数据

中国当代文学经典必读. 2021中篇小说卷 / 吴义勤主编. -- 南昌：百花洲文艺出版社, 2022.12

ISBN 978-7-5500-4570-5

Ⅰ.①中… Ⅱ.①吴… Ⅲ.①中国文学 – 当代文学 – 作品综合集 ②中篇小说 – 小说集 – 中国 – 当代 Ⅳ.①I217.1

中国版本图书馆CIP数据核字（2021）第269461号

中国当代文学经典必读·2021中篇小说卷

吴义勤　主编

出 版 人	章华荣
责任编辑	胡青松
书籍设计	方　方
制　　作	何　丹
出版发行	百花洲文艺出版社
社　　址	南昌市红谷滩区世贸路898号博能中心一期A座20楼
邮　　编	330038
经　　销	全国新华书店
印　　刷	江西千叶彩印有限公司
开　　本	850mm×1168mm　1/16　印张 30.25
版　　次	2022年12月第1版第1次印刷
字　　数	350千字
书　　号	ISBN 978-7-5500-4570-5
定　　价	68.00元

赣版权登字　05-2022-235

邮购联系　0791-86895108

网　　址　http://www.bhzwy.com

图书若有印装错误，影响阅读，可向承印厂联系调换。

我们该为"经典"做点什么?

/吴义勤

当今时代,对经典的追怀和崇拜正在演变为一种象征性的精神行为,人们幻想着通过对经典的回忆与抚摸来抵抗日益世俗和商业化的物质潮流。在这一过程中,一方面,经典作为人类文学史和文明史的基石与本源,其价值得到了充分的认同与阐扬;另一方面,经典的神圣化与神秘化又构成了对于当下文学不自觉的遮蔽和否定。可以说,如何面对和正确理解"经典",正是当代中国文学必须正视的一个问题。

什么是经典呢?就人类的文学史而言,"经典"似乎是一个约定俗成的概念,它是人类历史上那些杰出、伟大、震撼人心的文学作品的指称。但是,经典又是无法科学检验的主观性、相对性概念。经典并不是十全十美、所有人都认同的作品的代名词。人类文学史上其实根本就不存在十全十美、所有人都喜欢、没有缺点的所谓"经典"。那些把"经典"神圣化、神秘化、绝对化、乌托邦化的做法,其实只是拒绝当下文学的一种借口。通常意义上,经典常常是后代"追认"的,它意味着后人对前代文学作品的一种评价。经典的标准也不是僵化、固定的,政治、思想、文化、历史、艺术、美学等因素都可能在某种特殊的历史条件下成为命名"经典"的原因或标准。但是,"经典"的这种产生方式又极容易让人形成一种错觉,即"经典"仿佛总是过去时、历时态的,它好像与当代没有什么关系,当代人不能代替后人命名当代"经典",当代人所能做的就是对过去"经典"的缅怀和回忆。这种错觉的一个直接后果就是在"经典"问题上的厚古薄今,似乎没有人敢于理直气壮地对当代文学作品进行"经典"的命名,甚至还有人认为当代人连写当代史的权利都没有。

然而,后人的命名就比同代人更可信吗?我当然相信时间的力量,相信时间会把许多污垢和灰尘荡涤干净,相信时间会让我们更清楚地看清模糊的、被掩盖的真相，但我怀疑，时间同时也会使文学的现场感和鲜活性受到磨损与侵蚀，甚至时间本身也难逃意识形态的污染。我不相信后人对我们身处时代"考古"式的阐释会比我们亲历的"经验"更可靠，也不相信，后人对我们身处时代文学的理解会比我们亲历者更准确。我觉得，一部被后代命名为"经典"的作品，在它所处的时代也一定会是被认可为"经典"的作品，我不相信，在当代默默无闻的作品在后代会被"考古"挖掘为"经典"。也许有人会举张爱玲、钱锺书、沈从文的例子，但我要说的是，他们的文学价值在他们生活的时代就早已被认可了，只不过新中国成立后很长时间由于意识形态的原因我们的文学史不允许谈及他们罢了。

这里其实就涉及了我们编选这套书的目的。我认为，文学的经典化过程，既是一个历史化的过程，又更是一个当代化的过程。文学的经典化时时刻刻都在进行着，它需要当代人的积极参与和实践。文学的经典不是由某一个"权威"命名的，而是由一个时代所有的阅读者共同命名的，可以说，每一个阅读者都是一个命名者，他都有命名的"权力"。而作为一个文学研究者或一个文学出版者，参与当代文学的进程，参与当代文学经典的筛选、淘洗和确立过程，正是一种义不容辞的责任和使命。事实上，正是出于这种对"经典"的认识，我才决定策划和出版这套书的，我希望通过我们的努力，真实同步地再现21世纪中国文学"经典化"的进程，充分展现21世纪中国文学的业绩，并真正把"经典"由"过去时"还原为"现在进行时"，切实地为21世纪中国文学的"经典化"作出自己的贡献。与时下各种版本的"小说选"或"小说排行榜"不同，我们不羞羞答答地使用"最佳小说"之类的字眼，而是直截了当、理直气壮地使用了"经典"这个范畴。我觉得，我们每一个作家都首先应该有追求"经典"、成为"经典"的勇气。我承认，我们的选择标准难免个人化、主观化的局限，也不认为我们所选择的"经典"就是十全十美的，更不幻想我们的审美判断和"经典"命名会得到所有人的认同，而由于阅读视野和版面等方面的原因，"遗珠之憾"更是不可避免，但我们至少可以无愧地说，我们对美和艺术是虔诚的，我们是忠实于我们对艺术和美的感觉与判断的，我们对"经典"的择取是把审美和艺术放在第一位的。说到底，"经典"是主观

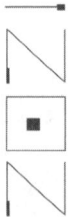

的，"经典"的确立是一个持续不断的"过程"，"经典"的价值是逐步呈现的，对于一部经典作品来说，它的当代认可、当代评价是不可或缺的。尽管这种认可和评价也许有偏颇，但是没有这种认可和评价，它就无法从浩如烟海的文本世界中突围而出，它就会永久地被埋没。从这个意义上说，在当代任何一部能够被阅读、谈论的文本都是幸运的，这是它变成"经典"的必要洗礼和必然路径，本套书所提供的同样是这种路径，我们所选的作品就是我们所认可的"经典"，它们完全可以毫无愧色地进入"经典"的殿堂，接受当代人或者后来者的批评或朝拜。

感谢百花洲文艺出版社对我的经典观的认同以及对于这套书的大力支持，感谢让这个文学工程可以在百花洲文艺出版社这个平台美丽绽放。我们的编选仍将坚持个人的纯文学标准，而为了更好地阐析我们的"经典观"，我们每本书将由青年学者对每一篇入选小说进行精短点评，希望此举能有助于读者朋友对本丛书的阅读。

目 录

渐行渐远

/范小青

上

老头七十五了。

在老头自己的印象中，"老"，差不多是从他六十五岁的那一年开始找到他、缠上他的。

其实，"老"从来都不是突然而至的，它是慢慢渗透过来的，但是对于老头这样的从来不认为自己会老的人来说，"老"就是突然而至的。

开始的时候，他很不适应，不愿意承认，甚至强硬地拒绝"老"。所以一切的习惯，还都是从前的习惯，急性子还是急性子，倔脾气还是倔脾气，走路还是带风，穿裤子时还是习惯一条腿站立，穿鞋子还是弯腰低头前冲，说话还是抢别人的先头，玩智力游戏赢了，还是到处炫耀，总之，虽然"老"已经来了，但他完全没有接受。

这不是你接受不接受的事情，你接受也好，不接受也罢，"老"既然来了，它是不会离去的，它终归会让你知道它的存在，终归会完全彻底地霸占你的全部身心。

果然，渐渐地，老头就感觉到了，他持续了几乎一辈子的这些习惯，已经不能让他随心所欲了。比如他再像从前那样"噔噔噔"地走路，心就慌了，腿也打软；坐个电动扶梯，明明站得笔挺，两腿也还有力，可感觉上却是摇摇晃晃的，下意识就要去扶扶手了；老头一直就爱和别人争个长短，张狂的时候真能把别人气断了，眼气瞎了，奶气没了，现在他话尚未出口，已经被自己气得张口结舌，头晕眼花了。又过了一阵，他又发现，尿尿竟然成为生活中的一个较大的烦恼，每天他的思想都会在尿尿这件事上纠缠。这让他很来火。

他气呼呼地跟儿子说，什么意思，小个便都不能痛痛快快。

儿子朝他看看，轻描淡写地说，什么意思，小意思。

确实，对于整个身体的状况来说，尿尿真的只是个小意思，因为身体的哪里哪里，都天天在告诉他，"老"终于来找他了。

有人给"老"分过档，说六十五到七十四，这是年轻的老人，七十五以后，那就是真正的老人了。

老头七十五了。从六十五到七十五，简直就是一眨眼的工夫。

老头有点焦虑了。

老头是中学老师，六十岁退休。那时候老伴身体也好，两个人都觉得日子从来没有这么滋润过，想干什么干什么，想去哪里去哪里。有时候儿子女儿的小家庭需要他们帮把手，他们还唠唠叨叨的不太乐意。

那时候他们都以为老了以后就是这样自由美好的日子了，殊不知这样的美好日子并不长久，先是老伴生病走了，接着，老头就老了。

等到他慢慢适应了没有老伴的生活，他就真正成为一个孤独的老人了。

老头的子女还不算太渣，老娘走后，儿子曾经主动邀请老头去他家住，老头也应了，就去了。儿媳妇并不乐意，但毕竟都算是有底线的人，即便心里有啥想法，表面上也得装出欢迎的样子，把老头住的房间，也收拾得蛮清爽，吃的啥的，也合他的口味。

这就很不错了嘛，还想咋的。

可老头不好对付，他贼精，谁心里想的什么，他都能看得见。过了不多久，他就跟儿子说，我还是不住你家了，你媳妇不自在。

儿子说，她说不自在了吗？

老头说，那还用说出来吗？脸上不写着呢吗。

儿子继承了老头的风格，嘴巴和他一样厉害，说，爸，你火眼金睛啊，人脸上写着字你都看得出来，那你看看我脸上写的什么？

老头说，你脸上不用写，你嘴里都说出来了。

确实如此。儿子与老子天生犯冲，一点不客气。儿子说，爸，你放眼

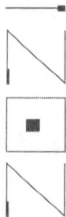

看看，现在能和子女一起住的老人有几个，你自求多福吧，你能住我这儿，你就安逸一点、太平一点吧。

老头就生气，说，我知道，我知道，你就是恩赐我啦，我感恩戴德我感激流涕好吧。

儿子说，不是这个意思，你在家就在家，别下楼到处乱窜，这把年纪了，跌断了骨头算谁的？

老头说，你这不是让我养老，你这是叫我吃官司，还不如吃官司呢，吃官司还可以放个风呢。

儿子也生气，数落说，你也不想想，你现在的日子有多舒服，不像我们忙得要死，压力大得要命，还有小祖宗要伺候，你才是真正的自由人，早晨想睡多久就多久——

老头立刻打断他说，等等等等，你那说的不是我，我没有想睡多久就多久，人老了，睡不了多久了，天不亮就醒了，要想睡得久的话，除非睡下去就不醒了——

嘴真臭。

还好儿子是适应他的风格的，儿子和老子也有得一拼，说起来很忙，却有时间和老头干嘴仗。儿子说，那你看看电视也好，教你用智能手机，一部手机，就能走遍天下，看遍古今中外。

老头又说，我要走遍天下干什么，我要古今中外干什么，我只要和你们说说话，教教你们怎么做人做事。

儿子回道，干吗非要和我们说那么多话，我们不累吗？我们在单位，和同事说话，和客户说话；在外面应酬，和所有的人说话。天天说话，时时说话，连梦里也在说话，烦都烦死了，没人烦你，多清净，你哪世里修来的哦。

这父子犯冲就是这样，互相不依不饶。老头气不顺，走了，回去了。

可是不行呀，老头一个人住，隔三岔五又是电话，又是信息，一会儿水管漏了，一会儿马桶堵了，一会儿吃坏了肚子。儿子烦不胜烦，就和妹妹商量。女儿也可以呀，就让老头住到她家。

可还是不行，女儿是个闷葫芦，女婿也是个闷葫芦。老头和外孙女说说话吧，外孙女说，外公，你别说话，我要写作业。

老头在女儿家住的时间更短，又折腾回去了。

现在无论是老头自己，还是儿子或女儿，也都安分了，反正都试过了，心意也表达过了，折腾也折腾过了，没人管得了他，也没人愿意管他，老头你爱咋的就咋的吧。

从此老头就一直一个人住了。

老头的房子是老公寓房，没有电梯，他住四楼。早几年子女来看他，爬上四楼直喘气，老头还很骄傲，说，呵呵，你们年轻人，都不如我个老头子，我上四楼，噔噔噔的，轻松。

子女纠正他说，没有年轻人了，我们也都人到中年往老年奔了。

老头仍然骄傲，说，我才不管你们中年老年，我反正永远都比你们老，你们的身体还不如我。

子女就假装恭维说，那是那是，老爸你可不是一般人，更不是一般的老头。

可是现在不行了，老头七十五了。

七十五的老头就是一个普通的真正的老头了。

他还以为自己是个老英雄，爬上四楼想不喘气，憋住，结果憋得呛出了一口血。

有一次老头的一个邻居在路上偶遇老头的儿子，拉住说了大半天，说他好几次看到老头坐在三楼的楼梯那儿，坐了半个多小时，那一层楼，不过十几级台阶，硬是上不去。

子女商量，说要给老头换电梯房。老头说，不换。

子女说，你明明爬不动了，还要硬撑？

老头真是硬撑，不服，说，谁硬撑？你们不懂的，这是锻炼，人家没有楼梯还特意找楼梯爬，我这是天天免费锻炼。

子女说，按科学的说法，爬楼梯不是锻炼，伤膝盖的。

老头说，那是你们的科学，我的科学跟你们不一样。子女跟他顶嘴，他又不高兴了，口气很冲，说，干吗，我在这里住了几十年，住得好好的，干吗要挪窝？你们难道不知道，人老了，不能随便换地方住？再说了，换电梯房，你们嘴上说得轻巧，那要多贴多少钱你们不知道吗？

子女态度还真不错，商量着说，老爸要是考虑钱的问题，那也是好商

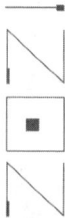

量的，要不这样，差额部分，我们三方各出一点，老爸你用一点积蓄，我们兄妹各补贴你一点。

老头来火，说，干吗，你们这么着急就来惦记我的积蓄啦。

老头的不讲理，子女其实是习惯了的，可以不生他的气，但就因为是子女，所以还是生他的气，不理他了，不换就不换，爬死你拉倒。

换房的事情就不了了之了。老头仍然天天爬四楼，有时候要出去买两样东西，结果只买了一样就回来了，不行，再跑一趟，赶上刮风下雨降温，就感冒了，子女临时请了个保姆来照顾几天。

老头要强，从来都不要别人照顾，但现在他发烧了，浑身疼痛，想赶人走的力气也没有，只好被伺候了几天。

子女觉得事情有转机了，既然老头不肯跟他们住，也不肯换电梯房，不如给他请个长期的保姆，照顾着，也好让子女安心过自己的日子。

他们跟保姆也说好了，保姆虽然不喜欢这个老头，但是那几天因为老头病着，没有力气作怪，所以觉得还算好对付，提了点薪金的要求，子女都答应了，保姆也就做好长期做下去的准备了。

哪料这老头，身体刚一好转，精神头起来了，就开始作怪，对保姆吹毛求疵、求全责备，这也不舒服，那也不满意，气得保姆向他的子女投诉。子女好话说尽，又勉强留了一阵，但终究还是被老头气走了。

保姆走了，老头一有点小事，就大惊小怪地喊子女，作天作地作人。

子女只好又过来，批评他说，你是存心的吧，这么好的保姆，打着灯笼也难找，你这不是跟她过不去，你是跟我们过不去。

老头说，你们懂个屁，你们只会看表面现象，我才心明眼亮，假模假式抹一把灰，角落里看不见的地方，从来不搞，烧的菜，就是猪食，我一个月要给她几千块，我傻呀。

那子女说，爸，那保姆的费用我们替你出。

老头说，你们就不会好好说话，什么叫我们替你出，老子不是你们的亲老子吗？还什么替不替的——你们出也不行，我不要人伺候。

子女又迂回曲折，说，要不，重新换一个试试？

老头果断地说，不要，天下乌鸦一般黑。

真是油盐不进，子女真急了，批评老头说，你就不能看看别人好的地方？

老头说，干吗，我都敷衍一辈子了，说了一辈子谎话、假话，临到老了，还要我说谎话、假话，明明不好，要我说好，休想。

他见子女不服，又再上纲上线说，告诉你们，保姆是有意图的，她还问我有多少存款，还关心我能活到几岁，哼哼，跟我玩。

他的子女也蛮固执，虽然老头很强，他们也跟他来硬的，又自说自话给他物色过好几个，硬塞进老头家里，但结果都被老头用各种不同的手段一个一个地撵走了。

子女怎么办呢，日子不得太平，再想办法呀，又商量了说，爸，你老了，一个人独住，我们总是不放心，也影响我们的正常生活呀，现在外面的养老院，今非昔比了，已经很赞了，条件比高档的宾馆还要好，你要不要先找几家去视察视察——

老头一口回绝，说，养老院我不去的，我又不是绝子绝孙，我去什么养老院。

子女说，现在养老院里，住的都不是孤老，都是有儿有女的，为了老人有个幸福的有尊严的晚年，还是进养老院好。

老头说，干吗，我七老八十不能动了吗？

子女面面相觑，捂嘴嘲笑。

老头确实已经七老八十了。

子女说，爸，你哪怕今天不进，明天不进，恐怕总有一天要进的，现在条件好的养老院都要提前排队的，要不我们先去报个名，排到了就住进去。

老头依然反对，说，我才不要排什么队，要排队，干脆直接去火葬场排队算了。

反正子女说不过他，也拿他没办法，只好退让，那就由你去了，不过你要明白，你老了，你要服老，不要乱走乱动，不要自说自话。

老头不服呀，老头说，我老什么老，我学校的后辈同事看见我都说，姜老师你真年轻，你怎么不老呀，你驻颜有术，呵呵。

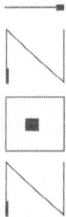

子女嘲笑他说，这种敷衍的话你也信？

就这样，老头过着过着，就到七十五了。

七十五怎么样呢，七十五也不怎么样。就是有一天老头突然心里一悸，他感觉到了，那个东西来了。

那个东西，就是一个字：老。

这个"老"，真不是个东西，它一来，人的心里就没着没落了，一下子变得空空荡荡。一辈子人生积累了那么多的财富，好像一夜之间就清空了。

老头有点慌了，有点厌了，"老"就是这样毫不讲理地野蛮粗鲁地冲过来了，老头即便是一座铜墙铁壁，它也穿墙而过，来了。

老头防不胜防，不认也得认了。

老头虽然一辈子倔强，可到了这时候，谁也倔不过"老"，还是识个时务吧。老头叹了一口气，偷偷地从退休同事那儿搞了一本老年手册，据说那上面列出了上百种之多的老年人需要注意的事项。

老头回家翻阅，看到手册里里外外前前后后处处都是"老年人"三个字，心里就别扭，再看看里边的内容，更是气不打一处来，什么三不五要，什么七走八不弯，什么九吃十不碰，几乎全部都是针对老年病的。除此之外，就是吩咐老年人，要早做准备，要把金融账户交给子女，要提前写好遗嘱，要提前定好丧事怎么办，免得到时候子女手足无措。

老头看出了一肚子的气，同时也明白了一个道理，大家的共识就是，人老了，只需要做一件事：等死。或者说得文雅一点：为死做好准备。

老头不要等死。老头要发挥余热，可这余热不仅没人要，还被人嫌弃。有一次家庭聚会，老头看到上初中的外孙女闷闷不乐，一问，才知道老师布置的作文没完成，不会写。这个事情，对教过多年高三语文的特级教师姜老师来说，真是手到擒来，瞒着女儿，三下两下就辅导出来了。老头骄傲地对外孙女说，交上去，等着老师表扬吧。女儿知道后，要阻止也已经来不及了。

结果当然不出预料，老师才不喜欢这样的作文，给批了个头臭，打了好多红叉叉，还当成反面教材在课堂上念，甚至还把家长叫了去，说这样写作文，孩子就废了，就毁了，什么什么。

哪儿跟哪儿啊。

老头急得一撸袖子，要去学校找老师理论，吓得女儿全家差一点给他跪下了，求他别再多事了。

老头一边心里不服老师，一边又自知理亏，嘀咕道，我就是想发挥点余热——

儿子立刻打断他说，爸，你就饶过我们吧，你那点余热，不发挥也罢，你一发挥，把我们都烤焦了。

老头无言以对。老了，不等死还能干什么呢？他心里很清楚，已经没有人也没有事需要他了。

老头实在心有不甘，一个人，怎么说废就废了呢，从前风光的日子还在眼前，还没转身就没落成这样？前些时候在微信朋友圈里看到有人写文章说，如果没有什么事，妈就先死了。

这文章老头读了一下，没读完，不想读了，太悲观了。那时老头还想，年轻有年轻的风光，老了有老了的风景——可是，现在老头明白了，没有风景了，老头看不到风景了。

老头很郁闷，却又无法化解这样的郁闷，老头生自己的气，也生子女的气。他把气都撒在儿子身上，他还跟儿子上纲上线，简直把儿子当敌人了。他指责儿子说，姜渐行，我告诉你，老人也是人，你们别不把老人当人！

儿子不客气地说，老人要自尊，要自己把自己当人，你看看别的老人，人家是怎么过日子的——我告诉你，人老了，最要紧的是惜命，怎样惜命？养生呀，保健呀，运动锻炼呀——你老了，但是你在干什么呢？你在跟儿女作对、给儿女添堵。

老头再一次低下了倔强的头颅，好吧，新的日子，就从养生保健开始了。

养生的学问可大了，好在现在网络太方便了，有很多很多的养生保健知识学问，分分钟都能搞到。老头感觉自己太富有了，他觉得一天二十四小时不睡觉，都来不及学习新知识，他的学习热情前所未有地高涨。

但是很快，老头碰到问题了，老头蒙了，他学习的许多东西，都是自相矛盾的。老头能干，一辈子都没有什么解答不了的难题，但是现在，他

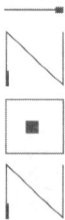

一下子竟然就有了许多问题：

喝汤到底好不好？

粗粮到底能不能当主食？

阿司匹林到底吃不吃？

老人到底应该吃素还是吃荤？

······

还有健身的：

正方：光走路不行！

反方：老人锻炼只能步行！

正方：广场舞有利于老年人的腰腿！

反方：腰不好不能跳舞！

正方：倒退走路最健身！

反方：千万不能倒退走路！

······

老头被搞得头晕了，彻底蒙圈。

好在老头向来是我行我素的老家伙，他终究是个想得开的人。后来他终于想通了，不再做知识的奴隶了，爱干吗干吗。

他出门去散心了。

街心的公园很热闹，老头找把椅子坐下，享受阳光的沐浴。可是老太们在那里跳舞唱歌，老头不喜欢这种俗气的活动，嫌她们太吵闹，他去叫她们把录音机声音调低一点，可老太不同意。她们说，现在这个时间点，这个地方，没有影响到谁，社区没有意见，群众也都没有意见，我们为什么要听你的。

老头说，影响到我了，我有意见——他本来还准备了一大套的理论来跟她们争个高低，结果一下子围上来一大堆老太。

也有好心人在旁边提醒老头说，别跟老太计较，老太很厉害，有一次把跟她们抢场地的高中生都打哭了。

老头其实心里清楚，"老"已经来了，不能再像年轻时那样快意人生，该受的气也得受了，可他心里实在不服呀，至少，嘴上不能认输呀，所以仍旧嘴凶说，敢，谁敢？

一群老太都轰他，嘲笑他，七嘴八舌，把老头脑袋吵晕了。算了算了，好男不和女斗，哪怕她们都已经活得不像女人了，但她们毕竟还是女的，没有变性。女人没弄头的，老女人更没有弄头。

老头起身，离她们远一点。另一边有人在下棋，这个活动老头觉得尚可，他过去参与其中，跟人下一盘，可是没走几步棋，就心知不是对手，心里不爽，嘴上就废话连篇，贬损别人。

老头嘴凶损人，人家也不会乖乖吃进，虽然嘴上占不了便宜，却可以手下无情，几下反击，就将了老头的军。

想当初老头工作时在同事中棋术水平也是数一数二的，没想到这一日流落到街头，反而如此不经一搏，脸上挂不住，将棋盘一推，不玩了。

人家嘲笑他，说，老头真输不起，哈哈。

老头嘴还凶，说，谁输了？棋没下完，谈不上输赢。

旁边的人就起哄，说，是呀是呀，一盘没有下完的输棋。

老头拍拍屁股就走，离他们远一点。这些人，小市民，没境界，没意思，没共同语言，宁可一个人坐远一点，哪怕抬头看看天上的云低头看看地上的蚂蚁，也比跟他们搅在一起有意思。

老头确实打心眼里瞧不上他们，觉得他们一辈子浑浑噩噩，没有追求，没有理想，浪费宝贵的时间，但他又忍不住每天要来转一圈。哪天不来，好像当老师的没有上课一样心里不安。

其实老头和公园里的老人互相也都认得，甚至知根知底，都知道是附近哪个小区的，但是因为老头不屑于与他们为伍，他们也就只当不认得他、不知道他是谁。所以当面背后都喊他老头，连姓也没有。

他坐下的时候，就有人喊，喂，老头，你让让开，这里我们要放东西的。

他生气，说，我不姓老。

也有一个有知识的老人，调侃他说，哦，原来你不姓老，我们都以为你是老子的后人呢。

被老头抓住了把柄，立刻他就批评人家说，你自以为是，老子姓老吗？

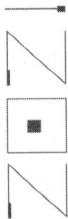

人家自愿落败而去，不跟他斗。

老头是有点学问的，他知道老子是姓李，但是说过那句话之后，心里不知怎么有点不踏实，回去查了一下，居然也有老子姓老的说法，他就有点心虚，怕下次别人来跟他对证，反击他。

老头真是想多了。

其实才不会。根本没有人关心他姓什么，更不关心老子姓什么。

就这样老头靠近了热闹，然后又远离了热闹。他一个人坐到角落里，看着远处来来去去、热热闹闹的世界，那个已经爬上身的"老"字，再一次敲打了他。

后来，骗子就来了。

骗子选择老头下手，不是随机的。他们选择对象，是有一套完整的规范的程序以及积累了多年的丰富经验的。

人选的主要特点：年纪偏大，耳朵不好，有房，有存款，老伴去世，子女不住一起，不服老，有个性，固执，有一点知识和业余爱好，自以为是，孤独，怕老，怕死。

对照以上这些，老头简直完美。

所以骗子是准备了足够的信心才出场的。

这个骗子年纪虽然不大，但他出道早，在他们的行业中，早已是个出类拔萃者，不说身经百战，也是久经沙场了。

骗子来的时候，老头一个人远离喧嚣，坐在公园一个角落的长椅上。骗子走到老头身边，并不坐下，却是盯着老头的身体，上上下下看了一会儿，满脸赞叹地说，老人家，您这身材体形，没得说，比年轻人还——

老头下意识地朝自己的身体看看，满脸警觉地说，你看我身体干什么——想了想，觉得有点吃不透，他发现骗子又在盯着他的手看，又说，你这是什么新套路？说着说着，不知道怎么竟有点心虚，将两手朝身后一背，心想，怎么，你还能把我的手砍了去，按指纹开密码？

那骗子则两眼放光，兴奋地说，老师，您的体形保持得这么好——

老头嘲讽他说，你看我的体形干什么，我又不是美女，我也不做演员，我也不要参加老年模特队，要体形有什么用——老头想了想，又感觉有点骄傲，撒娇说，不过你别说什么保持，我可不是保持出来的。

骗子笑了，说，那您是天生丽质。

老头有点高兴，但他假装不高兴，说，不会用词就别乱用，天生丽质那是说女人的。

骗子说，哦，对的对的，那您这是基因好啊——一看您就是长寿的基因啊。

什么骗术都很难拿下的贼精的老头，就这"长寿"二字，一下子击中了老头的心脏，他只觉得心里"怦"了一下，就有点乱了。

全在骗子的脚本和算计中。

老头不光怕老，老头还怕死。

其实我们都知道，"老"，从来就不是单独而来的，和"老"一起来的，必定还有一个字：死。

"死"这个该死的东西，比"老"更烦人，它虽然不像"老"那样具体而实在，持续不断地在你的肉体上体现出来，告诉你，你老了。而"死"，则是个捉摸不透行踪不定的家伙，时不时地，它就不知从什么地方冒出来，无痛无痒地提醒你说，你别忘了，我在你身边呢。

真是让你又痛又痒。

不过这也算不了什么，没啥了不起，一旦进入老年，年轻时完全不在乎、不知道、不想知道的许多想法，就随之而来了，其中最缠人最黏人的就是那个"死"。

人人都一样，谁也不比谁更想得开，谁也不比谁更潇洒，而且据说，个性越强的人，比个性软弱的人更在乎、更敏感、更慌张。

有一回过什么节庆，家里人一起聚餐，儿辈们的兴趣无非是升职加薪，他们相互显摆，互相攀比。老头瞧不上他们那点出息，哼了两声，还是去听听孙辈的话题吧。

那边正在大谈未来。

老头更是一头的恼火。

未来对于老头，简直就是一个恐怖的定时炸弹，谁不小心提了，炸弹必定会被引爆。

可是孙子和外孙们并不知道，即便知道了，他们也不会在乎，一个很

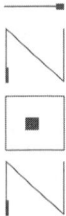

low了的老东西，不喜欢未来，关我们何事，我们喜欢就行。

所以他们自顾大谈以后的日子：

一个说，2035年，我们要从地球前往火星。

一个说，2045年，人类将永生不死。

另一个反对说，不对，2045年，人类将彻底毁灭。

再一个说，2055年——

老头一听什么2035、2045、2055，没来由地就心悸起来，慌得不行，却又无法表达，心慌渐渐演变成火焰，瞬间就火冒三丈了，冲着儿子吼道，你要的这个饮料，一股怪味，这是人喝的吗？这是要想喝死人吗？

真是无缘无故莫名其妙，大家面面相觑。

虽然儿子随他，天性聪明，但儿子毕竟没到那个年龄，他无法体会老头的心情，他哪里知道老头是怕死了呢，他哪里知道老头是因为知道自己看不到几几年几几年才发火呢。

儿子生气地说，爸，你好好的日子就好好过，不要作天作地，作死作死，不作不死。

老头就忌讳这个"死"字，也不顾忌脸面了，也不充英雄装好汉了，冲着儿子嚷嚷，你一口一个死不死的，你是不是巴望我早点死——

儿子毕竟基因强大，脑子反应够快，顿时就领悟了，赶紧说，哟，原来爸是怕死了啊，你放心你放心，爸，你就是个老不死。

"老不死"本来是个骂人的词，可是现在在老头听来，却很受用，老头瞬间转怒为喜，哈哈笑起来，说，老不死好，我就做个老不死的。

女儿看不过去，建议说，老不死太难听了，不如叫老寿星吧。

大家互相挤眉弄眼，嘴上恭称老寿星。

老头老了后，和别的老人都差不多，身体各方面机能都逐渐退步，耳朵听力下降，尤其是分辨率越来越低，很多声音听得见，却听不清，都要反复问几遍。开始以为他心不在焉，不耐烦一件事情反复说，所以都烦他，后来才渐渐发现，不是他心不在焉，是耳朵老了。

老头记忆也差了，最突出的症状就是脸盲。老头从前可是个记人脸很厉害的角色，许多陌生人，他只要看到过一两眼，就会过目不忘；但凡教一个新的班级，全班五十多个学生，只要一两天时间，他个个都能记住。而这个特长，现在却恰恰成了老头的弱项。也许就是应了一句老话：出来混都要还的。你年轻时记人脸的本事比别人大是吧，到老了，记人脸的本事就比别人弱，这也算公平。

好在人老了，也不需要结识很多新人了，记得不记得，也都无关紧要。有鸡汤文章写得好，说余生只需和自己喜欢的人来往。那些见过后就忘记的人，分明就是自己不喜欢的、没缘分的，忘记也罢。

可是老头总觉得自己不是一般的老头，一方面，老头不觉得"余生"两个字应该和他联系在一起，可是另一方面，他心里很清楚，"余生"已经紧紧地纠缠住他了，来日无多的想法，每天都在敲打老头的心脏。

以至于，这会儿骗子口中轻轻地吐出来的那两个字——长寿，一下子就击中了他的心脏，他的心，顿时乱了起来。

骗子击中了老头，就扬长而去了。

天色也差不多了，老头该回家了，可他却发现自己走不动了，腿软了。

都是那"长寿"两个字惹的事。

老头有气无力地往回走，挪到公园门口时，发现公园门口的空地上，摆起了长桌，立着水牌，有两个身穿白大褂的人，一字排开坐在桌子后面，周边围了好多人。

老头过去，看到那块水牌上写着"生命工程""生物技术"之类的字，还有两个超大的红色的字：基因。

再细看下面的单位落款，是捷亿生命工程有限公司。

其中的一位白大褂正在给一位妇女耐心地解释基因的种种原理，挺复杂的，妇女听了个似懂非懂，却连连点头，表示自己听明白了。

老头插上前去说，你们是大夫？你们是来义诊吗？

那白大褂朝老头看看，脸色有些奇怪，犹豫了一下，还是指了指自己的脸说，老师认不出我了，刚才我们还在公园里聊天呢，难道，你是有脸盲症吗？

老头哪里肯承认自己脸盲，急急地否认说，我怎么认不出你，我是故

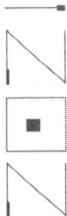

意考验考验你，嘿嘿，嘿嘿，你眼力不错。一边心想，这就是刚才那个骗子吗？刚才是怎么看怎么像骗子，现在看着，就是个大夫嘛。

老头竟然有点激动，像见到了熟人、亲人似的，说，原来你在这儿，你怎么会在这儿？

那白大褂指了指水牌说，老师，我们既是医生，又不是医生，医生是头痛医头、脚痛医脚，我们是从根本上解决问题。

老头说，根本？根本在哪里？

白大褂说，基因呀——老师，我刚才就跟你说过，从你的体形看，你这个年纪，能有这样的体形，说明你的优质基因非同一般。

老头按压着激动的心情，小心翼翼地重复问了一下，基因什么？你说的是基因什么？

白大褂告诉老头，基因解码测试，可以测出你的基因，看看你的血统的分布情况，就能知道你的基因的优秀程度和长寿的依据；还有，可以测出你会不会患病、会患什么病，最重要的，就是根据基因检测的结果，来认真对待自己的身体，扬长避短，健康长寿。

老头心里又是一阵乱跳，真是句句话说在老头的心坎上。

自从"老"来到以后，"病"也就跟着来了。当然，这些"病"，有的是真毛病，有的是疑心病。老头这几年里，没少怀疑自己，有时候心里毛躁起来，觉得全身都是病，自己把自己吓坏了。

老头刚刚"老"的时候，有一次因为什么事情生气，突然间胸口发闷，气喘不上来了，感觉大限临头，叫了120急救车，送到医院抢救，一量血压，上压180、下压120。老头一听，吓得大喊，爆了爆了。

搞得医生都笑了起来，说，爆了你还这么大嗓门？

儿子也在旁边说，爆了你就一言不语了。

老头说，医生，你别安慰我，180、120，还不爆？

医生说，你那是吓出来的，交感神经太兴奋，紊乱——

老头不承认，说，我吓什么吓，我又不是贪官，我又不是罪犯，我一辈子清清白白做人，认认真真做事，我有什么可害怕的。

医生说，你怕老呀，你怕死呀。

医生真是一语成谶。

又有一次，老头发现大便呈红色，又赶紧到医院，医生说是痔疮，老头不认，又是肠胃镜，又是增强CT，折腾几天，最后的结论还是痔疮。

现在老头被"长寿"两个字击中，心里一直慌慌乱乱的，好像有什么大事要发生了。他再次凑到白大褂跟前，小心地说，你说的这个基因检测，怎么个检测法？

白大褂说，很简单的，只要你吐一口唾沫，就可以检测了。

老头咳了一声，想吐唾沫了，可想了想，又问，你们这个基因检测，要收钱的吧？

旁边的人都哄笑了起来。

老头有点不好意思，解释说，我不是说要免费，高科技是值钱的，这个我懂，我就是问一问价格。

白大褂笑着指了指水牌，老头仔细看了一下，水牌上确实标得清清楚楚，基因检测一次收费二百五十元。

老头一看，立刻嚷嚷说，二百五？这个高科技，才二百五，不贵不贵。

旁边的人也纷纷附和：

是呀是呀！

不贵不贵！

老头想了想，不能跟这些没头没脑的乌合之众一个调调，还是得显示一下自己的与众不同，所以又说，就算给骗了，也不多，不心疼。

旁边的人也继续附和：

是呀是呀！

骗二百五，不多不多！

老头重新又到白大褂跟前，说，我做一个，我现在就付给你二百五吗？可是我没带现金呀。老头掏出手机晃了晃，说，现在我们出门，都不带现金的，我有支付宝，微信支付也可以。

白大褂笑道，老师，你这样真把我当骗子了，我哪能当场收您的钱，我们在这里，是做宣传，提供咨询，不是收钱的，我们公司有规范流程

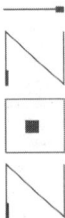

的，是讲规矩的。你可以先扫一下我们的二维码，回去请子女帮你看看，如果真的想做，请他们帮你填个表，也可以让他们先上网了解查询一下我们公司——

老头说，干吗要叫他们弄，我自己会搞——一边说，一边心想，还真不是骗子，因为骗子最担心的，就是老人回去告诉子女，这白大褂居然还主动让他们回去跟子女说。

白大褂朝老头翘了翘大拇指，夸赞说，老师，你果然厉害，你的基因，值得测试一下。如果你登录并确定检测，公司会寄一个专用盒子给你，你吐一口唾沫在里边，再寄回去，一周之内，就出结果了。另外，你有了我们的微信，愿意的话，也方便加入我们的基因俱乐部……

老头回家，戴上老花镜，先登录填写了详细地址，把基因测试的二百五十元转了账，然后又开始研究基因俱乐部的宣传材料。看了半天，也没看出个什么名堂，怀疑是不是老了，自己脑子不够用，有点窝火，恰好儿子打电话来问老头小区安装电梯的事情，居委会有没有上门征求意见。老头却不爱听，说，没有没有，我们小区不装，总共都是四层的楼，装什么电梯呀，四层楼都爬不动，干脆直接进火葬场算了。

儿子说，那他们怎么老给我打电话，跟我啰唆，说你们那一个楼道里，就你一家不同意——

老头说，你听他们胡诌——不说电梯了，你有空过来，帮我看看这些基因方面的宣传材料，有个基因俱乐部——

儿子一听，立刻打断他说，爸，你付钱了没有？

老头说，二百五。

儿子说，你真是个二百五，我发个链接给你看看，这个基因骗局已经被揭露多回了，你还上一当。想想气不过，不是心疼二百五，主要是老头这不听劝的臭脾气太气人，一激动又嚷嚷着教训老头：叫你平时少出门，没事别出门，你偏要出去乱跑，又被骗了吧？

老头不服说，什么叫又被骗了，我被骗过好多次吗？

儿子说，你不听我的，以后还有得你上当受骗的，骗子就是吃准了你们老了怕死，想长寿，才能得手。

老头气得一迭声反问，想长寿？想长寿丢脸吗？谁不想长寿？你不想长寿？

儿子说，是，我也想长寿，但想长寿也不至于想到去送钱给骗子。

老头说，姜渐行，你别嚣张，你是没到那时候——

儿子得意地说，呵呵，到我那时候，早就没有钱了，只有数字货币，骗子找我，我就对他做个手势，喏，250，这个数字，你拿去吧，呵呵……

老头知道，儿子炫耀的不是知识，而是年轻。

老头满怀信心等了好几天，也没有收到那个装唾沫的盒子，心里已然清楚，果真上当了。人老了，别说家属子女瞧不上眼，连骗子也专拣他们欺负，老头越想越来气，就这么输给骗子，老头心不甘呀。

老头闷坐了半天，突发奇想了，他有事可干了。

老头要干的事情，就是下功夫研究骗子，然后去和骗子打交道。既然满大街都是骗子，案例太多，这样的学问，真是太好做了。

骗子果然又来了。

老头依旧在公园的长椅上坐着，因为百般无聊，他的坐姿简直是无法无天——他尽量地伸展着四肢，坐在长椅中央，本来可以坐三到四人的长椅，被他这样一坐，别人过来再坐，就有点局促了。

骗子看到这情形，犹豫了一下，好像在考虑要不要坐下去。

老头稍稍收敛了一点，挪出一点地方。其实老头是有点心虚的，因为他不记得这个人是不是上次的那个骗子，在脑海里拼命搜索也搜索不出来，只好以退为进、以守为攻，想让骗子坐下来，让他慢慢试探和研究。

可骗子并没有坐下，他也没有要坐的意思。老头不高兴，心想，我给你让座，你还不坐，嫌我是个老头吗？

心里一不高兴，臭脾气就上来了，城府也没有了，引君入瓮的计划也打乱了，就直接打人家脸，说，你谁呀，你又不认得我，冲我笑什么笑——见人三分笑，非奸即盗。

骗子不觉尴尬，也不生气，还是笑着，说，老先生，你说话中气很足哎。

老头说，你的脚本错啦，你应该说，老先生，你中气不足哎，你需要进补啦，这样你才可以下手嘛。

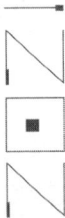

骗子仍然笑，他很低调，老老实实地说，老先生，我不是卖补药的。

老头来劲说，你是卖中气的。

这个低调的骗子被逗得哈哈哈哈地笑起来，边笑边说，哎哟，老人家，你很幽默哎。

老头得意地说，我幽默吗？那我再来幽你一默，你看你自己，年纪轻轻，大白天都不用上班，到公园的长椅上找人说说话，你的职业，我一猜就能猜到。老头自我感觉良好，大度地挥着手说，没事没事，你尽管跟我说话，我才不怕和你说话，说说话不会把银行卡上的数字说没了。他伸手指了指远处跳舞下棋的那些老人，说，我可不是他们。

骗子赶紧拍马屁说，那是那是，一看就知道，您心态很年轻，不像我妈，天天在家里唉声叹气，开口闭口我老了、我不行了、我透不过气来、我直不起腰来、我记不起事来，我怎么怎么怎么。

老头其实也有"透不过气""直不起腰""记不起事"类似诸多情形，但他不愿意承认，他挺了挺腰，硬铮铮地说，我还好啦，跟从前没有什么区别——一边说着，一边又横了骗子几眼，目光如炬那种，又说，喂，你老是绕在我身边到底想干什么，我一开始就跟你说过，你休想。

骗子说，我什么也没想，我看您有学问的，喊您老师吧，老师，我姓马，你喊我小马就行。

老头说，喊，我为什么要喊你小马，我认得你吗？

那骗子小马笑道，没事没事，老师您不喊我小马也不要紧……

老头开始卖弄那些他用心研究得出的关于骗子的学问，指了指小马说，你是不是刚刚出道，连行情都没搞清楚，你们干那些事情，也都与时俱进嘛，开始卖点假保健品，兜售伪劣日用品，后来转型升级，都是网络诈骗、电信诈骗了，人都没见着，连声音都是假的，钱就没了——可你这又算什么，重新回到真人出场？这一套，早就过时了。

骗子小马只是笑，未置可否。

老头得意扬扬，穷追猛打说，怎么，无话可说了，你这么快就演不下去了？你是脚本台词没背熟吧，业务不够精进哦。要不，就是你背的剧本台词不适合我这样的对象——我告诉你，我这样的对象，一般的台本，你们对付不来的，你们得为我量身定制的，哈哈……

这样看起来，骗子小马还真是个菜鸟级别，不然怎么刚一上阵，被老头劈头盖脸一顿，脑袋砸晕了，真把脚本全忘了，再也对不出台词，最后他怏怏地离开了。

老头在背后嘲笑他，骗子小马已经认了输，也不想和老头争高低了，他恐怕也不是老头的对手。他加快脚步，一会儿都快到拐弯处了，就听到那老头在后面喊了一声，喂！

骗子小马不以为是喊他的，没有停步，老头只好喊他名字了，喂，那个，姓马的，小马。

骗子小马这才回过头来，朝老头张望，他不敢确定老头是不是喊他的，所以抬手指了指自己的鼻子。

看到老头朝他招手，他就赶紧回来了。

老头说，你又有机会了。

骗子小马满脸通红地说，老师、老师，您不是当老师的，您是警察？

老头更加得意了，朝自己翘了翘大拇指说，我比警察厉害，不过你也不用太过自责，这不是你的错，你也没有拿错脚本，是因为你没料到，我这个人是高度的不配合，我一不配合，你就乱了阵脚，临时编不出台词了，啊哈哈哈哈——

骗子小马唯唯诺诺，满脸惶恐，直朝老头作揖，说，老师、老师，谢谢您的指点，不过，我还是向您介绍一下，我是专门做养老投资的——

老头一拍巴掌，大声道，哎呀，踏破铁鞋无觅处，得来全不费工夫呀，我正想要找人咨询养老投资的事情，你就找上门来了，时机掌握得太好啦。

骗子小马没有听出老头暗藏的讥讽，兴奋地说，是呀是呀，现在养老投资，可是大热门，你只要投入一张床的钱，下半辈子，无论你活多久，哪怕一百岁、一百二十岁，你都可以衣食无忧。

老头也说，是呀是呀，我早就听说有这样的好事，一直也找不到它，想不到今天好事找上门了——喂，小马，我跟你说，不光我要做养老投资，我的好些个老同事，他们都委托我了……

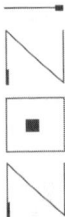

骗子小马两眼放光，正欲往下再说什么，他的手机响了起来，骗子小马接了手机后，对老头说有点急事先走了。

老头心里"哼"了一声，还玩欲擒故纵呢。

骗子小马说，老师，明天下午我还会来这里。

老头立刻配合说，当然当然，我明天下午也会来，我还会约我的老同事大家一起来呢。

骗子小马走后，老头并不急着起身，他意犹未尽，重新又回忆了刚才的整个过程。有了这第一回合的全胜，老头自我感觉大好，信心百倍，开始酝酿准备明天的内容。很快老头就把自己的台本想好了，而且还备有预案，万一骗子不按他的台本对话，他还有第二本、第三本、第n本，随机应变。

老头甚至开始设想明天下午他和骗子第二次见面的场景，并且预估了几种情况：也许是小马先到，也许是老头先到，或者巧起来，他们两个人心有灵犀一起到了。

如果是小马先到，坐在长椅上等老头，老头看到他，就说，哟，你在等我？你知道我会再来？

小马会说，是呀，我知道您会再来。

老头会接着说，我要是不来呢，你不是白等了？

小马就说，我猜想您会来的，您不来，一个人待在家里不难受吗？

如果是老头先到，然后老头看到小马来了，会有一种未卜先知的骄傲，老头会说，我就知道你会再来。

小马当然也有应对的台词，小马应该说，老师，您果然信守承诺。或者，老师，您很准时。之类。

如果两个人一起到了，那就不用说了，那真是有缘千里来相会啊。

等等。

总之，他们之间的第二个回合就开始了。

老头的思绪像奔跑的野马，奔着奔着，就歪了方向，他突然就产生了第四种想法：骗子不来了。

这个念头让老头有点坐立不安了，一想到自己坐在长椅上焦急等待骗子的情形，老头情绪就有点低落。他好像看到了那个望眼欲穿的孤独的老头，他甚至开始自我怀疑。他不够自信，他有点沮丧了。

他一直以为是自己把小马给耍了，可是如果小马一直不出现，老头就会担心，很可能是自己被小马给耍了、已经被耍了。

一想到这儿，老头顿时紧张起来。他拿出手机反复地查看有没有银行的短信通知，如果骗子得逞，钱已经被搞掉了，短信通知就来了，但是短信通知一直没来——今天大半天，手机一声也没有响。

没人搭理他。

老头定下心来，前前后后反反复复想了个遍，又重新鼓足了信心，因为他是有备无患的。知己知彼，百战百胜。

相信明天骗子小马一定会再来的。

这才心满意足地站起来——拍拍屁股，回家。

因为心情不错，老头晚上特意给自己多烧了两个菜，还倒了点黄酒，香喷喷地刚要开吃，儿子和女儿一前一后回来了，说是刚下班，直接就过来了。

老头说，干吗，这么急，看我死没死啊？

女儿不高兴地说，刚才我往家里打电话，你没接，下午又出去了？

老头今天高兴，跟女儿说话口气也好一些，哈哈，今天你哥不监视我了，换成你监视了？

女儿好言相劝说，爸，我们不是不让你出去，你出去可以，散散心也好，但是不要随便和陌生人说话——

老头立刻打断她说，出去了不和陌生人说话，那谁来跟我说话，哪里有那么多熟人啊？熟人都顾着忙自己的事情，哪有时间、哪有心思来跟你说话——老头今天发挥得好，越说越有劲，脑洞大开，简直刹不住车。

女儿耐着性子说，爸，你找什么人说话不好，偏去找个骗子说话，还是我哥说得对，不作不死，作了要死。

老头说，是，我就是作死，我告诉你，我和骗子已经达成协议，明天继续，要不，明天下午你不要上班，也不要接孩子，过来看看，抓他个现行，哈哈……

女儿知道老爸忒她的，她自己一大摊子事，哪有时间去配合老头作妖

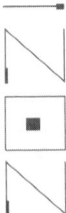

作怪，所以女儿赌气说，随便你，随便你，反正我和我哥话都说尽了，你就是要小心，不能随便和陌生人说话。

老头"嘎嘎嘎"地笑，阴阳怪气地说，不和陌生人说话，又没有熟人说话，那我岂不是成了哑巴？莫非，你们的意思，是要叫我给你们找个后妈，那后妈，就不算是陌生人了是吧，就可以和我说话、陪我出门了，是不是？

老头一击就击中了要害，女儿顿时哑巴了。

老头得意忘形乘胜追击，就算找后妈，那我也得找呀，我得出门找呀，我要慢慢物色呀，我要好好相处，要培养感情，不能拉在篮里都是菜，不能瞎猫碰个死老鼠吧——死老鼠当你们后妈，你们也不乐意吧。

女儿彻底败下阵去。

儿子在一边嘲笑妹妹，说风凉话：你就别对牛弹琴啦。

老头还没尽兴，继续废话说，关于后妈的事情，你们都不肯表态，那我就知道你们的态度了，你们是不想我给你们找后妈，我懂我懂，与其让我去给你们找后妈，还不如让我找陌生人去说话。

儿子女儿都不是他的对手，无论是在电话里，还是当着面，都被他怼得无语，张口结舌。

两人都上了一天的班，肚子都饿了，当然就在老爸这里跟着吃了。老头朝他俩看了看，怀疑说，你们是约好的吧，知道我今天加餐？

儿子说，不知道不知道，真不知道你做了这么多菜，莫非你知道我们要回来？

呸，老头气道，要是知道你们回来，我就等你们回来烧给我吃了——你们约好了回来干什么？

儿子生气地说，爸，你真没良心，今天是什么日子，你忘了？

老头翻了翻白眼，想不起来，说，今天什么日子？我生日？

儿子说，你生日个鬼，今天是农历七月十五。

哦，老头呵呵一笑，说，今天鬼生日。

农历七月十五，俗称鬼节，有烧纸给先人的习俗，老头竟然忘了。儿子和老子犯冲，见面就掐，这会儿更是抓住了老头的把柄，唠唠叨叨，怪老头这么快就忘了相濡以沫多少年的老伴。

可他哪里是老头的对手，老头"哼"了一声，就开腔说，我没良心？我忘了？

你们都记得是吧，你们特意回来，给老娘烧纸，真的是惦记老娘吗？真的是孝敬老娘吗？

女儿见老头开腔，知道刹不住车了，埋怨哥哥说，叫你别多嘴，烧纸就烧纸，废什么话。

儿子却不服，犟嘴说，就是老头不对，忘了谁也不能忘了老娘嘛。

老头说，哟，就你们记得老娘——我还不知道你们这对宝货，你们不是孝敬老娘，你们是想要老娘保佑，你们就怕忘了给老娘烧纸，老娘一生气，不保佑你们了。

老头今天兴奋，废话比平时更多，也更难听，好在子女也习惯了他，随他满嘴胡言乱语，只当老头放屁。

吃过了晚饭，感觉时间还早，这时候烧纸，也太应付了，就坐下来聊几句。老头忍不住用已经准备好的明天针对骗子的台本吹嘘起来。刚刚说了"养老投资"几个字，儿子女儿立刻跳了出来，老爸你又来了，老爸你又来了，跟你说不要去跟骗子接触——

那老头的脸笑成了一朵菊花，得意道，这一次，我要搞个大的让你们瞧瞧——不过，不是骗子骗我，而是我骗骗子。

儿子女儿一急，就胡言乱语起来。

你还想骗得了骗子，你肯定已经被骗子骗了。

你赶紧把手机拿出来，让我看看你的微信。

你扫了二维码？完了完了，倾家荡产了。

你点开那个链接了？完了完了，败尽家业了。

你是不是支付宝、微信都绑上卡了？

你是不是银行卡里已经没钱了？

是不是他说什么你都觉得说到你心上了？

是不是你觉得他是你的贴心人？

坏了坏了，这就是骗子呀。

坏了坏了，骗子就是这样行骗的呀。

你一句，我一句，简直把老头说成个傻子、呆子。老头倒不生气，因为他胸有成竹，他还撇嘴一笑，十分瞧不上子女，说，瞧你们这点出息、

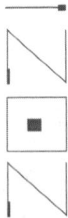

这点胆量，不入虎穴焉得虎子，我告诉你们，你们的老爸，不是普通的老爸，骗子被我玩得滴溜儿转——

子女胆战心惊，继续胡说：

哪有骗子这么傻的。

哪有骗子承认自己是骗子的。

明明就是故意装出来蒙你的。

明明是特意准备了搞你的。

什么什么什么……

说得口干舌燥，老头根本听不进去。最后儿子急得一拍桌子说，爸，你自己想想，你都七老八十了，这把年纪，还在外面惹是生非，哪里见过你这样的老——

他们说无数句老头也没生气，可这句话一出来，老头来火了。他不怕别人说他蠢，因为他不蠢，他不怕别人笑他low，因为他觉得自己很潮的，天不怕地不怕，就怕别人说他老，因为他真的老了。

老头来火说，既然你们这么说，那我就实话告诉你们，我和骗子约定了，明天见，不见不散。

儿子女儿吓得赶紧闭嘴，到阳台上烧纸去吧，这个老爸太不靠谱，还是去求求老娘吧。

烧纸的时候，他们照旧念念叨叨，无非就是要老娘保佑子女一家老小健康平安有福。老头又听不下去了，在旁边多嘴多舌地说，怎么，光就保佑你们，不保佑我吗？

儿子气不过，说，你都要给我们找后妈了，还保佑你？

老头说，知道知道，就怕我给你们找后妈。等儿子女儿烧过，他也跨到阳台上，对着那只装满了纸灰的铅桶说，算了算了，虽然你活着的时候那么凶，现在我不跟你计较了，毕竟夫妻一场，我也给你烧一点吧，来来来，拿去用哦，十个亿的美金哦——一边嘴上说着，脚下不慎被搁在阳台上的拖把绊了一下，话音未落，人就倒了。

儿女在屋里，收拾收拾打算撤了，结果就听到声音了，先是阳台那边"扑通"一声闷响，紧接着就是"啊呀呀"一声巨大的惨叫。

老头摔了个髋骨骨折。

下

伤筋动骨一百天，可医院的病床那么紧张，可不是给你住一百天的，手术后一周，老头就被赶出来了。后面等病床的病人排着长队，好多都在走廊里躺着，就算你脸皮厚，好意思赖，医院也不能让你赖。

以老头的脾气，是要和医院吵架的，是要赖在医院不走的，但是老头怕"病"，怕病的人都怕医生。虽然手术已经做了，而且做得很成功，但是接下来的休养、康复，都是要靠医生指点帮助的，老头不敢把医生和医院得罪了，只能把怨气撒在子女身上。

老头躺着不能动，出院回家，子女也抬不动，出高价请了两个民工，借了一副担架。车子开到楼道口，刚下得车来，还没开始登楼，老头就"啊呀啊呀"乱叫起来，嫌他们动作太粗鲁，又骂子女不顾老人死活；两个民工也是一路抱怨，这么难搞的老头，至少要请四个人抬；子女又怼老爸又怼民工，看两个民工确实不好抬，还得上前帮忙。大家吵吵闹闹，引来一大堆看热闹的邻居。

老头心里冒火，一个千年不倒的老英雄，居然躺在担架上要四个人抬，感觉老脸丢尽了。

这老公寓楼的楼道都窄，一副担架拐来拐去，一会儿抬过头顶，一会儿又需要倾斜着走。这一倾斜，老头就往下滑，一滑，就动到伤处，疼得哇哇大叫。

没办法了，停在二楼拐角处，四个民工都喘气，其中一个说，这样上不去，一个人比一个家具难弄多了；另一个说，只有找绳子来捆上了。

老头憋屈啊，可是再大的憋屈也只能自己咽下去，自己酿的苦果自己吃。老头被紧紧捆在担架上，扎得像个粽子，众人这才跌跌爬爬、步履艰难地回到了家。

回家的日子更难过，老头不能动弹，吃喝拉撒，都要人伺候，子女受不了。在医院时，请个护工，花钱虽然心疼，至少给自己和自己的小家庭买个安逸；现在麻烦大了，一个老头摔倒，搞得几个家庭的日子都乱了。

儿子女儿商量着，还是得把老头送出去。老头一听，马上喊了起来，

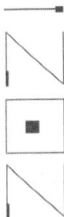

养老院我不去，我跟你们说过，养老院我决不去，我又不是绝子绝孙，我去养老院干什么？

儿子急了，说，你就当你是绝子绝孙好吧。

老头说，不能，你这样活生生地竖在我面前，我不能假装看不见，假装以为你不存在。

女儿说，爸，我们给你找的，不是养老院，是护理院——

老头的嗓门更大了，简直就是在叫喊了，护理院？那更不能去，你没听人家说，养老院是等死，护理院是送死。我们学校那个江老师，你们也认得的，一个小中风，治疗康复得很好，没什么后遗症，没有什么大不了。出院前我还去看过他，好好的，结果回到家里因为子女不肯照顾，送到护理院，你知道怎么护理吗？绑起来就是护理，不许走动，不许下床，很快就肌肉萎缩，没几天就翘了。

儿子女儿面面相觑，一时无语。

老头就在家里赖着了。

但是老头很快也就明白了，在家里的日子，实在是太不好过了。先是请了个护工，可不满一天就逃走了，然后儿子女儿轮番请了假护理他。可他们哪是护理人的样子，他要想喝口水，儿子就抱怨，你有那么渴吗？明明知道自己上厕所不方便，还硬要喝那么多水，你这是折腾自己还是折腾我呢？

他真的渴了，但只得忍着，因为儿子说得没错，和口渴比起来，上个厕所要痛苦得多。

女儿则是另一种风格和腔调，女儿跟他说话，是带着哭腔的，苦肉计，说，爸呀，爸呀，我昨天又失眠，一晚上没睡着，我怀疑我得抑郁症了，一直都想那些不好的事情——

老头气地说，行了行了，你病得比我重，我照顾你好吧？

这一儿一女，配合得恰到好处，就是要把老头从家里赶出去。本来嘛，现在哪里还有子女伺候老人这样的事情。子女伺候他，满脸的不耐烦，情绪恶劣。老头向来不肯看人脸色，可现在他强硬不起来，不看脸色你还想怎样？不想看脸色，你就得自力更生。想小个便，都要犹豫半天，求助还是不求助？结果大小便都憋着，很快肚子就胀成了鼓，再憋下去，骨伤没好，别的病该要憋出来了。老头一想到"病"，就怵了，就认了，护理院就护理院吧，哪怕养老院，该去还得去呀，不能让自己给自己的屎尿憋死在家里吧。

过了一天，儿子回来，告诉老头，找到了一家，既不是养老院，也不是护理院，那叫护养院。

老头假装犹豫了一会儿，后来就应承了，说，既然不是养老院，也不是护理院，就去。

其实那就是个护理院，取了个别名叫护养院。儿子偷着乐了，跟妹妹说，老头就是个傻子。

那女儿比儿子更精，说，你以为，他才不傻，他知道家里待不下去，给自己台阶下的。

这话让老头听见了，真生气，但是也真气没有办法，只能把"气"咽进肚子。本来嘛，老都老了，你还想怎样？还不能让人说了？

一番周折，总算是安排进了护理院。远没有子女说的那样好，一个大统间，十几个病床，男女不分，病人、家属、护工，都挤在一起。老头心有不满，皱眉说，说的比唱的好。

儿子女儿担心老头又作怪，赶紧解释说，有双人病房和单人病房，但是现在都住满了，一旦空出来，立刻给他转进去。

老头说，别以为我不知道，单人双人的贵多了，是吧。他已经认清了形势，人硬货不硬，也就不再难为子女了，自己下台阶说，行啦，行啦，都听你们的啦，不听你们的，我还能怎样？

进了护理院，好歹有专业的护工伺候了，至少大小便的难题可以解决了，至少不用担心被自己的屎尿憋出病来。

护理院的护工，大多是女的。伺候老头的那个，大家喊她薛姐，是个大大咧咧的女人，听说老头尿急了，二话不说，一阵风似的刮过来，一手把被子一掀，一手端个扁马桶，盯着老头。

老头被死死盯着，十分不自在，不配合，也不吭声。

薛姐拍了一下老头的屁股，说，小便了小便了。

老头气得说，你、你怎么拍我屁股？

薛姐说，我不拍你屁股，你怎么小便？

老头说，喂，我是男人哎，你一个女人，动手动脚，像什么样子？

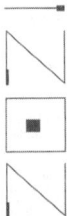

薛姐先是一愣，随后笑了起来，哦哈哈哈，你是男人？你忘记了，你是个老头哎。

老头说，无论怎样，终归男女有别——

这回不仅薛姐笑了，病房里其他病人和护工都笑了。薛姐说，哎哟，老都老了，还计较什么男人女人，老了还分什么男女？何况你还瘫了。

老头更来气了，发火说，你嘴巴别乱说啊，我没瘫，我只是摔伤了，哼！

薛姐撇了撇嘴说，那你现在不是瘫着吗，你现在能爬起来吗？又想了想，薛姐才明白过来，说，难怪他的儿子女儿再三拜托我，好话说了一大箩，原来这老头果真难弄。薛姐伸手朝病房指了一圈，说，你看看，人家像你这样的，样样都要求人、样样都要依赖别人的，嘴巴不要太甜哦，一口一个薛姐，一口一个谢谢，你个犟老头，都这死样子了，还嘴凶？

老头说，你不尊重我，还想要我谢你——我不骂你已经是对你客气了，我告诉你，我会好的，我会站起来的。

薛姐冷笑一声，说，都知道老人最怕跌，为什么？有的老人，一跤跌下去，就再也爬不起来了，一直躺到翘辫子——好了好了，不跟你说了，怎么，不要小便了？

老头气得紧闭了嘴，不说要小便，也不说不小便，脸却已经让尿憋得发了紫。薛姐有经验，她伺候过的犟老头犟老太，可不是一个两个，她有的是办法，

不用理睬他们，只管干自己的活，于是手一伸，把老头裤子一扯，屁股一抬，扁马桶一塞，就塞下去了。

等了半天，老头就是不尿，薛姐不耐烦了，着急说，你到底有没有尿，你不是寻我开心逗我玩吧？

老头说，我尿不出。

薛姐说，你必须得尿，尿不出要得尿毒症的。

老头说，你站在我面前，盯着我尿，我尿不出。

薛姐扑哧一笑，说，哟，来了个童男子哦。一边说，一边将身子背过去，笑道，好好，不看不看，你尿吧。

老头还是尿不出，也不知道他是犯倔，还是真的不习惯。薛姐赶紧联系老头的儿子女儿，他们刚刚办理完有关手续，正要离开，就听说老头不尿，简直哭笑不

得，赶紧回到病房。

老头一见到子女，委屈大了，指着薛姐说，我不要女的伺候，她侮辱我，还调戏我——

大家哄堂大笑。薛姐更是笑不可支。

老头的子女在一边却急坏了，他们怕护工一生气，不伺候老头了，千斤重担又得重新由他们来扛，赶紧下死劲跟薛姐说好话，拍马屁。

好在薛姐见多了，才不计较，她倒是觉得这老头挺逗，老头说她调戏他，薛姐反正泼妇一个，干脆一不做二不休，再调戏老东西一下——上前朝老头下身看了看，捂着鼻子说道，你们有多少天没给他擦洗下身了，都臭了，我告诉你们哦，你们不懂医学知识，别以为就是脏一点，没啥了不起，你这样污糟下去，要得败血症的。

薛姐不由分说，去倒了一盆热水，拿了一块毛巾，给老头擦身体，一边笑道，喔哟，老先生你紧张得来，我又不是要占你的便宜，你老卵都吓得缩脱了——

老头脸涨得通红，一副生无可恋的样子，然后，突然地，猛一抬手，狠狠地扇了自己一个耳光，那个巨大的声响，把一屋子的人都吓住了。

薛姐终于也知道老头的厉害了，她停止了动作，退到一边，求助似的看着老头的子女，那意思再明白不过，你们看着办吧。

老头把自己的被子拉上盖好，脸上的打耳光的红印子还没消退。他红着脸，坚决地对子女说，我不要女护工。

薛姐又忍不住了，扑哧一笑，说，我们院里，护工大部分是女的，男的只有两三个，都在护理危重病人，你危重吗？

老头倔道，我就是危重，我一动也不能动，我还不危重？朝薛姐瞪眼说，你这种女人，到护理院工作不适合你，你到按摩院去很合适——

薛姐竟被老头顶了个语塞，她想了半天也想不明白，对老头子女说，奇了怪，人家老头，都想要女护工伺候，就你家老头，作怪，各色！

老头不容子女回话，抢在前面就戗道，是，我就是各色，我就是妖怪，你碰上我，算你长见识。

薛姐终于退下阵去，去把管理员喊来了，管理员一听这边要个男护

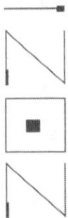

工，先就摆手说，没有没有，女的都抢不过来，哪里有男的伺候你——

老头铁青着脸，额头上汗珠子都渗出来了，怪吓人的。

那管理员看着老头的脸色，犹豫了一下，又说，如果一定要男护工，那这个护理费用上，要多出好多——

不等子女说话，老头又抢先说，出钱，出钱，不就是钱吗，多少钱都出！

老头如此顽固，令人生厌，人家恨不得赶他出去，但是老头肯出钱呀，说不定就是棵摇钱树呢，所以院里还是赶紧商量了一下，很快答应给老头安排一个男护工。

老头得胜，看着薛姐灰溜溜地出去，老头对子女"哼哼"两声，说，事实再一次证明，自由是自己战斗得来的，按你们的意思，我就只能被那个女魔头侮辱折磨。

儿子气得说，你别得意太早，一个男护工，粗手粗脚，还不知怎么折腾你这一身老骨头呢。

女儿也赶紧把话说在前面，爸，刚才管理员跟我们打招呼了，这个男护工是个新手，服务方面不是太熟练，你多担待一点，不然的话——

儿子生饿饿地打断妹妹的话头说，女的你不要，新手你再挑剔，就没人伺候你了，你自我服务吧。

正啰唆着，那个新手男护工进来了，老头的子女都着急着家里的人和事，一看男护工到岗，急急忙忙，招呼也不打，逃也似的走了。

老头一直憋着尿，现在终于等来了男护工，赶紧嚷着要尿，男护工听说他在床上尿不出来，干脆背起老头，到卫生间解决了问题。

这个男护工虽然是新手，但力气大，手脚也麻利，搬动老头尿尿，一点也没有搞疼他。等老头重新回到床上躺下，终于可以松一口气了，才看清了这个男护工的长相，很年轻。他伺候老头躺下后，笑眯眯地对老头说，老伯，我姓马，你喊我小马就行。

老头只听得自己脑袋里"轰"的一声，整个人都晕了，过了好半天，才慢慢平静下来，再仔细盯着护工的脸看了又看，实在是记不得了，脸盲愈发严重了，心直往下沉。

但是，不管记不记得人家的脸，这名字他记得，警惕性还在，所以老头立刻嚷嚷起来，好你个小马，你竟然追到这里来了！

小马没有听懂老头的话，朝老头看着，愣了半天。

老头说，哼哼，真以为我脸盲，我才不脸盲，实话告诉你，刚才我一眼就认出你了。

小马更听不懂了，不过他也没想听懂，无所谓，反正一老头，又病着瘫着，要人伺候，他说什么，或者不说什么，真的不重要。小马就轻松随意地冲老头笑了笑。

小马这一笑，更让老头确信了自己的判断，这个骗子，在公园里没能钓到他这条大鱼，居然追到护理院来伺候他，也算是别出心裁了。

老头一旦确信，反而冷静下来了，心想，为了骗我，你既然连孝子都肯做，我就让你做一回孝子，让你尝尝滋味。老头一肚子坏水，说嘴馋了支使小马去替他买个方便面，小马去买了来，老头说不要这种，要另一种，小马就乖乖去换，换回来老头又说，不想吃了，吃方便面不健康，里边的料包有毒，叫小马去退。

小马出去后，病房里的病友都觉得奇怪，纷纷责问老头，小马这么贴心的护工，打着灯笼都难找，你为什么要刁难小马？

老头哼哼冷笑说，你们认得他是小马，你们知道他是哪个小马吗？

这话问得叫人摸不着头脑，大家说，哪个小马，护工小马呗。

老头说，错啦，他不是护工小马，他是骗子小马。

大家都哄他，指责他，老头正要说出公园的遭遇，小马已经回来了，说方便面退不了，老头就不依，说，退不了是你的事，反正我不要。

小马真好说话，说，老伯，没事没事，你不要，我就自己吃了，反正我也经常吃方便面的。

如此大度，说了老头一个闷声无语。

病房里大家都看不下去了，忍不住就有个病人挑拨说，小马，你别对老头太客气了，老头说你是个骗子。

小马笑笑说，哎，无所谓啦，都这么老了，说什么也没事，不计较。

那病人拍小马马屁，说，那我们也看不过去，你这么尽心伺候他，他还乱说你什么什么。

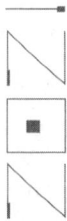

小马仍然笑眯眯地说，没事没事，都这么老了，说话不能当真，恐怕都不经过大脑了。

老头听他一口一个"都这么老了"，本来就来气，小马甚至还说因为他老了，什么也不跟他计较了，这话让人更是心凉，透心凉。这不等于在说，人老了，就不是个人了，人家也不把他当人了。

老头巴掌一拍床沿，说，都不跟老人计较？那老人要是杀人呢？

看老头气势汹汹的样子，大家都乐得笑起来。有人假装害怕说，哎哟，你要杀人啊，你可别杀我啊，我和你无冤无仇的——

另一个说，你想多了，他杀人？他这么老了，还瘫着，就算他真的想杀，他杀得了吗？

再一个说，老人犯罪，真的不用吃官司，刑法有规定，年满七十五——

老头哈哈大笑起来，抢着说，我七十五还差几天，我七十五还差几天——

立刻遭到大家一顿乱哄：

那你这几天可得赶紧杀个人哎！

那你躺在床上怎么杀呢？

那你只能杀自己哦！

杀自己他也杀不了！

说得老头哑口无言，想闭了眼不理睬他们，可身边待着个骗子，老头心里实在是放不下，总想着和骗子斗一斗，所以他撇开攻击他的病友和其他护工，专门针对小马，又说了许多小马和其他人完全听不懂的话。

说着说着天就晚了，晚饭送来了，小马正打算伺候老头吃晚饭，老头的手机响了。手机搁在床头柜上，小马替老头拿过来，交给老头的时候，顺便看了一眼，上面标着"诈骗电话"四个字。小马将手机举起来，竖到他眼前，说，老伯，是这个——诈骗电话，上面有标注，被一百多人标注过。

老头说，咦，我的手机，拿在你手里算什么，快给我快给我——

小马说，老伯，你别接了，这个电话都已经标明——

老头说，标明什么，万一标错了呢，就算是诈骗，我听听又无妨，我还可以跟他玩玩反诈骗呢。

小马却很执着，偏不把手机交给老头。老头不满意了，说，咦，你的任务，就是护理我的身体，你还管我的思想？我爱接谁的电话，也要经你批准同意？

小马老实交代说，这是你子女特意关照我的，他们还多给我加了钱，就是为了防止你乱接电话，上当受骗——对了，他们还希望我代你管着你的手机呢，我都不敢跟你提。

老头一听，又来火了，说，上当受骗，上当受骗，我还真希望自己能够上个当受个骗呢，现在我这样，像个僵尸躺在这里，一动不能动，连想骗我的人，也不会来找我了——幸亏遇上了你，幸亏你很执着。

小马简直哭笑不得，不知说什么好了。

手机铃声不停不息、不屈不挠，小马举在手里，不肯交给老头。老头一伸手，夺过手机，那铃声已经停了，老头却还对着手机说，知道了知道了，你不就是要我汇钱吗？汇多少？你把账号发给我呀。

病房里的人都笑了起来。老头说，笑什么笑，你们是没有见过我玩骗子，你们见识过了，就知道我的厉害。他看了小马一眼，责怪他说，都怪你，把我的好戏破坏了。他眼珠子转了一下，又说，我知道了，你是怕别人抢了你的生意，才不让我接诈骗电话，是不是？

小马只管"呵呵"。

旁边一位女护工说，哟，护工的生意，还有人抢？伺候老人、病人，端屎端尿，爱抢抢吧。

老头不理别人，只盯着小马，不依不饶地说，哼哼，我看出来了，你特会假装老实，那时候在公园里，你就是这个样子，骗到了我。

小马也不辩解，也不反驳，反正无所谓。

就任凭老头自己嘀嘀咕咕，老头过瘾，心情大好。两天护理下来，老头对小马有了依赖，只要一会儿看不见，就大呼小叫。他一叫，小马就跑步过来，听候吩咐。

看得同房的病友来气，妒忌，说，小马是你的护工，但他不是只护你一个人，小马是大家的小马哎。

另一个就说，是呀，人家护工小马服务到位，脾气也好，你也不能拿他当牛当马使唤。

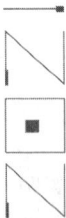

老头说，我使唤小马，你管得着吗，再说了，你们又不了解情况，你们又不知道他为什么对我这么尽心。

老头等着他们问为什么，可没人想知道。

真是的，人老了，连秘密都没人想知道了。

这天早晨起来，一切正常，伺候过大小便，伺候过早餐，小马说有事要出去一下，马上就回来。

老头千叮万嘱，要他快去快回，小马应承。

因为有小马，老头现在不担心大小便的难题，尽管放开肚皮喝茶，结果一会儿就要尿了，小马却没有马上回来，

老头一等再等，尿越来越急，可小马不来，只能憋着，憋得不行了，一生气，大着嗓门，把管理员唤来责问。

管理员也是一脸奇怪，说小马虽然来护理院工作的时间不长，但是很守规矩，每天都是以护理院为家，基本不往外跑，今天怎么大半天也不露脸？打他手机，不接。老头急了，用自己的手机打过去，那边倒一下子就接了，老头一听小马的声音，急得说，小马你在哪里？你怎么不来病房？我一泡尿从早上憋到现在了，膀胱要爆炸了。

那小马在电话里求饶说，老伯，你饶了我吧，我不来护理院干活了，我已经有新的工作了。

那管理员一听，立刻骂人说，臭小子，走了也不打个招呼，不像话。他自己也一样不打招呼，一转身，走了。

院里给老头换了护工，知道他不要女的，换的也是男的，但是年纪够大，看起来比老头小不了多少。老头一看，立刻表示出不满，但是这地方可没人宠他，不满就只有换薛姐了，吓得老头不敢吭声，吃瘪。

那整整一天，老头斜躺在病床上，眼睛一直盯着病房的门，好像期待着什么人出现，可是他一直没有等到。

到了下晚，大家正准备吃晚饭了，忽然就听到老头"啊呀"大叫一声，并高声喊了起来，小马、小马！

没人搭理他，老头手指着门口，理直气壮地说，刚才从门口过去的，就是小马，一定就是他，他没有走，他还在这里。

这才有个人开了腔搭理他说，老头，你老眼昏花，你老不入调，小马早就给你气走了。

老头急得真想下床追出去，可是他动弹不了。老头有些郁闷，好像这日子，怎么也挨不过去，又拿起手机打小马电话，小马一接，老头就气呼呼地说，小马，你怎么可以说走就走，一点诚信也没有？

病房里大家又哄笑了，说，老头，你不是说小马是骗子吗？你跟骗子还讲什么诚信呀。

老头手里拿着电话，还顾得上和病友斗嘴说，骗子也是一种职业，也要有职业道德嘛——正说着，就听到电话那头小马说，老伯，你就饶了我吧。

老头愣了一愣，立刻反应过来，责问说，小马，你什么意思，什么我饶了你，我欺负你了吗？老头被冤枉了，一口气上不来，喘了一会儿，才又说，你是怪我这个人不好伺候吗？可是，我是很满意你的哎——

小马在电话那头赶紧讨饶说，哎哎，老伯，别别别，你还是放过我吧——不等老头再说什么，电话已经挂断了。

老头不依不饶，再拨打过去，已经"正在通话"了。

老头琢磨了一会儿，捉摸着是不是小马被他戳穿了身份吓走的。老头十分后悔，悔不该一开始就揭开小马的真相，应该让子弹多飞一会儿，看看他的动静，再计划下一步。怪只怪自己沉不住气，于是又抱着侥幸的心思再试着打小马的电话，本以为打不通的，结果却是一打就通，老头一激动，说，你没关机呀？

小马说，我干吗关机呀。

老头高兴地说，小马、小马，你回来吧，我先前是跟你开玩笑的，你不是骗子小马，你是护工小马——话说到这里，忽然就发现自己确实有点怪，那明明就是个骗子，自己怎么会如此不讲原则？

就听那小马说，那我也来不了。

老头就怕小马挂断手机，赶紧说，那、那我买你的养老投资，你总可以来了吧？要是我一个人买不行，我再帮你发展下家，行不行？

小马说，老伯，你说什么我听不懂，我也不想听懂，你就别胡思乱想

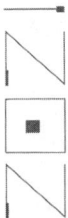

了，反正我不能来护理你了。

小马不出现，薛姐又独大了，她又神气起来，到病房来耀武扬威，和大家一起攻击老头，数落老头怎么把小马气走。

老头不服，倔着说，奇怪，我这么喜欢他信任他，我怎么会气他，我只是跟他开开玩笑，讲了些玩弄骗子的故事。

薛姐一听，嚷了起来，你们听听，你们听听，老头说话颠三倒四，又说人家是骗子，又说信任喜欢，老头你的爱好还蛮奇怪的哦，喜欢谁不好，要喜欢骗子。

在大家的哄笑声中，老头心里倍感悲凉，人老了，竟然如此遭人嫌弃，连个骗子都躲着他，正伤感着呢，眼睛倒尖，看到门口小马的身影又出现了。这一回，老头确信自己没看走眼，因为小马闪过的时候，还回头朝他看了一眼，他们的眼神对上了。

老头立刻大吵大闹，最后惊动了管理员来处理。

小马确实没有离开，因为院里需要他护理更难伺候的人，所以才哄骗了老头，管理员也好，其他护工也好，都是在给老头演戏。他们以为老头老了，还躺着不能动，好糊弄，不料这老头难缠，穷追猛打，躺着就把小马给抓出来了。

小马也不是不想伺候老头，他是个老实本分的年轻人，并不嫌老头脾气丑，但是院里的工作由不得他做主。看到老头对他如此纠缠依赖，他也有些于心不忍，无法面对，后来想了个绝招，就过来对老头说，老伯，其实你没有错，我就是在公园里骗你做养老投资的那个人，我就是个骗子。

老头说，那又怎样？

小马说，真的，你别不相信自己的眼睛，那就是我，在公园里，我就盯上你了。

老头说，那，说我长寿的那个也是你？

小马说，是的是的，那些话，骗你的话，都是我跟你说的。

老头说，你别逗了，你才不是那个人。

小马急了，发誓说，我就是他，我真的就是他。

越想越觉得这事情好玩，老头笑了，说，那你还真追进护理院了？

那小马挠了挠头，说，因为、因为实在太难得有人上钩了。

老头说，那我算上钩了吗？

小马说，只差一点点，你已经咬到鱼饵了呀，我都半年没开张了，怎么能不追进来找你。

老头说，你编，你继续编，你编的这些都可以去给骗子当教材了，骗子的水平都没有你高，你追我进来，不怕我认出你？

小马说，你不是说你脸盲吗？哪知道你是骗我的，我们一见面，你就戳穿了我。

老头朝小马看了又看，奇怪地说，你得了吧，没见过你这样的人，人家真是骗子的，都不承认自己是骗子，你倒好，明明是个护工，却偏说自己是骗子，你奇不奇怪？

小马也奇怪呀，他说，老伯，你先前咬定我是骗子，在公园里骗你养老投资，我被你戳穿，我承认了，你却又不认了，那我到底是骗子小马还是护工小马呢？

老头说，无所谓啦，你自己说的嘛，人老了，说什么都无所谓啦。

他这是以牙还牙。

小马伺候的那个重患，就在隔壁，病得快死了，嗓门却还在，在隔壁拼命喊小马，小马只得抛下老头过去。

薛姐和小马一起走出去，小马头昏昏的，竟然朝另一个房间走去。薛姐笑道，小马，我看你是被老头搞昏了，你恐怕自己都要怀疑自己了，你到底是骗子小马还是护工小马哦？

小马说，是呀，这老伯是得了什么病吧，老年痴呆症？他连我是谁，都一直不能确定？

薛姐说，他不是不能确定，他是太依赖你了。

小马心里一动，说，依赖我不行的呀，我帮不了他呀，就算院里重新把我安排给他，时间也不长的，他恢复得很好，很快就能出院了。

薛姐笑道，他孤单，其实也好办，他们城里人，有钱，找个老伴呗。

小马听了薛姐的话，受了启发，抽空去和老头聊天，把话题扯来扯去，最后扯到老伴那上面。小马赶紧说，老伯，一个人过多孤单，你怎么不找个老伴？

老头一听，就不高兴，说，为什么要找老伴？我很老了吗？要找，我

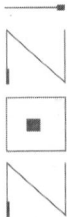

也是找女朋友。

小马笑道，是是是，你应该找个女朋友。

老头居然顺着他的话头往下说，那你帮我介绍一个吧。

小马也笑，说，老伯，我们骗子这个行业里的人，怎么敢介绍给你，会骗得你倾家荡产。

老头说，那你帮我一件事罢，帮我找到我的初恋，我听说她的原配也翘了，现在我们孤男寡女，正好重温旧梦。

老头说他和初恋是大学同学，后来被他们的班主任搅黄了，因为班主任认定他的初恋以后会有大出息，不希望他影响她。可是后来初恋并没有如班主任所期望的那样，她的工作成就一般般，还远嫁到外地，再后来，听说她单身一人回来了。

老头写了名字和地址，交给小马，请他有空时到那个地方跑一趟看看。大家都嘲笑老头，说，这都多少年了，初恋还会在那地方吗？

老头还以为是昨天的事情呢。

小马也不会相信老头的，但是他心肠好，应承了老头，等到休息日，果真还去跑了一趟，回来告诉老头，别说初恋了，连那个地方也没有了。

老头不高兴，说，你这个小伙子，头脑太不灵活，地方没有了，你不能问问人，这地方到哪里去了。

小马说，问了，不仅问了，我还追到另一个地方去了，我还转了好几个地方。

老头说，找到了？

小马说，快要找到了，可是时间不够了，我要回来上班了，我就回来了。等休息时再去。

小马替老头跑了几趟，老头对小马抱着无限的希望，只要小马一出去，老头的眼睛就死死盯着病房门口，简直就是望眼欲穿的样子，大家都笑话老头痴人说梦，想入非非。

有一天小马又出去，老头照例望眼欲穿，终于有一个病友忍不住了，说，老头，人家小马忙都忙死了，哪里有空替你去找初恋，你想多了。

他们以为老头会伤心，结果老头却说，还用你说，我都知道。

又过了几天，小马兴奋地回来了，他激动得脸都红了，告诉老头，得来全不费工夫，老头的初恋，居然也住在同一个护养院，就是隔壁病房的那个王老太。

谁都觉得小马这个谎言编得太马虎、太离谱，老头这么精明，怎么可能相信。可偏偏老头十分信任小马，小马说什么就是什么。小马说隔壁的王老太就是他的初恋王淑君，老头就过去相认，王老太也认出了他，一口一个小姜，喊得特自然、特亲热。

王老太并没有瘫痪，她只是身体不太强健，一个人在家自己照顾不了自己，就到护养院来住了。她和老头不同，每天可以自由行动，所以之前，她几乎天天都来老头这病房，和大家聊天。老头和老太，天天见面，却没有认出来，现在被小马查出了他们的关系，两个人互相看看，越看越像。老太竟然还随身带着当年同学的合影，拿给老头看。虽然照片已经模糊，上面的人脸也非常小，但老头还是认出老太来了，高兴地指着说，这个、这个，就是你，你看看，旁边这个是我，我当时是故意蹭到你身边拍照的。

其他人都掩着嘴笑，有一个护工不识相，问老头，老头，你不是说你眼睛看不清东西吗，怎么看照片时，眼睛那么好了呢？

老头瞧她不起，"哼"了一声说，眼睛？你懂什么，是眼睛的问题吗，我告诉你，根本就不是眼睛的问题，有些东西你眼睛再好也看不见的——我说的，你恐怕都听不懂哦。

老头和老太，就一唱一和，开始回忆往事，大家就在一旁看着他们，说，又要开始了啊。

或者说，演得不错哦。

也有的说，他们好像背好了台词才上场的。

但是其实老头和老太哪有时间和空间去对台词，更何况，他们根本不需要对台词，这就是他们共同的往事嘛，不用背，都烂在心里了。

过了些日子，一直也没空来看看老头的那一儿一女，不知怎么听说了老头找到初恋的事情，火急火燎地赶来了。一进来就大惊小怪，一个说，没有的，没有的，我老爸的初恋就是我老妈。

另一个说，哪里来的骗子，这么老了，还是女的，还做骗子？

那一个说，哼，老太做骗子，欺骗性更大哦。

老头气得死劲拍床沿，要赶他们走，指责他们说，我没有你们这样的

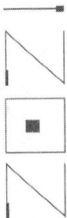

子女，滚蛋滚蛋！

老太却好脾气，劝慰老头说，你别生气，你身体还没好利索呢，再气坏了身子，不合算，再说了，现在的子女都这样，你这两个还算好的呢，你自己的钱你自己还能做主。有的老人，还没怎么老呢，离死还远着呢，早早地就被控制了财权。一旦被抢走了财权，你就彻底玩完。

老头说，这个我门儿清，他们休想。

那老太笑道，你年轻的时候，没这么精，几十年过去了，你成了个贼精的老头。

老头得意地说，他们跟我玩？差远了，连骗子都玩不过我，你们还想怎么着。

看两个老东西你一言我一语地涮他们，这一儿一女心里又气又急，一急了，真心话都说，说，老爸，你也不想想清楚，你的钱，其实都是我们的。

说，老头，你还是对子女和颜悦色一点，你翘的时候，我们给你买纸做初恋烧给你。

老头来火说，什么什么，都是你们的？想得美，我现在就写遗嘱。

那俩子女真吓了一跳，这混账老头，什么事都做得出来，别真的写个什么东西，把一辈子的积蓄都送给外人，那可惨了。

病房的病友和护工，都看热闹，嫌事情不大，起哄说，老头，写呀，写呀，钱都留你的初恋吧。

那王老太笑得合不拢嘴，说，是呀是呀，你身边也没个别人，除了我这个初恋，你还有谁可以托付呀——一边说，一边却走了出去，大家不知道老太要干什么，正发愣，老太已经回来了，手里拿了纸和笔，想要递给老头。

老头的子女，好样的，一个急急地挡在床前，不让老太靠近，一个掏出手机就打110报警。

病房里越来越热闹了，隔壁病房能够走动的病人，和暂时闲着的护工们，都跑过来看戏，大家就听见老头的儿子姜渐行报警说，我报警，抓骗子——

好像那边在问具体情况，姜渐行急得说，别再问啦，再问钱都没啦——什么什么，骗子在哪里，是什么人——就在我身边，在护养院，是个老太——是呀是呀，七八十岁的老太，还冒充病人来做骗子——你们赶紧出警，如果你们不来，或者迟来，我们有损失，你们警察要负责赔偿的——

大家都掩不住嘴了，有的嘻嘻嘻，有的哈哈哈，病房里一片欢笑。那老头和老太笑得最欢，尤其是老太，笑得很妖怪，她还像年轻人一样笑得弯下了腰。这一大把年纪，腰身倒蛮柔软，她低下身子，就捂住了嘴，唔哩唔哩地说，哎哟，笑死我了，哎哟，笑死我了，哎哟，我不能笑了，再笑我的假牙要掉出来了。

老头也笑道，我也不能再笑了，再笑我遗嘱也写不出来了。

薛姐虽然讨厌老头，但她更看不惯老头的这一子一女。她是直性子，有啥说啥，平日里也没少得那王老太的好处。现在眼看老头的子女气势汹汹要拿老太问事，便站了出来，大声说，喂，姓姜的人家，你们这一家人，个个自以为是，你们家是首富还是啥呀，你们有啥可让人骗的呀，谁稀罕你家那点破家财，人家王老太，家里才是富豪呢，她的子女，都在国外经商——

薛姐是这里的一霸，她一开口，大家都附和，纷纷点赞老太家的背景。

老太有些傲骄，谦虚地说，还好啦，一般般啦，我儿子就是美国一家上市公司的老板啦，我女儿——

那姜渐行和姜渐远也不是吃素的，才不会凭空相信老太的话，一脸鄙夷不信。薛姐说，老太，他们还不信，你给儿子打电话，现在叫他们看看。

老太也不慊，说，打就打。

拿了手机就要拨电话，薛姐说，老太，打视频，打视频给他们看。

也有的病人感觉事情有点大了，被震撼了，小声问，在美国都能这样打啊？

老太没有回答她，已经拨通了儿子的视频，并且打开了免提，儿子的脸庞就出现在面前了，勾着头过来看的人，都看见了那个美国大老板，果然西装革履，一表人才。

老太说，儿啊，你在那边，过得还好吧——

薛姐性急地插嘴说，老太，你问问儿子，上次你们通话，他说在扩建家里的游泳池，搞好了没有？

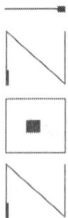

姜渐行朝她瞥了一眼，说，嗬，薛姐，看起来，你有打算去游泳哦。

那边老太的儿子听到薛姐的话，赶紧回应说，工程比较大，进展慢，这里不像中国人那么性急，要做千秋万代的高质量的好工程，必须得慢慢来，工匠精神嘛。

有个病人家属，虽然没有凑过来看手机上的视频，但是他耳朵好，听出了那边的背景声音，又看了看自己的表，奇怪地说，咦，美国现在应该是后半夜哦，天快亮的时候，怎么还有电视的声音？

这边薛姐就不乐意了，说，人家美国人，很自由的，没那么多规矩，爱几点睡就几点睡，你管得着？

那边的美国儿子也一样不乐意，怼他说，是呀，谁规定后半夜不能看电视呢，你们国内，天亮不睡的也大有人在嘛。

这个被怼了的病人家属，心里不服，再仔细听，又听出问题来了，摇头摆手，说，不对呀不对，怎么电视里说的是中文呀？

那美国儿子接得好快，立刻回复说，我看的是中文台嘛，我是中国人，就看中文台。

那病人家属才无语了，心里却依然疑惑，就凑过来看看视频画面，这一看，他失声笑了出来。

大家奇怪，说，你笑什么，这是他家的客厅哎，好大哎。

这家属笑得脸都歪了，说，这明明是我们这里的一家KTV的包厢，这歌厅名字叫"有去无回"。

大家才不信，老太都跟他急了，说，你说话把牙齿筑筑齐啊，你不要诬蔑人啊——

这人掏出自己的手机，扬了扬说，巧，我前两天恰好去"有去无回"娱乐，还拍了歌厅的照片，你们可以看——对了，我还有他们的打火机——又摸出个打火机给大家看。

老太的手机断线了，老太一急，再打过去，那边已经"无法接通"了。

这下子好了，姜渐行和姜渐远虎视眈眈地围住了老太，大有逮老太归案的气势。

连精明如神的薛姐也蒙了，完全不知道发生了什么。

却不料，片刻之后，老太的手机又响了，那美国儿子电话又打过来了，仍然是视频，那儿子对着屏幕，大骂这边的人，说他妈妈根本就没有什么初恋，老头冒充初恋跟他妈妈套近乎，就是想骗他妈妈的钱，骂老头和老太的子女都是骗子。最后他气愤地说，我已经报警了，你们别走，警察马上就到。

简直就是一场混战。

老头心知事情搞乱了，见自己的一对宝货子女揪住老太不放，只好让步说，好了好了，你们别盯住老太不放了，我实话告诉你们，她确实不是我的初恋，我的初恋早就死了，她当初根本就没有回到家乡，她死在外边了，她是个孤魂野鬼。这个王老太呢，就按你们的意思说吧，她就是个骗子，她和骗子小马搭了档来骗我的。这样说，你们总相信了吧，你们总满意了吧。

姜渐行和姜渐远可不是这么好打发的，他们仍然不相信，不满意。姜渐远说，爸，你的口气不对，你说的不是你的真心话。

姜渐行接着说，老头，你要是不能真心地真正地认识自己的错误，你就有可能再次碰到骗子，有可能天天碰到骗子。

老头说，我告诉你们她是骗子，你们可以放心啦，我不会写遗嘱给她的。

那姜渐行和姜渐远听了，沉默了一会儿。想想还是不对，姜渐行又反对说，你说她是骗子，你有什么证据，她很可能真的就是你的初恋，你们旧情复发，你们想重新走到一起，你们想去领证了，是不是，是不是？

老头讥笑他说，你看看你自己，活成什么样了，我说是真的吧，你说是假的，是骗子；我说是假的吧，你又坚持说是真的，是初恋，要领证。到底要我怎么说，你们才能相信呢？

老太已经出去了一趟，把小马找了来，推到屋子中间，指着小马说，喏，这个就是我们的媒人，帮着找初恋找初恋，结果找出了一群骗子，哈哈……

那姜渐行和姜渐远一听，一下子扑到小马面前，一左一右揪住他的两条胳膊，好像怕他逃走似的。

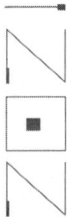

老头急了，呵斥子女，让他们放开小马，子女才不，不仅不放，口中还骂骂咧咧。

小马也不挣扎，只是站在那里朝老头笑道，完了完了，又变成骗子小马了。

那姜渐行说，什么叫又变成骗子小马，你一直就是那个骗子，我爸摔跤前那时候，就已经告诉我们了。

那姜渐远也说，要不是我爸摔了，进了医院，逃过一劫，你大概早就得手了。

那老头说，呸，我摔断了骨头，你还说我躲过一劫，你会不会说话？

姜渐行说，她说得没错，和摔一跤比起来，上骗子的当那才更要命啦——

他们扯了半天，虽然双方子女都说报了警，但是警察一直没有来，看热闹的等得着急了，纷纷抱怨警察磨洋工，这么长时间，怎么还不来。不过也有人眼明心亮，多嘴说，我看到那个人打110的时候，手机屏幕是黑的。

后来只好由院里的管理员出面来处理问题，他倒是做了充分的准备，具备了警察的能力，估计这种地方经常会发生类似的矛盾，他们都有了足够的经验和完整的程序了。

管理员负责任地告诉姜渐行和姜渐远，他们做过调查，小马来护养院工作前，是做快递分拣的，每天盯在岗位工作十多个小时，又都是白班，所以白天根本不可能有时间去公园或别的什么地方行骗。除了工作时间的证明，其他也没有什么证据可以证明小马是骗子。当然，反过来，也一样没有什么可以证明小马不是骗子，他们还会继续核查的。但是在最终的结果出来之前，他们不能随便诬陷别人。

姜渐行和姜渐远异口同声地说，我们没有诬陷小马，是我爸说他是骗子的。

管理员又让小马上前说话，小马直朝后退，摆着手说，别别别，你别让我说，我不知道我该怎么说，我说我不是骗子，你们不相信吧；我说我就是骗子，你们相信吗？

大家面面相觑。

小马看着姜渐行和姜渐远担心焦虑的模样，他也替他们着急呀，他宽慰他们说，你们尽管放心，老伯这么精明，怎么会上骗子的当。

老头笑了起来，说，小马，我本来是想跟你寻寻开心的，哪知道你这么卖力，还真帮我找初恋，呵呵……

眼看着老头又绕回去了，他倒是精力旺盛，可姜渐行和姜渐远已经疲惫不堪了，他们要打退堂鼓了。好在有小马那句话让他们心宽，他们的老爸，的确妖得很、精得很，一般的骗子，还真拿他没办法。

他们在回家路上，想想就憋屈，想想也不服，就在各自的朋友圈，抱怨吐槽，说说追拿骗子的过程，然后朋友圈和各种群里，立刻展开了"老人与骗子"的大讨论。讨论来讨论去，话题很快就跑偏了，歪来歪去，最后战火引到姜渐行和姜渐远身上，认为一切的根源、一切的责任，都是因为有不孝的子女。有人还要人肉他们，扒他们的脸皮，吓得姜氏兄妹赶紧删除了不当议论，缩了回去。

这边护养院里，一场闹剧终于结束了，大家都散了，看热闹的走了，王老太也回到自己病房去了，去向她的那几个躺着不能动的病友传达这场精彩演出的完整内容。病房终于安静下来了，大家沉默了一会儿，有人开腔了，对老头说，老头，你的儿子女儿都是厉害角色。

老头听了，起先似乎有点蒙，疑惑地说，我的儿子女儿？很快他就明白了，说，哦，你是说那一男一女？假装来看我的、说是我的儿子女儿，你被骗了，他们是骗子，他们事先准备好了台本、配合好了来骗我的。

大家目瞪口呆。

过了半天，才有人小心问道，那你、你是个孤老，没有子女吗？

老头说，谁说我是孤老，谁说我没有子女——老头的脸上，渐渐地露出了很少见的笑容，他笑眯眯地朝小马望去，眼睛投到小马脸上，就不挪开了。

那小马一见老头如此，吓得魂飞魄散，抱头鼠窜逃走了。

病房里有人嘀咕了一声，原来老头有老年痴呆症了。

虽然是轻声嘀咕，但老头耳朵很好，听见了，反应也很快，立刻就回击说，我头脑清醒得很，我又不是老年人——他指了指躺在病床上的其他老人，一脸瞧不上的样子，说，我又不像他们，七老八十的，老糊涂。

大家都服了，说，老头，你厉害，谁也搞不过你。

老头一听，更来劲了，"腾"地一下从床上爬起来，下地，走路，十分利索，原来他早已经恢复正常了。

老头痊愈后，出院，生活又回到原来的样子，好像什么也没发生过，

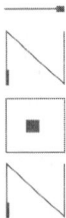

老头依旧在下午到公园的长椅上坐坐，远远地看着老头老太们跳舞、唱歌、下棋。

有人经过这里，如果他关注一下老头，或者对个眼神，或者点个头，老头就主动跟他说，我忘记了，我认得你吗？

人家莫名其妙。

老头解释说，对不起，我有脸盲症，你是小马吗？

如果碰到个心情不好的人，也许说话就不好听，甚至不文明地骂他一声；碰到态度好的人，会说，老伯，我不是小马。

也有人会关心地问老头，你坐在这里，是在等小马吗？

或者多管闲事地说，小马？小马是谁？

这句话把老头问住了，老头想，是呀，小马是谁呢？

原载《中国作家》2021年第8期

点评

　　小说以退休教师为中心，讲述了一个老年人如何面对"老"的生命命题，这也是一个具有普遍性的命题。人至老年，需要面对和调适自己与子女的关系、自己与生活的关系、自己与身体的关系。伴随着肉体生命活力的持续减弱，这些关系相比于生命旺盛期发生了重大变化。如何面对这些变化，是每一个人的生命课题。

　　作品中的退休教师老姜就是一个倔强的不肯面对这种变化的人，他既不能重新调整与生活和周围人的关系，更不能接受自己不断变老的现实。于是他与周遭世界的关系始终处于一种紧张状态。他试图去阻止这种关系的变化，将关系维持在原来的状态。他与自己的子女斗争，也与周围的人斗争，甚至试图想通过驯服骗子来证明自己的生命活力与能力。但这种努力显现出一种徒劳无功的悲怆意味，一如那个与风车战斗的唐吉诃德。

　　小说中的两名子女取名为渐行与渐远，显得意味深长，也是小说的题眼所在。人至晚年，生命渐行渐远，与亲人、与世界、与过去的自己，都是一种渐行渐远的状态，无论我们是努力阻止还是顺其自然，这一自然规律和生命状态都不可逆转。能主动做出选择的是一个人如何去面对它，如何在这个阶段依然有可见的风景与可观的收获，或许这才是最重要的。小说探讨的这一话题引人深思。

（崔庆蕾）

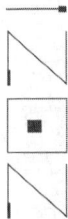

镜　城／

／罗伟章

　　白杨树在车窗外或紧或慢地奔流，枝柯上挂着喜鹊窝。天空喑哑，并不见喜鹊，树上挂的，是它们留给自己的念想，哪怕此生此世再无归期。司机侧脸瞅我一眼，说："家和家园，都是一种病，你看那些喜鹊窝像不像肿瘤？"我心虚得不能答言。我觉得他是在说我，是在用一句阴阳怪气的聪明话嘲笑我。其实他提到的病与我无关，我就是一粒流沙，不让自己扎根，因此才离家远行。但就是心虚。没曾想刚踏入镜城，那些在画家笔下"鹊登高枝"的吉祥物，就为我挖了个陷阱。

　　我不想表露，做出欣赏的样子，迎接扑面而来的钢铁丛林。

　　正看得眼花，头猝然向前一冲。

　　西南门到了，我该下车了。

　　尽管我并不能确定这是不是我的目的地。

　　街道像狂风里的眼，眯成一条缝——不是困倦，是在审视。这条从嘉靖年间熬过来的石板街，在镜城算不上老人，只能算个中年人，正进入更年期，情绪坏，明显不喜欢我这个生客。我慌忙钻进一条胡同。胡同倒是亲切而真实。胡同出去是条小街，因为瘦，显得长，中段左侧，立着一轮满月，那是把街道和居民区隔开来的门。我在门边站下来，将牛仔包从肩上移到手上，让自己显得恭敬些，再进到月亮里去。里边是长排板式楼房。沿逼窄的通道走过两个单元，或许是三个，感觉横着走没意思，便脚步一撇，上楼。楼道发出的响声，旧到时间的背面去，并用它的旧提醒我：即使回到前世，你也与这里无缘。这让我心里越发没底。东张西望地上到四楼，见402静静地洞开着，像一个人张了嘴要打喷嚏，却始终打不出来。这是我该来的地方吗？

　　喊一声："喂！"

无人应。

我狐疑地抬了腿，迈过两寸高的门牙。

"来啦？"

随着这声更像喝问的招呼，从不同房间出来两个男人。一个四十多岁，一个二十五六。确认了我是谁（证明我没走错），四十多岁的男人便说，他是户主，但不是房东，这套三室一厅，是他从房东那里租过来，他再单间租出去，那个年轻人，包括我，都和他签合同。我的合同年轻人已代签，钱也由他付了。年轻人叫我陈哥，接着又改口叫永安哥，说永安哥，这是俊哥，俊哥来镜城十多年了，在一家公司做财务。那被称为俊哥的，伸出粗短的手指刮头皮；只有头皮，没有头发，一根也没有。

然后年轻人把我领进我的房间，说这房间靠东。东南西北我也分辨不清，我的世界是由前后左右构成的。而且是否靠东，也无关紧要。

但年轻人说，这房间比别的房间，至少早亮半分钟。

又是一句聪明话。

到镜城两个钟头，我就听到了两句聪明话。

房间小得很。不过无所谓，能搁下一张床，一张桌子，够了。我放包时，年轻人把门关上，细声说，俊哥名叫冉俊，是个从头到脚的失败者，平时少和他接触。出来混事，不成功的话不说，不成功的事不做，不成功的人不交往，这是原则，否则混不出个名堂。说完让我休息，想洗澡就去洗个澡，二十分钟后，他再来叫我吃饭。

待他出去，我在床沿坐了，抠着脑门想：他是谁呢？为什么要替我付房租呢？

怎么也想不起来。

镜城我是来过的，但西南门是第一次来，这个社区，社区里的这个居民区，居民区里的这套房子，自然更加陌生。正因此，感觉镜城也是头回涉足，凉薄荒疏，与我川西普光市的家，雁阵声寒，关山隔绝。镜城也并非没有熟人，却大多联系不上，联系上了也路途遥远，无法相见，仿佛他们所在的镜城和我正待着的镜城，不是同一个镜城。事实上也是。再大的地界，能给人意义的，只是某条街道，某个门牌；甚至比这还要小，小到

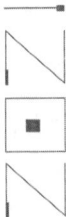

立锥之地。正如一粒种子，是在指头大的土块里发芽。

没有人能帮我。

我能依靠的，只有这个几平米的房间，还有替我付房租的那个年轻人。

"依靠"这个词，让我的记忆复苏：是那年轻人叫我来写剧本的。

他叫谢延，我想起来了！

天光还在城市的那一边，谢延就来敲门。

听声音他很不满意，嫌我起来得晚了。

"我那里都亮了。"他说。

我这才知道，"至少早亮半分钟"，并不是一句单纯的聪明话。我是他的雇工，他要我比别人早起。

门刚打开，谢延说："今天就看你的了。"

原来是要去跟他们公司领导见面，导演也要来。

"这个剧，"他继续说，声音像捏着橡皮管浇花，"是国内少见的大制作，要投资两个亿。两个亿的人民币有多重？一张百元钞1.15克，一万块就是115克，一亿是1150公斤，两亿呢？2300公斤，或者说2.3吨，从天上砸下一颗2.3吨重的陨石，能毁掉一座城。砸钱不是毁城，是要听响声，钱自己不会响，是人让钱响。我不知道你听明白没有？不是穿上长衫就能称秀才，会用电脑就能当编剧。我不全力举荐，挑剩了，也挑不到你头上，你说是不是？"

我房间没开灯，客厅也没开灯，但他的眼睛在黑暗里闪闪发光。

他显然是在等我的回答。

我只好说："那是。"

感觉口气僵硬了些，又补充说："谢谢小谢。"

他本是一只手把住门枋，现在两只手把住，相当于把我堵在里面，堵严实了，才说："你平时这样称呼我无所谓，到了正式场合，就不能叫我小谢，也不能叫谢延，要叫谢经理。"

我连忙点头。这个比我小十来岁的人，原来是个经理。

"我也不会叫你陈哥或者永安哥，我就叫你陈永安。"

我说那当然，语气很是做小伏低了。

他沉默下来。沉默下来后就听见窗外的鸟叫，是一呼一应的叫法。

"演习一下吧。"他说。

我说好。

"陈永安。"

"谢经理。"

"陈永安！"

"谢经理！"

他把身体放松，用以上对下的口吻说："我举荐了你，但能不能留用你，还要看你自己的本事。今天的见面非常重要。我让你看的资料，准备的方案，都做了？"

身上痒不可忍。昨天晚饭前，我是洗过澡的，在厕所里洗淋浴，那笼头像个马蜂窝，吐出肉乎乎的水的幼虫，使了劲搓，幼虫烂化，喷出白烟，把我淹在白烟里。好在白烟一散，浑身清爽。现在却这么痒，是又出汗了。

他什么时候叫过我看资料？又是哪方面的资料？

这时候冉俊起了床，一言不发的，去厕所洗漱。刷牙洗脸，都三下五除二，捣得牙齿和搪瓷缸子砰砰乱响，清理鼻孔时，满屋荡出回音。洗漱过后，才撒尿，后来知道这是他的养生法：把头尿憋住，嘴鼻弄干净了，呼吸几口新鲜空气再撒出来，能补肾。他撒尿也不关门，尿在马桶里发出弯曲和迟疑的声音。从厕所出来，他背着挎包，快步出门。挎包带子很长，啪啪地驱赶着他粗壮的腿弯。

"抓紧啊。"谢延说。

说着走到客厅中央。那里有张小圆桌，放着几人的漱口盅。厕所实在太窄，撒尿时要骑在马桶上，或者像女人那样坐在马桶上，否则没地方放屁股，洗澡也是把腿劈开，分立于马桶两侧。若在墙上钉两颗钉子，搁张木板，虽不当事，也嫌分割了空间。

偌大的一个镜城，空间却成了人们最深的渴望。

早饭是出去吃。下楼来，踩在水泥地上，却像踩在云端里。那不是

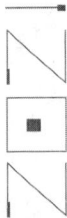

路，是路的影子。每踏一脚，都溅起深灰色的光斑。天在慢慢亮开，但依然不能叫白天。外面的小街倒是早就热闹起来了。热闹的是气息，不是声音。几乎听不到声音。昨天我来的时候，街上空落落的，现在有了十余家移动餐点，都是类似于乡间演出队的那种铁皮箱，遍身黑，黑得遗忘般道劲。马路对面半尺高处，有片略微倾斜的台地，餐点就摆在台地上。谢延领着我，径直走到一个胸大腰圆的妇人面前。那妇人奇怪地叫他张老师，说张老师，坐。也不问他吃什么。看来他是常客，且万古不变地吃同一种食物，也吃同样的分量。

谢延坐了，说："两碗啊。"

妇人应着，麻利地在铁皮箱里捅火。

炭火迸出即闪即逝的星子。

我跟谢延坐在同一根条凳上，他歪了歪屁股，凑近我耳边，说："对外人，不能轻易透露身份。"我很解事地点着头。他本来姓谢，却说姓张，正如多年前有一回，我跟一个朋友去夜总会，进了包间，他问我："孙总，喝啥子酒？"

这么说来，不透露身份的意思，是随机改变身份。变，是最深的隐藏。

"人与人的根本区别，"谢延进一步说，"不是别的，是身份。你出去见人，不是人见人，是身份见身份。人是说不清的，身份却一目了然。因此人最重要的，是别在'人'字上纠结，苍天大步朝前走，你却在那里问我是谁、我从哪里来、我到哪里去，不是扯淡吗？是人又怎样的？卫懿公养鹤，给鹤穿锦衣绣服，并举行大典，为鹤封官晋爵，鹤每次出门，都有专车接送；晋灵公养狗，为狗建别墅，用礼器盛食请狗吃，谁不小心碰了他的狗，就砍断谁的脚；前不久有则新闻，路人赞美一条狗，说好漂亮的狗！结果挨了狗主人一顿暴打，原因是他的狗不叫狗，叫犬。过分吗？事情过分，道理不过分。孔夫子说，名不正则言不顺，言不顺则事不成，什么是名？名分嘛！把名分稍作转化，就成了身份。名分和身份，一个属政治结构，一个属社会结构，但本质上是一个东西。所以，"他脖子一扭，作了总结，"是不是人不重要，你从哪里来又到哪里去，也不重要，身份才重要。身份是大哥，别的都是马仔！"

地上更亮些了，天空却比开始还要暗淡。是暗在深处，就像我的心。我想着我为什么出来混。是想挣钱，想出名，说白了就是想捞个身份。然而那是多么遥远，远若星辰。在这个比我小十来岁的人面前，他也是大哥，我是马仔。年龄屁都不是，用年龄来塑造伦理，是农业社会的伦理，不说已经过时，也正在过时。

谢延见我半是忧戚半是心领神会的样子，鼓励而亲热地擂了我一拳，擂在肚子上。我的胃在我下楼时就已醒来，但肠子还在酣睡，是等着睡足了，好起来工作——却在睡梦中挨了一拳。肠子当即发出恼怒的吼声。它以为是在家里呢。我赶忙像忍大便那样，闭紧肛门，咬紧牙关，才把那吼声闷死在里面。

食物盛上来，黑白相间。这东西叫羹。用筷子一拨，见荞粉里裹着肥肠，肥肠上长着白色颗粒，那是捣碎的大蒜。吃下一勺，甜味儿、腥味儿、辣味儿，几味合盟，锻造出武器般的劲道，袭击我的舌尖、咽喉和整个腹腔。

只差一点，兄弟们哪，只差一点点，我就吐了。

我把嘴蒙住，看旁边的谢延，我的谢经理。他塌着腰，勾着脖子，嘴置于碗口，羹就从碗里直接撸进嘴里。这样子让我想起那个"咥"字。我老家吃东西不说吃，说咥，"咥了吗？"彼此这样问候。把咥字分解，就是口至——口到了。口是食物的蝗虫，到来就意味着席卷。没想到镜城人也是这吃法。我并不知晓谢延是哪里人，但他和送我从机场过来的司机一样，满口镜城腔，还能说聪明话，我就断定他是镜城人了。镜城人都吃得那么奋勇，完全是斩草除根的架势，我怎么能吐呢？

我便暗暗对自己说，不是这东西不好吃，是刚才肚子上挨了一拳，它抗议，就拒绝接收。可你哪有资格抗议？你无非就是个马仔。谢经理讲得再明白不过了，马仔是名分，也是身份；我的理解是，比如贞节是名，为贞节付出的牺牲，就是分，那么我肚子上挨一拳，正是需要牺牲的部分。我就这样说服了自己。我的舌头、咽喉和腹腔，也都明白了这个道理，忍下委屈，听话地一段一段往里输送。

待吃下最后一勺，回味起来，才发现那东西不仅不难吃，还很香的。再吃一碗就好了。但谢延已在付钱。昨晚他就跟我谈好，在我有正式收入之前，他管我的吃住，有了正式收入，我俩五五分成。我很清楚，他不会无止境地等我的"正式收入"，今天的见面会，将决定我的命运。这么一

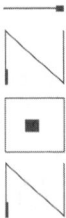

想，我哪有心思去管还瘪着的肚皮。

见面会在一家酒店举行。酒店名叫豪斯，三楼有个小会议室，不过和参会人员比，就不小。除谢延和我，另外只来了七个，再除掉两位记者，只剩五个。公司总裁王冰，导演徐光林和他胖得走路磨腿的老婆（听说是制片人），这三人当然都十分重要，但还没重要到让我难受的地步；让我难受的，是两个小我几岁的家伙，一男一女，男的叫姜平辉，女的叫李秀秀，都是编剧。即是说，如果这部剧只要一个编剧，他们都是我的竞争对手；只要两个编剧，他们同样是我的竞争对手。

我跟每个人握手，并作自我介绍。我本来等着谢延介绍我，可进屋后，他比我还紧张，脸和脖子都像被抽打过。我似乎这才发现，他的脸很瘦，下巴很尖，而且总是把下巴朝前撅着。更大的发现在于，别人对我，比对谢延更热情。其实不是热情不热情的事，是根本就没人理他。不过这也讲得通，他是王总手下的经理，王总不在，他是大哥，王总在，他就是马仔，当然没必要当着大哥的面去理一个马仔。

"王总是罚我们站啊？"导演的老婆笑嘻嘻地说。她笑起来有两个酒窝，像是在很稠的粥里吹了两口，两口用的力道不同，因此两个酒窝有大有小：左边的大，右边的小。名字也是这样来的：她叫笑靥。我估计是艺名。

王总也笑："坐还要人请？椅子是对屁股最真挚的邀请。"

然后双手往下压："坐啊坐啊。"

于是都坐下，只王总一人站在前面。

落座后我才看见，正面墙上绷着一条细长的横幅："四十集电视连续剧《惠明春秋》启动会。"

是说惠明皇帝的故事吧？

谢延告诉过我吗？

还是想不起来。

想不起来不能证明没告诉过，只能证明一半。幸亏我爱读杂书，知道惠明帝是谁。那个一千五百年前的北国君主，在三十三岁的短暂人生里，秣马厉兵，整顿吏治，扩充疆域，迁都镜城，成就了一番伟业。还有呢？还有我就不知道了。我就像去往藏区的观光客，见到色泽艳丽的布画，惊呼一声："啊，唐卡！"是的，那是唐卡，但你叫我再多说几句，就说不出来了。我看着斜前方，那一男一女的两个编剧，姜平辉和李秀秀，并排而坐，正喜形于色地交谈着。看样子，他们早就是熟人，甚至是一个战壕里的人。如果这是一场三人之间的竞赛，两人联手，很容易就能把另一个挤掉。

把谁挤掉？

把陈永安挤掉。

把我挤掉。

这时候我有些怨谢延，他坐在最后面，与所有人都拉开了五排以上的距离。既然我们是同盟，你就应该跟我坐在一起，让姜、李二人知道，他们的对手并不孤单；非但不孤单，还有依靠。

我转过头，朝谢延笑。

他却像没看见我朝他笑。

只能靠我自己了。

这没什么。想我曾祖父当年，和人争夺一个女人——那是在川陕道上，一家客栈里，客栈偏荒，却是出入川境的要冲，每天人来人往，不是陕西人，就是四川人，因此门上挂着木刻镏金的对联："日过秦人无数，夜宿川客几多。"那天，曾祖父披着麂子皮，挟卷一身雪尘和暮色，进了店子，点名要朱小小。但朱小小正跟三个大汉同桌喝酒。曾祖父也坐过去，腚没沾凳，就将一把匕首插进了木桌。三个大汉大的，不只是肉，还有骨头，无须联手，只一人就把曾祖父摁倒在地，拳打脚踢。

一颗肉球在地板上蹦跶，蹦跶几下，那肉球说话了：我不是来打架的，我是来要朱小小的。三人说，朱小小被我们包了，我们听见老板娘告诉你了。肉球说，你们包的是她的身，包不了她的心，我是要她的心。三人大笑，说这杂种，放他起来，看他怎样要朱小小的心！曾祖父爬起来，斜胯站了，拍拍灰土，拔出匕首，看着对面的朱小小。朱小小双泪涟涟，大碗灌酒，酒液和着泪水，打湿了她的下颔和前襟。待她蹾下酒碗，曾祖父便够着上身，挑开她的衣衫，匕首朝胸窝里剜。鲜血和刀子是命定的盟友，刀子一去，鲜血就出来迎接，拖儿带女的，在双乳间欢快奔跑。

朱小小哼都没哼一声，只间或开合着帘子似的睫毛。

三个大汉虽有骨头，却无肝胆，见状一哄而散。曾祖父这才把半死的

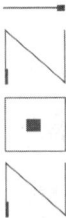

朱小小捞过来，用舌头为她止血，然后掏出身上的所有银圆，撂在桌上，将朱小小带走。

然而，朱小小并没成为我的曾祖母。

实在的，这让我遗憾。尽管我知道，她当真做了我曾祖父的老婆，也是别人的曾祖母，不是我的。但还是遗憾。一个妓女，一个美艳的妓女，一个被剜开胸膛也不哼一声的美艳的妓女，该是怎样富饶的生命，又会给她后人留下多少绚烂断肠的遐想。

可对朱小小而言，这些都只待来世。她跟着曾祖父，养好了伤，过了一段贫寒日子，就又回到了那家店子。据说回去之后，她的生意更好了，是因为以前她心思重，让一朵好花老也开不圆，现在没什么心思，不仅开着，还开得汪洋恣肆。她似乎顾忌不到恣肆地开放意味着凋零。或许是她太愚蠢，想不到这些；或许是她太聪明，早就想到了，因此要尽情享受开放的日子。可惜她开放的时间太短了，没过两年，便没人要她，被赶出店子，不久以后死在了野地。她走着她前辈的路，也实践着她前辈的人生：街死街埋，路死路埋，倒在阳沟里就是棺材。

这些话都是多余的，我真正要说的是，曾祖父曾经以那样的方式把一个女人带走过。

我的血脉里，并不只是怯弱。

王总宣布会议开始，并介绍参会人员。重点介绍的，自然是导演徐光林，说徐导是国内屈指可数的大导演，每个时期都有杰作。他把徐导的"时期"分成了三段，这证明王总不仅是个商人，还是个有文化的商人，一生二，二生三，三生万物。他以此表明徐导的厉害。徐导起身，前后拱手。这人看不出年龄，说五十岁可以，说六十岁也可以，披垂至肩的乱发，将一张脸切割得很嶙峋。他身材不高，肩膀瘦削，而坐在他身边的笑魇，却是从《诗经》跑出来的"硕女"，胖而长大，年龄也比他小了倍数。

谢延又被漏掉了，王总没介绍他，就开始讲话。

都是些常规性的话，听起来没什么趣味。只有商人的趣味。这又证明他到底没有文化，有文化的人是不会随便分段的，更懂得一不仅可以生二，也可以灭二。他特别解释，为什么搞四十集。因为少了三十集就要赔本。自始至终，他都没说投资，可能是商业秘密。谢延提前为我支付了秘密。两亿，全是百元钞，也有2.3吨重，王总该有多少钱？

我一面听，一面暗暗算账。

不是算王总的，是算我的。我只拿走两亿的百分之五，就是一千万，按普光市的房价，我就能像晋灵公的那条狗，住进别墅里去，甚至能买两幢别墅。两幢不要买在同一个地方，要有段距离，这距离不以里程计，以心理计，是心理距离。我的打算是，一幢养家，一幢养个小情人。老婆和情人隔多远合适，因人而异。兄弟们，你们知道我这人道德感比较强，老婆和情人近了，我的血管会堵。如果一个在城东，一个在城南，差不多就能坦然行事了。好了，就这么定了。

可我能要到那么多吗？听说国内最牛的编剧，一集也没突破四十万，稍有名头的，也就十万左右。十万也不错啊，40×10＝400，有了四百万，照样能买两套房子。当然是房子，不是别墅。有房子就行啦，你老婆不是千金小姐，想找的情人也非仙姝名媛，有房子住就可以啦。但我算不算有名？我仔细想，想起在一张报纸上有我的名字，我写了封"读者来信"，表扬他们办得好，登在第24版。老天，这能拿出来说吗？别想十万了，五万吧。五万不行，一万也好，有了四十万，我就能让老婆住得宽舒些，不至于听人在隔壁做爱，就像在我们自己床上做爱。情人嘛，唉，算了，情人是人生的LV包，有了提一提，没有，牛仔包、帆布包、塑料口袋，不一样能装东西！

可我算掉了一件事呢，谢延是要跟我五五分成的，一万一集，我就只能得二十万。

我的右手掐了左手一把。

左手背冒出血影。

二十万，你也想得出来！你太小看自己了，你陈永安若是无名之辈，谢经理会找到你？总裁和导演会对你热情？谢经理所谓若不是他全力举荐，挑剩了也挑不到你头上的话，只是个计谋而已，目的是要跟你五五分成，这套把戏老农民都会耍，你就当真了？万不可过于低调。你就是太低调了，写了很多作品，都不公开发表，但你的思想已被盗用。有回在省报

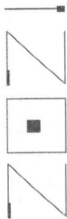

上看篇文章，那想法，那声口，和你的分毫不差，你半年前就写过了。你很可能是个隐士，名声早在江湖上流传。你现在不能做隐士，是怜惜老婆过得苦。做隐士的人，本就不该结婚，但你已经结了，老婆跟着你，南来北往，东游西荡，分明一个好好的肚子，却不敢往里面装孩子。

不能害口失羞，不能心慈手软，既然有两亿，拿不走千万，几百万我该不该要？别糊弄我不懂这行道上的规矩，这规矩就是：你要少了，他高兴，却又打心眼里瞧不起你。

于是我整顿精神，鼓着暗劲儿，准备谈合同时再把暗劲儿变成明劲儿。

这么迷迷糊糊的，听见掌声响起。我连忙用左手打着右手。

是王总讲完了。他下来捡了张椅子坐下，导演又站到前面去。

导演用了很长时间表达决心，之后话锋一转，说起怎样吃鹅肠。鹅肠谁没吃过？特别是我作为四川人，烫火锅的时候，基本上都要点这道菜。然而导演说的，不是端上桌的菜品，而是某些食客必须目睹厨师把鹅肠从鹅的肚子里取出来。他非常细致地描述了怎样在活鹅的屁股上旋个洞，这期间鹅怎样叫，厨师怎样在鹅的叫声里，将鹅背一踩，热气直冒的肠子从那洞里涌出，然后把鹅丢开，鹅摇摇晃晃站起身，感觉自己肚里空了，便忙着去找吃的。这时候，鹅肠变成了命，那个找食物吃的鹅，变成了命的影子。

讲这些是什么意思呢？连笑靥也觉得莫名其妙。

"咋的啦？"笑靥吼着说，"又不是开吃货班。糟心！"

说着抹起了眼睛。

导演扫视着各位。

我看不见自己的表情，也看不见姜平辉和李秀秀的表情，但看得见李秀秀半低着头，双手合十。

导演依然扫视着，不说话。

我马上意识到，他是在等回应。我应该抓住机会表现一下。谢延说"今天就看你的"，看我的时候来了。我要发几句高论，不只让导演记住我，还要像钉子一样打进他心里。

可越这样想，我脑子里越是像启动一架破豆浆机，轰轰隆隆响，就是榨不出汁儿。

结果被姜平辉抢了先。

"人性里没有多少光辉……"他说，"以那种手段取鹅肠，表面说的是要货真、新鲜，最内在和最隐秘的需要，是满足残忍的欲望。残害鹅只是冰山一角。每过些年，人类就要大规模残害一次动物。残害动物的时期，都是人类兽性发作的时期。"

接着他又说："人类的兽性就像感冒，老发作不行，老不发作也有问题。"

这家伙是在贩卖聪明话。

王总介绍人的时候，我就知道他不是镜城人，在座的，全都不是镜城人，不是镜城人到镜城混事，也得学会说聪明话。

而这样的聪明话我一句也说不出来。

幸好导演没让我们都发言，他自己又讲开了，语调更加沉缓："看起来，大家都不喜欢沉重的话题。我也不喜欢。事实上没有人喜欢。沉重只属于启蒙时代，后来者坐享其成，爱的是轻软。惠明帝两岁做太子，五岁即帝位，易代之际，子贵母死，在当时已成惯例，因此惠明帝登基的同时，他母亲也得到一份礼物，是一匹悬梁自尽的白绫。他是个从小就没妈的人。刚满十岁，爹又死于祖母之手。到二十四岁，祖母去世，他独当一面，重整朝纲，清淤除溃，强国富民，迁都镜城，四度南征，并在征途中染病，不治身亡。这是一个沉重的人。我们去表现他，要是也搞得沉重，就会被观众抛弃。因此与其说表现，不如说塑造。我们要塑造一个惠明帝，别怕史学家挑毛病。史学家的历史是政治史和社会史，而历史的最高境界，是心灵史。"

王总带头鼓掌。

光阴在掌声中流逝了二十多秒，就到了正午十二点。导演下来，王总再次上台，简单总结了几句，就说："今天就到这里。吃饭了，人是铁，饭是钢，雷都不打吃饭人。"

两个记者提前走了。饭桌上也没有谢延。已见过了场面，也认识了人，这时候没有他，是我求之不得的，否则总有一个大哥在面前，不断提

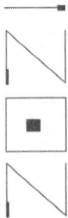

醒我马仔的身份。

去的是一家中餐馆，但没谱系，称"天下菜中餐馆"。

我听人说，能做"天下菜"的城市，包括镜城在内，全中国只有三个。凡发展出独立菜系的，都比较封闭，做"天下菜"，则代表如川归海的胸怀。当然能做"天下菜"，并不是说每个餐馆都是"天下菜"，像镜城，目前就只有八家。如此，今天选这里吃饭，就大有深意。想当年，惠明帝率百万臣民，从草原迁都于此，其意在"融"，要写他，先要有他的语境，所以特意到"天下菜"用餐。

我的想法是，吃饭过程中，我要就这个话题好好发挥一通。兄弟们哪，开会时被姜平辉占了先，姜平辉把我比下去了，这是明摆着的事实；甚至李秀秀也把我比下去了，她没说话，却以双手合十的姿势给出了自己的态度。我呢？我就像块石头！聚餐是我显本事的最后机会，再不抓住，我的镜城之行，恐怕就要打下课铃了。

然而，餐桌上的语境和我想象中的语境，完全不同。

"餐桌上谈工作，是无能的表现，这话是谁说的？"笑靥自问自答，"苏格拉底说的。"她四两拨千斤，用苏格拉底，轻轻松松把我们的惠明帝赶出了包间。

我拎着大包书，乘地铁回西南门。书是王总让工作人员带到餐厅去，分发给了三个编剧，每人二十六本，都是有关惠明帝的史料。尽管惠明帝雄心勃勃，也做出了与那个时代相匹配的业绩，但还称不上彪炳史册，这一方面与他过于短促的寿命有关，另一方面，或许是更重要的方面，他那业绩算不算业绩？公说算，婆说不算，纷争太大，反而都不好开口。因此有关惠明帝的史料并不多，这二十六本书都是抄来抄去。幸亏如此，不然怎么看得完。导演对我们说："回去看十天书，然后在老地方聚，谈各自的构思。"接着强调："书要看，认真看，看了要忘，认真忘。不看，弄来不像，不忘，弄来也不像。"我长出了一口气。我以为今天就会决定我的命运，看来还要等十天。

可那是不是缓期死刑？

当这念头冒出来，我觉得太不吉利，连忙想些别的。

却不能想，谢延贴在身边，不停地唠叨。他是什么时候出现的？从中餐馆出来，王总、徐导夫妇和我的两个竞争者，各自留下挥手的影像，就迅速隐没于人群，我独自朝地铁站走，那段路行人并不多，如果谢延在路上等我，很容易就能看见，但我没有看见。进地铁站也没看见。直到上了车，傍扶手站了，才见身边有张跟谢延长得一模一样的脸。我惊出一身冷汗。当那张脸朝我笑，我确认了那就是谢延本人的脸，更是毛骨悚然，仿佛我上错了车，而错的不是车次，是时空。

他却毫无错愕感，胸有成竹地撅着下巴，笑一下后，就开始唠叨。唠叨的内容，与今天的事毫不相干，全是他所谓的内幕。比如，徐导和笑靥不是正经夫妻，是野鸳鸯。在镜城，这类野鸳鸯少说有一万对，也就是两万人，相当于一个小镇的人口。想象一下吧，他对我说，陈永安你想象一下，整个镇子都是野鸳鸯，那该多么壮观，又多么荒诞和浪漫。荒诞是最高级的浪漫。要真有这样一个镇子，肯定会成为天下独绝的旅游胜地。人是被规训的，恰恰因为这样，一个"野"字，才总能唤起原始的激情；即使不敢亲身尝试，窥视别人的生活，尤其是那些不合常规的生活，都会在内心暗流汹涌。

发了几句抒情性的议论，我的谢经理接着说：镜城的野鸳鸯跟别处的不同，镜城的野鸳鸯梦想第一，住进一间屋子，睡到一张床上，只是暖一暖孤单，把孤单捂热，是为给梦想加温。如果身体舒服了，梦想却下坠了，这对野鸳鸯一定管不长久。徐导来镜城三十二年，老婆却一直待在老家，偶尔过来，最多住上一个月，他就让她回去了，嘴上的理由是她不服镜城的水土，来了就拉肚子，还犯鼻炎，心里的理由嘛……老婆嘛，太生活化了。过于生活化，只能养出小男人和小女人，与梦想无缘。三十二年当中，徐导换过十八个女人。

我很想问，姜平辉和李秀秀呢？他们也是吗？但没问出口。我怕谢延看出我的焦虑和畏葸。姜平辉说的那些聪明话，他是听见的。

他抿了抿嘴，又说，笑靥正是徐导的第十八个。徐导是个瘦子，可他找的女人都胖，让十八个站成一排，笑靥只能算偏胖。可见人都有补偿匮乏的渴望。

他只管滔滔不绝，我的手指勒得生痛，他也没说帮我拎一下。

当然，他是大哥，我是马仔。

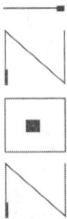

而且也不需要他帮忙了，已经回到租房了。

进屋他就停止了说话。

话一停，他的肩背立时有些像虾，像遭遇了意外的打击。打击早就落在他身上了。王总没介绍他，还没请他吃饭。恐怕不止这些。他分明是总裁手下的经理，为什么要住到这地方来？未必他也不是镜城人？就算不是，既在总裁手下谋事，也不该住得这么简陋。他的房间我没去过，我房间的玻窗，是缺掉一块的，风从更北方吹来，浑身长满深秋的獠牙，尖利地打着呼哨，蛮不讲理，一拥而入，到夜半，甚至想把我赶走。我不走，风就冷着脸，冷成一坨一坨的冰。我还是没走。冷我并不计较，简陋也不计较，关键在于，谢延交的房租，是帮我交的，不是帮你们风交的，我为什么要走？

虽不计较简陋，但我现在说的是过于简陋。除玻窗坏了，放在桌上的电脑，也不知来自哪朝哪代，仿佛电脑发明之前，它就在那里。这不是电脑，是时间。时间驱赶着时间。时间让时间衰老和腐烂。曾有人花一生心血，考察时间的体态，得出的结论是，时间如山溪水，站着流逝。这完全是胡扯。时间分明是躺着的，理由在于，你看不到它，它却带走了你的青春，这证明它在低处。把人消磨掉的，永远是人的低处。

那电脑我昨晚已试用过，打开时发出冰块开裂的声音，我听着难受，但原谅了它，以为它跟我一样，是被冻住了。可现在想来，不是冻的，是老的，鼠标根本划不动，用刀子把螺丝扭开，见里面绞缠着头发样的灰尘。

那是岁月的痕迹，也是冷落的痕迹。

总是离不开一个冷字。

孤单就是冷质的。

天啦，来镜城才多久，怎么就孤单成这样子？镜城的天幕底下，还有没有跟我一样的人？我是说，有没有跟我一样孤单的女人？

照谢延的说法，当然有。他没骗我。我就跟着那样的女人去了。她给我来电话，说陈永安，我住在榆树巷，离你不到二里地，你来嘛。我叫她来，她说我才不，你那里不是还有两个人吗？那两个人我看着颇烦。这话让我听着受用，但同时也想，套房里三个男人，另两个都孤单着，你一个人有女人，这事太残忍，说不定还有风险。房间的门都是老木板，长着盐状白斑，拱肩缩背的，外面即使看不见，也听得见。

我问了她榆树巷的房号，就轻手轻脚出门。

冉俊的屋子黑着，证明他还没回——他无关紧要，我要提防的是谢延。谢延的屋里传出焦躁的口琴声。这太好了，我小心关门，就不会露馅。

兄弟们哪，镜城的夜色是多么美好，天空如青花瓷，禁不住想抱在怀里。二里地，是步行的黄金距离，因此用不着搭车。我边走，边想起一个朋友讲给我的事，那朋友的朋友，有回听女人召唤，去宾馆幽会，门虚掩着，他进去，听见卫生间水响，知道女人在洗澡。他点了根香烟，抽两口，掐了，把自己光光生生脱掉，仰在床上。女人裹着浴巾出来，瞅了他一眼，再次进了卫生间。他听见里面窸窸窣窣，然后安静了，女人却老不见过来。他起身去查看，没有女人。吓得忙打电话，才知女人走了。问为什么，说不为什么，就把电话挂了。这朋友走向床边，呆了几分钟，掏出揣在裤兜里的三个避孕套，扔到地上，踩！踩得腿脚发麻，还踩！

我朋友说，这件事已过去十年，他那朋友也没想通。他没再跟那女人联系，女人当然也没联系他，按理，事情就算过去了，可既然没想通，怎么会过去呢？没想通就堵在那里，堵在那里就成为肿块，就要痛。他的后半生，都要腾出精力，去揉搓那个肿块。他付出的代价太大了，为一件没有发生的事付出代价。

许多事情，天底下的许多事情，真的发生后，即使有代价，迟早也能偿清；没发生，或者有发生的势，却终于没有发生，你往往要用一辈子去偿还。你别笑，这是生活的道。智者说，上士闻道，勤而行之，中士闻道，若存若亡，下士闻道，大笑之，因此你别蒙着嘴笑，要笑就大声笑出来，让我明白你是个等而下之的人。

我把那件事讲给另外的人听过，当时七八个人在场，听了都没笑，而是尽着各自的经验和想象，对女人的主动邀约和不辞而别，加以解释。各有各的解释。如果我是个写小说的，我就抛出那个故事，然后写出七八种解释，会不会成为一篇好小说？

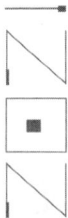

我不好回答，因为我确实是个写小说的。

我写了十五年，却只发表了一封读者来信。

不说那些事了。

眼下，我正大步行进在约会的路上呢。

无论如何，我要吸取教训。今晚去榆树巷，进了她房间，如果她在洗澡，首先，我不能在她出来之前脱自己，我跟她是第一次，第一次是要被审视的，尽管我对自己的身体自信，但任何自信都经不起审视，审视的目的，就是打击自信。其次，我不能先就躺到床上去，也别进去跟她同浴，因为是头回见面，那样做，很可能让她心生抗拒。我要站在卫生间门口，等着她出来，拥抱她，亲吻她。拥抱和亲吻，是打开女人的钥匙。当然也可能打不开，那是另外一说，我说的是打得开那种。一旦打开，女人的骨头也会变成肉。再次，就算我这天洗过十次澡，也必须再洗一次，性这东西，要不是因为爱，便干净为王；这干净二字，不仅包括干净本身，还包括让对方看见干净。

兄弟们，我就这样思如泉涌，奔走在镜城的夜色里。

前面就是榆树巷了。我现在变得比谢延还年轻了，心像拍打着的乒乓球。

哪想到榆树巷还有一道大铁门呢？

还差半步就进去了，可是，哽！

铁门关了，乒乓球挤破了。

门响的声音咋这么熟悉？

来的日子虽浅，毕竟也听它响过若干回，当然熟悉。是冉俊回来了。门响过后，便无声无息，我就猜是他。或许是谢延出去了也未可知。不管是谁，我的榆树巷之行，就这样被腰斩。真有那样一个女人就好了。兄弟们哪，女人是有的，只是不属于我，也没有谁给我打电话。我在想象中完成了那趟旅程。事实上，在想象中也没能完成。

我唯一要做的和能做的，就是躲在这个比别的房间早亮半分钟的斗室里，翻阅惠明帝的史料，并按导演的指示，记住它，又忘记它。

我把书从袋子里取出来，摞在靠墙的床上，随便摸过一本来看。是讲北国经济史的。北国的经济史也弥漫着草原的气息。写惠明帝，就该充满草原的气息和草原的语言。可他迁都镜城，并没打算让整个中国都变成白云朵朵的羊群，而是希望从游牧跨入农耕，草原的语言难道不正是他抛弃的语言？我该作何选择？如果说历史是当代与往昔的对话，因而所有历史都是当代史，那么是历史本身就蕴含着当代史，还是借助历史这枚蛋，去"塑造"一只当代史的鸡？导演说要鸡，于是我就看见了三只鸡：我的、姜平辉的、李秀秀的。然而导演说的是要鸡吗？如果我这样理解，相当于认门作墙。按导演的意思，说历史是什么无关紧要，说成是枚蛋同样没有问题，但这枚蛋孵出的，可以是鸡，也可以是鸭，还可以是恐龙、兔子、梅花鹿、松柏、香樟、灌木丛、大兴安岭、富士山、科罗拉多大峡谷……惠明帝和他的王朝，由此陷入虚无。

你们看，我像在思考了。

一介草民陈永安，像是在思考了。

草民思考，上帝想笑也笑不出来。我只听见他老人家说：对山而言，水是多么虚无；对水而言，山是多么虚无；对朝生暮死的蜉蝣而言，春夏秋冬是多么虚无；对茫茫万古的宇宙而言，人活着是多么虚无。所以虚无只是自我中心主义的代名词。

我被这样教训了一通。

我觉得教训得有理。

但另一句话就让我不服了："导演说塑造，就只能塑造！你没有思考的权力，你只需要服从。"可是我不服。"不服"是很坏的天性，我懂。根子还是在我曾祖父那里，他不该在那个大雪纷飞的夜晚，去强人手里抢夺一个女人。从情形判断，他上次去那家客栈，就跟朱小小两心相许，朱小小多半还向他承诺，说再不接客。可接不接客，不是她说了算，所谓名妓压鸨，是在大堂子。那种荒山野店，太小了，小到容不下第二条规矩。除非像我曾祖父那样，把刀子亮出来，让刀子成为规矩。如果曾祖父见对手强势，就输了那口志气，我骨血里也不会冒出那些杂质。

确实是杂质啊兄弟们，它让我深受其害。谢延说冉俊是个从头到脚的失败者，其实我才是。我曾祖父也是。他不服又怎样？最后还是败了，败得更透，更不堪。向强权低头并不可耻，因贫穷而被女人抛弃，同样不

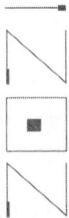

可耻，但贫穷本身是可耻的。或许是要写历史剧的缘故，我这脑子里，便接二连三跑出麻布青衣的古人来，这时候跑出来的是秦相李斯。李斯见到厕所里的老鼠，瘦骨伶仃，又脏又臭，后来见到粮仓里的老鼠，肥头大耳，溜光水滑，都是老鼠，差距咋就这么大呢！他由此悟出一门哲学，世称"老鼠哲学"，这门哲学的要义有两点：第一，人生取决于平台；第二，贫穷可耻。曾祖父当年的穷，可谓触目惊心，因这缘故，他胜利地抢到一个女人，却只是印证了自己不体面的失败。

失败也是可以遗传的，这一点许多人都不知道。

但是我知道。

我已经遗传了曾祖父失败的基因。

把书合上，沉浸其中。我是指沉浸在泄气当中。我这才发现，泄气是一种沮丧而又美妙的感觉。泄气意味着认输，认输意味着放下。

放下了，我就想家了。

"家和家园，都是一种病"，我记起了这句聪明话，但还是禁不住要想。

对我而言，家的全部含义就是妻子。

我想妻子了。

天啦，幸亏没去榆树巷，不然怎么对得起妻子。

我妻子名叫蔡文湘，别以为有个湘字，就断定她是湖南人，她和我一样，出生于川东北傍水而居的回龙镇。我跟她结婚有多少年？前世就结了，谁知多少年。那年初夏，枇杷刚上市，我就领着她，从镇外的V型水湾出发，朝着太阳初升的方向走。太阳初升的方向是东方，这个我知道。我还知道东为万春。我对她说，猿直立行走过后，照样只会摘野果，饮鲜血，打瞌睡，捉虱子，一句话，直立行走的猿，还是猿。可其中有个家伙，不断鼓动同伴，说："我们现在已经很好啦，但是肯定还有比这更好的活法，肯定有，我们为什么不出去找找看？"同伴将信将疑，却还是跟着他，离开祖居之地，踏上了征程。他们走着走着，就走成了人。

蔡文湘听了，笑。

那时候她是多么年轻呵，笑起来叮叮当当的，人面照着河面，波光粼粼。我也年轻。我们先去浙江，再去福建，再去上海，再去广东，第五站是重庆，重庆离家近，这给我们回到家乡的感觉。

你听出来了，我们还没走成人，就回到家乡了。

好在重庆究竟不是家乡，我们至少还在寻找的路上，或者说，还在成人的路上。在沙坪坝区，两人住下来，那是嘉陵江边一个破败的大杂院，破败到像是被时代随手丢弃的垃圾。这正好。这里房租便宜，且彼此为邻，白天黑夜，都是暖烘烘的高言低语。和去其他任何地方一样，先是两人都做工，做到两天敢吃上一顿青椒肉丝或香卤肥肠，就由她独挣衣食，我则坐在家里写小说，写到五天也吃不上一顿肉，我又出去做工。做了工回来，两人吵架，把那方地界吵冷，就离开。

重庆才刚刚来呢，且饮食合脾胃，菜价也不贵，因此我只做了一个月工，我妻子蔡文湘就说："你自己写你的，我能行。"说"能行"两个字时，她的眼神像母亲一样。我的意思是，像母亲望子成龙一样。我怎么能辜负她呢？便听她的。

我在家写。

她出去干。

她干了三份活，回家来，又忙着做饭，拖地，洗衣。

这样过了四年。

四年，算一算，将近一千五百天哪。我写了不少作品——如果没有发表、没有一个读者也能叫作品的话。我一直是手写，到重庆第二年，才买了电脑。买电脑这笔钱，来得意外。某天大清早，蔡文湘扫街的时候，救了个出来晨练却突发疾病的老人，说救也说不上，是见那老人倒地，口吐白沫，她一阵妈天妈地乱嚷，把附近居民吵醒了；她嚷着跑到老人身边，脱下自己的棉衣，盖住老人的胸口，怕白沫堵了老人的嘴鼻，她用袖口不停地为他揩。不一会儿奔出个中年男人，把地上的老人叫爸爸，并将爸爸送进了医院。救治及时，没出大事。那中年男人找到蔡文湘，非给她两千块钱不可。她觉得不该收，但拿到这笔钱，手只管抖，眼眶湿润。她想哭。她就用这笔钱，为我买了台二手电脑（比谢延提供给我的这台好得多，早知道我该带来）。她想的是，我的作品没人要，多半是现在的编辑不读手写稿，一旦鸟枪换炮，我很快就能发达。

她想得没错。

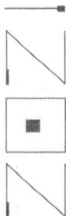

我终于发表了一篇，就是那封读者来信。

那天也是奇怪，上午九点半过，我老是听到门外有人叫我："陈永安！"数次把门打开，都不见半个人影。这钟点，上班的和上学的，都走了，大妈们不是跳广场舞去了，就是进了菜市场，大杂院安静得很，叫我的声音清晰明亮，听得真切。可开好几趟门，门外都是空的，我就来了气，索性把门敞着。叫声反而消停下来。我像胜利者那样冷笑一声，又专心投入写作。没写几句，那声音却又跑到窗口："陈永安！"窗外是斜坡，斜到站不住一个人，差不多可叫陡坡，坡下是荒滩，嘉陵江漫过来一段河汊，养育着芦苇和水草。我去窗口张望，望见一只白头翁在追一只蜻蜓，蜻蜓没入深密的芦苇，白头翁便傻在那里，悬空拍打翅膀，发出逆流而上的船桨的声音。

然而，当我在书桌前坐下，窗口又是一声："陈永安！"

简直没法做事了！我干脆锁了门，出去走走。

刚上马路，就见一个卖报的老人，而且我又听到叫我的声音，叫得欢快热烈，如久别重逢。我马上就有预感了，只怨我的感觉太迟钝了。我把报纸买下一份，哗啦啦翻，翻了第24版，就看到了陈永安的读者来信！

我将那报纸一直放在手边，妻子下班回来，我就把陈永安几个字指给她看。

她从背后抱住我，脸在我脖子上滚来滚去。

没滚两下，满脖子都是润滑剂。

这回她真的哭了。

我的妻子蔡文湘，真的哭了。她带着泪花子，做了饭吃，又匆匆忙忙出门，两个钟头后回来，说她去了三公里外的鞍子寺，为我卜了一卦，得四句偈语："众恶自消灭，福气自然升，如人行暗夜，今已得天明。"

可又是两年多过去，我再没发表过一个字。

而年轻的蔡文湘变得不再年轻。到夜半时分，她常在睡梦里呻吟。是腰痛的缘故。或许还有别的痛。她醒着时，痛把呻吟声从喉咙驱赶到嘴里，她就一口咬碎，再吞回去，不让它出来。睡着了她就管不住了。她呻吟的时候，我还没睡，然而我的勤奋，包括电脑里越来越多的作品，反成了我的负疚，我的罪孽。

有天终于把我击垮了。那是个星期天，蔡文湘扫了街回来，在院坝里被人拦住了摆龙门阵，有人问："你屋里的咋老不出门？"蔡文湘说："我老公是个作家，全国出名的，他现在手头没书，等有了书，我叫他送你们。"说罢很轻松地笑。听的人哦哦几声，说："难怪！难怪！"然后蔡文湘进屋来，一言不发，汗水巴拉地系了围裙，下厨房做饭。我看着她的背影。那背都快驼下去了。她把我击垮了。

不是快驼下去的背，是她那几句话把我击垮了。

第二天，我就找工作去了。

然后我们吵架，把那地界吵冷，就又离开。

冉俊又是很晚才回。他总是这样早出晚归。若只在公司做财务，咋忙成这样？那是个什么天王老子的公司？难道可以不遵守我中华人民共和国八小时工作制的法律？

我怀疑他跟蔡文湘一样，不只做了一份工。

我放下书，去上厕所。其实我不想上厕所，是对冉俊好奇。谢延越叫别跟他接触，我越对他好奇。好奇这个词不确切，说成某种亲缘更合适。他来镜城十多年了，就说来镜城才从娘胎里出生，十多年过去，也该开花结果，可对他，却只是一堆腐烂的时间。物以类聚，人以群分，我逃不出这个低俗的真理。

他已把厕所占了，在洗脸，跟往天一样，像那脸上带着响器。不洗脸时他像猫，悄无声息，洗起脸来就呜噜直叫。洗了脸又撒尿，依然不关门，松弛的屁股朝向门口，裤腿太长，堆积在脚后跟。我心想，这家伙，若某天时来运转，成了暴发户，住进了豪宅，进厕所撒尿恐怕照样不关门吧？这样想有意思吗？没有意思。一点意思也没有吗？好像又有一点，只是说不出来，说出来多半也是丧气话，干脆不说。只见灯泡悬在他的头顶，那头顶如一面淡红色的湖。我原以为，他头上根毛不存，错了！灯光尽职尽责地薅出了几根细毛，又细又软，贴皮垂挂。接着，他近乎剧烈地抖动起来，是在打尿噤。我也跟着抖，体味打尿噤时的快感。然后他冲了马桶，手也不洗，就转身出来。

看见我，他歉疚地笑了一下。

我从厕所出来时，他已开了电视。这套房，最像样的大概就是客厅，

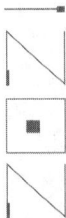

有餐桌，有椅子，有冰箱，有沙发，有电视，尽管一切都是旧的。电视明显是上个世纪的遗物，屏幕如布满白内障的牛眼，通上电，白内障徐徐揭开，变得明亮起来，只是小，播放《开天辟地》，也给人儿童剧的感觉。声音低到近乎没有，也不知冉俊怎么听得清。或许他也没想听清，只希望多几个人影，闹热些。平时，谢延和我都只从客厅路过，基本不停留，唯冉俊在那里活动，若回来得早些，他会自己做饭，做了在客厅里吃，当然通常是带回大饼，中规中矩地坐到餐桌前，把大饼咽下去。

这明显是个渴望家庭的男人。可他的家远在有着十万大山的南国。他也没跟谁结成野鸳鸯。他是独来独往的。

现在他又在吃大饼。他买回的熟食，总是大饼，用油浸浸的牛皮纸裹着，把纸剥开，再卷几下，卷得很厚，吃得很香，大嘴下去，就缺掉一块。面前放着个铝盆，是他前几天烧的鱼汤，冻在冰箱里的。他并不去灶上加热，咬一口大饼，又用筷子去盆里剜，剜一团送进嘴里，和着大饼嚼。鱼肉早吃光了，只剩了汤，而汤凝成了固体，他就把这固体当成了鱼肉。我的牙齿咯咯打战，胃也跟着结成了冰。可他在流汗呢。满头大汗。椅背上搭着块帕子，他吃几口，就扯过帕子在头上转着圈儿抹。

这么站在一旁观察他，是很无礼的事情。甚至是冒犯。说成是犯罪也不为过，因为你是用目光和意志把人囚禁起来。生活中，人们感觉被囚禁，并非身边围着铜墙铁壁，而是无处不在的窥探，也包括大明其白的审视。尤其是进食、排泄、做爱和睡觉，是所有生物最脆弱的时候，成为捕猎者的口中食。往往也是在这样的时候，唯有一种办法，能化脆为坚，变弱为强，那就是表演：表演进食，表演排泄，表演做爱和睡觉。表演者最强大的地方，是能将观察者变成傻子。

那么我这样盯住人家，就可能成为二者之一：罪犯或傻子。

这两种人我都不想做。

于是我坐到沙发上去，眼睛朝着电视机。

冉俊似乎这才觉察到我的存在，把遥控板递给我。我摆摆手，表明我并不想看电视，只是出来放风。他却把声音开大了。这让我心生感动。他开始调那么低声，很可能是怕影响我。他已知道我是来加入一个剧组的，正参与编剧的激烈竞争。

电视里正播放一台相亲节目，冉俊刚把声音调大，正低头把筷子伸进铝盆，一个自炫到流鼻血的女子，就斜脸翘嘴，脆声脆气地说："我最恶心年纪轻轻就秃顶的男人。"

冉俊把头一扬，朝着电视笑："嘿，嘿嘿。"

他笑起来有一种悲哀的气息。

要说，四十多岁，也不算老，他的头就秃成那样，很可能三十多岁甚至二十多岁就那样了，也就是说，很年轻的时候就那样了。他因此被女人嫌弃，嫌弃到"恶心"。

我装出不经意的样子，起身拿过遥控板，换了台。

谁知他说："就看那个，好看！"

这哥们儿有自虐倾向。

自甘卑微的人，大多有自虐倾向，你相信我这话好了。自虐者就像大白天去电影院，须依赖人造的黑暗。我不小心掀开了窗帘，让你看见了光，那好，现在我把窗帘合上，把黑暗还给你。我很冒火地这样想着，摁着遥控板，要给他换回去。当然表面上做出很抱歉的样子。我希望那个女子还在。我开始有点讨厌她，现在觉得她蛮可爱的，她穿的暗格森女裙，斜脸翘嘴说话的姿势，还有簇在鼻尖上细如发丝的肉纹，都很可爱。

但气人的是，换台时很轻松，要换回去，圆溜溜的键却像九十岁的奶头，稀软，怎么摁都没反应。我便递给他。他是摸熟的，一摁就顺了。

那女子果然还在，却是在受嘉宾的批评。

嘉宾也是个女子，只是年纪稍长，也就三十来岁吧，是个电影明星，爱笑，也爱哭，笑和哭都美得慌，我是说，比不笑不哭的时候美多了。她自己也知道，因此老是笑，老是哭。但这时候没笑也没哭，她板着脸，说，男人的头发如女人的容颜，浓淡美丑，都是老天的恩典，却也是与生俱来的恐惧。

这本身就是一句聪明话，接着她说了句更聪明的话："一切恩典都是恐惧。"

下面又是批评："我们任何人，都没有资格去拿别人的恐惧恶心。"

那女子听着，气焰沉于谷底，羞惭到自我厌恶的地步。我敢肯定，她

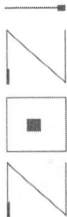

并没打算在这个相亲节目上找个对象，平时为人，也远不是嘴头子上那般刻薄。她就是想出出风头而已。想出风头的人，是因为活着，却不存在，她想让自己存在。同时我也肯定，那女明星是把道德的面具打包成高贵的礼品，分发到千家万户。她也需要存在。她没有想到（或许想到了也无所谓），自己在以正大光明的方式，把另一个人推向深渊。

冉俊听了嘉宾说，该高兴才是吗？但真看不出来，他咬着大饼，戳着固体鱼汤，转着圈儿抹头上的汗。每抹一次，头就亮一层。他那汗水不是汗水，是鱼子似的油脂。精神越委顿，油脂越泛滥。哈，我好像也说了一句聪明话。

正这么暗自得意，大门响了。

我的谢经理回来了。

他是什么时候出去的，又为什么出去，我都不知道。

当然我也不应该知道。

我的腰不自觉地挺了一下，像是要起身迎接他。最终没起身，是觉得，总裁和导演都对我热情，对你冷淡，甚至不请你吃饭……我在努力与我马仔的身份做斗争。只是斗争得相对克制，毕竟，我还没挣到钱，要下次跟导演见面过后，才能决定是否录用我，是否签合同，合同一签，就能拿到百分之二十的酬金啦。但现在还没有，现在我还靠谢延养着。

冉俊像是感觉到了我们关系的变化，盯住谢延看，然后又盯住我看。

谢延没理他，只扫了我一眼，脸黑下去，直杠杠进了房间，把门关得地动山摇。

那张黑脸和那声门响，我都懂了。

我不该跟一个失败者搭伙看电视，也不该丢下惠明帝，从早亮半分钟的房间里出来。古人云："乘人之车者，载人之患；衣人之衣者，怀人之忧；食人之食者，死人之事。"古人把靠人养活看得最重，重要到为人家的事去拼命的地步。我一天三顿吃着谢延的，早晨吃羹，中午吃面条，晚上跟冉俊一样，吃大饼。如此这般，我怎么好意思还去跟自己马仔的身份做斗争？须知，即使斗争得很克制，也是一种背叛。

啊，我呼唤你——一千五百年前的惠明帝，你身上究竟有着怎样的秘密？你贵为皇帝，万人之上，人上之人，你就是神吗？就是所有臣民的大哥吗？可你父母、子女和皇后，不是被谋杀，就是被赐死。赐死的命令，有别人下的，也有你自己下的。"骨肉相残，是我们的命运。"做了皇帝的人爱这样说。英雄崇拜论者因此得出结论：英雄是以承受痛苦来成就历史。殊不知，痛苦是必然的，历史却是必然与偶然的合体。而必然是菜，偶然是盐，你以为菜比盐重要，那就错了。没有盐的菜，是动物吃的，不是人吃的；至于说痛苦必然，是因为欲望必然，许多时候，痛苦只是欲望的美称。

"胡说！"

一个沙哑的嗓音，裹挟着时间的烟尘，破空而来。

将烟尘剥去，就能嗅到辽阔的草原气息。

那是惠明帝。他活过来了。一个人不管死去多少年，只要有人念着，就会活过来，待活人将他忘记，他又死了。因此有的人一直活着，有的人活一次、死一次，有的人死去活来若干回。此刻，只见活过来的惠明帝，身披锐甲，挥马扬鞭，领百万之众，浩浩荡荡从长城的那一边出发，越过关隘，在连日大雨里朝镜城行进。他们已走了个多月，镜城近在眼前。风雨和马蹄声中，惠明帝向天自语："前无古人，后无来者！"

这是指他正成就着的伟业。久居苦寒之地，妇女无胭脂，子孙缺衣食，他深感要种子不死，根脉不绝，须去降雨线南侧。而南侧是汉人的农耕世界，他必须让自己，也让他的所有臣民，入乡随俗。首先，他的称谓就要改，以前称"单于"，今后改称"帝"。他已经想好了，迁都镜城这年，定为惠明元年，他便是惠明帝。正如谢延所说，名分是身份的变种，改变身份是脱胎换骨。敢于脱胎换骨的人，是世间英杰，有理由自豪。

可我听说，老年人才能看见未来，而惠明帝那时候不满三十，怎么知道后无来者？再往前看，他祖先是黄帝家族的一支，早年从中原迁至嫩江流域；在他年幼时，祖母孙太后哺育他，并替他执掌朝纲、用汉臣、袭汉制，且致力于为他传授儒家经典。因此移风易俗，孙太后早就在做了，他无非是走在祖母开辟出来的道路上，算不上前无古人。

我们都生活在历史的结局当中。

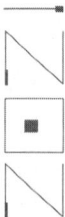

惠明帝也不例外。

只是他把这些都忘了。

忘记意味着背叛。

惠明帝跟我一样，是个背叛者。

不同之处在于，我意识到了自己的背叛，并尽可能压服，惠明帝却是坚定的背叛者。背叛的结果，是在他死后三十余年，他的国家就灭亡了。

他既是一个背叛者，也是一个失败者。

"惠明帝怎么可能是失败者？他点燃自己的心，照亮了两个民族！"

是谁在说话？

这话让跟我慢慢亲近起来的惠明帝，又退到了时间的深处。失败者只和失败者亲近。唯有把惠明帝，也把世间所有人，都定义为失败者，我才能找到感觉。

别以为我是心胸狭隘，更别以为我是在诅咒谁。

兄弟们哪，我谁也不诅咒，我这是慈悲。

这又要说到我的曾祖父了。

我曾祖父不只会抢女人，他的刚毅执着，后来都挥洒到了战场上，战场上注定的和侥幸的胜利，煽动起他的功名心。功名心这个词，常常被当成一个坏词，因为评判它的，多数都是凡夫俗子。没有功名心，世间就没有英雄。"世间不需要英雄，"我听见有人大声抗辩，"需要英雄的时代，都是很坏的时代。"好了，你知道这个就行了，这证明不是不需要英雄，而是你在火炉边闲得蛋疼，就认为英雄是多余的，不仅多余，还映照得你的生命暗淡无光，因而是讨厌的；要是你处在我曾祖父的时代，日本人闯进你的家乡，烧杀奸淫，无恶不作，无孽不造，你最深的渴望，恐怕就是遍地英雄。

不过说到我曾祖父本人，情况又有些特殊。他当年撤离前线，进驻重庆，便立即想着再去南京。他的功名心比较复杂。好在死亡将其简单化了。抗战还没结束，他也没能离开重庆，就死了。

曾祖父的遗体运回了老家，这是我曾祖母的主张。

曾祖母和曾祖父世代邻居，但非青梅竹马，他们的父辈为两尺地基，彼此为仇。曾祖父刚满十五岁，爹妈短时间内相继病故，家事败落，更被邻居欺辱，他便离家出走，跟着一帮背夫，风霜刀剑，寒来暑往，活动在米仓山道，朝陕西背盐，养就了一身力气和野气。他就凭这两样东西，去收割他的爱情。朱小小给他上了一课。黑熊、野牛、山猪，都比他更有资格谈论力和野，但它们是熊、牛、猪。

在那个冬天即将过去，春天即将来临的夜晚，曾祖父和朱小小，躺在川陕道上一间茅屋里，以通夜做爱的方式，祭奠彼此不合时宜的单纯。人世间常有一种误解，以为单纯的就是善的，也是好的，其实未必。有时候，单纯无非是因为愚蠢，而许许多多的愚蠢不是智力问题，是道德问题。曾祖父和朱小小的单纯应如何定性，我是没资格多嘴的。我只说事实。那事实就是：他们把做爱做成了做爱的敌人。情欲，只是缩短了破灭的里程。天一亮，朱小小就走了，曾祖父站在门口，望着她踏过满地妖娆的蛇泡果，上到大路，消失在青冈林的那一边。

这时候，曾祖父一无所想，脸上是特写的痛苦。其实说不上痛苦。他回味着昨夜的事，空的。仿佛一夜的忙碌和满足，不是他，是别人。他把身体和心，都借给了别人。

他没回头，划燃一根洋火，朝身后一抛。

身后吱的一声，像茅屋被洋火掐了一把。

然后，周围的风景变幻着颜色，也变幻着温度。

他依然没回头，踏着朱小小的脚印，上了大路。

他们在大路上分道扬镳。

朱小小朝下，他朝上。

上上下下，千峰万岭，他回到了阔别的家乡。

后面的故事不堪说。他霸占了已做人妻的邻家女，并在众目睽睽之下，将她塞入麻袋，像扛货物那样，扛出了那条河。他的野气在朱小小面前不值一提，但到了轻风吹拂的回龙镇，再凶恶的狗都不敢朝他叫。

他的爱情在朱小小身上就用尽了，可朱小小让他变成土。曾祖母把他变成树，他深知其中的区别，因此尽管不爱妻子，却珍惜她。战火纷飞中，曾祖母跟随曾祖父，漂泊辗转，从不抱怨，也不显山露水，直待曾祖父死了，才见出她的远见卓识。重庆有的是地方埋下一个死人，但曾祖

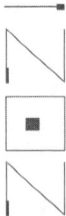

母觉得，唯有家乡镇子背后椅子般的山体，才会宽厚而持久地收留像曾祖父那样一个死人。果然也是。曾祖父的坟茔至今还在，我和蔡文湘离开家乡的前一天，还专门去祭扫过的。或许是想到此一别非比寻常，我带去了弯刀和锄头，清理荒芜的坟地。除去深密的杂草和碗口粗的藤蔓，见石砌的墓墙上刻着一副对联：

"百年事业三更梦，万里山河一局棋。"

横批："不朽宫。"

当时没觉得怎样，而今想来，真是悲伤。

"不朽宫"和"三更梦"，弄得我很悲伤。

这是失败者活鲜鲜的写照。

现在，我又为惠明帝悲伤了。

导演那天特别指出，我们不能搞得太沉重，要以今人之眼去注解历史，从而呈现今人的心灵史。于是我想，今人关心些啥呢？哇，多得数不过来！一个女人在火车上吃臭豆腐；一个男人在地铁上摸女人的屁股；一个老人在公交车上跟生了病的年轻人抢座位；一个穿金戴银的妇人乞求大师发功，让她儿媳怀个男胎；一个副科级女干部直接升为正处；一个大学校长念了五个错别字；一个男明星下了飞机；一个女明星请人代孕；一个男明星和一个女明星戴着墨镜和口罩进了酒店；一个万人迷出柜；一只狗会骑滑板车；一只鸭子跟主人在街上散步；一款保健品上了热搜；一个歌唱演员减肥成功；一个时装模特整容失败；成都太古里成了网红打卡地头名；白宫里的要员吃饼干卡了喉咙；非洲草原上有群狮子在晒太阳……如果一直这么数下去，等我数完，《惠明春秋》早就上映了吧？姜平辉和李秀秀早就拿到编剧费并上台领奖了吧？

我才没那么傻，我数到五十，就不再数。

我把这五十项像开药方那样开出来，先合并同类项，再为它们画正字，相当于选举投票。投出的结果，男女关系胜出。这让我多少有些失望。现在的小年轻，不是连恋爱也懒得谈吗？不是说全世界青壮年的年平均性交次数都在断崖似萎缩吗？怎么还是男女关系胜出？但这是投票投出来的，我只能尊重。然后我把男女关系分解，再行投票。投出的结果，通奸胜出。可见并不是对男女关系不感兴趣，只是对符合规范的男女关系不感兴趣，正如谢延对"野"字的阐释。而所谓年平均性交次数，都是规范之内的统计数字，不足为凭。千百年来，从人本身而言，汤换了若干回，药其实还是那味药。

惠明帝当然不会跟人通奸，他是皇帝，他睡女人，叫"幸"。不管女人想不想跟皇帝睡，只要皇帝睡了，都叫幸。很多女人当然还是想的。为被"幸"，饿成细腰，以至于饿死；在门前放上青枝，撒上盐巴，让坐羊车路过的天子停下来；甚至编造谎言，说自己是神女，"妾，巫山之女也……闻君游高唐，愿荐枕席"。诸般手段，哪样没使过。

惠明帝跟人睡不算通奸，他女人孙妙月跟人睡呢？

那是要算的！

好了，有了！

想当年，惠明帝从镜城出发，率部南征，太尉为皇帝着想，奏请以宫人相从，遭到严厉斥责："临戎不谈内事！"那太尉想拍马屁，可惜他太不懂自己的上司，被斥责是活该。惠明帝是个职业政治家，也是个职业军人，深知男人在什么情况下可能被瓦解。

他走了，留下皇后孙妙月。

这孙妙月，风采照人，却又肉身沉重，禁不住更漏寂寂，就跟扮成宦官的僧人高廉清搞上了。按现在的说法，搞得很嗨，以致众人皆知。被告发后，惠明帝将牵线人杀了，将高廉清和皇后幽禁，死前却留下遗诏，将皇后赐死。孙妙月不想死，狂声呼号，说我的人儿哪，他绝不会这样待我的，是你们这帮狗东西想我死，就不怕天打雷劈，矫造遗诏！言毕被"狗东西"们灌下毒药，以三十岁芳华谢世。

我们不是表现，是塑造，导演是这样说的。如前所述，我曾经很疑虑，现在想来，导演是对的。这是超市和连锁店的时代，让旗舰店去思考，连锁店只照章办事，这办法不是没有道理的。比如对孙妙月，只是表现，当然也有足够的吸引力。皇帝的老婆偷人，会让想偷人的凡夫之妻，找到理由，让老婆偷人的庸常男子，找到安慰，让仇富怨贵的卑屑之辈，找到快感，总之方方面面都照顾到了。

可那毕竟还停留在情绪化的层面。

天底下所有的平庸，都是情绪化的产物。

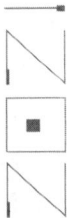

哪里没有事实，哪里就由感情支配。

哪里没有思考，情绪便如蔓草荒烟。

唉，我总是这般矛盾重重……

窗外又起风了。

风里夹带着琴声和鼓声。

这是老天对我的恩启。

我从矛盾的水草里挣脱出来，又清晰地看见了一千五百年前的镜城。

镜城的中心，立着一个孙妙月。

说孙妙月风采照人，不光因为她长得好，还因为她是音乐家，是个"功夫皇后"。有依据吗？没有，我在塑造呢。我这时候想到的，是杨玉环和霓裳羽衣舞，还有戚夫人和她的《春歌》。孙妙月虽以卑劣手段构陷妹妹，将妹妹从皇后宝座拉下马，自己成了皇后（史实），但她对权力并无多少欲望，她钟情的是音乐，爱恋的是乐师，她就想嫁个乐师（塑造）。当时的整个北国，有两大乐师，鼓为乐之王，因此也可说是两大鼓手，这两大鼓手双星闪耀，他们是：惠明帝和高廉清（塑造）。高廉清既是宦官，又是僧人（史实），怎么能嫁？于是孙妙月嫁给了惠明帝。

后面的都是塑造，我也懒得一一说明。

惠明帝南征去了，孙妙月就天天招来高廉清，让他击鼓。高廉清击鼓，习惯蹲着马步，事实上那时候他已变成了马，长虹耀日，鬃冉披拂，嘚嘚马蹄，敲醒天地。孙妙月化进去了，皮肤一点点变得清妍，开出花朵。旁边站着的执事，把皇后的一举一动看在眼里，也深知人的灵魂正是藏在皮肤里，过后便悄悄对皇后说："高廉清那宦官是假的。"

孙妙月顺手就是一耳光："真的假的，与我何干？"

可就在那第二天，她和高廉清上了床。

事情败露后，惠明帝回宫，百官齐聚殿下，两旁武士林立，戈戟生寒，鸦雀无声。然后听见脚步响，是高廉清和孙妙月被带了上来。他们现在是活人，很快就会变成死人了。每个人都要死，秦始皇耗巨资求不死仙丹，结果还是死了。因此死没什么，可怕的是知道死期。死期是一个人最大的秘密，掌握在神的手中，人们向往从神的手中抢夺权力。可真抢过来，又得不到什么，只得到虚无和恐惧。

然而，宦官端出了一把椅子，放在了孙妙月的屁股底下。

这是让她坐。

不敢坐，不想坐，都得坐。

接着，宦官抬出两面大鼓，置于殿外。

惠明帝徐徐下阶，走到一面鼓前，敲！

敲的是正风化俗之鼓。

十余通后，调子一转，百官起疑：这是斗鼓。

举国之内，除了高廉清，谁还能和皇上斗鼓？

高廉清自然也心知肚明。只见他战战兢兢，走到另一面鼓前，照惯常那样，蹲着马步。但他并没有变成马，面前的大鼓声消韵歇。惠明帝微闭双目，双手起落如飞，疾风扑面。高廉清慢慢拈起鼓槌，鼓声响起，但不是敲，更不是斗，而是哀鸣，是告饶。惠明帝咚咚咚。高廉清咚、咚、咚。惠明帝咚咚咚咚咚。高廉清咚、咚、咚咚。惠明帝咚咚咚、咚咚咚、咚咚咚咚咚咚。高廉清咚咚、咚咚、咚咚咚。但究竟起来了，激活了，恐惧退场，艺术重生。鼓声如两条大江，迎面奔涌，拼力相撞，雷吼之声，摇动山川。抬头望，水头已腾入云空，须眉偾张，交缠撕咬。文武百官凝神屏气，坐着的孙妙月站了起来。可怎么回事？彩霞飘飘，祥云朵朵，要斗个你死我活的两条鼓龙，却在彼此抚慰，惺惺相惜。所有人都感动了，孙妙月以袖拭泪。

但就在此时，天昏地暗，飞沙走石。接着鼓声止息，鲜红的液体从九天垂落，殿里殿外腥气弥漫。

惠明帝将鼓槌一扔。

谁都以为奸夫淫妇的死期到了。

可惠明帝说："我输了。"

他既没杀孙妙月，也没杀高廉清。

他把他们幽禁在相邻的两个院落里（说成囚室也行）。高廉清的院落放着一面鼓，每到暮日黄昏，惠明帝就去他院外，搭张凳子坐了，令他敲鼓。惠明帝闭目倾听，听到星光满天，才起身离去。后来，高廉清无须命

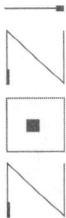

令，时辰一到，鼓声即起，比麻草开花和雄鸡报晓，都要准时。

当时，宫里宫外就有了流言，说惠明帝爱上了高廉清。

这完全是一派胡言。因为，惠明帝听鼓的时候，努力控制着面部的抽搐。

那是痛苦和对痛苦的克制与沉迷。

兄弟们哪，我这是塑造了一个怎样的人物？这不是一个自虐狂吗？我开始说冉俊有自虐倾向，难道惠明帝连冉俊也不如吗？我还说过自甘卑微者才自虐，惠明帝作为一代英主，生于帝王家，且还是无知小儿就承继大统，怎么可能自甘卑微？

我听见了你们的讥笑声。

但别急，请允许我辩解。

二十六本史书，我已浏览大半，这大半都有一段相同的记载（它们本身就是抄来抄去的）：惠明帝听了两拨人告状，回宫审讯高廉清，严刑拷打之下，高廉清只得如实供述了他怎样跟皇后乱搞。然后惠明帝把孙妙月请进来，让孙妙月当着众人，包括当着高廉清，重述她怎样跟高廉清乱搞。

听明白没有？惠明帝在以这样的方式自虐。

当然你可以说，超越自身现实的历史评说从来就不存在，卑微者才会把那理解为卑微，自虐者才会把那理解为自虐。比如你陈永安，朱小小没成为你的曾祖母，你感到遗憾，就是一个自虐者的遗憾，你遗憾的是没有一个做了妓女的长辈给你带来伤害。

你因此继续说：人家惠明帝，是在用一种特殊手段锤炼自己，进而战胜自己，以此证明他内心的强大。

这样翻案，好得很！我也厌烦了卑微者的勾当，他们最喜欢干的事情，是去崇高和深刻。这和均贫富是同样的心理。

然而令人惋惜的是，史书上说，当时生着病的惠明帝，听了高廉清的供述，又听了孙妙月的供述，病情加重，不久就死了。

孙妙月的供述不可考，因为她不愿当着众人讲述自己的奸情。她的廉耻并没突破底线。单凭这一点，我几乎准备尊敬她了。

惠明帝依了她，屏退左右。如此照顾她情绪，是惠明帝铭记着祖母的恩情。孙妙月是祖母孙太后的侄女。"打狗看主人"，"不看僧面看佛面"，此等谚语，在帝王家同样适用。此外还有更深层的原因，在于：孙妙月秽乱宫闱，正是遗传了姑母的基因。孙太后还是嫩女少妇，就守了寡，她懒得守，遍索健男，陪她过夜。惠明帝的父亲摩揭单于，见不来太后的做派，常生异言，且将太后男宠纷纷行贬，甚至打入死牢。孙太后是何等样人，"多智，猜忍，杀戮赏罚，决之俄顷"，摩揭不满十九岁，她就逼他传位给太子，太子继位，成了雁嘈单于，后来又成了惠明帝。退下去的年轻太上皇，仍不安分，纠结朋党，私养死士，孙太后倒不怕这些，但看着心烦，就干脆把他杀了。

我想诸位都听清了，惠明帝对后宫淫乱，感情复杂。

太后不淫乱，他就不可能那么早继位，这个草原之国的政治核心，就不会顺理成章地由太后过渡给他，他也就不能无所牵绊地实现自己的抱负。

惠明帝的恩与伤，都缘于后宫不洁。

总之，惠明帝答应了孙妙月的请求。当大家都出去了，孙妙月才开始说。尽管说的什么湮没无闻，大体上却是可以猜想的。后来，惠明帝下诏赐死孙妙月，又让以皇后之礼葬之，目的是"永掩孙门之过"。这"孙门"，不仅指孙妙月，还指孙太后，由此从侧面证明，孙妙月跟高廉清，做着孙太后跟男宠们曾经做过的事。

对老婆的奸情，惠明帝听一遍不够，还要听两遍。

不止听事实，还要听细节。

细节才能把事实变成真实。

他是皇帝，最难掌握的是真实，最渴望的也是真实。

千真万确的，惠明帝是在折磨自己。

兄弟们哪，我们都是可怜人。

别说"我们"了，就说我自己好了，说我陈永安好了。

如前所述，我和妻子蔡文湘到了重庆，我在重庆发表了一篇读者来信。那封信成了我刚探出去就折断的触须，然后我又出去做工，再后跟妻子吵架，把那地界吵冷，就又离开。

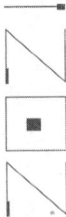

这次到的，是普光市。

普光市有数百万人口，不算小，但你肯定没听说过，是因为它就在我们省城的眼皮底下，省城的光芒把它照瞎了。虽回到了省内，但我们依然不是回家，依然在寻找和成人的路上。要论距离，重庆离我老家，比普光更近。当然这是空间距离，我没说心理距离。心理上，普光就近多啦。普光是"我们的"，重庆是"别人的"。

人是被界线锁住的生物。

人在界线面前俯首称臣。

不过像我这样的梦想者除外。

在普光，我和妻子度过了一段幸福时光。我们租了个房子，房子前面有条河，河上有座桥，两岸开着芙蓉花，差不多就是小桥流水啦。顺河而下，吃顿早饭的工夫，就离了普光，进入省城，又是吃顿早饭的工夫，就到了省城的杜甫草堂，杜甫笔下的锦江，就是这河的名字了。与河十字交叉的，是条饮食街，蔡文湘进了其中一家餐馆做工。三十出头的女人，年华正好，可她身上已留下苦力的影子。人喜欢看各种各样的影子，花影、月影、夕阳的倒影、火光跳动的魅影，都爱看，但没有谁想看苦力的影子。蔡文湘被安排在后台，做些杂活。这无所谓的，她又没奢望像法国影星苏菲那样，因在客人面前穿梭来往地跑堂，跑得浑身是戏，终被星探发现。

但蔡文湘并未在餐馆干多长时间，原因是她男人该吃饭时，她却在照顾别人吃饭。于是跳槽，当起了快递员。这真是从糠箩筐跳进了米箩筐，收入比在餐馆高得多。只是照样不能为我做一日三餐，至少中午那顿，她是管不了我的。

好在我当班时，吃的是免费午餐。我就在我们租住的小区当保安。前几年有个小品，一个小伙子当上保安后，见人就说"我骄傲"。有些观众看了，嗤之以鼻，无非就是个守门的，有啥好骄傲的？骂编剧和导演胡枝扯叶。兄弟们，我要郑重地告诉你，这小品确实有生活来源。比如我做了保安，就骄傲过一阵子。你们知道为什么吗？

保安要发制服！

啥叫制服？

制服就是某个团体的统一服装。

有个哲学家曾说，法衣创造了僧侣，制服创造了士兵。那哲学家不是镜城人，连中国人也不是，可他也在说聪明话。如果他说成制服创造了保安就好了。遗憾的是，他所处的时代，还没有保安。当然从某种角度讲，保安也是士兵的一种，说制服创造了士兵，相当于说制服创造了保安。

你听听，我为什么不该骄傲呢？

在我们家族，上溯十代八代的我不知晓，最近几代，曾祖父是座山峰。他将曾祖母扛出那条河，就投奔家乡人范绍增去了。范绍增你知道吗？其祖辈父辈，均为川东北巨富，1916年，川东北组兵讨袁，范进入行伍，开驻夔州，从此离开家乡，在军阀杨森和刘湘之间辗转。抗战爆发，范请缨杀敌，奔赴上海，上海沦陷后，他从江西转战浙西，又从浙西转战太湖……1949年反蒋起义，成了共和国的功臣。曾祖父去投奔他时，他是国民党某集团军第88军军长。范将军顾念乡情，把我曾祖父收入帐下，很是关照，加上曾祖父自己争气，数十仗打下来，便成长为师长。自此，凡遇大仗，曾祖父更是亲临一线，率部在宜昌地界，与日军展开激烈拉锯战。并在随后的战斗中，击毙日军第十五师团长酒井中将，令日朝野震动，因为在日陆军史上，在职师团长阵亡，酒井"是第一个"。紧接着，曾祖父又率部击伤日军第四十师团少将旅团长河野。这是真正的捷报频传。

可正在此时，他上司范将军却被调任，作了集团军副总司令。

看上去升了，其实是个虚职，是明升暗降。范乃袍哥出身，受不得闲气，一怒之下，回重庆"耍"去了，把我曾祖父也带在了身边。

我曾祖父这时候，却多了个心眼，当时太平洋战争已打响，他睁半只眼就看出了日本的败相，知道陪都政府终将还都南京，便渐渐脱离范集团，向中心靠拢。蒋介石很欣赏他，命他负责重庆隧道工程。当年的重庆隧道，可不是现在的火车隧道，那既是保命的防空洞，也是兵工厂的隐秘基地。

曾祖父在这把交椅上没坐满八个月，就死了。

踩翻窨井盖死的。

一个在战场上挥洒自如的俊杰，竟死得这样寒碜。

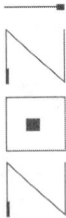

他死后，范将军特意送了副挽联："大山大水，重情重义。"

这副挽联当时就被揣度，结论是：陈大金（我曾祖父的名字）是被做掉的。

被谁做掉？一说是范，二说是蒋。如果是范，他送的挽联就是讽刺；如果是蒋，证明曾祖父向中心靠拢是假，他一直是范的人，去"总坛"是去做范的卧底。

对此我不想多说什么。都过去了。曾祖父当年，住在上清寺，我和蔡文湘离开重庆之前，我独自去上清寺查访。大浪淘沙，旧迹全无。早就过去了。在人类漫长的岁月里，不知死了多少条命，各有各的死法，有哭死的，有笑死的，有尿憋死的，有饭撑死的，有老鹰丢下乌龟击中头部死的，有被自己胡子绊倒摔断颈椎死的……我曾祖父的死，只是万千死法中的一种。

我要说的是，曾祖父在我们家族史上攀到了峰顶，却是一座孤峰。当时穿着开裆裤的祖父，像孤峰上的一块泥，雨打风吹，那块泥落于谷底，曾祖母领着他，把死者送回家乡，母子俩就再没离开过。然后是父亲，然后是我。我们都是在谷底生长的。

孤独地生长。

我从来就没有过什么团体。

现在有了。我从身上的制服辨识我自己，也辨识我的社群和我的祖国。我几乎忘记了写作，也忘记了之所以写，是丈量峰顶和谷底的落差。上班前半个钟头，我就把制服穿上，到门卫室，便拿着个遥控器，摁一下，躺着的横杆直起来，让车出入；再摁一下，直的又变成横的，车想进来不行，想出去也不行。兄弟们哪，我不仅有了制服，还有了权力！上午十点前后，下午三四点钟，门口清闲，领导和同事都不在的话，我就将那遥控器摁一下，又摁一下，让那根血红色的杆子直了又横，横了又直，把玩我手中的权力。

如果那杆子是相府的大门呢？是发射导弹的阀门呢？

我就是掌握生杀予夺大权的宰相或将军啦！

"瓜娃子！"

是谁在骂？

骂的是谁？

——车主在骂。

——骂的是我。

一方面是心猿意马，另一方面我想试试这权力灵不灵，有辆蓝色君悦开到门口，我无意或故意把遥控器摁迟缓了些，车主便摇下玻窗，脸红脖子粗地厉声怒骂。把车开进来，又停下来骂。"瓜娃子"是我们省城和省城周边诸如普光市的"市"骂，相当于京骂"傻逼"，镜（城）骂"梭叶子"。

我是不会还嘴的。还嘴我就拿不到工钱。更重要的是，那车主我知道，住在七栋，杀过人，没杀死，被判十五年，减刑到十二年，他坐了十二年牢，两个月前才从牢里出来。我选择在他身上试刀，就是看这把刀利不利。

结果不仅挨了骂，还不敢还嘴。

我的骄傲感和幸福感，就这样坍塌了。

如果这也能叫幸福，我的故乡回龙镇，就该是天堂了吧？

我和蔡文湘在镇上有家小卖铺，太阳出来，把门打开，市声消歇，把门关上，一天就过去了。不必这样辛苦，也不缺吃少穿，更不会被谁骂。

那么，我为什么出来？

这疑问又一次自天而降。

陈永安，你就招了吧。

你出来，是为了逃离。曾祖母的前夫那家人，曾祖母带着丈夫的遗体从重庆回来时，他们来送了花圈，曾祖母死，他们又送了花圈，到我祖父死，父亲死，无一例外的，他们都送了花圈。听明白没有？那家人一直在为我们家送终。他们正等着为我送终呢。

我提前逃了，死也要死在外乡，不让他们得逞。

这样说，似乎有些小肚鸡肠，人家很可能是真心实意的。

那不是我逃离的真正理由。

开始就说过，我是一粒流沙，不让自己扎根，因为扎根意味着竞争，而那种竞争让我厌恶。举个例子，为我们家几代送终的那家人，有一个酒厂，两家超市，而我和蔡文湘的小卖铺，只能放下一个香烟柜和一个卖雪糕的冰柜。我并不觉得丢脸。劳动只有超越劳动，才会产生价值。习惯性

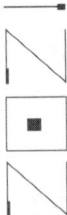

地生活，包括习惯性地挣钱，谈不上超越。做上三天叫花子，就再也舍不得不做叫花子。那是内部的腐蚀。

绕来绕去，也没说到点子上。

那我就简单一些：我在故乡过得舒坦，却是个舒坦的失败者。熟人们都知道我想成为什么，却始终没能成为什么。所以我要去到陌生地方，从零开始。

可惜的是，我不知道从零开始这说法，根本就是个错误。零是界碑，从界碑出发，你能保证一定就能走到正数？

但世间之所以有错误，就是用来责怪人的。陈永安能责怪的，就是妻子蔡文湘。当我不能安安静静坐在书桌前，就觉得是她的过错。这是我们吵架的根由。但我不会那么直白，我都是等蔡文湘把花生米炒煳了，洗好的衣服没及时晾出去，拖地时在屋中间留下了水渍，等等，才揪住不放。

说到这里，兄弟们，兄弟姐妹们，我要凭良心再啰唆几句：如果你只想过平凡的生活，就千万别去找个有梦想的丈夫或老婆。梦想者的眼里是天空和大地，唯独看不到让自己发芽的那块土，因此既折腾，又狂妄，还自私。折腾和狂妄不去说了，我要轻声地再次向你强调：有梦想的人都很自私。他要身边最亲近的人，都为他的梦想埋单。亲近不一定指感情，能随便发火的人，就是亲近的人，能对一个人发火，就让那一个人埋单，能对十个人发火，就让那十个人埋单，以此类推。

我和蔡文湘吵，起初她不怎么还嘴，后来我骂一句，她还一句，好像她担心自己不还嘴，就是对我的轻蔑。尽管每次吵架都以她的哭泣告终，但我并非胜利者。

因为我感到无限的空虚。

说成孤单好不好？

是的，是孤单。

难怪刚到镜城，我就感到了孤单。

是因为我一直孤单。

所谓孤单，是追求梦想而一直得不到满足的饥渴。当我被那车主骂了，幻觉消失，已沉睡的梦想，在我跌落现实的刹那醒来，顿时饥渴逼身。

恶性循环又开始了。

但蔡文湘这次没跟我吵，她把并没炒糊、只是稍微有点儿"过"味儿的花生，倒进了马桶。哗！花生米朝下水道奔去，像下水道是它们的乐园。这举动对蔡文湘来说，相当于别人扔掉金条。她过来把空碗朝桌上一蹾，说："陈永安，你本来早就该功成名就，都是我耽误了你，我对不起你。"

言毕，朝我深深地鞠了一躬。

这顿饭自然没吃。

两人都没吃。

到半夜我就饿了。那时我还没睡，写着一篇关于肚脐眼认字的小说。这是我电脑里的一百零八部小说。我在创造一部水浒，待这部小说完成，三十六天罡七十二地煞，就凑全啦，只差洪太尉来揭开盖子啦；到那时，我的一百单八将，就会化成黑烟，横行大野，呼啸九州。可"那时"还没来，这时我就饿了。饿，真是个好东西，它让我挣脱眼前的苦恼，回归本源，也就是摘野果饮鲜血的时代——还不能算人的时代。当饥饿来袭，算不算人毫不要紧。

我想去厨房里找些吃的，并利用这种方式，跟妻子和解；我知道，只要我做出饿的表示，她就会着慌，即使在睡梦中，也会惊醒。于是我就去了。

高压锅放在灶下，是当时为了冷却，放那里就没动；炒花生米之前炒好的茄子、烧好的菜汤，放在案台上。我把灯打开时，见几个黑影慌忙逃窜。是蟑螂。何必要逃呢？我啥时候杀灭过你们呢？每晚睡觉前，我都把菜头子从垃圾袋里拣出来，放在你们能方便下口的地方，生怕你们饿着。今天我没来得及做这事，你们就吃起人菜来了。你们也欺负我还没有变成人。即便如此，我也没准备怪你们，可你们的逃跑把我惹火了。啪！啪啪啪！一掌一只，棕色的甲壳底下冒出白浆子。剩了几只小的，明显才出生不久，我没有拍，让它们自谋生路。然后我把小蟑螂的爷爷奶奶爸爸妈妈收拾干净，拎起高压锅，舀出一碗饭，倒进铁锅，加些汤，加些菜，汇在一起热。

夜深人静时分，汤里油星子的炸响像放鞭炮。

蔡文湘却毫无动静。

敲门声把我吓了一跳。

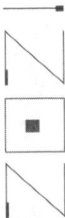

我以为是谢延，结果是冉俊。

他把那个黑皮包抱在怀里，明显是想进来的样子。

能让他进吗？要是被谢延发现……尽管我知道谢延刚出去，五分钟前，我从厕所出来，谢延也从他屋子里出来，我跟谢延打招呼，冉俊坐在客厅吃大饼，又像那天一样，在我和谢延之间，盯来盯去。谢延进了趟厕所，然后就出门下楼了。可万一他很快又回来了呢？这是其一；其二，我越来越不喜欢冉俊这个人。

四天前的晚上，我听见客厅里说话，以为是冉俊跟谢延说话，就想凑热闹，出去搭几句腔，结果是冉俊在打电话。

电视柜上，放着部座机，不知是房东还是冉俊，把长途锁了，只能打市内。冉俊手里拿着份报纸，报纸上密密麻麻登着征婚广告（这或许是整个中国最后一份纸质征婚广告了），他就打过去撩拨，既撩女的，也撩男的，他装出来的女声真像，是那种穿着吊带睡裙且随时准备把睡裙抹掉的声音。对方如果是女性，又是镜城人，要找的对象不仅要有镜城户口，还要是老镜城，即至少祖宗三代都生活在镜城，这样才能根深叶茂，同时也满足一种外人无法体会的内在自豪感。冉俊说，我们家是新来的，只比康熙爷早十几年。康熙即位前，到镜城住过一阵子，镜城为此建了博物馆，把康熙当年吃喝拉撒的用具，包括他读的书，写的字，跟亲王、贝勒和王公大臣的书信往来，还有镜城艺术家以这段历史为素材创作的86部演义、124幅绘画、109件书法，在馆内展出，成为一个旅游景点。这事镜城人自然清楚，因此对方说，大哥你真幽默。可又怀疑他口音不像，老镜城说话，腮帮里像含着颗杏仁，那不是随便含的，是几代人喝着镜城的水，呼吸着镜城的空气，才能熬炼出来的。冉俊再能装，也没那颗杏仁，但他说，我常在国外跑，舌头老串台，稍不小心还会串到敌台去。对方释然了，问他单位，问他收入，问他房子，他说，这就不好意思了，我只有五十个亿，买不起房子，晚上跟野狗睡。

对方这才明白被耍了，把电话挂了。

多半是在骂声中挂的，冉俊却欢喜得头皮紫胀，"嘿，嘿嘿"，他这样笑着，因激动而变得红如醉虾的手指，又去戳下一个号码。

二十岁的男人靠观念发情，四十岁的男人靠皮肤发情，这像是某本书上的话。从冉俊的情况看，这是一句很靠谱的聪明话。

我又在观察他了。

感觉到自己这样既无礼又无聊，我就回了房间。

他却乐此不疲，直到后半夜，才听见他从电话机旁起身。

起身的时候，依然"嘿，嘿嘿"地笑着。

我闻到了那股悲哀的气息。

越来越不喜欢这个人，这是实话，他的自虐，他的笑，他洗脸漱口时弄出的响动，他撒尿不关门，以及尿液在马桶里发出的弯曲和迟疑的声音，我都不喜欢。

谢延说得没错，跟这样的人要少接触。

可他却想进我的屋子。

我不愿他进来，堵在门口，问他啥事。

他把皮包拉开，摸出一叠打印稿。

"这是我写的一部小说，"他说，"我想请你帮我看看。"

就这一句，便点到了我的穴位。

原来，他不只是个出纳或者会计，他还跟我一样，是个梦想者。他的梦想也是写小说，便是我的同道、我的战友。他分明至今也没成功，就不仅是战友，还是难友。难友比战友更亲。常人以为共赴生死就是友谊的最高境界了，殊不知同病相怜才入心入骨。

于是我让他进来。

他把门闭了，把稿子递给我。

沉甸甸的，翻到最后，竟有五百页。

"写好有几年了，一直搁着，"他说，"你帮我看看行不行？"

言毕眼巴巴地望着我，打电话时的烂劲儿，荡然无存。

我没即刻回话，是对他有了嫉妒。这么长的小说，我还没有尝试过。但那句"行不行"，还有那眼神，又让我化嫉妒为力量。我曾听一位大作家在电视上说，写作者不需要别人鉴定，行与不行，你自己是知道的，就像端着一碗饭，吃不吃得下，你自己清楚，"只有傻子才不清楚"，那大作家说。冉俊这时候，也真是个傻子的样子。

我便模仿着那位大作家的口气，说："等几天吧，这两天没空。"

"你是后天跟导演见面？"他问我。

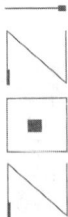

我点点头，心想我并没告诉过他，他是怎么知道的？不过这并不重要，知道了也很正常，有可能我和谢延说话，他在一旁听见了。我把散放在床头和桌上的书指给他看。他也点点头，表明懂我的意思。但他说："我是想你今明两天帮我看看。"

这让我生气，"确实不行"，我生硬地说，并再次将两堆书划拉了一下。

"那些书嘛，"他说，"你看不看无所谓的。"

我以为他在奉承我，表明我不看书也能行，谁知他说："后天一过，你就要回去了。"

就像闪电在天空熄灭之后，才传来那声霹雳。

"你当真不知道谢延是谁？"晕晕乎乎中，我听见他说，"谢延是个隐身人，凡成功者都看不见他，只有失败者才能看见他。他就像一面镜子，任何人往他面前一站，都会照出两个字：成功，或失败。每次你们在一起，我都发现……谢延的实际年龄，根本不是你看到的样子。他至少有五十岁了。他是蒙了一张年轻的脸皮。二十岁那年，他就独自从边地来镜城闯荡，干过很多职业，但他的梦想是演戏。到三十五岁，终于在一部剧里攀了个角色，是个蒙面人，共五个镜头，总计时长不超过三十秒。这是他演艺生涯的开始，也是结束。从此他把自己化为蒙面人，更进一步，成了隐身人……"

冉俊是被我推出去的。

我把那部该死的小说稿朝他怀里一摆，就用力把他朝门外推。

他出门和我关门，是在同一时间完成的。

这个行为猥琐的人，好像什么都知道。

我以为自己在观察别人，其实，我早就被别人的目光囚禁。

当我颓然地坐在床上，浮现在眼前的，是一个星期前去豪斯酒店的情景。

我枝枝叶叶地回忆：

那天，我和谢延从地铁6号线转到5号线，再从5号线转到3号线。出地铁后，我想抽支烟，我身上带着香烟，平时不怎么抽，但这天特别想。只是没有打火机，头天上飞机，打火机被收掉了，现在想买一个，又见不到店子，便问我的谢经理哪里有小卖铺。

我继续回忆：

听了我的话，谢延脸一沉，说："镜城没有小卖铺。镜城的小卖铺就像农民眼里的杂草，见一个拔一个，买根针也只能去大商场。以前在小卖铺买个水龙头，十块钱，现在去大商场，三十块算是便宜的！"说这话时，谢延满含悲苦，明显有切肤之痛。

他确实不像王总手下的经理。

兄弟们哪，接下来我该仔细回忆了：

我和谢延到了豪斯酒店，前面说过，王总既没介绍他，也没请他吃饭，照冉俊说来，王总是根本就看不见他。当然看不见，王总不仅是这个时代的成功者，还是弄潮儿。事实上，王总和徐导，包括制片人笑靥，看没看见都无所谓，他们的成功人生，勿需用一个谢延去验证。我要特别回忆的是，姜平辉和李秀秀看见没有？他们肯定没跟谢延打招呼。谢延见了各位，一直默默无言的，即是说，他也没主动跟谁打招呼。

我无法判断姜平辉他们看见没有。

这就存在两种可能：看见了，或者没看见。

只有我没有可能性。

我是注定的失败者。

又一次失败。

难怪初到镜城那天，看见的都是空喜鹊窝。

喜鹊和冉俊，提前告诉了我的又一次失败，我恨他们。但活到现在这岁数，我知道恨是不起任何作用的，我只是觉得冤枉。惠明帝，孙妙月，高廉清，我把他们的故事塑造得多么具有视觉效果，又多么符合当下观众的口味！比较起来，姜平辉那天说什么人类的兽性就像感冒之类，简直不值一提。那只是个结论而已。人类的平庸有许多标志，动不动就下结论，是标志之一。我甚至数次想象，当我把惠明帝和高廉清斗鼓的故事讲出来，姜平辉和李秀秀该是怎样的自惭形秽，导演又该是怎样的欣喜若狂，导演从此再不看他俩一眼，只让我说出更多细节。

我便说了：某一天，惠明帝在落日黄昏时分前去听鼓，鼓声却再没

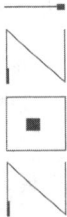

响起。

高廉清死了。

死于黄昏之前。

死于寂寞。

惠明帝该怎么做呢？

他去打开孙妙月的囚室，对她说："你去看看他吧。"

"她怎么说？她去不去？"导演这样问我。

却又不像导演的声音，而是另一个男人的声音。这另一个男人是"他"。虽猜出是他，我却不认识。既不认识，也不知道名字。但我知道有这么个人。按哲学家的话语方式，是我妻子蔡文湘创造了那个人。我自己起来热饭吃那天夜里，蔡文湘没动静，我当时想，我饿了，她肯定也饿了，我不如端着这碗饭，拿两双筷子，去床上跟她同吃。这样也算是讨好她。我还从没讨好过她呢。然而，她不在床上，也不在家里任何一个角落。

她如孙妙月之于惠明帝，给我留下了巨大的空。

次日接近中午她才回来。其间她没来过电话，只发来一条短信："我不会死的，我只想一个人待些时候。"说得多好，"一个人！"我没回她。直到她进屋，我才问她上哪里去了，她不说。我问她跟谁在一起，她也不说。我说你不说我也知道。她还是不说。她不如孙妙月坦诚，惠明帝屏退左右，孙妙月就说了，而蔡文湘却死咬牙帮。

沉默是黑洞，能吸进一个宇宙。

从那以后，我就再没睡过一个安稳觉了。而且也不怎么写作了。以前，我白天补觉，夜里睡得很晚，现在她上床，我也上床，我采用各种方法逼问她，并充分发挥自己善于想象的特长——这真是我的特长吗？——给她描述那个人的身高、长相、职业、性格、对她说话的口气，还有他们做爱时的表情、声音和姿势。她听了，终于开口了。"陈永安，"她说，"人家两口子是过日子，你跟我不是在过日子，是在写小说。"

她是在挖苦我，是说我既不会生活，也不会写作。

这是照着我的痛处戳。

我不该为去榆树巷愧疚。

我只可惜没有真去。

但我是个有自尊心的人哪兄弟们，当着她的面，我表现得很大度。

我说："你要是不想跟我过，可以去找他，我不拦你。"

"她怎么说？她去不去？"又是导演在问我了。

"去！哪怕去了跟他一起死！"

多么高尚。如此高尚的爱情，惠明帝不配拥有。我也不配。惠明帝和我一样，把爱情意义化了。爱情本没有那么多意义，爱情就是单纯的欲望而已。越单纯，越像爱情。

从这个层面讲，朱小小比我曾祖父更懂得爱情，因此我曾祖父也不配。

不配，同样是我祖传的基因。

书还没看完，但我不想看了。

我躺到床上睡去了。

刚闭上眼睛，一个声音对我说：你咋那么轻易就相信了冉俊的话？既然冉俊也是个失败者，有没有可能是想抢你的机会，他正暗中向剧组靠拢？这是完全可能的。这种事历朝历代都有人干，你曾祖父也干过，只不过他死成了一个谜，让他的生也变得多解。或者，冉俊是不是跟谢延有了什么勾结？比如，他向谢延承诺，若把机会给他，事成之后四六分成，他得四，谢延得六。于是就"塑造"了这样一个故事，让你不战而败，主动退出。这也是可能的。你根本不必理他。如果谢延参与其中，也不必理谢延。你已见过了总裁和导演，后天去豪斯酒店，别叫谢延，你自己去就是。他跟你只是口头协议，又没签合同，你怕什么？你现在甩掉他，事成之后，再把这些天的食宿费还给他就是了。食宿费再贵，也贵不过一半的编剧费，何况他请你吃的是羹，是大饼。

说得对呀兄弟们！

明天过了就是后天，因此后天很快就来了。

凌晨四点过，我就出发了。小区外那些卖羹的，只在天亮前才敢出动，天一亮，他们就如老鼠见了猫。天光是他们的猫。在这世间，生活着

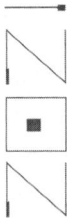

一群害怕天光的人。现在没有天光，但毕竟黑暗还太深，龚老板们一个都不见。

怎么回事？我好像很想他们似的，我迷恋起那种怪味儿来了。那是低端的气息，失败的气息，该戒掉才好！我的脚步声在空荡荡的小街上抽着鞭子。到了大马路，就有出租车。这时候地铁未开，只能坐出租。只是太贵了。在地面修路，却这么贵，在地下修路，竟便宜许多，可见不是难易和成本的问题，而是空间的问题。

与时间相比，空间最吃亏的地方就是有形，有形真不是好事。

人的全部苦恼，也在于有形。

身份有形吗？

它介于有形和无形之间，所以才成为大哥。

坐上出租我就睡着了。

先是装睡，因为我不想听司机瞎侃，镜城的司机都特别能侃，而十天前那位司机说的那句聪明话，至今让我耿耿于怀。装睡不到几分钟，就真的睡过去了，并开始做梦。梦是对现实的虚构，而虚构的现实却与现实本身沆瀣一气。

我听见吵架的声音。是我在跟蔡文湘吵。当蔡文湘挖苦了我，我让她走，她果然就收拾行李了。不过是把我的和她的一起收拾，说她租了个大房子，从今天起，我们就去住大房子。那房子依然在锦江边，只是离市区更远。大倒是真的，有一百二十平米！自从我们离开故乡，租的房子从没超过三十五平米。我认定蔡文湘是找了个富翁。三十多岁的女人，哪一种富翁会看得上呢？我问那富翁有七十岁还是八十岁，她不答言，只打电话吆喝进四五个年轻人，那些人扛着发出浓烈气味的层板，进屋就伶脚俐手地忙乎。仿佛眨眼的工夫，三室一厅的房子，变成了七室无厅。随后，又有两个人进来，扛着几架折叠床，放进了刚刚制造出来的空房间。

原来她是要当包租婆。

我曾在冉俊身上嗅到了某种亲缘，不仅因为冉俊和我一样，是个失败者，也不仅因为他很可能和蔡文湘一样，同时打了几份工，还因为他们都做了包租户。

包租婆蔡文湘对我说："这下好了，我们再不会缺吃少穿了，你尽管写你的！"

说完朝我笑。笑得很仓促，像那笑是有定量的，不能随便支取。

难道昨天夜里和今天上午，她就联系这些事情去了？

上午讲得通，夜里却讲不通。她是在利用一件事来遮蔽另一件事。但我暂时原谅了她，因为她说的实在没错。她手写了百来张牛皮癣，送快递途中，感觉合适的地方就贴一张。尽管地方偏僻了些，却招来密集的电话，不到一个星期，六间屋就全部租出去了。最低五百一间，稍好的六百五，最高七百，按平均六百算，兄弟们哪，一年下来，就有四万多，比我当保安的收入，高了倍数。

但蔡文湘不满足，有天晚上，她说："要是我们变成虫子就好了，随便哪个旮旯就能安身，我们住的这间也可以租出去。"

说完她长声叹息，遗憾自己不是虫子。

这回她错了。

她不知道我们已经变成了虫子。

我俩住了最差的一间，全用层板围住，四面都是邻居，屋里放张床，再加个书桌，就没地方站人。我们的那些租客，往往是一人租，几人睡，夜里八九点钟，蹭床的就来了，男男女女，笑语欢声，不到子夜就不消停。若是周末，还会通宵达旦地闹腾。

我早就习惯了白天睡觉，夜里写作，现在白天倒是可以继续睡，夜里却荒芜了，因此许多时候，我不得不自暴自弃，干脆也躺上床得啦。

然而，躺在床上并不等于睡在床上，别人的喧闹和我内心的喧闹，两面夹击，把我挤压得嘎嘣作响。我看见自己的肺扁了，心脏扁了，乌紫乌紫的，浸出黑血，然后是骨头断裂的声音。有时候，喧闹止息，却又听见隔壁做爱，清晰得连射精的声音也丝丝入耳。那何止像在我们床上做爱，简直就像在我们的身体里。但我和蔡文湘都不敢吭声，他们是客户，是为我们送钱来的上帝。

这是不是虫子？

你说这是不是虫子？

我们以猿的模样离开家乡，本来想走成人，结果走成了虫子。

是谢延挽救了我。

我深深地记得，那天晚上十点多钟，我的手机响了。我不想接的。自从跟蔡文湘到了靠近省城的普光市，我老家那些熟人，到省城就跟我

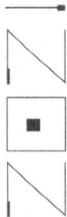

联系，我从没通报过自己的行踪，他们是怎么知道的？可见人没有秘密。不管你是谁，都活在天罗地网里。我不想见他们。见熟人，特别是见故乡的熟人，是成功者的专利。因为不想见，通常也不接他们的电话。这至少还有另一种解释，比如说那人发达了，住到省城旁边去了，眼睛就只朝天上看了。让他们去说吧。

这天夜里，手机响起来时，我倒没上床，我伏在桌上，写着那个关于肚脐眼认字的小说，蔡文湘侧卧在旁边的床头，大气也不敢出，是怕打搅我。她也没想到手机会响。往天这时候，我俩都关机了；她比我关得更早，自从我心里添了那个七十岁或者八十岁的富翁，她进屋就关机。这时候她以为是自己的手机响，顿时吓得脸青面黑，她是觉得，即便不是富翁打来的，也干扰了我的思路。结果是我的手机。怎么忘记关了呢？咋这么倒霉呢！我愤怒地将那玩意儿朝床上一扔，意思是让她立即帮我关掉。

可是她惊叫起来："是镜城的呢！"

我电脑里成型的一百零七部小说，至少有五十部投放到了镜城。

果然是镜城来的！电话那头的人说他叫谢延。谢延说的事，虽不是我那些走出家门就杳无音讯的小说，却是请我去写电视剧。写电视剧比写小说更能出名哪！我老家的那些人，从不看小说，只看电视剧。

我立即关了电脑，鞋都没脱，纵身跃到床上，和蔡文湘乐成一团，乐得涕泪纵横。然后做爱。我们已经七个月没做爱了，把零头算上，有227天。蔡文湘一改她在床上的僵尸脾气，也像隔壁，哼哼哈哈地叫。

我有过短暂失忆的时候，以至于到了镜城，竟记不起是叫我来干啥的，又是谁叫我来的。我得承认，这是因为心里没谱。我对这件事很怀疑。谢延没说他从哪里知道了我的号码，想必只有从出版社，可他本人并没在出版社工作，自然不可能读过我的稿子，他是怎么把我看上的？……一个失败惯了的人，免不了怀疑这个世界，这一点你要理解。

但事实证明，一切都是事实。

虽然，投资高达两亿的电视剧，那天的启动仪式确实过于简陋了些，分明来了两个记者，过后也没见到什么消息，但不是给我们发书了吗？不是让我们今天去谈各自的构思吗？如果像冉俊说的那样，谁能看见谢延，谁就是个失败者，谢延难道不可以第一时间考验我吗？只要我能看见他，就不会被导演相中，就不会有"正式收入"，他还养着我干什么？

诸多迹象表明，冉俊是在欺骗我、打击我，目的是为自己谋划。

这人太坏了，我真想咬他一口。

正这么想，嘴里便塞得满满当当。含住的是一颗人头。但又不像冉俊的头，头骨很细，长着三角脸，脖颈也很细，细而长。我咬住那整颗头，却又能看见他脸上的表情：痛苦的、马上就要断气的表情。但一直不断气，他挣扎着，双眼一开一合。我的牙齿却软了，软得像是肉做的。你再辛苦一下吧陈永安，你再努把力，他那眼睛就会永远闭上。

于是我吭哧吭哧的，下着狠劲儿。

"太阳升起老高了，不赶快起床，还好意思被梦魇住？"

是谁在摇晃我，并大声朝我喊话？

我睁开眼睛，看见我脸的上面，是蔡文湘的脸。

外面闹哄哄的。今天是回龙镇赶集的日子。

——兄弟们啦，我这一生，很少离开过故乡，但这种漫游的长梦，却做了不下三十个。从二十岁开始，平均每年做一个。我总是做着黯淡的梦，可我在现实生活中过得很幸福。像今天，我还没起床，我的妻子蔡文湘，就卖出了四个雪糕和十二包香烟。

原载《钟山》2021年第5期

点评

《镜城》有一个巧妙的结构，以中心人物的一场漫游长梦为主体，搭建起一个现实与梦的双重空间。但这个梦又不同于普通的梦，它不是漫无目的、凌空虚蹈的想象，而是与现实深度地结合在一起。既是一场虚幻的梦，也可视为从现实生活延伸出去的理想之境。一如小说标题"镜城"所预示的那样，梦像现实的镜子，照出了主要人物的理想与奋进，也照出了现实中人的困顿和挣扎。

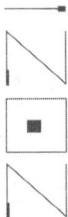

　　小说中的主要人物陈永安始终怀有一个写作梦，但他的窘境在于他的写作成果大部分都躺在电脑里，唯一拿得出手的是一篇微不足道的甚至都没做内容交代的《读者来信》，对写作的挚爱以及摆脱生活困境的愿望生发出他的这样一个圆梦之旅：写剧本。剧本写作既能满足他的写作愿望，同时能将他从生活的泥潭中拖出。于是一场奇幻的旅程开始了，在这个过程中冉俊、谢延各类人物相继登场，与他一起完成了镜城之旅。如小说中人物的自述，他很少离开故乡，但这种漫游的长梦却每年都在做。梦的故事当然大部分都是虚幻的，是想象的。但显然又是虚中有实的，是从实中生出的虚，是虚实相生的结合体。作者力图以这种结构方式打开现实人物的精神和心理空间，将一个现实人物的精神世界更加充分地展示出来。

　　在作者用荒诞和想象营构的空间中，借助于这样一个半实半虚、半醒半梦的状态，作者将对生命、生活的思考引向了深入，对于人的存在与虚无、人性的贪婪与残忍，人的婚姻生活、情感关系等诸多话题进行了极为精辟的讨论。镜城不仅是陈永安的一场大梦，也是他现实生活和精神世界的一面镜子，当然也可视为同类人和同类生活的一面镜子。

　　　　　　　　　　　　　　　　　　　　　　　　（崔庆蕾）

跳　鲤/

/胡学文

0

他知道警察就在外面，一个，也许两个。他已经苏醒，但强制自己不要睁眼。似乎这样就如同死人，就会遗忘一切。但一组又一组画面，一张又一张脸，一个又一个声音杵进脑子，捣蒜一样，他的脑浆发出烂泥般空洞的声响。他害怕死去，更害怕活着。活着，那混杂的声响便漫天飞溅，遮空蔽日。

他知道自己躺在什么地方。他在医院当了四年保安，那气味再熟悉不过。脑袋肿胀，就如长爆的白菜；腿脚钻心地疼。也许脚筋挑断了，也许某个内脏扎成了筛底，若从此残疾，那就更糟糕了，还不如死呢。这种时候，花该在他身边的。他没嗅到她的气息。明知不在，他还是发出喑哑的低唤。似乎随着他的呼唤，那气息就会从门缝儿挤进来，就会抚摸他肿胀的脸。谁料她就像插在他身上的导火索，那声低唤扣动了打火机，嘶啦声如蛇游窜，惊雷炸响，顷刻间，他化为碎片。

1

阴冷的秋日上午，他又如往常一样蹲在地头，双目泛红，满嘴黄疱。菜彻底烂了，腐臭弥漫。这意味着他投的二十万块钱，他和花的辛苦化作了尘烟。已经没有任何意义，但他仍一天两趟往菜地跑，似乎奇迹会因他的虔诚而降临。他如木桩，蹲下去就是半天，等来的是愈加浓烈的腥臭。

他后悔没听花的。脑子一热，就像别人那样包地了，就像别人那样种

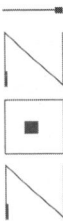

菜了。咱赔不起呀，花苦口婆心。而他早已吃下秤砣，日夜浸泡在虚狂的梦想里。花拗不过他，在家庭大政上，一向他说了算。钱不够，花还跟她妹妹借了五万。

你还不如死了呢！

他猛吃一惊，跳起来，举头四望。天空蔚蓝，田野灰黄，目之所及处看不到一个人。几百米外，两头牛在觅食。他不知声音何来。去年王庄一个种菜的喝农药自杀，留下百万巨债。他没有寻死的念头，一日日往地头跑绝不是想不开。虽说老底亏光了，于他那也是巨款，但他不会抹脖子上吊。死？他冷笑，鬼才去死。

他刚刚蹲下，那声音突又砸过来。真真切切，似乎不是幻觉，他头皮发麻，不知声音来自何处。脖子都扭酸了，仍什么也没看到。难道大白天的有鬼？去你妈的，老子不死！他大声喊出来。

这时，花打来电话，让他赶紧回去。声音颤着，遇上高兴事，或紧张过度，她就这样。他想多问，她已经挂了。他不敢耽搁，大步往回赶。扑棱，一只乌鸦从树杈惊起，朝对面的林带飞去。他张大被黄疱包围的嘴，盯着乌鸦，直到它变成豆粒。他和花在菜地干活儿时，常有乌鸦飞过头顶，黄昏，成群的乌鸦总在村庄上空盘旋，它们和村里的猫狗一样寻常。可是，这只突然惊飞的乌鸦让他心里直扑腾。

踏进院门那刻，乌鸦才淡去。

原来有好事等着他。花的继父在县医院当副院长的侄女婿给他找了份当保安的差事。半个月前，花找了继父，继父又托了他的叔伯妹子。花也就是试试，毕竟这亲戚隔得远了些，不料人家当事办了。花个子不高，但脸相耐看，尤其笑起来，眼里的灵光一闪一闪的，就像蝴蝶飞舞。结婚二十多年了，她的笑脸仍让他神摇魂荡。但那天他像死水般沉寂。倒不是血本无归的阴影仍然笼罩，而是这差事没有任何吸引力。三班倒，一月两千块钱。七在城里当几年保安了，他和七打听过。他和七不同，七有两个闺女，那是两家"招商银行"呀，七不干活儿，日子照过。他和花两个儿子，孩娃坠地，感觉中了彩，慢慢地，这彩就变成了山。长子打工，已经到了成婚年龄，谈一个不成，谈另一个也不成。自然各有缘由，但他知道根儿在哪儿。次子刚上技校，身边总有女娃。念书花钱，女娃胳膊也不能白挽。若不是压得喘不过气，他不会包地种菜。本想跳个高高，却跌个大跟头。他清楚花怕他再折腾，想找根线拴住他。他不怕拴，如果挣大钱，铁链捆都成。这保安就是块干骨头，飘点儿香味儿，啃不出肉呀。

为啥？花追问，好像他没说清楚。

他沉默。

啥挣钱？你说说！蝴蝶消失了，她的脸有些冷，但仍是耐看的圆。

他继续哑着，也只能哑着。

跑大车挣钱，开商店挣钱，建猪场挣钱，听说弄个加油站一年有上百万的收入，哪样咱能沾边？她靠着柜板，似乎没有依靠就立不住了。确实，她的身子有些抖。她从来不像别的女人那般哭闹，只是阴云一层层地肥厚，要下雨的样子。再有就是控制不住地颤抖。菜烂在地里，她也没埋怨过。她是真的生气了。

他更加哑了。

花没再用石头一样的话砸他，静立着，望着别处。仿佛他的哑传染了她。

好一会儿，花说，费这么大周折，好歹你先干着，瓜也好枣也好，塞住嘴再说，若有更好的营生，咱随时走。

先试试吧，他说。

花的眉眼亮了亮，你这不情不愿的，要不是有这层关系，撞烂脑袋也甭想。

他问，我去当保安，你咋办？

花笑了，你跟七学学，把我也带去呀。枣笨手笨脚的，连个鞋垫都不会纳，我比她可强多了。听说她在宾馆打扫卫生，一月也有两千呢。

两天后，他拎着两个编织袋登上了去县城的中巴。编织袋鼓鼓囊囊的，一个装着他的行李，棉衣棉裤，以及那块他长年铺着的山羊皮；另一个装着洗漱用具、水杯、棉鞋、单鞋，还有带给副院长的几串草地白蘑。东西是花准备的，他连手指头都没伸。好像他不再回来了，她把四季所需全塞进去。他没说啥，装就装呗，到时再拎回来就是。他没打算长期干，之所以应下来，因为冬天就快到了，不能闲着，如花所言，先塞住嘴再说；再一个，就因他不听劝阻，他和她才被灾难的大锅扣住，她嘴角的疱刚有结痂的迹象，怕她因为这个，水疱又如蘑菇冒出来。他心疼她，当然也有些气短。那浓稠弥漫的腐臭没把他压垮，但让他矮了半截。

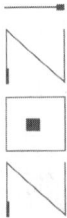

说妥的事自然没费周折，见过副院长，并将几串白蘑放在角落后，就由七领着去见保安的头。一个勺子状的男人，次日就上岗了。三人一组，他和七在一个组。这是七提出来的，他说咱一村，有事好照应。房也是七帮他租的，与他人合租一个院。那家住正房，他住南房，采光差，但租金低，一月四百，水电另算。

八九天后，适逢两人都休，七把他叫至家中吃饭。七租了个独院，两大两小，七和枣住正房，小房放着七的摩托和枣的电动车，另有半袋萝卜，几棵白菜，别无其他。他问七为什么不租出去，七说独住贵点，但是方便。傍着西院墙用木棒绑搭的简易棚内，堆放着旧报纸、纸箱及踩扁的易拉罐，旁边还有一辆三轮车。也是那天，他才知道七在当保安的同时，还兼收废品。他恭维，你不简单呀。七说，哪里，就弄两个零花钱，也是逼出来的。

两人落座，枣将花生米、猪头肉端上桌，让他和七先喝，她再扒拉两菜。他赶紧说这就够了，别忙了。枣甩过目光，就如她的身材一样，眼神壮壮的。打他进屋，她第一次正式和他对视。他突然一慌。枣说，又不是城里人，长了核桃肚，两菜够谁吃？！七说，别管她，说起来这饭还是她提的头儿，我来县的头两年，你没少照顾她。他说，顺手的活儿。立即把话岔开。

他和七同一年盖的房，就隔一堵院墙，和七两口子比和别人近些。平时你借我个箩筐，我借你把铁锹，有一次他拉肚子软得走不了路，还是七和花一起把他送到医院。不过，他帮七更多些。因为他比七手巧，脑瓜也比七好使。枣长得虽壮，但无论粗活儿还是细活儿，都不如花。论过日子，七和枣差一大截呢，两人又都是馋嘴，常常寅吃卯粮。有好几次，枣隔墙借盐。进城几年，七两口子的变化着实让他吃惊。所以，他的恭维有多半出于真心。

也就混个肚圆，七说，几杯酒下肚。七的话就飘了，咱比不了有钱人，天天有肉吃有酒喝，知足了。枣炒完菜，坐在桌边，将七早已倒好的酒一饮而尽。她比他和七的酒量大，喝酒的架势也豪。七感慨道，在村里，哪舍得这么喝？她一端杯我就紧张，她喝得猛，不等我张罗，酒就见底儿了。枣截断七，租两间破房，你还吹，啥时住上楼你再吹！说着目光杵向他，告状似的口气，听我的，早发了！

枣和七初到县城后，平房还便宜，特别是城郊的。那时手里有些存款，枣想买一处。当然她没那么远的目光，只觉住自己的房踏实。七没同意，就搁下了。几年后房价大涨，若当初买一处，现在能换一套楼。枣举了好几个例子。现在虽说不愁吃喝，但没有自己的窝。无论平房还是楼房，都买不起了。临街的平房比楼还贵。

他甚是吃惊，吃惊枣嘴里的机会，吃惊她的口气。以前她不是这样。七委屈地辩解，谁能想到呢？早知我肯定听你的，现在……没准……也——枣说，那你就甭吹，有啥显摆的？还不愁吃喝，连街上那几个要饭的都不愁吃喝。七冲他眨眨眼，带了些无奈，没准哪天捡个金元宝呢。枣哼了一声，白日做梦。七说，命里有，早晚是你的；没有，急也没用。枣看着他，听见了吧？肉了吧唧的。七说，我也紧忙活呀。

他说，就是。

两人你来我往，似乎不是喊他过来吃饭，而是让他评判。他没有资格。若在村里，他是可以评判的，现在哪敢？在七和枣面前，他不过是一个白板。若非那无边无际的腐臭，他不会坐在他们面前。可是，他不能什么都不说。他寻找着插话的时机。既然必须站在其中一边，就只能和七站在一起。

七的脸罩着尴尬和得意，有公道人呢。

枣佯怒道，你这马屁拍的，别忘了，这菜是我炒的！

他又一慌，赔着笑说，都对，都对。

枣并不领情，气哼哼地瞪着他，两面派！

这时，他接到花的电话，没当要紧事，几句话就挂了。

七问，花怎么不随你来？他顺口道，来了干什么？七说什么都行啊，让枣帮你留意一下。枣的目光甩到七脸上，用你操闲心！七说，也是，喝酒喝酒。

他端杯敬七和枣，那个念头冒出鲜嫩的苞芽。彼时，他当然不会知道，这苞芽会长成锋利的刀子。

2

花到县医院打扫卫生时是初冬，自然也托了副院长的关系。第一天，他拉她去的。不久前，他买了辆脚蹬三轮车。既然七可以收废品，他也可以，而且，很快就摸到门道，运气好的话，进项甚至能超过保安。两个人

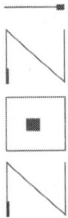

三份活儿，好歹能存些钱。没准花还能找上第四份活儿，她麻利、勤快，和他一样不怕吃苦。果然，两星期后，她就在裁缝铺揽了零活儿。

转过年，他在城边租了一处独门独院，比原先住得远了些，但放废品方便，正房也暖和，而那两间只开北窗的南房，阴冷潮湿，两人搂着睡一夜，脚依然是凉的，张嘴说话白气如蛇。村里的房，他像七一样用泥皮封了门窗，混不下去，还得回到老窝。

一晃就是两年。

日子没多难，但也没好到哪儿去。七和枣一向不亏嘴，他和花虽没勒住脖子，但比村里还节俭。村里菜不花钱，水不花钱，柴火不花钱，城里每一样都离不了钱。冬天蔬菜贵得离谱，两人只吃白菜，就这，也不敢敞开吃，一棵白菜至少吃五天。菜少，只能多放盐，每次吃完饭，喝两大碗水才能把咸味冲淡。穿就更甭说了，两年谁也没添新衣，他换了一双棉鞋，是花从病房捡的。每年倒是能攒几万块钱，可别说给儿子买房了，连家具怕都买不了几件。

搞钱的门道太多了，他耳闻目睹，知道不少。和官员当然没法比，弄一块地，转手就是数百万，还是合法的，查也白查；要不入干股，大大小小的工程，明里暗里都有官员罩着，没靠山，生意难持久。合法的买卖是有，但许多不合法的事都是合法运作的。他和花虽有二职，跟别人的二职比，就是芝麻和西瓜。比如医生在医院出诊，却让病人到自己开的药店买药，想治病吗？治就照做。花的副院长亲戚就开了药店，他和花买药从不去别家。比如老师，课上讲一半，另一半要留到补课时讲，不报补课班就甭想考好成绩。

所有这些，与他和花没有丝毫关系。也就是听听而已。可听得多了，难免胡思乱想，也就想想。蛇鼠不同路，有多大本事吃多大饭，他和花也只能靠辛苦一个子儿一个子儿地攒。没啥可抱怨的。

中秋节快到了，他和花盘算着去副院长家坐坐。商议带什么东西，两人发生了分歧。花的意思是买两瓶酒，另加一个礼盒，月饼或其他。他提议买二十斤本地麻油，省钱又实用。花说看人家一趟，怎么也得像点样儿，他说这就是个礼节，你带什么副院长都不放在眼里，除非金条，金条你有吗？花怪他说话硬，抬杠似的。他提起去年中秋、春节去副院长家的情形，客厅里烟酒、礼盒、干鲜果品堆得小山似的，谁送了什么，副院长根本记不住。花说看人是咱的心意，记不记是人家的事。

他说看就是为让人家记住，随后讲了听来的送礼故事。

在别人都给县头儿送羊的年代，某局长买了数套吃羊肉的刀叉。某局长在酒后道出真谛，羊吃掉就没了，头头们记不住，而局长送的刀叉虽然没有一只羊值钱，但每次吃肉都用得上，都能想起是谁送的。局长一路高歌猛进，最后也成了县头儿。

他在酒馆听来的，给七和枣讲时，两人都感叹，怪不得人家往上爬，脑子就是好使。可花的眉毛都没动，评价道，太算计了，吓人。他说世事就是这样，会算计吃香，不会算计喝汤。花仍固执己见，说副院长是她亲戚，不能让人家笑话。他没争过她，花仍然是他的花，但比原先有主意了。

周六的晚上，他和花敲开了副院长的门，如他预想并担心的一样，副院长根本没瞅两人拎了什么东西，甚至没朝花看，更别说站在花身后的他了。副院长正打电话，想来是个重要电话，指指沙发，径直进了卧室。客厅靠门的一角已经堆了很多，有个礼盒竟然与花拎着的一模一样。他给花丢眼神儿，我说什么来着？花不理会，将东西挨序放了，便蹲在电视柜一侧，拾捡花盆里的枯叶。副院长出来，她刚好捡完，并将碎叶揣进兜里。

副院长点点头，还好吧。他说还好。副院长说那就好。副院长心不在焉，说着话却翻着手机，显然有重要事。别看他是副院长，说话比院长还硬，据说医院即将开建的住院楼就是他跑下来的。听闻传言的那个晚上，花特意包了顿饺子。那与他和花没啥关系，但副院长红运当头，对他和花肯定不是坏事。庆祝是值得的。

他和花提出告辞。副院长哎呀一声，说不好意思，改天再过来坐。

他推开门，刚迈出一只脚，副院长突然叫，等等！先别走！

他和花转过身。副院长个高腿长，脸阔如板，像一把竖起的巨斧。他本比副院长矮半头，此时突然矮了半截，感觉副院长抬抬腿，就能把他和花踩到脚底。副院长上下打量了他一遭，又在花身上绕了一圈，目光如探测的利器，像他和花偷揣了什么东西。

他不由得发慌，正要开口，副院长笑了，我怎么没想到呢，坐！坐！

他和花挨着坐了。

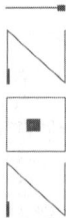

副院长问，喝点水不？

他早就渴了，但摇了摇头，花抢在他前面说，来时喝过了。

副院长说，那就说正事，有一桩美差。

年过六旬的老头，两子一女均在外地，长子在广东，次子在北京，女儿在市里，都是非凡人物。女儿最次，是开发商。三个儿女是老头一手带大的，现在该他们反哺父亲了，除了月球，老头可以到任何一个地方居住，可以跟任何一个子女生活，但老头不愿离开皮城。儿女无奈，但让父亲一个人住终是不放心，需要二十四小时陪护，费用八千，管吃喝。

副院长问他俩是否愿意，他和花几乎异口同声。他听出花的声音颤着，他何尝不是呢？副院长说，那就好，待通过了，就把医院的活儿辞了。副院长话中有话，他盯着副院长，副院长说，我负责初选，拍不了板。他问什么时候能定，副院长说一会儿就给老头的女儿打电话。花突然叫了声妹夫。无论私下还是公开场合，他和花都喊院长，这声"妹夫"实在突兀。副院长倒没发愣，假假一笑。花说，我不叫你院长了，那太见外，我就叫你妹夫。副院长大度地，那好啊。花说，就靠妹夫了。副院长适度笑着，那是自然，我会尽力，这差事确实难找，医院不会动弹的病人，二十四小时的陪护费五千，老头硬朗着呢，顿顿二两酒，馒头能吃仨，说是陪护，其实就是保姆，做做饭，说说话，有事及时给子女们报个信儿。花把手掌放在膝盖上，他知道她又出汗了。

不过，副院长语气一转，你俩也要有个准备，老头儿脾气古怪，好骂人，哪儿不入眼，张口就来。之前有四拨陪护，三拨是他撵走的，一拨是自己不干的。

他的心不由得缩紧。

如今讲品牌服务，副院长说，不然，凭啥给你这么高的工钱？怎么样？要不先考虑一下？

花扭头看他。他能读懂她的目光。关键时候，还得他掌舵。他问副院长，如果这边干不下来，还能不能回医院。副院长说，这倒没问题，但需要等机会。他立刻道，不用考虑了，干！花跟着说，有劳妹夫！

馅饼就这么突然掉下来，虽未盖到脸上，但那浓香的气息已经扑进口鼻。至于副院长所言的"准备"，他和花在回去的路上就稀释掉了。花说，他骂就骂呗，听着就是了。这也是他的想法，甭说骂了，打几下也由着老头。一月八千，想想都烫人，两人轮班，他还可以收废品。越想越兴奋，及至进了家门，花呀了一声，说他两眼像刚出炉的烧饼，他说你还说我，你的脸像抹了胭脂，是不是想去登台唱戏？花果真就唱出来。她嗓音不错，嫁给他之前，唱过二人台，那些词都在肚里埋着呢。她唱起来，胸脯就挺得高了。他本就燃烧着，此时火苗蹿得更猛了，她还要唱的，火呼地扑到她身上。

你说能相中咱不？花躺在他怀里，有些担心地问，那时他快睡着了，她的担心像把凿子，他顿时睡意全无。他比她更担心。听天由命，他说。花说，也不知啥时能定下来。他摸住她的乳房，她叫疼，他马上松开，说，不会太久。花问，你咋知道？他说，我就是知道。他当然不知道。

第二天，他接到副院长电话。半小时后，他和花赶到飞龙茶庄。副院长和老头的女儿在那儿喝茶。他估摸她怎么也得四十大几了，待见面，甚是吃惊，也就三十出头的样子。副院长做了介绍，他和花先后说黎总好，将蘸过蜜的脸展她。黎总点点头，虽是坐着，目光却像凌空劈下来的。他不由得偏了偏，马上意识到不妥，又扭正，迎接着黎总的审视。就看到了黎总眼角的鱼尾纹，只是不那么明显。脸上的蜜更浓了些，如果有孔雀的本事，他立马开屏。黎总的目光移到花身上，停留的时间久了点儿，也更锋利了些。

黎总突然站起，走到花跟前，抓起花的手。懂得剪指甲，黎总坐回沙发时说，像干净人。原来是这样，他吁了口气。论干净利落，村里没有哪个女人比得过花，半夜起来干活儿，她也要梳头洗脸，他还曾因这个嘲笑过她。他庆幸黎总没看他的指甲，下意识地弯曲了手指。黎总眼尖，马上发现，说，你不用藏，我看见了。他的脸腾地热了，暗想完了，不料却给他加了分。黎总赞许道，你这个年纪还脸红，难得！

黎总问了几个问题，问他是否抽烟喝酒，什么学历，耳朵是否好使，问花主要是茶饭方面。

就这么着吧，黎总说，明天体检！别操心费用。似乎直到这时，黎总才想起他和花一直站着，邀请他和花坐下喝茶。他和副院长对视一下，谢过黎总，退出茶室。

次日，他和花由一个清瘦的护士带着，楼上楼下，所有的科室、所

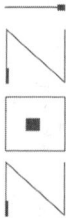

有的检查室走了个遍。他和花从未全面查过身体，头疼买止疼药，咳嗽买止咳药。他当然清楚，黎总是怕他和花有什么病，先前那些陪护都要过这一关吧。他从未担心自己的身体，那天却有些紧张。还有花，有一段时间了，触摸她的乳房，她就喊疼。他催她看医生，她不当回事。

检查结果出来了，花轻度乳腺增生，他肾上有一粒两毫米左右的结石，其他都没有问题。

悬着的心终于落地。

3

上门那天，黎总因事没赶回来，副院长带他和花去的。龙宫是县城最高档的小区，门口的保安比站在医院里的他还笔挺。快进十月了，街道两侧的树早就披上了黄袍，而小区还盛开着各色菊花，在肃杀的西风中愈显浓艳。

注意事项，黎总已经交代过多次，他和花铭记于心，到楼道口，副院长再次叮嘱，特别强调，叫黎主任。

他和花重重点头。

黎老头颇有几分传奇。曾是村里的炸石工，一次意外和同伴被碎石掩埋。第四天才被挖出，同伴已死，他被抢救过来，只是断了腿。村子地处坝上坝下交界处，紧挨着原始森林，他经常偷猎，某个冬天，因迷路在树林里转了两天一夜，竟然没冻死。三个子女读书的费用是兽皮换来的。他痴迷村主任，但每次竞选均以失败告终。如果现在能买，子女们一定给他买一个。所以只能送他一个称呼。黎老头深爱这个"头衔"。

对他和花来说，是最容易做到的，不要说主任，就是叫县长、市长、省长，哪怕叫总统国王都没问题，只要黎主任乐意。

摁了三次门铃，均无回应。副院长喊了声黎主任，正要再摁，一个厚实的声音响起，自己开！副院长从兜里掏出一把系着红绸的钥匙，拧开，将钥匙塞给他，小声说，装好了。

黎主任在客厅立着，双手后背，像藏了什么东西。满头白发，但仍然浓密，根根直竖；面色褐红，褶皱近无，极为壮实。难怪副院长说他一顿吃仨馒头，这是干活儿的身板。

我知道黎月给了你钥匙，黎主任说，你又不是第一次来，还摁门铃？

副院长笑笑，黎主任一猜就中，你不同意，我哪儿敢开？

黎主任问，黎月呢？

副院长说，正好有个项目要谈，她该给你打过电话吧。

黎主任说，你猜得也中，打是打过，我没接。

副院长指着他和花说，我把人带来了。

黎主任这才正式地打量他和花。黎主任的目光不像黎总那么凌厉，枝枝杈杈，漫不经心，有一搭没一搭，轻飘得如一缕烟，风吹即散。

要我批准？黎主任问副院长。

副院长笑说，黎总把过关了，做什么，你吩咐就是。

黎主任哼了一声，我就知道。

副院长交代完便离去了，他和花立着，等黎主任指令。不知黎主任咋刁难他和花，虽说做好了准备，但心里一点儿谱没有。可黎主任什么都没说，就像他和花不存在，如烟的目光瞟都不往这边瞟。黎主任转身走向阳台，双手仍然后背，手上并没有东西。右脚抬不高，像扫帚般擦着地面。阳台的方凳上放了把抓挠，黎主任抓起，像端枪一样握住带钩的一端，瞄向窗外，肩颈后缩，伏击的架势。

他屏住呼吸，正要提醒花不要出声，花打了一个嗝。她平时没这毛病，昨天就冷风吃了半个月饼，嗝了半夜，清早没听她嗝，以为好了。这嗝打得实在不是时候。果然，黎主任回过头，怒冲冲的，你把它吓跑了。花涨红了脸，我不是故意的。黎主任说，你就是故意的。他插话，真不是。黎主任叫，没和你说，闭嘴！花放低声音，那咋办？黎主任挥挥手，滚蛋！赶紧滚蛋！！他咯噔一声。花往前一步，黎总交代过——黎主任打断她，现在我说了算！花说，你说了不算，我听黎总的。他暗叫糟糕，知她这是豁出去了。一旦豁出去，脑袋就锈住了。黎主任嗬了一声，还想赖？怕你们没那本事，赶紧走，不然我不客气。花说，就不走！黎主任扬起抓挠，别以为我不敢。他怕花吃亏，将花扯在身后，赔着笑说，你老别生气。黎主任说，别你老你老的，黄土没淹脖子呢。花说，说起来你也是主任呢，动不动就想打人，我们村的主任可不像你。黎主任竟然笑了，

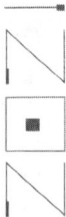

你们村的主任是不是给你提过鞋？肯定和你有一腿！花气得直抖，你这话哪像个主任说的？大白天的欺负人！黎主任怔一怔，语气突然温和许多，我收回我的话，你们现在就离开！

他急中生智，说这个月的工钱黎总已经给了，黎主任不用，这钱也不能退。黎主任盯住他，我不信，都是月底结账。他说黎主任若不相信，现在给黎总打电话。黎主任说打就打。四下瞅瞅，从沙发的角落摸起。他捏了把汗，甚至想扑上去抢夺。花责怪地拧他一下。他横下心，大不了离开。馅饼诱人，但太他妈噎。

孰料黎主任端着手机却没动，好像忘了号码，寻思片刻，丢在沙发上，说，她有的是钱，便宜你们了。挥了下手，后边的话懒得说了。

他愣住，半晌搜刮不出应对之语。亏了花，她说，那不成！拿了钱就得干活儿，就这么走不成骗子了？这罪名咱可担不起。她声音不高，话里却带着骨头渣子。黎主任显然被硌着了，褐红的脸肌弹了弹，皱着眉说，别给自己揽事儿，这可不好。

他反应过来，说，这可不是揽事儿，黎总报警，我俩就得吃官司。

花立即附和，是呀，你这当主任的不能陷害小老百姓。

黎主任放下狠话，满一月马上滚！

花说你一会儿再训人，该做饭了。他跟在花身后走进厨房。这一关暂时过了。老头不是想象中那么粗蛮古怪，只要喊主任，还是通几分情理的。但他并没有松劲儿，毕竟，还没摸透老头的脾性。花冲他眨眨眼，嘀咕，顺毛捋。她让他回，他说不急，两人已分工，她白班，他值夜。怕老头刁难她，他不放心。花说他吃不了人，我能应付。花的嘴能赶得上，他信，但万一老头动手呢？两个花也不是对手。花读懂他的神色，就没再说。

花拉开橱柜门，逐个查看，然后系了围裙，开始做饭。见她舀莜面，他说该问问他吃啥，不喜欢吃，又是一顿骂。花说问也骂，不问也骂，装聋子呗，好伺候也轮不着咱呀。他想也是，就说在医院当保安，看起来穿得像模像样，其实就一受气包。那些蛮不讲理的，明知不是停车位，非要停车，一拦就骂。七因阻止一妇女牵狗入院，还被抓了两把。妇女咬定七骂她是狗。你不当回事，那就是屁，某次喝酒，七向他传授经验。

花将两屉莜面窝窝推好，黎主任探进头，气冲冲地，我说要吃莜面了？花慌了慌，立马稳住，想吃别的，我再做。他附和，快得很！黎主任没理他，直视着花，那莜面呢？你们吃？花说，你不吃，也不能倒掉。黎主任脸上闪过捉了贼似的得意，别想哄我，原本就给自个儿做的吧？花说，黎主任，你这么说可伤人呢，我估摸你喜欢，才——黎主任毫不客气，你凭什么估摸？

他没敢插话，生怕火上浇油。他能做的就是站在花身后。

花说要不喜欢吃莜面你身板哪这么结实？恭维起了作用，黎主任神色不那么生硬了，话里仍带着恼怒，我不喜欢！花说，当官都不说真话，你这毛病早就染上了吧。黎主任瞪着她，好像你啥都懂，我算啥官。花笑了笑，你是主任呀，说惯了假话，连自个儿喜欢吃什么也不敢承认，要我说，你可够累的。黎主任哼了声，你懂什么？莜面就莜面吧，汤要山药条、雪里蕻。花说，难得你说句实话。

危机化解，他大松一口气。主任这个称号确实好使，像枚定海神针。

花打了胜仗般，露出些许得意，尽管刚才她不住地抹手心的汗，我就说吧，顺毛捋。她让他吃了饭就回，不能两个人都耗在这儿。他点点头，说饭就不吃了，有事马上给他打电话。花说放心，咱一个大活人，他还能咋的？

黎主任却叫住他，说闻见饭味儿了，吃了再走。当然黎主任没那么热情，虎着褐土般的脸，但就这，也让他意外。他辞谢，黎主任说我让你吃你就吃，花直冲他使眼色，听黎主任的！

黎主任饭量果然厉害，吃了整整一屉，速度又快，饿了几千年似的。花把她和他吃的那屉移过去，黎主任抹抹嘴巴站起来，难得地夸赞，好久没吃过这么薄的窝窝了。花和他相视着笑笑，冲黎主任的背影说，对主任的胃口就好。

下午，他蹬着三轮车在龙宫附近转悠。他有几个关系户，饭馆、商店、药店，如有废品，会给他打电话。平时他就一条街一条街地走，有时还到县城周边的村庄。那天，他不敢往远处去。心神不宁，不时地看手机，中途还给花发了个信息。

离约定时间尚有一小时，他便上门了。花小声说不用这么早的，问他

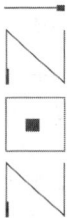

吃过饭没。他说吃过了，网样的目光罩住花，浑身上下摸了个遍。她脸上无伤，情绪正常，但他仍然抽空问了问，花朝外边瞥瞥，说咋说也是主任呢。然后，抿嘴笑了。他的心终于坠到该坠的地方。

黎主任早晚有走步的习惯，不是饭后即出门，看完《新闻联播》，还要看两集电视。也不喜欢到大街上转悠，专走没有路灯的偏僻小路。黎总的每一项交代都在心上烙着，见黎主任关电视，他立马站起来。自他进屋，黎主任就问了问他的属相，再无下文，仍把他当空气。此时却瞪着他，你要盯我的梢？他解释，黎主任毫不客气，你又不属狗，我不需要。他说，黎总交代过，我必须跟着。黎主任说，少拿她来压我！我又不是三岁小孩。他僵了僵，抛出法宝，你是主任，哪能自己单独走呢？黎主任并不买账，皇帝还微服私访呢，我遛遛腿还怕鬼吃了？他说，皇帝私访都有侍卫跟着，不过在暗处，我知你啥也不怕，但我怕呀，你就别和平头百姓计较了。黎主任盯着他，好一阵子，冷冷吩咐，别跟得太近，尾巴似的。

4

一日一日地踩着地雷的碎片，就这么过来了。哪句话没说对或黎主任不高兴，自是没好脾气，浑身利刺，张嘴就骂，但几顶高帽盖过来，老头的鬃毛就没那么硬了。一味顺着捋还不行，该顶还要顶，因为黎总的界在那儿。只要黎主任不超过那道无形的墙，不要说骂，打几个巴掌也无妨。黎主任偶有架势，还没动过手。他和花每次交接班，都要分享经验和情报。

花自然是头功，她做得一手好茶饭，单莜面就不下二十种，每日变着花样。黎主任吃莜面有讲究，窝窝或鱼子要土豆雪里蕻汤，山药鱼要蘑菇猪肉汤，锅饼要芥菜叶汤。老头说一次，她就记住了。没特意要求的，她自作主张，也合老头胃口。她闯过祸，儿子打来电话，说得时间久了些，忘了蘑菇只洗一遍，捞出来切了。黎主任被沙粒硌了牙，勃然变色，摔了筷子，问她安的什么心。她吓坏了，小声说不是故意的。她要倒了重做，黎主任却又捡起筷子，说就仗他的胃铁打的，吃几粒沙子也没啥。仍是稀里哗啦，似乎更快了。简直就是三花脸，说变就变。肯定是怕我倒了，花在分享时说，说大方也大方，说小气多倒点油也心疼。

夜班相对轻松，黎主任遛腿回来，洗洗脚就睡了。水都是花烧好的，放在木桶旁。黎主任自个儿接水，自个儿洗脚，他只需将黎主任的洗脚水倒掉。他曾张罗给黎主任洗脚，黎主任让他滚。他说你可是主任，咋能亲自洗？他想说服主任，他来就是服务的。不料黎主任说，我明儿入洞房，不自个儿，还让你替吗？他被噎得直抻脖子，半晌才说，这不是入洞房嘛。黎主任说，有两样事，多大的官也得自己来。他想了半天，也没想清楚，问哪两样。黎主任骂他榆木脑袋，数钱能让人替吗？他恍然大悟。第二样，黎主任让他想，他琢磨了一会儿，明白了。他说黎主任你可不止两样，黎主任说，我几样不用你教，滚开！他就滚开了。被褥也是黎主任自个儿拉，无须他操心。这钱挣得实在太容易，黎主任咋竖鬃毛都该。

第十一天夜里，他被黎主任拍醒。黎主任光着双腿，肩披夹克，眼睛瞪着，如刚从油锅捞出来的肉丸，带着吱吱的声响。起来起来，你快把房顶炸飞了！触到黎主任的脸，他就知道自己打呼噜了。他平时没这毛病，一旦累了，就扯得天响。白日跑了两趟村庄，村庄要拆了，哪家都有废品，若不是天晚，他还打算再跑一趟。

他赔笑致歉，说再也不会了。黎主任说马踢人牛倒嚼，这由不得你。他解释白天干了重活儿，黎主任说我又不是三岁小孩，你想咋哄就咋哄？他向黎主任诉苦，让黎主任体恤一下老百姓的难，两个儿子就像两个碌碡挂在脖子上，他得挣钱。黎主任说别把你们家的陈谷子烂芝麻往外倒。他说既然搅了黎主任的好梦，黎主任责罚就是。黎主任气哼哼的，若抽你一巴掌我能睡着，早就抽了。他说那就抽两巴掌，抽两掌兴许就能睡个好觉。可能是这句话打动了黎主任，黎主任不那么怒了，问要是再打呢。他不假思索地，再打我自己滚蛋。突然有些后悔，该留后路的。黎主任瞪着他，这可是你说的。

他没敢再睡，穿了衣服，在黑暗中坐着。三个卧室，黎主任住最里边那间，带卫生间。若无打扰，那门到天亮都是闭着的。他住最外那间，双人床，席梦思垫，比他和花的出租屋高了几个档次。可再怎么舒适，也只能静坐了。

第十七天夜里，他再次闯祸。那个村的废品是他意外发现的宝藏，本打算自己好好掘一阵子，可实在是远了些，一天跑不了几趟，中午还要眯一会儿；待看到别人进村，他急了，也是这时，才想起七。七也吃了

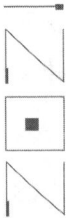

几天好饭，那日非要喊他喝酒。若他和七，不至于喝多，可枣在，他就超量了。面对枣，他总有那么一点虚，而她劝酒的话又冲。当然，也没超太多，身不摇，舌不僵，陪黎主任遛腿，他在几十米外仍能听到黎主任的脚步声。黎主任熄灯，他也熄灯，在暗夜中静坐。孰料坐着双眼就合上了，直到黎主任霹雳般的声音炸响。

他再三央求，黎主任不为所动，他扣了无数帽子，黎主任的脖子快压歪了，仍叫他滚。他说走也得天亮了，黑天半夜我往哪儿去？黎主任退了一步，让他待到清早。黎主任没回自己寝宫，像他的呼噜震得胆战心惊了，抑或担心不看守着，黎主任就会偷扔炸弹，图财害命。面对黎主任罕见的较真，他的心，他整个人如一坨泥。你是主任，身子金贵，别这么熬着，他搜肠刮肚，软绵绵的，没有气力。黎主任说，我就当打猎了。

花进门，猎人和猎物仍对峙着。花被冷风揉红的脸突然冒青，就像洁净的墙被泼了脏污，难看极了。她的目光狠狠剐着他，石头瓦块地砸过来。她从未这么骂过他，她不是泼妇，两人吵架，她的骂也是有分寸的。但他并不吃惊，甚至巴望她再凶一点儿。果然，她就更凶了。终是有默契的。黎主任或许听不下去了，说别大清早的吵得四邻不宁。花这才闭了嘴，青脸漾着笑，你是主任，和他计较啥呀，我保证，他再不会了。黎主任摇头，别废话，没用，工钱不早揣上了？又不让你们退。花笑得更灿了，像他昨夜那般给黎主任一顶一顶扣高帽。

他清楚花咋想的。干满这个月，还要接着干的。他原本也是这般打算。

你这么生气，让他走好了，我替他！我不打呼！花语气突转，满脸的笑如狂风里的秕谷，陡然间无踪无影。

他一愣，黎主任更是满脸疑惑，你夜班？

花说，黑白班，我一个人包，顿了顿，又说，钱不能白拿。

黎主任说，这倒可以。其实，你用不着这么计算。

花说，那就这么定了。

也许是花的缓兵之计，他想，但花严肃的神色又让他不安。他追进厨房，合上门。花的回答秤砣一样。他急了，不行，绝对不行！大事上，向来他说了算。他怎会让花夜晚陪护一个比牛还壮的男人？再多的钱也不挣。以往，他没有余地，花就退让。但那天花中了邪，有啥不能的？他还能吃了我？他说，吃是吃不了，可……他不知该怎么说。花斜着他，你不相信他，还是不相信我？他说，你这话伤人，我什么时候都相信你——花打断他，你相信我就行，你一夜一夜不睡，耗也耗死了。他说，你就不怕两个娃知道？花噌地沉了脸，我又没干丢脸的事，你咋说这话？心急脑昏，他歉意地笑笑，埋汰自个儿闪了舌头，说话没边儿了。花说，咱不能和钱过不去，你弄一把刀，我放在枕头边。她说到这份上，他还能阻拦吗？

不知那一天怎么过来的，他什么都没干，咯噔一下就过去了。天黑下来后，他躲伏在龙宫门口，一直等到黎主任背着手穿过马路。花没跟着。他松了口气，像往常一样尾随黎主任踏入偏僻小径，只是离得更远了些。他没有目的，既不是为了窥探黎主任的隐秘，也没想趁昏暗实施报复，机械而茫然。黎主任返回龙宫，他摇晃着往城边走。一整天没吃饭，只煮碗清水挂面。午夜时分，他又躁起来。频频看手机，但手机始终哑着。终是没绷住，他逆着西风往龙宫跑，路灯明晃晃的，偶有车辆经过，鲜有行人。空阔的大街，他极其醒目。终于到了。也就是到了，必得保安许可才能入。他没打算进，但也没打算离开。花在里面，守着一个又蛮又壮的男人。他守在外面才踏实。若花唤他，他能立马赶到。夜晚漫长得像往天边走，咋也望不到头。后半夜，风更大了。他缩着肩，跑了一程，又跑了一程，天没有亮的意思，他甚至怀疑太阳睡迷糊了。后来被值巡的警察拦住，差点就把他推上警车。

老天终于睁开眼睛。他进入小区，黎主任出了楼梯口，他便闪进去。黎主任双手后背，眼睛朝天。心狂跳，如行窃般鬼祟。突然就想，为什么要躲避黎主任？他来看他的花，理直气壮才是。便放慢脚步，稳稳叩门。

咋灰头土脸的？花劈头问。她系着粉色的围裙，正准备早饭。或被围裙衬着的缘故，她的脸甚是柔和。拖鞋是豆青色，鞋面上伏卧了两个打瞌睡的虎。他从头滑到脚，又从脚溜到头，多余地问，你没事吧？花佯沉了脸，你盼我有事咋的？他说，我不放心。花说，你给我发钱，我日夜守着你。他的脸就缩了，越发地灰暗。你这人，花责怪着但明显带着疼惜，尽瞎想，放心好了。他说，当官的没几个好东西。花制止，行了，大清早发什么牢骚？你要是官，就不会这么说了，留下吃饭吧，我炸馒头片。他说，倒了主任胃口，我负不起责。

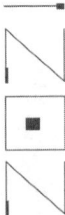

他每天去龙宫一次，有时早上，有时傍晚，见花一面才踏实。有时有借口，有时没借口，不刻意躲避黎主任，他坦然，理直气壮。黎主任倒也客气，有时还留他吃饭。花和黎主任相安无事，他的心不再开水样翻，一日日平静，特别是给花准备了水果刀后。

第二十九天头上，黎总将钱打过来。花不踏实，让他带着卡去银行查，那个数字蹦出来时，满目金灿。所以，花说黎主任同意她接着干时，他并不是很失落，甚至松了口气，就像预谋成功，包袱落地。种菜、养牛，就连收废品也要冒风险，这也怕那也怕，活也能活，就怕半死不活。特别是想到两个儿子，紧迫与愧疚就如绞绳勒住他。他祈祷黎主任活得结实点，那样，银行卡的数字也如黎主任一样壮硕了。

5

他又回医院当保安了，轮着休息，仍旧收废品。七问过，他说用不了两人，花一个就够了。他没说花的陪护是二十四小时，七若刨根问底，他也会敷衍过去。不想说得那么细，虽然七不是嚼舌头的人。七问工钱，他说也就三四千。就这，七羡慕得双眼放光，说他有门好亲戚。

某日，七喊他去家里吃饭，还特意调了班。他请七和枣吃过一次，铁锅鸡，单独请七有两次，均在医院对面，饺子、啤酒、花生米。七和枣倒是来过家里，但没吃过饭。他盘算着正式请七和枣到家里吃顿饭，现在花不能回家，也只好作罢。既然没法请七和枣，再去七家就不好意思了。他说该我请了，遂让七给枣打电话。七说枣准备了一大堆，下什么馆子？想请，再碰日子。他仍犹豫，七的电话响了，随后说枣要和他说话。他挥挥手，你先走，我稍后就到。

他回了趟家，其实没什么事。花不在，冷冰冰的。回家似乎只为证实屋子是空的。去七家的路上，他买了两瓶金六福，手机响了一次，枣打来的，他没接。

我还以为你不来了，攀上高枝，连老乡也不认了！刚迈进一条腿，枣的声音就甩过来。枣不像花，削颗土豆也要先系上围裙，他没见她戴过围裙。她单有做饭的旧衣服，自然难免沾上油污。他几次来吃饭，她都是那身披挂。家里也乱，随意丢，仍像在村里那样。那就是七和枣的日子，绝不苦嘴，其他都是次要的。那天枣穿了件高领红毛衣，显然是新的，标签剪掉了，线头还在。他正要回应枣的奚落，那艳红突然晃了眼，顿了一顿，才说，我回家点点炉子，顺手将酒放在方桌上。

来就来吧，还带酒，怕没你喝的？枣还是那么大咧咧的。

他说，黎主任给的，也是别人送的，人家嫌档次低。

枣问，黎主任？没等他答，便说，知道了，花侍候的那人吧。管吃管喝，还给东西，你和花果然是撞大运了。

他说，也不天天给。

枣说，还天天？这就够馋人了。

七插话，这么好的酒，嫌赖，人家过的是什么日子呢。

他突然有些后悔，不该带酒过来，更不该撒谎是黎主任送的。没必要显摆。于是转移话题，我闻见肉味了，好香！

枣带着几分得意，说新学了道菜，忙活了几小时，差点切了手。你要不来，那就亏大了。枣明目张胆地讨伐令他发慌，他笑笑，说真是沾七的口福。枣道，这可是为你准备的，我和七才不这么折腾，有酒有肉，就是过年了。他啊哈着，觑觑七，七专心致志地启金六福，一脸满足。

枣新学的菜是蒸肉丸子，此外还有尖椒肥肠、肉丝蘑菇、白菜豆腐。丸子足有半个拳头大，他正要用筷子夹开，枣端起搪盆往他碗里拨了两个，嘲讽，瞧你这斯文劲儿，长得鸡胗胗？他说，好东西就得慢慢品嘛。枣不屑地，喊，光塞牙缝八辈子也吃不出好来。七说，那是，我就喜欢大口嚼，越嚼越香。枣说，几日不见，学会拿捏了。他学七猛咬一口，嘴巴直滴油。枣夸，这就对了嘛，像以前一样。七端起杯，和他碰一下，仰脖灌下去。

他与以往没啥区别，枣不过是借机发挥，但为了"和以前一样"，他吃相喝相略夸张了些。她的红毛衣极其晃眼，所以他多半看着七。饭菜丰盛，自然有缘由，他清楚。谜底只有喝到半醉才可能揭晓，他急欲知道，每次端杯，不管是七还是枣和他碰，他都一饮而尽。

一个半丸子吃完，便已微醺。七说，喝得太快了，菜还没吃呢。枣说吃菜吃菜，又给他夹一个丸子。他说够了，枣问不好吃？他说当然好吃，枣说那就多吃，你一个爷们儿，还不吃三五个丸子？别的茶饭我比不

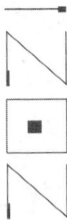

了你家的花，这丸子我保证比她做得好。他说，花不会做丸子。枣说，我说是吧，咱也有长处呢，就是缺一门好亲戚。他说，隔得远着呢。枣哼了一声，你这吓的，怕沾你光呢？他说，确实——他想解释，枣打断他，再远也是亲戚对不对？他说，那倒是。枣说，你怕别人沾光，我和七脸皮厚，就想蹭个油星星。然后说了一堆在宾馆打扫卫生的不易，当然她干惯了粗活儿，这不算什么，主要是钱太少。她想让他托他和花的副院长亲戚，也寻一份护工的活儿。屙尿都在床上的就算了，枣特意强调，就找花那样的，这年头有钱人多，咋也能碰上个肥的。七补充，也不急，慢慢寻。

这就是了，他想。枣和七不知道那是意外砸到头上的，更不知道所谓的馅饼包的不只是肉，还有玻璃碴子，没那么好咽。但终究香气蒸腾，如果枣和七知道真实的工钱，还不馋掉牙！

也不知人家肯不肯，他斟酌着，话尽可能委婉。虽未过量，舌头却如踩着冬雪的生胶鞋底。

你还没说呢，就知道结果了？枣回击甚猛，抢了大棒般。

七显然觉得枣说话过头了，似怕他恼，替枣圆场，她跟你不见外，尤其喝了酒，啥难听话都敢说，你可别计较。七似要责备枣的，还没说出来就被枣顶过来，我说的不是实话？咋就难听了？哪儿难听？七冲他咧嘴，瞧瞧这脾气，蒸了一样。枣重新盯住他，求你件事，你倒跩上天了。

他难堪地笑笑，我没说不肯呀，就是，只能试试。

枣的眉眼立马有了花色，也就想让你试试，哪敢逼你，借十个胆也不敢。七说，你刚才是吵架的阵势。枣说，不至于吧，喝了酒，嗓门就高。她觑住他，不是吓着你了吧？你这胆子！七感慨道，女人的脸就像六月的天。枣向他敬酒，七非要陪着，七实诚，总觉对不住他。

你别有压力，行就行，不行拉倒，枣劝，或是看出他脑袋沉了。不比，这日子还过得去。七已经喝多了，目光虚飘，啥人啥命，顿顿不缺肉，就是神仙日子。枣说，听见吧，捡半碗饭觉得自个儿要上天了，我要生俩带蛋的，你还吃肉，汤也喝不饱。七指着他，两小子咋了？日子照过。枣说，你能和人家比？七支撑不住，脑袋耷拉下去，说，干吗要比？各过各的。他附和，是呀，各有难处，各有各好。枣讥讽，我终于知道了，啥叫一鼻孔出气。七嘿嘿笑，脑袋快碰到桌面了。

他对枣说，最后一个，不喝了。枣说，你别管他，你得喝好。他说上次喝高了。胸口忽然一疼。枣说，你还能喝高？我不信！他说，眼睛都睁不开了，再晚走不了路了。枣斜着他，这么大地儿还没你的住处？七头碰到桌面，仍有意识，咕哝，外屋有地儿。他没看枣，连饮两杯，站起来说不早了。枣说，咋也得吃了饭吧，我包的韭菜馅饺子，跑两个超市才买到。他瞄瞄已经扎到桌上的七，说吃肉就饱了。

枣跟在他身后，像一堵热烘烘的墙，到了门口，她扶他一把，你是晃了。

他勒令自己，没有回头，似乎回头那发烫的墙就会将他烤化。不要紧，轻飘的音儿说出来便被风吹散。

枣没再言，重重地将门合上。

然那堵赤红的墙仍尾随并烧烤着，他的骨架在高温下变形，整个人都在抽搐。直到进屋，躲进冰凉的被子下，灼烫的墙才轰然倒塌。

盛宴当然不能白吃，甭说枣和七左右开弓，就是别人，也得有个交代。有两日没见花了，趁看花的时候，和花讲了。花说抽空去趟副院长家，他问，能放你出去？花说，我得出去买菜，这空还是有的。他担心地说，他若知道——花说，监狱还让透口气呢，谁还没个头疼脑热？咋也能找个借口，有时他也挺好说话，不过，去家里就不能空手。他当即道，还是我和他说吧。他没看出花有什么异样，但仍然问了。花白他，别把人往歪里想。他还是提醒她多加小心。花皱眉，你卸不下包袱，让枣替我好了。他不怎么痛快，说我这不是操心嘛！花说，大小也是主任，水平还是有的。又抿嘴乐了，说自己封个官，还当得有模有样，都说当官有瘾，我算长见识了。他暗想，不过是个半疯子。

改天，交完班，正好看见副院长停车，他快步过去。旁边没有人，他抓紧讲了。副院长说陪护好找，但黎主任那样的难寻，他和黎总是同学，才近水楼台，如再碰到手里，副院长答应先告知他。他千恩万谢。副院长笑笑，听说姐干得不错？他怔住，说不上是因为副院长称呼了姐，还是对花了如指掌的评价。副院长说，黎总昨日回县来着，说她父亲的精神状态很好，她非常高兴。他醒过神儿，说花茶饭好，干净利落。副院长说，也

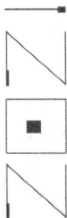

该你俩走运，只要把黎总父亲伺候好，啥都不用愁。他说多亏了你。不敢再称副院长妹夫。副院长说应该的嘛，随后让他跟随上楼，将两盒土特产给了他。

他告知了七，背过七，又给枣打了电话。枣大概正在干活儿，那端呼呼地喘，你记着就好。她口气有点硬，他甚是不快，好像他欠了她多少。但再怎么不快，他也不会显露。即使欠二两米，那也是债。他心里是有虚的。

那个傍晚，他刚刚点着炉子，被蓝烟呛着，连咳数声，竟没听见门响。冷风袭背，他猛然回头，差点叫出声。那是一个人哩。她穿着暗紫色羽绒服，眼睛以下的部位用红围巾包得严严实实。她扯掉围巾，露出他熟悉的圆脸，真呛，你这是熏黄鼠呢。他仍盯着陌生的花，你咋回来了？花将围巾挂在架上，好像我不能回来。见他瞅她的羽绒服，索性张开胳膊转了一圈，咋样？黎总送给我的，说是什么大牌子，我记不住，你瞅瞅。他瞄瞄商标，但不认得。他问，她回来了？花点点头，当天就走了，难怪当老总，眼神真厉害，见了两次，就量出我穿多大的衣服。他说，那算啥，镇上的小裁缝从不用尺子，没出过差错。花没兴趣和他抬杠，脱掉羽绒服，寻找围裙。

花张罗做饭，他更愣了。就半棵白菜，她转了一圈说，亏得我带回一个肘子。他这才看见她搁在锅台的食品袋。花问他吃莜面窝窝还是白面烙饼。而他，仍木讷着，如年久失修落满灰尘的破旧门板。花追问，他才说烙饼吧。花斜着他，咋这眼神儿？他问，你偷回来的？花说，我又不是贼，干吗偷着？他再霸横，也得让我回来取东西吧？他也没那么难说话。他明白了，花回来只为给他做顿饭。冷寒的屋子突然间变成烤箱，他气就不匀了。他问，一会儿还走？花边舀面边说，倒是想住下呢。他从后面抱住她，那就别做了，我自己会。花甩了甩，没出息，我先和好面。他一把抱起她。

屋子太冷，花和他商量只脱了裤子行不。昏暗的灯光下，她的声音和样子可怜巴巴的，不像和他生活了二十余年的妻子，倒像他招来的娼妓。他嗯啊着，鼻子突然发酸，有乘人之危的感觉。然后，花的手机响了，她抓起来，喊了声黎主任，并向他竖竖手指。他赤裸着立在床侧。黎主任的抓挠找不见了，花说就在沙发梁上，她没动。那边的黎主任寻了，但没找到。她叫他别急，她一会儿就回。黎主任犯了病似的，异常懊恼，问他是不是老年痴呆了。花朗笑道，怎么会呢，几十年前的事你都记得，可能是掉到哪儿了。

花和黎主任就抓挠的下落和缘由你来我往，黎主任声音洪亮，他听得清清楚楚。那是花的职责，她不能不耐烦。他当然理解，只是，难以形容的情绪如暗流奔涌，他竭力控制，加之寒冷，浑身摇摆，牙齿没有节奏地胡乱击撞。

花挂了电话，愕然道，你怎么了？

6

黎总在望月楼备了酒席，宴请他和花。望月楼在野马湖边上，既可品美食，又可观美景。据说望月楼有一道菜，叫跳鲤。活着跳不稀奇，但被油炸得金黄焦脆仍活蹦乱跳，那就稀罕了。许多食客都是奔着跳鲤去的，当然更多的人只是过过嘴巴瘾。比如他，比如七。七和枣不苦嘴，买副排骨就算顶天了。

他受宠若惊。这是花挣来的，与他没啥关系。他在电话里问花，他去合不合适。他不是护工了，只是护工的家属。花说黎总特意强调了，他必须去。那么，这就是黎总的指令了。他没觉得不适，反认为黎总想得周全。

进入腊月，新年的气氛便浓了。那是从店铺、从灯光、从行人的脸上长出来的，是有根的，北风难以吹散，连街口卖烤红薯的妇女也喜盈盈的。花嘱咐过，他特意换了身干净衣服，剪了指甲。花说别迟到，他特意调了班。他从没这么在乎过花的指令，而花也从未这么严肃地叮嘱过。他乐意听令，跳鲤诱人，但更高兴的是黎总对花的认可，酒宴意味着试用期结束，花将正式上岗，就像男女不管交往多久，喝过订婚酒才算真正确定关系。如果不出意外，这陪护将长久下去，直到老头蹬腿。他有一丝酸溜溜的滋味，但想到银行卡上的数字逐月生长，酸便快速飘散。

他早早到了，但没有进门，在望月楼的停车场来回踱着。看见副院长的车驶入，他大步过去，车刚停稳，他便拽开车门，端出满满的笑。副院长问黎总到了吗，他说大概没有，我在这儿等等花。副院长说天寒地冻的，上楼吧。他就跟在副院长身后。

房间临窗，但看不见月亮，对岸倒是灯火稠密，只是人间的光亮终

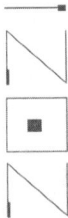

究平常了些。半支烟的工夫，黎和花走进包间。花仍穿着那件暗紫色羽绒服，脖上盘着耀眼的围巾，她的头脸仿佛架在燃烧的火焰上，红扑扑的。他呆哑着，都有些不认识她了。相比之下，黎总素净了许多，黑皮上衣，灰蓝牛仔裤，也就嘴唇比花艳。

副院长问老爷子呢，黎总说他不来，拧着呢，别管他。副院长遗憾地说，我本想正式地请老爷子吃顿饭，又泡汤了。黎总说咱可说好了，别抢着买单，我做东。副院长说，在县里哪轮着你？黎总指指他和花，主角在这儿，我说过了，这丁点儿权利你可不许剥夺。黎总的目光蘸了糖稀似的，黏黏拉拉，而她的脸是生气的样子，不怒自威。副院长做投降状，我怎么敢？！

菜想必是早就点好的，落座不久，便一盘盘端上桌。盘子大，菜却少，每个盘子都有装饰，萝卜雕刻的花，冰块堆砌的山，花大概怕他吃那些个装饰，几次给他夹菜，像她也成了主人，只有他是客。他小声说，我自己来。她似乎没听见，盘子转过来，仍要先夹给他，才往自己盘子里放。他有些恼火，又不便发作，她给他夹的同时，他也夹给她。黎总和副院长相视一笑，花这才住手。

不得不说，望月楼的厨子有一手，牛肉入口即化。美中不足的是酒不对胃口。红酒是黎总带来的，说是拉菲，一瓶能换十几箱二锅头，但远不如二锅头过瘾。黎总和副院长只是象征性的，花喝的是饮料，喝酒的只有他自己。黎总瞧出来了，说他若喝不惯，换别的酒。花抢先说，不用换，什么酒他都喝得惯。他自有分寸，也说喝得惯。黎总说，白酒伤身，红酒养人，然后望着副院长，专家在这儿。副院长说着不敢，还是讲了一堆健康、营养、环境、生命的理论和事例。

跳鲤上来了，盛放在一个超大的深底瓷盘上，果然在跳，还发出吱吱的声响。披着金挂，金挂上缀满花椒、葱花、椒丝、蒜瓣，像一条条链子，一枚枚钉子，若不是链条和钉子，跳鲤或许会翻出盘外，从窗户飞越出去。但现在，任凭跳鲤跳得多高，叫得多响，也只能在瓷盘间。

他没被吓着，但走神了，直到花从跳鲤身上撕拽下一块放到他盘子里，同时轻踢一下，他才反应过来。他没怪花，差点出丑呢。

黎总再次举杯敬他和花。感谢的话在初次举杯就说了。不过是虚套，她出钱，花出力，就如买卖，各自称心。但虚套也是必要的，那是仪式的一部分。

黎总让他把酒喝干，也让花把饮料喝完，眼角是有笑的，却庄重了许多。他立即明白，黎总有重要下文。脚底突然一滑，他下意识地扶扶桌边，像正走在冰面上，屁股下的椅子早被撤走了。

如他猜的那样，黎总猛夸了花一顿，花这样那样好，把父亲交给花，她很是放心。当然更重要的，是黎主任对花的信任和接纳。这次回来，她发现父亲的脾性都变了，这是花的功劳。每月的陪护费，将由月底改为月初，你好好干，我亏不了你，黎总说。花连连点头。

有件事想和你商量，黎总语气难以形容地谦和，身子却往后仰了仰，这使她的额头更宽更亮了。我在三亚给父亲买了房子，想让他每年在那里过冬，哪怕春节待一阵也行，但他不去，有一次好容易把他哄到机场，临登机他又反悔了。三亚的房子年年闲着，快长毛了，但没办法，春节我们兄妹都得回县。这次回来，看他心情不错，和他商量去三亚过春节，他竟然应了。

他和花静静地望着黎总。

我不敢高兴太早，当女儿的却摸不透他的脾气，就怕到了机场他又改主意。为防止上次的事再发生，我想让你一道去三亚，父亲爱吃莜面，我打算把莜面和咱这儿的水空运些过去。他喜欢吃你做的饭，你跟着去，这就保险了。黎总始终看着花，末了才扫扫他，补充，节假日陪护费双倍。

这两个字犹如铁锤击中脑袋，双眼金花闪烁，所以，花的目光摆向他时，他一时没有看清，她是因这诱惑和他一样欣喜若狂但又掩饰着不露出来呢，还是拿不定主意向他征询。他怕黎总不悦，替花回答，听黎总的。眩晕中，听得花一模一样回答。

黎总说，太好了，你俩干脆，我也痛快，这么着吧，你也一块儿去，好几套房呢，随便住，想住宾馆也可以，费用我全包，算我送你的过年礼物。

碰上黎总，是你们的福分，还不快谢？副院长催促发着呆的他和花，他和花慌慌端起杯。

我就不去了，他说。

黎总问，怎么？春节你们不放假？

他说，过年孩子们要回来，家里得有人。

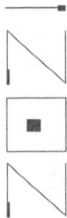

黎总敲敲脑门，瞧我，咋没想到呢，让他们一块过去！特意强调，去就行，别的什么也不用操心。

花瞥向他。眩晕淡去，他看清她目光中的责怪。其实说出来他也意识到了，这会让黎总误解。他绝没有耍心眼儿的意思，要让黎总邀请他的两个儿子一道去。两个儿子过年要回来，他只是陈述事实，他不能去。现在，他只能咬定不去。花也这么说。

然黎总竭力坚持，不让两人多心，还说不会年年邀他。黎总把话说到这份上，再推就不识好歹了，副院长也在敲边鼓，他只好应了。他和花又一次举杯致谢，黎总的慷慨大方，还有她说一不二的派头如跳鲤一样撞木了他。

长子处对象了，看来这个有戏，贵州女孩，两人要回她的山村老家过年。他和花全力支持。花和黎主任在灶王爷告天之日就出发了，他和次子晚了五天。

他第一次到三亚，当然，花和他们的儿子亦是。花和黎主任一家住他们的房子，他和次子吃住在宾馆。初到那天一起吃了顿饭，之后就各自行动了。黎总给他和次子派了个司机，随叫随到。除了初一那天，他和次子均在外面游玩，景点由次子选定。

初三那天，他和次子酒足饭饱，回到房间。次子将单薄的身子扔在床上，感慨，要是天天这样的日子就好了。他顺口道，那就努力挣钱。次子仍旧望着头顶的灯，要是努力就能挣钱，满街都是富翁了。然后问他知不知道张子强，他摇头。次子讲是绑架香港富豪李嘉诚儿子的那个人，要了十亿赎金，创造了吉尼斯纪录。他吓了一跳，警告次子勿动歪脑筋。次子说，我不过说说，犯得着这么紧张吗？他说，说也不行。若话从老实的长子嘴里说出来他当然不紧张，可次子刁点子多，胆子也大，就他所知，不下两个女孩因次子堕胎。次子仍不闭嘴，说姓黎的没李嘉诚有钱，也海了去了。他火了，喝令再乱说就塞嘴。他顺手抓起枕头。次子做投降状，说要剃发当和尚，每天只念阿弥陀佛，保证心跟海边的沙子一样干净。

次子如以往那样埋头于手机时，他出了房间。有些堵，有些慌，好像胸口绑了只兔子但又没绑牢，兔子拼命挣扎，左冲右突。他在院里转着圈，新奇潮水般退去，他落寞、伤感。他想找人说说话。不能打给花，也不能打给长子，次子倒是可以，但他不想和次子说，而次子也未必愿意和他说。

突然想起七。在天涯，在孤寂的夜晚，七朦胧而亲切，好像不是他的同乡，而是患难与共的兄弟。他拨通七的手机，接听的却是枣。他问七呢，枣说七喝多了，睡着呢，问他有什么事。他说没事，就想和七说说话。枣的腔调便变了，知道你们一家在海南逍遥呢，显摆啥？他脑里浮现出穿着高领毛衣的枣，讪笑着解释，他只是闲得慌，所以想找七唠唠。枣却不放过他，说你染上富人的毛病，看来离富人没多远了。他哎呀着，央求，别这么寒碜人好不好？枣说，哪敢，还指望沾你光呢，然后问海南有啥好玩的。他说也没啥，到处是水。枣说，听说那儿的珍珠项链特别便宜，真是这样，帮我买一条。他略一迟疑，枣说，你别害怕，我会给钱的。他的脸有些烫，瞧你说的，不就——枣说，七醒了。

7

春天如跛足的流浪汉，姗姗归来。墙角的蒲公英炸出一朵朵黄，飞廉柔嫩的叶片已生出毛刺。更醒目的是墙壁上张牙舞爪的"拆"字，似乎不用红圈牢牢关着，就扑出来四处啃咬了。

他所租的院落在拆迁之列，房东半月前就告知了。其实，那一片两年前就列入拆迁计划，因临街的房东要价高，谈判期间闹出人命就搁下了。在这个春节，问题解决了。

那些日子，他忙着找房。除了七所租的那个区域，县城的平房基本拆完了，租平房基本没有可能。楼房倒是能租上，但价高，而且放废品也不方便。房东限期搬家，他快急疯了。黎主任难得地给花放了假，做饭之外，她和他一样满大街跑。

他甚至冒出和七合租的念头，当然那不可行，也就是想想。某天下午，他和花从中介出来，花用一种咬碎钢板的声音说，干脆买一套楼。他吃惊地斜着她，她的口吻不像开玩笑。花说，就算能租上平房，谁知能住几天？住不了三月再搬，来回折腾。他明白花是认真的。租他都嫌贵，何况买？卡上的数字在长，与一套楼的价格比，着实可怜。花说房价不断上涨，买比租合算。他问，钱呢？钱从哪儿来？花说，借呗，大不了向黎总借。

他惊愕得像是花突然间长出翅膀，变成了金雕，她扑扇巨翅的声音让

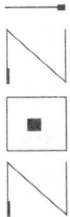

他的双耳轰隆作响。不只是她的话，还有她的语气。定了好半天，他说就算她敢张口，可黎总未必肯，这可不是小钱。花说，不试试怎么知道？他说，如果肯借，当然好。花说，用不了几年，咱就还清了。他问，试试？她说，吃不了人。

三日后，花兴奋地告诉他，黎总应了，只要看好房，立即打款。这震天震地的喜将他撞懵，好一会儿才说，黎总太够意思了。花附和，够意思。他提醒她，老头那儿不能马虎，那是他们的财源。花说放心吧，她知道轻重，其实黎主任人挺好的，要说这借钱买房的法子还是他提醒的。他问，当真？花点点头，他自己也有钱呢，我想了想，向黎总借合适，若跟黎主任借，黎总知道了就有哄骗老人的嫌疑。他再次被花惊着，为她的深谋远虑。

不几日，他们选定一套两居室，四十八万，带全套家具。黎总说话算数，当日便将款打过来。然后过户，刮泥子，夏天结束，他搬进了新楼。做梦似的，春天还在他人的平房窝着，几个月后睡在了自己的楼上。黎主任那边也松动了些，每月放一天或两天假，他和花有了团聚时间。虽然在一天或两天的时间里，黎主任常打电话，不是这个找不见了，就是那个弄丢了，而花虽然可以不去，但还是赶了回去，空荡荡的楼房剩下他自己，他的满足还是多于失落。黎主任那儿不能出任何差错，若有意外，财源立刻就断，巨大的窟窿会把他和花吞没。

那日，花有半天假，他和花商量请七和枣吃个饭，花说她早就这么想。他去市场买了几斤排骨，花准备了几个凉菜。她从黎主任那儿带回两瓶汾酒，他又买几瓶啤酒。他暗暗祈祷，黎主任的电话别追过来，让他们吃个消停饭，就在枣和七进门前半小时，花的手机响了。花瞄瞄他，闪进卫生间。稍后，她匆匆出来，说黎主任削苹果划伤了手，她得赶过去。临出门，她说，我争取赶回来，你们先吃，别等我。

七和枣进门，他歉意地解释，七笑笑，说他在就行了。枣更是扯着嗓门，我和七可不是来看花的。她里里外外，每个房间走了一圈，感慨道，我终于知道啥叫一步登天，人比人，气死人，我和七没日没夜地受，就混个肚圆。七小声说，有啥比的？枣叹气，是不该比，一比脑袋就得装裤裆了。他指着自己发红的眼睛诉苦，堆了一身的债，半夜半夜睡不着。枣说，得了吧，谁不知你傍上了财神爷，哭什么穷？他没接话茬儿，改问七喝白的还是喝啤的。枣抢过话，当然喝白的，啤的留着漱口。他走进厨房，她跟进来。他立刻感觉身后热烘烘的，像竖着巨大的烤红薯。

他让她和七待着，他忙活就行。她问，真不用？他笑笑，都准备好了。枣好奇地拉开柜门查看，还拿起敞着瓶盖的花椒闻了闻，像警察在寻找罪犯留下的蛛丝马迹。他用余光瞥着她，脸上挂着淡淡的笑，心却不停地扑腾，仿佛他就是那个作案者。

他把排骨和小菜全端上桌，枣终于落座。他给花发了个信息。枣问要不要等花，他说不用，那活儿虽不累，却身不由己。枣哼道，你这就叫含着糖叫苦，馋人也不是这么个馋法。他哎呀着，你别作践人了，不过挣点辛苦钱。枣抓起排骨塞了嘴，他暗吐一口气。

酒杯端起，话题转移。喝了一会儿，枣把外褂脱掉挂在椅子上，他看到她脖子上的珍珠项链。她脖子粗，项链不够长，紧勒着肉。他移开目光，和七碰杯，七一口灌下去。枣斜着他，说七就这出息，跟我没两样，见了好酒就想干。七嘻嘻笑，旁若无人地猛嚼。他正要敬枣，枣问托他的事有眉目没，他歉意地解释，如以前那样。枣不买账，知道你就是这话。他被揭了短似的虚笑。七为他圆场，又不是他说了算。枣说，若是上心，终有机会，啃不上肥的，瘦点儿的也成啊。七说，命里要有，早晚会来。枣没好气，瞧瞧你这点儿出息，给自个儿找理由倒是拿手。七龇牙，吃肉我也在行。他说，这也是福，趁机给七夹了一块。枣端了酒，兀自干了。

七说枣不痛快，他问怎么了，没等七答，枣破口大骂。原来宾馆又有两个人订了合同，去年还订过，他们都没她干的时间久，也没她干得好。她打扫的地面能照见人影，擦的马桶比菜盘还干净，年年评五星，年年能领一桶大豆油，签合同却没她的份儿。

难怪她气冲冲的，根儿在这儿呢，他松了口气，劝她想开，气出病还是自己倒霉。七说，是呀，不值。枣长叹一声，说得也是呢，要怪就怪咱没个硬关系，甭说县长，连个当副院长的亲戚都没有，也就是骂，骂骂还不行吗？不敢在宾馆骂，那样临时工也干不成了，也就背后撒撒火。他虚虚地说，也是，你撒就撒吧。七说得更绝，拿酒瓶砸我脑袋。枣摸摸七的头，像是估摸有多结实，而后一笑，太瘦了，我下不去手。

喝到尾声，枣的情绪好了许多。他张罗下面条，她硬是抢过去，将他推出厨房。他没敢争，由她折腾。饭后她洗了碗筷才和七离去。

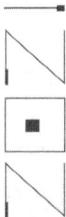

那晚快十点了，花才回了两字。

秋天快结束时，花陪黎主任到三亚度假去了。黎主任膝关节、腿均有毛病，南方的气候对他的身体大有益处。子女们屡劝不通，但花做到了。黎总高兴，每月给花涨了两千。对花远赴南方数月之久，来年春天和黎主任才候鸟样返回，他自是不舍、不快。但他没说别的。既然要把肥肉咽吞进肚，就得接受肉上沾覆的沙粒和灰尘。出发的前一晚，花在家住的，黎主任难得地没打电话。

他的日子一如花在，只是花在时，隔三岔五能和花见个面，现在只能在手机里说话，有时他打过去，有时花打过来，他叮嘱她，她也叮嘱他，慢慢地，也就习惯了。自花去了南方，七和枣多次喊他去家里吃饭，他都寻借口谢绝了。

入冬后的一个下午，他交完班，去老大酒楼收了那里积攒的酒瓶和纸箱，从旁边的菜店买了把面条，准备晚上煮。等红绿灯时，三轮车被顶了一下，力度不强，三轮车仍在原地。他回头瞅了瞅，是骑着自行车的枣。我当是谁，吓我一跳，他笑着。枣学着他的样子，我以为是收破烂的，没想是你，都住上楼了，还这么辛苦？他说，你就笑话我吧。枣奚落，我哪儿敢呀，不比过去了，请你吃个饭比登天还难，请你的人排着一百里的长队吧？

绿灯亮了，他猛蹬几下，到了街对面，回头瞅，枣推着自行车，速度极慢，像崴了脚。等她走过，他问，枣说脚是崴了一下，并不要紧，主要是车没气了。他将三轮车往边推了推，检查她的车胎，说扎了钉子。枣说，难怪。他告诉她，前面就有补胎的。枣的目光密匝匝的，我知道，你走你的，可别影响你挣钱。她如此说，他反不好走了，笑了笑，我陪你过去，明儿好去蹭饭。枣仍寡着脸，像是他撒了谎，被她揭穿。到了下一路口，她的眉梢方长出春芽。

两辆电动车、三辆自行车等着修补，等了一会儿，他说不如去我那儿修吧。枣立即道，那敢情好，有工具不早说，在这儿白受冻！他说，你脚不是崴了吗，还能走？枣呛他，我不能走，你背我到这儿的？她声音不大，他还是缩了缩脖子，像被砍着了。他突然有那么一点儿后悔。

原本打算买一楼的，价低、方便，但没有合适的，当然花的话也起了作用，最终选定了二楼。要说也是低层，可把枣的自行车扛上去，竟出了一身汗。他让枣坐着，然后找出胶水、扳手、废胶皮、气筒。枣又视察般挨屋转了，说想不到你自己住还蛮干净，再干净不也一个人？有啥意思！他说闲着落慌，找点事干呗。枣问，又当保安又收破烂，你不累？他说不累。枣说我明白了，有劲儿没地儿使呀！他突然腿软，差点扎到地上。他怕她看见脸，让她帮忙打盆水。她端给他，他的脸不但烫着，整个人亦被烤了。她问卫生间的水管咋往外喷水，他说那是太阳能的溢水管，水热到一定程度就会从溢水管喷。枣感慨着，到底是住楼好。他说平房也能安，枣被惹毛似的，声音突高，你租别人的房，会在房顶安太阳能？他的头勾得低了些，不会。枣说这还像人话，问她能不能洗个澡。他略一迟疑，她说给你水钱。他被泼了似的，周身水汽，就在迷蒙的雾气中，他装出生气的样子，我没说不行。

枣不会用，他教给她，就出来了。水流的声音响起，他顿时被摔进烂水塘，一边奋力扑腾，一边撕拽着裹糊的菖蒲和莲蓬。总算补完了，他抓过气筒，然气力耗尽，每按一下都得咬着牙。他甚是懊恼，甚是羞愧，渐渐就发了狠，气筒连同整个世界都变成了他的敌人。

啪！轮胎炸响。

怎么了？水淋淋、白晃晃的枣立在几米远的地方。

就那样发生了。那么自然，不过是数年前那个黄昏的续接。也那么不自然，整个过程，他满脑都是花和黎主任。完后他迅即穿了衣服，背心也穿反了。枣仍白晃晃地摊在床上，目光满是对他狼狈的嘲弄。他催她，她坐起来，却没有穿衣服的意思，只是将床单半披在身上。他不好发火，提醒她小心感冒，她说住楼就是好，冬天比夏天还暖和，问他有烟没。他诧异道，你几时学会抽烟了？枣说，很少抽，还没在楼房抽过呢。他说没有，自买楼就戒了。枣遗憾地，真可惜。他说出去买车胎，枣嘎嘎大笑。等他返回，她才慢条斯理地往身上套。

那个晚上，他在客厅来来回回地走，像爆炒的豆子，就差崩了。想给花打电话，却怯着，怕花听到他的声音，也怕听到花的声音，仿佛那是两股电流，一接通就会爆炸。可以不打的，但他拗住了，不打不行。于是，不知多少个来回后，终是拨出去。他问她在哪儿，花说陪黎主任散步。她的声音和往常一样，也和往常不一样。他说不清哪里不一样。他说还散呢，花说正往回走，没事吧？他说没事，便挂了。黎主任在身边，她从不多说。他看了时间，快九点了。老家伙真能遛，他恨恨地想。胸中就有东

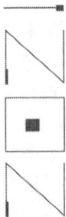

西涌上，他和枣偷情的愧慌就这样被冲淡，他似乎明白自己为何发怯，又为何非打电话不可了。

枣又来洗了几次澡，她打电话，他就往回赶。

那日，她洗澡把珍珠项链扯断了，两人折腾完，他如以往那样穿戴利索，而她仍旧披了床单，蹲在卫生间捡拾。不够数，八成冲进了下水道。枣抱怨项链质量次，不信他花了五百。他说信不信由你。枣说，我跟你一回，你咋也得送我条金项链吧。"我跟你一回"，他甚是刺耳，脸就暗了。枣哼道，都说人越有钱越小气，我不过说说，你至于耷拉脸吗。他努力地让脸变得温和，我没说不给你买。枣说，你这么不情不愿的，还是算了。他说，肯定买，我发誓！枣惊喜地，你真会？他说，不就一条项链，我会！枣郑重提醒，我脖子粗，别买短了。他说，赶紧穿上衣服。她做个鬼脸，听话地穿了。

我说到做到，他对穿戴整齐的枣说。

枣笑，你也不用一遍遍保证吧。

他亦笑，只是那笑带了几分悲凉，咱俩别这样了。

枣愕然地盯着他，为啥？就因为让你买项链？

他摇摇头，和项链没关系，不好！

枣问，咋不好？

他说，对不起花。

枣不屑地嗤了一声，行了吧，你别自欺欺人。

他急了，你啥意思？

枣反问，我啥意思你不明白？

他锥子样扎着枣，枣并不躲避，挂满答案的目光迎视着他，他恼怒而又惊慌，你敢胡说，我扯了你的嘴！

枣没有半毫怯意，明摆着的，你故意装傻，我不过是替你戳破。

好像枣不但撕了他的脸皮，将他上上下下都剥了个干净，他血淋淋地疼，血淋淋地瞪着枣。

枣说，想开了，也没啥，换作是我，我也愿意。让你买条项链，你就黑个脸，像灶洞钻出来的，换作——

他大吼，别说了！

枣抓起一个苹果，猛咬一口，快速夸张地咀嚼，囫囵吞咽，仿佛借此才能将卡在喉咙的话堵回去。她动作凶狠，眼神却是怜悯的，似乎吞咽下去的话又化为雾霭，从眼神飘荡而出。

他崩裂了般，你这头猪啊！

8

那个春节，两个儿子都回来了，然他没滋没味的。他强装欢颜，使尽解数，每餐都变着花样，比花在家还丰盛。长子心疼他，劝他弄一两个菜就可，次子向来无视他的付出，好像他就该如此。三亚之行，次子念念不忘，每次吃饭都会感慨，想吃啥点啥，神仙也不过如此。他和长子均不回应。若次子再往下说，他会制止，次子就扫兴地说，嘴巴瘾也不兴过！

两个儿子对母亲没有假日的陪护倒是同样理解，没有白挣的钱。他们没问那么细，这使他松了口气，如果他们不提，他绝不涉及这个话题。出国走好几年多得是，他的花也就六七个月，不过是一趟远门，多少人砸破头都想往上靠呢，只是没机会，比如枣。他很幸运，不该是枝残叶落的样子。每每自我安慰，但疼痛不减。他尽可能淡化，如枣所言，装痴作傻。

儿子们淌着节日的余欢离开了家，他又成了孤家寡人。枣打过几次电话，他没让她过来洗澡，有一次，她竟然直接找上来，他没开门。这个揭皮货！他有些恨她。

花是五月六日下午回来的，他正在班上。她说到家时，他有些懵，问她在哪个家。花好像被问愣了，好半天才说，还能是哪个家？你还有别的家？他明白她没在黎主任那儿，回到了他和她的家，几乎喜癫。七点才换班，那时花怕又被黎主任催回去了。你最好能等我一会儿，他商量的口吻，这个点儿我调不了班。花说，我等你吃饭。

那是漫长的等待，仿佛比花在三亚的时间还长。交完班，他踩了风火轮般往家赶。打开门，香气撞扑到脸上。花系了围裙，坐在马扎上，正往花盆栽葱，她回过头，说你瞧瞧，葱快变成干柴了，你就这么吃啊。她的神态、口气，连同她的责备和过去一模一样，就像从未离开过他，不过出去买了趟菜，可这稀淡如昨的日子让他嗑出比糖还甜的甜。他咧着嘴，任

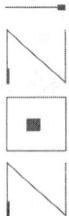

甜一绺一绺地流溢。

在餐桌边对坐，他发现了花的变化。脸似乎白了些，也瘦了些，还有一些，他能感觉到，却说不上是什么。她包的莜面饺子，土豆韭菜虾仁馅。她不知给他包过多少次莜面饺子，但没有一次放虾仁。想必这是黎主任的口味。

他没想说的，但还是跑出嘴巴，这还有虾仁呢！！花问，好吃吗？他轻轻点头，还行，这么贵的东西放馅里可惜了。花说虾有营养，从那边拿的。她说得极其自然。他说，别往回带东西了。花说，反正吃不了。

铃声响起，花从包里摸出手机，走进卧室，合上门。她换包了，原先那个是从街边买的，十五块钱，又黑又亮，没多久皮就脱落了，这个包是红色的，没那么亮，但显然不是普通的包。黎总送给花很多东西，这包想来也是黎总送的。他久久地凝视着，直到花出来。

又让你回去了？他问。花说，别的事，顿了顿，今儿在家住。他差点就啊出声。他热热地看着她，目光带着声响。她被烫到了，扭摆一下头，像要把他红红颤颤的目光甩掉。她没能做到，那红灼的目光是带了钩的。她的脖子也红了。脖子上没有任何装饰物。

他和花早早上床了。花说是在家住，未必真能在家住。她的时间不属于她，更不属于他。他和花都不到五十，身体结实得很。只是许久没在一起了，有些陌生，但很快进入状态。如果说仍有不同，那是因为他的身体藏了探测器，在开掘的同时，探测、寻找着细微的可能的疑点。还是花的身体，仍是花的味道。他暗暗舒了口气，却又有点儿不甘心，问，他没为难你吧？花当然明白这两个字有着更丰富的含义，有些不悦，你啥意思？问一千遍了！他说，我就是担心嘛。花摸摸他的头，叹口气，成天瞎想！

那块石头落稳当了，想到他和枣，甚感羞臊。

半月后的一天，黎总来电，非常客气地问他晚上有没有时间，她想和他坐坐。他受宠若惊，连声说有。黎总说她下午回县，晚上在望月楼见面。末了强调，她只请他，他莽撞地问花和副院长也不叫吗？黎总笑着反问，我说得不够明白吗？他说明白，黎总说那就好，晚上见！他其实是惶惑的，面对电话里笑声朗朗的黎总，他没勇气说不明白。黎总是另一世界的人，和他隔着千山万水的距离。

黎总竟然先他到了。她微笑着指指对面的椅子，他就坐了。本来不紧张，可能是房间过于空阔，还有黎总过于稠浓的笑，让他有突然踩上什么却又不明白踩了什么的感觉。黎总问他想吃什么，他说什么都行，黎总说我专程来谢你的，我点的未必合你口味，你自己点。他说都行的。黎总说不行，不能让我白跑。再推托就不合适了，黎总或许就生气了。他便从服务员手里接过菜谱，点了酱牛肉和花生米，连连说够了。黎总又点了几个，自然有跳鲤。他说吃不了的，黎总说没关系，吃不了你打包。然后问他喝酒不，他说算了吧。黎总不会不明白，但黎总说，那就算了，两人喝没意思，咱以茶代酒，来！他就端起来。

黎总又一次向他致谢，他惶然不安，说黎总客气了。黎总说她是诚心诚意的，他相信，可她没必要。然后就说到了她的父亲。他知道一些。但那晚黎总讲得更细更深情。黎主任的艰辛付出，桩桩件件，血泪滔滔。黎总的声音忽儿高忽儿低，不停地用纸巾拭泪，还叫他别笑话她。他当然不会。黎主任竟然卖过血，曾因中毒差点身亡。那一个个日子确实是踩着刀刃走过来的。

黎总和她的两个哥哥能有今天，全因有这样一位为了他们愿把命豁出去的父亲。自然，他们要反哺父亲，他们以为有能力，但没能做到，父亲似乎习惯了孤苦，直到花出现。

又要给花涨钱了？他暗想，生怕欣喜挂到脸上，他拼命压制，声音不高不低，谦卑而有分寸，要谢就谢花吧，我没帮上啥的。

黎总笑着点头，花是要谢的，但也要谢你，来，敬你！

他举起那半盏清茶。如果是酒就好了，当一饮而尽。茶喝不出气势，吞一口表示个意思。

有件事还想和你商量，黎总仍笑着，目光却有着爆炸气浪的冲撞感。

他惊了一下，黎总客气了，你吩咐嘛。

黎总说，我想让花留在父亲身边。

他有些迷惑，直定定地望着她，现在……不就？

黎总说，我想让花长久正式地留在父亲身边，而不是以保姆的身份。

他愣住，仿佛突然间被丢到荒岛，荆棘刺穿了身体，而他不明白发生了什么。许久，他问，你啥意思嘛？为了壮胆，他故意笑了笑。

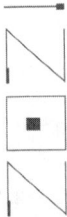

黎总说，你离开花，或者说，让花离开你。

他终于明白了，满脑黄蜂。可直到此时，他仍难以相信，或者说不敢相信，于是，再次追问，黎总，你……说什么？他没笑，脸像铜板一样紧。

黎总说，离婚。

他不能不明白，不能不相信了，黎总将所有可以躲藏的路封死。他想跳起，把休想两字像砖头一样抛给黎总，可坐得久了些，双腿涩麻，且未能把沉重的椅子推开，他没跳起来，只是往里弹了一下，便扑在桌边，那两个字喷溢而出，像呕吐物。

黎总稳稳地坐着，女王般从宝座上俯视着他，脸上仍挂着似有似无的笑。我还没说完，你坐下好不好？好像在和他商量，但她的声音有着非常奇怪的力量，他被镇住，缩团了身子。

当然不会让你白白离开，你可以开条件，黎总盯着他，只要我能做到。

为啥？他不看黎总，而是望着桌子中央的塑料花，仿佛和花交谈。

黎总说，我只想给父亲一个幸福的晚年，希望你答应。

他抬起头，我要是不答应呢？

黎总笑了，似乎他问了极为愚蠢的问题。你会答应的，她说，你只能答应。胜券在握的自信。

他迅速扫扫四周，以为她已经埋伏了杀手，就如电视上演的那样，他将变成块状血肉被丢进野马湖。

黎总说，你别紧张，我不会逼你，这不是和你商量吗？

他不言，气呼呼地想，这叫商量？！

黎总温和地，如果你不提，那我来说。那套楼归你，另外再补偿你一笔钱，三十万，如何？可以娶个黄花姑娘了。

巨石沉湖，水流飞溅，某个瞬间，他被拖进湖中，浑身湿透，双耳作响，片刻，他惊喘地爬上岸。好险呢。

非花不可？他的声音有气无力，仿佛还没有从挣扎中恢复。

黎总说，这是我和你坐在这里的原因。

他没之前那么愤怒了，心乱得像被上千双脚踩踏的烂泥，你让我想想。

黎总说，没什么可想的。我不喜欢拖泥带水，若没达到你的心理价位，你说个数，五十万！怎样？

他又一惊，但没像之前突然被淹没，他拼命控制，抓着河岸的树根和花草。他不是嫌黎总给的钱少，条件已相当肥厚，但黎总仍一砖一石地砸过来，要把他砸晕的样子。我得和花商量，他说。他没有别的抵挡物，只能抬出花。

黎总说，花会同意的。

仿佛黎总甩过来的是一条带子，牢牢地缠了他的脖子，他几近窒息，你和她谈了？

黎总说，还没有，但她会同意。我希望顺顺利利、平平和和地解决，而不是非要走到翻脸的地步。

他问，你凭什么认为她同意？

黎总笑了笑。我不说，你自己去想。

被枣的破嘴说中了。他不过是自欺欺人。巨大的声响包围着他，感觉耳朵要聋了。好一会儿，他才震颤着问，花知道你来找我？

黎总摇头，我还没告诉她。

他站起来，控制着不让声音抖得太厉害，我不卖！

黎总笃定地，别说得这么难听，你会的。

他冷冷地，你等着好了。

黎总说，如果出了这个房间，条件就不由你开了。

我不是吓大的。他说。

9

冲出房间，他便给花打电话，叫她马上回家。她问什么事这么急，他凶狠地喊，什么事你不清楚？花说他吃枪药了，他说他吃的是炮弹，如果她不回来，他就到龙宫去。花让他电话里说，他又吼了几嗓子。

他前脚进门，花后脚就回来了，走得急，她额际腾着汗气，圆脸映着晚霞似的，红澄光艳。那是她这个年龄不该有的艳。他其实是喜欢的，可此时如钉齿刺痛了他。他杵在当地，目如利箭。

你这是怎么了？花定住。他沉默着，任乱箭横冲直撞。花说你不讲，

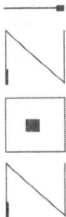

我走了。他这才喝出来，你给我坐下！花坐到沙发上，却没有把挎在胳膊上的红包放下，随时离开的架势。他怒了，叫她把她的破包扔一边去。花不情不愿地拿开。

你到底怎么了？疯子一样！她皱起眉头。他想结结实实揍她一顿，完后再让她交代，结婚二十余年，他和她争吵过，但从未打过她。每有暴念，她便识破，及时仰起脸让他打。她的主动反让他不忍。现在，他要开戒了。他往前一步，好让拳头击中她。花仰起圆脸，是要打我吗？让我回来就为打我一顿？你打好了！他冷笑着，你就不问问我为啥要打你？花说，和疯子还讲什么道理？你随便打，只要能出气。花静得像一面湖，乱箭纷纷飘落。

说说你和那老家伙的事吧，他坐到远一些的椅子上。花问，啥事？仍然平静，但她眼里有什么东西闪过。他说，你明白。花说，我不明白。他问，你和他怎么了？花说没怎么。他冷笑着，非要我拿出证据？花说，你拿出来啊。他僵住。他尚无实实在在的证据，至此，一切都是想象和猜疑。

黎总找我了，他说，她让我和你离婚，好让你名正言顺地跟她父亲过。他死死盯住她，观察她的反应。晚霞散失，她的脸呈灰白色。真找你了？她紧张而不安。他说，就在刚才。那又怎样？花忽然生气了，你就因为这个吹胡子瞪眼？他说，如果不是……她会让我离开你？花轻轻咬牙，你脑子进水了，随后反问，你是不是还认为是我派她去的？他突然语塞。花说，我没那么大脸指派她，她干什么也不由我。叫天骂地的，算啥男人？她叫你死，你也怪罪我？每一句都像粗硬的擀杖，塞噎着他的喉咙。呼哧了半天，他才说黎总说她会离开他，他害怕极了。花问他怕她离开，还是怕黎总。他说都怕。花说，我没想离，除非你要离，至于黎总，她也是讲道理的人。他问，你和那老头真没？花冷了脸，非要我写保证书给你？他赶忙笑了笑，说那老头喜欢上你了，我能不担心吗？花说，我管不了别人，只能管我自己。他问，黎总那边怎么答复？她说，那是你的事。他问，黎总肯定也要和你谈。花说，那是我的事。他仍担心，就怕她辞了你。花看着他，他立即道，不干就不干，大不了回家种地。

就这么化解了。那一夜，花留在家中。他紧紧抱着她，像抱着稀世珍宝。只要他和花咬得硬，谁能把他们分开？黎总纵然通天，也不敢将花明抢了去，她终究不是山大王。欠她的钱，卖楼还她。黎总丢出的包子倒是又肥又腻，某一刻他可能流口水了，但他不吃。

黎总没打电话，更没找他，无声无息。他以为她知难而退了。她钱再多，也不是什么都能买到。七八天后，副院长喊他到办公室。副院长常把过期报纸杂志给他，当然还有礼品盒。所以进屋目光先划拉一圈，没看到可能送给他的东西，茶几上倒有一杯热气腾腾的茶。副院长让他坐，他笑笑说不了。他来过多次，副院长从未让他坐，向来拎了东西就走。坐啊，坐下说，副院长拍拍沙发，口气比刚才重了。副院长似乎不高兴了，他只好让自己的屁股占据一角。副院长将茶水往他前面推推，他慌慌地护了护。

传言副院长将正式接替院长，由明里的二把手、暗里的一把手变为明明暗暗的当家人。传言基本是靠谱的，比如关于另一个副院长和女医生的传言，就被女医生的丈夫证实，成功地将两人堵在床上。他听到这个消息时兴奋得嘴唇扭成麻花，副院长上位，意味着他能沾更多的光，至少旧书、旧报礼品盒之类比原先多，装药的纸箱说不定全给了他，每天都能装满三轮车。副院长或许要将他铁定上位的消息透露给他，并指派他做心腹才能做的秘密事。想到这里，他双眼的光泽怎么也藏不住了。

副院长问了他的收入，其他经济来源，两个儿子的情况。你压力不小哇，副院长说，要不是花干的这份，你基本的生活都成问题，现在住上楼，花是头功。他发自内心地说，多亏了你。副院长摆摆手，别感谢我，要谢就谢花，她太能干太争气了。他忽然有些气馁，是呢，说得软软塌塌。当然，也碰上了好人家，有钱人我见得多了，像黎总这么慷慨的可没几个，副院长说。他开始疼了，想了想，还是不说的好。

我有一个问题想问你，副院长瞟着他说，也许有些唐突，你可以不回答，我业余做心理研究，权当给我补充数据。他有些紧张，但仍抽巴巴地笑着。副院长问，你愿不愿意自己的妻子和儿子过上光鲜的日子？他毫不迟疑地，当然想！顿了顿，又说，谁不想！副院长赞许地点点头，说得好！每个人都想，不想是怪物，问题是你怎么做到？彼时，他终于品出味儿了，再瞧副院长，目光就凉了，如茶几上那杯冷却下去的茶。他没回答，不知如何答复副院长。副院长盯紧他，说说看？你怎么做到？靠当保安的收入？你自己够吃喝就不错了，收废品？除非别人把金条当纸盒卖给

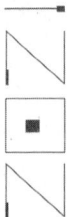

你。你快五十了，再有几年就干不动了，没有存款，甭说妻荫子贵，个人生活都变得艰难。没有人是铁打的，老来难免得病，我掏心窝地告诉你，一场大病就可以让中产一夜回到解放前，这还是有医保，不然医院的门都进不去。

谈话变成了训话，然他并不反感，副院长没有胡说。

你想想那会是什么光景？儿子自顾不暇，哪有能力养活你？叫天天不应，叫地地不灵。如果仅仅是你自己，你可以不在乎；让花和你受一样的罪，你于心何忍？副院长脸上的笑不知什么时候没了影儿，目光生硬中夹着阴冷。

他哆嗦了一下。村里的二愣，凑不够手术费，生生疼死了。

你没有能力！副院长手起刀落，毫不留情。他没怪副院长不留情面，副院长说的是实话。不只看穿了他的现在，还看透了他的未来。

所以，如果有机会，一定要牢牢抓住，为了你好，更为了花好。副院长说，错失掉，将再无翻身的可能。仿佛怕他没听懂，追问，你明白我的意思吧？

他机械地点点头。

早点儿把婚离了，给花自由！副院长更直接了，她能过上她想过的任何生活，而你，虽不是要啥有啥，但后半生衣食无忧。

因为猜到了，他并不吃惊，黎总派你找我？

副院长皱眉，她没派我，我也不受她指派，她只是和我聊了聊。如果她没许诺，她再是老总，再是同学，我也不会劝你和花离婚，那成什么了？我不当恶人。可她给出的条件，于你于花都好。黎主任连二八少女都看不上，却喜欢一个中年村妇，任谁也想不到。也亏了他，不然，你和花哪来机会？

他扭转头，看着房间一角，仿佛他和花的未来如破袋子吊在那里。真就看到了，恓恓惶惶，苦苦巴巴。好多人不都那么过来的吗？凄苦也能嘬出甜汁。副院长说，好好考虑考虑。他转回头，一字一顿地答复，我不离。

副院长拉长脸，就要让花在你这棵树上吊死？

他说，花也不愿和我分开。

副院长说，别管她怎么想，你首先要为她着想。机会不是时时有，当抓则抓，错过，你会后悔的。

他说，我不会！

副院长说，别说得这么绝，你好好想想。

他站起来。感觉屁股开裂了，腿也被抽了筋，每一步都异常艰难。

好容易走到门口，副院长叫住他，说他们的谈话，不能和第二个人提起。他说你放心。副院长不叮嘱，他也不会。这不是什么光彩的事，岂能四处嚷嚷？他不生副院长的气，他只是疼，像跳蚤在叮咬，忽而前胸，忽而后背。他想到黎总神秘莫测的微笑，如爆炸气流般的目光，她还能让谁当说客？她还能有什么招数？他不知道，知道的是，黎总没有知难而退。她就像没有踪迹的风，无处不在。

他问花，黎总找她谈没有，花说没有，他略略放心。冲他来好了，他的骨头没那么容易煮！

又两天，他被勺子状的男人叫了去。第一次，是七领他去的，勺状男人给他发了服装，后来发工资也是这个人。他头大，身细，双腿跟豆芽菜似的。他不用自己的腿走路，要么轮椅，要么被人抬着。这么个人，却是保安的头。不光医院，好几个部门的保安都由他指派。原先医院的保安是自己招的，但起不到保安作用，街上的混混动不动闹事，保安都往后缩，而遇上披麻戴孝、抬棺封堵大门的家属，保安吭都不敢吭，有个愣头保安说了句粗话，被摁到棺材五个多小时，放出来脸像茄子。后来医院将保安外包给勺状男人，闹事的就少了。他见识过勺状男人的本事，被两个粗猛的刺青后生抬过去，拉着白横幅的数十人被水淹了脚似的，个个退后。据说勺状男人的哥才是老板，哥掌管大生意，鸡毛蒜皮的生意由勺状男人打理。不管年龄大小，都叫勺状男人三哥。每月领饷，他都谢一声三哥。

他站在那里，恭恭敬敬叫了声三哥。

今儿几号？勺状男人问。

他惊啊着，嘴如大勺。勺状男人喊他过来，就为问他几号？他及时控住，没让惊诧满头满脸地乱撞。

勺状男人拉开抽屉，将一个牛皮纸信封丢在桌上，十七天的钱，一分不少！明天不用去了。

没有任何理由，没有任何解释。确实，那是勺状男人一句话的事。没那么复杂，但他还是意外，傻问，我没做错啥吧？

勺状男人懒得回答，摆摆手。

他知不能再问了，走过去，捏起信封，照例说了谢三哥。牵着自己的身体，像牵着备宰的猪走出房间。

10

他没那么笨，想想也就明白了，不当保安也饿不死，有的是营生。当然找活儿没那么容易，好在还可以收废品，不至于吃老本。他没告诉花，怕她添堵，打算有了营生再和她说。黎总没辞花，看来她父亲确实需花照顾，这让他松了口气，但也让他有被揪吊住头发的感觉。

那天路过红红饭馆，看到一老汉正把空酒瓶往三轮车上搬，门前被踩扁的纸箱已用尼龙绳捆结实，不禁呆了。待老汉把纸箱也放到三轮车上，蹬着车离开，他方大梦初醒。他急躁躁地推开饭馆的门，像失了火等他去救。还不到营业时间，红红叼着烟，跷着二郎腿坐在椅子上。她比花老多了，但打扮花哨，脚指甲涂得和嘴唇一般红。不过她人不错，他收废品时还给过他顾客吃剩的鸡、大饼。她一向照顾他，每有废品就给他打电话，而他也给她修过马桶，帮她拉过两次货。他没得罪她，她为何把废品卖给了别人？他自是不敢质问，在刮进门的同时，笑就鞋掌般钉在脸上。我刚才见……他顿了顿，不会忘了我的电话吧？红红哦了一声，实在不好意思，亲戚介绍的，我没办法。他说，如果你认为价低，我往高提提。红红不屑地嗤了一声，稀淡的眉毛如受了惊的虫子蠕动数下，你把我看成啥了？我指望那几个破纸箱挣钱吗？他意识到说错话了，赶紧解释。红红不再看他，目光如烟雾在空中浮荡。没必要再啰唆，他识趣地闭了嘴。红红将快抽完的烟摁到用易拉罐改成的烟灰缸——那是他的杰作，说别为几个破纸箱在她这儿浪费时间了。他明白了，仍然谢了她。红红叫住已经走下台阶的他，想说什么突然间忘记了似的，她的目光有些怪，好像被刀切割又没完全断开，落在他身上有些吃力。她终是没想起来，半笑了一下，挥挥手。

她奇怪的神情如油污的泔水泼湿了他，他背着那脏污的湿，蹬得有些吃力。忽然就有了某种预感，为了证实，他拨了常去的超市、药店、杂货店、食品店的电话。有的委婉，有的直接，结果是一样的。难怪这几日没接到电话。没有这些"关系"户，零零碎碎地收，进项会大打折扣。骄阳似火，而他浑身冰寒。这是要往绝路上逼他呢。

回得早了些，骨酸肉痛，仿佛被冻感冒了。他下了碗面条，就着尖椒，灼舌烫嘴地灌进肚，灌出满头满背的汗，似乎不那么疼了。他躺了躺，正想去龙宫看看花，花自己回来了，仍挎着鲜艳的红包。花没发现他的异样，他却瞧出了她的反常。花瞟瞟他，便进了厨房，张罗洗碗，仿佛她回来就是给他洗涮的。只有一个脏碗，她洗了足有十分钟。他和她说话，她也回应，但没回头。他立在门口，说她快要把碗洗烂了，她方甩了甩手，转过身。她没系围裙，衣襟尽湿，还有两臂、前胸，甚至她的脸也淋湿了，有水珠在滚。他盯住她，问她怎么了。花撩撩头发，说没怎么。她的手在抖，他觉出来了，再问她到底怎么了。花不答，勾下头，啜泣突起。他的心迅速下沉。花浑身摇晃，要歪倒了。他走过去，试图扶她，她却出了厨房，坐到沙发上。他深吸了一口气，方轻移脚步，仿佛地面是易碎的玻璃。他在对面坐下，她说，离了吧。

猝不及防，他被炸蒙了。半晌，方吃惊地问，你说什么？花说咱离吧。她不像刚才贼似的慌慌张张，声音也不再细弱如蚊腿，所以他听得清清楚楚，明明白白。

黎总找你了？他终于转过弯儿。花说，嗯。他问她咋说的，花抬起头，他注意到她的嘴唇外侧又蹿出米粒大的疱，又心疼又恼火。花越发地平静了，离吧，对谁都好。他问，她咋说的？花说，别拖着了。他问，她威胁你了？花摇摇头。他问，辞掉你？花又摇摇头。他问，那是为啥？她让你离，你就离？花说，你可以娶个更好的，有了钱，黄花闺女也娶得上。这腔这调和黎总一模一样，她就是重复黎总的话。他说你别听她胡咧，就是能娶上，过日子能一样吗？花说我没那么好。他说你好不好都是儿子们的娘，这能代替吗？花说离了我也是他们的娘。他说你别害怕，大不了把楼房卖了，把钱还给她，咱回村种地，饿不死的。花说回村就能躲开？他瞪大眼，还能追到村里？你咋吓成这样？那娘儿们到底说啥了？花静默数秒，说，我不想回村，出来，就不回去了。他故意嘲讽她，你还真想留在那老家伙身边？花说是。

他没被惊着，涌上的反是浩浩荡荡的痛怜。虽然只有他和她，但她仍被恐惧罩着，口与心是扭着的。于是，他用玩笑的口吻，以便让她摆脱罣

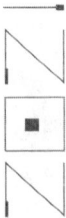

梦，彻底放松。你还真喜欢上他了？花说，他挺好的。

他的眼球顿时被挤压似的要爆裂开，你不会是认真的吧？

花说，他对我确实好，很好很好。

他终于怒了，我对你不好吗？

花说，也好，好与好不一样。

他问，咋不一样？他的好比我的好更好？

花哑了。

他冷笑，你的好指的是钱吧，他是比我好，相当好。

花说，有钱没什么不好。

他吼，除了要钱什么也不要了？

花乞求，离了吧，对谁都好。

他发红的、怒硬的目光狂抽着她，她缩了缩肩，显得更小更可怜了，像一团揉皱的布。她的假象越发激怒了他，他突跳起来，抓住布团。他要撕烂她，撕成一条一缕。就在那时，她的目光飞速扫过他狂怒的脸，神色中似乎有别的东西。他凝固了。花没描过眉，没涂过唇，还不如枣呢，找他洗澡那几次，枣的嘴巴比平时大一圈。花只是干净，眉脸干净，衣着干净，姓黎的不会是因为这个迷上她的，该是别的。但她喜欢姓黎的什么？态度变得这么快，绝不是一个钱字。他忽然想到什么，直冒冷汗。抓着的手慢慢松开。

你干吗编出这样的鬼话骗我？他痛惜地看着她。

花被戳穿，目光惊慌，如被追赶的兔子。

他说，别害怕，天塌不下来！咱不干了，给再多钱也不干了。

花说，那是真的！

他摇摇头，我不信！

花问，如果就是真的呢？

他说，过了这么多年，我知道你，不可能！

花的脸抽搐几下，眼里却有凶狠漫出。她豁出去似的，抓过红包，猛地拉开。最先掏出的是一条金项链，然后是金戒指、金手镯、玛瑙手链、珍珠项链。掏一样，瞅瞅他，似乎提醒他看清楚了，她不是在变魔术。

都是黎主任给我买的。她喘着粗气，仿佛不停歇地割了半晌地。

他眼睛发花，脸硬如石，然后，他笑了，就算是他买给你的，这能说明啥？你骗不了我！

花气呼呼地瞪着他，要我咋说你才信？

他笑得光光灿灿，你咋说我都不信。别说了，啥也不能把你我分开。

花发狠道，我和他睡了。

强装的笑如镜片哗地碎了，他的脸渐渐转青。青中又有斑驳的紫渗涸，仿佛那不是脸，而是被戳破的颜料袋。翻腾了一小会儿，也就不动了。我不信你的鬼话，他声音发空。花嚅着嘴唇，仿佛掂量着他能不能撑住她的砖头，又像在聚焦力量，然后决绝地，睡好几次了。他被砸中，但他已经麻木，不觉得疼，就算……你是被逼的对不？那老东西逼你了？我知道，肯定是这样！花怔了怔，抹抹眼睛，放低声音，他没逼我。他固执地摇头，我不信，他肯定是逼了。花说我是自愿的，跟了他，要啥有啥。他问，你怎么和孩子们交代，你就不怕他们轻看你？花说，没啥可交代的，我能帮上他们，他们爱咋看咋看。他问，这是别人教你的吧？花说我就是这么想的。

说了半天，他有些乱，有些累，想去床上躺一会儿。他亮明了自己的态度，他不会因为她作践自个儿就和她离。他让她回龙宫，花没回，仿佛他不离她就没胆量回了。她躺在他身边，但整整一夜，回应她的只是他的后背。

拂晓，他推醒她，道出自己熬夜熬出的计划。花本来迷迷瞪瞪的，突然叫出声，你疯了？他说，我没疯，这是两全其美的法子，离开他，还能搞一笔钱。花不同意，说这要坐牢的，他说要坐那老东西也逃不了，他有罪在先。鱼死网破，花横竖不同意，然后又强调是她要跟黎主任的。他说这算最温和的解决方式了，照他年轻时的性子，早拧断了姓黎的脖子，她若不配合，他就以命换命了。花惊白了脸，哆嗦着答应了。

花返回龙宫，他准备实施计划所需的用具。花最终站在了他这边，他甚感欣慰。这说明了两个事实，她和姓黎的确确实实发生了——被枣的破嘴说中；她并非自愿。

东西半天就买齐了。花也照他的吩咐配了钥匙给他，但他没有立马

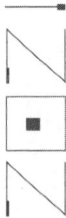

动手。姓黎的健壮如牛，根本不像六十岁，他担心制服不了，思忖着找个人。外人肯定不行，只能让两个儿子中的一个协助。长子不行，次子该没问题。在三亚的宾馆，次子就有了贼念，被他训斥才闭了嘴。然他下不了决心。就这么拖了五六日，他决定还是单独行动，若有闪失，也只闪失他自己。

他把花叫回家，商议敲定具体细节。花又一次劝他，迈出那一步，就回不了头了。他的念头犹如巨石，花没掀动一分一毫。她的恐惧写在脸上，如冬日在寒风中瑟抖的枯蒿。他不住地打气，那一枝一秆方停止了摇晃。

其实，他的紧张不亚于花，只是他压得住。他小偷小摸都没干过，何况这个。太阳落山，他压不住了，心如疯牛般东奔西窜，角挑蹄蹬，扬起漫漫烟尘。灌下三两酒，似乎好了些。又倒了半杯，没有仰脖猛灌，靠坐下去，一口一口吞咽。

九点一刻，他走进龙宫，躲藏在小区地下室的过道。再晚进龙宫就难了，太早又不易藏身。

十一点，他站在了乌紫的防盗门外。

转动钥匙的同时，他从挎包摸出水果刀。在姓黎的没反应过来的时候，要抵住他的脖子，那样老家伙就乖乖招供了。而花什么都不用做，遮住赤裸的身子，哭就行。

他轻脚摸入，正要抓电筒，灯突然亮了，比白昼还白。他立时惊懵。

花和黎主任端坐在沙发上。花脸色灰白，而黎主任则满眼猎物入笼的得意。

11

黎主任没报警，没把他怎样，"看在花的分上，不和他计较了"，但警告他再动歪念，一并算账。他离开了，挎包里仍装着绳子、胶带、刀具、电筒、录音笔。没派上任何用场。然并没有平安脱身的庆幸，他垂头丧气，比挨打还难受。不该这样的，但就这样了。

失魂的花被姓黎的看破，不打自招？还是她担心他坐牢，主动告知姓黎的以求得宽恕？又或者，她确实对姓黎的动情了？他深挖细想，没有结果。次日他一遍遍给花打电话，叫她回来。她说没法回，除非他答应离婚。他不过是想知道咋就被瓮中捉鳖了，并没怪她，可她的回答激怒了他，他说我死也不离。

花说到做到，果真连着十天没有回，只在电话里简短交流。她一定向姓黎的承诺了什么，他想，不然不至于面都不露。那是他造成的，他连累了她，他又想。花被软禁了，他甚至这样想。他替花寻找着理由，不那么怒了，但仍疙疙瘩瘩，像塞了一肚子石粒。

他想找人说说话，帮他把石粒掏一掏。先是拨两个儿子的电话，拨通那刻就切断了。他不愿让儿子们棉花样地看他，他们可是自小把他当成山的。想了一圈，也唯有枣了。

数月没和枣来往，他担心枣不接电话，没料响了一声，她就接了。却是满嘴嘲讽，我当是谁呢，太阳从西边出来了？！他问她还好吧，枣说好得很。他说那就好。枣阴阳怪气的，再好也比不了攀上高枝的，今儿吃啥了？是不是吃撑了，想溜溜嘴？他讪笑着，我确实想找你说说话。枣哼了哼，声如撞钟，少扯没用的，你到底想干啥？他顿了顿，咬牙道，我想你了。枣假装听不懂，咋的？他问她能不能见个面，枣没好气，以为攀了高枝你就成凤凰了？我是啥？鸡吗？你想招就招，说翻脸就翻脸？他说对不起，枣又哼，对不起值多少钱？他说那你忙吧。

七八分钟后，枣又打过来，说她因为接他的电话，被一骑电动车的撞倒，摔着了。让他赔她的损失。他心领神会，问清她的位置，骑了三轮车赶过去，将她载回。

枣要往沙发坐，他却推着她往卧室走。枣身体壮硕，不然他就拦腰抱她了。枣热红着脸警告他，就算她受了伤，也能将他一屁股坐倒，叫他小心自己的肋骨条。他没理会，报复的火焰已将他烧得失去理智。刚挨着床，没等他进一步动作，枣猛地搂紧他。

他像她一样赤裸着。枣瞪瞪他，问他就不怕花突然回来。他说不怕。枣坐起，盯住他，问他出了什么事。他突然迟疑，和枣说就等于整个村庄整个世界都知道了。他摇摇头。枣说，得了吧，我又不傻，你明目张胆，定是出了事，是花？既然枣已经猜到，说也无妨。

他当然不会竹筒倒豆，只讲了大概。枣满脸料事如神的得意，我怎么说来着？你还骂我破嘴！他恼火地皱缩着眉。枣说，你不会认为是因为我说的才……帽子没这么扣的。他悲叹一声，说我没怪你。枣的眼神像看怪物似的，你就因为这个郁闷？他问，这不够窝囊吗？枣叫，天，撞多大

的运你不知道？他说别挖苦我了，老婆被抢走了，我撞个鸟运？枣戳戳他，那能叫抢？不是和你商量吗？是你死钻牛角！甭说县城，就咱村庄，有多少离婚的你不清楚？说离就离，比折断树枝还容易，离婚没啥丢人的。你能保证花和你过一辈子？保证不了！遇不到这个，明儿也可能和你离，那时，花会补偿你？她就是有心，拿啥补偿你？现在，她撞进了福窝，你也跟着沾光。有的为争两头牛，弄得头破血流。和他们比，你是不是撞大运了？就当自个儿的房被拆迁，旧房住惯你觉得好，新房咋也比旧房强，你根本没必要拦，拦也拦不住，钉子户多了去了，还不一一搞定了？要我说，你只能装一装钉子，能多要一个是一个。过了这村就没这店了，你得抓紧！那人不小了吧，他咋也活不过你，蹬了腿，你和花还能复合嘛。

他木愣着，仿佛被钉住了。

天旱雨涝不均匀，枣又妒又羡地说，好事都让你和花赶上了，我和七咋就没这命呢？

他惊缩了一下，慢慢坐起。

他想了整整两天。什么都没干，饭都省了，仿佛张张嘴也会影响思考。那天中午，他下了碗面条，气力恢复后，拨通了黎总的电话。

数小时后，他在宾馆的套间见到黎总。她笑盈盈地，指着茶几上的樱桃让他吃。他一副谈判的架势，我不是来吃樱桃的。黎总波澜不惊，那也得坐下来啊，咱是说话，又不是打架。他就坐了，脸仍生硬着。黎总问他喝水不，他摇头，黎总猛然想起似的，笑一笑，你也不是来喝水的，想通了？

他揣了半麻袋话，那是蘸了血蘸了泪的，是从身体的旮旯里一句一句揪出来的，借以加重自己的筹码。黎总让他开条件，他不会更不敢漫天要价，他要让黎总明白，他所言有据。但黎总一句想通了，突然如绳索扎紧了麻袋的口，他不情愿，但不由自主地点点头。

黎总说那就好，三两日你和花就去办了吧。

他的目光惊晃了一下。她没执皮鞭，但他觉得被驱赶了。定了定，他问，你上次的话还算数？

黎总说，当然。

他松了口气，我的条件是……

黎总笑容收敛，我上次确实说过条件由你开，但你忘了你离开时我怎么说的？

只限于那个房间，出了门就不由你了。

他呆住。他没忘记。半晌，他方冷青着脸问，那你的意思？

黎总说，房归你，另给你三十万。

他受了辱，大声说，不行！我不接受！

黎总随和地笑笑，别发脾气，对身体不好。

他说，如果这样，我不会离。然后，加重语气，死也不离。

黎总没因他的威胁翻脸，仍大度地笑着，你急什么？嚷是成不了事的，给你看样东西。黎总将桌上的笔记本电脑翻开，对着他。他甚是纳闷，不知黎总要干什么。一分钟后，他突然被砸了一榔头，整个人往后仰去，差点晕倒。

他看到了他自己。那个夜晚，他持刀入室。

父亲没报警，并不代表我就不能报，随时可以。

声音不像从黎总嘴里出来的，他没看到她张嘴，而是从高空，从房间的角落飘荡而下，就像无数个黎总在他永远看不到的地方藏着。

他闭上眼，似乎这样那一幕便彻底消失。待他睁开，果真就看不到了。但，更奇诡的图像出来了。他看到了赤条条的他和同样赤裸的枣，看到了床上的枝枝叶叶。

他震惊、恐惧、懵呆，前边是在黎主任家，他一无所知，所以才被拍到，而他和枣是在自己家呀，这是怎么回事？难道有人知道他要带枣回去提前藏在屋里，还是黎总无处不在的影子从门缝挤入？没有血色的脸如枯白酥脆的纸。

黎总合上笔记本电脑，见他死死盯着，恼怒得要跳起来的样子，说就算你毁了也没用，我有备份。

你凭啥进我家？他竭力控制，仍不住地狂抖。

黎总反问，我几时进你家了？你看我有那个本事吗？

这自然不需要她亲自出马，他寻思着，不自量力地喊出来，我要告你们！

黎总笑笑，和善地说，这东西可以存在，也可以不存在，可以都毁掉，也可以毁一留一，你该明白我的意思。我不喜欢被人威胁，也不喜欢

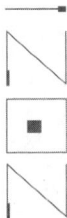

威胁人，如果你不发脾气，我不会给你看的，也许一会儿我就毁掉了，就是你想看都不可能了。可是，你发脾气了。

他被黎总的话绕晕了，耷拉下头，仿佛他是旱地的麦子，而她是炽烈的日头。

你看呢？黎总问沉默了许久的他。

他满身窟窿，挤揉不出半丝力了，嗡声道，随你。

黎总看了他一会儿，说，你是好人。这样吧，我给你四十万，先打二十，你和花办妥，我再打二十，打到花的卡上，由她转给你。谈上亿的项目，我都没这么累过。

他有些不安了，虽然笑不出，还是做了个笑的样子，谢谢黎总。

黎总问，要不要一起吃个饭？把花喊出来？

他说不了。

黎总说，也好，老父亲也不愿让她出来，他是真离不开她呢，这就叫缘分吧。又推心置腹地说，其实，我也不愿这样呢，不值！但为了老父亲，没有什么值不值的，你说是不？

他没点头，只是含混地嗯了一声，如安了假肢样离开套间。

回家即搬了凳子，从上到下，自左向右，一寸一寸地搜寻墙壁，就像在皮肤上寻找细刺。这时，他才发现泥子刮得不那么平，摸到坑洼，他反复揉挤；遇上鼓包，他会抠掉，但也就是坑或包而已，没发现别的。然后是家具，窗帘盒，门框门板，没放过任何一处可能隐藏的机关。没有，什么都没有。他松了口气，但随即更紧张了。他无法解开疑团，换掉锁芯，聊作安慰。

12

那钱一分不少地到了。

当天傍晚，他跑到望月楼狠狠奢侈了一把。跳鲤的价格着实吓他一跳，他在心里快速计算着，如果是猪头肉能买多少，真疼呢，但还是咬牙点了，另外要了盘花生米，两瓶啤酒。若不是那四十万撑腰，打死他也不敢到这种地方。离也就离了，没想象中的那么憋屈。没过到头的夫妻多了去了，有几个像他这样狠捞一笔呢？

酒足饭饱，走在霓虹灯的光影里，腰杆似乎硬了许多。以往经过夜总会、洗浴中心，他瞟都不瞟，那是另一个世界，与他没有任何关系，那晚竟凝望了许久。

日头东升西落，没有任何变化。他没有坐吃山空，而是日日不闲。七告知他，能重当保安了，他没应。想起勺子状男人，头皮仍是麻的。夏秋短工吃香，先干着，待天冷再做打算。

枣到他那儿洗过几次澡，多是阴雨天。起初他是害怕的，想去旅店开房，可开房要花钱，而且，旅店未必比家更安全。壮了次胆子，没有谁把他和枣从床上揪起，恐惧就淡了。

又是一个阴雨天，枣像她向往的女士那样叼了烟。烟在床头放着，他特意为她备的。她和七打算买楼，买不起大的买小的，买不起新的买旧的。赶你赶不上了，也得有自己的窝啊，她慢悠悠的，到时你得借我点儿钱。"你得"这两个字是有分量的。他没马上回应。你让我几时来我就几时来，只要七不在家，她又说。他仍旧没言。枣便寡了脸，放心，我会还的。他说不是担心她不还，长子快成家了，要用钱。枣说得了吧，有花，还用得着你？他说花是花，我是我，当父亲的，也不能不管。枣受辱似的，我张一回嘴，你就这态度？他赔了笑说，我没说不借，到时看情况。枣猛吸了两口，目透冷光，他以为她要损他，不料，她长叹一口气，说我有花的运气就好了，掉进福窝，什么心都不用操了。

离婚后，他再没找花，也没和她联系过，那是和黎总的协定。像她不但从他的世界消失了，而且从整个世界蒸发了，他和她之前的日子彻底成了空白，他不愿回忆，也回忆不起。枣的慨叹令花突然复活，虽然他知道复活的她仍在另一世界，和他没有任何关系了，但她的存在就如她的名字灿烂夺目了。他给花发了一条短信，问她近来咋样，过了很长时间花才回复，只有一个字：好。他没再问，她无须他操更多的心。

那日，他去超市买暖壶，忽然就看见了花和黎主任，两人竟然抓着手。仿佛看见的是一对怪物，他眼球鼓凸，像瞬间长出了角。他和花刚认识时拉过一次，婚后再没有。花不是他的花了，可他仍然被醋泡了。他们也是去超市，他跟踪在身后，有些鬼祟，直到两人拉着手走向收银台，他才止步。疑问再次冒出来，花是情愿的还是被迫的？她真的如黎主任喜欢上她一样恋上了黎主任，还是遭遇了他难以想象的什么？他曾有疑，但既然已经分开，什么原因都无关紧要了，可再次遇见，解谜的欲望巨浪一样

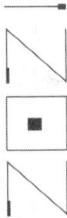

拍击着他，突然就迫切了。

他连发了三次短信，花均没有回复。他打电话，她不接。她越是决绝，他的念头越强烈，那已不是疑团，而是啃噬他的毒虫。他不在乎她怎么回答，他就是想知道真相。她的回答未必就是真相，但他还是想让她说出来。他不敢上门找花，看不见的刀斧手埋伏着呢。他不再打短工，猎人般守伏在龙宫对面的树丛后，似乎答案比钱还重要。九月底，花和黎主任就要到三亚，或者别的什么地方，也许就再见不到花了，所以必须赶在她离开前弄清楚。

两天后的上午，终于看见了花。她从龙宫外的菜店出来，他突然跳到她面前。她吓了一跳，问他在这儿干什么。他说等你。花紧张地环视左右，问他有什么事。她并没他想象的掉进福窝的样子。他不知掉进福窝会是什么样，但肯定不是现在这样。当然，也没从她眼神里看出哀伤。她仍是她，与过去没大变化。她又问他干什么，他才说我就想知道。花说你快走吧，我还要做饭呢。他抓住她，花没扯脱，急了，松开！他没松，反想把花往一边拉。花没有高喊，低声呵斥。突然间，花煞白了脸，说他来了。他回头，暴怒的黎主任公牛般奔向他。他急忙松手，欲向黎主任解释，花催他快走，他如梦初醒，撒腿逃离。

下午，黎总的电话便追过来，警告纠缠花的后果。他颤着腿解释，但黎总显然没那么好糊弄，冷声说别耍花样便挂了。定了好一会儿，他发现后背黏湿了。

他终是怯了，没再"纠缠"花，也怕连累她。连着数日，他打短工，下午若回得早，就骑着三轮车收废品。枣说入冬前宾馆要招锅炉工，她自作主张给他报了名，不一定能招上，招了也可以不去。两人是电话说的，她有一个月没洗澡了。他有意躲着她，倒不是怕她借钱，固然那也是缘由，主要是看见枣马上想起花，好像枣的身上有花的影子。两人长相、个头、脾性相差甚远，他不知为什么从枣身上望见花。

那天枣并没打电话，因为下雨，他中午就回家了，饭后睡了一觉，雨仍在滴答，他仍旧躺着，望空发呆。突然就看到屋角大如牛卵的眼睛，他惊跳而起，再望，却什么也没看到。那不过是他的幻觉。可是，那眼睛一定存在过，那一幕他死都忘不了。他没敢告诉枣，她心再粗，也受不了的。他不是故意想花的，但突闪的枣将花推到面前。折磨他的毒虫又复活了，且变本加厉。

他擦抹地，洗衣服，缝上掉了的扣子，补了开裂的裤兜，这些零碎的活儿并没有驱离毒虫。黄昏，雨停了，他出去买了半斤猪头肉，半斤花生米，一瓶北京牛二。大口灌着，他想把自己灌醉。酒瓶空了，他并没有死猪样昏睡过去，毒虫兴奋得手舞足蹈。然后他就给花打了电话。她终究是儿子们的母亲，离了婚他也有见面的资格！什么答案都不可能改变结果，他只想把恼人的毒虫杀灭，收了心过自己的日子。

黎主任遛腿的时间快到了。他站起来。

他出了屋，又回过头，仿佛有谁在和他说话，劝他不要去。但他没看到也没听到，于是用力一甩。咣，门在他背后合上了。

原载《花城》2021年第4期

点评

小说中有一个丰富生动而又准确的意象：跳鲤。跳鲤实为一道名菜，但同时又具有象征人物命运的指涉功能。一条"被油炸得金黄焦脆仍活蹦乱跳"的跳鲤，在瓷盘间的跳跃既是一道令人惊艳的美味，也是一个生命的最后舞蹈。在望月楼的餐桌上，主人公几次目睹跳鲤这道名菜，从最初的惊奇赞叹到后来的黯然神伤，走过一条与跳鲤同样的生命之路。

小说中的人物一如这跳鲤，能够在广阔水面上自在翻腾跳跃的是黎总和副院长这样的群体，他们拥有足够让他们辗转腾挪的空间和舞台；而大多数的人物，如"我"、花、枣、七，都只能在瓷盘间苦苦挣扎。

小说以底层小人物为主体，写出了底层人物的生活艰辛，"我"和花从农村到城市的迁徙，是被迫的生活转移。如果说生活空间的变化以及由此带来的艰辛尚属预料之中的话，那么被更强大力量支配以及由此带来的家庭的解体和生活的沦陷则是预料之外的。所以"我"的拼力抗争是对生命尊严的捍卫，是对底线的坚守。然而，这种抗争像极了一条跳鲤在餐盘上的最后生命之舞，脆弱而无力。小说由此也触及了更大的社会命题，在"进城"成为一种带有集体性的社会动

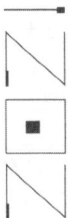

向的时候，如何解决不同阶层之间更为尖锐和激烈的冲突，是推动社会发展不可回避的重要命题。作品的开放式结尾留给人们无限想象，也留下了无限的空间，城乡融合之路依然漫长。

（崔庆蕾）

南方口音/

/肖江虹

一

晚饭韩晓蕙亲自下的厨。下午没课，从培训中心折到超市去买的菜。在生鲜区转了一圈，情况很沮丧。新鲜一点的，品相好些的，早被捷足先登者挑完了。转到海产区，称了一斤半花甲，半斤基围虾，一小块生鱼片。晚饭内容在路上就构思好了的。花甲得做成麻辣的，那就得再买一块重庆火锅底料，这东西配花甲，几乎不需要什么技术，味道还好得不行；基围虾白灼，均匀铺在盘子里，扔点姜葱，淋上少许料酒，上屉蒸五分钟，人间美味，制作核心是千万不能过水；生鱼片是为自己准备的，公公婆婆、老公孩子都不喜欢芥末的味道。特别是婆婆，第一次看见自己吃生鱼片，眼睛差点就从眼眶里挤了出来。

小区门口停好车，韩晓蕙几乎一路小跑。不得不跑，跑慢一步家就有沦陷的可能。

推开门，屋子里出奇安静。女儿闹闹在沙发边玩积木，听见门响，抬头漫不经心喊了一声妈，低头继续玩积木。公公在书房写毛笔字，老头就好这一口，不临帖，不写碑，跟着感觉走，写了几十年，用老公的话说：伏案数十载，终于成了乡级书法家。

提着菜转进厨房，婆婆在摘菜。老太太眼睛不太好，脸都凑到菜叶上去了。和儿媳妇不同，老太太从来不去超市买菜，只选小区旁边的东山巷。清晨和黄昏，郊区的农户会挑着新鲜的蔬菜过来。一群老头老太太早早埋伏在那里，菜箩刚着地，立时围得水泄不通。老头老太太们大都有乡

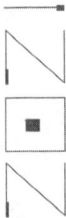

村生活经历，儿女成了器，进了城，脚赶脚跟来的。拼足残力，帮着看看孩子，做做饭菜，这不叫发挥余热，叫上辈子欠他们的。

一餐饭做完，厨房只有三句话。

韩晓蕙：妈，麻烦你把勺子递给我。

婆婆：大调羹还是小调羹？

韩晓蕙：大的。

婆婆的普通话有点类似夹生饭，"国家"叫作"国（gui）家"，"老虎"唤作"老虎（fu）"，边鼻音永远不分，前后鼻韵更是捯不抻抖，怎么教都不行，估计上刑也不行。最可怕的不是这个，最可怕的是那些属于洪荒远古的方言。公婆刚来那阵子，闹闹喜欢在地上爬，韩晓蕙怕地上有细菌，就大声呵斥：闹闹，不许在地上爬。厨房伸出一颗花白的脑袋：怕啥子嘛？娃娃家就是要在地上梭嘛！他家老者就是在地上梭大的嘛！韩晓蕙直愣愣定在那里，半天才说：妈，你能不能说普通话？老太太很肯定回复：我说呢就是普通话。什么"梭"啊"拐"啊这样的方言，只属于入门级，韩晓蕙凭借自己研究生学历，结合上下文能大约估摸出意思。难度稍微加大，就只有仰天长叹了。去年夏天，韩晓蕙给老太太买了一件衬衫，带点淡淡的粉色，老太太死活不要，阐述理由的时候代入了一个猛词：皱皮腊干。原话是这样的：花朗朗的，唧个穿嘛？你看我皱皮腊干的，不晓得的还以为是腊肉上披了一块花布头。韩晓蕙当时就傻了，晚上老公在床上解释清楚这句方言足足花了一个半小时，相当于做了一场讲座。

如果说婆婆的普通话是夹生饭，那公公的就是散白酒。特点是味猛，打头。能坚持听他说十分钟还活着的，那是命硬。作为专业的普通话过级培训机构高级讲师、普通话一级甲等、国家级普通话过级测评员的韩晓蕙，什么稀奇古怪的普通话都听过。唯独公公这样的，平生罕见。不标准也就罢了，还会在方言和普通话之间挣扎着来回切换。最神奇的是，如果说方言，老头能絮絮叨叨说上一小时不带喘气的；换成普通话，十分钟就面红筋胀、双眼圆睁，嘴角还挂着白色的沫子，样子随时都可能陷入昏厥。有一次韩晓蕙下班回来，老头正指着小黑板教闹闹认字。

"跟倒我念，'脚'（jio），脚杆的脚。"

韩晓蕙眼前一黑。

那晚在饭桌上，韩晓蕙郑重表态，两个老人不能在家教闹闹认字。两老倒是没说话，老公刨着饭说这有什么啊！韩晓蕙一脸杀气看着老公说：不行就是不行。

晚饭刚上桌，老公秦顺阳回来了。站在门口喊了一声闹闹，还笑嘻嘻问了一句："今天我们家闹闹乖不乖啊？有没有调皮捣蛋啊？"

说的是普通话，音色醇厚，字正腔圆。

解下围裙，韩晓蕙看了看饭桌上的公婆，又看了看正在换鞋的老公，心里有些感慨。不管从生物学还是遗传学角度，你都无法把面前这三个人联系在一起。

秦顺阳高考后才离开老家修文，本科研究生都在上海念的，北京读的博士。毕业后本有机会留在大城市，掂量一番还是回到了贵州，进了一所高校，讲音韵学，也带研究生，不过专业有些冷门，最近两年都没人报考。落得清闲的好处是可以在家做做学问，带带孩子，兴致来了操持一桌，把要好的同事朋友请来小酌几杯。

一餐晚饭，只有碗筷敲击的声音。

晚饭到睡觉这段档期，是典型的混沌期。面上平静如水，实则暗流涌动。

韩晓蕙在书房备课，明天讲授的内容是学习绕口令。

写完教案，韩晓蕙还是有些拿不准，她怕表述上有问题。小心翼翼是有原因的，和自己刚入职那会相比，现在的培训中心可谓高手如云，师资越来越年轻化。特别是刚出学校的那群孩子，理论未必贯通，一开口要人老命，闭上眼以为在听央视新闻。

秦顺阳斜躺在沙发上看书，闹闹爬过来吵着要爸爸讲故事。轻轻捏了捏女儿脸蛋，秦顺阳笑嘻嘻说："好，爸爸就给闹闹讲一个《老汉伦克朗》。这个故事啊！出自《格林童话》——"

使劲摇摇头，闹闹吵着说："我不要听这个，我要听《宋定伯捉鬼》。"

秦顺阳一愣，眼睛瞟向一旁的老太太。

"妈，你给她讲过吧？"秦顺阳问。

点点头，老太太说："你们俩都不在家，哄她睡觉时讲的。"

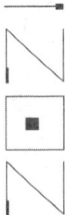

看着满头白发的母亲，秦顺阳有些恍惚。

那时候自己跟闹闹差不多大，乡下屋子里有老鼠，一家子，到了晚上就出来见世面，父母带队，五个孩子跟在身后，从屋角的墙洞鱼贯而出，吱吱唧唧，边走边解说，像是买了门票，合理又合法。

秦顺阳蜷缩在床头，双手抱膝，一脸惊惧。

母亲总是在他濒临崩溃的时候出现，推开门，双脚使劲一跺，老鼠一家落荒而逃。走到床边摸摸儿子的脸，母亲笑嘻嘻说："怕啥子嘛！几只耗子。"

"妈，为哪样大耗子要让小耗子先进洞呢？"

"你憨啊？自家娃娃喽嘛！肯定要让它先进洞噻。"

"妈，整包耗子药把他们毒死算喽！"

"毒哪样毒哦！乡下喽嘛，没得几只耗子算哪样乡下嘛！"

"我怕得很。"

"幺儿不怕，妈给你摆个龙门阵。"

"摆哪样嘛？"

"摆一个《宋定伯捉鬼》。"

母亲讲故事的特点是人和鬼分得很清楚，人说话气定神闲，鬼说话尖利轻飘，正义邪恶一目了然：从前呢时候，有个地方叫南阳。那地头有个人叫宋定伯，宋定伯气饱力涨的时候，有一天夜里，黑咕隆咚呢，他一个人走路，拐咯，运气崴，遇见了一个鬼。那个鬼，你不晓得，瘦壳啷当呢！宋定伯就问鬼：你哪个？鬼说：我是鬼。那个鬼反问他：你又是哪个？这个宋定伯啊！比鬼还鬼，就说：老子也是鬼。

……

每次讲完，母亲都会哈哈大笑，边笑边说："从来没见到过这样憨的鬼。"

秦顺阳很少听母亲把故事讲完，故事刚过半自己就睡着了。

此刻母亲就坐在对面，脸庞被岁月雕刻得深深浅浅，眼神没有了年轻时候的自信和专注。看看丈夫，瞟瞟孙女，睐睐儿子，最终还是没有找到停靠的地方。

"爸，你快讲啊！"女儿催促。

哦了一声，秦顺阳把女儿搂进怀里。

从前有个地方叫南阳，那里有个人叫宋定伯，他年轻的时候，夜里走路遇见了鬼，他问道：谁？鬼说：我是鬼。鬼问道：你又是谁？宋定伯欺骗他说：我也是鬼。鬼问道：你要到什么地方去？宋定伯回答说：要到宛市。鬼说：我也要到宛市。他们一同走了几里路。鬼说：步行太劳累，可以轮流相互背负。宋定伯说：很好。鬼就先背宋定伯走了几里路。鬼说：你太重了，恐怕不是鬼吧？宋定伯说：我刚死，是新鬼，所以身体比较重。轮到宋定伯背鬼，这个鬼几乎没有重量。他们像这样轮着背了好几次——

"你讲的不对，"闹闹摇着秦顺阳的胳膊说，"宋定伯是气饱力胀的，鬼是瘦壳啷当的，你为什么不讲呢？"

秦顺阳愣了愣，刚想解释，韩晓蕙在书房喊他。

指了指笔记本电脑，韩晓蕙说你来看看我这样表述有没有问题。

秦顺阳刚俯下身，客厅传来了电视的声音。声音来自本地电视台，方言类节目，叫作《开心帮》，说话的是一个叫大方的演员，云南人。

"我们昆阳人很朴实热情，吃饭前洗手都要谦让一番，客人说：你先洗嘛。主人当然不干，回答道：咋个能主人先死（洗），你先死（洗）你先死（洗），你死（洗）了我再死（洗），一哈就死（洗）完了——"

沉默一阵，客厅传来两声混浊的大笑。

二

老秦起得很早，简单洗漱，铺开毛边纸开始练字。老秦退休前是老家镇中学的语文老师，有空喜欢划拉两笔。有次在县书法家协会当主席的老同学看了他写的毛笔字，笑笑说写得还算熟练，但是离真正的书法还有距离。最后语重心长告诉他：你得临帖，从古人那里多汲取营养。老秦说都到了这把年纪，啥子营养哟！吃饲料都不管用了，我就是画几笔解解闷。

儿子一家三口在桌上吃早餐，内容很简单，面包、牛奶和煎鸡蛋。三个人低声说着话，韩晓蕙抓张餐巾纸擦了擦嘴，抬头对秦顺阳说："昨天你们学报的编辑通知我，我那篇《普通话发音原理》留用了，估计下一期就能出来，谢谢你的推荐。"秦顺阳喝了一口牛奶，摆摆手说："先申明，跟我没关系，我就是帮你把稿子递给他们，仅此而已。"韩晓蕙笑笑，有些得意："那倒是，在专业上，我什么时候含糊过。"

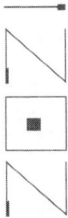

闹闹死活不肯喝牛奶，韩晓蕙把杯子推到女儿面前，黑着脸说："必须喝，要不然闹闹就长不高。"闹闹拿手朝老秦一指："爷爷连早餐都不吃，还不是长高了。"

老秦停了笔，朝闹闹挥挥手说："爷爷跟你这样大的时候，家里头穷得烧虬子吃，哪有早餐吃嘛！我不吃早餐，是习惯喽嘛！"

老秦说的是普通话，嘴里像含了个汤圆，滚烫的。

韩晓蕙侧脸看了看老秦，欲言又止。

把女儿送到门口，韩晓蕙把书包给闹闹背好，先是叮嘱在路上要听爷爷的话，然后又把嘴巴凑到闹闹耳朵边说了句悄悄话。

公交车上，老秦问闹闹："妈妈刚才跟你说了啥子呀？"

闹闹抬头看了看老秦说："不能告诉爷爷，这是我和妈妈的秘密。"

其实老秦知道，根本就没有秘密。

少和爷爷说话。这就是秘密。

目送闹闹进了幼儿园，老秦东拐西拐拐到了人民公园。

人民公园在城东，算是最早的公园了。后来城市不断扩大，新的公园如雨后春笋，面积越来越大，设施也越来越全。不过老旧有老旧的好，老公园最大的好处是能听到各种方言。顺着窄窄的石板路拐进公园深处的花坛，环形的木椅上坐满了须发花白的同龄人，男的女的，胖的瘦的，东拉西扯，说到好笑处就咧开嘴哈哈大笑。

穿过长廊，就算游了一趟贵州全境。

全是方言，听得骨头都酥了。

铜仁话、遵义话、都匀话、毕节话，好像都差不多，仔细听其实差别巨大。短长、起伏、轻重，不是地道贵州人很难区分。老秦分得很清楚，木椅上俩老太太在聊天，不超过三句话，老秦就知道她们来自铜仁地区的沿河县。

老秦经过一棵桂花树，一老头正在树下打盹，双脚长伸，刚好截断去路。

"麻烦你把脚杆收一下。"老秦喊，对方没作声。老秦提高声音又喊："麻烦你把脚杆收一下，挡路了。"

哦了一声，打盹的翘起身来。

"睡瞌睡回家睡嘛，路都遭你霸干净。"老秦小声嘀咕。

走出去两步，身后的突然喊："你等一哈。"

老秦回头，瞪着双眼说："咋个，还想干一架？"

老头摆摆手站起来，直勾勾盯着老秦，两眼放光。

"听口音你是修文的吧？"

老秦点点头。

"哎哟，我也是修文的。你修文哪点呢？"老头问。

"修文六广呢！"

一把攥住老秦右手，老头笑呵呵说："我也是六广呢！"

"六广哪点？"老秦问。

"来鹤村。"

"我贾家寨，离你们来鹤不远。"

拉着老秦往石凳上一落，老头说："我叫徐志远，来城头给儿子带娃娃。"

一张脸慢慢舒展开，老秦使劲拍了拍老徐肩膀："我们吹吹壳子。跟你讲，我好久都没得正经说话了。"

三

临近下班，主任宣布这段时间大家都辛苦，晚上聚一下。

地点在"黔城故事"，地道的贵州菜，据说食材相当讲究。培训中心十个人，订了一个十六人的包房。落座后，看起来显得有些稀稀拉拉。

椅子往后挪了挪，韩晓蕙放眼，一色的生力军，新鲜细嫩。主任端起酒杯，晃了晃，说开喝之前，还是喊一句我们的口号吧！

"认真生活，好好说话。"

高亢嘹亮，整齐划一。

轻轻抿了一小口红酒，韩晓蕙突然站起来，举起手机扬了扬说不好意思，先打个电话。过道里韩晓蕙拨通秦顺阳电话，说中心今天聚会，突然发起的。秦顺阳在那头呵呵笑，说没事，你们吃好喝好。

"好了，先这样，我先挂了。"秦顺阳说。

"等一下。"韩晓蕙急忙说，"你早点回家。"

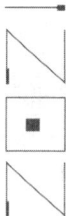

"我把手边这点事忙完就回去。"秦顺阳说。

"你哪有什么正事？我告诉你，你马上回去，看看你爸妈是不是又在教闹闹认字了。"

电话那头沉默了片刻，最后秦顺阳说："知道了。"

回到桌上，气氛开始升温，主任指了指韩晓蕙面前的杯子说："我们已经下去了两杯，你得补齐。"

主任脸上的褶子开始爬满红藻。看着主任，韩晓蕙突然有些伤感。当初省电视台的新闻主播，全省第一个国家级普通话测评员，才五十出头，就老态毕现。不过韩晓蕙佩服他的果敢，三十六岁断然选择退出主播岗位，干些培训打杂的闲活，四十岁辞去公职，开办了全省第一家普通话培训中心，中心发展很快，主任老得更快。

端起酒杯，韩晓蕙说："主任，我敬你。"

主任端起酒杯朝韩晓蕙扬了扬，仰头一饮而尽。

轻轻呷了一口，韩晓蕙侧脸看见边上一小姑娘也端起酒杯，站起来，身子微微前倾，带着笑也对主任说："主任，我敬您！"

事件一样，内核不同。

站着敬和坐着敬肯定是有差别的，"你"和"您"一样有差别。

年龄带给你的有时候不一定是笃实与沉稳，也有可能是迟缓和混沌。长者对视青年，感受到的不一定是朝气与活力，也有可能是挫败和敌意。特别是这样露骨且赶趟的表达，暗含着明晃晃的叫板。

主任依旧红着脸带着笑，酒杯微微举起，朝对面的花骨朵晃了晃，唇酒还未相依，就把杯子放下了。放下杯子的主任朝韩晓蕙看了一眼，意思很明确：怎么样？我态度还算端正吧！

那是，韩晓蕙是谁？开国元勋，三朝元老。那时候中心刚成立，无枪无粮。韩晓蕙复旦硕士，刚从北方飞到南方，连窝都找好了，和秦顺阳一所大学。前新闻主播找到她，好说歹说，挥舞着双手在她面前画了好大一个饼。开始不松口，秦顺阳也不支持，说踏踏实实比凌空虚蹈可靠。主任三顾茅庐之后，韩晓蕙同意了，原因很多，主要还是北方姑娘胆肥。

"晓蕙，你那篇《普通话发音原理》我看了，写得不错。"主任端起酒杯，

"我敬你！"

韩晓蕙点点头，没说话。

边上的小姑娘看看主任，又看看韩晓蕙，笑着说："韩老师还做理论啊？真厉害。"

"这叫知其然，还得知其所以然。"主任拿手朝一拨年轻人扫过去。

吃完出来，几个年轻人挥手打完招呼汇入了来往的人流。韩晓蕙和主任站在饭店门口，主任看着几个远去的背影感叹："世界是我们的，也是他们的。"

"是啊！"韩晓蕙长叹一声。

"但归根到底还是我们的。"主任哈哈大笑。

回到家，闹闹已经睡下。公公婆婆在客卧，不时有嘀嘀咕咕声音传出来。听不清楚说什么，但韩晓蕙知道，肯定是方言。

秦顺阳斜躺在沙发上看电视，《大明王朝》，正值李善长全家问斩。

仰头喝下秦顺阳递过来的温开水，韩晓蕙问："一家子都杀光了？"

"除了大儿子李祺。"

"为什么不杀他？"

"皇帝是他老丈人。"

"看来沾点亲带点故还是有好处的？"

拉个靠垫倚在背后，盘腿坐下来，韩晓蕙又问："李善长是伙同胡惟庸造反才被杀的吧？"

"鬼扯！李善长被杀时，胡惟庸都死了十年了。"

手指朝秦顺阳一指，韩晓蕙说："秦教授，你刚才说方言了。"

"没有啊！"

"'鬼扯'，我听得清清楚楚。"

秦顺阳笑笑："好像是。"

手掌往秦顺阳面前一摊，韩晓蕙说："家规，一句方言罚款五十。"

挥挥手，秦顺阳说："先欠着。"

"都欠四百了。"韩晓蕙直了直身子，眼睛转到电视上，"这么说李善长还真没造反？"

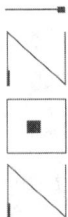

"要造早造了，当年群雄并起，他完全可以自立山头，何必等到现在。"

"兔死狗烹。"沉默片刻，韩晓蕙语气幽幽，"今天吃饭，才发现自己真的老了。"

转头看着韩晓蕙，秦顺阳笑着说："这可不像你说的话啊！"

"年轻人的天下了。"

"你是元老，能力又摆在那儿，况且你们主任那么信任你，你怕啥？"

叹口气，韩晓蕙说："谁知道他是不是朱元璋。"

秦顺阳笑笑。

指着电视里跪在刑场上的一众老小，韩晓蕙问："李善长是朱元璋称帝后多少年被杀的？"

"二十三年。"

"我也快了。"

四

老太太提着雨伞和菜篮子刚出小区，正好撞见儿子回家。

天空淅淅沥沥落着雨，风撩着老太太白发，看见儿子，她说我去买点菜。秦顺阳把母亲推进单元门，隔着铁栅栏说下雨了，我去买吧，今天有客人来家吃饭。

老太太说："你买的那叫哪样菜哟！干巴实焦的，露水都看不到一滴。"

把雨伞从门框缝隙里递出来，母亲说记得买点青菜，我做坛酸菜。

走出去几步，母亲在身后又叮嘱："青菜要嫩，颜色要带点鹅蛋黄。"

折到车边，秦顺阳突然改变了想法。

关上车门，他从小区侧门转了出去。

通往东山巷两条路，一条走大门，折过最繁华的商业区右拐就能到，路程短，路也好走；另一条走侧门，穿过无数弯弯拐拐的小巷，还得翻过市区最老旧的石拱桥，路程远得多不说，还得记性足够好，才能顺利走出迷宫般的巷子。

钻进巷子，喧嚣不见了。

陈旧是主调，老石板、老门框、一砖一瓦都被时光擦拭得黑油锃亮。老旧的不仅是那些物事，还有屋檐下藤椅上的男女，轻言细语聊着天。

"拐喽，说是下半年巷子要拆了。"

"鬼扯，人家说巷子要留起，保护起来。"

"听哪个说呢？"

"政府家放出来的话还有假？"

两颗花白的脑袋随即笑得前仰后合。

穿过漫长的巷道，视野一下变得开阔。石桥横跨在南明河上，青苔爬满了全身。桥头的凉亭里坐满了人，一群人在唱花灯戏。几个老头老太太手里或绢或扇，扭着枯瘦的腰板，歌声起起伏伏。

> 男：清早起来到妹家，妹在家头烧粑粑。想吃粑粑找妹拿，又怕妹家二姑妈。

> 女：小哥小哥心肠毒，妹妹把你当块肉。昨晚悄悄去找你，哪知你又不落屋。

> ……

站在桥头看了半天，秦顺阳才明白，父母每次过来买菜都要舍近求远是有原因的。

东山巷口，秦顺阳放眼过去，菜摊随着巷子，迤逦蜿蜒。晚市的蔬菜更多，品种更全。和超市清爽干净不同，箩筐里的蔬菜还保持着采摘和出土的原貌，萝卜、折耳根都还裹着泥，菠菜还留着须。

蹲下身，秦顺阳捡了两根黄瓜朝摊主扬了扬问："黄瓜多少钱一斤？"

摊主是个老汉，六十出头的模样，买主的口音让他怔了怔，随即伸出四根手指："四块！"

"能不能少点？"

"少不得咯！就是混两个盐巴钱。"

普通话，只是口音弯儿拐得太急，有侧翻的感觉。

称了两斤黄瓜，秦顺阳转到另外的摊位上又买了点青菜和菠菜。折回来时，一个老太太正跟刚才的黄瓜摊主讲着价。

"黄瓜咋个卖？"

"三块。"

"哎哟！你看这黄瓜，蔫败死垮的，少点？"

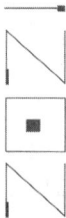

"孃孃，你好裹搅哦！最少两块五。"

"我要两根。"

秦顺阳瘪瘪嘴，走到老头面前弯下腰。

"两块五！刚才为什么卖我四块？"

老头抬起头，盯着秦顺阳的脸看了看，不慌不忙答："哪个叫你说普通话呢嘛！"

"说普通话怎么了？"

一旁老太太拍了拍秦顺阳肩膀："外地人咯嘛！这些卖菜的，遇到说普通话的就喊高价。"

"我就是本地人。"

"阿你娃儿说哪样普通话嘛？活该。"

晚饭餐桌上，秦顺阳把今天菜场的遭遇说给大家，惹得桌上一阵大笑。

来吃饭的都是秦顺阳同事，清一色顶着博士头衔，来源幅员辽阔。四川、云南、青海、北京，最近的重庆，最远的漠河。主人有心，桌上菜式没有大麻大辣，总体温和清淡，南北咸宜。

老太太死活不上桌，吵闹不说，还拥挤。乡下人吃饭讲究天宽地阔，还有谚语，叫作饱吃不如宽坐。开饭前老两口在房间开了个简短的碰头会。老太太意思很明确，款天磕地的，我不上桌。老头开始也是这个意思，沉默一阵，一跺脚说我还是要上，免得娃儿同事些有想法。再说顺阳也喝不了酒，我不上去陪两杯说不过去。

上了桌老头才发现，这桌人上辈子估计是掉进酒缸子淹死的。

一色的大茶杯，五十三度的酱香白酒，最低标准两杯半。老秦右首的小伙子，黑龙江的，三茶杯下去了眼睛还死死盯着酒瓶子。老秦咽了口唾沫，原来这群狠人喝酒是不需要人陪的，自己这样的小酒量，这哪是陪酒，是自杀。

酒量参差，共同点是都能说一口流利的普通话。

刚开始还略显拘谨，几杯下去，气氛开始松软绵柔。

清咳一声，韩晓蕙端起一杯红酒站起来朝对面一个面皮白净的中年人说："顾主编，感谢你收留我那篇稿子，敬您！"

对面慌忙站起来，一仰脖子吞下小半茶杯白酒，抓张餐巾纸擦掉嘴角的残余，竖起大拇指朝韩晓蕙一伸："韩老师客气了，您那篇稿子质量很高。说实话，在我们学报发可惜了。"

坐下来，顾主编接着说："你关于普通话发音原理的论述，除了理论上的贡献，最重要的是它的可操作性。如果掌握了你提出的方法，就可以完全去除掉方言带来的发音困扰，人人都能说一口流利的普通话。"

秦顺阳拍了拍身边的小年轻，笑呵呵说："说到发音，小余最有发言权。"

所有目光齐刷刷扫了过来。

小伙子腼腆笑笑说："我河北承德的。"

"河北省承德市滦平县金沟屯镇金沟屯村，这才具体。"秦顺阳笑着补充。

"哎呀！"韩晓蕙赶忙站起来，端着酒杯转到小余边上，敬完酒才说，"我们国家普通话标准语音就是从余老师的老家采集的。"

小余点着头："其实还具体到了个人的，主要就是向当时我们村第四小学的白向明老师和金沟屯中学的石俊勇老师采集的。"

猛然间，老秦觉得自己该表达一下。

站起身，老秦举起杯子扬了扬："今天呢！感谢大家来家里头，也没得那样子好菜招呼大家。我呢！敬大家一杯酒，以后经常来耍。"

凳子一阵叽嘎乱叫，众人齐刷刷站了起来。

老秦致辞完毕，除了四川、重庆的两个笑嘻嘻点着头，其余人一脸茫然。

"我给大家翻译一下。"韩晓蕙说，"今天非常感谢大家来做客，也没什么准备，粗茶淡饭。我敬大家一杯酒，以后大家常来。"

哦！四下释然，凝固的气氛瞬时缓解，冰雪消融，万物复苏。

老秦喉咙一阵干涩，跟酒没关系，蹩脚的普通话烧的。

酒过三巡，发言转入胡扯环节。

四川来的酒量不大，但话多。

他先是给大家普及了长江的称谓其实是从四川宜宾开始的，接着又开始讲述五粮液的悠久历史。

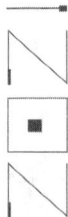

"这个我晓得。"老秦突然一挥手，堆满褶子的脸酷似丹霞地貌，酒量确实不行，半茶杯下肚，舌头就打结了。"五粮液酒厂我去过，顺阳七八岁的时候，我们学校组织去峨眉山玩，顺便去了趟五粮液酒厂。跟你们讲，五粮液最早不叫五粮液，名字难听得要死，叫杂粮酒，后来有个文化人叫——叫——"

"杨惠泉，晚清一个举人。"四川来的慌忙补充。

"对，姓杨的改了名字，不过我跟你们说，要说白酒，还是贵州的好，你们去过茅台镇没得？五十里以外，就能闻到酒香。哎哟！那个味道，硬是巴适得很。"

众人看看老秦，又看看韩晓蕙。

韩晓蕙看了看秦顺阳，半天才小声问："这段，翻吗？"

秦顺阳探出脑袋看着老秦："爸，你没事吧？"

横起衣袖擦掉嘴角的白沫，老秦摇着头说："我能有啥事，老子屁事没得。"

五

绿色的森林里，一头霸王龙正撕咬着一头马门溪龙。马门溪龙笨重的躯体在霸王龙连续不断地撕咬中终于轰然倒地。

举起手里的霸王龙朝奶奶晃了晃，闹闹问："奶奶，霸王龙厉不厉害？"

老太太轻轻捏了捏孙女下巴："我们家闹闹整反了，你看遭咬死的这个，又高又大，颈子又长，应该它把你手头的这个咬死才对嘛！"

"不对不对。"闹闹大声说，"马门溪龙是吃草的，霸王龙是吃肉的。"

"吃肉嘎嘎的就了不起啊？"老太太说。

闹闹不干了，霸王龙横扫一切，这是真理。

一把掀翻面前的塑料森林，闹闹哇一声哭了出来。

刚开始其实挺和谐的。奶奶和孙女对外面的酒局没什么兴趣，两人钻进书房，门一关，直接进入白垩纪。地面上先铺满各种树木，还得点缀些蕨类植物，各色恐龙悉数登场，腕龙、迅猛龙、三角龙、剑龙、沧龙，管他三叠纪侏罗纪白垩纪，全都会师了。孙女摆放完毕，老太太看见脚边还躺着两头，顺手也抬进了林子。闹闹连忙捡起来，高高举起给奶奶科普：这是蛇颈龙，生活在水里的；这是翼龙，天上飞的。

"中国的龙才能在天上飞，还腾云驾雾的。"老太太说。

"中国的龙什么样子的？"闹闹问。

"嗯。"老太太费劲地矮下来和孙女并肩坐在地板上说，"嘴巴上有须须，就是胡子，背上有鳞片，弯来弯去的，有点像老蛇，会喷火，还会吐水——"

孙女嘴巴张得大大的看着奶奶，半天才说："奶奶，它能打赢霸王龙吗？"

一瞪眼，老太太肯定地说："那当然，中国的龙最厉害。"

门突然开了，秦顺阳走过来俯身在老娘耳边轻声说："妈，你去劝劝我爸，他喝不动了。"

老秦正红着脸侃侃而谈："不要看我就是一个乡村中学的老师，也是教出了几个好学生的。中科院有一个，姓龙，当年全县的高考理科状元；还有一个，对外贸易经济大学毕业后去了美国的犹他州，龟儿子，学成后就不回来了，他老爸跟我说起就开黄腔，说辛辛苦苦养了个叛徒——"

"秦老者。"老太婆喊了一声，"差不多了，再喝就麻了。"

抬起头，老秦一挥手："不要管，喝得正安逸。"

秦顺阳拍了拍父亲，轻言轻语说："爸，我看差不多了，你休息吧！"

"老子为啥子要休息？"老秦瞪着眼看着儿子。

两手一摊，秦顺阳说："都话语霸权了，关键是你说什么别人也听不懂。"

老秦悻悻下桌，像被驱逐的入侵者。离开时他特意看了看儿媳妇的表情：满脸堆笑，就差敲锣打鼓欢送了。

送走了方言，饭桌清澈见底，一色标准普通话，血统纯正。

话是能听懂了，不过内容异常压抑。

统一的情绪是不满。领导有眼无珠，排斥异己；同事小人做派，背后使绊；学生素质堪忧，精神委顿。话越说越多，酒越喝越慢，饭局很快僵死。

端起一杯酒，秦顺阳最后总结：来，我们喝个团圆杯吧！

众人散去，屋外一团死寂。

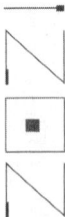

奶奶和闹闹把恐龙放进收纳箱，盖上盖子，摸了摸闹闹的脸蛋，奶奶说："恐龙要睡觉了，闹闹也该睡觉了。"

"爷爷喝醉了吗？"闹闹问。

摇摇头，奶奶说："爷爷喝不了好多，但耐得住。不要看他那样子，起码还可以再整半斤。"

凌晨四点，秦顺阳醒了过来。

窗外有光，不时有汽车快速驶过路面的声响。看了看时间，把枕头塞在后背，秦顺阳靠在床头。韩晓蕙也醒了过来，揉揉眼说是不是喝多了不舒服。摇摇头，秦顺阳说我做了一个梦。

梦很复杂，悬疑类。

场景就在自己的小区，先后有六七个人遇害。记得很清楚，第一个受害者是一楼的门卫，老头六十出头，特别热情，经常帮助业主搬抬扛送，说一口都匀方言，一开口脸上就带着笑。老头死在值班岗亭里，死状恐怖，警察的结论是被斧头一类的工具杀害，凶手极其残忍，十多次砍杀都在头部，整个脑袋像个被捣碎的西瓜。中间几个受害者记忆有些模糊，到了最后一个又变得清晰了，女性，十二楼那个保姆，每天都会推着婴儿车在小区花园里遛弯，见人就笑容满面打招呼。秦顺阳和她攀谈过一次，毕节大方县来的，口音很重，听她说话你得聚精会神。她死在电梯里，喉咙被人割断，身体斜躺，两个眼睛还大大睁着。

案子是秦顺阳破的，闹闹要吃苹果，秦顺阳从刀架上取下水果刀时发现上面沾有血迹。要知道韩晓蕙对刀具的使用有极其严格的规定，削水果的刀子绝对不会去触碰肉类的。倏然一惊后，他开始满屋翻找，最后在客房父母的床下找到了一柄沾着黑褐色血印的斧子。

韩晓蕙撑着脑袋听，突然她坐起来笑着问："大义灭亲了？"

秦顺阳点了点头。

"我觉得你做得对。"

想了半天，秦顺阳说："对错先不说，我奇怪的是没有丝毫犹豫，警察带走他我还觉得很高兴。"

主卧睡不着，客卧也清醒得很。

酒意早就散去，老秦站在窗边，点燃一支烟，看着窗外的阑珊夜色，幽幽抽着。他其实很少抽烟，一盒烟能抽三五天，他没做梦，是压根就没睡着。有些事你不能细想，细想就哪儿都不对劲。

烟雾把老太婆呛醒了，翻身起来说三更半夜你是搞哪样名堂。

"几十岁了，居然遭人家从饭桌上撵下来。"吐出一口烟，老秦接着说，"还是自家娃儿。"

"你看你，哪个撵你嘛？想法比田里的茅稗都多。"

回过头看着老太婆，老秦问："我说普通话你听得懂不？"

"听是勉强能听懂。"老太婆缓缓躺下，"就是难听得很。"

"老子就不信。"狠狠吸了一口烟，老秦说，"别人能学好老子就不能学好？"

六

人民公园里，樱花正在怒放，草皮也在返青，数不清的蜜蜂嘤嘤嗡嗡到处飞。

老秦和来自六广镇来鹤村的徐志远坐在公园南角一棵粗大的桂花树下。老秦义愤填膺分析，自己之所以不受待见，还是普通话说得太崴。随后咬牙切齿决定，听说有专门针对老年人的普通话培训班，跑去报个名，重新开始学习好好说话。

老徐明确表示不参与，老秦好说歹说，他都坚持不去。

"舌头都梆硬了，能说话就不错了，还学他妈啥子普通话哟！"老徐说。

"听说好看的老太太不少。"老秦漫不经心说。

猛然立起身，老徐说反正闲着没事干，我陪你去转转。

培训班在市老年大学边上，三层小楼，一楼是初级班，往上依次是中级班和高级班。

培训班属于公益性质，不收钱的。

负责报名的老师递过来一张纸，让老秦按着纸上的内容读一遍。老秦拿过纸，内容是朱自清的《春》。

这个老秦熟悉，给学生讲过无数遍。

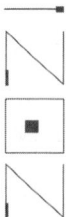

用方言，老秦两分钟就能叭叭完。普通话不行，舌头搅拌了十来分钟，春天才终于成了刚落地的娃娃。

老秦读完把纸递给老徐，老徐慌忙摆手："这个肯定读不了，要人命。"

培训老师没有歧视他们，指了指教室说你们可以先去体验一堂课，听完想听再来。

上课老师是个女孩子，二十出头，指了指下面一大拨花白脑袋，她说："各位叔叔阿姨，因为你们是零基础，我们就从最简单的原理开始。普通话的发音其实是动作，跟种庄稼、练武术一个道理——"

一众老朽你看看我，我看看你，仿佛遭遇了鬼打墙。老秦伸长脖子看了半天才发现，年轻的女老师正照着书在念。

走回公园的路上，老秦问老徐听没听懂那个女娃娃说的是啥子。

摇摇头，老徐说："我才懒得听，光顾看老太太了。哎！我跟你说，右边靠窗那个，穿灰衣服那个，头发差不多都白完了，脸还是玉滑滑的。"

"你这样色你婆娘晓得不？"老秦笑着说。

"婆娘，早没了。"老徐说。

看着老秦想了想，老徐突然问："你儿媳妇不就是教普通话的吗？跟她学不就行了。"

摇摇头，老秦说："她们教的都是高级的，我这样的崴货人家不收。"

已近正午，太阳有些灼人，把自己挪到阴影里，老徐说起了老伴儿的故事。

那年儿子在城里有了工作，过年回家对我和他妈表态：辛苦一辈子，该享福了。还定下三不准政策：一不准种庄稼，二不准养牛马，三不准干重活。你也晓得，乡下人哪里闲得住嘛！牛马可以不养，苞谷总是要栽几棵噻！其实种得也不宽，两亩地不到。哪晓得儿子回家发现了，二话不说冲到地里头把苞谷苗苗全拔了。狗日的，都一人高了，硬是拔得一棵都不剩。他妈不干了，两人吵了一架。儿子回城那天跟他妈说：你种一次我回来给你拔一次。

摸出一支烟点燃，老徐缩在一团阴影里看着老秦说："后来孙子出世，去接我和他妈来帮忙看娃娃。"

"他妈肯定不来。"老秦说。

"来了，两个月不到就回去了。"

"在不惯？"

"她也不说，反正三天两头念着要回家。"

阳光又过来了，老徐把自己往阴影里又挪了挪接着说："后来还是回去了，回去没多久就出事了。一个人去山上栽苞谷，那天正好下了点毛毛雨，脚一滑，摔下五六米高的坡坎。还是第二天有人上坡放牛才发现，都梆硬了。"

长叹一口气，老徐说："我应该跟她一起回去的。"

"这个真不怪你，那头是妻，这头是儿，秤杆咋个都难得抬平啊！"老秦说。

从阴影里走出来，老徐拍拍酸麻的腿笑着说："我把她埋在那块苞谷地里头了，现在好了，翻起身来就可以干活了。"

往来的喧闹开始刺耳，车辆发出的声音仿佛正在撕裂布匹。

临别前，老秦问老徐："培训班还去不去？"

老徐点着花白的脑袋："去，肯定去，好看的老太太那样多。"

晚饭后，空气一如既往混沌。

老秦在书桌前心不在焉划拉着毛笔字，闹闹捧着一本彩色绘本跑过来，指着一个字问："爷爷，这个字怎么读啊？"

低头看了看，"农"，农民的农，张着嘴想了想，老秦朝书房指了指。他知道自家的短板，边鼻音从来就没有分清过。闹闹蹦跳着去了书房，从韩晓蕙那里得到读音后，亲了妈妈一口，自豪地说："妈妈好厉害，这个字爷爷都不认得。"

"胡说，爷爷退休前可是中学老师呢！"韩晓蕙瞪了闹闹一眼说。

老秦话是越来越少了，老太婆心细如发，敏锐地发现了老秦的变化。

特别是面对闹闹，更是惜字如金。

闹闹问："爷爷爷爷，世界上最长的蛇有多长啊？"

这个老秦还真知道，最长的蛇叫网纹蟒，迄今发现最长的差不多十五米，在印度尼西亚捕获的。几个月前的老秦一定这样表达："世界上最长的老蛇叫网纹蟒，长甩甩的吓人，有记录的是在印度尼西亚抓住的一条，有差不多十五米，吓（hei）不吓（hei）人？"

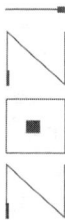

现在的老秦这样表达：“网纹蟒。”

还特别注意“蟒”字，后鼻韵，一定要拖长拖足。长度也不说，直接从屋子里找出渔线和卷尺，长度量够了，祖孙俩牵着渔线的两端逆向走远，线绷直了，闹闹在卧室里惊奇高喊：“真长啊！吓死人了。”

还有就是老秦特别喜欢往外跑，周末白天几乎看不见人影。有时候闹闹会问奶奶：“爷爷都不爱跟我说话了，是不是不喜欢我啊？”奶奶轻轻刮了一下孙女的鼻子：“他是厌烦他自家。”

七

普通话培训课堂上，老秦异常认真，不时还会在笔记本上写写画画。

老徐心思不在这上面，一双眼睛四处乱瞟，课间还会去和心仪的老太太聊聊天气什么的。不过老太太们都积极向上，对满口方言的老徐明显瞧不上眼。

“请说普通话。”脸上玉滑滑的白发老太太提醒老徐。

手一挥，老徐说：“不就是说个话吗？说哪样话不一样哟！我这个话说了六七十年，和手脚一样。我这两只脚杆也走了几十年路，难道老都老了还要我换双脚杆吗？”

老太太白了他一眼，满脸鄙夷。

下了课，老徐和老秦并排着一直顺着人行横道往前走，两人都没说话。一直走到人民公园门口，老秦才对老徐说：“去你家喝杯茶如何？”

老徐有些迟疑，犹豫一阵还是点了点头。

老徐住在幸福小区，人民公园往东半里路。因为开发得比较晚，布局相对合理得多，楼和楼之间间距很大，绿化面积也比先开发的小区要大得多。

“环境可以嘛！”老秦说，“还有篮球场，这里转两圈就行了，何必还要往公园跑呢？”

“哎哟！不是牵狗的就是抱猫的，搭不上话。”老徐说。

打开门，中式装修，墙上有幅书法作品，戴明贤先生的，内容是清人郑珍的一首诗：绝怜乌子无朝暮，飞来飞去桂树闲。不似群鸦止贪饱，直须日落始知还。

端详半天，那边老徐招呼喝茶。

沙发上坐下来，老秦端起茶杯呷了一口。砸吧砸吧嘴，老秦笑着说：“老家的茶叶。"

老徐眼睛瞪得斗大："可以啊！这个都尝得出来。"

"煤山茶咯嘛！"老秦说。

放下茶杯，老秦接着说："我家老者还在世的时候，到了采茶的季节就自己上山。茶青采回来自己炒，一口砂锅，一对巴掌，炒出来的茶叶真是好；茶壶是个沙罐，用了十多年，从来没洗过，茶垢巴掌厚。跟你说，不放茶叶，打罐水煮上十分钟，倒出来的茶水颜色都是墨汁色。"

两人哈哈大笑。

突然卧室的门打开了，一个姑娘探出头。短发，皮肤瓷白，眼圈泛黑，咬着牙，瞪着眼。

老徐站起来，指了指沙发上的老秦说："这个是老家的秦伯伯，喊人嘛！"

姑娘手往大门口一指，厉声高喝："说方言滚到门外去说。"

老徐应："哪个规定的一定要说普通话，老子就要说方言，咋样？"

咣当一声，门合上了，震得老秦一哆嗦。

半天回过神来，老秦问："哪个？"

老徐叹口气："我姑娘。"

茶水续了三次，两人都没开腔。

开水跌落杯中，早没了翻滚的墨绿。茶水寡淡，兴致也寡淡。

"这茶淡了。"老秦说。

"要不换一泡？红茶？"

老秦点着头说："那就红茶吧！"

老徐一直占着话头，声音也慢慢高亢了起来。

"我在县文化馆那几年，县里举办'阳明文化节'，请来的专家学者全国各地的都有。哎哟！我说话人家根本听不懂，人家说话我也听不懂。"

顿了顿，老徐又说："除了国内的，韩国日本和东南亚也有人过来，话肯定是说不上了，沟通全靠手势，开始比画起来特别费劲，慢慢地，我发现，比说话好使。"

两手一摊，老徐说："祖先还是猿猴的时候，有啥子这样话那样话嘛！还不是靠吼叫和比画变成人的。"

"我现在比画得更好！"老徐自豪地说，"我还专门买了一本书，叫《中国手语》，齐全得很，跟说话一样。"

门又开了，姑娘疾步走过来，把一张纸轻轻拍在茶几上，转身回屋。

咣当！

客厅两人倏然一颤。

相互看看，老秦伸手捡起面前的纸张，内容和格式如下：

> 首先，你们的发音让人恶心。
>
> 你们以为你们说的是普通话吗？呸！你们说的叫"贵普话"，就是贵州话的俚语用普通话的声调来说话，每个字都像刚从粪堆里飞出来的苍蝇，你们以为很洋气吗？外地人根本听不懂。
>
> 第二恶心的是语速，你们说话像拉稀，根本没有节奏，也就是抑扬顿挫，哦！说抑扬顿挫你们也听不懂。
>
> 第三是发音错误，你们刚才短暂的对话中，发音有十三处错误，其中姓徐的六处，姓秦的七处，本想给你们一一指出来，想想还是算了，因为你们都属不可雕的朽木。不过可喜的是你们错误都差不多，半斤八两，五十步笑百步，恭喜恭喜，你们可以平等交流了。
>
> 最后，趁我还没完全愤怒的时候离开，滚到外面去说。

老秦把纸条递给老徐，老徐没看，揉成一团扔进了垃圾桶。

天上堆着厚厚的云，太阳见不着了。一群鸽子从头顶飞过，发出一模一样尖厉的嘶叫声。

老秦和老徐坐在小区石凳上，各自燃了一支烟。烟雾笼着他们的脑袋，神情和天上的黑云一样重。

老徐摸支烟递给老秦，先说了几声对不起，然后他缓缓讲起了小女儿。

从小到大在乡下长大，高中才进了县城，姑娘样样好，模样好、成绩好、品德好、体育好，唯一不好的就是普通话。高中还好，基本都是本地人，方言普通话都属通用货币。三年汗水，终于去了北京，还是一所重点大学，进了大学只能说普通话。可能是乡下待的时间太久，女儿的普通话总夹杂着浓烈的椒盐味，别人偶尔会取笑一下来自贵州的发音。一直好强的姑娘不干了，狠狠恶补了一年，椒盐味依旧没能去除掉。大三时谈了一个男朋友，小伙子河北的，同班同学，暑假还去见了男方父母。大四上学期男生提出分手，理由很稀奇，是男方家人觉得姑娘说话声音怪。两人分手后，姑娘情绪就越来越差，最后还得了病。

叹口气，老徐接着说："得的病也怪！看上去好好的，就是惹不得，一开口就狂轰滥炸，尽挑难听的说。气性差的，得活活气死。"

"现在呢？"老秦问。

"休了半年学。"

"有好转吗？"

"好多了！"老徐笑笑，杵灭烟头后接着说，"刚回来的时候更不得了，听不得别人说话，电视里头播方言剧，二话不说提起凳子就把电视机砸了。"

老秦叹口气，想说点什么，最后什么都没说。

八

晚饭后，韩晓蕙对秦顺阳说明天我有节大课，想请你去现身说法。秦顺阳说我也没什么可歌可泣的事情，现什么身说什么法？韩小蕙说就说说你是如何学习普通话的。

秦顺阳从沙发上翘起来，笑着说："说可以，给我多少报酬？"

韩晓蕙冷哼一声："顶多就算个道具，还报酬。"

第二天课堂上，韩晓蕙先做了简单的开场白。她告诉学员，学习普通话的过程其实就是一次自我革新的过程。作为南方人，学习普通话难度更大，说是凤凰涅槃也不为过。今天专门给大家请来了秦顺阳教授，请他给大家说说作为一个贵州人是如何说好一口标准的普通话的。

秦顺阳上台，一开口下面就有惊呼声传来。

确实标准，吐字如珠，抑扬顿挫。

"从小学到初中，我的老师都是用方言教学。高中老师开始用普通话教学，但是非常不标准。上了大学后，语言的缺陷给我的交流沟通带来了

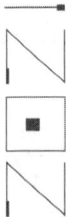

极大的障碍。我的同学调侃我，说我姓秦名顺阳，字'黔之'，大家知道是什么意思吗？"

下面一个学员举手："我知道，黔之，黔之驴嘛！"

点点头，秦顺阳接着说："这个事情对我自尊心是有伤害的，我就下定决心，一定要学好普通话。下面我跟大家分享一下我学习普通话的一些心得。在座的大部分应该都看过金庸先生的《天龙八部》，虚竹误打误撞破掉'珍珑'棋局，被无崖子收为徒弟。在传授他内功之前，先用'北冥神功'化掉他体内的少林内功。这一步非常重要，因为虚竹学习少林功夫时间太久，已经有了身体记忆，这种记忆很难去除。就像我们说了很多年的南方方言，肌肉已经有了记忆，改变起来非常困难。"

"直接说办法吧！"一个学员喊。

"从大二开始，我就彻底跟方言一刀两断。在学校不用说，肯定说普通话。给老家父母打电话，也说普通话。有老乡亲戚来访，还说普通话。自己给自己构建一个语境非常重要，直到现在，我们家都有规定，一句方言罚款五十，我至今还欠着我们家那口子四百块钱罚款呢！"

下面一阵欢笑。

"我非常骄傲地告诉大家，到了大四，就算专业的普通话测评员，都无法辨别我来自哪里——不过，我也负责地告诉大家，一个人的成功跟普通话说得好不好是没有一点关系的，我的导师，全中国最有名的语言学专家之一，一辈子都用方言授课。"

现身说法结束，秦顺阳才发现韩晓蕙的老板正端坐在下面。

三人相约去茶楼喝茶。

主任亲自泡茶，茶是熟普洱。主任告诉秦顺阳，到了我们这个年纪，熟普洱是最好的选择，存放十年以上的才能喝。放好茶盅，主任话里有话："茶是老的好，人是旧的亲啊！"

说完看了韩晓蕙一眼。

咧嘴笑笑，韩晓蕙端起茶盅抿了一小口。

"晓蕙啊！你这堂课资源浪费严重，秦教授这样的你怎么能随随便便就请来呢！"

"反正资源闲置，不用白不用。"韩晓蕙笑着说。

给秦顺阳续了茶，主任看着两口子说："今天正好你们两口子都在，我有个想法，跟你们商量一下。"

呷了一口茶，主任接着说："中心能有今天，晓蕙功不可没，人品、能力有目共睹。晓蕙你也知道，中心目前的发展确实面临很多实际的问题，主要是规模偏小，不能满足社会庞大的需求。我的意思是在每个地州市都设立分部，先行占据制高点。"

说完，主任死死盯着韩晓蕙。

韩晓蕙一时有些手足无措，侧脸看了看秦顺阳，秦顺阳依旧悠闲喝着茶，面上波澜不惊。

"你放心。"主任抬手扬了扬说，"几个地州市随你选，我的意见是你去遵义，一是离贵阳最近；二是遵义是第一个设立分部的城市，你去主持我才放心。"

"有点突然，主任，你看这样，"放下茶盅，韩晓蕙说，"我和顺阳回去商量一下再答复你，如何？"

"好好好，我静候佳音。"主任举起手里的茶盅大声说。

回家的路上，韩晓蕙开车，车驶入辅路，路边正好有个停车位，韩晓蕙一甩方向盘，将车停在了路边。

"你的意思呢？"韩晓蕙问。

"我能有什么意思，关键看你。"秦顺阳说。

侧过身，韩晓蕙一脸严肃问："你说这算重用呢还是贬谪？"

笑笑，秦顺阳说："古代官员外放，要么为重用打基础，要么不受待见滚得越远越好。以我的观察，你应该属于前者。"

"发自内心，我想去。"顿了顿，韩晓蕙接着说，"但我不能去。"

"为什么？"

伸手拉住秦顺阳的衣袖，韩晓蕙郑重地说："顺阳，我要真走了，闹闹就毁了。"

"你想太多了。"

掰起指头，韩晓蕙开始一二三四。总结起来就是此时正是闹闹学习

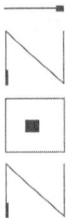

语言的黄金时期，自己一旦离开，方言就会大肆入侵，这样造成的后果几乎是灾难性的。

"不是还有我吗？"秦顺阳说。

摸了摸额头，韩晓蕙说："你？就你，是，光看外在，你完全褪去了地域痕迹，不过骨子里还是典型的乡土思维。我多次要求你爸妈不要教闹闹认字，你哪次不是跟你父母站在一边？我告诉你，教育是有规律的，也是有标准的。"

"我也告诉你，我能到今天，也是有规律的。我的规律就是上学时除了念书，还负责放牛割草；说到标准，那就是我兄妹四个，每天到处乱跑疯玩，晚上回家挨着点一遍，好，都活着，这就是标准。"

谈话陷入僵局，两人都不再说话。突然秦顺阳电话响了，按下免提，是母亲，说的是普通话："幺儿，回来顺便给我带点蒜瓣瓣，要黄皮皮那种哈，白皮皮那种一点蒜气气都不得。"

想忍，没忍住，韩晓蕙扑哧笑出了声。

九

老太婆窝在躺椅里，眼睛盯着墙上的挂钟。四点十分，离幼儿园放学还有五十分钟。以老头子走路的速度，五分钟能到公交站，公交车开到幼儿园需要二十分钟左右，下了公交车，步行十分钟才到幼儿园。满打满算，老头子五分钟以后就得出门。

钟声嘀嗒，老太婆在心里跟着数。才数完半分钟，突然发现不对，竟然忘算了等公交车的时间。

"时间到了！"老太太慌慌朝里屋喊。

老秦捏着一管湿答答的毛笔钻出来，抬头看了看墙上的挂钟说："鬼吼呐叫哪样嘛！还早得很嘛！"

"我算过了，差不多可以走了。"老太婆说。

"排队都要十多分钟，慌哪样嘛！"老秦咕哝。

放下毛笔，老秦出来对老太婆说："哎！我问你，你晓得'胡说八道'啥子意思？"

"哪个不晓得嘛！就是乱说话嗉！"老太婆白了一眼说。

指指老太婆，老秦说："你看，就说你不晓得吧！枉自我教了这样多年书，昨天普通话老师讲了我才晓得。这个胡呢，是我们国家古代对西、北部少数民族的称呼。八道呢，不信佛的人认为，胡人讲解佛经是说鬼话，总起来说就是胡人讲解佛经八圣道，就叫'胡说八道'。"

老太婆又白了他一眼。

呵呵笑笑，老秦说："如何？长见识了吧？"

"该走得了，鬼话多。"老太婆直起身喊。

"趁娃娃不在家，我想多说点话咯嘛！"老秦换好鞋，看着老太婆说。

牵着闹闹的手从幼儿园出来，老秦一路无话。

闹闹蹦跳着报喜："爷爷，今天我得了一朵小红花。"

老秦笑着点了点头。

闹闹也跟着笑："老师说我吃饭吃得可好了。"

老秦又笑着点点头。

公交车上，闹闹把嘴巴凑到老秦耳朵边，悄悄问："爷爷，我们班的许梓萌说她昨天见到鬼了，是不是宋定伯捉的那个鬼？"

想了想，老秦摇了摇头。

"那是什么样的鬼嘛？"闹闹大声问。

"等你妈妈回家后你问她。"普通话，一字一顿，边鼻音分得很清楚。

闹闹噘着嘴不理老秦，老秦这才松了一口气。进步是有的，能勉强分清边鼻音和前后鼻韵，条件是一两句话，多了或者快了立马现出原形。

推开门，老太婆在淘米，看见孙女，赶忙迎上来。刚准备问候，老秦清咳了一声。老太婆赶忙悬崖勒马，只是送过去一脸笑。

拉着奶奶，闹闹说："奶奶，我今天得了一朵小红花。"

嘴巴张了张，奶奶心里喊了一声好。

"你为什么不问我怎么得到的小红花？"闹闹问。

老太婆慌了，赶忙看向老秦。

把老太婆拉进里屋，老秦说因为吃饭吃得好。

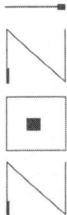

老太婆咕哝："吃饭吃得好都能得红花？我像她那样大的时候都是抢别人饭吃。"

走出来看着闹闹，老太婆比画了一个端着碗刨饭的动作。闹闹一脸笑，夸奶奶真聪明。

闹闹钻进里屋玩玩具，老秦松了一口气。

那天老秦回来后，给老太婆汇报了在老徐家姑娘的事情，老两口坐着叹了好久的气。这种事情绝不能在自己家里上演，老秦决定了，少和孙女说话，少说一句，影响就小一分。老秦还开动脑筋，学习了很多常用的手势，困难也不小，有时候比画了好半天孙女都没明白过来，他才不得不开口说话。说话也有讲究，能一个字表达完的，绝不说两个字，还有就是要慢，一个字一个字往外吐，这样出错的概率就会小得多。

闹闹察觉出了变化，晚上韩晓蕙给女儿洗澡，闹闹抱着她的脖子跟她说爷爷奶奶，特别是爷爷不爱自己了。韩晓蕙问为什么呀？闹闹说他们都不跟我说话了。韩晓蕙听完松了一口气，始终是做过人民教师的，知道其中的利害关系。想到这些，不由得对老秦生出一些肃然。

老秦呢，自从在家开始少说话，往公园跑得更勤了。逮着老徐就滔滔不绝，天文地理诸子百家，刀枪剑戟斧钺刀叉，一张口就停不下来。老徐好人，点支烟看着老秦喷沫子，需要搭腔的地方"哦""唉""咳"，俨然光头的搭档烫头的，配合得天衣无缝。

十

入了冬，公园就很少去了。

老太婆提前把棉衣棉裤给老秦找出来，让他套上出去走走，老秦没心思。去哪儿啊？霜重雾浓，人民公园门可罗雀，熙攘的人流都化整为零龟缩在家，满园子的方言早被寒鸦的凄鸣取代。

实在无聊，老秦会给老徐打个电话。其实也没啥可说的。最近一次，接通老徐电话，老秦问：我这边下雪了，你那边下了吗？老徐呸了一声，说他妈就隔半里路，你问我这里下雪了吗？然后他告诉老秦，最近没事不要给他打电话，他正忙着给家里的窗户安装防护栏。老秦说二十三楼安啥子防护栏嘛！防燕子李三吗？老徐骂了句脏话就挂断了电话。

唯一的生趣就算是接送孙女了。虽然跟闹闹不能说话，可公交车热闹啊！越挤老秦越喜欢，碰了肩踩了脚，开口就让人心潮澎湃。

"踩我脚了，眼睛瞎爆了吗？"

"哪样素质？一开口就满口喷粪。"

"哟！踩我脚了你还雄火得很呢！"

"我就雄火了，你来咬我两口啊！"

"你信不信老子给你两窝脚？"

"你过来。"

"你过来。"

架是打不起来的，各自碎碎念几句，眼睛望向窗外，仿佛什么都没有发生过。

老秦印象最深的是一个西装革履的小伙子，电话响了，接通前先正正色。

"唉！赵总好！方案我已经做完了，企划部正在审，审完了我就给您送过去。唉！好的好的。唉！好好好，赵总再见。"标准的普通话，特别是那个"您"字，圆润壮硕。要知道，这个字一直是老秦的短板。小伙刚把电话揣进裤兜，电话又响了。皱着眉接通电话，瞬间切成了毕节方言："妈，哪样事情？过年杀猪啊！回不去，公司事情一大堆，老火得很，你们杀嘛！老者脚杆不好，炕腊肉的柴随便搞点就行了，喊他不要满坡去跑。再摔一回，怕就归一咯！"

老秦早早就出了门，带着闹闹在路边等公交车。街道湿滑，冷风顺着巷子吹过来，直往裤管里钻。公交站台人很多，都阴着脸，不时朝车来的方向瞟一眼。

公交车终于来了，人群开始往前挤。老秦牵着闹闹也跟着往前挤，人流实在太过密集，动静还大，闹闹被挤开了。正当老秦回头准备找孙女时，突然人群发出一阵惊呼。

老秦看见空中划过一弯淡粉色弧线，他看得很真切，那是闹闹的书包。

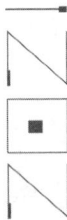

撞倒孩子的是一辆电瓶车，速度太快了，孩子倒地的瞬间，电瓶车也重重撞在公交车右侧前轮上。

老秦抱着闹闹在风中飞奔。他不敢低头看孩子的脸，全是血，最可怕的是臂弯里幼小的生命没有喊叫，没有哭泣，冷风里只有老秦粗壮惊恐的喘息声。

医院其实离得不远，但是老秦发现这才是世界上最远的距离。

一起一伏的颠簸中，老秦听见了一声咳嗽，接着臂弯里哇的一声哭了出来。

老秦也跟着哇的一声哭了出来。

这才是人世间最美妙的发音。

突然一只满是鲜血的小手摸了摸老秦的下巴，老秦第一次有勇气低下头看了一眼孙女。

闹闹说："爷爷，跑快点，我都出血了。"

医院走廊里，医生对眼泪汪汪的韩晓蕙说："已经做了全面检查，还好，都是轻微擦伤，我们已经给孩子用了药。孩子看起来情况还好，就是惊吓得不轻。"

韩晓蕙慌不迭点着头，抹了一把泪，她问："我看头部流血挺多的，会不会伤着脑袋了？"

"脑部CT显示没问题。"医生说。

长舒一口气，韩晓蕙说我可以去看看孩子吗？

"当然，再观察一下，晚点就可以回家了。"

韩晓蕙和秦顺阳在医院走廊尽头看到了老秦，两只沾满血污的手垫在屁股下，眼睛死死盯着窗外那棵高大的梧桐树。风掠过树梢发出沙沙的声响，老秦的嘴角跟着下意识地牵动。

晚饭一家人随便吃了碗面条，所有的心思都在孩子身上。

给闹闹盖好被子，韩晓蕙又流了一回泪。

"去看看你爸吧！也给吓傻了。"韩晓蕙说。

把闹闹安顿睡下，秦顺阳对韩晓蕙说你明天还有课，先去睡吧，我陪着孩子。俯下身亲了一口女儿，韩晓蕙说宝宝乖，好好睡觉，爸爸给你讲故事。

"闹闹想听什么故事啊？"秦顺阳拉着闹闹的手问。

"我要听《宋定伯捉鬼》。"

客房里，老太婆不停叹气："太吓人了。"

老秦不说话，眼睛盯着屋顶的吊灯。

他想过，如果今天孙女真有个三长两短，他就直接去东山的城郊接合部买瓶百草枯喝下去，大瓶的，要保证死透。

突然，秦顺阳推开门伸进半个脑袋。

"妈，你过去给闹闹讲故事吧！"

"你给她讲嘛！我又说不来普通话。"

顿了顿，秦顺阳说："我说故事她睡不着。"

老太婆走了出去，门轻轻合上了。

嘎吱，门又打开了，秦顺阳站在门口对老秦说："爸，这就是个意外，谁也不敢保证能绝对安全，你不要往心里去。"

灯光橘黄，照着闹闹有些惨白的脸蛋。看见奶奶进屋，闹闹眼泪汪汪说："奶奶，我要听《宋定伯捉鬼》。"

"爸爸给你讲不一样吗？"

使劲摇摇头，闹闹说："爸爸讲的鬼和奶奶讲的鬼不一样，我要奶奶讲的鬼。"

摸了摸闹闹的脸蛋，老太婆说好吧，给我们家闹闹摆个龙门阵。这个龙门阵啊！叫《宋定伯捉鬼》。

清清嗓子，老太婆说："从前呢时候，有个地方叫南阳，南阳呢！具体在哪点我也不晓得，反正是在我们中国，那地头有个人叫宋定伯。宋定伯气饱力胀的时候，有一天夜里，黑咕隆咚呢，他一个人走路，拐咯，运气崴，遇见了一个鬼。那个鬼，你不晓得，瘦壳啷当呢！宋定伯就问鬼：你哪个？鬼说：我是鬼。那个鬼反问他：你又是哪个？这个宋定伯啊！比鬼还鬼，就说：老子也是鬼。那个瘦鬼就问宋定伯，你要到哪点去？宋定伯说我要去宛城赶场。鬼说我也要去宛城，要不我们一起走？走了一段路，鬼跟宋定伯说，这样走得太慢，不如我们换起背着走。宋定伯说要得要得——"

手掌轻轻拍打着孙女的后背，老太婆讲得很慢，语气悠悠。秦顺阳发现，母亲讲述的语气跟小时候听到的好像不太一样了，不仔细听，你都分不清哪个是人，哪个是鬼。

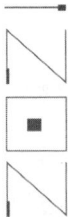

"妈。"秦顺阳轻轻喊了一声。

老太婆停下来，抬头看了看儿子。

秦顺阳指了指闹闹，老太婆转头，孙女睡着了，鼻息均匀，神态安然。

把被角给孙女掖好，老太婆站起身，指了指门外，示意儿子退出门去。

秦顺阳拉过凳子坐下来，看着母亲，半天才说说："妈，你接着把故事讲完吧！"

斜了一眼儿子，老太婆说："娃娃都睡着了，还讲哪样嘛？"

"妈，我想听。"

"你小呢时候，我不晓得给你讲过好多回，有啥子好讲呢嘛！"

把母亲拉过来坐在床边，秦顺阳说："是听过好多遍，但是我从来都没听到过结尾。"

老太婆笑笑说："那倒是，一般讲到一半你就睡着了。"

歪着脑袋看着儿子，老太婆说："真讲？"

秦顺阳点点头。

"到哪儿了？"

"人和鬼换着背。"

"嗯。"正了正色，老太婆接着说，"说好了之后，鬼先背宋定伯，走了好几里路，鬼累得龇牙咧嘴，就喘着气问宋定伯，你重得要死，你怕不是鬼哟！宋定伯眼睛转了几圈，笑呵呵说我是新鬼咯嘛！所以才这样子重。换成宋定伯背鬼，轻飘飘的，松松和和背着跑了好几里路。换着背了好几回，宋定伯就问那个瘦鬼，我是新鬼，不晓得我们鬼怕啥子？鬼说最怕人吐口水。宋定伯就想出了一个鬼主意，等到他最后一次背鬼的时候，天快要亮了，就死死拽着鬼不让鬼下背来，天亮了，鬼不得办法，就变成了一只羊子，宋定伯就朝羊子吐了一泡口水，羊子就变不回来了。最后宋定伯就把羊子牵到乡场上卖了，得了一大笔钱。"

摊摊手，老太婆说："好了，讲归一咯！"

秦顺阳欠欠身，笑着说："从来没见过这样憨的鬼。"

听见儿子说了句方言，老太婆怔了怔，随即说："这个宋定伯也是，人家瘦鬼一没有吓他，二没有害他，无缘无故你把人家变成羊子卖了，凭哪样嘛？"

说完慢腾腾出门去了。

看着母亲的背影，秦顺阳其实想告诉母亲，故事掉了一段，人和鬼过河的那一段，不过想想，这段在故事中，好像可有可无。

十一

第一拨雪终于化完了，到处滴滴答答。老秦踩着水迹，裹紧棉衣，去公园跟老徐见面。

老徐早早就到了，蹲在公园石凳上，吐着白雾搓着手，眼睛到处乱晃。

昨天老徐电话里告诉老秦，明天一定出来见个面，有好消息要告诉他。老秦说电话里说不一样吗？老徐说当然不一样，这样高兴的事一定要见面说。

两人点上烟，并排蹲在石凳上。老秦说有啥好事快点说，实在太冷了。老徐说："喊你过来，是跟你说个好消息。"

"彩票中奖了？"老秦白了老徐一眼说。

"比中奖还安逸，"老徐笑着抽抽鼻子，伸长脑袋说，"我家姑娘病好了。"

从石凳上蹦下来，老秦说这倒确实是个好消息。又摸出一支烟递给老徐，老秦笑呵呵说续上续上。

老徐眉飞色舞介绍："你说怪不怪，突然有一天，姑娘就变好了，不管我们说哪样话，她都不哭不闹。哎哟！菩萨开眼，就前两天，姑娘突然跟我和她哥说，要回去上学。"

"去学校好啊！书总得读完。"老秦说。

"那肯定。"老徐得意地看了看老秦，接着说，"估计是她妈保佑的。"

两人分开后，看着颤颤巍巍走远的老徐，老秦没有回家，一跺脚，他拐到东山巷口去买了两把白菜苔。经过凝冻的白菜苔，水分少，旺火猛炒，加一瓢糟辣椒，撒半碗蒜苗，是他和老太婆的最爱。刚来的那年冬天老太婆炒过一次，儿子一家对这道菜兴趣不大，以后这道菜就再没在饭桌上出现过。老徐临走时一句话让他咬了牙。老徐说：这人啊！有时候就是

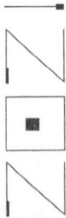

要学会死扛。

晚上饭桌上，老秦故意把火烧白菜苔摆在最中间的位置，白灼虾回锅肉丝瓜肉片汤全都靠边站。老秦特别注意儿媳妇的反应，这个家，最后还得看北方人的嘴脸。刚上桌，韩晓蕙对这样有违伦理的摆盘明显有疑问，好在最后还是按住了，一顿饭吃完都没表态。老秦其实是在试探，他还有更大的阴谋。寒假马上来临，他想带着老太婆逃回老家去住一段时间。闹闹嘛！送外婆家去，他们那边喊姥姥，那头一家人都说普通话，孩子不会中毒。

这些日子，只要闲下来老秦就憧憬和老太婆回乡后的幸福生活：想吃萝卜吃萝卜、想吃白菜吃白菜，最安逸的还是说话，全是方言，最土的方言，腮帮不会酸痛、舌根不会发麻、喉咙不会发干，最好夹杂几句黄腔，就像是好酒配了花生米。

晚上他悄悄把计划对老太婆说了，老太婆盯着他看了半天说："闹闹送过去？那边听说零下好几十度，钢筋在外冻一晚，一脚下去就断成好几截。"

"鬼扯，你说的那是呼伦贝尔的根河市。"老秦说。

"哪个鬼扯了？我电视上看到的。"老太婆说。

"不要忘了，我教过书的。"老秦说。

"要回你自家回，我舍不得娃娃。"老太婆说。

"老子想过几天好好说话的日子。"

想了想，老太婆说："鬼话多，睡瞌睡。"

十二

南方的冬天确实难熬，阴冷潮湿，出不得门，一出门冷风刀子样满身钻。

整日窝在家，老秦开始苦练书法，也只能苦练书法。

他听从了书法家同学的建议，从临帖开始。

同学在电话里告诉他，你喜欢行草书，以你的年龄，从横撇竖捺开始是来不及了，还是抄近路吧！从王羲之的《圣教序》开始。

首先，要形似。

花了两个月，才慢慢有点那个意思。有法度的临习需要体力，老秦发现规矩原来如此耗神，以前随心所欲地划拉，一两个小时眨眨眼就过去了；临帖不行，半小时就头昏眼花四肢无力。

翰墨不能安神，反而越来越心烦意乱。书法进步不大，倒是越来越惦记老徐。

他给老徐打了好多电话，开始没人接，后来直接就关机了。

星期天一大早，他对老太婆说想去看看老徐。

刚出门，天空就开始飘雪。先是雪粒子，窸窸窣窣，在地上铺出一层淡淡的白。接着是雪片，在冷风中飘飘荡荡，下落扬起，扬起下落，好半天才坠到地面。

老徐的小区地势要高些，这里风势更大。进了小区大门，见不着一个人影。顺着长廊走到单元门口，一个女人牵条小狗来到花园的铁树下，狗儿翘起脚撒了一泡尿，女人连忙拉着狗钻进单元门。

老秦伸手把住了即将合上的单元门。

依稀记得是二十三楼，靠左的单元。在楼道里转了一圈，老秦看见了老徐家的大门，门上那副对联他记得很清楚。

上联：家和人兴百福至

下联：儿孙绕膝花满堂

对联是打印的，移动公司的赠品。去年的春联，红里泛着白。

敲了半天门，老秦听见了脚步声。开门的是个中年男子，老秦一眼就看出是老徐的儿子，身材样貌，神似。男子看着老秦问你找谁。

老秦搓搓手说："我找老徐，哦！徐志远。"

"找我爸啊！"男子挤出一线笑，"您老是？"

"我是他老乡。"

沉吟一阵，男子笑容绽开了："你秦伯伯吧？我爸经常说起你。"

"他在吗？"

"他病了，在医院。"

"哪个时候病的？"

"有段时间了。"

"难怪打他电话也不接。"老秦咕哝着。

"秦伯伯，你进来坐，外面风大。"

迈步进了屋，老徐儿子递过来一杯热水。喝了一口，老秦说："你忙

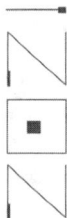

着，我先回去了。"

转身离开时，他瞥了一眼上次来时让他心惊肉跳的那个房间。

房间整洁如新，被子床单整整齐齐。

床边的柜子上，摆着一张短发姑娘站在大学校门口的照片。照片里，她的笑容像个剥开的橙子。

走出门，老秦回头问了一声："你爸在哪家医院？"

"省人民医院。"

"谁照顾他啊？"

"我们实在忙不过来，给他请了护工。"

"什么病啊？"

那头神情瞬时暗淡，声音低沉："肺癌，晚期。"

电梯里，老秦跟着轿厢一起下坠。就这样落啊落啊！就是落不到底。

头顶明明有灯，老秦眼前却一片漆黑。

电梯门徐徐打开，外面白茫茫一片。老秦一步一步挨到外面，他的气息还在一直下落。

一屁股坐在花坛上，凉意从底下迅速上升，一个激灵，才有了一次顺畅的呼吸。

老秦没吃晚饭，躺在床上盯着天花板。

吊灯上挂着一堆水晶圆柱体，老秦不敢闭眼，一闭眼那些圆柱体就会变成锋利的锥子向他扎来。

十三

寒假来临，老太婆把老秦想回老家住段时间的想法给儿子说了。秦顺阳很支持，说想回就回，反正寒假自己也不上班，闹闹也不需要送走，还鼓励母亲跟着一起回去。

老太婆脑袋摇得像拨浪鼓："我才不回去，冷火熄烟的，人影影儿都看不见一个，回去干哪样嘛？"

随即老太婆给老秦转达了指示：来去自由。

老秦黑着脸对老太婆说："我几时说过要回去了？"

老太婆指着他啧啧挖苦:"秦老者,你记性狗吃了,前两天才说过的话,你忘了要把闹闹送外婆家了?你忘了那个,就是那个啥子呼啥子尔的银河市了?就是钢筋都能冻断的地方。"

"呼伦贝尔根河市。"老秦连忙纠正。

枯瘦的手指戳戳老秦,老太婆说:"还是认账了!"

老秦说:"我老年大学还有几节课没整完咯嘛!"

老秦说的是实话。他现在听课特别认真,一进教室就竖起耳朵,生怕漏掉任何细节。拿不准的发音,一定要缠着老师搞清楚为止。笔记也记得更细了,入学以来,抄了足足四个笔记本。老师对他的态度也越来越好,多次当着其他学员的面夸他进步大。而且老秦惊奇地发现,现在就算一直叨叨半个小时普通话,也不会出现口干舌燥呼吸困难的症状。

失落也是有的,特别是眼睛不经意瞥过那个空荡荡的座位时。

今天上完课,老秦没回家,爬上2路公交,在省人民医院下了车。

进医院前,还特意在水果店里买了些水果。

在护士站查询,护士告诉老秦,病人在十三楼。

推开门,老秦看见了老徐。

单人病房,宽敞明亮,窗帘半掩。阳光从缝隙里钻进来,刚好照见病床上的老徐。男护工五十出头,看见老秦进来,俯身在老徐耳边悄悄说了几句话。

老徐睁眼看见了老秦,一张脸瞬间绽开,挥手示意老秦过去。老秦走过去,看着老徐,喉咙就梆硬了。老徐完全变形了,一张脸成了久旱的庄稼地,焦黄枯败铺天盖地。老徐艰难笑了笑,指了指床边,老秦这才发现床边坐着一个小男孩,五六岁的样子,手里捧着一本书,眼睛一直在书上。

"我孙子,小名欢欢。"

老徐枯瘦的手碰了碰床边的男孩,男孩抬头看着老徐,老徐指了指窗边的凳子,又指了指老秦。孩子咧嘴一笑,放下书,走过去把凳子搬过来给老秦坐下,又走到床边坐下来继续看书。

老徐指了指病床摇把,示意要靠起来。

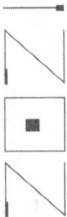

护工把床摇起来，老徐长舒一口气对老秦说："是不是打了我不少电话？"

老秦点点头。

"娃儿把我电话没收了，说是怕影响医病。"老徐说。

"还去学普通话？"老徐又问。

老秦点点头。

"好久没去看漂亮老太太了，不晓得那个脸上玉滑滑的还在不在？"

老秦又点点头。

"做了两次手术，医生说再活六七年问题不大。"老徐呵呵笑。

指了指门外，老徐对护工说你先出去逛逛吧，我跟老秦有事说。

护工点点头出去了，老徐手往老秦面前一伸："借你手机给我用一下。"

接过老秦电话，老徐两眼放光。拨通后，那头传来女儿的声音，普通话。

"喂，你好！"

一瞪眼，老徐说："还你好，老子是你爸爸！"

"哦！是爸爸啊！这几天你感觉如何？第二次手术做巴适不得？你放宽心，我在学校好得很，就是记挂你得很。"南方方言，方言里夹杂着哽咽。

"不要记挂我，好好把书读好。"

把电话递还给老秦，老徐说："姑娘的声音比啥子药都管用。"

老徐还告诉老秦，自己本来不想住这种单人病房，耗钱不说，关键是连个说话的人都不得。能下地的时候，就窜到多人病房找人说话。还抱怨儿子请的护工样样都好，就是话少，几闷棒都打不出一个响屁来。

"让孙子陪你说话呀！"老秦看着床边的孩子说。

咧嘴一笑，老徐伸手摸了摸孙子的脑袋说："要能陪我说话就好咯！"

老秦一怔。

"聋哑，先天的，不要说说话，我连他哭声都没听到过。"

夜晚躺在床上，老秦翻来覆去就是睡不着，脑子里全是老徐，天快亮了才迷迷糊糊睡了过去。

老秦做梦了，梦里他回到了乡下。很多年前的乡下，那时候他还不老，叫秦文俊，学生喊他秦老师。家里娃娃多，缺吃的，一家人好久没吃过肉了，个个看上去都软塌无力。时候正值夏夜，秦文俊决定带上儿子秦顺阳去抓几个石蚌回来炖汤。

石蚌这东西大补，又喊着棘蛙，农人一般很少捕捉，因为它可以灭虫。要不是饿肉饿得厉害，秦文俊也不会去捕捉。吃它干啥？大小是条命啊！捕捉的工具很简单，一个背篓，一支手电筒。手电筒不能太亮，有点微弱的黄光就行。方法也很简单，打开手电筒放进背篓，背篓放倒在河岸上。石蚌们看见红光，以为是萤火虫，一个一个脚赶脚就入了瓮。

领着顺阳从家出来，天上有月亮，月光推着顺阳瘦削的影子慢慢往河边走。秦文俊看着儿子的背影，心想这东西真是多余啊！准确地说后面两个孩子都多余。顺阳和他三姐，没这两张嘴，靠自己每月工资和他妈在田地里刨出来的收成，日子哪会这样难熬？

河边放好背篓，秦文俊转身撒了一泡尿。就在这时，他听见了儿子的呼喊声。

"爸，救我！"

跑到岸边，借着月光，秦文俊看见儿子在水里扑腾，两只手高高举起，起起伏伏，拍打起的水花在月光下闪着亮晶晶的光。

秦文俊趴在岸上，无计可施。这条河他知道，又深又急，关键是自己不会水啊！一点都不会。喊声渐渐微弱，河面恢复了平静，月光还在，冷冷洒在河面上，像上了霜的玻璃。

顺阳是活不成了。

秦文俊看着河面长叹一口气，回身检查了一下背篓。

七八只石蚌。还不错，炖锅汤，再加些洋芋，一家人能好好吃上一顿肉了。再加上顺阳没了，每人还可以多分些。

背着背篓回家，秦文俊本想哼首小曲儿，但想起顺阳没了，觉得不合时宜，就作了罢。

推开门秦文俊连忙向家里人汇报收成，几个娃娃兴高采烈，欢呼雀跃。

顺阳妈问："顺阳呢？"

"掉河里冲走了。"秦文俊说。

女人抬手就是一巴掌。

哦一声，老秦醒了，大口大口喘着气。

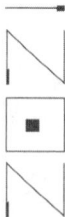

老太婆问他咋了？他说梦见顺阳掉河里了。

"下去救上来啊！"老太婆说。

"我不会水啊！"

"你那水性，跟猪狗有得一比。"老太婆说。

"咋个讲？"

"猪凫三江，狗凫四海。"

"怪咯！梦里头我觉得自家就是不会。"

醒来就睡不着了，老秦决定去阳台上抽支烟。

点燃香烟走到阳台，老秦看见儿子裹着毯子站在阳台上。看见老秦，秦顺阳问："爸，还没睡啊？"老秦点点头，狠狠吸了一口烟，眼睛去向远处的阑珊灯火。

"妈说你想回去住段时间。"秦顺阳裹紧毯子说，"想回去我开车送你。"

老秦摇了摇头。

一阵风来，老秦哆嗦了一下。把毯子披在老秦身上，秦顺阳说："妈说你去上了普通话培训班？"

"整起好耍。"老秦说。

"其实，"顿了顿，秦顺阳接着说，"没人要求你一定要说普通话。"

咧咧嘴，老秦没说话。

两人目光都去了远方，风掠过耳际，呜呜作响。

好半天，秦顺阳伸出手："给我一支烟。"

"你又不抽烟。"

把老秦嘴里半截烟拿过来抽了一口，秦顺阳说："我还记得第一次抽烟时八岁，从你烟盒里偷的，刚吸了一口就被你发现了。我以为烟雾吞进肚子里就不会被你发现了，闭着嘴刚吞下去，两股烟雾从鼻孔里钻了出来。"

举起烟卷模拟了一遍，秦顺阳被呛得连声咳嗽。

"那顿打哟！"他边咳嗽边说。

"打你最狠的不是抽烟那次。"老秦说。

"我晓得，"秦顺阳把烟头埋进架子上的花盆里说，"我学结巴三伯说话那次。"

讪笑一声，老秦说："那时候只有结巴说话才会遭人笑话。"

老秦又摸出一支烟点燃，火机吐出火苗的一刻，秦顺阳发现父亲眼眶居然有些潮湿。

十四

年前，秦顺阳和几个同事商量着再聚一次。

地点还是在秦顺阳家，老太婆负责买菜，韩晓蕙下厨，秦顺阳给韩晓蕙打下手。任务分派完，老秦说那我干啥？老太婆说你负责吃。客厅里儿子和儿媳妇正在定菜谱，老秦蹲在地上跟闹闹一起收拾玩具。

"加个火烧白菜苔吧！"韩晓蕙突然说。

"什么？"秦顺阳问。

"火烧白菜苔！"韩晓蕙一字一顿。

客人还没到，老秦就下定了决心，今天咬碎牙都得挺住。

客人陆陆续续到来，聚在阳台上喝茶。老秦发现，普通话神奇地消失了。

所有人都说着自己家乡的方言，包括秦顺阳。

阳台上弥漫着的方言让韩晓蕙深感不安。

把秦顺阳叫到卧室，撩起围裙擦干手上的水迹，韩晓蕙说："你干吗啊？闹闹在啊！说什么方言。"

"年终奖我全数上交，买今天的方言。"秦顺阳说。

"秦顺阳，"韩晓蕙瞪大眼睛说，"你知道我花了多少时间和精力才营造出一个普通话的语言环境吗？"

"我晓得，今天就当游戏样的耍一盘嘛！"

站在厨房水槽前，韩晓蕙第一次觉得势单力薄。

"爸爸，拐了拐了，你的脚杆把我刚刚拼好的玩具搞翻了。"客厅传来女儿的喊声。

倏然一惊，把女儿拉到厨房，韩晓蕙蹲下来看着闹闹："我们家闹闹刚才是不是说方言了？"

一噘嘴，闹闹指着外面说："爸爸他们都不说普通话，我也不

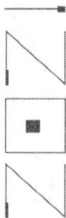

要说。"

"再听见闹闹说方言，我就打屁股。"韩晓蕙寒着脸说。

饭桌上，秦顺阳端起酒杯对大家说："今年最后一次搞酒，大家都安安逸逸的，提前给大家拜个年，喝！"

众人一阵欢呼，仰头干了个底朝天。

轮着转，都用自己的家乡话说几句好听的话，然后喝酒。除了最后一个"喝"字，前面的老秦一句没听懂。四川的和重庆的老秦能听懂，看着满口方言的两人，老秦突然觉得他们不像大学教授了，一点都不像。轮了一圈，终于到了老秦这里。端起酒杯站起来，老秦顿住了，眼睛扫了一圈饭桌，最后他说："我说普通话。"

秦顺阳笑着说："方言，今天我们说好了的，只能说方言。"

晃晃酒杯，老秦说："非常感谢大家来做客，也没什么准备，粗茶淡饭，我敬大家一杯酒，以后大家常来。"

"爸，还是说方言吧！"秦顺阳说。

老秦端着酒杯，嘴半张着。这一刻，他成了扛着炸药包冲向敌人碉堡的英雄。

"首先，感谢大家来做客。你们的到来，真可谓蓬荜生辉。粗茶淡饭，怕是慢待了各位，希望大家常来常往。你们是顺阳的朋友，自然也是我的朋友。来，我敬大家！"

说得很慢，但很标准。

韩晓蕙都有些惊讶了，从业这么多年，他深知年龄是学习普通话最大的障碍。老头发音的标准来自他口型的变化，口型的变化是需要训练量的。

发音是标准了，但不能看脸。韩晓蕙发现，公公脸部完全扭曲变形了，像一片丢入热油的虾片。扭头看了看地上玩耍的女儿，韩晓蕙忽然有些怅然。

"爸，你还是说方言吧！"韩晓蕙对老秦说。

摇摇头，老秦又端起一杯酒："俗话说，时进腊月是为年，年关将近，我再敬大家一杯，祝大家工作顺利，生活开心。"

说完仰头一饮而尽。

抬手擦干眼睛里流出来的两滴清泪，老秦看着秦顺阳问："你今天拿出来喝的是什么酒？为什么会这样辣眼睛？"

饭桌上所有人都看着老秦，仿佛冻住了。

"我敬大家一杯,提前祝大家新年快乐!"好半天,来自河北省承德市滦平县金沟屯镇金沟屯村的小余连忙端起酒杯说。

"唉!这就对了。"老秦一字一顿说,"说普通话嘛!"

小余愣了一下说:"叔叔,我说的是方言。"

"爸,余老师的方言就是普通话,普通话就是方言。"秦顺阳说。

嘿嘿一笑,老秦说:"你们占便宜咯!"

酒喝得越多,桌上的方言越重。

秦顺阳建议大家都用方言讲一个家乡的笑话。每讲完一个,不管听没听懂,都拍掌叫好。那晚老秦喝了很多酒,最后三个笑话还没开讲,他就倒在沙发上睡着了。老太婆给他盖被子,老秦还在叨叨说着话,普通话,醉酒的老秦依旧说得很慢,依旧说得很标准。老秦不知道的是,最后两人用方言讲完笑话后就哭了,一个来自大兴安岭的漠河,另一个来自阿尔泰的喀纳斯。

韩晓蕙坐在饭桌上,不时瞟瞟沙发上的老秦,韩晓蕙鼻子有些发酸。悄悄来到阳台上,韩晓蕙拨通了母亲的电话。

"妈,你和我爸都挺好吧?千万要注意身体,别觉着挺好的,拿体格子不当回事。过段时间我就带小闹闹去看你俩。出门一定要注意安全,不兴忘了!尤其闹市区,车多人多,到处'乱马缨花'的,听着没?"

多久没说方言了?韩晓蕙想了想,好像是很久了。

转回客厅,韩晓蕙看见闹闹走到沙发边,伸手摸了摸老秦的脸,然后小姑娘说:

"爷爷,你喝酒醉的样子好吓(hei)人哦!"

原载《收获》2021年第5期

点评

　　国家级普通话国际测评员韩晓蕙和她的丈夫音韵学教授秦顺阳,操着一口标准的普通话,与说着一口贵州方言的父母生活在一起,他

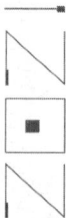

们日常说话的点滴，成为小说起伏有致的情节。

　　说着方言的父母，作为上一代人的代表，他们用自己的方言展示着来自老家的根基和力量。他们因为方言而自豪着，浓郁的地方口音，是他们出门在外畅行菜市场、公园的通行证，他们通过口音辨识同伴，获得继续生活的力量和滋味；但他们又为了迎合下一代和培养孙辈，学起普通话。带着口音的普通话，成了烫嘴的饭菜，饿却难以下口。此时他们说的话不再是熨帖着生活的话，而成了工具，成了武器，不顺手却不得不接受的武器，甚至是足以让自己受伤的武器，拿不得放不下。

　　操着标准普通话的秦晓蕙、秦顺阳们，因为普通话立足于世，获得自以为是的自尊与地位。他们从方言中成长出来，却急于摆脱方言口音的桎梏。于他们而言，讲普通话就像是离乡远行。他们迫不及待，生怕根深蒂固的故乡牵绊住他们奔跑的脚步；生怕还没有站稳的脚跟，会被方言击败，让他们的努力徒劳无功；一方面他们眷恋着故乡的温情，另一方面又急于逃离。上辈的艰难迁就，下一辈的无所羁绊，自己心中的执念，都是对他们的考验。

　　作者巧妙地选择了一个点切入生活，映射出两代人的生活现状和境遇，令人唏嘘。普通话和南方口音的较量，就是扎根与突破的较量。一代人在方言土语中找归属感，一代人在普通话中找存在感。不同的语言如何调和，不同的生活理念如何共存，这是作品提出的具有现实意义的命题。

（崔庆蕾）

背风处/

/姚鄂梅

峡口常年大风。有时是季风，风从千里之外呼啸而来，在峡口上空揉搓一个季节，直到地上一切筋骨移位，变颜变色，方才悻悻离去。有时来自水上，风在水面上做花样滑翔，从上游到下游，又从下游到上游，所到之处，衣袂翻飞，寸心浮动。有时来自两岸壁立的山巅，那是正在往前疾走的风，冷不防跌下悬崖，瞬间张开数不清的翅膀，飞沙走石。

在南方，再没有比峡口更饱经风吹的城市了，祖祖辈辈的峡口人，额顶都长着反旋，那是被风吹的；峡口人眼睛都小，那是因为行走在风中必须眯着眼睛；峡口人多瘦削，风一刻不停地吹，刮走了他们身上的水分，风干了他们的体脂；峡口人大都不太高，因为树大招风……

峡口县改市的时候，有人建议趁机将峡口改称为"风都"，可惜上面未予批准，后来有人说，管批示的人正好是从峡口走出去的，认为"峡口"二字已经声名远播，不宜轻率变更。就这样，一个心怀家乡的游子，不动声色地拯救了一座险些消失的城市。

风是极具沾染性的东西，它路过加油站，就是汽油风；路过超市，就是柴米油盐风；路过饭馆，就是酒肉风；路过医院，就是来苏水风；路过学校，就沾满一身的尖叫和奔跑……只有路过生活小区时，风的味道最复杂，五味杂陈，百味莫辨。

风在每家每户门窗前盘旋窥探，寻找进去的良机，每次都百发百中，满载而归。屋里的人不知道风来过，他们急匆匆关上门窗，拉好窗帘，以为自己完好无损。

风吹不进小魏的家。

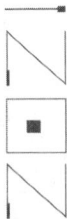

她叫魏好青，很多人不知道好字的发音，就很坦然地将她的名字简化为小魏。小魏！小魏小魏！他们一直这么叫。

有年"三八"，单位组织女职工春游，游完了景点，全体撤回商场，女人们眨眼间像水滴掉进了大海，幸好领队事先有交代，几点几分在某地集合。

到了集合时间，所有人都拎着大包小包回来了，唯独不见小魏，手机也打不通。领队一急，就去了服务台，请求广播找人，什么都登记好了，唯独呼叫姓名一栏，领队怎么也想不起来小魏到底叫什么名字，总不能就写个小魏吧？领队站在那里，羞愧得满脸通红，回去问任何一个同事，都有可能传到小魏的耳朵里，小魏会怎么想她。什么？一起工作这么多年，居然连我名字都不知道。后来领队终于想了个好办法，她在呼叫姓名一栏里填上了"某某单位的小魏"，总算蒙混过关。

小魏三十四岁了，家里依然只有她自己的一双拖鞋，但她不急，笃笃定定藏身在峡口某个闭塞而安全的无名小弄堂里。那里是老城区里最老的旮旯，邻居们多数都没了牙齿，除了偶尔有收音机和电视机带来的噪音，其他时间安静得像墓地。

小魏也不是每天都要回到这个最老最安静的旮旯里来，她在单位集体宿舍里还有个床位，一周里去睡个一两晚，纯属占位，万一哪天单位对这些单身汉们出台个什么政策呢？一切皆有可能。

无名弄堂的房子是个隐藏很深的一居室小套间，看起来只是个一臂宽的小过堂，门帘一掀，里面别有风光。小魏把她的聪明才智都拿到布置房间上来了，不宜大兴土木，她就自己用一百多张砂纸把水泥墙面打磨成了损伤型壁纸。地面是水泥的，她自己动手刷了两遍清漆，夏天赤脚踩在上面，凉悠悠的，还带点不易察觉的弹性。因为房间太小，峡口著名的大风在门口只能一掠而过，无法仄身进入，所以小魏一般不大在房间做饭，以免排烟不畅污染了空间。大多数时候，她身边带着一只保温桶，中午去食堂，故意多打点饭菜，趁人不注意，拨出一部分，悄悄装进保温桶里，带回家里就是一顿晚饭。

对一个女单身汉来说，不支付就是在攒钱。要想尽一切办法避免支付。

无名弄堂的房子是冯医生提供给她的，从来没人找她收房租，她也不问，问了也付不起，一顿饭钱都想省掉的人，哪有付房租的气概。她原本就不是个骨感型的女人，近来越发圆润柔美，柔得连唇线都快没有了，脾气也一天比一天好。一想到自己正过着超出她支付能力的生活，她就觉得自己非常幸运，也非常幸福。

冯医生每周一到周四之间在这里消磨一两个晚上，但从不在这里过夜，走之前，趁她不注意，他会往她写字台的抽屉里放一小沓钱。这个抽屉，看似无意，其实是他精心挑选的，不是枕头下，也不是床头柜里，更不是衣服口袋里，那些地方都太轻佻，有下流的嫌疑，他从不用那种态度对待女人，那等于在贬低他自己。从青春期开始，他对每个女人都是认真的，认真到可以把灵魂交付给对方，唯一不能轻易付出的只有名分。尤其是结婚以后，他不想因为任何原因而离婚。因为他很小的时候，母亲就很失望地告诉过他，不管跟谁结婚，到头来都是一样的。

冯医生长着一张不近人情的脸，鼻子高挺，目光威严，下颌方正有力，但他不能笑，一笑就露出满口杂乱而淘气的牙齿，满脸威严全部崩坏，仿佛大厦将倾、大难临头。她没告诉过他这种感觉，她直觉他不会喜欢这种感觉。有时她想，如果他妈妈在他年少时给他戴戴牙箍，他可能会是另一个人。

他们在无名弄堂里过了近两年没有日常生活的生活。他说他喜欢这样的生活，不做饭，不养孩子，不应酬，不遵守一切常规，不问窗外，可以裸着身体在屋里走来走去，可以开着门上厕所，可以说些遭天打雷劈的话。有天兴之所至，冯医生一举给她进行了"备皮"，她也反过来要"备"他的，他几乎要答应了，又猛地醒过来：我回去怎么向她交代呢？这是她最佩服他的地方，看上去不管不顾，像个无道昏君，关键时刻，总能及时清醒过来。

他不在的时候，她把时间都花在打理家务上，一遍遍地擦地，擦到一尘不染，糍粑掉到地上都可以捡起来吃。她侍弄插花，多数时候并不是鲜花，鲜花太贵了，而且峡口的鲜花市场极其有限，买花容易被人注意。她把目光转到蔬菜市场，冬天的紫菜苔，能一直插到开满黄色的小花，水芹和芦苇叶子插在一起也很好看，还防蚊，闻起来也不错。总之，菜市场每个季节都能找到做插花的材料。

冯医生常常对着她插花出神：你程姐只会把它们炒来吃！

程姐是冯医生的妻子，还是小魏的同事。

小魏替程姐说话：别这么说她，炒来吃才是正道。

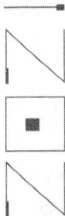

　　说起来，还是程姐牵线让他们认识的，程姐得知小魏在书法比赛中获了个奖，立即尊她为青年书法家，一天三次做工作，把她请到家里辅导儿子冯一心练书法。冯医生在家里对小魏并未表现出过多热情，就像他对儿子的书法如何并不特别上心一样。他觉得一个学生把数学学好才是正道，但他对一个普通女职工却有一手不错的书法这个事实很感兴趣，上上下下打量她，像她哪里长得不对劲一样。大约是在第五节课后，冯医生在路上碰见了小魏，停下车，把小魏叫了上去。小魏以为冯医生想让自己坐个顺风车，结果他一口气把车开到了城外，停在一个僻静处，转脸对她说：一直想有这么个机会，今天终于得到了。

　　她完全没有防备，慌乱之余，倒也心生欢喜，算起来她那时已闲置了快半年没有新的男朋友了，任何一个主动走过来的男人都能惹起她的遐思，何况是端正沉稳的冯医生。中心医院的冯副院长，程姐动不动就要提起的令她骄傲也令大家羡慕不已的丈夫。她只是感到意外，除了那点书法，她浑身上下再无出众之处，竟然也能吸引住面前这个整洁而体面的男人。

　　几分钟后，他拿起她的手，她没抽回，他吻她的手，她既感动又惭愧。上车之前，她刚刚用这只手整理过失去了松紧的棉袜，它总是掉下去，一直退到脚心。接下来，他直接探身过来吻她了。

　　她以为他会有进一步的动作，但他停止了，面色发红，呼吸粗重，他捋捋掉下来的头发，顺势捂了会儿眼睛。晚上还有点事情。他说。车子动了起来，他在往回开。

　　下车时，她脑袋发昏，必须缓行，才不至于摔倒。他向她点头，用眼神告别，她发现他的眼神里原来并不仅仅只有威严。

　　她在原地站了很久，终于慢慢将自己从心慌意乱中拉了回来。即便她已经三十多岁，经历了几次不愿提及的失败的恋爱，这种情况仍然让人始料未及，忐忑不安。太近了，同事的丈夫，学生的父亲，有身份的人，种种条件都在提醒她，这人碰不得，即使是对方先碰的她，她也应该躲开为妙。

　　她打定主意，忘了这事，只是一吻而已，就当握了一次手，就当公交车上被人揩了一把油。

　　事实证明她的想法是正确的，冯医生可能也跟她持有同样的想法。因为此后他一直没动静，她甚至在他家见过他一次，他像往常一样，点点头，客气了一两句，就进了自己房间，那份冷静令她简直不敢相信自己的眼睛。

大约过了三个星期，他再次冷不防在路上碰到了她，他把她叫上车，一直往北开，来到那个无名弄堂口。

他把她推进那间小屋，交给她一把钥匙，说她可以按自己的爱好稍稍布置一下，前提是不兴土木，安静低调。

甚至都不征求她的同意！她目瞪口呆。一直以来，她是多么渴望有一间属于自己的屋子啊，多少个夜里，她躺在集体宿舍气味复杂的小房间里，把自己塞进抽屉一般的小床上，想入非非：哪怕有个又笨又胖的家伙来包养我，我都愿意，只要他能给我一个属于自己的空间。老天爷一定得知了她的心愿，老天爷肯定是在怜悯她这些年来受的苦。她那么勤奋，所有的加班来者不拒；那么好说话，不论哪个同事家里需要帮忙，她都随叫随到：她像她单位那个大家庭的公共小妹，谁都可以支使她。她不在乎房子是买的还是租的，不在乎她有没有未来，这么做是不是合适，也不在乎他有没有征得她的同意，她顾不了那么多了，很多人三十多岁就死了。如果她不幸也是那样的人，她至少要享用过属于自己的房间，就这么一个人生愿望。

他给了她一些钱，让她去添置些必需品。她强令自己不要害羞，这个世界上还有很多这样的秘密关系，她得到的不过是打了折扣的，房子是租来的，而不是买来的，更不是买给她的。给她的是现金，而不是银行卡，更不是金卡。他所给的钱，讲明了用于装饰房子，并不是给她本人的生活花销。她为到手的种种折扣感到心安。

她终于说出了她的担心，她想辞去一心的书法老师之职，她怕程姐看出来。

不，你得继续教下去，你不去她才会怀疑。

她的课定在每周五晚，他说他会在那天晚些回去，尽量减少她的不安。除了这天，除了应酬，一个星期里的任意一天，他都有权去那个无名弄堂的小屋里。

镇定些！你的镇定就是对她的最大尊重。

她利用一切可以利用的分分秒秒，默默搭建她的小窝，任何人，包括

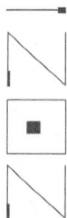

她的父母都不知道她还有这个小窝，那里只属于她和冯医生。

周五晚上，上完冯一心的书法课，程姐问她：你平时下了班都做些什么呢？

她一脸的漫不经心：散散步啊，看看书啊，追追剧啊，然后就睡觉，我睡得早，十点多就睡了。

所以你皮肤好啊。程姐掐她的胳膊，挤压过后的皮肤迅速由白转红，程姐盯着那块地方说，将来还不知被哪个家伙享用了呢。

破窗而入的树

楼下有棵年代久远的樟树，五楼的家被树枝遮挡得严严实实。有一年，妈妈提议砍掉一根树枝，因为它若再长一厘米，就能戳破窗户玻璃，成为一心的室友。但一心阻止了妈妈。

这是我的房间，又不是你的，你只能砍伸进你房间的树枝。

一心一般不为自己发声，这还是头一次，虽然荒唐，也只得依了他。

事情果然像妈妈担心的那样，有天晚上，咂啷一声，窗玻璃爆了，一根树枝执拗地伸了进来。一心欢欣雀跃，如同过节。妈妈不得不拿掉一个窗格的玻璃。作为惩罚，一心的房间不能开空调，但一心不介意，宁肯冬天在房间穿得厚厚的，夏天光膀子只穿一条内裤。

树枝带来的风有峡口的野气，还有江面上的水汽，像一只误入人类洞穴的小野兽。一心可喜欢它了，时不时就对着它说话：你说，我读文科还是理科？一个人发展太全面也不是什么好事对不对？难以抉择！

周五晚上，他早早地在学校完成了大部分作业，小魏进来时，他趴在桌上写那一小部分，他特地把这一小份留到这个时候做，他在英文书写方面很是自负，他希望她看到这一点。

果然不出他所料。

哇！你的英文写得太漂亮了，根本就是艺术品。哪天我找段文字，你给我翻成英文，我回去裱一下，挂在墙上。

小魏并不是一心的第一个书法老师，她根本就没有当过老师，小魏一直在青少年活动中心学书法。有天晚上，一心的老师一高兴，多喝了几杯，回家途中，一脚踏空，摔进了一个施工现场的大坑，第二天早上被人发现的时候，已经僵得没法穿寿衣了。事情太突然，以至于当妈妈把小魏带进来的时候，他几乎有种撞见了阴谋的感觉，他从没听说过一个人会死于醉酒，不正常的死背后一定藏着阴谋。他当时真是这么想的，直到他看见小魏那双手。她的手指很圆润，每个关节上都有一个圆圆的旋涡状小坑，指头却红粉粉地尖削着。当他第一眼看到那些手指时，差点没笑出声来，一个成年人却长着这样一双小宝宝才有的手，即使世间真有阴谋，也与她无关吧。

她的字也让他目瞪口呆，没想到那么肉那么小的一只婴儿手，写出来的竟是如此冷峻飘逸的瘦金体。他再次细细打量那双手，手掌圆润肥厚，指尖幼细且微微发红，泛着一层淡淡的油光，似乎蘸点酱油就能吃。隔了一会儿，他忍不住去偷看她的脚，她穿着露趾凉鞋，脚指头也是同样光景，圆圆的，又红又亮，在厚厚的鞋底上整整齐齐站成一排，可爱极了。

他开始重新打量他的新老师，她还戴了一只玉镯，跟她擅长的书法倒很相称。汗毛可谓浓重，镯子几乎是躺在密密麻麻的汗毛丛里。妈妈说过，她年轻时汗毛也很浓重，随着年岁的增加，那些毛毛不知何时竟慢慢掉光了。看来阿姨还很年轻。

写呀！看我干吗？那只可以吃的手在他肩头点了一下，不像他想象的那么柔若无骨。

他练字的时候，她打量他的书柜：早就听说你是学霸，现在才知道你为什么是学霸。他猜她指的是那些课外书，他的确是班上阅读量最大的学生之一。这得益于小舅，小舅在书店工作，从小到大，一到寒暑假，妈妈就把他扔在小舅那里。

爸爸进来了，他是专门来见一心的新老师的。他穿着西装，拿着公文包，他一穿上这身，一心就知道，爸爸又要出去了。

爸爸向老师伸出手：辛苦你了！他要是不好好练，你尽管打，书柜旁边就挂着他的专用戒尺。

短暂一握，旋即松开，爸爸一只手拿着公文包，一只手插进裤兜里，这是个不常见的姿势。一般来说，当他站下来说话的时候，公文包会夹在腋下，两只手会交叉在肚脐那里。他出去了，小魏老师抬手在脸上抹了两下，跟他打招呼的这几秒钟，似乎耗费了她很多精力。

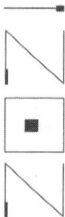

上完书法课，妈妈的晚饭也准备好了，小魏老师被留下来吃晚饭。

不等冯院长吗？她有点不安的样子。

不用管人家，人家跟我们不是一个作息表，人家二十四小时都是国家的人。

一心似乎担心小魏老师会对爸爸留下某种印象，解释道：他在外面吃不好，光顾着说话，都没看清桌上摆了些啥，每次回来都要加餐。

话题不知不觉转到小魏老师的婚姻大事上去。

很矛盾，谁都想找个能干的人，但男人一能干，就变成国家的人了，就不再属于挖掘他的那个女人了。

小魏老师说：你说的是冯院长吧？也不是每个能干的人都能达到冯院长这个程度的。

我倒很怀念他当医生的时候，按时上下班，回到家就做饭拖地，还辅导一心作业。自从当了院长，家里什么都不管，家就是个旅馆，我是保洁员，一心是门童，高兴就摸他一把，给点零花钱，不高兴看都想不起来看他一眼。

还不是因为你太能干，你把一切都担了下来，让冯院长没有后顾之忧。

我担什么呀，家里一团糟，你看看一心房间的窗户，一年多了，迟早哪天会连窗框都要掉下来的。总有一天，我要来个大罢工，大家都不管了。不说我了，说你！你真的还没有目标吗？也不小了吧。

目标？有啊，我希望我未来的丈夫是个军人，这样我就不必每天都面对他，每天都做那么多家务了。虽然我没结过婚，但在我的想象里，两个人天天在一起，会不会很烦啊？我尤其不能理解那些在同一个单位工作的夫妻，白天在一起，晚上还在一起，真的不会疯掉吗？

妈妈看了一心一眼：你吃完没有？吃完了就进去写作业。

一心知道，接下来她要开启少儿不宜的话题了，而这恰好是他最感兴趣的，不过既然妈妈赶他走，他也没法强留下来。

人长大了真好，什么都能说，什么都能干。一心回到自己房间，关上房门时，他故意留了一道缝。

她们果然在说他最想听的话。

你喜欢两地分居啊？千万不要，我告诉你，说到底人就是动物，分开太久肯定会出事。

出事就出事呗，靠绑在一起才不出事的，也没什么质量。

哪有你想象中的高质量的婚姻，都是靠绑的，金钱绑，孩子绑，房子绑，毫无捆绑能在一起一辈子的，我没见过。

你这么悲观，还这么幸福，为什么？

正因为悲观，才能幸福，你这么乐观，我还真有点担心你。不管怎么说，先嫁了再说吧，再不嫁，生育年龄都要错过了。

那你帮帮我啊，我现在完全没有机会结识外面的人，成天都跟你们这帮老面孔在一起。

这可不容易，我知道你很挑剔。公务员你不要，嫌人家唯唯诺诺媚上欺下。老师你也不要，说人家张口就训人。生意人你也不要。其实你那都是偏见。还有什么人呢？我好像把所有的类别都搜遍了。

医生怎么样？医生看起来不错哦，以后看个病什么的也不用跑医院了。

想找医生我可帮不上忙，我认识的医生都结婚了，没结婚的都是小青年，刚毕业的，有些连见习期都还没过。

前两天正好有人想要给我介绍个医生，我还没决定要不要去见面。

快说说哪个部门的。

好像是做理疗的。

做理疗的？妈妈的声音里有很明显的不屑：要不，你先不要做决定，我来帮你试试找个真正的医生。这不是工作的问题，是将来你的家庭经济结构问题。

小魏老师退缩了：还是算了吧，这么找太刻意了，不是说要么等要么碰吗？碰上了就碰上了，碰不上就这么晾着。我只是很纳闷，为什么人家毫不费力就碰上了，我闲置这么多年，一次也没碰到过。

一心！妈妈猛地转头，冲一心的房门喊：别以为我不知道你的诡计，锁门！

一心只好从桌边站起来，用力关上门。他不介意妈妈当着客人的面吼他，妈妈说，男子汉，接受打击和侮辱，跟争取荣誉一样重要。

风中的感叹号

程姐是那样一种人，喜欢画眉，却不喜欢眼线和眼影，喜欢用粉饼，却不喜欢用粉底液，这让她的妆面有点像儿童画。

她还喜欢金丝绒和丝绸，喜欢旗袍，喜欢盘发。鉴于她的身材日趋发福，不得不走定制路线。她有自己固定的店，很多年前，政府部门有人出国公干，相关部门的人会把那些人叫到一个地方，量身定制出国西服。程姐找的就是那个店，那个店自知身份娇贵，平时不是半掩着门，就是索性不开门，生意全靠电话预约。

程姐的旗袍因此十分合体，且质地精良，与众不同。

为了与旗袍相称，程姐只梳一种发式，在头顶高高地盘一只髻，因为发量丰盛，髻子周边至少要卡上十五只以上的黑色小钢夹，定位牢固后，再盘上一条珍珠发圈。

头发搞定之后，再松松地往旗袍上套一件白色羊毛坎肩，天热就换成真丝披肩。

与这一切相匹配的，必须是高跟皮鞋。

这样的装束不能骑自行车也不能骑摩托车，所以无论寒暑冬夏，程姐一直都是不紧不慢笃笃定定在路边盛装步行。远远看去，利索笔挺，像在风中平缓移动的感叹号。

作为院长，程姐的丈夫可以享用公务车，可他却连顺风车的机会都不肯给程姐。人家绝对不会认为你只是在搭顺风车。他说。

她理解，也支持。支持他，就是支持自己，支持自己的人生。

所以她一天几趟步行在多风的峡口，幸亏她有旗袍，把她的一切裹得恰到好处，既不张狂地飞舞，也不小里小气地躲进她的胯间，连头发似乎都看透了她的处境，特别支持她，乖乖地趴在发网里，纹丝不动。

在牛仔裤运动鞋武装起来的人群中，程姐异常耀眼。他们说，程姐你好像宋庆龄，程姐你像上海滩走出来的人。他们越是这样说，她就越是一日三省，生怕自己的言行配不上着装。她去春游，端端正正站在花花绿绿大声喊"耶"的同事中间，似万千花草簇拥着一块大岩石。她去上班，电脑上方，一尊丝绒与珍珠的旧时代肖像，既让人心生恍惚，也让人怀疑她的专业能力。她去开会，纹丝不动，后背笔挺，像某个大人物的正妻。她去菜场，卖菜的人说，您让保姆来就行了，何必亲自动手。

一年中总有一两个极其难得的时刻，她和冯院长走出家门，沿着小区外面的马路慢悠悠踱步，路过一家店铺，她扫了一眼，自己都惊呆了。一个穿着黑色金丝绒旗袍的夫人，头上戴着珍珠，走在一个身材高大面目模糊的男人身边，正式得仿佛要去人民大会堂开会，可他们明明只是晚饭后出来消消食。

惊讶之余，她有点担心，委婉地问他是否看腻了她的旗袍，他唔唔两声，说：挺好！她追问他好在哪里，他说：起码不俗！她再次试探：你不觉得太打眼了？现在已经没人这样穿了。

那才是你呀。他望着前方说。

好像也太正式了，现在流行休闲风。

旗袍永远不过时。

你指的是张曼玉的那种旗袍吧？她再次试探他，虽然句句都是偏向她的好话，但她还是觉得没采集到她想要的信息。

张曼玉只有一个。

进入旗袍大门后，她发现里面还有无数分野。这几年，她越来越往夫人旗袍的路线上走，那些轻薄而便宜的面料，包括昂贵的真丝，越来越不适合她日渐丰满的身躯。她寻求一种既柔软又挺括又透气的面料，她发现那种料其实很贵，多半依赖进口。如此一来，她的定制就变成了真正意义上的高端定制，但她刻意不告诉别人价格，她直觉这样做是安全的。讲不清是她选择了旗袍进而选择了某种生活方式，还是旗袍裹挟着她，将她绑架到另一条路上去，她感到自己正在跳出原来的圈子，往广阔辽远的地方看去。她养成了看新闻联播和时事追踪的习惯，她的谈吐也在发生变化。有个很深的夜里，她终于等回了在外应酬或工作了大半夜的冯院长，她对他说：我一晚上都在担心，你必须跟那些医药代表彻底划清界限，最好让他们永远都找不到你。

他说：我先洗澡。

径直进了卫生间。

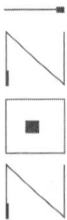

为什么爸爸回家第一件事总是洗澡？他是在外面捡垃圾了还是挖煤了？

她跟一心解释：爸爸在外面应酬多，光是握手，一天都不知道要握多少回，手上的细菌多得你无法想象，严格地说，他应该在进家门前先消个毒，但我们这里没这个条件，只能让他一进门就先去洗个澡。

尽管如此，她觉得她并没有彻底打消一心的疑虑。孩子一天天长大的坏处就是，大人会觉得自己越来越笨，藏了头，却露了尾。

她整理他脱下来的衣服，有的要送出去干洗，有的要手洗，家里的洗衣机，只属于她自己和儿子。她像所有的女人一样，仔细翻找他的衣服口袋，察看衣领袖子，拿到鼻子底下闻一闻，她从来没有在他的衣服上发现口红印和长头发，也没有陌生的香水味，一次也没发现过。

她既欣慰，又难过，一个无肉不欢的人眼睁睁变成了素食主义者，她觉得自己有责任。她太知道他了，在他们共同的年轻时代，尤其是儿子出生前的那几年，她私下里曾经叫过他冯生铁，许多个清晨，将醒未醒时刻，他迷迷糊糊进入她，瞬间元力勃发，硬得像生铁一样，这种情况持续了一年多，以至于他们总是没法吃早餐，洗脸刷牙都只能匆匆忙忙，因为床上动作再快，也比洗脸刷牙耗时。上天是公平的，你铺张浪费过什么，后来就会缺什么，之所以没有痛感缺失，是因为另一件事代替了那根生铁，他几乎连年提拔，从普通医生一步步走进院长办公室，这件事带给他们的兴奋感足以盖过一切生理体验，他回家的时间越来越晚，有时甚至不回家，打他电话，不是在路上，就是在会议室里、宾馆里，即使在家里，他的手机也是二十四小时不关机，常常在深夜有电话响起，他一接，整个人惊坐起来，急急地披衣起床，摸着黑往外跑。这中间她也经历了很多，她大病了一场，人人都以为她将死去，可她又活了过来，只是丢失了一些脏器，等她终于痊愈后，他们就分房而睡了，因为疾病给她留下了神经衰弱的后遗症，一旦她被他的晚归吵醒，后半夜就再难入睡。

有时她觉得分房睡是好事，有时又觉得错得厉害，两个人的被子冷了，好像什么都跟着冷了。作为弥补，一天当中，她多次随意进出他的房间，表面看起来那是她的特权，实际上是因为她要打扫，他则轻易不踏进她的房间。她不得不退而求其次，至少他进大门还是义无反顾奋不顾身的，她悄悄修改了防守线，其实也不叫修改，是额外加了一道防守线，一个没有了子宫、没有了卵巢、没有了月经、没有了青春的女人，她的一切都必须是双线强力防守，老天爷保佑可怜人，别人都不可以，唯独她，老天爷允许她启用双线防守。

其实她还有一道天然防护，但她不想使用，那就是儿子一心。无论如何，她都不能把一心当作自己的防身牌，她不想把儿子拖进这场不动声色的较量中来，更不想让儿子在父亲面前减分。每天晚上，不论多晚到家，不论一心是否已经睡熟，他都会去他床前看一眼，出来时，一个人笑眯眯地说：真他妈快呀！嘴上都有一圈茸毛了。她喜欢看到这样的场景。

他大概永远都不知道，每天早上，他上班之后，她是抱着怎样的热情在收拾他的房间。枕头、被子的皱褶、遗落的小纸片、超市的收银小票、换下来的睡衣，唯有一样东西她只能在夜里检查，就是他的公文包。因为一旦他醒来，走出大门，公文包就像皮带一样跟他形影不离。

她在他的公文包里发现过现金，用信封装起来的，缠着银行腰条的。她知道那都是些小外快，多数是以车马费、评审费、讲座劳务费的形式用现金付给，未来即使有事，也够不上受贿腐败之类的标准。

她会把她发现的现金都收走，他从无异议，只有一次，他说：你总得给我留点零花钱吧。她说：你哪有机会花钱？

上次出差，几个人在车上为一件事打赌，我输了，开包一看，没有一分钱。

她笑笑，继续以主妇身份收缴他的现金，以及财物，都是价值不菲的好东西，名牌皮鞋、名牌西装，后来还有手表，以及新上市的手机、新的笔记本电脑。有时她会有种荒唐的感觉，他背后似乎还站着一个看不见的高段位的妻子，在奋力打扮他。当然，这个人并不存在，这一点她很有把握。

收缴归收缴，同时不忘警告，这也是她的角色职责。

这些东西有什么用？你又不赶潮流，别被那些人害了。

还是老婆好。

她冷不丁提起小魏的那个做理疗的医生。

也许已经见面了，也许还没有。

少管人家这些事！他在专心致志整理领带。

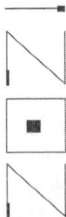

我是想问你知不知道那个人。她仔细观察他的表情。

医院有一两千人，我能记住十分之一都不错了。他的视线始终没跟她对接上。

他边说边走，等她发现他遗漏了他的茶杯时，他已带上门走了。

她冲向窗边，他在楼跟前转弯，他的车等在那里，司机早上会来接他，但晚上，他不用司机，他喜欢自己开车回来。司机正在替他拉开车门，他径直坐进车里，像皇帝一样无视司机的殷勤。她提醒过他，在下属面前要谦逊，但他似乎没往心里去。

他跟以前不一样了。在玄关换鞋的时候，她就有所发现，他没有弯下腰来，而是直着腰，踢开拖鞋，用力拱进去。他以前都是弯腰进行的，他说人必须对自己的所用之物有所感恩，尤其是鞋，鞋是人一生须臾不离的好伙伴。

也许在更早一些的时候就已经不一样了，只是不那么明显，没被她发现而已。

她整理好自己的地盘，回头审视一眼，锁上门，步行去上班。

走路的时候，她脑子特别活跃，她沉浸在自己的世界里，脸上盛着奇怪的表情，常常一不小心就走错路。她已经看见好几个人朝她回头了，她相信那些目光是她的新旗袍带来的。她今天穿了一件湖蓝色改良旗袍，在店里试穿时，头发雪白的老师傅望着她，慈爱地说：像个女教授！

一个很老的老头，十米开外就一直盯着她的脚，鞋并无新意呀。她顺着他的视线低头一看，终于明白一路上那些目光是什么意思了，她穿错了鞋，一只脚是红皮鞋，一只脚却是黑皮鞋。她脸上一热，马上转向，脑子里轰轰响着往回走去。

六张篾席大的房间

星期四，天刚黑定，冯医生就像从地底下冒出来一样，突然出现在无名弄堂小魏家门口，连一秒钟的停顿都没有，如同踩上了电子感应器，大门无声洞开，冯医生掉进了那个洞里。

他从来不用钥匙，直接用密码一样的短语给她打电话，她接了电话，就在门边候着，数着他的脚步声，直到最后一秒，提着门把手，把他迎进来。

她关好门，会在猫眼里观察一小会儿，看有没有人尾随着他。

都是他教给她的，她学会一样，就添一分紧张，之前她什么都不懂，反而什么都不怕。

他进来就往地上一躺，孩子般摊开手脚，踢掉袜子，扯掉皮带，踢掉裤子。

小客厅兼餐厅的地上被小魏铺满了从乡下收集来的篾席，因为他说过他最喜欢赤脚踩在篾席上的感觉。房间不大，六张篾席就铺满了。

小时候，从春到秋，我都睡在这样的篾席上。

小时候你在哪里？

离这里六百里的冯家坳。

现在还回去吗？

不回去了，亲人们不是死了，就是跟我一样搬到城里来了，我已经没有故乡了。

那就把这里当故乡吧。她也在篾席上躺下来。

你真的去见了那个做理疗的医生？

还没有，没兴趣。隔一段时间就有人来做媒，但我都没兴趣。

不见也好，见了我就得被甩了。

她推了他一把，他就势拉住她不放，她提醒他先去洗个澡，他果断拒绝。

我不！谁知道待会儿又有什么事。再说，回去我又得洗，我一天当中到底要洗几次澡啊？

他没夸张，的确有好几次，他刚到没多久，就接到电话，不得不气急败坏地穿好刚刚脱下的衣服，闪身走人。

他把手机放在伸手可得的范围之内，一旦进入程序，从不浪费时间，以免被人中间打断。刚一完事，就迫不及待往卫生间跑，手机放在马桶盖上，这样就不会错过电话。

他洗澡的时候，她也不能闲着，仔细整理他的衣服，看上面有没有粘上她的头发、她的口红，一经发现，立即采取措施，免得他带上罪证回家。

如果洗完澡还没接到任何电话，他会去她床上小睡片刻，她则去准备晚饭。首要任务完成之后，小睡和晚饭他就不介意被打断了。

因为事先练习过，而且筹划已久，她的晚饭总是上得很快。

他喝着她斟上来的酒，吃着她盛上来的饭，呵呵地发出包容的笑声。

你不管怎么做，做出来的都是单身汉味道。

她有点气恼，明明已经用了很多心思，费了很大力气。

别生气，这是夸你呢，这样做饭才是你呀。

后来她终于知道，她做菜既没有章法，也没有底蕴，她一瓶酱料都没有。而程姐的厨房，光辣酱一项就有五六个种类，各种调味瓶高高低低摆在一起，就像个药铺。

她没办法武装起一个程姐那样的厨房，毕竟她并不是天天做饭，而他也说：我来这里的主要目的并不是吃饭。有一次，他甚至自带了一大块卤牛肉过来，并且说那是一块很有来历的牛肉。她尝了，觉得从未有过的好吃，但他再也没有带过第二次。

她问他，如果那个做理疗的小伙子约她，她要不要去赴约？她本想避开不谈，但又觉得这是她必须正视的现实，就算没有这个做理疗的医生，也还会有别人，毕竟她正值这个年龄，又是单身。她觉得正好可以试探他一下，她要不要撇开一切，把希望寄托在他身上。他沉吟了几秒说：还是去见吧，既然你程姐也知道了，断然拒绝她会觉得奇怪。

她马上一脸受挫的表情，他在她身上到底是没有别的想法的。

我宁愿一个人、一辈子住在这间小屋里。她的声音顿时颓唐不堪。

瞎说！你会搬很多次家，搬一次房子就大一次，最终，你会住进一个高门大院里，你会在那里结婚，生孩子，练一手好厨艺，你会彻底忘掉我，别否认，谁都逃不脱自然规律。

要不，我调到你们医院去吧，这样我就可以一直在你周围，不管我将来怎么样，你将来怎么样，一直到老，我们都可以很近很近。

别说傻话了。我肩上的担子太重，医院里有两千多号人，身后还有一大家人，你程姐身后也有一大家人，还有孩子，工作上也是一言难尽，太沉重了。天天面对这么沉重的我，你会厌烦，还会被传染，而我只想让你活得轻松些。

我看你，还有程姐，并不沉重啊，而且程姐以你为荣，三句不离"我们家冯医生"，你们俩简直就是模范夫妻范本。

我不能说太多，这对她不公平。好好过你的生活吧，该怎样就怎样，不要对我抱有任何希望，我这辈子就这样了，再过几年，一退休，万事休，你还这么年轻。将来某一天，你在大街上碰到一个弓腰驼背的老头子，不要狂按你的汽车喇叭吓他就行了。

她打了他一下，说不出更多的话来。

我不想再去你们家了，周五一心的书法课我也不敢再教了，每次看到程姐的笑脸，我就无地自容。

不要这样想，一切存在的都是合理的。

你想要我一直装下去？装一辈子？

我倒是想呢，不过那个做理疗的医生怎么办？

辣椒酱与避孕套

午餐后半小时里，大多数人会选择去附近溜达一小会儿，除非是下雨。小魏从不出去，因为上班时间不能玩手机，中午那会儿她得捧着手机把耽搁的时间全都赶回来。

但这天她玩不成手机了，她被程姐叫去了办公室。

程姐的办公室拾掇得像个小家，她把百叶窗帘理得整整齐齐，挽起一半，办公室立刻光线适宜，充满凉意。不像其他办公室，要么窗帘全开，光线刺眼，容易疲累；要么全部拉上，需终日开灯。她在窗台上摆满绿植，在办公桌上摆一只卡通文具盒，座椅上搭一条小毯子，办公桌下，一个不起眼的地方，放着一个红外线理疗器，说是可以保护踝关节和膝关节，长期使用，可以一辈子不得关节炎。

小魏奇怪，就快夏天了，还担心踝关节着凉？

我年轻时也跟你一样，嘲笑过心疼关节的中老年人。

不过程姐不是叫她来谈关节炎的，她打开文件柜，从某个角落里拿出一瓶辣椒酱来。

专门带给你的，我托亲戚帮我做的，自己种的辣椒，没打过农药没施过化肥，生姜大蒜花椒都是本地野生品种，一定要吃本地品种，一方水土养一方人晓得啵？菜籽油也是土榨坊里榨出来的，样样都是自产的好东

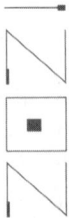

西，你拿去炒菜用，也可抹馒头吃。

满满一瓶，装在大号念慈庵枇杷膏的玻璃瓶里，程姐每说一句话，瓶子里的红油就顺着辣椒酱的缝隙移动一点。小魏接过来，两手一沉，分量超出她的想象。她想起冯医生评价，说她的饭菜有种单身汉的味道，这下好了，她可以丰富一点了。马上又脸红心跳起来，当心啊，程姐有双犀利的眼睛。

犹豫片刻，她又放回桌上。你还是自己享用吧，我一个住集体宿舍的人，没有机会做饭。

我知道你们集体宿舍也是有厨房的，什么叫没有机会做饭？就是懒，来了客人来了同学怎么办？下馆子？经常下馆子，你那点工资也吃不消啊。再说，一个女人，总得练一两样拿得出手的家常菜。

我没有客人。她急忙打断程姐。

我就不信，你一个客人也没有？程姐盯着她。

她的眼神下意识地游移开去，马上又命令自己收回来，理直气壮地面对程姐：没有。

程姐笑了起来：反正你得收下，我专门为你带来的。你知道怎么用吗？

于是免费上了一堂厨师课，烧荤菜何时放酱，炒素菜何时放酱，半荤半素又如何放酱，以及为何要有这些区分，小魏才知道，小小一勺酱，学问竟这么大。

菜跟人是一样的，都是那几样东西，有些人就是好看，有些人就是不好看，还有些人看上去也不错，但人家就是不喜欢。可惜呀，我只懂得把菜炒得好吃，其他什么都不行。

小魏心里又一阵跳荡，不过她叮嘱自己别多想，也别主动挑起话头。她低头盯着辣椒酱，似乎想要数清里面有多少片辣椒，多少片生姜与大蒜。

你比以前更漂亮了。程姐突然说。

小魏抬起头来说：怎么可能？只会一天比一天老嘛。

你正在花期，老离你还远着呢。我刚见你时，你皮肤没这么好，也没这么白净，现在又饱满又水嫩。程姐突然凑上来，压低声音：男人最喜欢这种皮肤了。

小魏打了她一下，正要说话，程姐电话响了，电话很短，嗯嗯两声就放了下来，程姐说一会儿有人来她这里领工会福利，小魏趁机要走，程姐却留住了她：我还有要事跟你商量呢。

一个女人敲门进来，是本单位员工，但小魏不知道她名字，就低下头去不看她。

程姐拉开抽屉，拿出一盒东西，问那个女人：你要大号还是中号？或者小号？

女人果断要了大号。

程姐让她签完字，才给她东西。女人刚一走，小魏就扑过去：什么东西？还大中小号。

程姐似笑非笑地望着她：你也可以领的，工会福利，人人都可以领。程姐把盒子递到她眼前，原来是避孕套。

这东西也发？

计划生育产品嘛。

小魏吐吐舌头。

程姐突然哧哧地笑起来：真有意思，每个女人来我这里，都说要大号，我记得只有一个人拿了中号，小号一个也没领走。什么生产厂家，一点心理学都不懂。

小魏想笑又不敢笑，站起来说：我走了。

喂，喂喂，我话还没说完呢。

程姐一把薅住她的胳膊，塞了一个小盒子在她口袋里：拿着，你也是工会会员，不要白不要。

我不要，我要它干吗？

给你就拿着！都成年人了。

程姐到底还是把东西塞进了小魏的口袋里，小魏无论如何也没法停留了，一溜烟下了楼。

回到办公室坐定，小魏突然一惊，程姐不是说有事跟她商量吗？结果什么也没说，就给了她一瓶辣椒酱，一盒避孕套！她听到自己的心跳声猛地高昂起来。

滨江公园里长风浩荡

狭长的滨江公园里长风浩荡，中段有一片高高低低的亭子，风势被

回廊减弱不少，是个聚会吃饭的好地方。下午三点，那个做理疗的医生会在那里等她，媒人告诉小魏，他会穿一件红T恤，胸前印有耐克钩儿。然后又把小伙子的照片给她看了几张。

小魏到底不太积极，就说：我肯定找不到他，我最不善于认人了。

我都说得这么详细了，你们要是还找不到对方，那就真是没缘分。

小魏迫不及待地把这个决定告诉了冯医生，炫耀忠心一般。

见就见吧，聪明点，不要两三句话就被人家拿下了。

拿我？应该是人家两三句话就被我拿下了吧。

你敢！有情况随时打我电话，我来救场。

小魏满足地笑出声来，这才愉快地朝滨江公园赶去。

人很多，也很嘈杂，与她想象中的约会场面相去甚远。她一进去就看到那个红T恤了，人偏瘦，除了他的红色上衣，没一点抢眼的地方，他正专心致志低头看手机，丝毫看不出在等人的样子。

小魏躲在一丛冬青树后。

从上往下看，小伙子脸型不错，鼻子突出，跟这样的人生个孩子的话，鼻子肯定能得到遗传。手指也不错，瘦长、灵活，不过这灵活也许仅仅体现在使用手机上。发型不行，一看就是出自十五块钱的里弄师傅之手，也不够顺滑，肯定是没洗头的缘故。既然是相亲，居然连头都不洗一个，也太不当回事了。小魏正要回身就走，冷不丁地，小伙子一抬头，两人视线撞了个正着。

坐下来后，小伙子第一句话就把她拉住了。

我叫冷铁军，我以前见过你，你们单位体检的时候。

连她自己都不记得体检时的情形了，也从来没有人在相亲时这样介绍自己。

可能是空腹时间太长了，我听到你肚子里的肠鸣声，你当然也听到了，我们同时笑了一下，你可能忘记了。

奇怪！那么多人空腹，难道就我一个人肠鸣吗？

别人肠鸣时都是绷住脸，假装没发生，只有你，非常不好意思地笑了一下，所以我记住了。

得有一年多了吧？还记得？

那是因为，我在暗中打听你。

不会吧，你是说，是你委托那个人……

不可以吗？我比较喜欢按程序来，因为我怕被误解。

小广场上响起一阵歌声，还有伴奏的乐器，轻而易举就盖住了他们的说话声。冷铁军提议，他们可以去江边走走，那边安静多了。

江边风大，看着水面平平静静的，只有船行带来的细小波纹。实际上，小魏前额的几缕散发一直处于扬起的状态，冷铁军也是，她看到他额头上整齐的发际线，不由自主想起冯医生的，和他相比，冯医生的头发又稀薄又寒酸，像秋天败落的荒草。

这是我今年做得最成功的一件事。

什么？

终于把你从人海中捞出来。

小魏抿着嘴笑，被人专心致志地讨好，感觉还是不错的。

他们从中段开始，沿着江堤往北走，渐渐走到了无人区，往上一看，只有密密匝匝的树林，再往前一点，就是一片工厂厂区，几个大烟囱吐着白烟，宿舍区挂满各种晾晒的衣被，斑驳零乱。冷铁军说，我父母的家就在这一带。

这意味着，冷铁军是本地人，小魏不是没关注过，很多姑娘都想遇到这样的本地小伙子，家中至少有一两套房，不仅不指望孩子赚钱回去贴补家用，反而能给孩子提供力所能及的支持。

两人走到滨江公园的最北端，转过身来往南走，走到他们第一次出发的地方时，冷铁军提议去看电影。

正好是小魏想看的电影，就痛快地点了头。

在影院坐好，才发现这是一个特别适合情侣的小影院，全场只有他们俩正襟危坐，她感到尴尬。为了尽量减轻这种感觉，当他们的手指在爆米花盒子里相遇时，她没有倏地闪开，幸运的是，冷铁军并没觉得这是某种许可，也不打算趁机偷袭，这让小魏陡生好感。几分钟后，冷铁军碰了碰她的胳膊，凑到她耳边说：我看到了熟人。他把声音压得更低：某某某和他的外遇。

小魏并不认识他说的某某某，也不打算掉头去寻找，这倒让冷铁军意

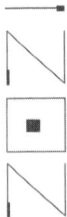

外：很好，你不是个八卦爱好者。

她附在他耳边问：你怎么看这种事？我是说，外遇。

热烈的感情总是美好的。

她更意外了：即使是外遇？

外遇也有好的一面，可以巩固原配地位。

小魏白了他一眼：外遇是可以毁灭婚姻的好不好？

那要看什么样的婚姻，那些还有使用价值的婚姻，不大容易毁灭。

小魏不知不觉有些出神，恰在这时，冯医生发来信息：聊得很愉快？她抿嘴一笑，故意发了一条：不容小觑哦。然后告诉他，他们在看电影，冯医生就再没消息来了。

一直到电影结束，冯医生那边都没消息，冷铁军的话更多了。她开始感到不安。

听说你住集体宿舍？其实你可以考虑租房，还是要有自己的独立空间比较好。

我不需要。小魏果断回答，心里感谢他提到这个话题，正好拉开他们之间看似正在缩短的距离，让气氛冷却下去。她急着给冯医生回信息，又不想当着冷铁军的面回。

小魏生硬地停止对话，闷着头走。冷铁军觉察到了，瞄了她几眼，问她是否急着回去，他可以送她。

不用，我得去趟超市，我们就此别过吧。

冷铁军要她的电话号码，她痛快地给了他，心想，正好，我可以在电话里宣布结束，省得现在尴尬。

冷铁军刚一转身，她就迫不及待给冯医生发信息：纯粹是浪费时间。已经散了，就在刚才。

才散？时间不短嘛。

总得说几句话嘛，你以为都像你，行动大于语言。

冯医生那边就没话了，他很谨慎，稍微有点露骨的对话一出现，他立刻消失。她赞赏他的理智，只有糊涂虫、失败者，才会控制不住自己。

一场暴雨

天气十分恶劣，南方来的风把一切都吹得滴溜溜转，空调外机在护壳里发出阵阵怒吼，电缆线仿佛打结了，被人抓在手里一个劲地抖。街上飞舞着绿叶，前一秒钟它们还长得好好的，青翠欲滴，这会儿全都被风从树上扯下来，淌着鲜嫩汁液，满大街打滚。风把回家的小魏吹得东倒西歪，她本来不想回家的，她刚刚下班，如果直接回到集体宿舍，她将一滴雨都淋不到，一丝丝风都感受不到，因为集体宿舍就是她上班那栋大楼的后面一栋。

但冯医生发来信息说：有个想法要跟你交流一下。

他通常都用这类暗语：交流想法、征求意见、聆听高见、有事相求。

她只好举着一把小花伞，在风雨中踉跄着往那个僻静的小弄堂赶去。

伞被吹得翻了过去，像一朵郁金香，好不容易翻回来，没走几步又吹翻了，后来她索性不把伞全部撑开，只撑开六成，倒是不容易吹翻，但举伞的胳膊受不了。她想叫车，但满大街的车疯了一样呼啸来呼啸去，根本不肯停。这个天气真是，所有的东西都发了疯。

终于到家了，不但衣服湿透，连体内都仿佛灌满了雨水。这时她应该赶紧打开淋浴龙头，用热水将冰冷的身体冲洗干净，冲到发热、发红，再喝一杯滚热的姜糖水，她从小受到的教育和熏陶就是如此。但她不敢去浴室，她担心冯医生马上就要到了，不能让他在门口敲门，敲了很久她才啪嗒啪嗒跑来开门。她从没让这种情景出现过，他既不能敲门，让邻居听见，也不能多等哪怕一秒，让邻居看见。哪怕只是一个背影，也可能给他们这个小小的不合法的家带来灭顶之灾，她必须在他刚一靠近大门，还差一步就要迈进大门时，无声地将门拉开，让他毫无停顿地进来，必须保持这个速率，就算被人无意中看见，也只能怀疑是自己看花了眼。

她披了块干的浴巾，一边揉搓头发，一边站在门背后等。

风雨加大了她辨听门外动静的难度，她发现她什么也听不到，最后她想出了一个好办法，她把门打开，顺手从头上取下布艺发圈，插在门与门框之间，再通过这一丝丝门缝盯着外面。只能这样了。

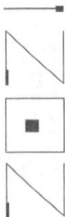

衣服上的雨水源源不尽地滴落下来，脚边地上很快就湿了。她感到冷，冰镇过的湿毛巾贴在身上，就是那种冷。

她后悔没有进门就去洗澡，否则现在已差不多快要洗完了。她打了一个冷战，一串喷嚏接踵而至。

门外一暗，几乎没有声音，是他。她奇怪他是怎么做到没有脚步声的，难道他的鞋底上有消音器？

她把他迎进门，说了句我先洗澡，转身就往浴室跑去。

她把水温调到能够忍受的最大限度，洗头，洗澡，直到把就要流出来的清鼻涕逼回去。

她出来时，他一脸严肃地坐在桌边。

为什么你迫不及待要洗澡？你跟那个姓冷的小子有事，对吧？

她头缠干发毛巾，生气地瞪着他，他也瞪着她。

我下了班，直接从单位过来的，冒着大雨赶过来的，差点被雨淋死在路上，你说我有时间跟他有事吗？

昨天我也没来。

你想说什么？把你想要说的全都说出来。

如果你真的跟他好了，我就不再来了。

我、没、有，我跟他见面的情景只差直播给你了。

她跌坐下来，把潮乎乎的干发毛巾扔在桌上。不来拉倒，省得天天提心吊胆，做贼似的。

他在靠近她，她知道他后悔了，他不过是想以这种方式镇住她，她看透他了。他从后面抱住她，吻她的脖颈。

再说这种话，就真的不要来了。

不说了。他转到她前面来。

别耍我，别欺负我这个可怜人。他吻着她说。

你可怜？太搞笑了。

是啊是啊，没一个人觉得我可怜，谁都觉得这两个字跟我不相干。

后来他们又一起进了浴室，他闭着眼睛，在水龙头下接受冲洗，离开了那些衣服、那些表情、那些姿势，就像灵魂离开了躯体，肉身显得势单力薄，鱼尾纹并没有因为水的灌溉而鼓胀变淡，反而更深了。这使他闭起来的眼睛不像是在享受，而是在受难。也许他真的挺可怜，因为他永远戴着面具，他永远在憋屈自己，他真正的自己永不能见天日，实际上他才是"铁面人"。只有在她这里，他才敢拿下面具，直面自己，他当她是珍宝，是心肝，是玩物，奉献自己，不顾一切。她瞥见柜镜里的自己，面颊又红又潮，没有办法，谁也不知道未来会有什么，更好或者更坏，不如接受眼前，潜心享受。他们从不敢大声，因为老房了不隔音，他们经常听见隔壁老人不要命地咳嗽。但他们很快就发现，紧张有紧张的妙处，当把一切声音压低到刚够对方听见的程度时，真的非常非常性感。因为那时他们必须放慢语速，必须把平时不堪启齿的词语说得缓慢又清晰。他常常让她爆发猝不及防的大笑，却只是嘎的一下，赶紧死死捂住嘴巴，而他最喜欢她笑得裸躯乱颤的情景。每次他走前，穿好衣服之后，必须对着镜子预演一下走上街头的表情，他担心脸上的放荡会留下余韵。

他的每一次离开都会惹得她伤心，他们这样算什么呢？情人吗？可她看到的情人们都旁若无人如胶似漆，而且往往伴随着大量消费，她消费过他什么呢？偶尔放点钱在她抽屉里，最多的一次也只有五千块。她拿它去买了个空气净化器，因为空间小的缘故，她总觉得屋里空气欠佳。小三吗？小三可不像情人，情人只讲两情相悦，不问未来，小三的目的可是要撬掉原配的，她从没奢望过，他也没有这个意思，因为他总在强调，程姐对你可不差。最最悲哀的是，她竟也没有逃离这里的迫切愿望，甚至，当一个做理疗的医生出现在她面前时，她也没有感到特别的吸引力。这是怎么回事呢？慢慢习惯了小小洞穴中的秘密生活？还是在等他终于做出那个伟大的决定？

差点忘了，今天我可以晚点回去。他已走到门边，又折回来：今天你程姐不在家，我可以在你这儿吃了饭回去。

她欢快地答应着，目送他爬上她肉粉与浅灰相间的睡床。

要不你也不要做饭了，我们再睡一会儿。

她温柔地拒绝了，她之前刚刚看过一个做回锅肉的视频，难得有机会实践一下。冰箱里有备用的五花肉，橱柜里有程姐给她的辣椒酱。五花肉

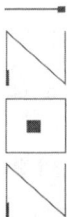

焯水时间比较长，等候的间隙，她靠着灶台打量房内的一切，继续想入非非。她想她将来可不想像程姐那样，把厨房弄得像个杂货铺，她希望她的厨房里看不到烟火气，她要把一切杂物都隐藏起来，让他吃到的一切有若天赐，而不是程姐那样以物理的方式调和而成。五花肉的香气漫出来了，抽油烟机根本抽不尽油烟味。下次不要再做了，她不喜欢家里有肉的气息，程姐家里就有，特别是她的厨房，她似乎明白程姐为什么要穿旗袍了。一进门，她就除下旗袍挂进衣柜里，出门前，洗好脸，化好妆，抹好香水，最后才去穿上旗袍，若脱胎换骨一般，所有肉类的气息、家务的气息、抹布的气息，都留给那身家居服。也许程姐也不喜欢那些气息，所以才想到要用一身截然不同的装扮来划清自己与那些气息的界限。想到家居服，她不禁笑了起来，可能是因为穿旗袍太久了，程姐的脸已不能适应其他服装。当她换上家居服时，立即变了个人，像偷穿了他人的衣服，又像某个发了福的家政工。总之，就是不像她认识的程姐。

她去叫他，说晚饭烧好了。

一顿饭工夫，他居然沉进了深睡眠，坐在桌前还有点发怔，没醒过来的样子。

其实你没必要这么麻烦。每次他拿起筷子，都要这么客套一下。他可能不知道，他吃下的不是饭，而是咒语。她小时候听奶奶辈的人说过，一个女人要是心里有了人，一定要想办法给他做饭吃，做一次，他们的关系就牢固一次。她知道这很荒谬，但还是不由自主联想到那个说法了。

"这是什么酱？"冯医生停下筷子。

她诡异地一笑：猜猜？

最后还是她自己说了出来：程姐给我的，是不是感觉特别亲切，明明是在我家，吃到的却是你家里的东西。

他似乎噎住了，梗着脖子对着她。然后，他放下了筷子，走向一边，去漱口。

以后不要用她这种酱了。

她不理解：我有次听程姐说，你非常依恋这种酱，说你不吃菜，光靠这种酱就能吃下两碗饭。

他漱完口，擦净手，回到桌边，说：那是在家里，在你这里，我不要吃它，我闻都不要闻。她什么时候给你的？

两个星期以前。

是吗？他移开了视线。

万一被她知道了，怎么办？

大不了破釜沉舟呗。

你才不敢！她笑起来。

她送他到门边，停在离门一米远的地方：见到她欢脱些，别那么沉重。

他摸摸她的头颈：真是个好姑娘！

他像特务一样机警地出了门，他关门非常有技巧，几乎听不到门锁的声音。

她在桌边趴了一会儿，细细消化他留在这里的一切，声音、味道、话语，消化到一半，电话响了，她以为是冯医生，结果却是冷铁军。

不，我不想出来，天气不好，我都准备睡觉了。不好意思，坏天气总是让我心情不好。天气当然能影响行为啦。

她想她必须毫不客气地杜绝他的想入非非，谁叫他那么闲，一副无所事事的样子，谁叫他那么多话，没一句话有分量，但凡他有一点点冯医生沉着稳重的风度气质，她都不会如此决绝。也许他并不差，可惜他们相遇的时机不对，他哪里是冯医生的对手呢？

耳边的风

他们已经有两个星期没有见面了，他说他最近忙得连吃饭都没时间，应付检查、申请升级，还有好多说不上来的大事小事。她明白，他告诉她这些，不是解释他的忙，而是提醒她，最好不要打电话给他，连信息也不能发。他的手机多数时候摆在桌上，消息一来，旁边的人眼睛一斜，就尽收眼底。已经有人闹出类似的笑话来了。其实他不提醒她也不会轻易联络他，她永远是乖乖地等他指令的那一个，她喜欢看到他忙得脚不沾地的样子，如果他来这里太频繁，太有规律，她倒要怀疑他这个副院长是假的了。一想到他来这里，其实是用尽了过人的心智，克服了重重困难，她就很感动，有种被他压缩了藏在心窝窝里的感觉。他带着没有形体的她开会，向领导汇报，给下属签字，他接受敬酒，在闪光灯里签合同。她一想

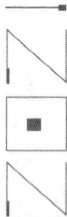

到这些，心里就暖洋洋的，仿佛比以前拥有得更多。

她整天握着手机，片刻不敢松开，因为害怕冷医生找她，耽误了冯医生打进来的宝贵机会，她关了机，而关机更容易错过冯医生的电话，只好再次打开。小小一个开关，一个不易察觉的小突起，快被心慌意乱的她磨平了。

冷医生联系不到她，就找到她工作的地方去了。

你不上班？她皱着眉头问。

为什么你电话老是打不通？

别浪费你时间了，我觉得我们不合适。她觉得这样拖下去不是个办法，冯医生都敢为了她跟屹立几十年的家闹翻，她还在乎一颗尚未萌芽的种子吗？

但我觉得我们特别合适，真的，各方面都很合适。

小魏哭笑不得：你说了不算。

你是不是不止我一个男朋友？

小魏吓了一跳：你什么意思？

你跟我在一起时，总在回复别人的信息，我发誓我没看到内容，但我有个直觉，肯定有个人，藏在我们之间。

真是好笑，你是提醒我跟你在一起时要关机，对吗？还有，现在还谈不上我们之间什么的，我还不是你什么人。

话不是这样讲。既然我们有媒人，那我们就是在朝那个方向走，对不对？

能不能走下去还很难说。

所以才要走走看嘛。

我不喜欢一个男人疑心那么大。

我也不喜欢一个女人总是把自己搞得那么神秘，我去你们集体宿舍问过，她们说你并不是每天都睡在那里，你别处还有行宫？

我们停止吧，立即，马上，祝你一切顺利。她想绕过伫立不动的他往外走，但他伸出手拦住了她。

不行，你得给我个理由。

没有理由。她正要转身去走另一个出口，程姐从办公楼后面绕了过来，也许冷医生在她背后做了什么动作，程姐被他吸引过去了，问小魏：这是你朋友？

她做了个否认的表情。

冷铁军却及时地向程姐伸出了手，两人客气地问候了一声，程姐回过身，两眼发亮地冲小魏做了个表情，知趣地走了。

原来她是你同事？

你认识她？

当然认识，医院里谁不认识她，但她不认识我。

小魏立刻觉得她有必要再跟冷铁军待一会儿，就收回脚步，随着他往外走。

原来你跟她是同事啊。冷铁军把重音放在"她"上，表情变得意味深长。我可听说过她一些事情。

小魏瞪了他一眼，催促他别卖关子，有话快说。

这事不能在大街上说。

她的目光落在一家冷饮店前。

也不适合在公共场合说。

最后他们找了个广场边上的小凉亭。

首先我声明我也是听别人说的。

她作势欲走，他拉住了她。

听说他们夫妻早就室内分居了，十几年前，她得了病，子宫输卵管卵巢全切了……你可别说出去，我也只是听说，而且我也不知道分居跟这个有没有关系……

他一口一个听说，长舌妇一样，一句一句往外抛出的都是令她目瞪口呆的硬扎货。她完全被他控制了，眼巴巴地望着他，一再要求他告诉她，切除那些东西对一个女性的身体来说意味着什么，有什么影响，还有没有什么别的影响。他说除了不能生育、不来月经之外，没什么大的影响。眨巴几下眼睛，又说：当然，可能时间一长，卵巢的分泌功能也会受到影响。她从他躲闪的眼神里觉察到他故意漏过了什么，她突然升起一股强烈的好奇心，她一定要弄清楚这件事。她又问他：她都生了这么大的病，她老公不是更应该细心呵护她吗？为什么反而要分居？他还是闪烁其词：他还算好的，有人还为这事离婚呢。这不是她真正想要的答案。等了一会儿，她决定单刀直入，因为除了他之外，她不可能从别处得到更专业的回

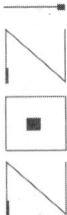

答，除非是冯医生本人，她肯定做不到。

我不知道对不对，在我的想象里，是不是……她做了那个手术后，就不能……她突然停下，怔怔地望着冷铁军。

冷铁军古怪地一笑，伸出食指，一下一下点她：你知道的可不少啊。

她强撑着辩驳：笑什么！亏你还是医生，我又不是白痴。

他收住笑，往她身边挪了挪：不说这事了，我们不该拿别人的痛苦来取乐。

不是取乐，是……同情，作为同事，我居然不知道她做过这个手术。

话刚说完，她猛地站了起来：不对不对，我还见过程姐买卫生巾呢，就在不久前，亲眼所见。

冷铁军镇定地笑着：你亲眼见到她用在自己身上？

那倒没有，但是……她又没有女儿，她只有一个儿子，不是买给自己的还能是买给谁的？

就不能帮别人买？要不就是买给别人看的，比如说你。

你这人怎么这样啊？把人想得那么复杂！

冷铁军息事宁人地抬起手来，按到她肩上，贡献了一个秘密过后，他理所当然地觉得他们之间的距离应该能拉近不少。

她看了下那只手，请他拿开，说他的掌心像只熨斗，热死了。

他马上提出去一个有空调的地方坐坐。

她顺从地站起来，她心里有什么东西被打乱了，打散了，乱七八糟的东西堆了一地，但她一时又理不清，就怔怔地跟冷铁军往街头走。

路过一家冷饮店，冷医生问她要不要来一杯，她根本没听清他在说什么，直着脖子继续向前，他揪住她，她一回头，抛过来一句话：你说，他们会离婚吗？

我觉得不可能，首先，你的同事会牢牢捍卫她的婚姻，好不容易把自己的老公培养成院长，怎么会心甘情愿从这个位置上退下来呢？怎么可能把胜利的果实拱手让给别人呢？

那也不能一厢情愿啊，难道他们要过一辈子婚内分居生活？

他欲言又止。她鼓起勇气抱着他的胳膊，一个劲地摇，摇得他雄心大悦。

按说不能轻信这样的传言，更不应该传播这样的传言。

放心，我要是说出去我马上烂舌头。

我听说，注意，我真的只是听说，她经常带女性朋友去她家里，都是些年轻貌美的姑娘，隔段时间就换一个。

她不由自主地提高声音：那又怎么样？她就不能有朋友？

好了好了，早跟你声明过只是听说嘛，就当我没说。

她望着前方，胸膛兀自起伏，她心里明白，他的话并非完全不可信。

强撑到天黑，她回到那个铺着乡下篾席的家，没有开灯，也没有换下制服，迫不及待倒在篾席上，篾的青涩味隐隐约约窜进她的鼻腔，这味道让她保持清醒，她有很多问题要想。

她和程姐是怎么要好起来的呢？之前，她们只是普通同事，见了面都不用打招呼的那种。她像条小鱼一样奋力往记忆深处游。在一次年会过后，全体职工聚餐，大家嘻嘻哈哈抢着入座，看似乱坐，其实乱中有序，平时关系要好的几个，不多不少都挤在了一桌。小魏上了趟厕所回来，发现自己心仪的座位已经没有了，只能选次一等座席，也就是跟上了年纪的女性共坐一席，再次等，席上全为男性，末等座席，当然就是领导席了，除非被点名，谁也不会自找别扭跑去跟领导共坐一席。事实上，小魏那天吃得很舒服，阿姨们对她照顾有加，帮她夹菜，帮她倒饮料，一边吃一边问长问短，让她产生一种置身亲戚家饭桌的错觉。坐在她左手边的正好是程姐，作为回报，她也开始夸程姐的旗袍，那是一件黑底棕色格纹的呢料旗袍，虽袅娜不起来，总比那些棉花包看起来要俏丽一些。她一夸，程姐马上两眼发亮，满脸的相见恨晚。就在那天，程姐告诉她，她的衣柜里除了家居服，除了睡衣，几乎全是旗袍和大衣。这省却了好多麻烦，出门前根本不用挑衣服，根据温度高低选一件，穿起来就走，连镜子都不用照，还不会出大错误，也不担心跟人撞衫。程姐还主动提出要把自己的旗袍师傅推荐给小魏，谁会拒绝衣柜里多一件旗袍这种事呢？小魏一口答应下来。

但她后来终究没有做成旗袍，冷静下来后，她意识到她根本不敢公然步程姐的后尘去穿什么旗袍，她羞于向众人展示自己的风格，以及跟谁是同伙。第二波亲密接触的高潮是在她书法获奖之后，程姐主动来到她的办公室，向她道喜，同时告诉她，她的儿子一心也在学习书法，正巧一心的

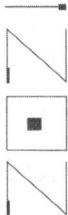

书法老师走了，急需找个新的老师，问她愿不愿意一周去她家辅导一次。在旗袍问题上，她已经为自己的胆怯内疚过了，书法问题，事关小孩，事关她的荣誉，自然不敢怠慢，短暂考虑过后，她答应下来，不就是每周去一次程姐家，每次跟她的孩子相处一个小时吗？一个长期住在集体宿舍的人，对任何家庭生活都充满了由衷的向往。

上到第三次还是第几次课时，小魏才见到一心的爸爸。程姐把他领到一心的房间，向他介绍：这就是一心的新书法老师，也是我的同事小魏。又对她说：这是一心的爸爸，你就叫他冯医生好了。冯医生相貌没什么特别的地方，但身材十分高大健硕，他向小魏伸过来的手也很大，小魏感到自己的手握在他手里，就像一个婴儿被放进了摇篮里。

下了课，程姐提出让冯医生开车送小魏回去，冯医生出门时对程姐说：正好我顺便去下爷爷奶奶家。

拐出医院小区，拐出整个城东区，冯医生问小魏急不急着回家，如果不急，他们可以顺着江边兜兜风。小魏当然不急，她回到集体宿舍不过就是睡觉而已。

他打开了音箱，是一支交响乐，她不知道那是什么曲子，只知道它舒缓飘逸，又出奇地宽阔，总之非常适合这样的夜晚，适合在夜色中快速飘移的人。听到后来，她甚至感觉她不是躺在车上，而是躺在一条音乐的河流上，车灯不断裁剪出来的真实路况幻化成了缥缈的音乐背景。她浑身放松，两目微闭，她感到她把灵魂放出去了。

冯医生的声音突然从一旁杀入：怎么样？

在这之前，他一直没作声，安静得像是无人驾驶的汽车。

她已无法形容内心的巨大愉悦，只说了两个字：很好。

有时候，白天过得不好，晚上我就一个人开车出来，也没有目标，就这样开着音乐胡乱跑一通，然后回家。

那天他们来回一共跑了三十公里，他把她送到集体宿舍的大门口时，她恍恍惚惚地下了车，身子还飘在云端，飘在音乐里。她挥手跟他再见，感觉挥起来的胳膊并不属于她，仿佛是别人的。

一连三次，她下了课，他就送她回家，顺便在外面兜一圈。他果然是个驾车兜风爱好者，每次的路线都不一样。

似乎有一种古怪的默契，她从没见程姐问她何时回家的，也没提冯医生是何时到家的，稍稍一问，谁都能听出来这中间有个显而易见的时间差，但他们谁都没提起过。

第四次，车停在一个两边都是芦苇的地方，他的手伸过来了。之前他也伸来过，教她放碟子，递给她爽口糖。但这次她感到异样。

他抓住她一只手：如果我说我喜欢你，你会害怕吗？

她心里抖了一下，但她故作平静，有什么东西正在到来，她必须全力以赴迎接它。

好感是不会让人害怕的。她忍受着剧烈的心跳，平静地说。

第一次见你，我就想说这句话了。

他的手再没离开过她，她没有拒绝，也不想拒绝，她享受这样的夜游，这样的气氛，这是一个单身女人的特权。他开始亲她，亲得她差一点爆裂，但他及时刹住车，说他可不希望弄出个什么车震的新闻来。他居然笑得出来，她已连喘气的力气都没有了。

但接下来戛然而止，她有两次课没有碰见他，她很煎熬，心想，下次再碰不到他的话，她就找个理由辞职不干了。正这样想时，他又出现了，又来当她的车夫了。这一回，他没有带她去兜风，而是直接把她带到一个僻静的无名弄堂前，他说他为她租好了一间房，但他劝她集体宿舍的床位还是要保留着，否则她会被很多目光监视起来。

房子很普通，最大的特点是隐蔽，她不动声色地往房间里添了一些属于自己的东西，毛绒玩具、卡通拖鞋、奇特的夜灯，篾席是最后一件添置的物品，也是他最喜欢的东西之一。比什么木地板都要好。他望向四周，窗帘是深蓝与灰相间的格子花纹，朝外的一面挂了一层遮光布，拉上窗帘不开灯的话，屋里漆黑一团。床脚、桌脚、椅子脚都戴上了橡胶垫，移动起来没有任何声音，厨房里的锅铲是木头的，锅是不粘的，无论烹饪什么都不会发出太大响声。这是一个刚好容纳两个人的家，任何第三者出现，都可能给他们的二人世界带来灭顶之灾。她不用他提醒就知道，就算是严刑拷打，她也不会把它暴露出去。

如果按冷铁军透露的消息来分析，程姐极有可能知道她和冯医生的

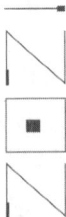

关系。这也太离谱了，如果程姐是那样的人，那她得有多变态，才能一面跟她做同事、做朋友，同时暗中又咬牙切齿地恨她。没有一个女人不恨自己的情敌，她觉得。

只能说明来自冷铁军的传闻纯属胡说八道，据说男性职工都嫉妒自己的上司，女性职工都恨不得自己身边最漂亮的那个突然倒大霉，今天她算是亲眼得见了。

她想给冯医生发个消息，当笑话一样在他那里确认一下，才输入两个字，又掐掉了，她从没主动给他发过信息。万一他正在开会，她的头像和文字突然冲破黑屏，带着音乐向人招摇，她怕他会窘得无地自容。她可不能给他带去这种羞辱。

夜风中，黑暗中

冷铁军的八卦，终究没有带给她困扰，她喜欢他，这就够了，至于是谁把她带到他面前的，她觉得无所谓，也不在乎。何况他对她的依恋正逐日加深，原先他像个间谍一样谨慎，从不留下任何东西在这里，也不带来任何东西，除了偶尔给她放点现金。现在已放松多了，他在这里留下了毛巾、水杯，还有喜欢的酒，她也给他买了抱枕，他一进门就甩掉鞋子，抱着她买的抱枕，在篾席上滚来滚去，天气凉了，她就在篾席上铺一层绗过薄棉的小夹被。

他已不像当初进门就迫不及待地要她，似乎在篾席上躺着，舒展身体才是最重要也最享受的事情。有时正好赶上她月经在身，他也不懊恼，只随口说：那是好事！怀孕才是他们避之唯恐不及的事情。

情浓时刻，她头抵在他胸口说：我不结婚了，这辈子就住在这个小窝里好了，等我老了、死了，你就过来把这房子推倒，把我埋在这里。

他哼哼一笑：等你老了，我的骨头早就可以打鼓了。

只要你还爬得动，并且愿意，你可以爬到我这里来，我愿意提前，陪你一起。

他撸一把她的头发，算是对她表达爱意的响应。

她说她有一个最大的愿望，就是他开着车，她坐在副驾上，打开音乐，一直不停地跑下去，最好是夜晚出发，最好天永远不要亮，以保证他们永远在暗夜中飘飞，如同在茫茫宇宙中做无边无际的航行。她说这个愿望产生于他第一次带她夜游的那个晚上，那时他们几乎还是陌生人。

他看了她一会儿，果断点头：完全没有问题，我们傍晚出发，天亮回家，吃饭也不停，就在车上解决，上厕所也不停，插尿管。

因为他是医生，他们经常会在某些抒情的时刻故意说些大煞风景的医学术语。比如他们不说吃饭说进食，不说做爱说交配，然后看着对方乐不可支。

有天晚上突然下起了小雨，她又有了一个特别的愿望，她想和他来一场雨中兜风，她想象雨点打在车顶上，如同敲鼓，他们的车，像一支雨中的箭，嗖嗖向前直飞。她喜欢他收集在车上的音乐，喜欢车灯橘黄的光束，喜欢世上的一切在他的光束里探头，又知难而退。她叹息着把一个个愿望说出来，她以为他又要说：我们应该尽量减少一起外出的机会。结果他一挺身坐了起来：走！

她惊喜得跳了起来，赶紧去洗脸，去装扮。他坐在桌边，抽着烟，眯着眼睛看她在镜前跑来跑去换衣服，撑开眼皮戴隐形眼镜，梳头，描眉，扑粉，涂口红。最后，他灭掉烟，走过来，搂着她的肩。她仰脸看他，皱皱鼻子：突然发现自己真的爱上我了，是不是？

他乐了：真是个鬼精！

她隐隐有点失望，他不说是，也不说不是，只骂她鬼精。当然，现在不是计较这些的时候，现在只想夜游的事情。

一出门，他就把主动权交给她，问她：朝哪边？她抬起脸，闭上眼睛，感觉风是从左边吹过来的，就说：往左。他们就一直朝左开，遇到岔路口，毫不犹豫地选择靠近左边的那一条。音乐也是她选的。雨已经停了，那些扑上来又迅速后退的景物，嗖嗖跳着行进之舞，她感到自己仿佛在飞，飞离地面，飞向群星密布的夜空。这时她还有最后一点清醒，她知道制造这飞翔的是旁边这个人，他在力所能及的范围内，带给她最大的快乐，他那么不自由，那么大压力，仍然把自己的愿望列入他的记事簿，把卑微的她与他的那些重要事物排在一起。这样的人，她有什么道理不抓紧、不珍惜？一直开到凌晨三点多钟，他有点犯困，决定把车停在路边，小睡片刻。他一熄火，浑身一松，人就沉入另外一个世界，见他这样，她反而清醒过来，就像一间小屋，被人拆去了门窗，屋里的一切处于不被保护状态。她不知道这里是什么地方，她猜他也不知道，她支起耳朵，凝

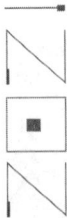

神谛听外面的动静。她果真听到什么声音了，一阵杂沓的脚步声，越来越近，外面黑漆漆的，什么也看不见，恐惧一圈圈放大，像钢锤一下一下砸在悬空的铁板上，她的心脏和耳膜快要受不了了，她小心地推了推他。他睡得太沉，根本叫不醒。她加了把力，继续推，同时在他耳边说：好像有人来了！他动了一下，嘟囔道：叫一心去。

她一愣，恐惧仿佛得到响应，一圈圈缩小。一夜的激情都白费了！她直挺挺坐在座位上，整个人变得异常清醒。

到底还是有东西，某种四蹄动物，成群结队，从车边经过，停下来嗅一嗅，用脑袋顶一顶，又不慌不忙地离去。

若在平时，她一定兴奋得大叫起来，从小到大，她最喜欢看到的场景就是动物们成群结队地走过，鸭子、鸡、山羊、黄牛。而此时，内心只有悲凉，终究是不相干的，就像这些动物，动物帮了人类多少忙啊，结果呢？你还是你，他还是他，连梦里都是跟家人在一起，听他那语气，分明是在对程姐说话。

他终于醒了，几个长长的呵欠之后，低头看表，惊叫一声：怎么不叫我？导航仪上显示，他们已在离家两百多里之外。

今天上班我们都得迟到。他嘀咕着，把车子开得飞快。

你呀，真的应该早点叫醒我的。

她撒谎：我也睡着了。

他在城边上停了车，让她叫个三轮回去。她刚一下车，车就嗖地蹿了出去。

算了，她决定不生他的气，他身不由己，环境把他逼成了这种人，他不可能像冷铁军那样有的是时间黏黏糊糊，他四面都是高压，他是从铁丝网下逃出来的，他把挤出来的那点时间全都给她了，他的一克，相当于冷铁军的一千克。她安慰自己。

伸进房间的树枝停止了生长

对于一心的书法课，她不动声色地做了点调整，她故意晚到两三分钟，故意在穿过客厅时急匆匆边走边大声道歉：一心，不好意思，我今天迟了一点点。

这样就不用跟程姐过多寒暄了，她怕自己的心虚会溢于言表。

一个星期不见，一心似乎长大了不少，嘴唇上一圈隐约的青色，下巴也锐利了好多。

与此相反，那根探进房间来的树枝却蔫了不少，叶片发黄。

它快死了，它傻，自己走进了死胡同。

小魏扫了他一眼，这孩子好像不开心，从她进门开始，他就一直在砚台上填墨，毛笔已经饱满到快要滴下来了，还在一个劲地填。

不怪它，它又不会思考，只能凭着本能往前走。小魏假装没看到他在默默地怠工，一定要找机会跟程姐请辞了，每次来都要察言观色，像演戏一样，真的太累了。她相信程姐也没真正把她当作老师，她只是想给儿子找个陪练而已。

还得变着法子夸他，最好每次夸他的内容都不一样，不把他夸得高兴起来，他能把字写得让人无言以对。

你真厉害，学习这么紧张，还能抽出时间来练书法。据我所知，好多人一进初中就把这些丢一边去了。

也许他们只是把练书法的时间拿去谈恋爱或是玩手机去了。

这一点我的看法可能跟一般家长不同，我不觉得中学生一定要禁止谈恋爱，禁止玩手机。

他做出一个夸张的表情：我就知道我没看错。

什么意思？

你没必要知道。

好吧。

看来这书法课真的不适合长期教下去了，她可不想跟一个孩子也走得那么近，母子两人她都不想走太近了。不过表面上，她拿足老师的架势，严肃地说：现在开始，别说话了！说话走气，还怎么练字？

但一心完全不在乎她的指令，继续说：我是自己不想玩手机，烦！要不要我把微信打开给你看，现在可能已经有几百条消息了，全是无事找事，问作业啦，发嗲啦，乱发表情啦，真不知道她们那个脑袋里一天到晚在想些什么。

明白了，想追你的女孩子太多……

没一个是我的菜，一个个不是假装幼稚，就是假装豪放。

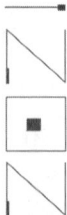

我猜，你是不喜欢人家来追你，你更喜欢去追别人。

你怎么那么懂我！

我懂全世界的人。说说你都喜欢什么样的人。

我说不出来，不过，一旦那个人出现在我面前，我肯定认得出来。

牛皮要吹爆啦。打住打住，写字的手不要停。

不是吹牛，我真能认出来。

你要是能认出来，我就能一个一个说出她们的名字，无非是子琪、一诺、萱萱、轶晨、雨桐……

杂花乱草。

奕嘉、家琪、天伊、海若……

雌雄不分。

新一、若驰、彤颜……

是魏妤青！他飞快地说出她的名字。

她一哆嗦，毛笔就掉到桌上，在字帖上杵了一个大黑块。他好像也被自己吓到了，安静下来，低眉敛目，毛笔比任何时候都拿得正。

有病吧！瞎开什么玩笑！

我没开玩笑。他抬起头，瞟她一眼，脸色意外地惨白。

我生气啦！她真的装出生气的样子，扭头就往外走，门一拉开，心头一炸，程姐黑着脸堵在门口。

我、上厕所。

慌忙之下，她真的窜进了厕所，茫然无绪地站了一会儿，竟没忘了按一下冲水器，再出来时，程姐还在原地站着。她肯定听到他们的对话了，她肯定一直站在那里偷听来着。

来不及多想，她急切切对程姐说：不好意思，我突然想起一件事来，要稍稍提前一会儿走，有人在等我，就是那个冷医生。

程姐什么反应都没有，面色呆滞，如梦方醒。

那我走啦程姐。

三步两步冲到门口，就听到砰的一声门响，不知道是一心还是程姐弄出来的，管不了那么多了，快走快走，越快越好。

一溜烟走出小区，才觉得自己行动好荒唐，为什么不跟程姐解释？此时不解释，以后还怎么解释得清？而此刻再跑回去解释，只会显得多余，而且笨拙。

她突然手脚发软，一步也走不动了。程姐知道了，用不了多久，冯医生肯定也知道了，他会怎么看她呢？她要怎么解释呢？他能相信吗？

不管他们怎么想，这个有着来苏水味的地方，她怕是再也不能来了。

从葱茏到枯黄

一心喊出"魏妤青"三个字的第二天，也许是第三天，他突然打来电话：今天你可以备点晚饭吗？

当然可以。她心花怒放，同时在心里盘算着怎么向他解释那天晚上的尴尬，顺便了解一下程姐是怎么向他汇报这事的。

距离上一次见面已经有一个星期了，他们的见面越来越没有规律，每次他走之后，她照例会情绪低落好几个小时，有时甚至一两天，直到他下一次再来。她自己诊断为见面后遗症，她不可能他一走，她就像关门一样把那种状态彻底关在门外。恰恰相反，他们在一起时，她的心里倒是简单的，像万里无云的晴空，而他一走，她就思绪翻滚，忧心忡忡。他哪里是出现了几次、几个小时呢？他分明是占据了她的全部时间、全部身心。

放下电话，她就开始做着下班的准备，以便时间一到，第一个冲出大厅的玻璃门，奔向超市。她想起小时候妈妈做的粉蒸排骨，粉蒸各色蔬菜，每次都吃到他们走不动路。她今天也想摸索着做一做。

夏天真是个好季节，各种颜色与形状的蔬菜应有尽有，她记得以前妈妈总说：多吃点多吃点，马上就是枯黄季节了。现在看来，妈妈实在是个悲观主义者，居然能越过夏季的葱茏，一眼望到即将到来的秋冬的萧瑟。

她去超市买了蒸米粉，各种调料，以及猪排骨、豇豆、芦蒿，一一洗好，切好，腌渍起来。二十分钟后，她把米粉撒到腌渍好的材料里，再整整齐齐地上盘，装进笼屉里蒸。在等候的二十分钟里，她换了身衣服，虽然她闻不到，但她相信，穿了一天的衣服必定有不好闻的汗味。

没多久，肉香弥散开来。

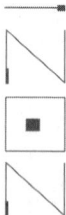

但他没来，晚饭时间早过了，她侧耳聆听，外面没有她熟悉的轻响。

粉蒸肉的表面在变干，他已错过了味道最好的时刻。好吧，他临时有事，他走到半路又被什么事情拖住了，他身不由己。她把粉蒸肉碗重新架进蒸锅里，开启最小的那一簇火苗。她要把最好的味道抢救过来。

她饿了，但他不到，她不想开吃。

她想给他发信息，想来想去到底不敢，万一他正好在加班，或是在开什么很重要的会呢？万一她发的信息被别人无意中看见了呢？必须忍着。

她趴在桌上等啊忍啊，慢慢睡了过去。

后来，她被一阵怪味惊醒，是蒸锅发出来的，水烧干了，不锈钢锅发出咔咔的声音，锅底在变形，在熔化，揭开盖子，粉蒸肉冒出浓重的烟雾，她被那股怪味呛得咳嗽起来。

看看时间，已是凌晨一点，他不会来了。

这是他第一次爽约。她脑子里闪过无数场面，都是最坏的，最让人担忧的，但她不敢去核实，尤其是这种时候。他以前教过她，越是不对劲的时刻，越是不要找他，搞不好会祸及自身。

可惜那锅蒸肉，不敢吃了，只能扔掉，锅也没用了，已经烧穿了一个孔。她小心翼翼一层又一层打包那些肉和锅的时候，有种很古怪的感觉，好像扔掉的不是菜，不是厨具，而是某种跟她身体有关的东西，跟她命运有关的东西。

第二天，她并没有接到他的电话，但她还是来了。她告诫自己，要注意控制情绪，无非是爽一次约，不值得赌气、吵架，不要给他留下小气又任性的印象，鉴于他的实际情况，应该给他一个宽限期。当然小小的惩罚也是必需的，她没有准备晚饭，也没法准备了，因为她没有心情去买一口新锅。

他还是没来。

第三天，她觉得一定要打个电话问一问了，她极少给他打电话，偶尔一次应该不算特别犯规。她选在午休这个时段，应该是个相对安全的时刻。

一切证明是她想太多了，她太紧张他了，他根本没事，就是很忙，上面来了个检查组，里里外外忙成一团，还有一场讲座，几个会，还有接待，还有日常，他已焦头烂额，只能靠挂水维持体力了。她从他声音里听出了深深的疲惫，以及类似生命不息战斗不止的热情，再看看自己都在想些什么啊，那一瞬间，她感到自卑，她必须有所改变，不能再企图把他羁绊在那个无名的黑暗角落里，他有更值得做的事。

一个月过去了，两个月过去了，南风变成了北风，他依然忙碌，依然疲惫，她开始觉得不对劲，再忙，总得吃饭，在哪里不是吃，到她这里来吃个饭，能浪费他多少时间？

那间小屋似乎只认他，他不光顾，小屋也失去了生机，而她一个人待在里面时，因为心情不好，懒于收拾，小屋很快露出破败之相来。有一天，她看到他遗留在这里的小半包香烟，她抽出一支，坐在地上，弓起两腿，慢条斯理地抽起来，一抬头，她看到了墙边袖珍穿衣镜中的自己，这是怎么啦？这个人真的是魏好青吗？即将三十四岁的魏好青，真的这么老了吗？深咖啡色长袖T恤，黑色长裤，头上夹一个半圆形的波浪钢夹，苍白发黄的脸，肿眼泡，眉毛散淡得快要消失，还怨妇一样夹着一支烟，你怨谁？他是你的谁？不是老公，不是情人，对你来说，他到底算个什么名堂？她久久地盯着镜中的自己，烟灰掉下来，落在黑裤子上，她深吸一口，看那一头的红色义无反顾地奔向自己。之后，她张开口，对着那红色徐徐地、嘲讽地吐出一蓬巨大的烟雾。她觉得这有点像他们俩。

事情再明白不过了，他正在坚定地退出她的生活，她不想耍赖，那只会自取其辱，也不想去讨个理由，那只会令自己伤心。她已不是小姑娘，小姑娘才会哭闹，向闺密求助，她是成年女人，成年女人必须独自一人应对一切内忧外患。

她要弄个仪式，以做了结，她把烟头移到脚边，试了几次，都不敢真的把烟头摁上脚背，她想了个折中的办法，她可以摁到右脚鞋面上。如果烟头熄灭，脚背无恙，她就起身，像平常一样离开这里，再不回来；如果烟头洞穿鞋面，烫伤脚背，她就必须抛开他给她定的一切规矩，心怀怨恨地做她想做的一切事情。

结果是，烟头刚一接触到帆布鞋面，就溃散成一小撮红色粉末了，滚落一地。她拿起那只拖鞋，凑近了观察，这是她刚搬进来时特地为自己买的拖鞋，她打量那个小小的棕色圆孔，一只拖鞋，尚且知道保护它的主人……

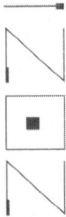

风停的日子

小魏和冷铁军在春末夏初一个无风的日子里举行了婚礼。

她做这个决定很突然，一个周五的下午，冷铁军提议去坐夜班车，一觉醒来，人已在八百里之外。他觉得这个方案既高效又很有意思。夜和车两个字深深地吸引了她，她痛快地答应了。

她戴上眼罩，以微微的不舒服为名，拒绝了冷铁军的聒噪，在长途汽车上默默想了一夜心事，流了一夜眼泪。天亮时，冷铁军扶着浑身麻木的她下车，一边揉搓她的四肢，一边为她安排早点，中间还偷偷亲了她两口：小可怜！可怜的！

她一感动，整个人就扑进了冷铁军怀里。

没等踏上回程，冷铁军就向她求了婚，她想都没想就答应了，还能怎样呢？如果不是冯，其实什么人都一样，谁都可以。她真是这样想的。

婚后不久，两人合力买了辆车，冷铁军其实不主张这么早就买的，等将来孩子来了再买车不迟。但小魏一想起那些深夜兜风，一想起那些车载音乐，就觉得一刻也不能等。人不能复制，生活还不能复制吗？

好几次，她在梦中回到那个小屋，进门就把小包往地上一扔，两腿一曲，像条鱼一样滑到篾席上。梦里也只有她一个人，好像是在等人，但那人迟迟没有现身，等到后来，她竟忘了自己其实是在等人。

她不觉得做这样的梦是种干扰，相反，她很想一直保有这些梦。

她现在不像以前那样频繁地见到程姐了，她们原本不在一个办公区域，被一心叫出她名字的那几天，她有点无地自容，来来去去躲躲闪闪，生怕碰见程姐。后来无意中碰见过一次，可能程姐早有准备，提前移开了视线，等她小心翼翼再度投去目光时，程姐已不见踪影。她结婚时，几乎所有同事都来了，只有程姐没来。没过多久，她收到了程姐托人送来的密封的红包，打开一看，里面除了钱，还有一张纸条。

好妹妹，祝福你们，对于婚姻和家庭，我有一点小小的体会：当你爱他的时候，其实是在爱自己。所以，使劲爱他吧。仅供参考。

她有点看不大懂，但她觉得这纸条至少没什么恶意。

冷铁军也看到了这张纸条，居然说：写得好咧！

他希望她去找程姐，最好能和她吃个饭。

你们不是关系不错吗？这样的关系要深度培养，对我有好处。

我们后来没那么好了，同事关系本来就很难说，具体什么原因我也不知道，反正我们没以前那么近了。

重新去靠近嘛，同事之间就是这样，时亲时疏，全看自己需要，全靠自己经营。

她只能敷衍他：慢慢来。

新车到手那几天，小魏迫不及待地要冷铁军带着她开夜车兜风，走到人车稀少的地方，她把音乐声调大，全身放松，贴住靠背，仿佛躺在某种飞行器上，她闭上眼睛，试图重新在黑暗中乘着音乐飞翔起来。

可惜冷铁军太喜欢说话了，他一开口，就把她从飞行器上扯了下来。

他一个劲地说：腾格尔腾格尔，我喜欢腾格尔，腾格尔的嗓子在我心目中排第一。

她闭着眼睛，毫不留情地制止了他。

过了一会儿，他又说：我有一盘中国经典民歌，你找找，老听什么古典音乐，听得我瞌睡都来了，一会儿碰上交警，人家会说我疲劳驾驶。

她仍然闭着眼睛，没有换碟子的意思。

你这是自私，只顾你自己，一点都不考虑别人的感受。

她睁开一条眼缝：那你有没有考虑我的感受呢？

冷铁军终于闭上了嘴，车里重新安静下来，

可能是被他打断次数太多，她再也飞不起来了，无论她怎么闭眼，怎么想象，依然能清清楚楚地感觉到逼仄的空间，路况也不好，时刻提醒她在坎坷中奔波。她感到自己像一只关在笼子里的鸟，连扑腾起来的力气都没有了。

冷铁军也有个好处，虽然一路唠叨，但他并不反感夜游，小魏放的碟子他依然不爱听，但抱怨来抱怨去，有一天他竟然说：我觉得贝六比贝八好听。惊喜之余，小魏故意鄙夷地饿了他一口：你的口味也就是个迪士尼水平。冷铁军认真地说：不错了，我以前只知道命运交响曲前面那一

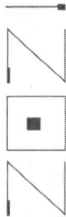

点点。

有一次他们跑得比较远，他们沿着新修的高速公路，横穿邻近的县，来到另一个县。小魏慢慢找到了最喜欢的感觉，她放低身子，闭上眼睛，她感到自己慢慢浮了起来。

他现在怎么样了呢？他在家里过得好吗？无声无息的，看来他在哪里都能过得很好。不过，说不定他也在这样想自己：哼，一转身就结了婚，过得有滋有味。也许他们只是缺一个好好的告辞，她幻想他们默默凝视、越走越远的样子，哪怕有这样一个场面也好。偏偏他们就像两个贪玩的孩子，天黑了也不回家，直到听到妈妈唤儿的声音，他撒腿就跑，头都不回。其实她对那段关系并无野心，只是觉得没必要那么虎头蛇尾，什么事不都讲个仪式嘛。

我看到一辆车，是我们那边的。冷铁军说。

小魏嗯一声，并未睁眼，她不想又被冷铁军从空中拽下来。

怎么觉得这个车号有点熟悉呢？

小魏微微睁眼，再定睛一看，简直不敢相信自己的眼睛，是冯医生的车。

她一手抓住扶手，一手紧扣大腿，她尽量不动声色，尽量不让冷铁军看出异样。

冷铁军在超车，她悄悄压下身子，只留一双眼睛在车窗边。

擦身而过的一瞬间，她看到了他的侧面，接着是他的大半张脸，深色上衣上面那张没有血色的冷峻的脸，看上去极其正派，似乎永远不懂调情，也不会使用轻佻的表情。事实上他相当懂得轻佻，他的轻佻只有在安全的时刻才会展露出来。

副驾座上有人，一个白衣女子，也许是淡蓝色，夜色下看不清，总之是纯净的浅色调。她的胳膊抬起来了，多么做作呀，不就是抬手理头发吗？弄得像在跳舞一样。

他还是喜欢夜里飙车啊，看来他并没有屈服于程姐的淫威，天天猫在家里。肯定也有音乐吧。他会不会想起她来，会不会在那个女人面前贬损她：我以前载过一个女人，知道她是怎样感应音乐的吗？她像挺尸一样直挺挺躺着。他以前真的这样开过她玩笑。她几乎能肯定，他正在这样告诉她，因为她看见那个女人笑出了白牙，白牙在黑暗中晃来晃去，她笑得放松又持久。

是他！冷铁军惊呼一声：可被我发现秘密了。

谁？她故意问。

我们老板！可惜没拍下照片。

别缺德了！

缺德的是他，他可是有老婆的人。

少瞎说！坐在他旁边的也许就是他老婆。

我觉得不像。

关你屁事！

没走多久，就得上摆渡船，那辆车就在他们后面，上船后，就变成了他们的斜后方，大概是要拿东西，他们开了灯，她看清了那个女子的面容，说不上很漂亮，但很清秀。她偷偷拍了照片。他们下了车，他去船舷边抽烟，她紧挨着他，她的裙摆飞起来，缠在他腿上。不得不说，灯光下这样的照片很美。

下船了，她跟冷铁军交代一声，闭上眼睛。她急需一个不受打扰的空间，她想进到那个空间里，去哭一场，去吵一场，去骂一场。但，她能骂他什么呢？她根本就不知道该怎么骂他。

她戴了副太阳镜，背上双肩包，换了身旅行装束，伪装成找人的样子。她决定赌一把。

她故意挑了傍晚这样的时刻，她那时总在这样的薄暮时分回到无名弄堂里这个秘密的家。

没什么变化，小弄堂比以前更安静了，以前两百米处有个小卖部，现在也关门了，估计是开店的老人去世了。

再次确认了下门牌，她举手叩门。

果真有人来开门，她听见脚步声了，她捂住嘴巴，好像这样就能减弱心跳声。

是一个系着围裙的白发老太太，脚边跟着一条小狗，对她说，她找的人可能是以前的租客，现她已经把房子收回来了，她也没有人家的联系方式。

她赌输了，却很高兴。她不知道她有什么可高兴的。

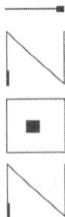

有天下午，她骑上自行车外出办事，老远就看见前面一胖一瘦两个白衣女子，瘦的那个裙摆飘飘，胖的那个裙摆紧贴大腿，有点面熟。她紧蹬几下，近处一看，紧贴大腿的那个是程姐，她穿了一件暗花织锦旗袍，至于裙摆飘起来的那个，她觉得跟那天晚上她和冷铁军遇到的那个有点像，尤其是她抬头理头发时，她对那个女人抬手臂的动作印象太深了。

她蹬不动了，停下来，扶着车把，望着她们的背影喘气。

她们在说着开心的事情，程姐大笑，头部微微后仰，右手一下一下打在那个纤瘦的女子背上，女子只是耸着肩捂着嘴。

她们像一对无话不谈的闺密，恰如当年她和程姐。

她故意骑到旁边一条小路上，再从斜里直插过来，逼停了两个人。面对面的那一刹那，她看到了程姐眼里的惊讶与戒备，不过她很快就镇定下来：吓我一跳，原来是小魏呀！

就是她，果然是她，她无数次看过那天晚上在船上偷拍的照片，早就把她的样子刻进了心里，俏薄的面容，文静得有点虚弱的样子。

她拿出以前的语气跟程姐开玩笑：又脱岗哦，我可看见了。

程姐急忙解释：才没有呢，我们去档案局有事。

她想起来了，这段时间搞档案管理升级，估计这女人是从档案局借来指导工作的。

她骑上车飞快地走了，程姐已经给她提供了太多信息。

他们的新房靠近江边，所谓的江景房。小魏只要一站上阳台，面对滚滚东逝的江水，心里就有种悲壮得想要号叫出来的冲动。

新房是冷铁军婚前买下的，连贷款都没有，现钞买下，有人说小魏捡了个大便宜，也有人说小魏其实是吃了个大亏，因为房产证上没有她的名字，说到底她不过是利用婚姻关系寄居在冷铁军的婚前财产里，万一哪天他们的关系发生变化，小魏只能净身出户，白给冷铁军做了几年的老婆。

但小魏根本不在意，就算冷铁军占了她便宜，就算他们会离婚，就算她一无所有，真到了那一步，她不会再婚吗？她不会再找一个人占他便宜吗？反正千百年来，女人都是这么活着的。

与其关注房子，不如关注在房子里的状态。

冷铁军是初婚，她却有二婚的感觉，与当年在小弄堂里的日子相比，现在的她扬眉吐气多了。她不用刻意提前回家，当她晚回，冷铁军一定在厨房，如果她说不想做饭了，他马上去拿车钥匙，她想吃什么，他就载着她给她找到什么。他开着开着车，有时会突然叫一声：老婆！然后其实又没什么事。

她看他一眼，有种萝卜咸菜般的幸福感。

但到底意难平。被人拿来当傻瓜使，不知道也就罢了，知道了，不平复那一腔沸腾的热血如何吃得下睡得着？

没想到那个女孩打听起来毫不费力，果然是档案局的工作人员，单身，出身极其平凡，她已经分析出程姐的门道了，专门选择这些看起来光鲜实际上处于弱势的姑娘。进一步了解下去，她几乎要哭出来了，那个女孩有自己的约会，一个高大魁梧的小伙子，她仿佛看到了当年的自己，小伙子热情很高，而姑娘因为在黑暗中心有所属，没法给他足够的热情。

有一天，冯医生会果断退出，这个备胎要出来当主角，挽救她于崩溃的边缘，而姑娘出于羞涩和保护名声的需要，不会大张旗鼓地跟在冯医生背后纠缠，只能带着遗恨与哀怨，有气无力地进入婚姻。很完美，不是吗？一腔欲说还休的心事，一个不足为外人道的人，一段若有若无的情，一段自我消化的家丑。她想起在哪里见到过，家丑，其实还有个别称：柜中骷髅。这样的包袱，似乎人人都背得起，不用担心有人因为不堪重负而疯狂。

难道不应该有人站出来中断这个循环吗？这样的循环对女孩们来说公平吗？到底会有多少女孩默默怀抱相同的幽怨，而她们的丈夫一无所知？谁又关心她们在婚姻里是否孤独和不幸？

真正行动起来之后她发现，世界其实很小，很透明，几乎毫不设防。她很快就查到了小伙子的一些情况，年纪轻轻，居然已经是一名司法部门的中级职员。她直觉这个身份对她的行动来说很重要。

一个上午，她吃过早餐，洗过手，对冷铁军说她要出去一趟，办点事。她完全没必要告诉他，但她想来想去，觉得还是应该弄出点仪式感出

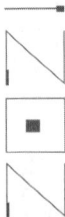

来。她把那张照片寄了出去。

回去的路上，她感到眩晕，高天上流淌着白云，它们仿佛在发出嗡嗡的响声，一种什么东西要引爆的感觉。

但一切照旧，什么事也没有，她特别留意程姐的动静，她每天依然轮换着那几件旗袍，面带微笑，优哉游哉。

她还看到过几次那个纤瘦的女孩，果然是来指导档案升级工作的，她甚至注意到，女孩新买了好看的红色皮鞋，像两道风火轮，托着她轻盈而飞快地来去。

小伙子没收到她的信息，还是不相信？

但她不适合再去强调什么，也许小伙子害怕了，要不就是他另有考虑。

三个月以后的柳絮和风

那天小魏正在上班，突然感到身边气氛怪怪的。

他们在议论什么。

真看不出来啊，不是一向标榜自己比叫花子还要廉洁吗？

这世上就没有什么是干净的。

太干净了也戳眼睛。

没费多大劲，小魏查清楚了，冯院长，程姐的老公，被双规了，据说有人举报他受贿。

多聪明的小伙子啊，他没有用那些照片做文章，他走了另一条路，他肯定非常熟悉那条路。

事情以势如破竹的态势发展下去，冯医生再无回天之力，但自始至终，没有人提他的生活作风问题，他唯一的问题是受贿，数额并不大，只有五万，但也足以判刑。

程姐再没上班了，单位派人去看望她，说她放下了套着一圈珍珠的发髻，脱下了旗袍，穿着家居服，两眼红肿，面色蜡黄，看到人就说：他被人暗算了，他要那五万块干什么，能买房子还是能买汽车？他父亲种一季柑橘都不止卖五万。

没有人能真正安慰她，除了说：组织上会搞清楚的，不会冤枉他的。好人会有好报的。

最终，好人冯医生还是带着被冤枉的罪名，判了五年。

得知结果的那天，小魏捧着微微显形的肚子，来到程姐家。

程姐果然老了许多，屋里那些光泽度和质感极好的家具，也都蒙了一层灰，看到小魏，程姐立即泣不成声。

你也了解他的对吧？他不是那种人，他对钱根本不感兴趣。他太幼稚了，到现在连是谁在陷害他都不知道。

小魏奇怪自己如此平静，一丝波澜都没有。

当初的确有人给他送钱来，是个搞医疗器械销售的，找了他好几次，他都躲开了。有一天，那人趁我们不注意，留下了一只包，他当然知道那个包里会有什么，亲自开车把那个包送了回去，可那个人不肯见他，他就把它放在那个人办公室的铁皮柜里，但人家现在就是不承认，说没看到那个包。我在想，也许人家真的没拿到手，那个包说不定被另外的人拿走了。怪他自己没脑子，干吗不亲自交到那个人手上。他说那是那个人一个人的办公室，一般不会有人进去。太单纯了，太幼稚了，这样的人不出事谁出事？

会有水落石出的那一天的。小魏劝她：事已至此，不如赶紧想别的办法，争取早点出来。

我没有办法，我什么办法也没有，谁能想到都过了大半辈子了，还要去吃牢饭。早知如此，还不如好好当他的医生，起码不会有这种无妄之灾。

哭喊了一阵，程姐慢慢安静下来。

一心呢？他还好吧？

程姐一听，哇的一声又哭了起来：他要我给他转学，他说他要去外地上学，去一个谁也不认识他的地方上学。我能怎么办？只能想办法给他转，转到老家我妹妹那里去。他要是影响我一心考大学，就算他坐了牢，我也跟他没完。

这倒是小魏没想到的，过了一会儿，她又问程姐：一心现在在哪里，我想跟他说句话。我毕竟做过他几天老师。

一心拉开门走了出来。他的胡子已经正式长出来了，不太多，倔强的几根，黑色。

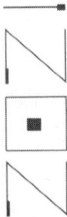

他不客气地盯了小魏一眼，算是打了招呼。

两人在沙发上坐下，小魏说：他是他，你是你，你是有文化有思想的人，越是乱，越是要稳住阵脚，你还有照顾妈妈的任务呢。

一心鼻子里哧了一声：一出闹剧！

小魏心里一震，难道他看出了什么？不可能啊，也许是自己想多了。

晚上，小魏对冷铁军说：一心长大了会给他老子报仇吗？

就怕等到他能报仇的时候，早已被生活摧毁得没了报仇的力气。

原载《当代》2021年第4期

点评

作者笔下的风有思想有味道，这风仿佛能洞悉所有的隐秘，能窥探所有人的点滴，能见证所有事的发展。路过生活小区的风最复杂，大概是因为沾染了居住者的味道，"五味杂陈，百味莫辨"。

无孔不入的风却独独吹不进单身女青年小魏的家。这个家是她的闺密程姐的丈夫冯医生给他的，更是她自己自制的避风港——闭塞而安全，有如墓地般安静而隐蔽的地方。外来的风吹不进这方小屋，但是小屋里却灌满了小魏自己的风，她在这里低调地享用着不为人知的幸福，她在这里心安理得地迎接着偷情的刺激。逼仄的空间因为小魏对冯医生的期待变得无边无际；外面是寂静的无名弄堂，里面却暗涌着巨浪。

程姐，每天穿着得体的旗袍，笃定利索地行走在寒暑冬夏的风中，不慌不忙，像"平缓移动的感叹号"。只是只有这个"感叹号"自己知道没了青春的女人如何在与丈夫的较量中，不动声色地稳操胜券。她隐忍消化着百味的风带给她的冲击，她用阴谋强力防守自己的一切，甚至不惜牺牲一个又一个年轻女孩的情感。她看似单薄的身体里，藏着无限的计谋，她用自己的"辣椒酱"巩固着属于自己的领土，用"避孕套"阻隔着入侵者。可到底谁才是蛮横的残忍的掠夺者呢？她知道的是自己"双线强力防守"的优势，却不晓得她的儿子一心，早就洞悉了风来自何处，这无疑是一种讽刺。

道貌岸然的冯医生，乐得自在地利用着妻子给他的和风细雨，他不惜与妻子一起将带着阴谋味道的风带到一个又一个年轻女性的生活中。幸好冷铁军的长风浩荡唤醒了小魏的麻木。所以一场暴雨过后，小魏一成不变的生活和她将要霉烂的期待被冷铁军拯救，而经历了夜风考验的小魏，终于鼓起勇气面对黑暗中的心事。她勇敢地站出来中断这对夫妇给女孩们带来的精神包袱，她如御长风，将"一腔欲说还休的心事，一个不足为外人道的人，一段若有若无的情，一段自我消化的家丑"揭开并中止，这是她的个人解脱，也是自我救赎。

（崔庆蕾）

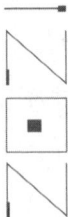

苏州河/

/海 飞

一

宝山在苏州河边他家的屋顶平台上专心地喂鸽子时，赫德路五十五弄的一间出租房里，有个女人被割开喉咙倒在了血泊中。那天下午两点四十分光景，接警的徒弟炳坤开车来接他，顺便在路上给他捎了一只他喜欢吃的葱油饼。炳坤把车停在宝山家门口的乌镇路上，没有熄火，他站在随着发动机的运动而不停发抖的车门边，举着一柄黄色雨伞，对平台上的宝山声音嘶哑地喊，处长问你，能不能过去一趟？

雨就是在这时候降临的，宝山的目光从鸽子身上收回，转头就看见整条苏州河都被秋雨淋湿了。他发了一会儿呆，想着这秋雨怎么落成了黄梅雨的模样。后来他一步步地走下楼，从家门口一跃一跃地蹿出，一步跨进炳坤撑起的伞底。当他钻进电线杆下的黑色福特轿车时，心里骂了一句，册那，杀人还挑落雨天。

案发现场拉起警戒线，叽叽喳喳围了好多人。他们就像一群新鲜的蘑菇一样顽固地站在雨中，许多潮湿的目光都看到北边的安南路交叉口，下车的宝山穿一件宽大的黑色风衣，手捧一只似乎没有了热气的葱油饼向这边走来。他走得从容而缥缈，像一幅被风刮起的油画一样。炳坤依旧撑着那把伞，让它尽量盖到宝山的头上。在到达寿器店门口时炳坤跳过地上的一团污水，换了一只手打伞，然后甩开手臂盛气凌人地喊，让开！

人群即刻让出一条狭窄的通道。宝山走进塞满呼吸声的人墙，看见脚下留给他的街面渐渐变得宽广。他低头专注地吃着葱油饼，吃得热烈而且仔细，最后一脚迈进牙科诊所的客堂间，又踩上那截吱呀作响的木板楼梯时，葱油饼才在他嘴底慢慢消失。

吃完了葱油饼，宝山来到二楼卧室门口。他跨过两片手掌那么宽的血流，脚上那双湿漉漉的牛皮鞋，正好嚣张地踩到了尸体面前。宝山把沾了油的手在炳坤递来的一张报纸上胡乱地擦了擦，同时盯着尸体抽了抽鼻子。

周正龙记得，那天的雨下得很细密，像眼下很多上海人缠来绕去的心思。他后来把窗子稍微打开，在窗玻璃有点儿倾斜的反光里，看见闯进来的宝山连瞧都没瞧他一眼，好像把他当成了一团潮湿的空气。周正龙觉得心里多少有点儿憋屈，作为上海警察局的刑侦处处长，此刻他在宝山眼里似乎还不如一具受害人的尸体。但他还是努力地挤出笑容，摘下被雨雾沾湿的眼镜，眯着一双眼说，你终于来了。

宝山并不吭声，只是蹲下身子盯着女尸看了一阵，说，死了两个钟头了，凶手杀人后抽了一根烟。然后又想了想，说，窗是谁打开的？过去给我关了！

炳坤一直在记录，写到"窗是谁"的时候才在惊醒中停下。他把那三个字认真地划掉，走去关窗的时候，发现周正龙看着他狡猾地笑了。周正龙擦好镜片，重新把眼镜戴到鼻梁上，说，血浆上那团烟灰，怎么就肯定是凶手留下的？

此时宝山收紧风衣下摆，让它不至于拖到地上。然后他绕着尸体移动了两步，说，死者不抽烟，房间里没有烟缸。

一九四八年十一月五日下午三点十五分，到达案发现场的宝山正式接手了静安分局辖区的一起人命案。许多年后，就职于上海市公安局的炳坤经常会回想起赫德路上宝山办案的这一幕。炳坤有一种错觉，觉得那时候的上海一年到头都飘飞着缠绵的雨。而他师父宝山，则行走在这一片风声鹤唳的雨里，背影永远是一件黑色的风衣。

那天赫德路黑压压看热闹的人群中，有个四十三弄过来的刘裁缝。刘裁缝六十多岁，头发花白，他那碗底一样圆的老花镜拴了一圈很长的橡皮筋，耷拉在脖子后面。

刘裁缝记得这天中午差不多十二点光景，自己过来给租住在五十五弄二号门二楼的张小姐送新做的月牙领子旗袍。路上他停下来跟一个熟人谈

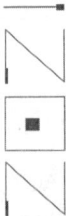

了几句天，这期间曾经远远地看见，在二号门客堂间开牙科诊所的丁医生从楼上的住处下来。等丁医生走到跟前，迎面的刘裁缝跟他打了个招呼说，丁大夫侬去啥地方？丁医生说我去菜场买点儿小菜。刘裁缝也就是在这时候发现，丁医生卷起袖口并且随意敞开的白大褂下面，皮鞋鞋尖上有一团很醒目的红色。他于是说，丁大夫在屋里厢刷油漆啊？只是租来的房子，你还这么舍得花钞票？

丁医生就很茫然地停下，把那只被刘裁缝盯着的脚提起。他看了一眼鞋尖，可能心想这根本不是油漆，而是血。接着丁医生又慌兮兮地回头看了一下来时的路，整个人似乎很惶恐，并且自言自语地骂了一句，真是要死了。

二

死者名叫张静秋，躺在地板上十分安详。她穿了件石榴色的旗袍，优雅的身子躺成类似于侧卧的婴儿的形状。有那么一刻，宝山恍惚觉得，张静秋只是停留在一段绵长的午睡中，她看上去就是一场静美的秋天。可惜属于她的秋天现在戛然而止了。

房间里有一幅油画，画的好像就是张静秋几年前的自己。油画下一台钢琴，旁边摆了一只皮箱，擦得很干净，仿佛主人要出远门的意思。宝山想，如果可以忽略地板上的血，眼前的房间算得上非常整洁。他之前出过很多凶杀案的现场，可是像这样的场景，的确还是头一回。

张静秋的嘴唇涂了一层口红，不是娇艳的那种，而是有一些湿润的光泽。她的眉毛也是画过的，让人想起《良友画报》封面上的明星。

炳坤给尸体翻身，于是能够更加清晰地看见，刀口就在张静秋的脖子上，一直深入到喉管。切口从右下角往左上角拉开，像打开一条手指那么长的拉链。宝山望着伤口，仿佛望见一扇虚掩的门，里头藏了无尽的秘密。

风把炳坤掩上的窗再次吹开，于是张静秋打开的衣橱里，一排高低不等的旗袍萧瑟着飘了飘，纷纷靠得更紧。它们似乎和躺在地上的主人一起，忽然感受到了无尽的凉意。

宝山后来坐到沙发上，他的身子深深地陷了进去，仿佛陷进的是一种无声的悲凉。在很长的时间里，他一直望向窗外遥远的雨阵。他想象着被凶手一把割开喉管时，张静秋的脖子一定痛得发热。而她在临死之前，因为流光了所有的血，肯定也感觉特别冷。张静秋空洞的目光，曲折地望向房间里一个高脚的炭炉，里头的炉火刚刚熄灭。这样的熄灭，让张静秋的心中一定充满了悲凉。

慌慌张张的刘裁缝被带了进来，他是第一个发现凶案现场的。几个钟头前，刘裁缝登上二楼要给张静秋送旗袍时，却突然看见了门口的一团血，而且透过窗帘缝隙，见到了躺在血泊里的张静秋。刘裁缝一把扔出纸包的旗袍，像是惊惶地丢出掉进怀里的一条蛇。他的声音似乎从遥远的脚底板下升起，很长时间无法聚拢到一块儿，最后才传出让人心惊肉跳的声音，杀人了！

宝山对炳坤说，去把丁医生给我找来。

但是丁医生消失了，谁也没有寻到他。

那天离开现场，宝山竖起风衣领子直接钻进了雨里。周正龙跟上去殷勤地说，去啥地方？

宝山说，老地方喝茶。

周正龙就笑了一下，他知道宝山喜欢去他办公室喝茶。宝山认为上海人必须多喝茶，茶汤可以洗脑，洗去那些乌七八糟的念头。

人群再次让出一条通道，宝山就那样不声不响地走着，他一眼都没有望向围观的人群，表情麻木。但他心中却这样想，老天爷真是不讲道理，这些没心没肺看热闹的人，反而活得更长。后来宝山抬起了头，好像是对着天空自言自语说，天晓得，我这三十六年是怎么过来的。

周正龙安慰他说，好嘞，你也不要叹气，三十六岁又不老的。

宝山就认真地说，处长我同你讲，我从来没觉得我自己老。我只是觉得世道变得越来越年迈，好人全都不留种。

那天炳坤提着张静秋的那只箱子把车门打开。离开赫德路时，他抬头看了一眼车窗外暮色深重的天空，觉得秋天就是在这时候起变得越来越萧瑟了。

三

上海市警察局位于福州路上的一百八十五号，宝山记得它建成时，还是租界工部局的中央巡捕房。那时宝山是巡捕房的华警，在南京路、九

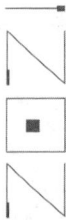

江路以及汉口路上，黄浦江吹来的风一年四季贯穿在他的头顶。宝山每天执勤巡逻时，提着根橡皮警棍，胸前挂一个英格兰出产的银色警哨，也就是上海人说的"叫子"。他就这样游荡了几年，后来日本人耀武扬威地来了，租界警务处改成他们的警察部，警视总监是一个名叫渡正监的男子。

宝山对这些基本不管。他只是扔掉那只"叫子"调到刑侦处开始破案子了，大大小小的案子破了一大堆，卷宗摆在一起有烟囱那么高，其中也有不少人命案。一转眼到了一九四三年的七月，日本政府处心积虑演了一场戏，把租界"自动交还"给汪精卫。渡正监于是拍拍屁股走人，过来接替他当警察局局长的是兼任了上海特别市市长的陈公博。

宝山在车里想着这些时，炳坤已经将车子开进了福州路一百八十五号的大院。雨丝依旧细细地飘着，宝山望着楼顶办公室几扇开了灯的窗户，又想起三年前日本人投降时，就是周正龙推开眼前被雨淋湿的铁门，迎来了接收上海市警察局的宣铁吾。那次周正龙对宝山笑笑，笑得很甜，说新来的局长是我老乡，他姓宣，宣布的宣。宝山就从头到脚看了一回周正龙，感觉阳光洒在身上有点儿痒，他随即笑眯眯地说，你这皮鞋和衬衫是不是刚买的？新来的是局长，又不是你们家的新娘。

周正龙这天在办公室里给宝山泡的是铁观音，宝山喜欢在他这里喝茶。

炳坤用粉笔在黑板上大致画了一张现场模拟图，门口特别标出了踩在血迹上的一只脚印。他说根据已经从丁医生房里拿到的鞋子比对，脚印和鞋子的尺码是吻合的。丁医生在一楼开诊所，平常住的房间却是在二楼张静秋的隔壁，他住在里面一间。

宝山静静地听着，一边喝茶，一边专心吃着周正龙的老家特产，装在纸袋里的诸暨炒香榧。他认为香榧的香和葱油饼的香是截然不同的香，香榧剥开后，有一种阳光下树林和山野的味道。不过他对周正龙说，脆是真脆，只是今天这香榧有点儿咸，盐放多了。

周正龙把香榧袋子提回去说，可以讲案子了，你都快吃掉我一斤香榧了。

宝山有点儿遗憾，站到黑板前指着那张图说，我认为凶手是爬窗进来的，杀人后也是从窗口离开。

你觉得不是丁医生杀的人？周正龙说。

宝山没有回答，想了一阵说，先找到姓丁的，明天痕迹科出来的检验结果很重要。

不过宝山没有想到，痕迹科后来从现场没有提取到任何有价值的指纹和脚印。凶手像是飞进来的一只蝙蝠，连一粒灰尘都没有留下。

第二天一早，炳坤在办公室等宝山。他给宝山擦完了桌子，拎来一壶开水，还把当天的报纸摆在他桌上。这时候门被推开，进来的却是宝山的妻子来喜。来喜看一眼炳坤，犹疑了一下说，你们昨天是不是加班？宝山怎么一个晚上都没回去？

炳坤有点儿诧异，但还是安慰来喜说，你坐下，别急。

四

河滨大楼坐落在苏州河北岸，曾经聚集过数量如羊群般的中欧犹太难民，现在它是淞沪警备司令部所在地，拥有重兵防守。

两天后的中午，炳坤跟着周正龙，一路走进司令部审讯处处长的办公室，他们给对方出示了宝山的警察证以及持枪证。然后周正龙自己拉出椅子坐下，跟聊天一样说，局里现在有一桩案子，我们想这就带宝山回去。

审讯处长捏了捏鼻子，将证件扔给一旁的秘书，似乎不怎么情愿地把头抬起说，你们还有没有其他的理由？周正龙愣了一下，随即又心平气和地说，你楼上的宣铁吾司令是我们原来的局长，我跟他也是诸暨枫桥镇的老乡。你看这能不能也算是一条理由？

炳坤眼看着对方处长把头低下，沉思了很久，最终还是缓慢地摇了摇头，然后翻开日历说，也就是关他个三五天吧。顶多十来天。总之不会让他在这里过年的。

原来宝山那天回家的路上，在乌镇桥上跟迎面开车过来，喝酒耍威风的警备司令部审讯处长干了一架。处长带着好几个人手，他举起宝山的脚踏车想要扔进河里。宝山过去一把将它夺下时，却被背后的士兵抡起卡宾枪枪托狠狠地砸了一记脑袋。宝山后脑流出很多血，他稍微摇晃了一下，拔枪时几乎就射出了子弹。这时候处长却开心得要死，靠到车厢盖上盯着他说，哟吼。

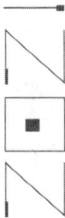

如果仅仅是这样，宝山也不至于有太多的麻烦。关键是后来核实他的持枪身份时，也不知道怎么回事，宝山对人五人六的审讯处长冷笑了一声说，有你们这帮饭桶，东北保不住的，北平也一样。处长愣了一下说，你要不要再讲一遍，我刚才没怎么听清楚。宝山想都没想，直接说，上海早晚也会被你们搞丢，国军想不输都难。审讯处长的笑容就慢慢收了起来，他说，你完了。

周正龙没有就此罢休，他后来跟着审讯处长去了七楼看守所。走到宝山跟前时，他眨了眨眼给宝山使眼色，故意大声地说，俞局长让我问你，笔录上那些话是不是你讲的？会不会是司令部的人听错了？

宝山望着周正龙，慢慢地浮起了笑意，说，没错，是我讲的。

宝山又把目光转向了审讯处长说，我就是跟这王八蛋这么讲的。说这话时他还死死盯着审讯处长，说，我看你能关我多久。

炳坤后来才晓得，宝山当天下午是被一个名叫童小桥的女人保释出来的。童小桥是上海仲泰火柴厂的老板娘，她以前是来喜的东家。

那天童小桥和司机老金一起，将三根黄灿灿的金条摆在审讯处长的桌上。童小桥摆弄了一下手镯，轻声地说，处长最近是不是想买去香港或者台湾的船票？我刚才来的路上替你问了一下行情，你一家五口人的舱位，现在就买，估计有这些应该够了。

处长随即一手将金条盖住，笑眯眯地说，唐太太是怎么知道这事情的？

童小桥会心地笑了，眼光轻飘飘地望向了窗外说，上海又没有秘密的。

处长于是仔细盯着她波浪卷的长发，觉得它们看上去像一排好看的英文字母。他想了想说，怎么，难道这个还没学会说话的憨大是唐太太的红颜知己？

请处长千万不要想多，其实我只是同你一样，喜欢在上海多交几个朋友。

童小桥说完这句，处长当即划亮了一根火柴，将那份笔录给烧了。他后来对着燃烧的火柴棍吹了一口气，说，你们仲泰火柴厂的火柴，在上海卖得挺好。我一直喜欢用这个牌子。

五

宝山和童小桥认识，已经是两年前的事情。那时宝山在局里已经很有一点儿名气。

那次宝山是在破了一桩杀人案后，发现当事人还偷了童小桥的一只皮箱子。宝山记得那只皮箱样子很精致，里头摆满了五光十色的旗袍，让他觉得满眼都是富贵。皮箱拉手上还挂着一枚红色的牛皮标签，上面盖了一个"廿八都商行"的印章。

宝山后来走进唐公馆，把皮箱放到童小桥跟前，看见她正在用安吉竹子编制的躺椅上打瞌睡。他站在客厅里犹豫了一下，好像听见院子外头的梧桐树上，有一只啄木鸟在辛勤地啄凿树洞，声音跟缓慢的快板一样。这时候童小桥把眼皮张开，她似乎蒙蒙眬眬地看见，有个男人站在她家客厅，像是一个过来送信的邮差，也像她家刚刚装修起来的一根柱子。

宝山说，唐太太你看看，是不是少了些什么？

童小桥坐直身子，她之前已经接到过警察局告知皮箱被追回的电话。宝山看着她，发现此时涌进屋里的一缕阳光，在穿透过头顶那层彩色玻璃后，正好将她给毛茸茸地围住。童小桥目光慵懒，只是扫了一眼打开来的皮箱，就很不当回事地说，什么都没少。

皮箱里的旗袍闪耀着丝绸的光，宝山记得摆在最上面的一件，胸口处绣了一朵纤巧的梅花，还在花瓣间特地镶了颗纯白的纽扣。就在童小桥懒洋洋盖上皮箱的时候，他说，唐太太是开商行做旗袍生意的吗？

此时童小桥换了个姿势坐着，可能腰背不怎么舒服。但她的声音却变得跟水一样，让宝山听着很舒服。她说陈警官，你看我像是个做生意的吗？

刚才不像，现在就更不像了。

那你还问。童小桥突然浅浅地笑了。

这么说你果然不是，宝山说，其实我刚才也是乱猜的。

童小桥于是笑得很开心，她对走过来的司机老金说，原来跟警察聊天也是蛮有意思的，下回要是我也被绑架了，你可以试试找一下这位陈警官。

童小桥说的绑架案，是指这一年被绑票分子重金勒索的面粉大王和纺织大王荣德生。就在八月二十七号那天，几个案犯被枪毙。报纸上讲，案

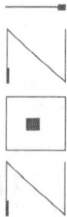

子之所以能告破，多亏了从无锡借调到上海来的绥靖署司令毛森。

宝山后来成了唐公馆的常客，每次过去，童小桥的先生唐仲泰基本都没在，因为唐仲泰的火柴厂生意很忙。给宝山开门的照例都是老金。老金的嘴巴里有一颗金牙，在上排牙齿中间过去第四颗。阳光晴好的时候，宝山看见金牙在老金嘴里一闪一闪的，像含在嘴里的一颗星星。

宝山这天从警备司令部出来，上了老金的道奇车子。他对老金说，谢谢侬。

老金却斜着眼睛看他，理了一把盖到脖子后面的长发，说，跟我有什么关系，金条是太太给的，你小子主要是命好。

这时候收音机里有个女播音员可能没有睡醒，念着新闻稿好像在讲她们家隔壁邻居的事情。她说东北已经门户大开，只有短短几天时间，沈阳和营口就相继被共军攻克了。老金很不耐烦地把收音机关了，说太太在前面等你，你碰到这倒霉事情，是来喜同太太来说的。

宝山于是看见童小桥等候在四川路桥南边的身影。她一个人站在桥头，目光显得有点儿散淡。秋天的风没有方向感，将她的旗袍下摆吹起，像是一面胡乱缠绕在身上的旗。

宝山替童小桥打开车门，等童小桥坐进车厢时说，你不应该给那王八蛋金条。

童小桥笑了一下说，你不用急着去局里，听说杀人案的凶手已经抓了。

抓的是谁？

楼下开诊所的牙科大夫。

宝山却直接骂了一声胡闹，声音几乎把童小桥和老金吓到了。

六

丁医生是在前一天夜里潜回住处时被炳坤当场抓获的。炳坤检查了这家伙想要带走的箱子，发现夹层里压着几件张静秋的胸罩，全是不同的颜色，看上去都蛮新的，可能没下过几次水。

炳坤说，你可真够狠的。你不仅拔牙，你还夺命。

丁医生即刻瘫倒在地上，像诊所里一团软不拉叽的输液管，连说话的力气都没有。一直到宝山回到局里，出现在他面前，他仍然没说过一个字，只知道不停地摇头。

宝山这天赶到审讯室时，瞪了炳坤一眼，直接把丁医生的手铐给解了。他还拍拍丁医生的脸，问他哭什么哭，说，我知道杀人同你没有关系，但你长着一张嘴，总要开口说话的。

丁医生愣了一下，随即哭得更加凶狠，眼泪鼻涕稀里哗啦。宝山一直等他哭完，才说，把你知道的都讲一遍。

丁医生于是开口了，讲得很详细。

张静秋是个独居的女人，她在礼拜六是不上班的。如果是晴天，就抱着一本书在阳台上晒太阳，或者叮叮咚咚敲一两个小时的钢琴。不仅如此，丁医生还知道她平常每晚是几点回家，一般早上什么时候起床。

宝山说，这些细节你是不是都用一个本子给记着？

丁医生愣了一下，胡乱抓了一把光秃秃的头皮。他又说张静秋经常晒衣服，晒得最多的是旗袍和袜子，袜子多的时候有好几双，还有各式各样的毛巾什么的。这些东西挂到阳台的竹竿上，每天晃来晃去，有很多清光光的水珠滴下来。

你就这样偷走了她的内衣？宝山说，但是别讲这些，告诉我其他的。

她有丈夫的，后来不见了。现在换成一个姘头，每个礼拜三过来一次，天不亮就走，夜里声音很响。有次我吓了一跳，害得我正在擦头皮的生姜都掉到了地上。

见过她男人吗？我是说礼拜三过来的这个姘头。

只见过一面，他都躲着人家的，一看就是不正当的呀。

你是不是很羡慕他艳福不浅？

丁医生睁大眼睛，他奇怪怎么又被宝山讲中了。

以后发生这种事情，不能逃。宝山说，逃了说明你心里有鬼，警察局当然就要抓你。

丁医生那次因为要去买菜，就从诊所上楼去房间里拿钞票。但是他没有想到，那时候张静秋已经被杀了。他踩过张静秋门口，根本没有注意到蔓延到走廊里的血，所以皮鞋上就沾了一团红。宝山他们到达现场后，他见到刘裁缝被拉去询问，心想这下子事情很难讲清楚了。除了脚上的血，

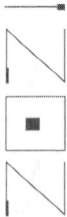

他家皮箱里还藏着张静秋的胸罩。他怕一搜查，自己会被当成奸杀张静秋的凶手，所以就想先把胸罩带出去给扔了。

这天的后来，丁医生叫来两个病人。他们共同做证，案发时间里，丁医生正在一楼诊所里忙着给他们补牙。

炳坤后来看着宝山将丁医生送走，他沉默了很长时间，心里还是没有想明白，宝山那天怎么一开始就没把丁医生当嫌疑人。宝山就告诉他，刘裁缝之前讲过，就在案发不久时，楼上下来的丁医生穿了件白大褂。宝山说大白天穿了白大褂去杀人，之后还大摇大摆着上街，你觉得这有可能吗？除非他是个疯子。因为杀人的刀子下去时，喉管里喷溅出来的是血，不是自来水。血肯定会溅到褂子上，那刘裁缝和街上那些邻居能看不见？他们又不是瞎子。

那他要是身上溅到了血，正好套上一件白大褂给遮住呢？

可是刘裁缝说过，姓丁的白大褂是卷起袖口而且敞开的，那些扣子全都没扣上。还有，他留在血迹上的鞋印，方向的确是从里面走廊里踩过来的，而不是从张静秋房间里踩出的。宝山说，现在更加可以证明，凶手的确就是通过窗户进出的。因为如果是通过一楼的楼梯，那天诊所里的丁医生和病人一直都在，他根本不敢。

这时候炳坤叹了一口气，那天因为抓了丁医生，宝山之前交代过的窗台，他都没有让痕迹科去检查过。不仅如此，房东已经把整个房间里里外外打扫过，就连窗台也冲洗了一遍，说是只有这样，房子才租得出去。宝山听炳坤说完，觉得这回凶手连做梦都要笑醒了，于是感觉被警备司令部那帮人敲过的脑袋隐隐有点儿痛。

七

宝山第二天起床，看见来喜在屋顶平台上喂鸽子。那些鸽子很精神，身上的羽毛光滑得跟水一样，它们看见宝山就纷纷朝他脚边围拢过来。

宝山的屋子是干爹和干娘留给他的。这么多年，他一直很喜欢屋顶这个露天平台，可以坐在阁楼的老虎窗边一个人看看苏州河，想很多事。苏州河里有很多沙船，每天来来往往，犁开水面时会蹦跳出许多白条鱼。不过也有那么一次，宝山却在水面上见到一具尸体。尸体缠满水草，从水底下懒洋洋地浮起，围了一群五花八门的鱼。

来喜这天准备了一盒法国巧克力，以及一份五斤装的诸暨糯米年糕，她让宝山去一趟童小桥家里。来喜揉了揉有点儿痛的膝盖说，也不晓得太太这次为你花了多少钞票，总之不是小数目。

宝山是在去年冬天成了唐家的常客，并且知道童小桥喜欢听越剧，还喜欢弹琵琶。有一次上海落大雪，童小桥问宝山，你有没有听人讲过浙江的崇仁镇？宝山勉强地笑笑，他对浙江不是很熟。

童小桥就过去把留声机打开，让宝山听见河水一样清凉的越剧声。她说浙江的嵊县有个崇仁镇，那里的女人一年四季忙着演戏，她们头戴凤冠脚踩高靴，一天到晚在连接舞台的石板街上走来走去。

宝山于是觉得，浙江人的确蛮有意思，能够活出两种人生来。他后来又听童小桥说起，上海高升舞台响当当的喻传海师傅，早年就是入赘在了崇仁镇的廿八都村，结果这人带出了村里的名角张荣标，艺名两朵花，还有就是越剧皇后筱丹桂。

宝山于是想起童小桥那口盖了"廿八都商行"印章的满是旗袍的皮箱，他也终于知道，原来童小桥的老家是浙江崇仁镇的廿八都。童小桥这天让他听的唱片，是筱丹桂和张湘卿合演的《玉蜻蜓·劝夫》，百代公司上个月刚刚推出的。宝山竖起耳朵使劲听，可是他听了很久，最终还是一个字也没听懂。

童小桥就说，慢慢听，以后你自然会听懂的。

宝山缓缓地看了童小桥一眼，觉得待在她身边的时光变得很精致。所以他喝了一口茶，盯着童小桥冷不丁说了一句，我同你讲，我真想跟唐仲泰决斗。

童小桥却把眼帘低下去，划亮一根火柴捧在手里。她笑了一下说，瞎三话四，你晓不晓得我比你大两岁。

大十岁你也是个女人。

童小桥不响，侧过头去看院子里的雪。雪积得很厚，就要把唐仲泰刚才离家时的那排脚印给填满。她说你很快就三十六了，我想给你做媒。我同你讲，周兰扣不适合你的，她就是一匹套不住的野马。

宝山止不住笑了，他没想到事情会这么有趣，就连童小桥也听说了周兰扣的事。

童小桥一直划着火柴，每次都盯着手里的火苗，等待它慢慢变小。宝山看见她一张脸被明亮的火光映红，看上去似乎是透明的。她后来笑了笑说，上海又没有秘密的。

周兰扣是宝山的顶头上司周正龙的妹妹，二十八岁了还没嫁人。她是上海的半个明星，在新新公司六楼餐厅的玻璃电台当播音员，还上过《大声》无线电半月刊的《小姐动态》栏目。宝山记得那期《大声》杂志照片里的周兰扣，笑得像一株碧绿的水仙。

宝山是在警察局的一次新年联谊会上认识周兰扣的。那次周兰扣跟在哥哥周正龙的屁股后面，吃夜宵时，坐到宝山边上说，我全看过了，上海那么多警察，就你最像男人。

宝山说，何以见得？

我当然是凭直觉。周兰扣又说，我同你讲个秘密，我从小就喜欢像个男人的警察。

宝山后来才知道，周兰扣什么都会。她不仅骑马，还骑摩托车，骑得风驰电掣一般。她常去赛狗场上买彩票，看中的一条狗是俄罗斯血统的，有半人多高，全身跟木炭一样黑，宝山怎么也记不住那条狗很长很长的名字。周兰扣还去明星公司拍电影，她演的配角穿的是只有三片布的泳装。后来她参加上海滩游泳皇后的选举，虽然游得像一条箭鱼，可惜还是没有进入前三。

那次游泳比赛结束，宝山和周正龙去接她，宝山还给周兰扣买了一纸袋她喜欢吃的糖炒栗子。周兰扣剥开栗子说，这种比赛没多大意思，她们赖皮，抢时间了。她们主要是靠作弊的呀。

那天三个人一路走回去，天空碰巧落雨。宝山临时买了两把伞，让周正龙独自撑了一把，另外一把他给周兰扣打着。走到外白渡桥时，雨点砸在钢梁上，敲出叮咚叮咚的声响。周兰扣抬头去看雨，这才发现宝山差不多站在伞外。她说，你是不是喜欢淋雨？你又不是一片草地。

宝山说我个头大，雨伞里挤不下我们两个。

周兰扣听他说完，突然笑呵呵地跳起来亲了他一下，说，晚上哪里吃饭？我想吃牛排。

看着周兰扣骨头轻的样子，周正龙于是很苦恼，说，你要是不嫁给宝山，你就别这样风骚。

周兰扣说，要你管？你又不是我爹。说完又跳起来亲了宝山的脸一下。

宝山这天将巧克力和诸暨年糕摆在童小桥的桌上，他说来喜让我问你，司令部那边花了多少钞票，这钱我们以后得还。童小桥什么也没听见，只是在忙着调试手里的琵琶。琵琶是唐仲泰从扬州给她带回来的，最近弦有点儿松，经常会走调。

老金给宝山泡好茶，急着要和宝山开始下棋。老金的棋瘾不是一般的重，他说昨天开车的时候，心里还想着前一次跟宝山下的那盘棋。宝山说，那你眼里还有没有红绿灯？老金却正好抓起一只绿色的马，考虑着该在哪里落下，他说你别吵。

童小桥这时比较完整地弹拨了一次琵琶，感觉声音稍微准了一点儿。然后她把琵琶弦按住，看着宝山说，听说你们把凶杀案的人给抓错了，不会是真的吧？

宝山盯着棋盘不吭声。老金盯了他一眼，说，该你了。

童小桥就笑了笑，把琵琶放下说，我怎么一下子很想吃来喜的馄饨？我嘴馋了。

来喜是童小桥介绍宝山认识的，时间也是在去年的冬天。那天夜里，宝山和老金下完棋，童小桥带他去吃了一回来喜的馄饨。回来的路上，童小桥问宝山，你觉得馄饨味道怎么样？宝山回想了一下说，挺好的，虾仁馅很新鲜。可惜她不卖葱油饼。

来喜在街上卖馄饨之前，曾经在唐公馆里给童小桥和唐仲泰洗衣做饭，偶尔也帮老金一起擦擦车子。可是有一年春天，来喜的腿脚变得有点儿不方便，膝盖老是酸胀疼痛。有一次擦楼梯的时候，她感觉腿上被针头扎了一下，脚底一软，整个人摔了一跤，从二楼滚到了一楼。童小桥急忙奔跑过去把她撑起。来喜满头是汗，心里非常过意不去，说，太太，可能我不适合留在这里了，再这样下去，都成你来伺候我了。童小桥说，瞎三话四，一下子讲到哪里去了。我让老金送你回去，休息几天就好了。

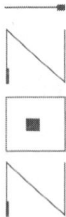

但是回到家里的来喜，此后就再也没有回去过唐家。

这年夏天，老金有次开车送童小桥去办事，从法国公园门口经过。在此起彼伏的知了声中，他和童小桥都见到了路边梧桐树下开了馄饨铺的来喜。童小桥于是走下车，从坤包里抓出一把钞票，数都没数，就走上去摆在了来喜的桌上。她说你还有一个月的工钱没结，我今天身上就带了这么多，以后有需要你再过来拿。

来喜望着那堆花花绿绿的钞票，心里有点儿慌。她顾不上锅里已经煮熟的馄饨，急忙把钞票给推了回去，说，根本没有这么多，太太的心意我收了。

那时候头顶梧桐树上的知了使劲地叫唤，童小桥真希望它们能把声音降低一点儿。她后来想了想说，你总这样下去也不是个办法，女人得有个家。

宝山这天下完棋从唐公馆回去的时候，在路上给来喜买了一个旧的电吹风。他在家里牵着来喜坐下，打开电吹风后呼的一声，吓得来喜脸都白了，差点儿从藤椅上掉下来。

宝山挽起来喜的裤管，用电吹风对着她膝盖吹。来喜闭上眼睛，身子一直发抖，最后猛地叫了一声，烫。宝山就把电吹风移得远一点儿说，这样可以吗？

来喜后来在藤椅上慢慢地坐稳。她看见宝山举着电吹风像是停电的夜晚举了一个手电筒。宝山对来喜说，汤婆子焐膝盖没这个方便，你以后直接对着吹就行。

上床的时候，来喜看着宝山后脑还没痊愈的伤口说，你以后上街别穿便服了，记得要穿警服，省得他们不把你当回事。她想现在仗打得那么厉害，以后上海可能会越来越没有规矩。

宝山却替她盖好被子说，警服有什么好穿的，留在柜子里就行。

来喜把灯给关了，抱着宝山，整个身体紧紧地贴着宝山，跟他一起听苏州河里的机船马达声，以及机船经过后激起的水花声。她觉得日子就像苏州河的河水，就这样不分昼夜地流淌着，从来也不会感觉到疲倦。

八

宝山第二天叫上炳坤，两个人又去了一趟赫德路。

牙科诊所里丁医生在忙，他现在病人很多。宝山望着他灯泡一样的头皮，拍拍他肩膀说，头皮上擦生姜已经不管用，以后最好能试试马鬃膏。丁医生于是又一阵惊讶，怎么又被宝山说中了？因为他前两天刚看了一本中医书，书上讲曹操的儿子曹丕对付脱发用的就是马鬃膏。只是他现在还没搞清楚，到底什么才是马鬃膏。

在张静秋遗留的钢琴旁，宝山眯着眼睛，很长时间想象着一名男子，神鬼不知地在中午时分攀爬进窗口。那肯定是个老手，大白天闯进来都没有惊醒张静秋，要不然她早就喊了。他并且能躲开众多街坊邻居的视线，从窗口很轻松地翻出去，说明对这一切很有把握。

昨天是礼拜三，夜里宝山和几个便衣警员守候在街边，他还特意让炳坤将房间里的床头灯开着。但是一直没有人过来敲门，就连几声狗叫，听着也似乎很遥远。

在张静秋的梳妆盒里，宝山翻寻了很久，最终发现一枚子弹头。他让炳坤查一查，张静秋有没有亲人在部队上。炳坤觉得比较难，在静安分局的户口档案里，张静秋的那一栏只有她原来丈夫的名字。但是就连这个男人，分局查了好多天，现在还是没有一个结果，不晓得他去了哪里。

炳坤说，凶手会不会就是她丈夫，畏罪潜逃？

宝山没有吭声，他也就是在这时候想起了张静秋的那只皮箱。

在周正龙办公室，炳坤将从物证科里领出来的皮箱打开。宝山顿时愣住了，里面竟然凌乱得一塌糊涂。他确定这不是张静秋的风格，因为那是一个多么整洁的女人。

有没有人动过？宝山说。

炳坤茫然地摇头。箱子送到物证科时还贴了封条。

凶手肯定是奔着皮箱来的，宝山说，里头一定少了什么。

周正龙想了想说，少的不会是钱吧？

宝山笑了说，钱又不值钱的。

说不定是戒指或者手镯什么的呢。周正龙说，周兰扣就是将值钱的东西都塞在皮箱里。她还有一根很粗的意大利项链。

宝山不响，捡起皮箱里一根细细的头发。他想周正龙这个当哥的，还真挺像是周兰扣的爹。

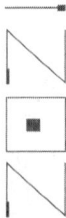

周兰扣的意大利项链宝山曾经见过，原先是抓在另外一个人的手里。

去年圣诞节，宝山一个人吃着刚买的葱油饼，满嘴热气地站在被雪包裹的行道树下，突然想起了周兰扣。他觉得是不是需要给周兰扣买一纸袋热腾腾的糖炒栗子，然后亲自给她送过去，看她惊喜地咬一下栗子壳，又咋咋呼呼剥开栗子时的表情。但是事实证明宝山迟了一步，他后来在周正龙家附近的路灯下，看见周兰扣挽着一个穿深灰色呢子大衣的男人，对方手里也捧着一纸袋栗子。两个人边走边吃栗子，快要到家的时候，周兰扣攀上男子的肩膀，声音甜得像一块巧克力。她说，唐，我要吃你嘴里的那颗栗子。宝山于是看见两人的嘴巴很快纠缠在一起，过了蛮久都不愿意分开。然后等这一切结束，男人从大衣兜里掏出个盒子，拆开来捡起一根闪闪发光的链子说，意大利进口的，喜不喜欢？周兰扣比兔子还快，一把抓了过去，在脖子前比画了一下说，真亮，是不是钻石的？

宝山一下子觉得这对男女真是登对，可能连他们咬在嘴里的栗子也是钻石的。雪开始下得纷纷扬扬，最后漫天飞舞，将宝山乌黑的眉毛遮盖住。宝山抹了一把脸，默默地转过身去。他也就是在望向两人的最后一眼里，终于看清那个斯斯文文的男人，其实是唐仲泰，也就是童小桥长袖善舞的丈夫。

后来宝山去仙浴来澡堂泡了一个澡，都快把自己给泡发芽了。离开澡堂的时候，他觉得身上特别清爽，连脚底都冒着热气。他于是在苏州河边刨开一堆雪，将那包一颗没少的糖炒栗子全都倒进了雪地里。然后他将雪盖回去，拍拍平整，并在四周踩了几下，让它看上去好像什么都没发生过一样。

可是在来喜的记忆中，这年圣诞节后的一天，却发生了一件令她难忘的事情。

那天宝山去找来喜，在老正兴面馆，两个人坐在一起各自吃了一碗三鲜面。吃面的时候一句话也没有说，等到吃完，宝山掏出一只皮夹子，推到来喜面前。

宝山说，给我当老婆行不行？这个归你管。

来喜夹好面条的筷子停在半空中，很久以后，她有点儿紧张地笑了一下，什么也没说。

宝山说我不是开玩笑，我是认真的。以后我从局里领来的工资，都由你来管。

来喜怅然若失，她无法相信眼前的一切是真的，于是也就忘记了吃面条。来喜后来低头想了很久说，给我三天时间，你让我想想清爽。

来喜后来记起，那天自己说出这些话的时候，一双眼睛是湿的。

九

按照宝山的吩咐，炳坤接下去就是找人。找张静秋的丈夫，找那个礼拜三夜里过来的男人。炳坤先去了一趟上海市卫生局的市立临时戒毒所，张静秋是那里的护士。

在护士长的嘴里，炳坤了解到张静秋和部队的关系，她是江苏靖江人，曾经在七十二军骑兵团的战地医院当过护理员，后来离开部队来到上海。在医院救护队的时候，她好像和一名伤员关系不错，有那种谈恋爱的迹象，后来回上海就没联系了。

认识她丈夫吗？炳坤问。

怎么，她还有丈夫？

于是炳坤又向一个副所长了解情况，在一个不怎么通风的办公室，这家伙一开始就支支吾吾，很快变成满头大汗。炳坤就干脆问他，每个礼拜三的夜晚，你一般在哪里？副所长突然打了个嗝，眼睛一愣，躺在椅子上涕泪交加。护士长赶紧打住，请求炳坤能不能别问了，他这是烟瘾又犯了。炳坤于是知道，这家伙自己也是三天两头偷偷跑去"燕子窝"，捧着个烟枪，没有两三个钟头满足不了瘾头。而平常在戒毒所里，他最看不惯的就是花蝴蝶一样的张静秋，好几次在会上当面骂她，建议所长把她给辞了。

炳坤离开前说，按照烟毒查缉处《治罪条例》，我该把他扣了。

宝山听完炳坤的介绍，把一直塞在口袋里的那粒子弹头拿了出来，他有一种直觉，弹头和那个骑兵团的伤员多少有点儿关系。他问炳坤，七十二军现在在哪里？炳坤却说天晓得还有没有这支部队，可能连番号都没了。

炳坤自己就是从部队里撤下来的，他原本是通信连的，负责给连队养马养信鸽。但他觉得部队里不能再待了，必须早点儿回上海，免得以后在战场上死无全尸。所以他找了个理由，七拐八拐，也不知道通过什么关系，或是送了钱，反正最后就来到了局里。

宝山记得自己娶来喜的第二天，请一帮同事在福州路上离警察局不

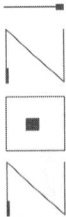

远的老半斋吃夜宵。清蒸刀鱼上来的时候，周正龙把炳坤带了进来。炳坤皮肤有点儿黑，嘴唇蛮厚，围了一条不伦不类的旧围巾。周正龙说介绍一下，处里新来的同事，姓赵，赵炳坤，以后你来带他。炳坤不说话，只是对宝山点了一下头，犹豫着是否该坐下。宝山说你小子话不多，口福倒是不错，可能以后办案子时运气也不错。淮扬风味的蟹粉狮子头，你先来一个。

炳坤还是很拘谨。酒喝到一半时，抽出几张钞票，本来是要给八百，后来又加了两张，说是给宝山吃喜酒的礼金。宝山说你就算了，你连新娘子都没见过。但是炳坤还是把钞票推过来，虽然没有说话，样子却是很执着。宝山于是就收下，说改天去家里坐坐。我和你嫂子也养了一群鸽子。

炳坤说，应该叫师母。他后来给宝山打包了一碗水饺说，带回去给师母吃。宝山于是想起了家里的来喜，觉得心里很踏实。

寻找张静秋的丈夫就没那么容易了，炳坤花了一个多礼拜的时间，最终还是没有进展。

上海警察局一共有三十一个分局，除了水上分局，炳坤一个个按路线列好，准备都去打听一遍。他买了一包香烟，觉得去那些分局时，如果及时递上一根烟，那些警员可能就会静下心来帮他想想。那天车子开到新城分局门口，炳坤突然有点儿犹豫，当年离开上海去部队养鸽子之前，他的户口就是在这个辖区。虽然那时候档案上的名字是叫赵杨冰，但他还是担心会碰见熟人。

果然，这时候有人把他叫住，看一眼他领章上的一排警号说，七四九七，我认得你。

炳坤把车窗摇下，觉得对方也不像是个警察，说，你认错人了。

不会，我昨天在邑庙分局见过你。你拿了静安局的档案，在找人。

炳坤这才知道，对方是过来送米的一家米行老板，之前是警员，后来不知怎么的，自己出去开店。现在很多分局食堂的米，都是他送的。

炳坤于是跟他聊了起来，并且给他看张静秋丈夫的照片。

老板说，看在你是跟着陈宝山做事的分上，我带你去个地方。

这天差不多同样的时间里，宝山从周正龙那里得知，他之前从张静秋皮箱里发现的那根头发，不是张静秋的。宝山想，这又能说明什么？

周正龙泡了茶，从一只纸袋里倒出一堆香榧说，北平现在很紧张，据说林彪的部队提前结束休整，可能是要准备入关。还说蒋总统让傅作义率山海关和张家口一带的兵力南撤，以加强长江防线，但是傅作义却有自己的想法。

一个大活人，谁还会没有自己的想法？宝山又接着说，我对上海的意见更大，现在米价涨到了每石一亿多元，金圆券还不如草纸。

俞局长可能要退位，周正龙正色地说，我们到时候不知道何去何从。

宝山不免有点儿惆怅，心底里，他还是很敬重俞叔平局长的。但他嘴上却说，下一任局长会不会还是你老乡？要么就是你自己。

俞叔平是全国第一个警察学博士，去奥地利维也纳大学留学过两次，抗战时期回国，军统局长戴笠先邀请他去当了重庆中央警校的教官。他写了好多本刑事侦查方面的书，这年夏天还送过宝山一把枪，是比利时的花口勃朗宁。特意选了一把编号跟宝山的警号一致的枪。那次俞叔平带着很浓的诸暨乡音赞扬宝山，你是刑侦处的一块牌子，破案子我主要还是靠你。但是宝山没跟俞局长讲过，妻子来喜也是诸暨人，她老家是王家井的。宝山觉得这种事情没必要提，因为自己也没想着在局里当个不大不小的官。

周正龙后来感叹说，其实当官和当警察的道理是一样的，需要有人带。就说军统局的戴笠吧，他坠机后，现在保密局接替他位置的是之前提携起来的毛人凤，两个浙西江山县城的老乡，早年还是当地什么小学的同学。听讲戴笠被人欺负，毛人凤二话不说就上去帮他。现在你看看，就连毛人凤的弟弟毛万里，也当上了保密局浙江站的站长，少将。

宝山就笑了，说，我晓得你也是有人带的。但老实讲，其实你不适合当官。

为什么这么讲？

你心软。宝山说，心软的人手也软。

周正龙愣了一下，觉得宝山说得没错，自己确实只像个读书人，官场那一套不是很擅长。但他还是想了想说，其实我有其他人带的，以后再同你讲。

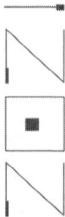

你不用跟我讲，宝山说，讲了我也记不住。

这时候，炳坤的电话打了进来，周正龙接起了电话。话筒里传出炳坤的声音，他说张静秋的丈夫找到了。

十

龙江路上污水横流，什么垃圾都有，包括死老鼠。宝山踮起脚尖，捏着鼻子，听炳坤边走边跟他说，郝运来搬到这里一年多，现在欠了三个月的房租。

房租还没补上，说明他手头没钞票。

宝山话刚说完，就被一个行色匆匆的男人撞了一下，能闻见他一身的汗臭味，跟咸鱼一样。炳坤正要发火，那人却一见他的警服，马上转了个身，慌不择路地奔跑了回去。宝山只听见哐的一声，临时房那扇摇晃的门板，已经被里头的司必灵锁给锁上了。

炳坤冲上去对着门板踢了一脚，说，郝运来，你给我死出来！

里头安静了一阵，过了一歇才吼出声道，我哪里有时间？等我有空儿了再讲。声音比炳坤还响。

宝山看了一眼四处漏风的门板，担心要是再补上一脚，整个木板房子可能就塌了。他把手插进风衣口袋，摸着那枚子弹头，干脆走远了说，聊天又花不了你多少时间的，赌场没这么早关门。

郝运来是个十足的赌鬼，混迹在大大小小的赌场。炳坤说他每趟输钱后，都会嫌龙江路太远，随便找个地方躺一下，从来也不会挑剔。炳坤就是在米行老板的指引下，找到一家赌馆开始打听郝运来的踪迹的。

宝山接着说，运来先生我晓得你很忙的，但你起码得跟我讲讲张静秋。

讲什么？讲姓张的男人？她心里就想着那个混蛋。她巴不得死在床上，现在倒好，如她所愿了，但是跟我有屁个关系！屋里传来郝运来声嘶力竭的声音。

继续讲，我在外面听着。宝山掏了掏耳朵。

我讲要同她离婚，她答应了。本来讲好的价钱，讲来讲去被她扣掉了一截。可是就这样她还耍赖，到现在还欠了我三成。你说这样的女人，守不守信用？

宝山望向院门外的一条狗，看它犹豫着在墙角撒出一泡不是很急的尿，撒完了又心事重重地把目光移过来，盯着宝山看着。

我手上有她欠条的，白纸黑字。骗你我是狗，欠条就押在好莱坞棋牌馆。

宝山又去掏耳朵，觉得天气有点儿反常，会不会又要下雨。

你们帮我把她那台钢琴给卖了，那破东西就是一堆柴火，棺材都比它值钱。

听你的，宝山说得很认真，就算是劈了它当柴火卖，剩下的钢丝也会给你留着。

说完，宝山一把推开门板，直接站到了郝运来面前。宝山早就看出，司必灵锁其实已经被炳坤给踢坏，搭进扣子的铜头锁舌只剩那么一小截。

郝运来坐在黑漆漆的墙角，见到宝山时不禁掉出一行泪。宝山说，实话同你讲，张静秋你根本配不上，所以你不用哭得那样死皮赖脸的。

这时候天空果然下雨了，宝山见到那条脏兮兮的瘦狗低头走了进来，整个过程静悄悄的，一点儿声音都没有。跟丁医生一样，郝运来也没见过张静秋私底下的那个男人。他以前只是发现，张静秋隔三岔五瞒着他去电话亭里打电话，一打就是半个多钟头。每次打完电话回来，张静秋都不让郝运来碰她，像要躲开一个漏电的插头。

后来两个人就分了，张静秋一个人住在赫德路。

宝山没有将郝运来带回局里，这让周正龙很不理解。周正龙还是觉得，暂时不能排除郝运来的作案嫌疑。宝山却一下躺倒在周正龙办公室的沙发上，说，你就是借他一百个胆他也不敢。他那双手瘦得跟鸡爪一样。

你是去破案还是去看相？周正龙说。

他要真是杀了人，就不会兔子一样躲进那间破屋子。那又不是碉堡，那简直就是纸糊的。

炳坤就是在这时回来了。他去了一趟好莱坞棋牌馆，那边有好多人做证，案发时，郝运来赌得眼珠子都快要爆开，像一只癞蛤蟆一样直接爬上五米宽的桌板说，我押大。

那天在周正龙的办公室里，一直都很安静，大家都不说话。后来周正龙看了一眼炳坤带回来的张静秋的欠条，觉得这人一笔字写得不错，抬头望去沙发时，宝山却已经睡着了。于是，办公室再次陷入了无边的寂静。

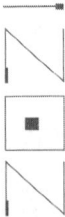

十一

平安夜突然发生一件事情，周兰扣不想活了。

那天周兰扣吞下很多药片，她就跟电影里演的一样，躺在地板上一阵阵抽搐，嘴里吐出许多生动的泡泡。是童小桥打电话通知正在处里值班的宝山，那天处里的车都开出去了，宝山只好飞奔着冲向周兰扣在外面租的房子，把门撞开，一把抱起周兰扣。抬腿冲向医院时，宝山听见她迷迷糊糊地说，唐仲泰你就是个骗子。

平安夜的南京路人潮汹涌，热闹得不行。宝山抱着奄奄一息的周兰扣，边跑边叫喊，让开，让开！

这一年留在上海的洋人已经不多，替他们节日感动的，是许多看上去满脸幸福的华人。宝山差点儿被他们绊倒，一个趔趄撞向电线杆，头上隆起了一个大包。他随即朝马路方向使劲挥手，可是那么多车却没有一辆愿意停下。宝山于是冲去轨道中间，直接拦下一部叮叮当当的电车。上车时，裤管又被钩破了。他最后在车厢里扇了周兰扣一个巴掌，声嘶力竭地警告她，要是敢把眼睛给闭上，信不信我将你的衣服当众扒光。

吐着白沫的周兰扣看见摇晃着霓虹灯的街景，以及面容模糊的宝山。她还听见宝山的喘息声跟火车一样。但是她一句话也说不出来，她觉得连眨一下眼睛的力气都被一股强大的力量吸走了。

周兰扣最终没有死成。被推进病房时，她对宝山软绵绵地说，我跟姓唐的事情，你是不是早就知道了？

宝山说，我什么都不想知道。我闭上眼睛就是个瞎子。

这时候童小桥十分安静地走了进来，高跟鞋的脚步声在空旷的走廊传出去很远。她走进病房，将一网袋香蕉搁在床头柜上，目光跟静止的水一样，说，唐仲泰不肯娶你，是因为他爱你不够深。

周兰扣顿时很迷惑，感觉站在眼前的童小桥一下子变得很高深。她想了很久说，那他爱你爱得深吗？

也不深。童小桥想了想，补了一句，他只爱他自己。

说完，童小桥突然觉得很累。累到简直就要虚脱。好像那双腿脚是临时从哪里借来的，已经撑不住自己的身子。她什么也不想再说，转身离去时，只感觉一双眼睛很痛，可能是被病房的药水味刺到了。

童小桥走了以后，宝山又在周兰扣身边陪护了很久。天已经亮堂了，宝山后来离开医院，吃着早餐摊上的葱油饼，一个人走在回家的路上。街上已经很冷清，整条马路像是特意为他单独准备的。他被电车钩破的裤子迎风飘荡，像一面破败的旗。也许是因为疲倦，或者是因为黄浦江的晨雾，他感觉视线中一片模糊，好像自己已经老花了。

来喜第二天做好了从昆山带回来的螃蟹，宝山买了镇江陈醋和糖炒栗子，一起给病房里的周兰扣送去。这回唐仲泰靠在宝山之前租来的陪护椅上，捧着一本《啼笑因缘》看得很入迷。周兰扣在边上修指甲，在宝山进来之前，她已经把所有的脚趾都修好，接下去要修的是左手的无名指和小指。她低着头说，修指甲一定要很当心，宝山你别打扰我，我现在没时间同你说话。

宝山就小心翼翼地将那些螃蟹和栗子放下，然后想等等看，唐仲泰什么时候会把书合上。

唐仲泰后来终于合上了书，说，我该怎么谢你？要不咱俩喝一壶？

酒席就在病房里直接摆开。唐仲泰去楼下小东阳菜馆叫了萝卜炖羊肉的砂锅，还称了一斤油爆花生米，买了两瓶海半仙的同山高粱烧。最后揭开砂锅盖子时，他盯着那两只全身金黄的螃蟹说，其实周兰扣不喜欢吃蟹的，因为嫌剥蟹脚麻烦。

宝山说，你小子惹下的麻烦比剥蟹脚的麻烦大得多了。

两个人后来都有些喝多了。唐仲泰将宝山送到医院门口时，突然大着舌头说，周兰扣你养不起的，她这样的人，需要很多钞票。

宝山站在原地，抢起拳头猛地砸了过去，砸在唐仲泰的脸上，让他吐出一团血。

唐仲泰没有还手，摇晃着身子说，打得好，要不要再来一下？

宝山就拔出手枪，一把顶在他脑门上，说，你小子不要得了便宜还卖乖，信不信我毙了你。

唐仲泰却很没有理由地笑了，说，你要是开了枪，你还真就不是一个

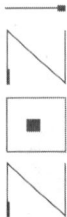

好警察了。

一阵风吹来，让宝山觉得反胃，后来他扶着一棵树吐了很久，觉得头很痛。等他吐完的时候，发现唐仲泰已经不见了，身边只剩下各个方向吹来的风。

这天夜里，来喜将一块热毛巾敷在宝山的额头上。宝山眯着一双眼，在那阵扑面而来的热气里，迷迷糊糊地想起了父亲陈嘉定以及祖父陈静安。宝山一家三代的警察史最早起源于光绪二十三年，祖父陈静安去南市马路工程善后局的巡捕房里当差。十年后新成立的巡警总局，陈静安是华捕分队的队长。时间到了一九二七年，陈家第二代陈嘉定又成了当时上海特别市公安局的红人，那时的局长是沈毓麟。但是陈嘉定遭遇不测，结果他在局里的拜把兄弟张三立接手了他的职务。和张三立的儿子张仁贵一样，宝山那年十五岁，亲眼看见父亲陈嘉定被张三立带领的一帮警员从苏州河里打捞了起来。父亲喝足了水，整个人膨胀得像摆在路边摊上的西瓜一样。

那次陈嘉定是对自己的水性太过于自信了。春天里苏州河涨潮，他去救一个不慎落水的圣约翰大学女生时，想都没想就跟一条鱼一般跃进了水里，唯独忘记了脱掉警靴。那双警靴的鞋带扎得特别紧，涌进水以后又在脚脖子处卡住了，这让下水的陈嘉定很后悔，任凭他怎么用力也无法将靴子蹬踢下来。最后他像浸透了水的包袱，被那双冤魂一样的警靴硬生生地拽进了苏州河的河底。

后来陈嘉定的同事张三立收养了宝山，在他这幢苏州河边的房子里，宝山跟张三立的儿子张仁贵，也成了结拜兄弟一样的一对少年。宝山记得那几年只要到了夏天，张仁贵就会整天泡在苏州河里，泡得背上脱下一层层的皮。张仁贵在水中游得比船还快，又四仰八叉地躺在岸上，把自己晒成一条黑不溜秋的鱼。但是宝山没有机会下水，他一直被干娘绑在家里。干娘搓了一根稻草绳，将宝山捆扎起的时候，挥舞着手里的戒尺说，你要是敢下水，我现在就剁了你的一双脚。

所以这么多年很少有人知道，从小在苏州河边长大的刑侦处警察陈宝山，他至今不会游泳，是因为当年的河水曾经埋葬了他的父亲。

宝山后来取下额头上的毛巾，和来喜一起去屋顶平台上看鸽子。他们喜欢在漫长的夜里坐到鸽子笼旁边，打着平台上的一盏灯，看它们一眼，然后看摇曳在苏州河那些船舱里的灯火。河水在夜里流得很慢，宝山有时会想，它们从四面八方跋涉一路赶来，可能也是为了看一眼第二天的上海。

宝山的鸽子是来喜和他结婚时带过来的，总共有十来只。那次宝山看着笼子里沉默不响的鸽子，以及穿了红旗袍的来喜，笑呵呵地对她说，你一下子带这么多的嫁妆，还好我这屋子宽敞。

来喜自己都记不清已经养了多少年鸽子，总之那就像她生下来的一群孩子。鸽子大多是"云南雨点"，毛色有很多种。白色、灰色、绿色，也有绛色的。它们身上布满斑杂的花纹，一点一点的，像是刚刚下了一场雨，把它们的翅膀给淋湿了。

来喜平常喜欢跟鸽子说说话，提醒它们吃相要斯文一点儿，不要跟没见过世面一样，争抢起来很难看的。来喜说不用担心，宝山带回来的饲料还有，够你们吃的。她还会教育鸽子，飞去外头的时候，回家吃饭要早一点儿，路上千万不能耽搁。她这话其实是说给另外两只灰鸽子听的，宝山给它们取了不同的名字，一只叫佛山，一只叫东莞。

跟云南雨点不同，佛山和东莞是纯种的李梅龄鸽。来喜把它们喂饱后抱出笼子，佛山和东莞就拍拍翅膀，一路飞向来喜之前带它们去过的玉佛寺找水喝。但是曾经有两次，佛山和东莞飞了一半路就落下，直接去苏州河里解渴，这让来喜很不开心。来喜敲敲它们的脑袋说，以后记住了，河里的水不干净，吃了会拉肚子。

佛山和东莞就点点头，咕咕叫唤了两声，好像一副已经听懂的样子。

宝山第二天醒来，觉得头已经不那么痛。他走去苏州河边，看见来喜坐在船头，和一个船夫在说话。宝山站在边上等，看远处乌镇桥的桥洞，也想起附近唐家弄里的徐园又一村。据说在他爷爷那辈的时候，又一村茶楼是全上海最早的电影院。许多年前，张仁贵还没出远门的时候，宝山竟然和他在那里捡到过一张徒手画成的黑白电影海报，那个电影好像是叫《马房失火》。

来喜和船夫说完话，回头看见宝山时吃了一惊。她说船夫是她远房表兄弟，刚从诸暨姚公埠过来。宝山就对表兄弟笑了笑，让他去家里坐，中午叫来喜添两个菜。

表兄弟急忙推辞。他给来喜递上一篮诸暨年糕，对宝山说，下次。

炳坤就是在这时候开车过来的。他把车子在岸边停下，仍然没有

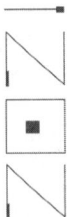

熄火，走到宝山跟前说，又有一桩命案发生了。说完他转头看了来喜一眼，说，师母。

宝山顿时觉得，整条苏州河突然流淌得很急。

十二

命案发生在一间理发店。炳坤一脚踏进去时，满地的碎头发差点儿让他滑了一跤，他突然觉得地上像是铺了一地的松针。阳光稀薄得有点儿清汤寡水，缥缈摇晃地照在墙上那面半身镜上，让宝山在光线里看见很多飘飞的灰尘。

死者仰躺在理发椅上，面部表情有点儿倔强。他的脖子上镶嵌着一把刮胡刀，刀柄朝着左手方向。跟张静秋一样，他被切开来的皮肉不情愿地翻开，像两片张开的嘴唇。

宝山瘦长的身影一直在飘飞的灰尘里站着，在炳坤眼里仿佛一张不太真切的照片。在理发师不怎么连贯的叙述里，宝山的头稍微动了一下，迎面望向那缕从窗口打进来的阳光，觉得这个上午隐隐之间有点儿虚幻。他的半边脸在阳光下瞬间显得白净起来。

死者是早上八点左右过来剪头发的。可能是睡眠不好，等到头发修剪完，理发师在剃刀布上擦拭了几回刀片，就要给他免费刮一次胡子时，他却在不经意间打起了细小的呼噜。理发师不忍心打扰他，就提起篮子先去弄堂口买菜。他挑了一把青菜，又买下两块豆腐，准备中午在煤炉上烧个青菜炖豆腐，然后再加几片大蒜。他拎上菜篮子，踩着冬日的阳光不紧不慢地回来。就要走到门口时，他愣了一下，发现那片湿润的泥地上，有两股血像两根肥胖的蚯蚓一样，从青石门槛下的缝隙里，小心翼翼地蠕动着爬了出来。

宝山久久地盯着死者那道伤口，仿佛在看着另外一个世界。他认为如果不是因为贪睡，看上去比较强壮的死者不会那么容易被割喉。但是等凶手提起刮胡刀一把切进时，他已经来不及挽救自己了，而且越是挣扎，血就喷出得越多。宝山想，他几乎是死在了梦醒时分。

炳坤戴上手套，很小心地拔出镶嵌在死者脖子上的那把刮胡刀，于是看见那道伤口非常缓慢地黏合到一起，然后又十分安静地收缩下去。炳坤还带走了伤口附近的一团烟灰，这让他再次想起了不久前死去的张静秋。

人群后来向炳坤反映，死者就住在附近的顺庆里十五弄。有一个卖早点的师傅说得更加详细，说他名叫郑金权，是个懒汉，也是个光棍，平常不太爱出门。他每天的早餐，是店里的两个肉包子，再加一碗添了葱花的咸豆浆。

和炳坤去郑金权家的路上，宝山有一种奇怪的感觉，好像有双眼睛就藏在街道两旁，很长时间细细地看着他。他回头扫视了一圈，见到的却全是目光空洞的街坊，而且也没有人低头转身。宝山相信，这个清晨，毫无防备的郑金权其实早已被凶手盯上。就在眼前这条街道，凶手也许一路在跟踪他，直到他的背影消失在理发店门口。

宝山想，这起凶案蓄谋已久。

郑金权的衣柜里有一件很旧的军队制式衬衣。宝山抽出来看了一下，发现部队的番号已经被洗烂了。他决定带走这件衬衣。

在弄堂口，一个收租婆静坐在阳光的阴影里，满脸的皱褶子。炳坤抱着一堆郑金权的物品从她身边走过时，她把一团烟丝使劲摁进烟锅，看都没看后面拎着衬衣的宝山一眼，很不屑地说，一个逃兵，能有什么值钱的东西。

宝山停下，说，他可能是个排长。

收租婆冷笑了一声说，那也是光屁股的排长。然后她抽出火柴在扎了发髻的头皮上划了一下，用那团火苗将烟锅里的烟丝点燃，又说，我昨天做了一个梦，梦见上海要变天了。

宝山就问她，那你有没有梦见其他的？

无可奉告。收租婆说完，喷出一口浓烟。

十三

唐仲泰依旧很忙，忙到一两个礼拜见不着人影。宝山去唐公馆的那天，童小桥在客厅里说着说着就不屑地笑了，她说，唐仲泰会不会是上天了？他喜欢过洋节，那天上或许每天都是平安夜。

那天因为老金不在，童小桥就亲自烧了一锅阳春面。她显然没怎么下过厨，在给面条放酱油的时候，一个人手忙脚乱，抓在手里的酱油瓶来回

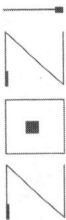

倾斜了好几次依旧没有倒出一滴。宝山在不远处的一张椅子上四平八稳地坐着，微笑地看着她。最后她鼓起勇气，决定重新来一回，宝山于是只听见咕咚一声，那碗面条就即刻被酱油浓墨重彩地覆盖住。

童小桥被自己吓到了，她回头看一眼宝山说，这样会不会太浪费？宝山笑呵呵地说，反正你洒下去的又不是金子。宝山这样说着，站起身，走到了童小桥的身边，说，我来。

宝山自己动手，给童小桥煎了两个荷包蛋。童小桥轻轻咬了一口，发现外面一层很酥脆，里头的蛋黄却像蜂蜜那样涌出来。她看了宝山一眼，什么都没说，只是笑了笑。风很轻地从他们身边走过，在这样的静止中，他们觉得有些微妙的愉悦在空气里荡漾。宝山一个人吃那碗面条，吃得很快，好像要让童小桥知道，味道还不错。不过汤实在太咸，他没敢再喝。于是他把那只晃荡着汤水的面碗，慢慢地推到了桌子的中间。

你别当警察了，童小桥说，济南警察局已经收编了好多旧警察，同时也抓了很多人。

宝山之前也陆陆续续听到些消息，知道解放军进驻济南后，之前的警察局长刘钦礼，偷偷给自己买了辆牛车，一夜之间和牛车一起消失了。

童小桥说着，走过去把留声机打开。她选的唱片还是筱丹桂的《玉蜻蜓·劝夫》。

宝山静静地听着，听了一半突然说，你离开他。可以去香港，要不你就回老家。

童小桥好像没听见，过了一阵才说，有些事体你别管，你管好你的来喜。

童小桥说一辈子太短了，人就那么回事，连筱丹桂都在去年被她男人张春帆给活活气死了，那我又还有什么事情值得不开心？童小桥还说，筱丹桂临死前喝下邻居泡脚用的来沙尔药水，车夫送去仁济医院抢救的途中，黄包车的链条又断了。

这都是命。童小桥划亮一根火柴，捧在手里接着说，女人也像一根链条，踩得太急就断了。断了就没命了。人家挖一些土，随便就把你给埋了，第二年春天就长满青草。你就像没有来过这人间一样的。见宝山没有响，沉默了一会儿，童小桥于是接着又说，不讲这些扫兴的，你还是同我讲讲破案的事情吧。那些东西是可以在报馆连载的。

宝山就讲了很多，中间看见童小桥偶尔对着火柴点燃一根烟。她也不去抽，只是侧着身子，用两根手指夹着烟，让烟雾很随意地升腾，在客厅里飘来飘去。

那天宝山讲得很晚，有一搭没一搭，慢条斯理，仿佛要把所有的时光都给消磨完。唐仲泰也一直没有回来，仿佛他并不需要回来。童小桥后来弹奏起琵琶，弹得很慢，在若有若无的声音里，宝山睡着了。而琴声没有停，童小桥拨弄琴弦的时候，她的目光就有些呆。

要回去的时候，童小桥替宝山竖起风衣领子。两个人靠得那么近，宝山闻见她头发里的香味，在夜色里很安静。童小桥的手停在宝山的风衣领子上，很长时间没有动静，她只是低垂着眼帘。

童小桥的手慢慢从风衣领子上收了回来，说，回去吧。

那天老金刚好走到大门口。在那片清凉的月光里，他停下，站在门外远远地张望着，如同张望一局别人在下的棋。老金后来开车送宝山回家。一路上，他还是没怎么说话。宝山把车窗摇下，让风稍微吹进来一点儿，吹起他和老金的头发。他望着老金说，一年又要过去了，你的头发好像也越来越少。老金不开心地回了他一句，办你的案子，别什么事情都瞎操心。

十四

炳坤记得，一九四九年的元旦来得很快，那天他在《中央日报》的头版看到了蒋总统发布的一则新年文告，称"和战关键系于共党"。而与此同时，延安方面《人民日报》的社论标题则是《将革命进行到底》。这些报纸上的文字，语气平静，但是这文字的背后，全是轰隆隆的炮声。这天傍晚，炳坤开车离开警察局，在郊外沪杭铁路一段寂静的铁轨旁，他和一个陌生人见了次面。

陌生人戴着一副墨镜，从一列火车经过后渐渐消散的浓烟中走出。他手上拿了一份当天的《中央日报》，总共折了四折，并且在报眼处用红笔写了个赵炳坤的坤字。

炳坤在铁轨上坐下，感觉特别凉。他看了一眼对方，从他那两片墨镜

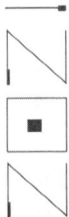

镜片上，可以看见远处铁路信号灯的影子，像两只细小的萤火虫。

你的代号叫藿香。炳坤说。

你怎么不穿警服？对方问。

穿不穿都一样，告诉你我的警号就行。七四九七。

炳坤和藿香的第一次见面，就这样接上了头，藿香是中共上海地下市委派来的联络员。炳坤加入中国共产党已经很多年，那段鲜为人知的历史，一直可以追溯到他那次奉命离开上海，前往国军部队入职之前。可是炳坤的上线后来牺牲了，所以有很长一段时间，他几乎成了一只断线的风筝。直到上级将他再次唤醒，然后又安排他回去上海。

藿香这天告诉炳坤，组织已经收到他送往玉佛寺的情报，关于一百多名警察局职员的年龄、职务信息以及家庭住址、身份背景等，都很有价值。现在上海市委已经决定，将炳坤的组织关系正式转入中共上海警察工作委员会，也就是上海警委。

当炳坤回头望过去时，看到远处的上海城，天空中绽放出一朵烟火，毕竟是又一个新年。

我以后跟组织怎么联络？炳坤说。

你可以去迪化路九十三号。

藿香说完，一列南下火车的灯柱已经远远地射来，将两人笼罩在巨大的光圈中。火车气势汹汹地鸣叫了一声，发出巨大的声音。两个人于是隔着那段铁轨，各自退到了路基石外面。可是等到所有的车厢离去，咔嚓咔嚓的铁轨震荡声在静谧的夜空中飘远，藿香却已经不见了。炳坤后来觉得，那个飘荡着火车烟尘和烧煤蒸汽机味道的夜晚，仿佛藿香根本就没有出现过。

令宝山奇怪的是，周正龙最近已经一连好几天没有找他，好像他已经把人命案的事情给遗忘了。直到有一天下午，周正龙把他叫去凯司令咖啡馆，跟他们一起过去的还有炳坤。

周正龙把菜单扔过来说，你们自己点。他还让服务生取来他存在这里的几瓶法国朗姆酒。

宝山上一次来凯司令喝咖啡是同周兰扣一起，两个人坐在她喜欢的一个靠窗的位子。那次周兰扣在窗玻璃上哈出一口气，随意在雾气弥漫的玻璃上涂画了一下，然后用手盖上说，宝山你猜猜看，我写了个什么字。宝山说，是周兰扣的周？上海的海？要不就是纽扣的扣。周兰扣却一直摇头，把脖子都摇痛了，最后她把手松开说，你真笨，是元宝的宝。

宝山就盯着那个宝字看，发现它因为被周兰扣的手掌捂得太久，字体四周已经在往下滴水。宝山说，元宝的宝是不是伤心了？他在掉眼泪。周兰扣说你乱讲，他只是因为没打伞，被雨淋湿了。然后她就朝柜台喊了一声，两杯白兰地！

宝山望着那个座位发了一会儿呆，周兰扣笑的样子就在座位上隐隐现现的，这让宝山觉得，每天的生活显得那样不真实。这天宝山给自己叫了一份牛腱子肉，还有一盅萝卜排骨汤。酒喝到一半，他看见周正龙放下吃牛排的刀叉，用餐布擦了擦嘴，好像要开始说一件很重要的事情。宝山就想，原来法国朗姆酒不是那么容易喝到的。

实话同你们讲，周正龙清了清嗓子，盯着宝山说，我其实是保密局的。又看了一眼埋头的炳坤，说，我今天想发展你们两个。

宝山于是才想起，周正龙曾经提过，他其实是有另外的人带的。那么这个另外的人，看来就是保密局。不过宝山觉得这件事情一点儿也不新鲜，因为据他所知，警察局里有不少人是毛人凤的亲信。而且早在戴笠时期，局里的政治处调查科就差不多清一色是军统，也就是现在保密局的前身，这几乎是公开的秘密。

周正龙摘下新配的那副吴良材近视眼镜，轻轻擦了擦。他让目光透过提起的镜片，又说，现在警察局里共产党至少有几十个，闹得很凶。所以，你们就跟着我一起干吧。

炳坤在心底里愣了一下，感觉周围的空气分量有点儿重。他刚才一直听着，也知道此时周正龙正透过镜片不动声色地看着他。他想了想，还是把目光抬起，望向周正龙时不知所措地笑了笑。

宝山也是一声不吭。他正看着窗外的一对恋人，看见他们各自骑了一辆脚踏车，骑得非常慢，仿佛是等候一种名叫爱情的东西把他们追上。这时候周正龙就把服务生叫来，说咖啡厅里很闷，为什么不来点儿音乐？宝山于是忍不住笑了，他说你要是觉得闷，完全可以把窗子打开，街上那些

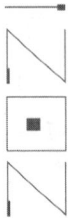

人又听不见你刚才说了什么。

留声机里最终播出的是一首陈歌辛的《苏州河边》，姚敏和姚莉兄妹两个合唱的。宝山仔细去听那些缠绵的歌词，觉得听起来比童小桥家的越剧要清楚多了：风儿轻轻吹起我的衣角，我们走着迷失了方向，尽在岸堤河边彷徨。不知是世界离弃我们，还是我们把它遗忘。夜，留下一片寂寞，世上只有我们两个。我望着你，你望着我。千言万语变作沉默……

后来周正龙还说，警察局有个代号叫猫头鹰的共党，很长时间没有查出来。等他说完，炳坤有点儿茫然地看了一眼宝山。宝山就对他说，看我干吗？我脸上是画了一只猫头鹰吗？

痛快点儿，要不要一起干？周正龙皱了一下眉头说，保密局！

我只会查案。宝山回答得心不在焉，我就适合当警察。

查案当警察没有前途。顶多说你是个神探。

我和来喜一起过老百姓的日脚，就不需要什么前途。

周正龙显得有点儿失望，随即示意服务生把留声机给关了，说，恨铁不成钢。

你们不用费力气了，天下一定是共产党的。宝山又接着说，国民党烂透了，千疮百孔，连警察局都贪腐成群。

十五

这一年除夕的前两天，周兰扣突然过来寻宝山，说，你陪我走一歇。两个人沿着苏州河的堤岸来回地走，一直走到了半夜。最后走到外白渡桥上，周兰扣背对着宝山，望着外白渡桥的钢架桥梁说，我想跟你一起过夜，我在华懋饭店开了房。

宝山感觉很突然，听见桥梁上有一团很扎实的雪掉落进河里。他想，怪不得周兰扣刚才跟他说，华懋饭店的四到九层有好多个国家的装修风格，而她最喜欢的是里头印度风味的那种。

宝山把周兰扣的大衣披好，还替她抹去了因为夜里雾气凝结成的水珠。他说，回去吧。

周兰扣愣了一下，很久以后才说，为什么不去？我不好吗？

没有什么为什么。宝山说，你很好。

周兰扣没有转身，一直望着眼前的河水，好像心里特别冷。最后她说，唐仲泰不会娶我的，我已经够对得起他。

两天后的一月二十八日，正好是除夕，周兰扣和唐仲泰遭遇不测的消息就是在这天传来的。因为在夜间航行没有开灯，前一天下午六点从上海启航的太平轮号，在舟山群岛海域与满载着煤炭和木材的建元轮号相撞沉船。太平轮装载了六百吨钢条、一百多吨白报纸，以及中央银行的一大批金条和银圆。船上另外还有一千多名前往台湾的乘客，五百零八名有票的人员当中，就有周兰扣和唐仲泰两个。

宝山那天正在警察局值班，从收音机里听到这则消息，他一个人在办公室坐了很久，并且破天荒地抽了一根烟。他把窗打开，望向白雾茫茫的黄浦江方向，终于明白周兰扣那天让他一起去开房，其实是为了同他告别。而那样一次不成行的告别，竟然就成了永别。这样想着的时候，宝山就听见遥远的汽笛以及黄浦江一阵一阵的潮声，潮声在漆黑的夜里由远而近地拍打过来，越来越响。

宝山后来去找童小桥，那时候街上的爆竹声一浪盖过一浪，让他心惊肉跳。他最终踩着满地碎屑，在呛人的硫黄味中一脚踏进唐公馆时，看见童小桥正一个人孤零零地站在灯火通明的客厅里。她被一片灯光笼罩着，一动不动。而留声机里正在放着的是热闹非凡的西洋圆舞曲。

那天见到了宝山的童小桥看上去很开心，还特意给自己打开了一瓶红酒。她的身子轻盈地旋转了一下，像八音盒里那种玲珑的小舞女。

宝山站着，仿佛一个初来乍到的客人，说，难道你不知道太平轮沉了吗？

知道，我高兴都还来不及。

说完，童小桥端着红酒杯在地板上又转了一圈，样子很优美。可是就在她想邀请宝山共舞一曲的时候，却一不小心脚底打滑，突然摔了一跤。红酒杯打碎了，眼前一片狼藉。童小桥终于流出一行泪，坐在地板上背对着宝山轻轻用手指头擦眼泪。等到转过头来时，她又眼中含泪面对着宝山笑了笑说，唐仲泰是在寻死。他们两个今天来个平安夜，明天来个太平轮，每时每刻都在寻死。

院子外头这时又炸开一批爆竹，声音震天动地，仿佛是要将唐公馆的

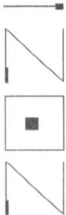

屋顶掀开。宝山觉得上海是在抽风，一直要抽到明年。在爆炸声中，童小桥抱起那把琵琶，像是抱着一个亲人。她没有心情去拨弦，只是从上到下抚摸着它们，然后说，你还是给我讲讲故事吧。

宝山这天没讲案子，案子最近没有进展。他主要是回忆他们一家三代人的警察往事，还有他少年时的兄弟，养父张三立的儿子张仁贵。那年张仁贵把一个人给打死了，在上海南站爬上一列火车从此消失。一九三七年，宝山穿上了警服。报到的那天，他在福州路一百八十五号的门前，把牛皮带扎在腰间，顶着正午的阳光戴上他人生中的第一顶警帽，并且和养母一起拍了一张照片。

你的那些警服呢？童小桥说。

我都让来喜存在衣柜里。

也没怎么见过你拿枪。

可是我心里有枪。俞叔平局长也送过我一把枪。

落地自鸣钟当的一声敲响，接着又开始连续地敲了十一响。两个人转头，看见自鸣钟里新的一年到了。这时候童小桥的眼里又闪出了一些泪光，她说谢谢你陪我过年，我以后都不会忘记。

宝山说，以后的日子还很长。

那天来喜看见老金送宝山回家。宝山走进黑暗的院门，把身体靠在墙上。他觉得昏昏沉沉，头又开始很痛，像要炸开似的。来喜于是从院里出来，陪在边上站了很长时间。宝山后来都没听到老金离开时发动汽车的声音。他对来喜说，唐仲泰和周兰扣出事了。

十六

宝山终于查到了，郑金权是七十二军的逃兵，他和张静秋原来是一个部队的。之前两处现场的烟灰比对，证明也都是三炮台香烟。世上没有那么多凑巧，宝山认为这是连环案，他很长时间捏着那枚子弹头，又想不出其中究竟有什么样的关系。他去检查冰库里郑金权的尸体，这家伙运气特别好，当了那么多年兵，身上竟然没有枪伤。

炳坤带了郑金权的照片，去赫德路找丁医生，还去临时戒毒所又找了一次护士长，结果没有得到任何有用的线索。

那天宝山去档案室查资料，他想看看有没有和七十二军相关的情况。走廊里他碰到了炳坤。炳坤目光闪烁，说处长找他有事，听起来很急。宝山看着炳坤急匆匆上了电梯，电梯门合上时，他才发现平常人来人往的整个走廊上只剩下他自己，安静得跟死去了一般。档案室里也是奇怪，很多材料被捆扎在一起，堆得跟山一样。宝山问这是要干吗。管理员看他一眼，目光讳莫如深，说你知道就行了，昨天接到的命令，很多重要的档案要抓紧送去台湾。

怎么都要去台湾，宝山看着那堆材料，心想台湾难道成了上海的亲戚？

但是宝山没有想到，此时离开警察局的炳坤，正要面临一个巨大的陷阱。

周正龙这天是让炳坤去一趟水上分局，之前他给了炳坤一个文件袋，里头是关于配合保密局出海抓捕上海地下党的行动方案。炳坤开车开得很慢，好几次想靠边停下，把文件袋给拆开，但这样的念头无数次冒出来，又被理智掐灭。处里那么多人，周正龙为何单单选择了他？万一把袋子拆开，周正龙会不会在里头做了手脚，收件人第一时间就能察觉？周正龙说局里有个共党，代号叫猫头鹰，他是不是已经对自己有所怀疑？

炳坤看着车窗外不停后退的街道，似乎所有的面孔都是心怀叵测，各有使命。他知道，上海已经到了很关键的时刻，空气中到处都是一点就着的导火索。

那天在约定地点，炳坤见到了早已等候着他的水上分局的一个警员。对方接过文件袋，仔细看了一眼封口，对炳坤面无表情地说，跟我来，有人要见你。

炳坤跟着他走了很长一段路，最终上了停泊在岸边的一条船。炳坤踩上船板，感觉脚底摇摇晃晃，眼里的水波也在不停地荡漾。

那天在船舱里等候炳坤的，竟然就是周正龙。

周正龙望着潮湿的甲板，手里拿着一本平装版的《王云五小词典》。他坐在一张四方桌旁，声音似乎从水底下飘浮起一般，说，文件里头写了什么？

炳坤想了想，说，不敢看。

周正龙笑了，看着那个原封不动的文件袋说，你的确没有拆过。但他又抬手看了一下表说，可是就在半个钟头前，有人在路边的电话亭往玉佛寺打了一个电话。而且那人在电话里只说了一句，最近有台风，不宜出海。

炳坤倒抽了一口冷气，极力压制心底的波澜。他虽然没有拆过封口，但也确实给玉佛寺的交通站打了电话。有台风不宜出海，他想这样的暗语已经足够提醒组织注意安全，及时防范保密局的抓捕。那么现在事实很明显，交通站不仅被周正龙给端了，而且里头的人员已经叛变。炳坤一直看着周正龙，他在心底里连数了三下，告诫自己要镇定，然后才咽了一口唾沫，开口说，我不懂处长在说什么，玉佛寺又是在哪里？

炳坤想，他们无法证明电话就是他打的。除了猫头鹰，周正龙之前说警局里还有至少几十个共党，那么他就可以利用这个条件，设法撇清自己和电话的关系。

你不懂是吧？周正龙按着桌板站起，说，但是你很快就会懂的。说完他打了个响指，即刻就有一名男子从另一个方向走进了船舱，船又晃荡了一下。男子提了个录音设备，他跟完成一套程序一样，按下机器按钮时，里头传出的正是炳坤的声音：最近有台风，不宜出海。

船舱里很安静，只有风经过水面的声音。炳坤知道一切已经无法挽回，但他奇怪的是，自己此刻反而更加平静了，就像一阵风在他身边突然停下。他看见周正龙把手伸进风衣口袋，里面应该有一把子弹早已上膛的枪。所以他打消了跳水的念头，干脆坐下说，没想到你这么费尽心机，何必如此，早上可以在办公室直接给我戴上手铐。

周正龙愣了一下，随即又笑了。他把文件袋打开，好让炳坤看清里头几张一个字也没有的白纸。炳坤有一种被掏空的感觉，这么长时间，自己一直低估了眼前这个高明的对手。他的喉结滚动了一下，咽了一下唾沫说，你赢了。

周正龙并不显得开心，只是上前按住炳坤的肩膀，而他从风衣口袋里掏出的，其实只有两枚炒香榧。他把香榧托在掌心上，想了想，选出其中一枚送到炳坤的手里，说，七四九七，刚才的表现不错。我代表上海警委欢迎你。

炳坤顿时觉得这个上午很不真实，如同虚设的梦境一样。他在一阵惊喜中久久地盯着周正龙，感觉自己从来没有如此认真地去看过他，仿佛急于要从他脸上寻找出一段被忽视掉的时光。

这一天是一九四九年的三月八日，也就是从保密局过来的毛森接替了俞叔平，就任上海警察局局长的第二天。炳坤记得那天周正龙同他握了一次手。来到刑侦处两年，他还从没想过自己会跟周正龙握手，而且还彼此都握得那么紧。周正龙让他不要介意，说刚才只是为了考验你的沉着和应变能力。还告诉他警委在局里有好几条线，今后你跟我是一组。

在宝山的记忆中，一九四九年三月以后的上海警察局，炳坤还是那个炳坤，周正龙还是那个周正龙，他们两个一点儿都没变。真正有变化的，是查案子在局里的工作中变得不那么重要了，重要的是队伍的管理和整顿。那段时间，宝山和炳坤每个礼拜一都要去榆林路的警察学校参加"总理纪念周"活动，聆听新来的毛森局长训话。与此同时，警察局相继成立了"保密组"、"防谍组"及"生活指导组"等。新颁布的"战时禁令"还规定，凡有警察背叛国民党或弃职潜逃者，格杀勿论。警察之间要相互签订连保责任书，如有违反，连保的警员同罪。那天在会议室，周正龙也让刑侦处的警员签名连保，和炳坤一起签字的时候，宝山对周正龙说，我要是有事了，我们家还有一群鸽子，他们会不会也要格杀勿论？

你还能有什么事。周正龙说。

我是怕会被你们这些保密局的憋死。

炳坤看了一眼周正龙，转头对宝山说，我还是跟牢你查案最稳当。

十七

毛森上任后，警察局内部的风声变得特别紧，整幢大楼跟丝毫不通风的铁桶一样。

宝山曾经见过这个新来的局长，就在三年前，他从无锡第一绥靖区司令部临时调来上海，追查荣德生绑架案的那次。这个目光迥异的男子，如今依旧英气逼人，他那两道浓墨重彩的眉毛，加上挺直的腰板，让人想起精力旺盛的马。他是戴笠的老乡。

在一次警员大会上，毛森信誓旦旦说，上海有一千条路，但我也有一千个特务。他告诫警察局里的赤色分子，不要心存侥幸，必须限期自

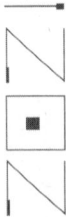

首，否则后果很严重。会场里一下子鸦雀无声，所有人都目不转睛望向台上。周正龙看了一眼炳坤，又推了推身边正在打瞌睡的宝山。宝山把眼睛睁开，说，你不用担心，我在听的，你们要查的是共党。

事实证明，毛森并不是虚张声势。接下去的日子，福州路一百八十五号警察局进进出出的车子开始像鱼群一般密集，几乎每天都有人被抓捕，继而秋风扫落叶一样分批押送去了提篮桥监狱。宝山在办公室窗口冷冷地看着，望见福州路上的那排梧桐，在这场细雨飘摇的倒春寒里颤抖不已。

然而很多事情还是照样发生了。宝山那天走进警局，发现整幢大楼跟菜场一样嘈杂。众多警员面容干枯，纷纷举着一个信封跺脚骂娘，走廊上到处弥漫着干燥的油墨味。炳坤后来告诉宝山，那些警员是在家中邮筒里收到了同样一份油印传单，上面是毛泽东和朱德联名发布的《中国人民解放军布告》，也就是他们说的《约法八章》。除此之外，信封里还有一页警告信，告诫警察局顽固分子恪尽职守，保护好一应物资档案，争取立功自赎。

炳坤看上去愁眉苦脸，说事情很麻烦，连毛局长自己也收到了警告信。

排查工作随即展开，初步推算，上海一万四千多名警员中，收到警告信的不少于两千人。因为投递地址十分准确，一一对应了相关的警员姓名，调查科于是将不容置疑的目光投向了警察局内部。那天局里开始汇总信息并且上缴物证时，从档案室出来的宝山感觉风衣口袋里被人塞进了一样东西。他抽出一看，就是那封警告信，塞给他的人是站在身后的炳坤。炳坤声音很轻，说处长让我告诉你，这东西有总比没有好，如果你也收到了，至少他们就不会首先排查你。

炳坤说完，宝山看见站在远处办公室门口的周正龙，正似有似无地盯着他，随后又转身将门轻轻地合上。这样一个背影，让宝山顿时觉得意味深长。

几天后，案子告破。警察局被带走的人中，有普陀分局的老钱和老刘，还有杨树浦分局的小钱。小钱据说刚入职不久，这一年才二十五岁。那天宝山回家的路上，看见来喜在苏州河边好像是一个人偷偷掉眼泪。她的布鞋浸湿在水里，身子蹲下后徒手刨出一个坑，埋下什么东西又把那些沙石子给填回去。宝山就那样远远地望着，他不想去打扰来喜。

回到家，宝山插上电吹风，又用热风给来喜吹膝盖。他什么也没问。来喜终于忍不住了，泪水再次涌上眼角，她说，佛山没了。

佛山是在外面被一只老鹰给盯上了。它落在苏州河边稍事歇息的时候，老鹰一个俯冲，铁钳一样的爪子当即把它死死地按住。来喜说佛山只剩下一根细瘦的骨头，骨头上有血，粘住的两片羽毛连风都带不走。宝山听来喜说完，把她拥到怀里，抱得很紧，很长时间说不出一个字。没有关上的电吹风还在藤椅边呼啦啦地叫着，宝山只觉得自己和来喜一下子苍老了许多。

那天宝山轻轻地松开来喜时，来喜把眼泪擦干，然后背对着宝山，悄悄解下那双卖馄饨时经常要戴的袖套。来喜不想让宝山看见，袖套上有一块没有擦干净的污渍，虽然不是那么明显，但依旧可以看出是油墨。来喜说，解放军是不是要进城了？

宝山沉默了一下，说，上海很快要变天了。

和许多被抓捕的人士一样，老钱和老刘他们在调查科的审讯室里受尽了酷刑。那天他们被带往宋教仁公园枪决之前，宝山就站在办公室窗口。他看见曾经的三个同事已经被处理得没有了人样，他们被一路拖着，拖到天井中验明身份。警局门口很快拉起一块黑布，附近小常州面馆的伙计随即低垂着头赶了过来，他端着一个托盘，面无表情地给钱凤岐他们各自送上一碗热气升腾的阳春面。宝山知道这是"杀头饭"，一碗阳春面就是一条命，等到把面吃完，他们就会被押上车子送去宋公园。枪声响起后，那里又会多出几具尸体，然后尸体就被扔进一口土坑。

炳坤当晚就去了迪化路的九十三号，霍香告诉他的这个秘密联络地址，他还是第一次过去。

夜里上海停电，炳坤找到地址时，发现这原来是一家米行。他按照约定的方式把门敲开，随即在一圈跳动的烛光下看见，等候他的老徐竟然就是那天他在邑庙分局门口见到的那个米行老板。他对炳坤说，七四九七，我认得你。

老徐正在翻阅着一本《王云五小词典》，看上去像一个小学教员。而他手中的字典，和炳坤当初去水上分局送文件时，摆在周正龙手边的那本一模一样。

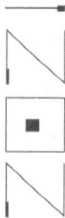

炳坤这天是带着情绪而来的，没过多久他就开口问老徐，当初的情报为什么没有及时传递出去？如果那样，老钱他们完全有机会撤离。老徐沉默着，夹在手里的香烟都忘记了抽上一口，以至于烟头已经烧出很长一截烟灰。他后来告诉炳坤，那次警委的交通员在指定地点收到炳坤送去的情报后，即刻派人利用信鸽将消息传送去下一站。可是，老徐停顿了一下说，信鸽在中途出事了。

出了什么事？

遇见了一只老鹰，就在苏州河的水边。

炳坤感觉脑袋嗡地一下，有很多虚空从脚底板下升起。他了解鸽子，也懂得鸽子，所以最后他无力地说，鸽子可能是要喝水。

那天老徐没有告诉炳坤，鸽子其实就是来喜养的，它的名字叫佛山。他也没让炳坤知道，自己其实是姓邵，单名一个健字，是中共上海警察委员会的书记。他只是平静地对炳坤说，快了，咱们的队伍已经离上海不远了。

一连好几天，来喜夜里躺在床上都不敢闭眼，她怕会在梦里见到佛山。

在地里埋下佛山的那根骨头时，来喜望着之前绑在它脚上的那截小圆筒，将塞在里面没有送出的情报抽出。她虽然不懂密码，但纸条上那串阿拉伯数字还是让她触景伤情。那些排列整齐的数字，让来喜想起了屋顶平台上排成一行的鸽子，而佛山以前就翘首站立在它们中间。

来喜将纸条扔进河里，看着它漂远，直至沉入水底。然后她撩起河水，擦洗了一番袖套上的油墨痕迹。

油墨是来喜在一个地下室里沾上的。几天前，上海警委从解放区的邯郸电台里收听到了新颁布的《约法八章》，因为消息播了很多次，老徐和老钱他们就一字一句地抄写下来，并且连夜刻字油印。后来要安排人员挨家挨户送去那些警员家的邮筒时，来喜说这事情我去做也很方便，我一个到处推车卖葱油饼馄饨的，人家根本不会注意。

来喜在两年前就加入了中共暗线组织。跟宝山结婚之前，她也曾经征询过组织的意见。老徐后来问她，你想好了吗？来喜说，想好了。老徐就不再说话。过了一会儿，来喜又补了一句，我觉得他是个好人。

十八

五月的一天，宝山突然站到清晨的苏州河边，像钉在那里的木桩一样，一直盯着摇晃的河水，以及映在河水中的自己摇晃着的倒影。来喜那时候远远地看着他，不知道他在想什么。

那天没什么阳光，云层压得比较低，宝山后来在河水的倒影里见到一只展翅的老鹰。老鹰从云层里冲出，起初看上去只有苍蝇那么大，但很快就跟一九三七年日本人的飞机那样滑翔了过来。宝山很安静，抽出俞叔平局长送给他的那把手枪，也没怎么瞄准，抬头时却即刻让一颗子弹朝空中追赶了过去。于是在炸响的枪声里，来喜听见那只老鹰惨叫了一声，随后就笔直坠落进了这天上午的苏州河里。

来喜想，宝山这枪法，弹无虚发。

两天后，很多上海人是在遥远的枪声中醒来的。解放军三野主力对上海的外围进攻，在五月十二号这天正式打响。来喜后来听说，这场被称为"瓷器店里打老鼠"的战役，既要歼灭国民党守军，又要保护市区免遭破坏。总之一句话，不能把上海给打烂了。

上海变成翻滚的海，许多消息像浪头一样拍打过来。那天周正龙更是从警委方面接到消息，从济南公安局抽调录用了一批警察，加上华东警校的部分学员，一支共计一千四百人的队伍，已经在华东局社会部副部长李士英的带领下，几番辗转后从济南到达江苏省的丹阳县。他们准备在丹阳集训一段时间，待条件成熟后前来接管上海市警察局。

站在苏州河边的屋顶，宝山已经能听见隐隐的枪炮声。有时候听起来很远，好像是响在收音机里。有时候又感觉非常近，近得就在头顶。声音像涨潮，有时候让人喘不过气，有时候又突然安静下来，跟河水一样悄无声息。宝山看了一眼没有去卖葱油饼和馄饨的来喜，安慰她说，不用担心，上海飞来飞去的子弹，我以前见得多了。来喜说，你也不用去上班了，咱们就待在家里。

来喜说这话的时候，低头看了一眼自己的肚子，她已经有了宝山的

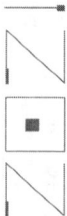

孩子。

但是宝山还是去了局里。

在宝山后来的记忆里，那天他去档案室归还资料的时候，看见铁门半掩着。可是里头除了正在查档案的周正龙，却没有见到管理员。周正龙告诉他，中午时间，管理员去食堂吃饭了。又说，都什么时候了，你怎么不在家陪着来喜?

宝山拎着资料退出，正要走到楼梯口时，一种直觉促使他回头看了一眼，于是就发现，刚才闪进铁门里的身影，好像是炳坤。炳坤身后的门轻轻地合上，宝山看了一下表，十二点刚过。根据他判断，过不了十分钟，管理员就会回来。宝山低头想了想，就不再急着下楼，而是站在原地，盯着表盘里的秒针，看它一格一格地跳过去。他感觉走廊里非常安静，整个警察局跟睡着了一般。

周正龙这天是故意挑中午下班前去的档案室，按照计划，他和炳坤要抓紧时间取走两份重要的情报。一个是有关政治处调查科所有警员的资料，再就是保密局即将执行的名为"永夜计划"的潜伏人员名单。此前，按照周正龙的要求，炳坤已经熟练掌握了《王云五小词典》的四角号码检索法，这也是档案室资料的排列归类法则。

负责档案管理的是个嘉兴人，他眼看到了饭点，但周正龙却沉浸在一大堆资料中不能自拔。周正龙查阅得详尽而且仔细，中间还没有忘记抄写下一些重要的内容。看见管理员左右为难，周正龙认为时机已经成熟，所以就建议他先去吃饭，回来顺便给自己带一份咸肉炖春笋，再加四两米饭。

一切都非常顺利，等候在楼下的炳坤也随即进入了档案室。他知道此次任务需要两个人联手完成，自己先一个个检索名单，然后周正龙就按照检索结果前去对应的柜子，一份份抽取出资料。接下去，炳坤需要把调查科警员的资料一份份摊开在地上，好让跪着的周正龙对着微型相机一张一张拍过去。而最重要的"永夜计划"潜伏人员名单以及组织构架，却是保存在一个胶卷中，下个礼拜就会被送去台湾。周正龙拍照时，炳坤最终在三号柜的五号抽屉里将那个富士胶卷找出，并且塞进去一个假的胶卷替代品。周正龙说过，这只是权宜之计，等到胶卷里的照片洗出，原胶卷必须在下个礼拜一把假胶卷换回来。否则到时候保密局送走档案例行检查时，一切就全都暴露了。

宝山是在十二点十三分闻到一股咸肉春笋的香味，沿着那口楼梯井热烈地蔓延上来。他随即听见管理员上楼的脚步声，中间还打了一个饱嗝。然而此时，宝山却还没有见到从档案室铁门里走出的炳坤。

炳坤正帮着周正龙整理那些拍完照的资料，并且迅速将它们一份接着一份归入原位。但所有的事情即将结束时，走廊东边方向却突然响起哐当一声，是搪瓷盆落地的声音，听起来很清脆。周正龙即刻命令炳坤，快走！说着，他蹲下身子一步步后退，用脱下来的手套擦干净两人可能会在文件柜前留下的鞋印。

阳光透过窗帘慢慢地飘移过来，空气中清晰可见一些细小的尘埃。铁门被推开时，管理员提着那个被砸扁了的搪瓷饭盆，对周正龙沮丧地说，上楼时不小心和宝山撞了个满怀，那盆咸肉春笋于是全打在了楼梯板上。周正龙有点儿气愤，说，我等下让他赔！

管理员哭笑不得，说，周处长听说了吗？后勤总部的张权和第四绥靖区的李锡佑，这两位将军，刚才也被带走了。据说是密谋兵变。

怎么个兵变？

想让西体育会路上的炮兵团突袭警备司令部。

周正龙觉得心里凉了一下，不过他说怎么会有这种事，我是不相信的。

食堂里都传开了，管理员声音很轻，说大家今天饭量特别小，好像没什么胃口。

再这样下去，我也没胃口。说完周正龙把铁门推开，手伸进口袋时，攥紧那个被他带出来的富士胶卷。

十九

因为肚里的孩子，来喜现在上楼去喂鸽子时都格外小心，主要还是担心自己的膝盖。那年在童小桥家从楼梯上滚下来的经历，现在她想想都怕。

宝山也没再给她吹电吹风，吹风机那么大的声音，他说怕要吵醒了孩子。来喜看他笑眯眯地说着，心里一下子想起了很多。事实上，如果不出意外，来喜早就有了自己的孩子。不过那是很多年以前的事，早在她认识

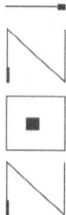

宝山之前，也早在她去童小桥家洗衣做饭之前。

那年的一个深夜，来喜的男人突然不见了，整个事情发生得毫无征兆。来喜只是记得自己第二天醒来时，一只脚伸进圆口布鞋，觉得有点儿扎脚。她于是弯下腰，把手伸进布鞋，抽出的却是一张纸条：我不在的日子，你要多保重。

来喜跌坐在泥地上，整个人跟抽去了骨头一样软成一团。她使劲呼吸，不停地喘气，一双手胡乱抓住床板，却怎么也站不起身子。

来喜花了很长时间打听男人的下落，直到九个月以后，她听一个邻居说，送走她男人的可能是虹口锦华炒货店的老板。来喜就灰头土脸地找了过去，头发都没来得及梳理一下。老板给她抓了一把刚出炉的炒花生说，你终于还是来了，但我什么也不会说。来喜走的时候，手里不知不觉抓了一颗没有剥开来的炒花生。回去以后她使劲等，等了一年又等了两年，等到那双圆口布鞋磨烂了，等到自己到处奔波的腿都疼得撑不住了。她最后一次去锦华炒货店时，老板正提着一根木杆秤在称一堆花生。老板避开来喜的目光说，你不用再等了，人已经不在了。

他是不是牺牲了？来喜说。

老板看一眼秤杆上那排很细小的秤花，像是回首一段模糊又陈旧的岁月，他最终说对不起，我们没能把他还给你，也没让他看到胜利的那一天。来喜听他说完，从口袋里摸出那颗藏了多年的炒花生，摊开掌心仔细看了一眼，然后把手合拢说，我也想加入你们这一行，他没走完的路，我想替他走下去。

来喜就是从那年开始替组织养鸽子的，后来越养越多，越多就越喜欢鸽子。再后来，宝山在老正兴面馆给她送了一块布料和一条围裙，宝山说你给我当老婆行不行。来喜就此整整想了两个晚上，最后向组织汇报时，老徐问她，你想好了吗？

来喜说，想好了。

二十

童小桥给宝山打电话的那天，北边月浦镇的枪炮声已经听得很清晰。宝山踏进唐公馆，看见她正在收拾一堆唱片，客厅里点了一盆火，她说趁解放军进城之前，她要把这些唱片给烧了。宝山问她那留声机怎么办，这么大一个客厅怎么办，难道你都要一把火给烧了？

童小桥很无奈地坐下，说留着这些东西，我怕。她还说我现在宁愿身无分文，活得跟一个棉纱厂女工一样。宝山这才发现，老金已经不在了，可能他的东西也全都搬走了。只有那辆闪亮的轿车，还一尘不染地停在车库里，散发着寂静的光。

那天宝山回到局里，炳坤想了一下还是告诉他，龙江路上又发生了一起人命案，一个老太太被杀了。宝山说，那还不快走？炳坤说，现在这局势，我们还出警吗？

宝山于是说，只要当一天警察，你就要出一天的警。

龙江路已经很安静，许多店门都关着。雨丝很细密，之前收租婆坐过的那条椅子横躺在街角，仿佛在思念着离开它的主人。但是死者不是收租婆，是另外一个老太太，人家叫她汤团太太。

汤团太太靠在太师椅上，白玉做的烟管掉落在脚旁。她是被人用手帕捂嘴给弄死的，一双眼睛十分诧异地盯着身边的麻将桌，好像那块油光发亮的桌板上就有凶手的影子。

她从小喜欢吃汤团，过来看热闹的收租婆捂了捂手指，擦亮一根火柴对宝山说，她比我大五岁，这么说吃汤团已经吃了六十三年。

老太太家里就她一个人？宝山说。

她以前有儿子，现在没了。

怎么就没了？

说来话长。收租婆两片嘴唇对着烟杆抽了一口，听见头顶一架飞机飞了过去，声音震耳欲聋。她于是很不耐烦地说，不说也罢。

宝山后来想过，那天从头顶飞过的飞机，上面坐着的会不会就是京沪杭警备总司令汤恩伯？因为据说汤恩伯最后一次联系上海市警察局长毛森时，告诫他如果接下去战况不利，警察局的交警大队也得拉去战场。而在此之前，毛森的保警总队已经被抽去市郊参加布防。这通电话以后，毛森就再也没能联系上汤恩伯。这个总司令在上海消失了。

坐在警察局五楼办公室，毛森身边的一排电话一直铃声不断。他解开风纪扣，开始担心起花费了很多心血的"永夜计划"，档案室里那份拍在胶卷中的潜伏人员名单，他想不能再等了，得抓紧转移，越早越好。

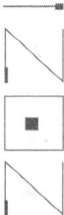

这天夜里，周正龙是在唐仲泰的火柴厂门口被调查科当场抓捕的。炳坤听说事发时，调查科科长谢小勇也没问周正龙为什么会在火柴厂，只是亮出毛森签署的逮捕令，也顾不上讲什么虚头巴脑的情面，直接就夺走了他的公文包。

谢小勇很幸运，公文包的夹层里，果然躺着令他眼前一亮的胶卷，周正龙还没来得及送回档案室去。

手铐就不必了，有什么事情按照你们的程序走。周正龙说得很坦然。他只是没有想到，自己之所以被锁定为偷换情报的嫌疑人，是因为谢小勇在档案室的内室发现一片周正龙喜欢吃的诸暨香榧的香榧衣，就在失踪胶卷的柜子夹缝里。结合管理员的证词，毛森当即在逮捕令上签了字。

审讯就地安排在火柴厂唐仲泰原来的办公室。周正龙坐在靠背椅上，一双手交叉在胸前。谢小勇简单说了一句开场白，你怎么一点儿也不慌？

周正龙调整了一下坐姿说，要不你来告诉我，我应该慌什么？他后来向谢小勇要了一根香烟，十分生疏地吸了一口，差不多把自己给呛到了。

逃去台湾的机票买好了吗？周正龙对谢小勇说，告诉你一个秘密，水路已经走不通了，所有的出口都被解放军包围了。

毛局长让我告诉你，交代出局里的其他共党，你还有机会活下去。

可是用不了几天，街上就全都是共党。你们杀得完？

除了胶卷，你还带走了什么？

你们来不及销毁的，我全带走了。

毛森的电话是在夜里十二点打过来的，他说既然骨头这样硬，那么就干脆一点儿，连夜拉去宋公园！

宝山和炳坤就是在这时候赶到火柴厂的，看见小常州面馆端来的阳春面，宝山一脚把办公室的门板踹开，说你们要是想把人给送出去，那就先踩着我的尸体过去。周正龙这时抓起桌上之前点烟的火柴，突然一个箭步冲向窗口，转眼间跃起身子撞开玻璃飞了出去。可是周正龙没有想到，就在自己从空中落下时，戴在脸上的那副吴良材眼镜却掉落在了草丛中。周正龙的视线顿时变得很模糊，他蹲在地上一阵摸索，而此时，追到窗口的谢小勇，则十分准确地向他送出了一颗子弹。

子弹不偏不倚，正好命中周正龙的大腿，并且从那块肌肉里穿透了过去。周正龙像是被人绊了一跤，整张脸扑倒在地上，满嘴是泥，并且闻到夜色下浓郁的青草气息。

谢小勇随即赶到一楼，却没有见到周正龙的身影，但他很快就放心地笑了，望着地上那些血迹的方向，他带人奔去了厂区里边。

此时周正龙一瘸一拐，正拖着那条腿艰难地前行。他试图去捂住腿上的伤口，好让那些血流得稍微慢一点儿。然后他深吸一口气，抬头想要多看几眼上海的夜空。他知道眼前的这个五月，对上海来说必定是非同一般。

五分钟后，火柴厂的仓库突然射出一道亮光，等谢小勇他们赶到时，周正龙已经将所有的灯打开，让里头恍惚成了一个白昼。

摘下一枚铜锁，周正龙努力推开一道铁栅栏，最后气喘吁吁地靠在一块硕大的防雨布上。汗珠如同雨点般坠落，腿上的血流得很猛，将他的裤管彻底打湿。他看上去是再也跑不动了，想就此停下。

宝山记得谢小勇拉动枪栓，想要朝周正龙补上一枪的时候，周正龙却猛地掀开防雨布的一角，让他看见成捆成捆扎在一起的炸药包。周正龙说，这就是你们想在败退前炸毁上海电厂的炸药，为此我整整找了两天。

谢小勇于是明白，原来周正龙来火柴厂，是为了寻找"永夜计划"里提到的那批炸药。

周正龙从口袋里掏出那盒火柴，抽出一根说，你可以开枪的，这样我就不用点火了。

炳坤听完即刻就要冲上去，宝山一把按住他肩膀，几乎用上了所有的力气。

你们可以走了。周正龙的头发耷拉在脑门上，看上去有些狼狈。但他的脸上却露出了笑容，说，我也要走了。

宝山无法忘记，那天的后来，随着震天撼地的爆炸声，一团巨大的火光从他身后的火柴厂仓库里冲天而起。他被热浪撞倒在地上，恍恍惚惚地转过头去时，看见辽阔的夜空已经被灼热的火光映红，随后就有许多烧焦的尘土从四面八方砸落，好像要将他如同废墟一般掩埋。

宝山觉得四周跟死亡一样安静，他最后看见的，是掉落在身边的周正龙的一条眼镜腿。

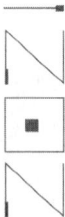

那天来喜在床上被爆炸声惊醒后，一直无法入眠。她干脆起身，一个人走到门口，站在那里等宝山等了很久。炳坤将宝山送回时，来喜已经坐在门口睡着了。来喜后来扶着门框用力站起，望着眼前有点儿模糊的两个男人说，你们终于回来了。炳坤看一眼来喜，她的神情和略微发胖的身子，应该是怀孕了。然后他把目光移开，对宝山说，我回去了。

来喜眼看着炳坤把车子开走，感觉身边一下子很凉，就跟赤脚站在河水里一样。宝山后来上床，躺在她身边，抱着她日渐饱满的肚子，从头到尾一句话也没说。

来喜一次次抚摸宝山的头发，说，出什么事了？

宝山把眼睛睁开又闭上，最后说，天快亮了，睡吧。

那天炳坤把车子开到苏州河边时，无法阻止绵延在心中的忧伤。他把车子停下，觉得整个人一点儿力气也没有，于是不由自主地走去水边。在流淌的河水里，他好像再次望见几个小时前牺牲的周正龙，并且记起周正龙那次坐在一条摇晃的船上，说七四九七，上海警委欢迎你。这时候炳坤终于掉下两行热泪，他捧起一把河水，想将泪水和其他一些往事一同抹去。

炳坤想起，几年后回到上海进入警察局没几天，有次值夜班，宝山请他去街上吃一碗馄饨。炳坤于是围上那条围巾，跟宝山去了宏泰电影院门口。可是在一家葱油饼馄饨铺前，炳坤一眼就见到了忙碌中的来喜。来喜正给客人端去一碗馄饨，她看上去瘦了，脸上的皮肤也没以前那么红润。炳坤感觉一阵无法抑制的惊喜，就要声音沙哑着叫出一声来喜，并且告诉她我回来了，这么多年我一直像个疯子一样到处找你时，却听见宝山说，坐吧，她就是你师母。

炳坤瞬间僵化成一截木头，他很茫然地看到来喜把头抬起，笑眯眯地擦了一把汗，望向宝山身边的自己时，好像看见的是一整片突然停止流淌的河水。

炳坤那次一下子吃了三碗馄饨，每一碗都加了很多辣椒，直到把自己吃得大汗淋漓。吃完馄饨的时候，宝山发现他一双眼睛红通通的，跟一只无辜的兔子一样。他说，你能不能吃得斯文一点儿？毕竟我是这里的老板。

炳坤就擦了一把汗，低头扶着桌子站起，然后努力让自己笑着说，你多陪陪师母，我先回去了。

炳坤一路上走得摇摇晃晃，听见风相互撞来撞去的声音。他后来突然就吐了，感觉肚子里翻江倒海。他真想在街边倒下，躺在那里跟死去一般，把什么都给忘了。就像那次他终于找到组织时，领导感叹说，我们原以为，你也已经牺牲了。

二十一

宝山第二天早上去局里，发现整幢大楼已经乱成一锅粥。那时候很多人惊慌失措，一路奔跑着进进出出，地上飘满各种各样来不及捡走的文件和纸片。

上午十点，一辆车子缓缓开进福州路一百八十五号，下来的是警察局员警消费合作社主任陆大公。陆大公跟宝山一样，是局里的三朝元老，这天他好像没有心情打招呼，甚至都没时间点头，只是沉沉地看了一眼宝山，然后就直接踩上了电梯。

宝山后来才知道，仅仅是过了半个钟头，等陆大公从毛森的办公室里退出时，他已经被任命为上海警察局的代理局长。分手前，毛森对陆大公说，现在必须撤退。但我还是要回来的，也许是一年，也许是再过两年。

陆大公离开警察局时，在电梯口碰到了宝山，他对宝山笑了笑说，改天聚一聚。此时很少有人清楚，事实上，陆大公和中共上海地下市委书记张承宗，两人早已是交心交底的朋友。而这天被叫去毛森办公室之前，他已经通过电话向张书记作了请示。

宝山后来去了龙江路，关于汤团太太，他想找收租婆好好聊一聊。龙江路行人稀稀拉拉，最热闹的是那家早餐店，大家把这里当成了茶楼，说来说去的都是解放军攻城。宝山在挤成一团的人头里见到了收租婆，她在喝一碗冷豆浆，喝得稀里哗啦，充满了生机。

汤团太太的儿子以前是部队里的伙夫，有一天去抱柴火，碰见了柴草堆里一条昂起头来的五步蛇。汤团太太后来一定要去部队看看儿子，可是除了一个新坟，什么也没看到。她只是听部队连长在夜里同她讲，儿子死的时候，那条被蛇咬过的手臂肿胀成小腿那么粗，整个人硬得像伙房里的

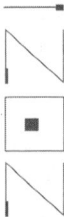

一块砧板。

宝山想给收租婆再叫一碗豆浆，收租婆却吐出一口烟，摸着滚圆的肚皮说，喝不下了。她还说你这人看上去不像一个警察，会不会是冒充的？宝山就问她，汤团太太的儿子是在哪支部队？收租婆咳嗽了两声说，我只知道他是被常德的五步蛇咬死的。你晓得常德是在哪里吗？

这时候，宝山好像看见门口有一个人影急匆匆闪了过去，随后石板街上就响起一阵脚步声，听起来很仓皇。直觉让宝山即刻追了出去，但是整条狭长的街都是空的，路上只有零星的雨点。宝山仿佛闻到秘不可宣的气息，就裹在眼前凝滞的空气中，所以他继续追赶，直到追进一条弄堂里，突然被一根迎面砸来的木棍当头一棒。

宝山两眼一黑，如同被子弹射穿的身体，浑然不觉地倒了下去。

这是陆大公上任局长的第一个夜晚，宵禁时间从八点提前到了七点。来喜这天一个人坐在家里，隐约听见远处越来越急促的枪声，却始终没有听见宝山的进门声。这次她终于有了一种不祥的预感，这种预感越来越强烈，于是她套上浅口布鞋，像一阵风一样奔去了局里。

炳坤开车带她到处去找，一路上四处张望，车厢里越来越安静。

车子后来不知不觉又开到宝山家，来喜进去一看，屋子里还是空的。

要不再等等吧。炳坤说。

你别再让我等。我这一辈子，最怕的就是等。

来喜说完，整个身子软绵绵的，膝盖又止不住发抖。

炳坤什么也不敢再说，望着门口没有熄灭的车灯，眼里只有惆怅。

第二天来喜去了童小桥家。在唐公馆的客厅，来喜觉得眼前曾经熟悉的一切已经恍若隔世，但她还是急着说，宝山不见了，你说他会去哪里？

童小桥看着从来没像现在这般慌乱过的来喜，顿时把眼帘垂下去。她那时很想抽一根香烟，好像只有这样才能给自己压压惊。她奇怪日子为什么会这么荒唐，总是被自己过得一团糟。

他不会有事的，他命大。童小桥过了一阵又说，他不是唐仲泰，早晚会回来的。

来喜始终坐着，都不知道该怎么开口。她想以前炳坤消失的时候，那些街坊邻居也是这么劝她的，可炳坤那么多年还是音信全无，直至最后传来牺牲的消息。这时候，来喜觉得藏在肚里的孩子踢了她一脚，劲道十分生猛。她于是站起身子，对童小桥说，我等他回来，太太您保重。

童小桥把脸转过去，看着落地自鸣钟上好多天没有擦的灰尘，过了很久才说，以后不用再叫我太太了，你可以叫我姐。

二十二

一九四九年的五月二十七号和上海城的解放有关。

事实上，从两天前开始，在街上寻找宝山的来喜就见到有解放军陆陆续续地奔袭进城。来喜看见他们夜里将长枪靠在墙角，一排排地露宿在黄梅雨浸泡过的街头。他们有时候齐刷刷地躺下，有时候坐在地上背靠背入睡。有些人则一直紧抱着怀里沉重的机枪，好像生怕会在睡梦中被人抢走。那几天的报纸上说，解放军战士纪律严明，不允许打扰上海市民的生活。

来喜每天天光还未亮就出门，手上拿着宝山的警察证件照，她一条街道一条弄堂那样找过去，碰到路人就指着照片打听一次。到了后来，她干脆摇醒睡在汉口路人行道上的解放军战士，想从他们的嘴里获得一些消息。照片在解放军手里一个接着一个传递过去，悄无声息。来喜满眼血丝，看见他们纷纷揉揉眼睛，然后又摇摇头，再次疲倦地睡了过去。那天炳坤也在一边陪着她，他最终看见照片被传回来喜手中的时候，望着清晨缭绕水汽中那些熟睡的战士，陷入长久的沉默。他觉得不可思议又感到万分自豪，组织上是如何带出了眼前这样一支令人动容的队伍？

宝山那天在一阵昂扬的汽笛声中醒来，声音很遥远。睁开眼睛，他发现自己躺在一张破败的草席上，屋子里漏进来的光线跟随意生长的杂草一样。他支撑着墙角，想要让自己坐起，这时候对面门框下一个四方形的洞口被推开，有人隔着那扇门板给他递进来一碗馄饨。

宝山很虚弱，一碗面皮不够均匀的馄饨，断断续续吃了很长时间。

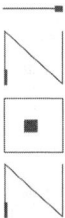

喝汤的时候，他的脑袋痛得难以忍受，像是被人撬开，强行往里头塞进一块抹布，又狠狠挤压成一团。他摸了摸额头，才发现原来肿得很厉害，并且硬得跟鹅卵石一样。在虚无缥缈的漆黑中，宝山还发现自己的一条腿很不灵光。他于是渐渐回想起，那天自己奔跑在龙江路，突然被横空飞来的木棍击倒时，他隐约看见一个瘦小的男子身影，好像是穿一件黑布长衫。之后弄堂里便炸开一声枪响，子弹射穿他的右脚，然后他就什么都记不得了。

那天，炳坤撑着一把伞，和刚刚上任三天的新局长陆大公一起，站在雨中守望着福州路向西延伸的方向。半个钟头前，从丹阳远道而来的华东局社会部副部长李士英带着杨帆等人，已经从前一晚的住宿地交通大学出发，正在前来接管上海警察局的路上。

跟在场的所有警员一样，炳坤觉得这是一场通透的雨，将福州路上的梧桐冲洗得异常清爽。但是此时没有人察觉，就在众人身后，一辆半新不旧的黄包车正穿透出雨帘，朝警察局门口飞速奔跑过来。黄包车车夫的破帽子压得很低，一双赤脚踩踏出很多亮晶晶的水珠。等到车子停下，正好转头的陆大公刹那间愣住了，他发现扶着车夫肩膀走下来的，竟然是失踪了很多天的宝山。宝山的腿好像是瘸了，他先是左脚落地，等到大半个身子露出车篷时，才转头弯下腰去，努力抱起自己的右脚，差不多将它从车厢里给抬了出来。

陆大公一直很安静地看着宝山，看他站在雨中，一瘸一拐地走向警局时，门口有两个新来的解放军警卫伸手将他拦住。宝山诧异着停下，有点儿缓慢地抹了一把脸上的雨水。他接着抬头望向警察局大楼的一排窗口，看见那里已经挂出许多白色的小旗。旗子全都被雨水淋湿了，湿得跟雨中的苏州河一样。

那天看见宝山的炳坤即刻冲了上去，噼里啪啦的脚步声惊动了宝山。宝山茫然地看了他一眼，有点儿模糊地笑笑，随后整个人便晕倒在了警察局门口。

二十三

宝山再次醒来，见到的是一个完全不同的上海。

那天来喜将宝山的病房窗户打开，整座城市的欢呼声便如潮水般涌来。宝山站在窗口望去，到处都是喜迎解放军进城的人群。喧天的锣鼓声中，有人手舞足蹈，有人笑着笑着就哭了，还有人扭起秧歌踩起高跷，簇拥着笑容满面的解放军战士一排一排走过去。宝山一双眼睛有点儿忙不过来，他望着那些身穿土黄色军装的解放军，觉得他们是那样生机勃勃，仿佛是一夜之间从地底下冒出来的庄稼。他想，上海果真是换了一番天地。

宝山和来喜一起蹒跚着走上街头，他那只在龙江路上受伤的脚，不敢用力踩，一踮一踮的。两人后来站在外白渡桥边，就那样远远地看着热闹的人山和人海，好像是看一场永远也演不完的电影。

宝山后来对安静下来的来喜说，我那天听见一声枪响，以为再也见不到你了。还好子弹射偏了，射在了右脚上，没伤到骨头。

来喜身子一抖，好像也听见了那声枪响。她抓住宝山的手，抓得很紧，却一直没有转头去看他。

宝山望向来喜的肚子，说，我昨天在梦里见到，你给我生了一个儿子。

来喜就笑了，但她依旧没有看宝山，只是说，那你赶紧给他取个名字。

宝山想了一阵，最后望向那些起伏的河水说，你还是让我再想想。

那天在欢庆的人群中，两人一起见到了炳坤。炳坤已经换上解放军军装，站到宝山面前时，他将有点儿肥大的袖口卷起，又不好意思地左右拉了一回腰上的武装皮带，想让扎在里面的军装显得更加平整。宝山在阳光下看着他帽檐上闪闪发亮的五角星，说，我早看出来了，你来警察局是有目的的。

炳坤看了一眼来喜，沉默着笑了。

宝山就是在这时候突然想起了周正龙。他对炳坤说，我有点儿想处长了，我家里还留了一条他的眼镜腿。

炳坤把头低下去，想了想才说，我也是刚刚知道，处长的代号就是猫头鹰，他在局里潜伏了很多年。

宝山什么也没说，看着那些渐渐消散的人群，他感觉眼底的苏州河就像一场无声的电影，总是会让人忧伤。然后他便回想起，那天在凯司令咖啡馆，周正龙曾经放下吃牛排的刀叉，非常严肃地说，局里有个代号叫猫

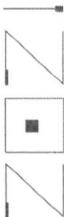

头鹰的共党，毛人凤查了很久也没有头绪。

宝山在回去的路上，因为受伤的缘故而走得特别慢，仿佛整个世界都是静止的，他喜欢这种静止的感觉。他让来喜不用等他，他想一个人自己走。此时不知道为何，宝山突然很想念周正龙的家乡特产，包在纸袋里的诸暨炒香榧。他想现在周正龙的办公室里，当初那些特意为他准备的好茶不知道是否还在。

上海警察局已经正式更名为上海市公安局，办公地址还是在福州路一百八十五号。

周正龙的办公室迎来了新的主人。六月十号这天，在公安局新一届中层干部的任免会上，一个名叫张胜利的男子被任命为刑侦处处长。跟接替陆大公的局长李士英一样，他之前也是从济南和公安部队一起到达丹阳集训，然后随公安部队过来的。

宝山回局里的那天，张胜利在闷热的梅雨天里满头是汗，整个人像从水里捞出来似的。为了凉快，他把鞋子扔到一边，光着一双脚在炳坤的眼前走来走去，忙碌个不停。从济南带来的哈德门香烟，他也是一根接着一根抽。他告诉炳坤，眼前有两个案子很棘手，一是接管警察局期间，有歹徒打着"解放军先遣队"以及"中共地下军"的旗号，骗走了两个分局和四个派出所的枪支弹药以及其他警用物资。另外一个，是江南造船厂附近，最近连续有国民党残匪出没，他们经常对深夜巡逻的解放军战士打黑枪。

张胜利说完打黑枪，宝山敲敲门把门推开，他看见张胜利头也没抬，只是说等一下，我很忙。

宝山觉得这新来的领导架子不小，他没去理会上前迎接他的炳坤，只是盯着张胜利的那张脸。张胜利的脸上趴着一道春蚕那么长的伤疤，让伤疤附近那只眼睛显得有点儿变形，似乎有一根绳子将它往上吊起。

宝山努力想了想，不够确定地说，张仁贵，难道真的是你？

张胜利有点儿措手不及，抬头后又很不相信似的站起，说，陈宝山？

这时候宝山就把眼睛闭上，感觉疲倦得不得了。他说，你这么多年到底死去了哪里？娘在火车站等了你一年又一年。

娘呢？她现在在哪里？

宝山说，娘在坟里。

那天宝山跟张胜利紧紧地抱在了一起，两个人百感交集。

张胜利十六岁那年爬火车离开上海，因为犯下命案，他仓皇地逃离，后来他给自己改了个名字，而且还加入了部队，参加过很多场战役。脸上的这道疤，就是在打济南时被弹片给削的。几天前回到上海随公安部队一起接管上海市警察局，他忙得连撒泡尿的时间都没有，所以一直没来得及回家。

宝山带张胜利回了家，他陪张胜利喝酒。来喜炒了很多菜。宝山听着张胜利说起的往事就笑了，说你小子活该。张胜利一下子蒙了，那年他搬起砖头去砸弄堂里的那个小赤佬，就是因为宝山被人欺负了。宝山还是笑，说你这胆子比老鼠还小，哪来什么命案，那人躺在地上根本就是装死，只为了让咱娘多赔一点儿钞票。后来警察过来踢他一脚，他爬起来泥鳅一样溜走了。

张胜利一拍大腿，说妈拉个巴子。

宝山愣了一下。

张胜利便很后悔，扇了自己一巴掌说，怎么脏话还是张口就来。我们是有纪律的，进上海前，首长一再强调过要讲文明，野战部队打仗可以野，行为上不能野。

宝山带张胜利去了一趟沪西新泾港的息焉公墓，那里葬了张胜利的爹娘。两个人一起在坟前跪下，酒洒了好多次。张胜利说，爹、娘，上海解放了，不孝儿张仁贵回来了。

宝山忍不住有点儿心酸。他望着不远处的息焉堂，感觉钟塔楼顶的那几扇哥特式拱窗，看上去就是一排子弹头的造型。他对张胜利说，上海还有很多事情要做，你当刑侦处处长，我觉得放心。

张胜利围着墓地转了一圈，然后告诉宝山说，旧警察改编工作就要开始，李局长他们的意思，接下去的警察队伍是要"拆屋重建"，对于留用警察，一个一个需要甄选。

宝山说我没问题的，手上还有案子要查，总共死了三个人。

张胜利看了他一眼，说，这些我都知道。我们明天给周正龙开追悼

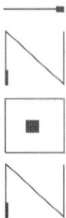

会，他写的那些秘密日记里，对你评价很不错。

那天参加了周正龙的追悼会后，宝山又去了一次凯司令咖啡馆。咖啡馆几乎没有什么顾客，空荡荡的。宝山给自己叫了一壶茶，一个人默默地喝着，默默地望向周兰扣当初最爱坐的位子。茶喝到一半时，柜台里又响起了陈歌辛的那首《苏州河边》：风儿在炉，轻轻吹起我的衣角，我们走着迷失了方向，尽在暗的河边彷徨……

宝山转过头去，看见炳坤正和那个服务生站在一起，两个人同时对他淡淡地笑。

宝山觉得，仅仅是几天时间，上海的一切都变了。

二十四

童小桥早就已经把火柴厂关了，唐仲泰留给她的只是一屁股债。

那段时间上门催款的人很多，一批接着一批。对此，沙发上的童小桥都将旗袍下的腿架起，侧过身子留给对方一个笔直的剪影。她说的都是同一句，人要吗？

债主一般都会以为自己听错了，不相信这是真的。童小桥就十分认真地点头，好像是要鼓励他们接着往下想。等到那些人的目光从头到脚来来回回在她全身抚摸了一遍，她才站起身子掸掸旗袍，好像要掸去很多龌龊的东西。她从茶几底座里抱出一个油光发亮的黑盒子，说，都拿走吧，你想要的唐仲泰都在里面，也省得我给他找块墓地。

债主脸上顿时红一阵白一阵，说，没想到唐太太这么喜欢开玩笑的。

没开玩笑，童小桥说，债是唐仲泰欠下的，与我无关。房子和火柴厂是唐仲泰留给我的，与你无关。

童小桥点燃一根火柴，拦在手心里，慢慢看着那粒火苗长大。

债主很不高兴，说，你这样一来就变得很不友好，道理上讲不通。

讲不通你去跟天讲。不瞒你说，上海最近换了一片天，我有些时候也想静下心来，想跟它友好地讲一讲道理。

童小桥说完，一口气把手里的火苗吹灭，然后扔下火柴棍叫了一声，老金，送客！

老金也不知道是什么时候被童小桥从哪里叫回来的，总之他这段时间一直陪在她身边，像无处不在的影子。老金是江苏金坛人，虽然话不多，见过的世面却不少。按照辈分，童小桥应该叫他舅舅。童小桥现在哪里也不去，一直待在家里，似乎把一个客厅当成了整个上海。直到那天老金回来跟她说，南京路上的那些店面又重新开张了，交易还正常，没出什么大乱子。老金最后又说，宝山好像出院了。

童小桥就起身走去卧室，坐到化妆镜子前，把自己好好修饰了一番，看上去比刚刚过去的五月份精致了许多。可是等她回到客厅时，老金浅浅地看她一眼，她就什么都明白了，即刻将套在手上的白玉镯子摘下，又回去把口红也给擦了。最后才问老金，你看这样行吗？

老金却说，要不要开车？

童小桥于是又坐下来想，想的时候还给自己点了一根烟。有一阵子，她几乎想干脆就不要出门了，这种事情太伤脑筋。

车子开到南京路，童小桥买了两个铁皮圆桶装的华福牌滋补麦乳精，还有半斤补血的阿胶浆。然后她换了一家店，又买了一双孩子穿的虎头鞋，以及三片红肚兜。红肚兜她专门选那种中间绣了一头吃草的牛的，因为她问过老板，这一年出生的孩子是属牛。她还想买一双自己看中的皮鞋，觉得很合宝山的脚，但站在柜台前看了很多次还是有点儿犹豫。后来站她边上的老金说了一句，买吧。

老金把车子开去乌镇路，宝山家门口挂了一把锁。又去街上转了一圈，也没见到来喜的馄饨铺。老金扶着方向盘，抬头对着后视镜问，怎么办？

童小桥说，去他们公安局。

宝山是在办公室里接到了童小桥打来的电话。电话里，童小桥的声音比较响，连一旁的张胜利都能听得很清楚。她说陈警官，办案子也要注意身体，你都快四十的人了。宝山提着话筒走到窗前，低头看见老金的车子就停在局门口附近。老金靠在车门前，仰头发现他时，抬手按了按喇叭。宝山就对张胜利说，我出去一下。

阳光晒在身上不燥不热，宝山走出局大门，尽量让自己因为受伤而踮着脚的步子迈得自然一点儿。他望着老金，走向他车子时，两片起伏的肩

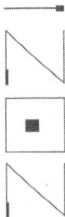

膀还是有点儿像摇船的样子。

老金说，你的脚怎么了？

宝山说，被狗咬的。

老金皱了皱眉头，替宝山打开车门时说，我觉得不像。

看多了就像了。宝山说。

童小桥已经从电话亭里回来，她在车厢后排挪了挪身子，给宝山腾出一些空间。

两个人就在车上随便聊了几句，童小桥说，我就知道你不会有事，来喜那天担心得快要疯了。宝山笑笑，把车窗摇下，看见一辆迎面而来的军用卡车。

童小桥把麦乳精、阿胶浆以及虎头鞋和红肚兜推到宝山手里，说回去交给来喜补补身子，我刚才找她找了半天，硬是没有找到她的馄饨铺。又说你要同她讲一声的，等孩子出生了，我是要当干娘的。

宝山顿时有些为难，考虑了一下才说，你以后会不会跟我干娘一样，管我儿子管得很严？要是那样的话，这事情我看还是算了。

童小桥又浅浅地笑了，她想如果不是因为跟宝山在一起，这么长时间里，她都快忘记自己该怎么笑了。

阳光飘落进车厢，看上去仪态万方。宝山将车窗稍稍摇起，说，你瘦了，你最近是不是不吃饭的？

童小桥心里咯噔了一下，但她装作没有听见这一句，目光依旧停留在窗外。她觉得上海怎么会变得这么快，现在街上很多面孔都是新的，就连福州路上跳来跳去的阳光也是新的。然而，她这个女人却是旧的。

老金给宝山递上那双新买的皮鞋，童小桥说你试一试。宝山一下子就笑了，抬起那只受伤的脚说，我穿新鞋子就是浪费，我现在瘸了。老金悄悄看了一眼童小桥，看见她慢慢把脸转过去。他沉默了一刻，还是对宝山说，你就收下。

那天张胜利一直站在楼上的窗口，他看见宝山钻进车子后消失了很久。等他点燃第三根香烟的时候，他发现和宝山一起走出车厢的是一个风姿绰约的女人。女人的旗袍虽然是朴素的湖蓝色，但实在扎得有点儿紧，前凸后翘，丝毫也不含蓄。令张胜利不敢想象的还在后头。宝山就要离开时，那女的竟然弹了弹他肩头的衬衫，然后轻轻地吹了一下，最后又不得不伸出两根手指，替宝山拣走了好像是一两根碎头发。

张胜利猛地抽了一口烟，胡乱吞进肚子后就什么也没有再吐出。他看着童小桥的车子在那排梧桐树下越开越远，最终在这个惊心动魄的上午，变成一只飞走的蝴蝶那么大。

宝山回到办公室，看见张胜利满脸焦急地走来走去。张胜利说，你以后少跟这样的女人来往。

宝山愣住了，问他，那我该跟什么样的人来往？

张胜利把袖口卷起，在办公室里盘着一双手忧心忡忡地来回走了两圈。他警告宝山说，童小桥那种做派，完全就是资本家的女人。你看她车门一开，屁股冒烟，烧的都是我们现在供应很紧张的汽油。

二十五

上海一天一个样，每天都有五花八门的消息传来。

六月十二号，永潇号邮轮到达天津港，上海至长江以北的海运航线宣告恢复，之前《字林西报》说的"上海港不安全"也便成了个笑话。没过几天，乌烟瘴气的证券大楼也被查封了，银圆和美钞的黑市投机活动树倒猢狲散，警察局还就此抓了不少奸商。

那天宝山领到了六月份上半月的薪水，除去之前预发过的一千元现金以及十六斤大米，按他这个级别，到手的还有将近七千元。宝山把钞票全都给了来喜，说公安局蛮讲信用的，才来没多久就发了半个月的工资。

可是到了六月底，却有不好的消息传来，说是国民党已经封锁了上海的出海口。

接下去的案情分析会，轮到宝山说他手头的案子。宝山已经查明，汤团太太的儿子之前也是在国民党的七十二军，七十二军在常德时，她儿子是伙夫。宝山说，包括张静秋和郑金权，三个死者都曾经在同一支部队。

张胜利静静地听着，在本子上记下了七十二军，还特意画了一条线。他把那只往上吊起来的眼睛眨了眨说，我不相信这世界上会有这么多的巧合，宝山你继续查。

可是这天下午，局里公布了新一期的留用信息，在旧警察劝退的少部

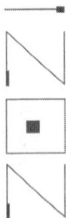

分人员中，就有陈宝山的名字。

宝山当天夜里买了两瓶酒，山东景芝的高粱大曲，去警察宿舍里找张胜利。他把酒在四方桌上搁下，说人事处长已经跟他谈过，出于照顾，安排他去重新开始生产的之前唐仲泰的那家火柴厂当门卫。

张胜利看着酒瓶，一言不发。

你去帮我问问，宝山说，我想留下，我还想当警察。我要是不当警察，就等于是半个死人。

张胜利叹了一口气说，我已经尽力了。你也不用想太多，不是因为其他的，主要是考虑到你的腿脚不方便。

宝山就一路走回家，听见树上几只知了在深夜时分鸣叫得三心二意。他走了一段，在苏州河边坐下，望着轻声涌动着的河水，觉得心里一阵阵发慌，好像水已经淹没到了他的头顶。

宝山回到家，月色很清凉。来喜看见他沉默得像个哑巴，提了一瓶酒独自去了屋顶平台。

那天宝山把自己喝醉了，他躺在地上抱着枪，好像是他身上的一根骨头。他后来什么也不去想，只是整晚睡在屋顶平台上，陪着身边笼子里那些一声不响的鸽子。来喜给他拿来一条毯子，替他盖上时，觉得他身上很烫。

宝山第二天很早就醒来，他在清晨的微光中打开院门，一个人朝苏州河走去。路上有人在刷马桶、生煤炉、听收音机、淘米，有人蹲在墙角刷牙，也有人守在摊边，等候客人过来买烧饼油条和豆浆。弄堂口那个发高烧的三岁女孩，宝山昨天夜里就听见她在屋子里哭，现在一觉睡醒还是高烧不退。宝山想，不能再拖了，孩子这时候该送去诊所。

宝山走到局里，去枪械科交还自己的配枪，但却留下了俞叔平局长送给他的那支比利时花口勃朗宁。他把枪身来来回回擦了很多次，还上了一回枪油，最后才将它装进一个布袋子，上交给了保管员。转身时，他听见保管员将铁柜子哐的一声锁上，声音让他站在原地发呆了很久。

离开公安局的时候，没有人送宝山。从大楼到门口，那段几十米的路变得跟隧道一样漫长。宝山一步一步虚弱而无力地将它走完，踩进大门外福州路路面的时候，他没忘记转头，对着门口的哨兵敬了一个礼。这时候他便望见，炳坤一直在楼上办公室的窗口看着他。炳坤那张映在玻璃窗里的脸，好像离宝山很近，一伸手就可以摸到。宝山在这个渐渐开始车水马龙的清晨，昂首对炳坤和蔼地笑了笑。

二十六

炳坤渐渐变得有点儿暴躁，不仅因为局里清退了宝山，还因为有人要将公安局十层顶楼上的几百只警鸽清理掉。他们的理由很简单，说警鸽曾经是国民党旧警察的帮凶，该杀。这些警员中就有张胜利，他说早就可以下手了。

炳坤那次实在不想多费口舌，他对张胜利说，你要是对这些鸽子斩尽杀绝，你就太愚蠢了。

张胜利很长时间没有把嘴合拢，那只吊起来的眼睛一眨一眨，眼睁睁看着炳坤气势汹汹地走远。他咬了咬牙，暗自朝那背影骂了一句。

炳坤去了十层顶楼，将那些鸽子好好看了一回。他打开笼子，看准了两只体形矫健的灰色德国鸽，将它们一把抱了出来。离开之前，他还带走了很多饲料。

在宝山家，炳坤陪他一起喝酒。两个人喝得散漫而且悠长，好像剩下的时间就是用来喝酒的。除了鸽子，炳坤还给宝山带了一只葱油饼，宝山咬下一口说，我想好了，两只鸽子，以后一只叫佛山，一只叫宝小山。

炳坤不知道鸽子为什么要叫佛山，但他听见宝小山时还是喷出一口酒笑了。这时候来喜给他们端来一碟花生米，然后她走去鸽子笼边，很长时间看着新来的佛山和宝小山。炳坤喝一口酒，见到来喜撑着腰，缓慢地蹲下身去。她来回抚摸着两只鸽子，目光很安静。鸽子也不躲开，还对她点点头，咕咕叫唤了几声。

宝山看着炳坤说，来喜和你一样，跟鸽子很合得来。

张胜利很快查到了童小桥家的住址，因为他记得那辆道奇车子的车牌号。他原本想带上军管会的干部，以登记私家车的名义上门查访一下，但后来想了想，还是自己一个人踩上局里的脚踏车去了。

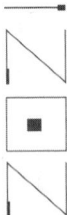

童小桥刚刚起床，正在考虑这天是继续待在家里还是出去做一次头发，这时候有个穿军装的男人提着个夹了钢笔的笔记本走进来。童小桥有点儿迷惑，她看了一眼院子树荫下晃来晃去的阳光，才发现原来老金出去买菜的时候，忘了把门给锁上了。

张胜利说，唐太太，打扰了。

你哪位？童小桥说。

我是市公安局的，想找你了解一些情况。

童小桥怔了一下，看着张胜利手里的笔记本，似乎有点儿莫名的不安。

屋子里很香，是那种女人味的香。童小桥穿了旗袍和高跟鞋，露出来的脚背上，能够看见一些细小的蓝色血管。

张胜利把目光移开，一只手摸向口袋时才发现自己忘记带香烟了。为此他有点儿沮丧，觉得如果没有了香烟，这个上午自己一定会是迷迷糊糊的。童小桥看出了张胜利的心思，她把茶几的抽屉打开，掏出里头一包女士型的纪念牌香烟，说，警官要不要试试这个？

张胜利内心有点儿惊喜。但在童小桥靠过身子就要替他点燃火柴的时候，他还是说，我自己来吧，你坐。

其实你不用叫我警官，那是旧上海的做派。张胜利抽了一口烟，觉得它怎么跟牙签一样细，然后他告诉童小桥，我叫张胜利，弓长张，不是立早章。胜是胜利的胜，利是胜利的利。他说，这两个字是不是挺好记？

童小桥笑了一下说，我去给张警官泡茶。

张胜利这天留下来的时间不长，他只是跟童小桥大概聊了几句，说局里现在要查国民党遗留下来的特务，他们刑侦处反特任务很重。他连笔记本都没打开，走的时候又来回看了一眼客厅的摆设，说上海现在真好，跟我参加革命以前完全不一样了。

可是第二天，唐公馆还是迎来了几个军管会的干部，他们要把童小桥的道奇车暂时没收。老金低头走去车库，想要收走车里的手套、香烟、雨伞以及擦玻璃的毛巾什么的。他收拾得慢条斯理，让旁边军管会带队的领导有些恼火。领导拦住他说，别磨磨蹭蹭了，钥匙给我，东西都留着。

老金茫然地看了一眼，又去看童小桥。童小桥站在树荫下，样子很端庄，说，给他。

按照周正龙当初从胶卷里洗出来的照片名单，炳坤一直在查"永夜计划"中的潜伏者，可是情况却让他一筹莫展。名单里有个叫丁力的男子，炳坤去各个分局对着户口本一个一个查过去，发现四个名叫丁力的有三个前几年已经死了。最后找到的，却又是一个七十二岁的老头，在床板上瘫痪了很多年。

炳坤那次去火柴厂门房找宝山，两个人经过分析，觉得名单上的所有人可能都是化名，类似于代号，或许只有"永夜计划"的牵涉者才知道其中的内情。

炳坤有点儿失望，觉得周正龙拿到手的情报差不多成了一张废纸。

宝山说你别急，总会有头绪的。既然有那么多人藏在上海，他们接下去肯定会有动作。只要拔出一个萝卜，就能带出一团泥。

炳坤想起上午由分管局长召集的特情分析会上，张胜利曾经汇报过有个代号叫胭脂的特务潜伏在上海，这人很难查。宝山说那就要考验张胜利的本事了。他告诉炳坤，之前在局里，他曾经去物证科又检查过一次张静秋的箱子，里头有一本相册。所以他在想，凶手会不会是拿走了一张照片？

张胜利再次去唐公馆是在五天以后，这让童小桥多少有点儿意外。

童小桥在客厅里给张胜利点烟，张胜利看着她手腕上的那对镯子说，你这个玉石怎么是红色的？童小桥就告诉他，这其实不是玉，是玛瑙。

玛瑙和玉有什么区别？

玛瑙便宜，像我这样的人都能买得起。

张胜利扑哧一声笑了，说，你还能买得起美国进口的小车。

童小桥便一下子明白了，车子可能就是张胜利让人过来没收的。但她也笑了一下，说，那东西还是你们收走好，它对我来说就是聋子的耳朵，摆设。

话不能这么讲，张胜利看着童小桥短旗袍外赤裸的手臂，目光慢慢移

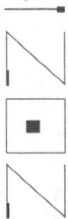

下来说，比方讲你这对手镯，有和没有还是不一样的。说着他把童小桥的手抓了过去，摆在掌心上慢慢欣赏了一回，说，唐太太能不能给我再讲讲玛瑙？我有点儿想不明白，它为什么就比玉要便宜。

童小桥想，果真被自己猜中了，该来的终于还是来了。她把那只伸出去的手很安分地摆着，没有一点儿要抽出的意思，好像坐她对面的，是正在替她诊脉的老中医。这时候张胜利就试探着抚摸了一下她的手背说，唐太太这双手，戴什么都好看。你放心，车子我会替你要回来的，但是你要给我时间。

童小桥什么也没说，只是安静地望向院子。她看见这天下午的阳光显得有点儿多余，此时正趴在院子里那堆肥美的枇杷树叶上，一副赖着不肯走的样子，这让她的眼神也不由自主地暗淡了下去。她后来觉得腰挺得有点儿酸了，就挪了挪身子，把手再伸过去一点儿说，张处长要是喜欢，可以把这只手也一起带走。

张胜利觉得扫兴，把她的手翻过来说，唐太太想哪里去了，我是要帮你看一看手相。我在济南跟灵岩寺的大师学过的，他们说我算得很准。

女人的命还需要算吗？童小桥笑笑，声音里透着心灰意冷，好像那只被人拿走的手上，血在一点一点凝固。

那天张胜利喘着气突然把童小桥抱住，那只吊起的眼睛里闪动着一堆堆的火焰。童小桥反抗，厌恶地把他推开。张胜利那只吊眼便有点儿狰狞，他说你还是答应了吧，如果不是我罩着你，他们天天查你。你这么大一个院子，经不起查的。

二十七

七月底的一场台风是百年罕见的，根据上海气象台提供的数据，台风的实际风速达到了每秒三十九米。报纸上说，因为海潮倒灌，市区最深的积水处，水深有两米。

宝山那天夜里去火柴厂的厂房加固门窗。他提着手电筒，在身上盖了一件雨披，回来经过那片当初被炸药炸毁的仓库废墟时，恍惚间又看见了周正龙的身影。他站在水流漫过膝盖的泥坑中，狂风呼啸着想把他按进水里，他好不容易抓住一堵断墙，墙却在顷刻之间倒了。

两天后，炳坤经过一路排查，发现了一名嫌疑犯。那时候局里已经给他新分配了一个助手，名叫贺羽丰，是浙西江山县城人。两个人顶着风雨追踪到长乐路的兰心戏院门口，见到一个蹲坐着卖嘉兴粽子的老太婆。他们把篮子上的围裙布掀开，发现藏在热气腾腾的粽子下面的，竟然是两颗手雷。贺羽丰当即揪住她头发，使劲一扯，果然是一团黑乎乎的假发。

对方原来是个五十多岁的糟老头，居住证上的名字叫郑春生。据他后来交代，自己就是"永夜计划"的一名潜伏成员，但在那份名单上，他对应的名字其实叫郑海盐，因为老家是在嘉兴海盐。

郑春生很配合，想争取宽大处理。他说来兰心戏院，是为了在下午三点一刻，电影《一江春水向东流》散场时，把手雷扔进去。因为在场的观众，有好几个是军管会的干部。他还知道自己是属于"永夜计划"潜伏团的第二小组，只是组里其他人员的信息却一概不知。上头给他分派任务是通过信件通知，写信人署名二郎山，三个字落笔时用楷书。

炳坤站在窗前，看着福州路上台风肆虐过后的一切，觉得已经到手的信息跟宝山之前的判断十分吻合。但接下去如何追查二郎山，他认为是时候让他的师父宝山出马了。

宝山是咬着嘴里的葱油饼回到局里的。他踩上电梯时，看了一眼新来的贺羽丰，然后对炳坤说，把郑春生收到过的信给我。电梯在六楼停下，贺羽丰一路小跑，提前替宝山打开原来那间办公室。宝山进门，随手把灯打开，说，你们先出去，等我半个钟头。

只有宝山自己知道，接下去的时间，他根本就没有去想案子。他只是静静地坐在那张原来的办公桌前，看着曾经熟悉的一切，陷入深深的沉默。往事像照片一样从眼里掠过，宝山跟往常一样端起杯子时，才猛然发现，原来炳坤早已为他泡好了茶，现在还是热的。

半个钟头后，宝山准时将门打开。他对等候在走廊上的炳坤和贺羽丰说，去把郑春生那个片区的邮差给我叫来。

炳坤愣了一下，听见宝山又说，多带几个人，注意安全。

邮差当天傍晚就被带到了审讯室，他穿着一身草绿色制服，坐到宝山面前时，样子茫然若失。

宝山说，我问一句，你答一句。现在开始。

七月二十六号，你有没有上班？

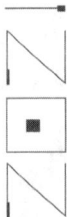

邮差想了想，确定地点头。

那么四号弄堂，郑春生的这封信是你送的？

邮差看了一眼信封，盯着宝山说，有什么问题吗？

不是你问我，是我问你。

是我送的。

你是怎么拿到这封信的？

当然是在邮局里。写信人寄信，塞进邮筒，信最后被分拣，然后送到收信人所在邮局，我们取来后再去各个弄堂分发。

按常理是这样，可是这封信却没有按照常理。宝山又说，不要慌，你再好好想想。

炳坤这时候看见邮差额头冒出一片汗星，他落在信封上的目光也开始游移不定。

宝山接着说，我看过了寄出人的地址和邮戳，和你们是同一个分局的，信应该是投进了二百五十六号邮筒。宝山说得不紧不慢，他说同一个区域之间寄信也正常，可是我知道二百五十六号邮筒是在地势低洼区，差不多是一截下坡路的坡底，这就很奇怪。因为寄信那天，邮筒肯定被台风天倒灌的海潮所淹没。那么请你告诉我，为什么这封信一点儿没有被水泡过的迹象？它的寄出地址和邮戳是不是假的？

邮差即刻抖得像一个筛子。的确，信就是他自己写的，他拿去邮局盖了章，然后直接塞进了郑春生家的门缝。

你就是二郎山，宝山最后拍了一下桌子说，第二小组的资料全在你这里，你还给哪些人写过信？

宝山推开院门走了进来。宝山是想过来跟童小桥吹一下牛皮，夸夸自己刚帮徒弟破获了一个反特大案。可是他一脚踩进院子，就闻见一股张狂的气息，屋里的灯光下，他看见了张胜利松垮的背影。张胜利正在扎皮带，把一件衬衫胡乱塞进了裤子里。

童小桥扭过头去，避开宝山的目光，身影萧瑟着扣上一粒纽扣，又悄悄擦一把眼角。

宝山一把揪住想要离去的张胜利，将他扔在了那棵枇杷树上。枇杷树摇了摇，宝山喘着粗气说，张仁贵你再这样下去，当心挨枪子。

张胜利把嘴角的血擦去，看着滚落在地上的两颗烂枇杷说，你是不是想告密？

宝山说，滚！

宝山这天头痛得无法遏制，他看见整个院子在他眼里摇晃，天上有好几个血红的月亮。童小桥一直帮他按摩太阳穴说，宝山你醒醒。宝山过了很久把眼睛睁开说，我没事。

童小桥抱住他，宝山缓缓将她推开，说，你还是走吧，你别留在上海。

二十八

童小桥没走。唐仲泰却在一个阳光宣泄的日子里回来了。

唐仲泰没死，他看上去活得很好，永远把自己打扮成新郎官的样子。那天他走到火柴厂门口，怅然地往里头望了一眼，闻见熟悉的硫黄味以及干燥的火柴棍味，觉得物换星移真是往事如烟。他盯着门房宝山笑了笑说，我带你去见一个你想见的人。

宝山说，你是想带我去见阎王？你们还死回来干什么？

周兰扣依旧坐在凯司令咖啡馆那个靠窗的位子，笑得跟去年的栀子花一样。宝山先是沉默了一会儿，接着就跟她讲，你哥没了。周兰扣于是收起了灿烂的笑，也沉默了一下，说，我知道，他被炸得什么也没留下。

宝山说，不，还有一只眼镜腿留下了。

接着宝山又说，既然你没死，那你就该好好活。你不要作死！

周兰扣和唐仲泰当初的确是上了太平轮，但是售出满员五百零八张船票，上船的却有一千多人。在排队上船的时候，就有许多人被纷乱而惶恐的人群挤落到水中。唐仲泰就是那个被挤落水的人，但是周兰扣游泳游得特别好，有一年还差点儿获得上海滩游泳皇后的桂冠。唐仲泰落水后，周兰扣随即也跳入了黄浦江中，将他救上岸。那天他们湿淋淋地站在码头上，望着渐渐远去的太平轮，死而复生的唐仲泰带着哭腔说，兰扣我死也要同你死在一起。

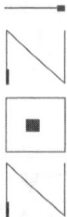

这么长时间，你去了哪里？宝山接着问她。

你猜。周兰扣说完，将杯子里卡布奇诺的巧克力奶油一口气送进嘴里，她觉得很甜。

唐仲泰坐在另外一个卡座里，很长时间望着窗外发呆。他也想过要回去看一眼他的法定妻子童小桥，顺便看看唐公馆客厅的墙上，是不是挂了一张他的遗像。

唐仲泰这么想着的时候，周兰扣让他去买一根新出锅的油条。她后来抓着那根油条，直接浸到咖啡杯里，像咖啡勺那样荡了荡，然后提起来喜滋滋地咬了一口说，宝山你要不要也试试？

宝山没笑，唐仲泰笑了。唐仲泰说，味道怎么样？

宝山坐在旁边只喝柠檬水，很凉，把胃都给喝酸了。

周兰扣要住到宝山家里，宝山想了想答应了，后来是来喜给她铺的床。来喜还给周兰扣泡了童小桥送她的麦乳精，让她不要拘束，以后想住多久就住多久，就当是在自己家里一样。周兰扣说可惜我哥始终一个人，连个嫂子都没有给我娶回家。从现在起，我就认你当嫂子。

夜里周兰扣找宝山聊天，宝山陪她聊了很多。最后周兰扣把所有的门和窗都关上，安安静静地说了四个字：反攻大陆。

宝山以为自己听错了。周兰扣却靠到椅背上，盯着他说，你放心，两年以后毛森局长还会回来的，到时候你还是上海响当当的警察。

宝山好像听见苏州河水拍岸的声音，很吵。他把门打开，让周兰扣抽香烟的烟雾散出去，然后说睡吧，我明天还要去火柴厂门房值班的。

来喜这天夜里躺在床上一直没睡，她听见墙缝里有几只蛐蛐在叫，跟一群人在窃窃私语似的。她还知道周兰扣在天光还未亮时就起床，中间去了一趟洗手间，在里面待了很久。

来喜翻了个身，看了一眼床上的宝山，发现他睡得很好。

周兰扣是在第二天清晨离开宝山家的。走的时候她几乎没有发出声音，却把整间房子收拾得干干净净，看上去就跟她根本没有来过这里一样。

乌镇路上很安静，周兰扣换了一双布鞋，二十多年来脚步声从来没有这么轻。在宝山家的洗手间，她已经把波浪长发给剪了，额前留着不怎么平整的刘海。身上那件质地不错的白衬衫，也被她换成了一件洗得很旧的粗布短褂。周兰扣想，就让自己是一个不折不扣的农村妇女吧。

周兰扣是一九三九年加入的军统，那年她十九。从老家诸暨到了杭州，她有次在酒会上认识了毛森。毛森说你哥是杭州仓前的警察学校毕业的，但你看上去素质不比他差。毛森让手下培训了周兰扣，并且在那次自己被日本人抓走之前，一下子留给她两把手枪。毛森说，不用担心，我还会回来的。

那年在新新公司当玻璃电台播音员，有一群小报记者抓住机会拦住周兰扣采访，问她，这么好的音色怎么不去考中央广播处？周兰扣笑成一盆弯腰的水仙，她告诉记者，中央广播处需要的政治身份是国民党党员，你看我哪里像了？那些记者从头到脚看她一遍，就跟商量过一样，齐声说哪里都不像，一点儿也不像，周小姐是平头百姓中的牡丹。但是事实上，周兰扣的包里一直有一枚国民党的党徽。这种事情，她从来不让周正龙知道，也还好没让他知道。

周兰扣这天在宝山家，还将包里的一瓶法国兰蔻香水一滴不剩地倒进了马桶。那时候她毫不犹豫地按下抽水阀，眼睛一眨只听见咕咚一声，就什么都冲走了。不过她后来想想，这天被她冲走的其实还有很多，数都数不清。

位于杨浦区的杨树浦电厂是一家火力发电厂，三十多年前由英国商人投资创建，它的发电装机容量占上海总规模的百分之七十以上，堪称远东第一大电厂。周兰扣那天根据报纸上的一则食堂招工启事找到这里，从黄包车上下来时，她提着个箱子，里面装了换洗的衣服和毛巾牙刷什么的。除此之外，她的肩膀上还挂了一个青花布的褡裢。她看上去风尘仆仆，一双躲闪着路人的眼也没怎么见过世面。所以等到走进厂门后，她抬头怅惘地望向那截一百多米高的烟囱，看见直冲云层的浓烟时，整个人便觉得恍恍惚惚。

周兰扣之前对唐仲泰说，我考虑过了，咱们要换一种方式生活。唐仲泰听完了终归有点儿迟疑，主要是感觉舍不得她，他说，你真的想好了吗？周兰扣就把装了一层层物件的箱子锁上，说，哪里也别去，你待在上

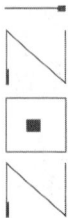

海等我的消息。

十分钟后，在寻找发电厂行政楼办公室的途中，周兰扣碰见了三名工人纠察队的干部，其中一名是他们的队长。队长让周兰扣停下，盯着她满是灰尘的布鞋和粗布短褂看了一阵，说了五个字，去哪里？找谁？

周兰扣也不胆怯，放下箱子举着报纸说，跟你们几个打听一下，咱们这里食堂招人，我要过去报名该往哪里走？她还擦了一把汗，感叹发电厂怎么这么大，大得像一座迷宫，发出来的电是去了哪里？

队长把报纸收起，看都没看，反而望向她搁在地上的箱子，说，打开！

周兰扣眼神一飘，抬起手指梳理了一下不够整齐的刘海，她似乎预感到了什么。这时候，一辆小车加大油门冲进了发电厂，周兰扣犹疑着回头，看见司机猛地一脚刹车，车子在她不远处停下，冲出来的正是当年她哥在刑侦处的手下赵炳坤。周兰扣觉得不该发生的还是发生了，所以她没有犹豫，一把就抓起地上的箱子，可是她伸出去的手却被纠察队队长牢牢地按住。

此时周兰扣没有慌，她干脆飞起一脚，凌空准确而凶狠地朝对方踢了过去。与此同时，被她从肩膀上抖落的褡裢里，掉出一把手枪，她在第一时间就稳稳地接住，所有动作干净利落而且一气呵成。

周兰扣又在踢出去的那只脚落地时迅即转身，子弹毫不犹豫地射向朝她奔来的炳坤。

唐仲泰听见第一声清脆的枪响后便子弹一样奔进厂门，他就是那个乔装打扮送周兰扣过来的黄包车夫。刚才送周兰扣进厂，他没有急着离开，想看看她是不是有机会抓紧引爆藏在箱里的定时炸弹，那么在炸毁发电设备后，他就可以第一时间带周兰扣神鬼不知地消失。

零星的枪声断断续续，将近响了二十分钟。周兰扣和唐仲泰相互配合，送出的子弹让炳坤和队长他们无法靠近。周兰扣相信，自己有机会冲出包围圈，保密局还为她在上海准备了好多条退路。

宝山是坐贺羽丰的车子赶过来的，下车时，他一步步迈向躲在窗格子后面的周兰扣。宝山早就没有枪，只有两道起伏的目光，刀子一样盯向周兰扣。周兰扣朝他瞄准，说，宝山你再敢往前一步，我就废了你的另外一条腿。宝山却走得更快了，他指着自己的脑门说，最好往这里打。

周兰扣叫喊着说，宝山你混蛋！你别以为我不敢。

宝山说你敢的，这么多年，我知道你什么都敢。

周兰扣却一下子哭了，哭得很伤心，跟个孩子一样。但是她说话算话，最终还是毫不迟疑地扣动了扳机。宝山看见一缕迅猛的风奔袭过来，然而子弹却越过他的肩头，直接命中了跟在他身后的纠察队队长。不偏不倚，进弹点就在队长脑门正中。

那一刻，穿透发电厂隆隆的机器声，宝山和周兰扣对视了很久。他们可能都想起曾经有一次在外白渡桥上，下着美丽的太阳雨。那时候周兰扣踩上铁桥栏杆，张开双臂说，宝山我要是就这样跳下去，会不会像一只鸟一样飞起？宝山感觉一阵晕眩，他从来没有告诉过周兰扣，自己其实是不会游泳的。一个不会游泳的警察，从小在苏州河边长大，这听起来就是一个笑话。

透过手枪的准星，周兰扣此时心里想的比宝山还要多。她甚至想跟宝山讲，自己昨天夜里在他家虽然只睡了一个钟头，却睡得很舒心，感觉苏州河的河水听起来跟流在梦里一样。

周兰扣想到这里时，已经被射向她的第二颗子弹命中了脖子，之前的一颗是带走了她的半片耳朵皮。子弹是绕到她身后的炳坤和贺羽丰几乎同时射出的。

周兰扣倒下，没有来得及再看宝山一眼。

唐仲泰最后被逼进了一间厕所，那里栖息着很多肥硕的绿头苍蝇。苍蝇在迎接唐仲泰时，四处飞舞成加满了油的轰炸机。唐仲泰哪里也去不了了，最后一屁股坐在脏兮兮的地上，举着手枪对宝山和炳坤喊，不许进来！

宝山很长时间站在门口，听见唐仲泰声泪俱下地说，太平轮沉了，火柴厂没了。周兰扣死了，童小桥也不会再管我了。他一直喋喋不休，还说宝山你知道吗，我已经托朋友在台北买下了一个院子，院子里有两棵栗子树，长得很高。我原本准备以后就自己给周兰扣炒栗子，她肯定会喜欢。

唐仲泰缓慢地抱起枪管，顶住自己的太阳穴，让最后一颗子弹直接朝头颅里钻了进去。

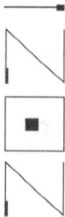

宝山听见一声沉闷的枪响，就像一颗糖炒板栗，在滚烫的锅里冷不丁炸裂开来。

二十九

周兰扣死的那天，宝山夜里一个人去了自己家的屋顶平台。鸽子笼里宝小山的脚边，有一根断掉的白线。他接着又去检查来喜装鸽子饲料的铁桶，最终在底下发现了一捆白线，还有几根可以塞情报的小圆筒。宝山完全印证了自己的猜测，他也明白，有关周兰扣的消息，是来喜用鸽子传递出去的。炳坤能第一时间赶到发电厂，是因为公安局接到消息后派人跟踪了周兰扣。

这时候来喜已经站在他身边，宝山说，你加入共产党怎么不早点儿跟我讲？

来喜说对不起，组织不同意那样，我们有我们的纪律。

现在都解放了，你还不能亮明身份吗？

既然上海还有特务，我们就需要有许多不能公开的战士。

宝山觉得来喜是对的，不然周兰扣去发电厂就没人会发现。

周兰扣的行动是"永夜计划"的重头戏，没有了电，上海将沉入永远的黑夜。

宝山对来喜的猜疑，最早是从那个诸暨姚公埠的表兄弟开始的，那人常给他们家带来年糕。那次在苏州河边的船上，宝山看见来喜跟表兄弟聊了很久，最后来喜接过那篮年糕时，还在篮子底下递给他一样东西。宝山那时以为是来喜偷偷给老家送钞票，但后来表兄弟将那东西塞进口袋时，宝山才看清原来是一张白色的纸条。现在来喜告诉他，那是之前的上海警委书记邵健，而她开始养鸽子并且学习培训它们，也是邵书记派人教的。

炳坤也是这天才知道了来喜的身份，之前他们是属于不同的交通线。他感到庆幸的是，自己送给宝山的那两只德国鸽，最终被来喜派上了大用场。他想至少在鸽子这点上，自己和来喜始终有缘。

宝山几天后去医院检查身体，他觉得最近头痛越来越频繁了，另外眼睛也不好使。来喜给他端来的馄饨，他经常看了很久也看不大清楚，只是一片模模糊糊黏在一起的面皮。他有点儿奇怪，难道自己还没到四十，眼睛就开始老花了？

医生给他拍了X光片，说，这种机器能照得见你每一根骨头。结束时医生坐下，提着片子来来回回看得很仔细，然后说，有点儿麻烦。

宝山笑了，说，还能有什么大麻烦，我这脑袋就是被人敲过两次。一次在乌镇桥，一次在龙江路，都是旧伤，你只要给我开点儿药。

药不一定有用。你不是伤痛，跟被人敲过没关系。是肿瘤。没法医。

不对，你搞错了。

不会错。脑肿瘤，晚期。所以你的视力现在也不行，已经影响到了视网膜。

那天宝山终于生气了，他夺过医生手里晃来晃去的X光片说，你以为你这么胡闹，我就真的能被你吓倒了？老实跟你讲，一点儿可能性都没有。他还笑呵呵地问医生，那你说我还能活多久？我今天能走得出去你们医院大门吗？

乐观一点儿的话，你顶多还能再活三个月。医生扶了一下眼镜说，我是医生，你觉得我是在胡闹？

胡闹！宝山咆哮了一声说，我干娘给我算过命，我能活到七十九。

三十

张胜利突然消失了，一连几天没来公安局上班。他办公桌上的台历，停止在十月二十一日这一天，上面写了两个字，出差。此后就一直没有翻过去。

可是局里没有安排过张胜利出差。

十月二十七日下午，炳坤带宝山去见了局长。局长说，张胜利有问题。

宝山叹了一口气，他后悔没有早点儿告诉炳坤。看张胜利的表现，其实这人早有问题。宝山觉得对不起局里，他跟局长说，张胜利原名张仁贵，十多岁的时候离开上海，是我的兄弟。

对张胜利的搜捕很快以秘密方式展开，整体行动由炳坤负责。

张胜利没有离开上海，十月二十八日傍晚，他带着公安人员的证件以检查安保的名义进入自来水厂，最终在正要投毒时被炳坤堵住。那时候张胜利有点儿茫然，夕阳西下时，他看着炳坤厚厚的嘴唇说，怎么你也在

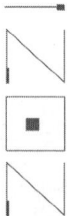

这里？

炳坤没有理他，只是对身边的贺羽丰他们说，带走！

那天宝山就坐在夕阳下的苏州河边。他不停地按摩头部，很模糊的视线里，河水似乎流得晕头转向。这时候炳坤来接他。炳坤说，人抓到了，局长要你过去，协助我们审。

宝山仿佛整个人苏醒过来一般，头一下子变得不痛了。他看着河水里夕阳的倒影，问炳坤，会枪毙吗？

张胜利是保密局安插的特务，他的投毒物是藏在随身携带的哈德门香烟里，整包香烟的烟丝被他掏出一截，塞进去的全是剧毒粉末。他说因为郑春生和二郎山被抓，周兰扣功败垂成，自己又被宝山发现了在唐公馆的劣迹，于是担心潜伏在市公安局的时日不多，所以就行动得有点儿仓促。这次他是想干完了自来水厂投毒这一票，从中捞点儿资本，然后趁机从舟山定海潜往台湾。

对张胜利的审讯由分管副局长亲自坐镇，副局长拿出一沓厚厚的材料说，你隐瞒了那么多历史，当初是怎么混进济南公安局的，在此之前你又是在国民党的哪个机构？

张胜利很平静，他从被逮捕那天开始就很平静了，他当过兵，知道败了就是败了。他看到宝山也被公安局邀请来了审讯现场，于是他想得更多的是，两个人曾经的少年。长久的沉默以后，宝山说，你以前在国民党七十二军的骑兵团，是不是？

张胜利想了想说，是。

宝山说，张仁贵你把衬衫脱了。

张胜利脱了衬衫，肩膀上有一处很明显的枪伤。宝山说，这里是不是取出过一枚子弹？就在你们骑兵团的卫生队。

张胜利把头低下，说没错，子弹被张静秋拿着，她是卫生队护士，那时候很爱我。她说留着弹头，她要做个纪念。

宝山深吸一口气，觉得整个人非常无力。他说看来你一点儿都不值，你都还不如郝运来。

张胜利后来承认自己就是潜伏在上海的胭脂，他以前在国军某部七十二军骑兵团当连长，他喜欢的一匹马叫胭脂。保密局当初把他当作一枚重磅炸弹来培养，抹掉他很多经历安插进济南公安局，又顺利被抽调来上海。为了扫清他进入上海公安局的绊脚石，保密局首先派人除掉了他当初的恋人张静秋，以及在他连队里当过排长的逃兵郑金权。而那个汤团太太，是因为去常德给儿子收尸时，接待她的就是儿子的连长张胜利。那次探亲，汤团太太跟张胜利聊得来，听说连长也是上海人，她就讲回上海来家里坐，我住龙江路。

可是张胜利并不清楚三个人是谁杀的，那是保密局不会对他透露的秘密，跟他接下去的潜伏也无关。他只知道在"永夜计划"的潜伏名单里，凶手的化名可能是"老根儿"。而幕后安排老根儿杀人的，同时也是张胜利的上线，代号是叫水鬼。

水鬼都是暗线联系，这人绝对不会轻易浮出水面。张胜利又说，我只负责潜伏下，做最隐秘的隐藏在公安队伍的棋子，慢慢地，会有人向我靠拢。

水鬼用什么方法指令你？宝山听见局长问。

电台。也许是在上海，或者舟山，也有可能在台湾。

张胜利最后把眼睛闭上，缓缓地说，我真不知道水鬼是谁，只知道那人老家在浙江，是毛人凤局长一手培植的。

枪毙张胜利的时候，宝山没有在场。但在干娘留给他的屋子里，他仿佛是听见了一声枪响，非常近，震得他心惊肉跳。声音后来一直在回响，好像藏进了苏州河的水里。

宝山一个人替张胜利收尸，炳坤要过来帮忙，他把他推开说，你走。宝山将张胜利也埋在了息焉公墓，只是让他和干爹干娘的坟隔开一段距离。那天他也没有带上来喜，因为不愿让她肚里的孩子看见这一幕。跪在干爹干娘的墓碑前，他很长时间都不知道该怎么开口，没法把张仁贵的事情跟两位老人讲清楚。那样想了好久，他很疲惫地把头抬起，看见这一大片公墓的拱形门楣上，有四个字写得很清晰：天堂入口。

但是宝山想，无论是张仁贵还是张胜利，其实这两个名字都没有资格进入天堂。

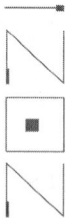

三十一

宝山十月二十八日回局里的时候，见到过童小桥被没收的车子。那辆车就停在公安局大院一个偏僻的角落里，满身灰尘，引擎盖上都是落叶。他趴在车窗前往里面看，看见座位上留着老金没有来得及拿走的手套和毛巾什么的。他问炳坤，钥匙呢？

炳坤说，车子贴了封条，你不能开走。

宝山说，我就进去坐坐。

几天后，宝山决定去看一下童小桥。他觉得她那样整天一个人待在家里，没病也会待出病来。

院子里晾晒着童小桥的一排旗袍，跟阳光下五光十色的旗帜一样。其中一件的胸口，绣了一朵梅花，中间钉一颗纽扣，就是宝山第一次来唐公馆在童小桥皮箱里见过的那件。一排旗袍的边上，还挂了童小桥的一件红肚兜。肚兜可能从来没有穿过，看上去很新，颜色特别鲜艳。

这时候有一阵细细的风吹来，旗袍和肚兜飘来荡去的，有这个季节的桂花香。

童小桥站在宝山边上，说，都是一些女人的物件，你有什么好看的。

宝山回头，看见童小桥脸有点儿红，比较娇艳的那种。他说，张胜利已经枪毙了，他是保密局特务。

童小桥怔了一下，转头看着颤抖在风中的枇杷叶子，说，活该。然后她想着想着就笑了，觉得那些特务都是找死，包括唐仲泰。她说现在唐仲泰和周兰扣都死踏实了，那我就做梦都要笑醒了。

宝山也是到这时候才知道，张胜利还从童小桥这里拿走了不少金条和钞票。用童小桥的话说，那就是个人渣。他还了解到，老金现在回老家开了一家饭馆，听说生意还不错。

接下去宝山给童小桥烧了一碗牛肉面，里头加了两个鸡蛋。他把筷子递给童小桥说，趁热吃。

童小桥满脸的幸福，看着他说，怎么你不一起吃？

宝山说，我最近胃口不好，嘴巴有点儿淡。

童小桥夹起面条吃了一口，觉得味道很不错。宝山于是笑了笑，说，你是不是忘记了，其实今天是你生日。

童小桥听见这句，顿时把头低下去，很长时间都看着那碗面。面条里的热气熏蒸上来，把她那双眼睛也熏湿了。她依旧低着头说，为什么你对我这么好？

宝山伸手拿走沾在童小桥旗袍上的一小片淡淡的棉絮，他视力不怎么好，刚才递给童小桥筷子的时候还以为是一根白色的线头。现在他看着童小桥说，你先把鸡蛋给吃了。

那天童小桥把面条吃完，一根也没剩。擦脸的时候，她却听见宝山说，你走吧，我送你回老家。

童小桥惊诧了一下说，你是不是早就想好了？你今天是特意的，早知道这样，这碗长寿面我就不吃了。

我劝过你很多次，现在唐仲泰是保密局特务，你就更不可以留在上海。

宝山说完，童小桥听见客厅里那口落地自鸣钟当的一声敲响，好像它跟宝山是商量过时间一样的。她拿着那条毛巾，木头一般竖立在原地，感觉眼角终于掉出一行泪。

一九四九年的秋天跟往年很不一样，空气中除了挥之不去的喜庆和热闹，还有寂静的安详。宝山和童小桥换了好多趟长途汽车，汽车一直往南，像一只跳跃的蚂蚱，一路摇摆颠簸着靠近童小桥的家乡。将要到达浙江嵊县时，童小桥把头靠到宝山的肩膀上，她抱着那把带出上海的琵琶，感觉眼前的这座县城，开始有了一种忧伤的基调。

两人后来下车，踏上一条铺满银杏叶的道路。道路一片金黄，却像河流一样漫长，足足有一里路。童小桥穿了那件梅花旗袍，和宝山一步步并肩走着，她能听见银杏叶离开枝头的声音，缓慢而且清晰。宝山后来看见其中的一枚叶子，懒洋洋地飘落在童小桥的胸口，盖住那朵梅花后，就一直那样静静地躺着，似乎终于找到一铺心仪已久的床。

童小桥在嵊县崇仁镇已经没有亲人，她以为自己走得失去了方向。宝山却找到了附近一个小院子的门口，在同样的银杏叶子下，童小桥看见一

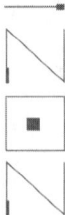

排稀疏的篱笆，院子里一口水井，以及白铁皮水桶旁铺满了一地的阳光。阳光下有个清瘦的老太太，正在收拾里头空荡荡的屋子。宝山进去对她说，我就带了这些钞票，你看够不够一年的房租？

老太太很慈祥，说其实不需要这么多。

童小桥这才知道，宝山已经来过这里，房子是他早就说好租下的。老太太对着阳光把眼睛眯成一条缝，然后盯着她的旗袍说，你是上海人吧？长得真好看，跟从画里走出来的一样。我真羡慕你这么年轻。

在童小桥的记忆里，那个静悄悄的崇仁镇的夜晚简直令她窒息。她和宝山睡同一铺床，夜里月光从窗外升起，两个人一句话也没有说，只能听见彼此的呼吸。童小桥后来把自己脱光，面对那样清瘦的月色，她也一点儿没有感觉到凉。可是等她在这柔软的暗夜中钻进毯子，靠近宝山并且伸手摸向他时，却感觉宝山只是抖了一下，然后就响起了细小的呼噜声。

这一切让童小桥很意外，她知道宝山的呼噜声是假的，但自己此刻温热的身体却是真实的。她眼睁睁看着潮湿的月光沿着窗栏攀爬进来，洒到地上跟一摊水一样。月光没过多久就变得格外汹涌，童小桥怎么也无法入睡，她只是听见宝山轻轻地翻了一个身，好像他已经睡得很香。

童小桥就是在这时候感觉到一股彻底的寒凉，从她的脚底升腾起，一直往上钻。她只好把自己抱紧，睁着眼睛等待天亮。

宝山第二天清晨一个人走在铺满银杏叶的路上，脚底全是露水。他那只不怎么方便的脚，让他有好几次差点儿滑倒。童小桥没有送他，她坐在屋子里，抱着那把琵琶，不知不觉间弹奏起的是一曲《十面埋伏》。她越弹越急、越来越用力，好像有太多的力气需要释放出去。宝山记得那些声音一路冲奔过来，追赶他走了很远，震落他头顶很多的银杏叶片。

童小桥后来气喘吁吁，她恍惚想起宝山第一次在唐公馆出现的那天，在屋里一片瘦小的阳光里，他身边是一只皮箱，他说唐太太，你看看少了什么没有？现在童小桥终于觉得，她其实是真的少了一样东西，那就是从此以后再也触碰不到的宝山。宝山临走前跟她说，谢谢你送给孩子的虎头鞋，还有那些红肚兜。

童小桥现在想，宝山这句话似乎是说得意味深长。

三十二

来喜的肚子已经更加浑圆，宝山很兴奋，他知道自己很快就要当爹了，得抓紧给孩子准备点儿什么。

火柴厂里堆满了白杨木、核桃木，在忙碌的生产车间，这些原木被推进不同的机器，随即被切割成一截一截细小的火柴梗。火柴梗又在另外的机器上走一遍，全都戴上含有氯酸钾、二氧化锰、硫黄和玻璃粉的小红帽，最后才成为火柴，被那些街道女工一把一把包装进四方的盒子里。

来喜那天看见宝山从厂里带回家很多碎木头，宝山笑嘻嘻，一副神秘的样子。她以为宝山是拿来给她煤炉里生火用的，宝山却笑笑说，过几天你就晓得了。

接下去宝山又不知从哪里弄回来一堆卷尺、锯子、平推刨、墨斗以及其他一些七七八八的工具，他让家里一下子成了个木工作坊。他整天抱着那些木头，横看一眼竖看一眼，直到看得心里满意为止。

宝山的第一件作品是一条小木凳。凳子靠背上加了两条木档，四条腿支撑起的凳面很平整，而且光滑。因为他用砂纸磨了好多天，经常是把头抬起时，眼里都是一些细碎的木屑粉尘。宝山不停地揉眼睛，来喜觉得他就跟掉眼泪一样，所以她说等儿子出生了，让他去给你买眼药水。宝山说不行，路上车那么多，我还怕他会摔跤。他只要一摔倒，头上肯定就是一个包，那我还得给他买紫药水。

他就喜滋滋地生活在这样的畅想中。

做完了小木凳，宝山又想做一匹小木马。小木马腿下的支撑板是弧形的，宝山想了想，对着来喜肚里的孩子说，那就跟没有长大的月亮一样，也跟荡来荡去的秋千一样。还有你看，小马的两只耳朵里会长出一根木棍，跟你娘做馄饨的擀面杖一样，你以后坐在上面啊，只用揪住它的耳朵，它就不敢让你摔倒。

木马做好的那天，宝山兴奋着搓搓手，让来喜坐上去试一试。他推了一下木马，随口叫了一声，驾！那时候来喜抬腿踢了他一脚，说，你要是让我滚下来，那就连儿子也别想要。宝山即刻虎着一张脸说，不许胡闹，

那你赶紧给我下来。

来喜说，看把你急的。宝山说，我怎么能不急？说完他愣了一下，按了按又开始疯狂疼痛起来的头，接着就不再说话了。

宝山的确有点儿急，他第二天就叫上炳坤和贺羽丰，三个人去了金坛，想要找老金。

老金的饭馆在县城城南一条偏僻的弄堂里，宝山赶到时，炉子还是热的，锅里一堆没有炒熟的豆苗。但是老金的人却不见了，整整一个晚上都没回来。

宝山让贺羽丰给炉子生火，他要把锅里的豆苗炒熟。

炳坤后来从饭馆酒缸里打出一些酒，三个人就着炒豆苗和一碟花生米，在离上海很远的金坛县喝了很长时间。

三十三

宝山一路赶去金坛是有原因的，那次他打开童小桥被没收到公安局的车时，在车厢里发现了一包三炮台香烟。宝山于是很奇怪，因为老金一直不抽烟，而童小桥抽的又是细细的女士型香烟。这时候宝山想起一些事情，张静秋和郑金权被杀现场，都有三炮台香烟的烟灰。特别是张静秋家的地板里，还有一根案发时掉落的头发，那根头发说长不长，说短也不短，宝山原以为是张静秋自己的。但法医的检测结果却表明，很有可能是凶手的。

宝山再次想起老金稀疏的长发时，差点儿被自己的念头吓住了。他后来在车上到处翻寻，最终在后备厢里发现了扔在那里的一件黑色长衫。宝山盯着那件裹成一团的长衫，觉得全身好像爬满了蚂蚁。他不会忘记自己在龙江路上被人砸晕的那次，眼睛闭上之前，见的就是这么一件黑色的长衫。

从金坛回来，宝山就一直想着老金。他认为老金既然从老家逃走，那肯定是回到了上海。他等待老金的出现，就像老金当初在唐公馆里等待他过去下棋。

时间到了这个月的中旬，老金的身影终于在虹口公园出现。那天他棋瘾发作，想去公园里找人下棋，可是上海却突然下了一场来势凶猛的雨。老金提着一个布袋，仓皇间奔进一个亭子，人已经淋得跟个落汤鸡似的。他那些更加灰白的长发，挂在脸上一缕一缕，往他肩头上滴下很多水。

乌云翻滚，电闪雷鸣。老金摸着黑魆魆的围栏坐下，恍惚觉得是闯进了一场梦里。这时候他终于发现，亭子那头的石桌旁，早就有一个沉默的男人。那人好像穿一件风衣，领子高高地竖起。老金想，男人身上一滴雨水也没有，说明已经在这里纹丝不动坐了很久，所以看上去才像是一块深夜里的石头。但老金即刻愣了一下，又猛地站起，然后才在另一道闪电经过时如梦初醒。原来那块石头是宝山。

宝山对他缓缓地笑了，说老金你还是这么重的棋瘾，但你已经很久没有找过我下棋。

老金也让自己在身后雨幕的背景中笑了，嘴里那颗金牙一闪一闪的。他看一眼四周，确定除了宝山，到处都没有人影。他想，真是冤家路窄，于是就提着布袋走到石桌前说，这雨下得跟疯子一样，老天爷存心不让咱们两个回去，那就杀一局。

雨下得变本加厉，棋子从布袋中倒出，忽明忽暗的棋盘上转眼就杀得很凶险。宝山擅用马，老金擅用炮。双方都是剑拔弩张，步步紧逼。但是宝山头痛，渐感体力不支，这让老金在一路厮杀时削金断玉，最终炮口直指宝山。

眼看着就要鸣锣收兵，宝山却不慌不忙，掏出一包三炮台香烟。香烟已经拆开，里面早就少了两根。他点火抽了一口，忍不住咳嗽了一声说，味道真凶。

老金说，你以前不抽烟。

宝山说我跟你一样，偶尔会在人家看不见的地方抽烟。

老金愣了一下，盯向那包扔在桌上的烟，然后他听见宝山埋怨说，其实这烟有一股霉味，毕竟在车里存了差不多有一年。

老金一下子什么都懂了，脸色随即变青，他知道这么多年的棋是被自己彻底下输了，输得一干二净。所以他提起扔在脚边的布袋，说，有机会跟你再下一局。

宝山按住他的手，说，别动！

老金身子一提，一掌推了过去，带起一阵风。他的布袋里藏着袖珍手枪。

此刻铺天盖地的雨撞向两人头顶的亭子，亭子像是要在雨水中漂浮起

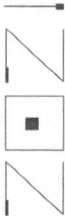

来。但是老金却看见破败的雨幕中，突然冲出了炳坤和贺羽丰他们。两个人好像把雨水吃饱了，迎着劈头盖脸的雨稀里哗啦奔向亭子时，如同两条刚从河里蹦跳出来的鱼。

老金被戴上手铐，炳坤就要将他带走时，宝山说，等一下。

宝山发现老金的那粒金牙不见了。

金牙原来被老金装作用手掩咳嗽悄悄拔下，塞在了石桌的缝隙里，里头一张纸条，写了一串比蚊子还小的密码指令。

雨还是下个不停，被带走的老金心里空荡荡的，就像身后空空的凉亭。他后来跟宝山一起，回头看了一眼深陷在重重雨幕中的凉亭，依旧觉得这是一场虚无缥缈的梦境。

老金被宝山彻底锁定，是因为那根木棍。从车厢里找出那件黑色长衫的当天，宝山又去了一趟龙江路。在之前自己被击倒的那一片区域，他很幸运地发现了一根结实的四方木棍，上面还有一些陈旧的血迹。宝山将木棍带回，让局里原先的同事做了化验，果然就是他自己的血。然后痕迹科开始采集木棍上的指纹，并且和那辆车方向盘上能够取到的指纹进行比对，最终认定，其中有一组指纹完全相同。

公安局的审讯室里，老金始终一个字也没说。直到后来贺羽丰走到他身边，叫了他一声老根儿，他才仿佛一下子从梦中惊醒。

贺羽丰用十分地道的家乡方言问了老金一句，你以前是不是在我老家江山待过？

老金的眼里于是晃过一片崇山峻岭，最终定格在一个遥远的乡村。他看见一九四一年的某天下午，自己在一段崎岖的山路上风尘仆仆。那天他从军统局局长戴笠的车上下来，跟随他脚步深浅不一地踩进了一个烟雾缭绕的镇上。这里和戴局长的老家——江山县保安乡隔了一座山，一年四季，它在清晨和夜里都是隐藏在水汽迷蒙的浓雾中。那条鹅肠一样的街道上，几百户人家拥有一百多个姓氏，其中也不乏跟他一样姓金的。

那天在当地一个豪华的宅院里，戴笠亲自主持了东南办事处女特务训练班的开班仪式。在结束了一场简短的训话后，戴笠揽起老金的肩膀说，金教官，我告诉你一个秘密，在我们江山方言里，金子的金是叫根儿，银圆的银是叫鹅儿，你姓金，所以我以后就叫你老根儿。

相信我没错，戴笠望着远处雾气蒙蒙的山峦说，等到培训班结束了，你以后走出这个屁股大的县城，天下没人知道什么才是老根儿。

老金在镇上待了将近一年，他给那些女学员的授课内容是暗杀。所以在考虑除掉张静秋和郑金权他们时，保密局首先想到的人选就是他。

杀张静秋的那次，老金从窗口翻进去。杀人得手后，按照上头的指令，他又在房间里找了很久，最终在那只皮箱的相册里发现了张静秋跟张胜利的一张合照。照片里，两个人在卫生队的阳光下依偎得很紧。

所有的任务完成，老金拆开带来的一整包三炮台香烟，抽了一支烟叼在嘴上点燃了，并且深深地吸了一口。他知道这样的人命案警察局很有可能会让刑侦处的神探陈宝山接手，所以就故意留下一截烟灰，给宝山造成凶手是烟枪的假象。

老金又从窗口离去，身上带着的那张照片，出了弄堂没多久就被他烧了。

但是事实上，老金一口气杀了三个人，却并不了解上峰指令他杀人的原因。他很清楚组织的风格，所以类似这样的事情自己从来不会去问。

对老金来说，杀人仅仅是杀人。

三十四

宝山依旧回火柴厂的门房上班，其间他给儿子又做的一件木工是一台小汽车。

那辆车子做得特别长，有八个车轮六扇车门。等车子做好，他把那只叫宝小山的鸽子抱到副驾驶位子，指着小小的方向盘，跟来喜开玩笑说，我腿脚不好，以后就让炳坤来当司机。儿子坐他边上，让他看着炳坤叔叔是怎么把车开走的。他要看清楚离合器在哪里、油门在哪里，还有加挡是怎么加。这样子下来，不用过几年，儿子就学会开车了。

宝小山站在那个狭长的位子里，转动着脑袋，咕咕咕地叫唤着，看一眼宝山，又看一眼来喜。

宝山又告诉来喜，你以后坐车上记住手要护牢儿子的，因为炳坤说不定会刹车。以后上海街道上各种各样的车子会越来越多，交警总队也不一

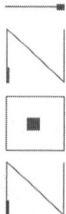

定能管得过来，所以临时刹车是常有的事。说完他就突然推了一把宝小山，让它从座位上掉了下去。他说，看到没？你不护牢儿子，他说不定就把下巴给磕破了。

这时候来喜忽然想起什么，她说，那你是坐在哪里？

宝山却没有听见，他拍了一下脑袋，说，你看我这记性，连车灯都忘记装了，这以后夜里还怎么开车。

事实上宝山已经开始担心，他有可能是真的得了脑肿瘤。他前两天换了一家医院检查，医生没有告诉他结果，只是说，你先回去吧。

这天夜里炳坤过来找他，通知他局里已经开过会，这么好的刑侦人才，局长同意让他回去，刑侦处的位子还给他保留着。炳坤还将宝山交给局里的那把枪还给了他，说上次留用人员名单中没有你，完全是因为张胜利在做手脚。他不希望你留在局里。

宝山抚摸着那把枪想了很久，目光停落在那片月色里，最后说，别给局里添麻烦了，我在火柴厂挺好。以后有什么事情，我作为公安顾问，照样搭把手。

远在台湾的国民党保密局一刻也没有忘记上海，除了"永夜计划"，这一年被誉为"天字特号"的刺杀案，针对的目标是上海市市长陈毅。十一月九号夜晚，杀手潜伏回上海的第七天，在山西南路一间房子的二楼被上海市公安局生擒。

许许多多的敌特案件交织在一起。十月份开始，台湾过来的飞机隔三岔五出现在上海领空，炸毁桥梁、车站、码头及工厂后逃之夭夭。因为还没有空军力量，上海方面对这样的偷袭轰炸暂时难以防范。但是炳坤他们也清楚，上海一些隐蔽的角落里，肯定有许多电台在和台湾保持着联系，他们告知上海的情况，指引飞机轰炸的目标。

炳坤有次坐在公安局电台测向监听车里，搜寻那些可疑电台的信号。在南京路上，他看见宝山一个人走进永安百货大楼。炳坤让司机把车停下，上去叫住宝山。宝山笑得有点儿不自然，说随便出来逛逛，然后又说想买一盒蜡笔，等儿子出生后，让他把家门口的苏州河给画下来。

那是宝山第一次见到局里的电台监听车，望着车顶转来转去的天线，他觉得很新奇，也很欣喜。他说炳坤你现在出息了，查案子都这么高级。

炳坤说，晚上要不要聚一聚？

宝山说不可以，晚上他在火柴厂值夜班，那里的安全也不能掉以轻心。他将炳坤送到车前，替他把车门打开，说不管怎样，以后办案子还是要多注意安全。然后他一直站在街口，目送着炳坤他们离去。他还看见车顶的那台天线，转动得跟风扇的风页一样。

那天车子开出去很远，炳坤依旧在后视镜里看着孤零零的宝山。宝山站在繁华的南京路街头，风将他的头发吹起，他的身影有点儿萧瑟。

宝山这天去永安百货，其实是为了给来喜买一台新的电吹风。之前的电吹风太旧，声音也很响，当然最主要的是，宝山担心它以后会漏电。这样的事情，他简直连想都不敢想。

营业员给宝山介绍了三款电吹风，宝山在柜台前挑来挑去，最后摸出火柴厂刚发来的工资说，同志，你就给我一台最贵的。

宝山抱着新买的电吹风回家，走到半路上头又痛起来，而且感觉眼前的整条街道越来越糊，跟来喜用开水泡开童小桥送来的那份阿胶浆一样。他想必须走得慢一点儿，要沿着街边走。但走着走着，就听见额头上突然嘭的一声。他夹紧电吹风，抬起另外一只手摸了摸，原来自己是撞到了乌镇路上的那根电线杆。

三十五

宝山被查出脑肿瘤的第八十五天，炳坤来火柴厂门房找他，说监听车在徐汇区漕河泾港附近发现不明电台信号。但是试了很多次，信号最终在关键时刻消失了，对方发报时间非常短，时间点也没有规律。炳坤还把那一带的方位图翻出来给他看，说我选了三个区域，一处建筑工地、一家榨油厂、一家副食商店，你帮我看看是不是合适。宝山就认真地浏览着那张方位图，最后，他重重地点了一下头。

炳坤那天离开了火柴厂，在火柴厂门口，他让手下待命的公安侦察员开始摸排这三个区域。在他们离开火柴厂没多久，宝山突然抓住厂里的一个年轻人替他的班，然后一瘸一瘸开始了一场狂奔。

宝山的头发高高地扬了起来，有好几次他差点儿撞上迎面而来的汽

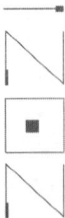

车。他觉得自己很热，整个身体里灌满了沸腾的热水。他眼睛里的景物，开始变得虚幻、飘浮，汗水已经沾满了他整个的身体。这时候他闻到了漕河泾的空气中这个季节里迟开的桂花气息。他终于在自己粗重的喘息声里，看到了一家叫作惠民的轧棉厂，单调而聒噪的声音从那里面传出来。宝山看到狭小的厂子里机器声隆隆，工人们忙着把拆包的籽棉烘干清花后再轧出棉纤维。宝山冲了进去，喘着粗气停在一堆棉花旁。轰鸣的机器中，他看见空中到处飘飞着棉絮，跟冬天里一片一片的雪花一样，十分轻柔。然后他看到了架在左边墙上的一架木楼梯。

宝山想要冲上楼梯的时候，看到了拎着一只皮箱正要匆匆下楼的童小桥，而令宝山绝望的是，他的身后，突然有一辆吉普车停在了轧棉厂门口，下来的是贺羽丰和两名公安侦察员。贺羽丰清晰地记得，是炳坤突然改变了摸排方向，他的手指头按住了方位图上的轧棉厂标记对贺羽丰说，这儿先去，如果没有情况，再去其他三处摸排。

现在，宝山看到走下楼梯一半的童小桥，朝着他很淡地笑了一下。于是，宝山的耳边就急促地响起了童小桥在他离开嵊县时弹奏起的《十面埋伏》。此时他无法忘记童小桥生日那天，自己从她旗袍上摘去的，也是那样一小片柳絮一样的棉花。他之前还跟贺羽丰聊过一次老金，知道在他们老家，方言里的水鬼除了叫浴鬼，还有另外一种叫法则是红肚兜。因为在当地人的传说里，水鬼其实都是十分妖艳的女子，她们在浮出雾气蒙蒙的水面时，白里透红的身上只穿一件红肚兜，这样才能引诱村里的男人下水。而等那些男人游向水中间，已经躲到水底的红肚兜就扯住他一双脚，很轻易地把他拽了下去。

宝山知道，童小桥选择轧棉厂作为发报地点和据点，是希望轧棉机巨大的声音将她发报时的嘀嘀声盖住。

时间仿佛就在此刻停止了，童小桥看见宝山的衬衫全是湿的。他不停地喘着气，像一头累坏的公牛。

终于宝山说，你为什么要回来？你不该回来！

童小桥不响。秋天已经很深重，童小桥只是穿了一件梅花旗袍。她就安静地站在楼梯中间，宝山看到那颗花瓣中间的纽扣，安详得如同一粒美人痣。

这时候贺羽丰走到了宝山的身后，宝山对童小桥说，他可能是你老乡，他是来找水鬼的。你就是水鬼。

童小桥淡淡地说，现在说这些，一点儿都不重要了。

那什么才是重要的？

重要的是这辈子碰到什么人。碰到什么人你就会走什么路。童小桥说，人都是这样，一辈子做什么事情，是因为前面有人带着。

童小桥真正的老家并不是在嵊县的廿八都，而是江山县的廿八都，就是老金在那里待过的镇子，离戴笠的老家保安乡只隔了一座山。那里有一条枫溪河，光绪十七年时河上建了座石拱桥，当地人叫作水安桥。童小桥的母亲喜欢在水安桥上的廊亭里织布，看那些在亭角筑巢的燕子飞回来给一群叽叽喳喳的孩子喂食，所以生下她的时候就叫她小桥。

廿八都离戴笠的老家保安乡很近，连接浙闽赣三省，来往的商人很多，也是个美女云集的地方。不过这个镇上女人最多的时候是在一九四一年，那年军统局从各地召集过来的女子，在石板街上跑来跑去，跟一群燕子一样。军统女特务训练班开班的那天，戴笠带童小桥从镇上买了个皮箱，两个人后来一起踏进了那座飞檐翘角的姜姓人家宅院，宅子的主人是当时的吉林省财政厅厅长。而这座宅子，就是被临时用来办训练班的。

童小桥在特训班里很出色，当教官的老金认为她是一棵好苗子。她后来可以双枪连发，还跟特训班里一个国军师长的女儿学了一点儿柔道。在发报机前，童小桥每分钟的发报速度是一百零四个字。

那天的后来，童小桥的目光落在宝山身后的贺羽丰身上，说，小老乡，我是被带上了这条路，怎么你走的却是另外一条？

贺羽丰说，因为我碰到了另外的人。

童小桥笑了，说所以你的运气比我好。不过我还是替你高兴。她又问宝山，你觉得你是由谁带着？宝山想了想，最后很确定地说，带我的人应该是周正龙。

后来童小桥站在楼梯上给自己点了一根烟，她看到两名公安侦察人员举着手铐向她一步步走来，于是在烟雾中，她再次深情地冲宝山笑了一下。然后她突然扯下胸前那枚纽扣，塞进嘴里使劲咬了一口。贺羽丰冲上去，想要将她的嘴掰开，但显然已经迟了。宝山看见她渐渐把眼睛闭上，嘴角很平静地淌出一缕血。

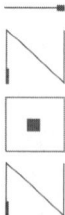

童小桥贴着楼梯边那堵墙，身子慢慢委顿了下去。最后她无力地坐到楼梯板上，像枝头一朵终于凋谢下来的梅花。这时候，炳坤也带着人匆匆地赶到了轧棉厂，他看到两名侦察员把绵软的童小桥抬上了车。炳坤于是站到了宝山的身边说，师父。

宝山说，你怎么知道会是在轧棉厂？

炳坤说，因为你在看方位图的时候，目光在惠民轧棉厂停留了至少两秒。

宝山的心里不由得哀鸣了一声，终于说，你满师了。

当晚的案情汇报会上，炳坤告诉局长，童小桥已经确定是水鬼，她给周兰扣和唐仲泰下达指令，也给代号为胭脂的张胜利下达指令。但是有趣的是，根据掌握的资料证实，这三拨人其实相互之间都不知道彼此的身份，而且水鬼的身份在任何情况下都不能暴露。而唯一能够将他们连接在一起的，就是穿梭在上海夜空中的电台摩斯码。炳坤感叹说，这真是一种听起来很奇怪的特工手段。这种方式能让亲人变成陌生人，仇人变成友人，也能让近在眼前的人变得远在天边，就好像他们是被蒙上了双眼，一直摸瞎行走在永不见天光的黑夜里。

三十六

一九五〇年的春天还在赶往上海的路上，但是宝山那天回家，在他曾经埋下糖炒板栗的苏州河边，之前那片雪地的位置上，竟然发现了一株娇小的栗子树苗。

树苗只有豆芽那么大，在宝山的眼里晃来晃去。宝山知道炒熟的板栗是不可能长出苗来的，但是眼前的栗子苗又让他觉得不可思议。这似乎是一个神奇的季节，宝山觉得可能连脚下的石子也会发芽。他就那么守着，给栗子苗加了一点儿土，还跪下身子浇灌了一些苏州河的河水。他紧紧盯着树苗，一刻也不放松。直到脑袋轰的一声好像从里面炸开，他才两眼一黑，栽倒在了河边。

第二天下午，宝山靠在屋顶平台的藤椅上，脑袋一点儿都不痛，只是感觉冷。他在发高烧，身子却冷得令他发慌，冷得跟靠在冰山上一样。雨下得很细，飘在他脸上，他看见整条苏州河都湿了。

来喜给宝山盖了两床被子，最后又把新买的电吹风给打开。电吹风呼呼地叫着，宝山想是时候给孩子取个名字了。他对来喜说，你去把炳坤叫来，让他送我去医院。

来喜挺着肚子，叫了辆黄包车急匆匆赶去公安局。

炳坤赶到宝山家门口后把车停下，都没有熄火。他冲进屋子，找遍了每一个房间，却再也没有见到宝山。这时候，等候在一楼的来喜听见了一声枪响，就在她身后不远的苏州河里。而几乎在枪响的同时，肚里的孩子也踢了她一脚。

据乌镇路上的居民回忆，那天差不多是傍晚五点钟光景，宝山一个人走下了苏州河。他懵懵懂懂的，越走越远，直到河水漫上了脖子，他整个人就要漂浮起来。邻居们知道宝山是不会游泳的，他在落雨天的这个时候穿了鞋子下水，真是有点儿让人捉摸不透。宝山最后蹲下身子慢慢沉了下去，好像是要试一试水深，但是没过多久，水底就啪的一声传来了枪响。

枪声很闷，也很脆。子弹是宝山把枪口顶在下巴上，朝天发射的，携带着河水和宝山的血水，像一股扎实的喷泉那样冲天而起，直接奔向了辽阔的空中。在邻居们的记忆里，这天傍晚的苏州河像是下了一场红色的雨。河水泛着宝山的血，触目惊心。

宝山的尸体后来在水底浮沉，一路摇摇摆摆，被冲向外白渡桥的方向。

来喜倒在地上，昏过去很久。她是在当天夜里醒来后，才发现了宝山摆在鸽子笼前的病历单，病历单上写得很清楚：脑肿瘤，晚期。

医生诊断结果接下去的一页，宝山留了一份遗书。他说来喜，孩子不用随我姓，他跟着你一起姓苏。要不就叫苏州河吧，这名字很好记。

苏州河以后不用当警察，当警察辛苦。

遗书里还提到了炳坤，他说炳坤，来喜和苏州河以后就托付给你了，有你照顾他们，我一百个放心。我死后，麻烦你替我收尸，我希望能葬在周正龙的身边，这样我们两个就还是在一起。上海还有很多特务，我和周处长在那边看着你……

宝山的这份遗书，字写得歪歪扭扭，让人想起他在提起钢笔时是花了不少的力气，可能整个身子都在颤抖。

这天的夜里，来喜和炳坤替宝山守灵。宝山身边点了很多蜡烛，将他

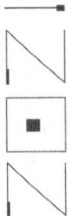

一张脸映照得很红。

晚上十一点，上海人民广播电台播放了一首歌曲，炳坤那时听着非常熟悉：

> 夜留下一片寂寞
>
> 世上只有我们两个
>
> 我望着你　你望着我
>
> 千言万语　变作沉默
>
> 我们走着迷失了方向
>
> 停在河堤岸边彷徨
>
> 不知是世界离弃了我们
>
> 还是我们把它遗忘
>
> ……

一九五〇年二月四日，宝山离开人世，享年三十八岁。自从医院给他查出脑肿瘤，他一共活了一百一十七天，比医生给出的预期多活了二十七天。

三十七

老金在五天后被送往了刑场。离开监狱前，他让狱警给他准备了两道菜，冬笋炒咸白菜和酱烧排骨。他说一荤一素，这样搭配着比较好。老金这天没有喝酒，倒是很想让宝山跟他下一盘棋。也不知为何，他此时很想念宝山。他想起那次在龙江路上，自己提起木棍狠狠地砸向一路追赶他的宝山。宝山倒下，他拔出袖珍手枪，想就此结果了这个一直以来的对手。但那时候童小桥抬手一挡，子弹于是落在了宝山的脚上。童小桥说，别把事情做得太绝，人在做，天在看。

老金说，我是怕你以后会后悔。

童小桥后来将受伤的宝山送进了一间黑屋子里，她还给宝山做馄饨。但是童小桥在下厨方面实在是能力有限，所以她做的馄饨面皮很不均匀，跟来喜没得比。

现在，五花大绑的老金站在刑场上，风吹得很紧。他估计童小桥此时正在轧棉厂二楼的那间屋子里给台湾的毛森发报，但他哪里知道，童小桥其实走得比他还早。

下午三点，老金听见身后的行刑人员拉动枪栓。他打了一个饱嗝，昂头望向这天的西北风，想让风将他的长发吹到耳根后，不要遮住他的一双眼。但就在此时，一颗子弹已经毫不犹豫地钻进了他的身体。

三十八

一九五〇年的清明节，来喜抱着苏州河去给宝山扫墓，炳坤开车送她去的。那天没有下雨，可能是觉得这个世界太新鲜，襁褓里的苏州河把一双眼睛睁得老大。她看见母亲来喜的脸上，兴奋的阳光一跳一跳的，像是一只生动而透明的蚂蚱。

苏州河没有如宝山之愿是个儿子，而是个很乖的女孩，睫毛很长，一张脸红通通的，非常好看。炳坤觉得，她就跟杨柳青年画里的娃娃一样。

在宝山的墓前，炳坤跟来喜商量说，你回来吧，我会跟亲生父亲一样，照顾苏州河一辈子。来喜沉默了一会儿，给宝山倒一杯酒，看着那块新鲜的墓碑说，你让我想想清爽。这时候贺羽丰匆匆赶了过来，他给宝山带来了两只葱油饼。葱油饼很香，让躲在来喜怀里的苏州河一直歪着脑袋很好奇地望着。

贺羽丰告诉炳坤，赫德路上开牙科诊所的丁医生，上星期见到了以前每个礼拜三去找张静秋的那个男人。男人住在一家旅馆，行动怪异，有很多疑点，他们怀疑和台湾最近派来的一个行动小组有关，行动目标是要刺杀首长。我反特科潜伏在他们中间的人员叫陈开来，代号"断桥"，他已经从隐身的七宝镇上偷偷回了一次市局，向上级汇报了对方的行动计划。

炳坤正了正头顶的帽子，深深地看了来喜和苏州河一眼，对宝山的墓碑敬了一个礼。然后他转身对贺羽丰说，走！

原载《人民文学》2021年第7期

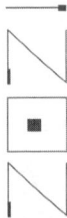

点评

　　《苏州河》是一部谍战叙事小说。海飞将故事发生的背景置于1949年前后这个特殊的历史时刻，大时代的走向与个体的命运紧密地契合在一起。时代框架既成为故事的背景，也成为故事的叙事动力。人物的命运既是个体的命运，也是历史的命运。个体与历史成为相互赋形的同构关系。这种设置为作品展开了足够宽阔的叙事空间。但海飞的叙事显然并不着意于开阔的宏大叙事，而更关注和呈现大历史巨变中人的命运、精神、情感的纹理和走向，始终立足于对人的观照和关怀。于是这些英雄儿女在天地玄黄的历史关口写下了属于自己的动人篇章，留下了自己的傲然身影。

　　小说由一桩杀人案写起，牵引出陈宝山、来喜、童小桥、周正龙、炳坤、唐仲泰、周兰扣、老金等一众人物。杀人案并不是一起普通的刑事案件，其背后勾连着历史的巨大脉动，实质是国共两党在关键时刻的历史搏斗。这一众人物也并不能在生活的层面上展开各自的故事，而是被迫置于历史的框架和起伏之中。每个人都被自己周围的人影响走向了不同的方向，他们生活在同一个生活圈之中，却有着不同的立场、信仰和选择，每个人都干脆利落地慷然奔赴命运的结局，既上演了一出江湖儿女情，也是一部历史更替录。

　　作品中的宝山是一个性格和精神都极为丰富的人物，他并没有简单地选择自己的政治立场，而是以业务和技能立身，专注于侦破案件，保卫一方平安。所以，历史的更替虽然从形式上影响了他的工作和人生，但在本质上，他始终是那个在场的警察。尤为难能可贵的是，面对来自不同政治立场的人，他没有用政治立场作为判断依据，而是用情感作为衡量标尺。无论是面对有着共产党立场的来喜、炳坤、老钱、周正龙，还是作为国民党特务的童小桥、老金、张胜利，他都是凭借人性的本能来处理与他们的关系，体现出超越政治对立结构的巨大人性关怀，成为小说中闪耀着理想光芒的人物。这一人物也体现着作者成熟的历史观和人性观。由此作品可以看到，谍战叙事作为一种叙事手段，在海飞笔下已经十分娴熟。作者不仅通过谍战讲述惊心动魄的故事，也通过谍战这一颇为特殊的叙事路径和方式，容纳更加丰富的人性内容和情感内容进作品，塑造出具有足够性格厚度的典型人物。

你的目光/

/王威廉

1

大约五年前，我给自己定了上班时间。从那天起，我一次都没迟到过。

不过，请原谅我的懒惰，我给自己定的上班时间是上午十一点，如果这还迟到的话，自己都无法原谅自己。

今天我就没法原谅自己，眼睁睁迟到了。

"崽，你啥时能结婚啊？"出门前，母亲忽然提到这事。她都不是在问我了，而是喃喃自语着绝望叹气。

我快四十岁了，年近不惑，却已单身五年。自从我戒断网络游戏后，对现实世界的反应相当迟钝。跟"丽影女侠"在游戏里一边打装备一边肆意聊天的时光偶尔会在脑里浮现，可那个世界已经不存在了。"丽影女侠"彻底消失了，仿佛从没出现过。我和她算是在一起过吗？我们什么都聊，包括各种隐私与禁忌，但我从来不知道她长什么样，也许那是个男人或是AI。当陪聊软件出现后，我越发觉得后者的可能性更大。我是一个可悲的实验品，无偿给机器贡献着自己的数据。

假若母亲天天念叨，日日催婚，我肯定麻木地应付着，该出门就出门，那一定不会迟到。可这么多年来，母亲从来不问我的私生活，包括逢年过节的时候。母亲的这种包容让我逐渐觉得母亲对此事是无所谓的，我也心安理得，乐得逍遥。

但天底下哪有母亲对儿女婚事是无所谓的？这不，终于来了。

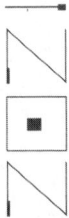

"阿妈，你怎么突然说这个？"我尴尬地笑着，伸出去开锁的手缩回来放在裤兜里。

"这句话我忍了六年了。"原本低头编制"小兔子"的母亲抬起头，用凄楚的眼神看着我。"小兔子"是花灯，元宵节才用的，但多年来母亲几乎花了全部精力在上边。她的手工活堪称精湛，手头好几个花灯都是别的地方订购的，也卖了点钱，但那点钱跟她的付出相比，完全不值一提。

"怎么是六年？"我跟她较真起数据，这显然是避重就轻。

"怎么不是？"母亲掐着指头算起来了。

母亲当然不知道"丽影女侠"的存在，而且，就算她知道，她也一定无法理解。

在"丽影女侠"之前，我谈过一场马拉松式的恋爱。我很少回忆她，不是因为我忘记了，而是因为其中有太多无法面对的青涩羞耻。于是，她的名字被我折叠进了记忆深处，那就像是一个地雷的引信，禁止触碰。

"这个得靠缘分，强求不来。"我的手重新放在了门把手上。

母亲忽然笑了，原本悲戚的表情被笑容覆盖。我震惊于她的变化，不免担心她："妈，你没事吧？"

"我昨晚梦见你阿爸了，他说阿良会好的。"

原来如此，一场梦。

"知道了。"我终于松口气，扭开门锁，一边走出门一边跟她道别。

母亲忽然站起身，追着我说："崽，你阿妹和妹夫今年一直凑钱想买房，需要付首期，你帮帮她啦，借钱给她。"好家伙，这不是我想听的。倒不是我不想借钱给妹妹，而是原本就不需要花那么多钱去买房。要是父亲还在的话，就不会有这个事情。我不想在刚准备一天工作的时候，想起苦命的父亲。

"阿妈，这种事晚上再聊吧，我迟到了！"我真急了，匆匆忙忙从家里逃走。

我开着新买不久的电动汽车，向"国际眼镜城"驶去，不一会儿我就看到了它的目光。眼镜城跟别的高楼大厦不同，它是有目光的，因为在它正中的显著位置上，镶嵌着一副巨大的黑框眼镜，楼房那双看不见的眼睛通过它，探望着周围的一切。我总觉得它能看穿我的心思，我想些什么，它都知道。于是，我便在心底跟它默默对话。它总是鼓励我，让我在它的肚子里好好工作。我在锁好车门、钻进电梯之前认真思考它的建议，然后在电梯上行时告诉它：那就今天再试试？就今天。

电梯门打开的瞬间，我看到店牌"合金目光"稳稳挂在那里，心里感到踏实。我掏出钥匙，打开店门，室内的灯自动亮了，无数眼镜对着我，无数隐藏的眼睛望着我。我的目光避开它们，落到墙上的那幅书法作品上："黑夜给了我黑色的眼睛，我却用它寻找光明。"这是诗人顾城的名句，也是我的镇店之宝，来买眼镜的客人都会看到，因为我在它旁边放的是视力测量表。我帮他们验光的时候，这句诗就会自动投射到他们的视网膜上，从而进入他们的内心。很多客人都会对我好感大增，从而更愿意在我这里买眼镜。

这座大楼里有上百家眼镜店，在哪家买不是买？买的时候一定要让人家对你有认同感。这样说来，这好像是我的商业营销策略，其实也不全是，我喜欢在发呆的时候反复读那句诗，总觉得有什么东西在给我鼓劲，尽管我对那劲头是什么、往哪里使并不十分清楚。

我看着顾城的诗，想起母亲此前的质询，竟然又陷入了回忆。

"丽影女侠"消失后，我不仅要戒除网瘾，还得疗愈情伤。我至少明白了，爱情确实是可以完全抽象的。为了打发时间，我钻进图书馆读小说，管它是不是世界名著，就近拿到什么读什么。我给自己定的规则是，不管是否喜欢，必须读完。后来我有个发现，凡是印象深刻的，多半还真的是世界名著。这让我对自己的品位有了那么一点点信心。

纸张比起屏幕来，对眼睛还是友好一些，但即便如此，我的视力还是持续下降，已经三百多度了。眼看着世界越来越虚幻，我决定给自己配一副眼镜。

我找到老同学国麟，他在眼镜城里开了家很大的店。我们的关系非常好，小时候一起在泥巴路上光着脚乱跑，读中学时一起逃课，长大后又读同一家专科学校。毕业后，他逐渐变成了一个极为稳重的人，按部就班地生活，现在已经有了两个孩子；而我，还是没什么长进，一份工作经常干不满半年。

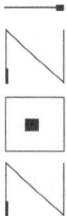

"你随便挑，我送你！"他指着一排排眼镜，从近视镜、老花镜到墨镜，甚至还有潜水镜，应有尽有，怪不得他的店名敢叫"眼镜帝国"。

"那我不客气了。"

我摩拳擦掌，挑了半天，可总觉得在款式方面没有眼前一亮的，都太大众化了。没看到那种富有独特设计感的，不免略略有些失望。

"国麟，你不近视，不戴眼镜，所以你还是不理解戴眼镜的人。"我挑了一款式样还算稳重的眼镜，递给他的同时忍不住说了真话。

国麟不恼，我确信再过几年他就会变得跟廖叔一样严肃，谁让他们是亲父子呢？可我跟父亲之间有什么相似之处呢？我忽而心底闪过这样的念头。

"是的，阿良，我承认，我肯定没你理解戴眼镜的感受，我就是纯粹把眼镜当商品来卖。"国麟像对待客人一样，认认真真把包装袋整理好递给我，可语带讥讽道，"兄弟，要求那么高，你怎么不去当个眼镜设计师？"

眼镜设计师？那不仅要懂光学，懂合金材料，懂加工，还要懂艺术，我怎么行？我最多跟国麟一样，开间自己的眼镜店。这是我们这里的势，也是我们小人物的命。我们这里，十个人里有五个都在卖眼镜。三十多年前，廖叔趁着改革开放的契机，创办了我们这里的第一家眼镜厂，很有可能也是深圳的第一家眼镜厂。从此，这个产业在横岗像滚雪球一般，越做越大。等我记事的时候，便经常听到廖叔对远道而来的客人介绍说，全世界六到七成的眼镜都是这里生产的。我倒是想以此为家乡骄傲一番的，但他那表情严肃刻板，郑重其事，毫无炫耀，跟当年谈论水稻产量没什么区别，我也就没必要自作多情了。更何况，其中也没有我的丝毫贡献。

开了自己的眼镜店后，除却上班路上的微弱兴奋，其他时间我依然感到极度乏味。即便是多卖了几副眼镜，多赚了千把块钱，也不能让自己真正开心起来。我只能靠给自己安排行动表来活着。行动表不是计划表，计划表每个人都做过，是为了某个目标而安排工作。而行动表则是对时间的连续性失去了感觉，必须要把每天的琐事写在纸上，比如喝杯水，叫外卖，丢垃圾……这类破事都一一在列，然后再照着上边的指示去行动。完全是按图索骥。这自然不是失忆，这是一种停滞和麻木。

唯一能让我感兴趣的，竟然还是眼镜设计。

进货的时候，看到有些造型板正的眼镜，不免想到如果在这里或那里调整一下，应该会好很多。再后来，就想如果我能为自己设计一款造型独特的眼镜该多好。每天的生活千篇一律，而眼镜却能传达出不一样的东西。国麟的讥讽在耳边响起：你怎么不去当个眼镜设计师？我越想越恼火，我怎么就不能当？我在本子上画着草图，想象着眼镜的样子。

但很快，我就陷入了迷茫。每一个环节都让我举步维艰。尤其是迟到的今天，节奏感全乱了。

这时，走进来一个女人。

店里每天会来很多顾客，我都会象征性地招呼一下，但这个女人与众不同，我看到她的瞬间就感到了某种紧张。她披着长发，身形瘦削，穿着飘逸的黑色长裙。她的步伐轻盈，气质优雅，尤其让我眼前一亮的是她戴的眼镜。这自然是我的职业习惯，对别人脸上的眼镜总是会不经意地多看几眼。她的眼镜款式与众不同，镜片的弧度很大，从她鼻翼下缘飞掠而过，提升了她的脸部线条；镜腿上不仅有细腻的手工雕花，上边还悬垂着细细的银色链条，从两鬓绕到白皙的颈后。当她转头的时候，铂金链子就垂放在她的锁骨窝里。而且，镜片后的眼睛很美，顾盼传神，焕发着明亮的光泽。她在店里转了一大圈，挑了一款眼镜拿在手里。她把自己的眼镜摘下来，轻轻放在柜台上，然后对着镜子试戴起来。那一瞬间，我鬼使神差，没有征询她的同意，就把她放在柜台上的眼镜拿在手中端详起来。

她回过头来，看到我拿着她的眼镜，脸色突变，本能地叫了声："欸？"

我从来没被顾客呵斥过，我立即意识到自己的行为是不妥的。我想赶紧放回去，可心一慌，手一抖，她的眼镜瞬间做了自由落体，掉在地上。地面是大理石的，眼镜碰在上面发出清脆的声音，并随即弹出去挺远。幸好镜片是树脂材料的，否则一定会粉身碎骨。

"对不起，对不起……"我脑袋里一片空白，已经尴尬到了惊惧的程度。我赶紧蹲下身去捡眼镜，可肥胖的肚腩抵抗着我的控制，我竟然摔倒在了地面上。我顾不得许多了，爬到了眼镜前，伸手将眼镜紧紧攥住，仿佛这是只会随时逃走的兔子。我起身，将眼镜递给她。我勾着头，满脸通红，狼狈到了极点。

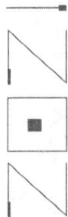

我的狼狈引发了她的恻隐之心，她说："没事，没事，是我刚才反应过度了。"她纤细的手指抚摸着自己的眼镜，说："因为这是我给自己设计的第一款眼镜，所以它对我有着特别的意义……"

听到这是她自己设计的眼镜，我心中的角落被瞬间照亮，竟然暂且忘记了自己的狼狈，声音发颤地问她："你是眼镜设计师？"

"我是设计师，我设计眼镜，也设计别的一些饰品，包括珠宝，"她应该是为了弥补刚才的失态，在很有耐心地跟我说话，"不过我最喜欢的还是眼镜设计，也许是因为我自己近视，有这个刚需。"说完，她对我微笑了一下，嘴角出现了两个酒窝。

"我也是……"

"你也是设计师？"她看着我的眼神有些迷惑。

"我也是……近视眼。"我伸手不自觉地扶了扶眼镜。我戴着这款大路货，完全不敢提自己有多么向往眼镜设计。

"看得出。"她微微一笑。

气氛有点缓和，我便大着胆子说："我就是特别喜欢你的眼镜。我开眼镜店这么多年，很少看到你这么有个性的眼镜，所以有点激动，刚刚没经过你同意就……真是抱歉。"

"那你还是懂一点的。"她这才认真看了我一眼。

我们对视，我这才看清她在眼镜后的脸是偏瘦的，而毛茸茸的大眼睛显得有些忧郁。当然，那忧郁丝毫没有妨碍她眼睛的神采。

"冒昧地问，你是在哪里工作？"我跟她说每一句话，都得鼓足勇气。

"这些年我在香港，主要是读书，学设计，前不久我才从香港回到广州，"她没有移开目光，继续看着我说，"因为我家在广州，接下来，我想做的是品牌，自己的设计品牌。"

我自开店以来，没少听到什么马上要创业之类的话，可我第一次遇见要创业的眼镜设计师。机不可失，时不再来，我深吸一口气，站直了身体，对她说："实不相瞒，我特别想学习眼镜设计，但是一直没有遇到合适的老师，你是我知道的第一个来我店里的眼镜设计师。如果你愿意的话，我想当你的学生，我可以给你提供各种眼镜材料，"我顿了一下，压低声音，"用最低的成本价。"

这番话像是在我心里演练很久似的，终于摆放在台面上。我怕她不信，赶紧指着一款最常见的钛金眼镜框报了一个价。我已经疯魔了，我居然在自己拿货价的基础上还打了个八折。我确信，她跑来眼镜城进货，肯定已经在其他店里了解过了，绝无可能碰到如此低的价位。

果然，她很有些吃惊，眼镜下的银色链子微微颤动着。

"咦？没想到你……"她似乎觉得接下来的话不妥，又咽回去了，干脆说，"你真愿意给我成本价？你的材料质量过关吗？我可是专家，你骗不了我的。"她被突如其来的好事弄得有点乱，用装腔作势来掩饰她的小心思。她在商业上还是不够成熟，估计连我都不如。看来，她说自己毕业没多久要创业之类的话一定是真的，这让我对她的好感陡然上升。

"我骗你干什么，我感谢你还来不及呢。"我把目光落在了顾城的诗句上。她的慌乱让我替她难为情。

"先不急着感谢，我都没教你什么。"她站在那里，扭头又打量了一圈我的店，目光从顾城的诗句上滑过两次，然后说，"那就一言为定！"

我微笑着掏出手机，正想加她微信，她却从小包里掏出一张名片给我。现在名片已成了稀缺物，我双手恭敬接过，看到她的名字：冼姿淇。右侧用更小的字写着"设计师"三个字，下面是她的联系方式。

"我叫何志良，叫我阿良就好。"我当面拨通了她的电话，看着她存了我的名字，心中才踏实。

"谢谢冼老师。"我郑重其事地说。

她反而被逗笑了，但她的笑容很短促，很快恢复了严肃的状态。她看上去知性极了，比走廊广告上的眼镜模特都更有魅力。

我将她刚才试过的眼镜放进盒子里，再拿出牛皮纸袋装好，双手呈给她：

"这是拜师礼，请务必收下。"

"不用啦。"

"你就当这是教学用具，体验一下，回头告诉我感受，怎么样？"

我的真诚态度打动了她，她还有些犹豫，我递到她手边，她只得抬手接了过去。

"谢谢，谢谢冼老师。"我情不自禁地给她深深鞠了一躬。

我起身，发现她已经没影了。我是不是表现得太过夸张了？我愣怔了几秒钟才缓过神来。我走到门外，往走廊两侧张望，没看到她的身影。隔壁店的贤嫂对我投来疑惑的目光，我头一缩，像乌龟一样回到了店里。我坐在柜台前，在笔记本上写下了今天的第一句话：

努力成为眼镜设计师。

停了一会儿，我又写道：

午餐减半，开始减肥。

刚刚跌倒在地的丑态在我脑海里翻腾，这让我有很长一段时间都不敢看大理石地面。

在顾城诗歌的旁边，有面镜子，我从来不会主动去照，每当一不留神从镜子里看到自己的时候，我总以为有客人进来了。这些年来，我的姿势都是瘫坐着的——瘫坐着打游戏，瘫坐着读小说，瘫坐着看店，整个人胖了几圈，臃肿不堪。要不是有眼镜遮挡着，黑眼圈也会暴露无遗。因此，我从来不会考虑戴隐形眼镜这种东西。

冼老师在为自己设计眼镜的时候，也会考虑遮挡一些隐秘的信息吧？

我似乎还能感觉到她在我店里留下的目光，那目光里的忧郁又是因为什么呢？

这个黑色笔记本是我精心挑选的，里边都是白纸，没有别的色彩，没有横纹，适合绘画。我打算画出想象中的眼镜草图。别笑我，目前只有一个。我想从最简洁的样式开始画起，每一款眼镜都会有一个名字，都会有我为它写的几句话。这不是诗，跟顾城的短诗不能比，但是，它们是我悟出来的，是我想赋予眼镜的灵魂。

店里的事务最多占用百分之二十的时间，剩下的时间都是等待。我一般望着顾城的诗或某个眼镜发呆，有时一两个小时就那样过去了。因此，我决定，给我设计的第一款眼镜命名为"凝视"。

它应该用银打造，还必须加入少量其他金属，如镍，形成合金，增大硬度。镜片被银合金紧紧包裹，仿佛经过镜片的目光也被紧紧包裹。从而目光拥有了白银的纯洁质地。

【凝视】

我不要我所见皆是虚无

我要从眼前的事物中洞穿一个小孔

看到你

型号：001

银重：约需20g

尺寸：53-19-140

原本我只想到第一句话，放置在那里有段时间了。见到冼老师后，我的心情久久不能平静。她刚刚离开，后两句话便在我脑中浮现。原来灵感可不是冥思苦想出来的，而是需要一个外界的关键性激发。我把后两句话写上去，反复看了几遍，觉得它终于完整了。

2

中午少吃了一半的饭，下午却有一种反常的兴奋。陆陆续续来了一些客人，卖了几副眼镜。从挣钱的角度来说，这是平平常常的一天，但因为在这一天遇见了冼老师，从而变得与众不同。我闲下来靠在柜台上的时候，那种凝滞感有所减轻。

"哥哥，回家吃饭了！"妹妹打来电话，还亲切地问道，"今天生意怎样呀？"

妹妹虽然结婚了，但她和妹夫还没有自己的房子，因此，他俩跟我还有母亲，四个人挤在一起住。

她是一个很顾家的女孩，只要下班没事，绝对会第一时间赶回家，煮好饭。可在我心里，她似乎永远都是一个长不大的小孩子。她在我面前也

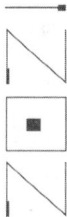

确实像个小孩子，还像小时候一样嗲嗲地叫我"哥哥"。也许，她是想保有一份童年的天真。

要在以往，我会跟她说说生意的情况，但今天，我想起母亲要我帮她攒钱买房，我对她的话变得特别敏感。

"生意不好，快倒闭了吧。"我故意逗她，有种恶作剧的快感。

"哎呀，不会的啦，哥哥辛苦，先回家吃饭吧。"

中午吃得少，还真有点饿了。我回到家，推开门，就看到妹妹做好的一桌菜。

母亲说："阿良，小细做了你最爱吃的酿豆腐。"

小细是妹妹的小名。妹妹做的酿豆腐确实很好吃，我暗自感到口水在分泌。这时，妹妹从厨房走出来，把围裙摘下来放在椅背上，笑着招呼我："哥哥辛苦了。"

这时，妹夫陈春秋也从厨房钻了出来，端着两碗米饭。在他面前，我这个当哥的总找不到优势。他身高一米八三，虎背熊腰，是典型的彪形大汉，多年前从陕西来深圳发展。妹妹其实接触了不少对象，我从没想到她最后选定了这么一个北方人。

妹夫话很少，大部分时候是个闷葫芦。要想让他打开话匣子，得跟他喝酒，然后聊聊中国古代的历史逸闻，那他兴致立刻就来了，滔滔不绝，说秦如何统一了南粤，说客家人与陕西人的渊源很深……好吧，我们客家人确实认为自己是从北方迁徙而来的。可惜我酒量不佳，就在他激动到手舞足蹈的时候，我脑袋里的眩晕越来越疯狂，我只能不管不顾地迅速躺倒，昏睡过去。

在失去意识的最后时刻，我经常会听见他说："哥，不管怎么说，我现在也是个客家人了。"

什么客家人，你就是个客人。

我总想这样怼他一下，但酒精已经麻醉了我的嘴巴。等我醒来后，他早去公司上班了。

陈春秋是搞IT的，跟深圳大街上背着电脑包、行色匆匆的路人甲差不多。我总记不住他所在的公司，反正不属于"BAT"。我第一次知道"BAT"这个莫名其妙的称谓还是妹妹告诉我的，她说："春秋是个有理想的人，BAT不要他不是他的损失，是他们的损失。"

"你慢点说，什么B……A……T？"

"哥哥，你连这都不知道吗？就是百度、阿里巴巴和腾讯的第一个拼音字母啊。现在代指IT界的巨头公司。"

"他现在的公司叫什么？"

"叫……"妹妹笑了，"我也记不住。"

"不是华为？H不在BAT里边呀。"

"哥哥，你就别调侃他啦。"妹妹不乐意了。

不管陈春秋在哪家IT公司上班，但人家至少是这座科技之城的主潮部分。而我，就是个卖眼镜的。请不要误会，我这样说不是觉得卖眼镜丢人，而是我对自己的未来感到担忧：哪一天这里的产业升级了，乃至转移了，那我就卖不了眼镜了。难道那会儿我又去卖别的东西？情趣用品？等情趣用品店都变成无人销售，我岂不是又失业了？我是想说，我不是那种八面玲珑的生意人，因此，我想做点能够深入行业内部的事情，跟这个行业从一而终，才能真正感到踏实。说到底，这还是因为我迟钝吧，人生只能笨拙了，但这样也许可以求得一些深刻。

因此，我想成为眼镜设计师，并非为了跟国麟赌气，而是一个从我心底逐渐生长起来的愿望。

我渴望着只有一面之缘的冼姿淇老师能引领我一步步登堂入室。

夜深人静，他们都睡着了，客厅独属于我了。我小心翼翼地翻开笔记本，开始随意画。这款眼镜是半框的，下缘没有银的包裹，代表着目光的更多可能性。镜腿上有手工雕刻的云纹，云的变幻是无穷无尽的。

【无穷】

无穷是应该被排除的

因为无穷带来了渺小和痛苦

可你带来了无穷

人是应该活在无穷中

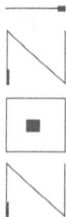

型号：002

银重：约12g

尺寸：54-17-140

我来到窗前，夜色是无穷的，附近街道的灯光还照亮着无人的木椅。天气潮湿，路灯带着光晕，像是夜晚也戴着眼镜，望着我。

3

一个月后，接近十月底，天气终于变得凉爽。对深圳来说，这是一年中最舒服的时节。我没有收到冼老师的任何信息。我的生活重新回归平静。说平静，是骗自己的，准确地说，是重新陷入那种凝滞状态。

完全想得到，她要成立自己的设计品牌，有太多的事务要处理，一定很忙很忙，无暇顾及我这么一个无足轻重的人。当然，按理说，既然我拜她为师，应该主动去请教她，但我似乎失去了那样的动力，我像是陷入泥潭中一般，除了外力来营救，主观上已经无能为力了，找不到坚固的支点。

这天，我收到一个快递，看到寄件人那里只写了一个字：冼。我心中一颤，是她。我打开后，是一本书：《人体工程学》。在扉页上，她写了一句话给我："阿良，先从这本书认真学起。"

她竟然没有忘记对我的承诺，我在笔记本上认真写道：

开始阅读《人体工程学》，每天十页。

本来我预计读完这本书怎么也得用一个月，但阅读的热情远远超出了我的预想。十天后，我就读完了。我对眼镜设计有了许多感悟。我斟酌着语句，写了几点读书感想，用手机短信发给她。我本想直接给她打电话的，可还是胆怯。

过了一会儿，我的微信响了，有人添加我为好友。对方叫"姿君"。显然，那正是她。很雅致的名称。原本加微信这件很普通的事，突然对我有了特别的意义。

她的微信头像是一个微笑的卡通女孩，眼睛很大，像她本人。这是她心目中自己的样子吗？我将这个头像保存在手机里。

"冼老师好！"我客客气气地给她发微信。

她表现得自然得体，对我这么快就读完这本艰涩难懂的书感到惊讶，她说她当年上学时，这门课差点不及格，因为觉得太冷硬了。但她后来发现，这门课对设计的帮助很大，能更好地理解人与设计对象之间的微妙关系。接着，她又给我推荐了两本书：《设计心理学》和《视觉思维》。

我如饥似渴地阅读。要是在学校时这么努力，我一定不会是今天这个样子吧。两周后，我又写了读书笔记，发给她求教。

她回复道："打字太累了，我用语音留言给你，可以吗？"

"求之不得！那样我就可以反复听讲。"

她的一句话发来了。我点击时，一想到马上能听到她的声音，竟然嘴巴发干，有些紧张。

"阿良，我就讲讲眼镜吧，虽然你天天卖眼镜，你真的了解眼镜吗？"

这样一句话，我反复听了好几次。我很喜欢听她说话，别说声音和语调了，就连气息，也是熨帖的。

"愿闻其详。"我在对话框中连连作揖。

她不疾不徐地开始说话，一小段一小段语音出现在对话框，犹如一层层参差错落的阶梯。

我手指轻触阶梯，语音开始自动播放：

"你卖了多年眼镜，对眼镜的构造肯定已经很了解了，大致上都是由镜框、鼻梁、鼻梗、托叶、桩头、铰链、镜腿、挂耳这八个部分构成。眼镜设计，说白了，就是要在这几个小部件以及它们的搭配上花心思。看似简单，实则很难。材质、颜色与形状的一点点变化，就能很大程度上改变主人的气质类型，正是四两拨千斤。可就是那一点点的变化，却蕴藏着无限奥妙。因此，眼镜设计，还是人类学的，不仅要研究不同人的脸型与气质，还得理解人的内心与愿望。螺蛳壳里还能做道场呢，更何况眼镜事关心灵的窗户。"

我在对话框里频频点头，鼓掌，献花。

"做设计，是知易行难，"她继续说，"看上去简简单单，大概知道

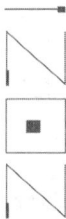

是怎么回事，但一动手，方才发现不是那么回事。大部分时候，是具象不如想象，偶尔赶上运气好了，具象才能超越想象。因此，我们可不能靠运气，要靠思想，靠对世界的深刻认识，才能保证把脑袋里的形象变成手中的实物。"

她说的这些，给我带来了头脑风暴。我拿起手边的一副钛金眼镜，有种动手干起来的冲动。

"接下来说说材料吧，主要说说你现在手中拿的钛。"她发来吐舌头的顽皮表情。

"你太神了吧！"我看看手中拿着的钛金眼镜，又抬头看看不远处的摄像头，"难道你在监控我？"

"用不着。"她得意地笑了。

我对摄像头做了个鬼脸。

"言归正传，"她说，"钛的强度与钢相当，但比钢轻，更抗腐蚀，做金属镜框是再好不过了。当初科学家费了九牛二虎之力才提炼出不到一克钛，因此把钛划入稀有金属之列，可没多久，就发现这是个天大的误会，钛的含量在金属元素中排第七。"

"那怎么回事？"我非常困惑。

"因为提炼工艺太复杂。"她大致说了下相关的化学反应原理，我如听天书，一方面为自己的无知感到羞惭，另一方面，对她感到由衷的钦佩。

"冼老师，你怎么还是个化学家？"我感叹道。

"要做眼镜设计师，必须要懂相关的物理和化学知识，有必要时自己还得动手呢。"

"你说得是！"

"比如，正是在钛合金的实验中，研制出了记忆钛，"她忽然问我，"记忆钛的镜框卖得好吗？"

"我是很喜欢记忆钛的，怎么折都能恢复如初。镜腿上标有Memory Titanium字样的，才算比较正规。但实际上，一般眼镜店里真正用记忆钛的镜框比较少，因为价格会相对高一些。但我还是会推荐给顾客，毕竟那种体贴的韧性会给人良好的感觉，就像一双小手拥抱着你。"

"你真是个好销售员。"她调侃道。

我算什么好销售员，我赶紧转换话题问道：

"冼老师，其实我有个困惑，憋在心里挺久了。"

"别憋坏了，说吧。"

这个问题还是我妹夫陈春秋提出的。那天我跟妹妹聊天，无意中说起想尝试眼镜设计的事，陈春秋听到后，突然说："哥，以后科技越来越发达，应该可以直接让变形的晶状体恢复原状。也就是说，眼镜设计还有未来吗？"我着实被他问得愣住了。一边的妹妹打圆场道："陈春秋，你自己也是戴眼镜的人，怎么这么说话呢？你说的那未来还早着呢，那会儿你搞的计算机也是老古董了。"妹妹倒是会说话，陈春秋呵呵笑了起来，但我心底的困惑却越来越浓厚了。

我把这件事转述给冼老师，她几乎秒回：

"这个问题我早就想过了。在我看来，眼镜设计在未来一定向着非功能性的方向发展，跟戒指、项链一样，变成一种装饰品。而且，远不止于此。我们的观念不能太守旧，我给你看点炫酷的东西吧！"

她发过来一组照片，第一个模特戴的眼镜是昆虫复眼形状的；第二个眼镜整个是一个长方形的黑框，上边有五个小洞；第三个眼镜竟然是双层镜片，像是拆开的望远镜；第四个眼镜由一条纤细盘旋的小蛇构成了镜框……还有许多，的确给我带来了一股极其怪异和荒诞的视觉冲击。

"确实炫酷。"我发了个翻跟头的小人。

"而且，亏你妹夫还是搞IT的，他不知道智能眼镜会成为未来的主潮吗？到时每个人都会有一副智能眼镜，提升我们对环境的感知能力。就跟现在每个人都有手机一样。智能眼镜也需要个性化的设计呀，你还担心设计师会在未来失业？不会的！在未来，设计将彻底塑造我们的生活，从而实现生活的艺术化。"

她的信念与激情，让我深受鼓舞。鼓舞，这样的感觉对我可是久违了，我大脑里有种血压上升的古怪兴奋。

"没想到，我在未来还能有生存的机会。"

"你现在还没有。"

"你够狠……"我发了冒汗的表情。

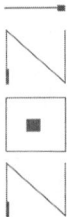

"阿良，现在请你帮冼老师做两件事。"她摆出自己的"老师身份"，严肃认真中又透着朋友间的幽默。

"您讲。"其实，在现实中作为南方人的我总是发不准"您"这个音。

"第一，我需要一批价廉物美的记忆钛原料；第二，你了解下全降解环保眼镜框，原材料是小麦秸秆，你帮我打听下，你们那儿有没有这方面的生产商？"

"第一个好说。第二个听上去怎么那么奇怪，你要做什么？我看你设计的眼镜都是珠宝级别的。"

"我要办一个环保眼镜设计展，号召大家用环保材料眼镜替换塑料眼镜。"

"明白了，环保局应该给您发奖状。"我发了三个OK的手势。

"不允许你讽刺老师。我去忙了。"她发了个戴墨镜吸烟的大兵表情。

"感谢冼老师的生动一课！"

我放下手机，赶紧在本子上记下了她交给我的任务。

暂时没有客人进来，我坐在柜台前望着顾城的诗发了会儿呆。冼老师的声音依然萦绕在耳畔，让我第一次体验到发呆也可以是充实的。我又点开对话框，把她的语音从头听了一遍，一方面是温故而知新，一方面是再次感受她。我不想错过她的任何信息，即使是一个不易察觉的低声叹息。

然后，我站起身，活动了几下肩膀。还是置身在这个狭小的眼镜店里，身上的凝滞感怎么变轻了？我忽然看到了镜子里的自己，明显瘦了，依稀有了读书时的模样。

为了确认，我抑制不住地多看了自己几眼。

记忆钛其实便是一半钛和一半镍混合而成的镍钛合金。在零到四十摄氏度间表现为高弹性，因此用来做腿脚是非常棒的。四十摄氏度是这种合金的"变态温度"，在这个温度以下和以上合金的晶体结构是不一样的。

我记得第一次看到"变态温度"这个字样的时候，忍不住笑出声。真是够变态的，我心里嘀咕着。可我在店里每每把玩记忆钛眼镜，我就会想到人也有"变态"阶段吧。我回忆自己的过去，似乎没有什么值得骄傲的。我懵懵懂懂地生活了几十年，直到近年来多读了些书，心底才逐渐有了点光亮，我真是晚熟太多了。父亲曾经说，一个人是渺小的，而历史是伟大的，因此一个人很需要历史的记忆。对他的这句话，虽然我不完全理解，但我一直记着。这句话属于我脑袋里比较稳定的记忆晶体。

这款眼镜应该传达出充分的安静感，简洁而大气，镜圈偏圆，象征时间的轮回。

【追忆】

不是所有记忆都值得追忆

追忆是重新经历

将失败的变成胜利

再将胜利的变成失败

只因世界终归是平的

犹如平静时的弓弦

而追忆是弯弓射出的箭

型号：003

记忆钛重：约需10g

尺寸：53-17-140

冼老师一定也有她稳固的记忆晶体，就像那卡通头像传递出的信息。不知怎么回事，我对她有种强烈的窥探欲。此前即便谈恋爱，我好像也没有窥视别人内心的想法，但这次竟然如此不同，她对我构成了一个挥之不去的谜。

4

经过多方打探，我终于找到了一家可以制作小麦秆全降解环保眼镜框的工厂。只不过这家工厂不在深圳，而是在东莞。东莞很近，正好夹在深圳和广州中间，我亲自跑了一趟，谈妥了各种事宜。我办完事后，有种去广州找冼老师的强烈冲动，但我还是失去了勇气，老老实实坐着高铁回家了。

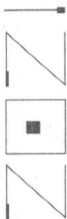

冼老师的环保眼镜设计展获得了瞩目，很快就生成了商业价值。她告诉我，广州一家很大的影视城已经联系她，说他们愿意采购一批由她设计推出的3D环保眼镜。

这真是一个非常好的开端。

"阿良，这次真要好好谢谢你，"她发出了我期待已久的邀请，"什么时候来广州，我请你吃饭。"

我有些激动，但我按捺着，仿佛她随时就会变卦。我跟她确定了具体的时间以及地点，迅速买好了车票。

三天后，我打车到深圳北站，坐上了去广州的高铁。

这段高铁我还没坐过。以前去广州，坐的是和谐号动车，一个多小时就到广州了，觉得飞快。可现在，半个小时就到广州了。

多少年没去过广州了？那座离我很近又很远的城市。我坐在窗前，速度太快，楼房与树木急速后退，我感到有些眩晕。我拉下了遮阳帘，窗外的风景经过这层白色幕布的过滤，变成一些流动的影子。我凝视着这些形状千奇百怪的影子，陷入了回忆。

上一次去广州已经是十二年前了。

我和母亲还有妹妹陪父亲去广州看病。深圳什么都发展得快，很多行业做到了世界领先，可医疗和教育这两块是需要时间积淀的领域，比起"北上广"还有不小差距。

我记得国麟曾对我说："兄弟，早个二十年，我们横岗还属于'关外'呢，我们说自己是深圳人都觉得理不直气不壮，后来入了'关'，房价猛涨，要不是你老爹走得早，你也不用这么辛苦。"

"闭嘴！"要不是他是我最好的朋友，我真想揍他，难道他不知道那是我的痛点吗？

深圳早些年作为经济特区，是分为"关内"和"关外"的，"关内"才是真正的特区，而"关外"属市区管辖，却不是特区，不能享受优惠政策。后来，随着经济迅猛发展，关线便不断外扩，像我们横岗是十多年前被纳入特区的。而直到前几年，深圳快四十岁的时候，国家才彻底取消关线。不是深圳人，不会明白关线曾带给我们的梦想与伤痛。我说的深圳人，不仅是我这样的原住民，还包括来深圳打工的所有人，就像深圳高铁站的标语一样："来了就是深圳人"，它没有广州火车站的标语"统一祖国，振兴中华"那样的高度，但是极有人情味。

那一年的夏天，我们陪父亲住进了广州中山大学附属第三医院的住院部。父亲查出了肝癌，已到晚期。我还记得那位老医生的遗憾表情。母亲哭着请医生救命，医生说他会尽力的。

医院旁边是天河电脑城，跟深圳的华强北类似，高楼林立，连路边也堆满了电子商品，非常繁华，就连酒店也叫"总统大酒店"。我们囊中羞涩，只能绕到一侧的石牌街里去找吃的。那里有一家酸菜鱼特别好吃，母亲在病房守着父亲不肯吃饭，我拉着妹妹去吃了好几次。我们两个心事重重的人，平时很少吃辣，但那时痴迷于辛辣的酸菜鱼有点像是自虐。我们被呛得满脸都是眼泪和鼻涕，后来，妹妹干脆坐在那里痛哭了一场。

我本以为父亲会在那家医院走向生命的终点，但没想到的是，父亲在手术后又度过了十一个月的时间，最后在家里安静地走了。

父亲最后的愿望竟然是要去茂盛世居再看看。别说是茂盛世居了，就算他要去月球上看看，我们都得给他搭建个布景出来。

茂盛世居离家很近，是一个融合了广府与西洋风格的客家围屋。里边的房间都秩序井然地向着中心，拥着中央的氏族大祠堂，体现出家族的兴旺发达。

"开了门有百家，闭了门是一家。"父亲喃喃自语说，"这就是围屋的妙处呀。"

我们用轮椅推着他，在小巷子里慢慢走，凡是能看的地方，他都看了。他看得很认真，像是验收工程的老师傅。

那会儿父亲已经气若游丝了，但他还是停停歇歇，给我和妹妹讲这里的往事。父亲作为中学老师，知道不少历史掌故。他说，这里已有两百多年的历史，建造者是两兄弟，叫何维松、何维柏。

"他们姓的那个'何'，就是我们姓的'何'，现在你们知道了吧，我们是他们的后人。"父亲看着我和妹妹，"你们要记得。"

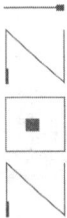

　　我们点点头，父亲继续说："何氏兄弟本是梅州人，来到横岗后，他们从蓄豆芽、磨豆腐、卖烧酒等肩挑叫卖的小生意做起。要问什么苦：逼酒酿豆腐。不容易！他们建酒坊，养猪，创办商铺，终于有钱啦。然后，他们花了十三年的时间，建成了这个大围屋，起名叫'茂盛世居'，希望族人们世世代代在这里居住下去。为什么叫'茂盛'呢？因为何氏兄弟的父亲被尊称为'茂盛公'。这就是孝道，是纪念父亲的最好方式。"

　　说真的，我当时心中有了一丝不悦，揣测父亲是不是在针对我。我当时游手好闲，一事无成，可没有能力建造一座以父亲名字命名的大房子。

　　这时，一边的妹妹开口道："阿爸，等我大学毕业，我就来这里工作。到时我每天都带你来看围屋。"那会儿，妹妹刚刚二十岁出头，在读一个没什么名气的省内大学。她扎着马尾，稚气未退，我以为她就是说说罢了，是安慰病人的话。但没想到的是，她毕业后真的到横岗街道办工作了，而且对接的正是茂盛世居的相关事务。遗憾的是，父亲没等到这一天。

　　"小细真乖。"父亲夸奖妹妹，握住了她的手。

　　我沉默着，看着红底金书的中堂匾额，上面写着"茂盛"二字。下方是一副楹联："乡贤俊德家风远，名宦芳辉世泽长。"

　　父亲好像感知到了我的心思，他转头专门对我说："阿良啊，何氏兄弟勤勤俭俭，发家致富后，不仅仅是建造这么一个大围屋来光耀门庭，他们对内树立的是耕读传家的家风，对外则开仓济贫，出资办义学，做了很多好事，所以咱们祖宗的灵位都放在'崇善堂'里。人不一定要做大事，但一定要做善事。明白吗？"

　　这番老生常谈的话，我当时自然是听不进去的，但父亲的目光盯着我，我感到害怕，便频频点头。

　　父亲带我们去崇善堂里拜了祖先，然后，我们来到屋后的风水林。这些树木苍劲高大，比围屋的屋脊要高出许多。几百年的时间都铭刻在这些树木身上，它们的树荫都变得格外清凉。

　　"咱们老祖宗对环境是非常讲究的，他们知道林木兴，则宅必发旺；林木败，则宅必衰落。所以，风水林只许栽培，不许砍伐，这样才能藏风得水。"父亲不遗余力地向我们介绍着，他喘着气的样子让我开始可怜他了。

　　阳光垂直落下，已到中午，我都有些累，更何况父亲。父亲让我们推他到围屋大门前的月湖边，他看着碧绿的湖水，很长时间都不说话，但脸上的表情特别满足。

我不敢跟父亲说的是我对我们客家人的围屋不是特别喜欢，我觉得它有些压抑。它就是一个城堡，甚至是军事性很强的碉堡，实际上，就连茂盛世居的墙壁上，还留着用来对外射击的孔眼。关于客家围屋，流传着一个笑话，不知真假。据说当年外国卫星侦测到中国东南沿海分布着很多圆形的巨大建筑，以为是核弹发射井，感到极其惊恐。后来，他们才弄清楚，那个不是军事设施，而是客家围屋。这是我和朋友们聊起围屋时，最津津乐道的一个笑话。

不过，我很喜欢围屋门前的月湖。那是一个半圆形的水塘，不仅为日常生活提供方便，还有着完善围屋阴阳五行的神秘寓意。我读小学时哪里懂得这些，只知道来月湖附近偷鸭蛋。我和国麟点火烤鸭蛋吃，蛋壳炸开后溢出的那股香味，成了我童年最美好的记忆之一。

回去的路上，父亲忽然问我们："为什么先祖要跑那么远从梅州来横岗呢？"他的眼神似笑非笑，有点顽皮，"你们不急着回答，我希望你们认真去研究一下。"父亲的老师身份根深蒂固，居然还给我们布置作业呢。可是，他的身体情况一天比一天糟，这个问题就被彻底遗忘了。

要不是现在我要去广州见一个我特别在意的人，我可能永远都不会记起这些事情了。这些细碎的记忆会跟围屋里的闲谈一样，如轻烟般在空中弥漫开来，然后被风彻底吹散。

"茂盛"可以成为一款眼镜的名字吗？什么是茂盛，那一定是欣欣向荣到了顶点的样子。那是任何事情最好的阶段。我闭上眼睛，想象着那款美好的眼镜。我暂且无法用画笔来固定它的形状和模样，可我有一点是无比确定的：这款眼镜一定要配上优质的绿翡翠，放在镜腿与镜圈的交界处，也就是铰链的前端，给每道看出去的目光提供绿色的能量。

我从包里掏出黑皮笔记本，赶紧写了起来。

【茂盛】

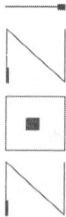

俯瞰一个人的手掌

就能找到属于他的夏季

掌纹如茂盛的草木

越过了命运的边界

只是那边界已经足够久远

型号：004

记忆钛重：约需11g

配件：缅甸绿翡翠

合上本子，闭上眼睛，我试图回想起茂盛世居风水林的细节，但那些树木却在我脑海里幻化成了一双手掌。它没有靠近我，也没有远离我，就跟我保持着一个固定的距离，我不确定那手掌是要拒斥我，还是要拥抱我。那手掌巨大，我竟然看清了它的掌纹。想象中的事物竟然有着精微的细节，让我怀疑自己出现了幻觉。我用力睁开眼，列车仍在全速前进，一座山丘只用几秒钟就被远远甩到身后。

5

车到站了。速度之快，让我有种虚幻的感觉。我甚至有些失落，回忆及其带来的很多情绪刚刚开始酝酿，还没能形成高峰。我十几岁的时候，父亲曾经带我去桂林看山水，我们乘坐绿皮火车，居然还是硬座，就那么硬挺挺地晃荡了一个晚上才到。我当时觉得那真是这辈子最漫长的一夜。可年纪越大，越喜欢缓慢的事物。其实我也知道，并不是喜欢缓慢本身，而是喜欢时间被拖拽变长的感觉，好像获得了额外的时间。

我走进地铁站，按冼老师告诉我的，从七号线换乘三号线，到了客村站。这时，她发来信息，说已经在客村的必胜客里等我了。我有些紧张，忽然想不清楚她的样子了，手心渗出汗来。我跟着人流坐电梯，刚一来到地面上，便看到了高耸妖娆的广州塔，大家都叫它"小蛮腰"。

父亲在广州住院时，这个塔还没完全建好，后来我们在电视上看广州亚运会开幕式时，第一次见到了"小蛮腰"。父亲那会儿已经时常处于昏睡状态，但他记挂着这事，说这是中国人的骄傲，更是广东人的骄傲。他坚持看完了开幕式，还说："阿良，以后你带阿爸去现场看看好不好？"我肯定是点过头的。

前一刻，我还在担心和冼老师见面的事，可这一刻，怎会又想起父亲了？自从他过世后，我避免想到他，因此也很少想起他。这是怎么了？不过心中的紧张感倒是消失不见了，出现的是一种不可名状的惆怅。

走进必胜客，我四下张望着，店里人不算多，可我没看到冼老师。就在我疑惑时，忽然有人叫："阿良？"我转身，看到了身穿一袭长裙的冼老师。长裙的剪裁不甚规则，基调是深咖色的，上边有数个白色的不规则色块，很有设计感，我怀疑又是她自己的作品。

她这次戴着的是一款金边眼镜，镜腿上镶嵌着蓝色的玉石。我再次感受到她出众的气质是在任何人群中也无法隐藏的，我心中的紧张感忽然爆棚，一句话也说不出来。

她摇摇头，笑着说："刚刚走开，你就到了。"

我拘谨地笑着，还没来得及说点什么，她又说："你瘦了好多呀！其实我刚刚是不太敢认的。"

"是瘦了，"我说，"不然会摔跟头的。"

她想起来了，捂着嘴笑了，眼睛在眼镜后弯成了两个月湖。

"走吧，先去我工作室看看，然后再请你吃饭。"

"听冼老师安排。"

过马路后，我们经过一栋雄浑的红砖门楼，我不由多看了几眼。

"微信总部就在里边。"她顺口说。

"我以为在深圳呢。"我有些吃惊。

"这不奇怪，很多人都这么想。"

"原谅我的孤陋寡闻，我真是第一次知道，能进去看看吗？"我说，"天天刷微信，很好奇。"

"我最怕那种对什么都不感兴趣的人，"她飒爽地挥挥手，"走吧。"

走进门楼，路边出现了好几个纺织工人的雕塑，方才得知这里原本是

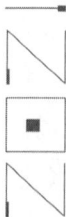

创办于共和国初期的纺织机械厂，前些年经过设计改造，成了创意园。这里绿树成荫，曲径通幽，犹如公园，许多情侣牵着手在缓缓徜徉，我不免想到，外人看我和冼老师也会以为我们是情侣吧。

我忍不住转头看看她，这才发现她的眼镜腿上不仅镶嵌着蓝色的玉石，还有浅黄色的、淡紫色的玉石，如同渐变的彩虹，在耳根处重新回归为蓝色的玉石。这才叫设计！我暗暗感慨。自己的设计还停留在观念上，不知何时才能变成有质感的实物。

微信总部到了，出乎我意料的是，这只是一座小楼，质朴低调，隐藏在树荫下。门前立着一个小雕塑，正是微信的鲜明标志：绿色的对话框和白色的对话框叠在一起。它们都长着一双黑色的小眼睛，盯着来往的人们，想号召大家多聊几句。我走上前，做出一个点击的动作，然后对冼老师说：

"你觉不觉得有它立在这儿，好像周围的时空都变成了屏幕。"

"你一说还真是。"她的眼睛露出了笑意，通过那别致的眼镜传递出来，确实被放大了数倍。眼镜还有无必要存在，看到她此刻的美，便知是个伪问题。

"点击它，有可能打开通往无限可能性的门户。"我把手放在卡通雕塑上，抚摸着说，"有种我也钻进了手机屏幕的魔幻感。"

"没想到你这个人还挺逗的，上次见你，还觉得你老实。"她说完站在那没动，我还期待她能走过来跟我一起摸摸这可爱的对话框。

"老实人也会逗笑，可我现在确实没逗笑，我说的是真话。"说完后，我也觉得自己的状态变得活跃起来。

看完微信总部，我们从创意园的另一个门走出去，来到一座复杂缠绕的立交桥。桥下边有几条小道供行人通行，但外卖小哥骑着电瓶车风驰电掣般从身边掠过，令人胆战心惊。

"你是客家人吧？"她忽然问道。

"是的，"我说，"你怎么知道？"

"我读书时，有一门选修课专门研究广东的人口流动，我才知道深圳有不少原住民是客家人，还有你的口音，跟广府白话、潮汕腔是不一样的。"她指着桥说，"我说你是客家人的意思是想告诉你，这个桥叫客村立交，这个地方叫客村，不知道跟客家人有无关系。"

"我刚刚坐地铁时看了地图，客村好像在广州的地理中心呢。"

"差不多是，在中轴线上。"

"有意思，不管这里以前是不是客家人的，但每个来广州的人都得在广州当一次真正的客人。"

"每个人都是宇宙中的客人，不是吗？"她掏出手机来朝我晃晃，那正是微信的界面：一个人站在宇宙中的孤独身影。

我的心立刻感到有光探照，那光深入心底的淤泥，生长，蔓延，突破我的边界，来到世界中，向她的方向飞去。我觉得我和她的心是如此相通。

穿过客村立交，我们肩并肩走着，好像熟识已久，听到的每句话和说出的每句话，都让人觉得舒服与畅快。我跟着她从大路转进了一条侧街，看到了一所名为"广东女子学院"的学校。我正暗暗称奇，她突然说：

"这是我的母校。"

我很惊讶："你不是在香港求学的吗？"

"那是硕士，我大学是在这里读的，想不到吧？"

"我第一次知道现在还有专门的女子学校。里面全是女生吗？"

"当然，"她说，"给你说说我们的校训吧：励志，笃学，求实，尚美。我们的校歌叫《凤舞飞扬》，可据说凤凰作为一种神鸟，凤是公的，凰才是母的……"说着，她被自己逗乐了。

"美的灵魂是雌雄同体！"我开玩笑说，"可全都是女生，会不会妨碍你们谈恋爱呢？"

"这是很显然的，个个被迫守身如玉。"

我们一起笑了起来。

校园跟马路之间有一小段是栅栏，透过缝隙可以看到内景。校园并不大，学生应该都在上课，院里空无一人。她指着里边墙上的宣传画说："以前那都是我画的。"

但她的神情说不上自豪，反而有一种悲凉。

她向前走去，步伐变快了，我赶紧追上她。她说："我能怎么办呢？

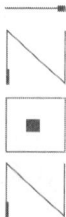

你不知道我付出了多少努力才考到香港的。广州美院就有适合我的专业，我舍近求远是因为那会儿觉得自己必须离开这座城市，不然就活不下去了，我想喘口气。"她的语速很快，像是在跟我说话，又像是在跟自己说话。

为什么必须离开呢？我的话刚到嘴边还没说出口，她站住了，说："工作室到了。"她随即从记忆中抽身而出，有了客套，"来，请进。"

我倒是更愿意她谈谈她的女子学校，以及考研的故事。不光是因为她的经历有种励志的成分，更是因为她这个人显示了越来越多的复杂性，从而有了越来越大的吸引力。这是危险的，太危险了，我对她其实一无所知，也许她已经结婚了。

当冼老师提到我的客家人身份时，我还是很受触动的。但这种触动很微妙，跟尊严、群体、文化、习俗等通通没有关系，那是一种心底琴弦的拨动，像是来自宿命。中国人的祖籍认同要么靠行政区划，要么靠文化族群，都是以地域命名，如陕西人、广东人、福建人或是潮汕人、广府人，唯独客家人拥有这么一个抽象的命名，证明这个族群确实是漂泊得太久了。但我从小生活在横岗这个小地方，确实没有什么漂泊的经历，没什么"客人"的感觉，谁能想到，当我来到广州，走过客村之后，反而被激起了一种漂泊已久的错觉。尤其是参观客村的微信总部，我再次深深觉得，人类在宇宙里漂泊，是宇宙的渺小之客，也许还是个匆匆过客。

可曾经，人类因为无知而自大，认为自己是宇宙的主人。所幸，人类已经看清了自己是客人，正在逐渐努力让自己作为客人表现得更好一些，从而存续得更久远。

说到这个，那不得不说这是我们眼镜行业的骄傲——

四百多年前，那个叫伽利略的意大利科学家把一个凸透镜跟一个凹面镜（也就是一个老花镜跟一个近视镜）放置在一起，朝夜空中的月亮看过去。这一看可不得了，他看到月亮可不是神话传说中的种种奇迹，而是另外一个布满高山与峡谷的星球。

那是人类发现自己客人身份的元年，我甚至想，人类应该从那天起开始重新纪年。不再用"公历"多少多少年，而是用"客历"多少多少年，这个提醒会非常强有力。

为了设计眼镜，不可能不研究眼睛方面的医学知识。我惊奇地发现，中国近代的"元年"也跟"看"有关。一八三五年，中国第一家现代医院创办于广州，叫眼科医局。因为眼科的治疗效果最明显，比如白内障，做完手术立刻就能看清。现代医学要在拥有上千年历史的中医面前争得一席之地，在当时是很不容易的。眼科医局立足后，便成了全科的博济医院。数年后，二十岁出头的孙中山到博济学习。后来，他改变了中国历史的进程，也改变了中国人看待世界的目光。

应该设计一款带有历史沧桑感而又内敛清秀的眼镜，要用昂贵的材料，黄金与钻石，方能体现那种郑重与高贵。

【客心】

谁能看到一颗孤独的客心

谁就必然拥有一颗待解的客心

更何况百世漂泊

客心已刻进基因

当花近高楼时

请不要伤心

请看清这颗漂泊的客心

型号：005

材料：约需黄金25g

配件：钻石

无论置身怎样的环境中，人的心里总有一个角落是属于自己的，包括我跟冼老师走路聊天的时候。也许有一天，我会把这个角落呈示给她，请她参观，请她看清楚。那一天，将会是我个人的"元年"，我要么失去她，要么……

6

她的工作室位于一个叫"创造社"的创意园里。这名字真响亮。她

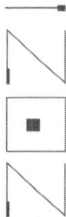

告诉我，这里离珠江很近，原先是水上居民的老旧住宅，已经有超过五十年的历史了，残破不堪，因此被重新设计改造了。

"水上居民？"

"也就是疍家人，知道吗？他们以前都是生活在船上的，以捕鱼为生。有句歌谣就说他们'世世水为乡，代代舟为家'。新中国成立后，政府给他们建楼房，他们才从水上搬迁到陆地上来了。"

"疍家人，我知道的，我喝过艇仔粥，听说最正宗的艇仔粥以前在珠江的船上才有得卖。"

"冇错啦！"她脱口而出一句广州白话，"冇料到你都鸡（知）？"

"当然鸡（知）啦，"我模仿着白话，"我也系广东人嘛。"

我们村是客家人，可邻村是讲白话的广府人，所以我会说客家话，也能听懂白话。很多外地人以为广东人都是讲白话的，这是一种误解。广府人自然是珠三角地区的主流民系，他们的白话影响极大，港澳以及许多海外华人中，白话都是通用语。不过，在广东不仅有白话，还有客家话和潮汕话，说后两种方言的人数也是不少的。广府、客家、潮汕，这三大民系构成了岭南文化三足鼎立的局面。

不过，话说回来，我自己更喜欢说普通话。因为横岗的外地人越来越多，要是不说普通话，大家根本没法交流。而且，普通话跟书面语关系更紧密，所以能表达更多复杂的意思，眼镜那么多配件，用客家话怎么叫得出来。毕竟科技在发展，新事物太多了，超出了方言的范围。中国各个地方的方言都是以农业生活为底子的，客家话也不例外。母亲在这点上就极为开明，她一直让我们教她学普通话，她学会后，在外面用普通话，在家跟我们还是用客家话。我喜欢这样，这样一来，每当我听见客家话的时候，我就会想起母亲，想起家。

"别客气，请坐。"她恢复了普通话。虽然她的声音婉转柔美，一听就是南方人，但几乎没有方言口音，吐字极其清晰。她生在广州，在香港读书，不知道她怎么做到的。

她的工作室并不大，说白了，还没我的眼镜店大呢，但我还是发自心底地祝贺她，羡慕她，因为我那只是间商店罢了，谁都能接手，而她这里浸透着她的艺术气息，是她这个人的一部分，无可替代。靠墙的纯色原木架上陈列着她设计的一些展品（昂贵的宝石眼镜被照片取代了），那款环保眼镜被放在显眼的位置。

我在沙发上坐下来微微放松，抬头看到吊顶上还悬挂着别致的小鱼和小船。

"阿良，给你个惊喜。"她说着，打开灯，也坐下来，跟我一起仰头望。过了一会儿，那些小鱼的身体扭动起来，像是游动了，小船尾部的小马达也开始旋转。头顶变成了活的水世界，我们像是水底的鱼在琢磨上边的世界。

"太棒了，也是你设计的？"我低头看她，她还凝神望着头顶。

"是我设计的，可我要感谢你。"

"感谢我？"

"感谢你提供的记忆钛材料呀，这些是用记忆钛丝做成的，利用灯光加热导致温差，从而让记忆钛丝产生膨胀效应。"

"难以置信！你简直是个魔法师！"我惊叹起来。

"设计师应该成为魔法师。"她淡淡地说。

"你这个设计是从疍家人那里得到的灵感吗？"我追问。

"聪明，"她说，"但不用什么灵感，因为我自己就是疍家人。"

轮到我一愣，然后弱弱问了句："现在还有疍家人吗？"

"疍家人作为一个群体已经消失了，但他们的后代还在呀，"她微微一笑，"比如我。"

经她说，我才知道至少有十分之一的老广州人有着疍家人的血脉。但是，历史上对疍家人的歧视很严重，认为他们是贱民，因此长期以来他们对自己的身份变得讳莫如深。搬迁上岸之后，曾经的水上生活更是成了无人谈及的往事了。阿姿之所以还知道自己的来路，是因为她的母亲。

"我母亲的童年是在船上度过的。她小时候背上绑着木头，还拴着绳子，在船上爬来爬去，一不小心掉到江里，就浮在水上。她在水里玩得特别开心，所以她上岸后还不习惯，会'晕陆'。"她笑着说，仿佛说的是自己的事情。

"完全想不到，在我们岸上的人看来，那样的生活够艰苦的。"

"何止是艰苦，但是那艰苦变成了记忆，就不一样了，"阿姿说，"那安慰过童年的，才能安慰人生。"

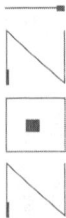

"确实如此。"我无比认同她说的，那就像是围屋对父亲的安慰。

我看着头顶那些轻盈的小鱼和小船，幻想自己也生活在其中的一艘小船上，耳边响起了孩子们戏水的声音。

她的工作室瞬间变得很大，能够容纳整条珠江。

"晚餐吃什么好呢？"她问我的意见，我自然听她安排。她决定带我去吃茶点，其实这也是我暗自期待的，我一直想尝尝正宗的广州茶点。

她特别点了一份艇仔粥，让我又想起了她的疍家母亲。

热气腾腾的粥里边配料极为丰富，有鲜鱼片、瘦肉片、叉烧片、猪肚丝、鱿鱼丝、油条丝、海蜇丝、鸡蛋丝、腐皮丝等十几种材料。她告诉我，这些配料不是跟粥一起熬的，而是先将粥熬好，再将滚烫的粥倒入配料中，配料被很快烫熟却又保留了原有的鲜嫩，再撒进花生碎和葱花提味，绵滑的口感中便不时出现不同的食物香味，堪称粥中极品。

我喝了一口粥，软中有脆又有韧，味觉被完全调动起来。

"给你讲个故事吧。"冼老师说，"很久以前，一个船上人家的女孩叫金水，心地很善良。有一天，她父亲捕到了一条大鲤鱼，她看到那条大鲤鱼受了伤，脸上极为悲伤，她便将大鲤鱼放回江中。父亲得知后，还责骂了她。过了几年，她父亲患了重病，她非常伤心，面朝江水，祈求保佑。这时，一位仙女从水中现身，对她说：'我是被你救过的鲤鱼。你在煮粥的时候放进鱼虾，再加些炸花生、油条丝，拿去卖会大受欢迎。你拿钱带你爹去看大夫，十天内即可痊愈。'金水依法照做，治好了父亲的病，从此，这粥就被取名为'艇仔粥'。"

"没想到仙女也是个吃货。"我又喝了一口粥，滋味愈加丰富。

"哈，在广州生活，什么人都会变成吃货，这是一个注重感官的城市。"说着，她让我试试豆豉凤爪。

"这故事是你母亲讲给你的？"

她点点头："我跟母亲的关系很亲密，她生病前，我们几乎无话不谈。"

我不敢多问，正好这时清蒸笋壳鱼上桌了，我用铁勺划开，给她碗里盛了一块。

"谢谢，"她说，"再告诉你一些好玩的习俗吧。在广州吃饭，不能说'将鱼翻过来'，要说'顺过来'，碗和勺也不能扣在桌上。这些都跟水上生活有关。"

"我们那儿也有个讲究，你肯定猜不到。"我卖了个关子。

"你说说看。"

"父子同席，忌面对面坐。"

"为什么呀？"她睁大眼睛看我。

"怕成为'对头'。"

我们一起大笑起来。

"玩笑吧？"她不信。

"真的。"我和父亲确实从来都不会面对面坐。

吃完饭，我们走出来，在夜色中散步。天气真好，不冷不热，是难得的好日子。两边的楼越来越高、越来越密，我们像是置身谷底。我跟着她来到一个岔路口，一转身，走到了小路上，珠江在望。我有些兴奋，加快了脚步。很快，到了江边，备受压抑的视野忽然开阔，心情都振奋了。披挂彩灯的各式游船来往穿梭，对岸是一个造型像帆的现代音乐厅，好一派繁华气象。

"你读过罗曼·罗兰的《约翰·克利斯朵夫》吗？"我问她。

"没读过，没想到你还是文青。"

"算不上文青，为了戒网瘾，无聊时读了好多小说，后来发现能记得的还是世界名著，估计是因为难读吧，耗费精力多。"

"你别说，还确实是。我好久没读小说了，忽然有点想读了。我喜欢《简·爱》，上女校时必读，从此害怕带阁楼的房间。"

"害怕里边藏着一个疯女人？"我笑道，"不过，确实适合女校，独立而又包容。"

她却没有笑，若有所思的样子。她问我刚刚提罗曼·罗兰那本书是想说什么。

"哦，我想说那小说的开篇我一直记得，'江声浩荡，从屋后上升'，这句话我总是念念不忘。我家附近没有江，只有小河，一直好想

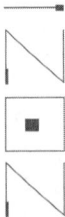

体会下那种感觉。"此刻，江风袭来，我闻到了一股淡淡的腥甜味。我俯身靠在石栏上，望着上百米宽的江面，极为壮阔，对岸音乐厅下面的人像蚂蚁一般无序运动着。我有些兴奋地说："我终于体会到'江'的感觉了。"

"江声？如果是指水流的声音，好像不曾听到。也许是我在江边住久了，我觉得它好沉默，满怀心事，也许是'静水流深'吧。"冼老师也靠在石栏上，我们之间只有一厘米的距离。

"我觉得'江声'应该不光是水声，它像是交响乐，有很多声部，浑厚复杂，我们现在说的话也是它的一部分。小河的声音倒是清脆，听久了却单一。小河流水哗啦啦，小船在摇荡……"我还哼起了小调。

她被我的公鸭嗓音逗笑了："看你心情这么好，请你去吃消夜吧。"

其实，我早已想好了，等会儿请她吃消夜。如果人与人的聚会没有消夜，那显然是不到位的。消夜不是因为饥饿，而是一个可以让彼此再次坐下来，喝点小酒，说说心里话的借口。

"来广州不吃消夜那我不是亏大了，"我说，"不过说好了，我请你哈，我这拜师了还没请老师吃过饭，倒是刚刚让老师破费了。"

"行，去吃烧烤！"

"想到烤生蚝，我的口水都快流下来了。"

跟着冼老师，来到了一条叫"下渡路"的老街。

"这里够古老的，有个汉代的古井遗址，旁边靠着中山大学。"她说，"这里最出名的就是烧烤，是广州最有名的大排档据点之一。"

果然名不虚传。各种烧烤档连在一起，桌子就摆在街边，食客们摩肩接踵前来，一家一家询问着，坐在位子上的食客则安之若素，大吃大喝，高谈阔论，丝毫不受来往行人影响。桌下堆满了各种贝类的壳子，有点像废弃的工地。整个街道都被烧烤的烟雾笼罩着，既呛人又诱人。我们选定了一家排档，她说这里的炭烧生蚝特别好，然后叫了必点的烤茄子、烤韭菜以及鸡中翅。她也没问我喝不喝啤酒，就叫了一打珠江纯生。

"太多了吧？"我惊了一下。

"慢慢喝嘛，"她说，"这里喝不完可以退的。"

铁盘子上装着十二只大生蚝端了上来，生蚝壳里的汁液还在沸腾，上边厚厚的一层蒜蓉散发出催动食欲的奇香。我恍然觉得自己没吃晚餐。在我大口吃肥嫩生蚝的时候，她已经开始自斟自饮了，似乎对烧烤兴趣不大。我劝她吃，她敷衍着吃了一个，擦擦嘴说："刚才已经吃饱了，你使劲吃，不用管我。"我看她喝酒有点猛，劝她慢点喝，并问她酒量如何。

"也没有怎么样，就是喜欢喝酒的感觉。"

"我不喜欢喝酒，我妹夫喜欢喝，他是陕西人，还喜欢喝高度酒。"

"你说起过他，你似乎对他不满。"

"有吗？"

"问你自己咯。"她转而说，"我呢，其实并不喜欢喝酒，我只是因为喝酒的时候可以忘掉一些事情。"

"不愉快的事情？"

"不愉快的事情。"

她喝掉三瓶之后，速度才有所放缓，整个人也似乎放松了不少。酒精正在麻醉她的神经，从而屏蔽了她的焦虑。我交际狭窄，从未见过喝酒这么凶悍的女性，被她震慑了。我琢磨着她的心事应该跟感情有关。我不知道她为什么从香港回来。她在那边读了几年书，顺便谈个一两场恋爱，也是很正常的事情。女孩子嘛，总是会有一两段放不下的感情，虽然真放下的时候要比男人决绝得多。就在前不久，我听国麟说，我之前的女朋友上个月结婚了，我还是想起了很多过去的事情。

冼老师突然看着我说："你是不是觉得我失恋了？"

"没有啊，"我从黯淡的记忆中抽身而出，还狡辩说，"你这样的人怎么会失恋呢？"

她狡黠地笑了："你别装了，你就是这样想的。但我告诉你，还真不是，是我家庭的事情。"

"好的，是你的老公还是……"我还准备说孩子的，但立即觉得不妥，赶紧刹车。

"喂！我还没结婚呢，"她说，"我说的是老爸老妈，还有……哥哥。"

没结婚，我心中顿感踏实。没想到她还有个哥哥，听到她说起哥哥时

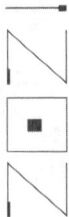

那吞吞吐吐的语气，也许跟我提起妹妹借钱的事情差不多。

"那肯定是你哥哥的什么事情，让你觉得为难了，给你添麻烦了吧？"

"岂止是添麻烦这么简单，"她又喝了一杯啤酒，有神的眼睛变得暗淡，"我们整个家庭都因为他毁掉了。"

我等着她说原因，可她却哭了起来。在餐桌上哭，我一下子就想起了妹妹。父亲病重时，妹妹在酸菜鱼的餐桌上也那么哭着，孩子一样无所顾忌地哭着，我除了递纸巾给她，完全不知道该如何劝慰。现在也一样。她哭了一会儿，竟然重新端起酒杯，说："不说这些了，喝酒。"

"少喝点吧，我们聊聊天。"

"你不喝我喝。"说完，她一杯啤酒又下肚了。

对这种情况，我并不陌生，我妹夫陈春秋喝到一定量的时候就是这德行，开始频频举杯，各种花式敬酒，我每次喝醉都是被他这套"组合拳"给打败的。但是，我现在面对的是我格外在乎的女人，跟她第一次见面喝酒，是不能退缩的，不然一定会被她认为是没有男子气概的。

我咬着牙，说："姿淇，我陪你喝。啊，冼老师，我叫你姿淇，你不介意吧？"

"叫阿姿吧，他们都这么叫我。"

"阿姿，谢谢你。"我举起酒杯，她的小名第一次从我唇间发出，跟啤酒的微甜融合在一起，咽下去，是我喝过最好的酒。

这下好了，她一杯，我一杯，你来我往，好不飒爽，没一会儿，一打啤酒都被喝完了。我应该喝了有五瓶之多，已经突破了我喝啤酒的历史纪录。我的脑袋晕乎乎的，整个世界的嘈杂声离我很远很远，好像整个世界只有我跟阿姿了。

等我醒过来的时候，或者准确说，当我重新具有意识的时候，我发现我跟阿姿挤在一张小床上，脑袋疼得要命，稍微一动就天旋地转。阿姿还躺在一边昏睡，那个金边眼镜还戴在她的脸上。我摸了摸我的脸，眼镜也戴在我的脸上。这提醒我这并不是幻觉。我们竟然戴着眼镜睡了一晚上，更何况身上的衣服，也是一件没少。

闭上眼睛又躺了一会儿，再睁开眼睛望着天花板，让身体适应这种状况。过了一会儿，我挣扎着坐了起来，发现这里太简单了，除了一张床之外，还有一个衣架，然后什么都没有了。显然这不是酒店，也不是家的样子，而像是公司的简单宿舍。门背后还挂着值班表什么的，门边是个小厕所。这是什么地方？我努力回忆，可除了烧烤摊上我们喝酒的场景之外，什么都没有了。

就在这时，胃部涌上来一阵极其可怕的恶心感。我爬起身，摇摇晃晃冲进厕所，抱着马桶呕吐不止。巨大的呕吐声引发了外边的动静，有人敲门。我按下冲水按钮，把秽物冲走，其余什么也做不了。然后，门开了，探进一个身穿制服的保安，他操着一口东北腔说："你们够可以的呀，要是搁大东北，早把你们给冻成冰棍了。"

"你在哪儿找到我们的？"我有气无力地说。

"就在大门口呀，俩人背靠背就那么躺下了，幸亏那会儿没车。"

"哪里的大门口？"

"创造社的呀，还能是哪儿的。那位女老师瞅着很面熟，原来就在里边上班的。可惜了大兄弟，还差最后十五米你就到她办公室了。可惜了。"说完，他被自己逗笑了，在门口乐不可支地哈哈大笑起来。

阿姿被吵醒了，挣扎着坐起身来，说了句："这是哪儿？羞死人啦！"

"你们聊。"保安坏笑着把门又关上了。

"你们创意园的保安救了我们。"我走过来，却不敢再躺她旁边，只能坐在床脚。

"我好像记得你先喝醉了，我想把你带到工作室休息的，可我后来也断片了。"阿姿的嗓音都沙哑了，她用双手撑住下巴。

"不好意思，我酒量很差劲的。"我又感到一阵眩晕。

"本来今天还想带你去'小蛮腰'看看呢，这样子也去不了了。"她叹口气，"唉，太过分了。"

为了缓解一下此刻尴尬的氛围，我说很多年前读过韩东的一首诗叫《有关大雁塔》，里面就写登上去看看，然后下来，无非是这样的，"小蛮腰"也是一样。

"不一样的。"她摇摇头。

我干脆靠在墙上，闭上眼睛，感觉能舒服一些。我努力搅动起脑细

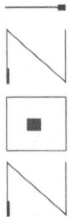

胞，说："当然，那首诗有特定的背景，原诗也没我说的这么简单。有一次，我跟我那妹夫陈春秋说起这首诗，就是为了调侃他。因为他觉得陕西的任何东西都是能让他无比自豪的。我没想到的是，他听了这首诗后，不甘示弱，随口就背了几句关于大雁塔的诗：'十层突兀在虚空，四十门开面面风。却怪鸟飞平地上，自惊人语半天中。'他还一脸得意地对我说，'你看这唐诗多霸气。'这可把我给气坏了……现在头晕乎乎的，居然还记得这诗，唐诗果真是厉害。"

我笑了，掩饰着我的紧张。没有了宿醉感的保护，我和她的陌生感在一点点恢复。

"哈，你怎么老是被你妹夫戏弄？说真的，你妹夫背的这诗确实有种八面威风的感觉，也挺适合'小蛮腰'的。"阿姿把身体侧了下，也靠着墙，用慵懒的语气说，"'小蛮腰'看夜景还是很不错的，一条大江尽收眼底。"

"好的，下次还有机会吗？"

她笑了，用白话说："再讲啦。"尾音很长，很悠扬。

"我第一次跟人醉成这个鬼样，"我补充道，"还是个女人。"

"我也是，"她说，"还是个男人。"

我偷偷瞄了一下阿姿，她还戴着她的眼镜，镜片后的眼睛半睁，睫毛低垂，依然有些醉意。她的醉眼如此迷人，让我不敢多看。我想起了曾经读过一本叫《醉眼》的小说，它以"醉眼"为线索，写了古代文人的生活、交友以及爱恨情仇。最让我吃惊的是，通过小说引述的很多唐诗、宋词以及元曲，我这才知道居然有那么多文人都喜欢用"醉眼"这个意象来写诗填词。

原本我都忘记了这本小说、这个意象，但是此刻的阿姿唤醒了我的记忆，也让我真正理解了什么叫醉眼。不仅仅是妹夫陈春秋喝醉后圆瞪着牛似的醉眼，也有阿姿这样喝醉后露出无限哀愁的醉眼，也许还有我自己这种喝醉后陷入无限呆滞的醉眼。有醉眼就得有与之匹配的眼镜。遮掩要遮掩的，放大要放大的。用"醉眼"给眼镜命名，也许不为俗世所理解，但其中表达的是一种率性生活的气质，总会遇见相知者。

造型要不拘一格，要大胆，尤其弧度要大，镜框要宽厚。

【醉眼】

没有用醉眼看过世界的人

就像不知夜晚有月光和星空

醉眼与醉眼的相视

才敞开了人间的秘密

型号：006

材料：约需银11g

配件：刚一开始想到用古人喜欢的玳瑁做镜腿装饰，不过，很快意识到玳瑁是玳瑁龟的龟甲，现在属于濒危动物，万万不可用，用牛角制作出玳瑁的纹理就好，要让眼镜传达出古典文化的意蕴

有些古诗词真好，能让人过目不忘。比如词人张先的句子："多情无奈苦相思，醉眼开时犹似见。"我眼下就处于这种微妙的时刻。可我更幸运，我此刻醉眼开时，见到的阿姿不是幻影，而是真的。我知道，当今天过去，我便会重新陷落到"醉眼开时犹似见"的相思苦中。不敢多想，无须多想，再多看她一眼吧。

7

一起醉过酒的经历，在我看来，肯定会大幅拉近我跟她之间的距离，但事实证明并没有。我回到深圳，给她发微信，她便回复我一两句，但交流的感受跟此前差不多。这样说，也许对阿姿不公平，但是与我期待的程度相比，还是差了不少的。只能说，我自己心中的热情上升得太快。

在她哥哥身上，究竟发生了什么事？让她背负那么大的压力。我为妹妹筹集买房首付款的事情只是让我心烦，但真不至于到那种崩溃哭泣的程度。我希望妹妹跟陈春秋过得好，只是我自己能力不够，自顾都不暇，更别说帮他们了。如果父亲能够多活半年，就半年，就等到政府来征地了，那样我们就会分到大很多的房子，我和妹妹就不会这么狼狈。

父亲早早过世，已经是人间悲剧，我竟然还在怨他，我真是不孝之

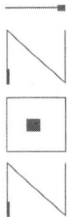

子。但父亲的命真苦，我没办法不怨他。他要是还活着，该多好。尤其是夜深人静时，我听到很远的地方传来的咳嗽声，都会蓦然觉得父亲还活着，就在隔壁。我睁开眼睛，意识到他已经不在了，一种揪心的幻灭感让我泪流满面。

人正是在这样的时刻成为自己的。

阿姿肯定和我一样，也是在这样的时刻里感到彻骨的孤独。

我们的孤独可以接壤吗？就像岩洞里两个靠近的钟乳石，在潮湿中缓慢生长，终有一天彼此相连。

有一天深夜，我临睡前给阿姿道晚安。她发来语音，说她又喝酒了。我有些意外，非常担心，问道："为什么喝酒？应酬？"

"焦虑，孤独，压抑。"她倒是直白，"其实我喝酒的时间已经不短了，不过我都是自己关起门喝。跟你一起的那次醉酒，确实是我第一次跟外人喝醉。"

"不喝不行？想想别的缓解办法。"

"我讨厌自己这样，却又无能为力。"

"阿姿，你究竟经历了什么事情，为什么要这样折磨自己？"我忍不住说。

"唉，那是一个很长的故事，以后如果有机会，当面再告诉你吧。"

我不知道以后还有没有机会。我不能忍受"如果"，我要把这个"如果"变成现实。当然，我觉得阿姿的这种状态很不好，她需要我。我也需要她。一个孤独的人需要另一个。

第二天，我坐上高铁，去找她。我不再像之前那么犹豫。但我没有告诉她我要来，这倒不是说我想给她一个惊喜，而是我依然受制于自己的性格，无法直接向她敞开。

我不是小年轻，做不到手捧鲜花去跟她当面表白，我只是想要见到她，想要听她讲讲她的事情，看看能帮她做些什么；我想要改变她，想要她不再酗酒，想要她好好生活。尽管我也不是什么好好生活的榜样，但我愿意陪着她，一起往下走，一起创造一种生活，一种能够容纳我和她的新生活。

她没有结婚，可她有男朋友吗？或是走得很近的异性朋友？我不敢问她。我要是贸然去到她的工作室，碰见她跟另外一个男人在一起，那得多尴尬，以后估计连朋友都没法做了。因此，我钻进了离她工作室不远的一家咖啡店，像个特工一样，观察着周围的情况。然后，我借着上外面公共厕所的时机，偷偷摸摸去确认了一下：只有她一个人在那儿。我的心这才落地。可我还是不敢直接过去，便给她打了一个电话，在听到她的声音之后，我忽然慌了，头脑发热，瞬间谎称自己是因为有事来了广州，问她有没有时间，想请她吃饭聊天。我还是没敢告诉她，我是专门为她而来。

"你来广州，怎么不早点跟我说？现在才说。"她的语气似乎有些不悦。

我结结巴巴地说："我怕我提前说，影响你工作，给你添麻烦。"

"那倒不会，不过今晚确实要陪客户吃饭。"

我的心一沉，说："那就一起吃消夜？"

这时，应该有人来找她了，她说："不好意思，等会说。"然后挂断了电话。

我在咖啡馆又坐了半个小时，她的电话迟迟没回过来。难道她已经拒绝我了？我不确定。我坐在这里，全身僵硬，便起身来到户外，缓缓向珠江边走去。我过于紧张了，需要透透气。白天的珠江边，行人不算多，江上笼罩着一层薄雾，将远处的大桥隐藏起来。我靠着栏杆站着，忽然有个骑电瓶车的男子在我身边停下，他穿着蓝色的套装，裤腿紧扎，脚上的皮鞋已经脱漆，露出了灰白色的质地。他下车后，从前边的篓子里竟然掏出一个渔网，向江中撒去，待渔网完全撑开，他迅速收网，眼见有四五条黑色的鱼在里边蹦跶。他把鱼麻利地放进车后的白色泡沫箱里，扬长而去。这些鱼肯定会成为他晚餐的一道主打美食。吃不完的，他会卖给酒楼，挣点零花钱给孩子读书。阿姿的祖辈们就是靠着在这条大江捕鱼才生存下去的。刚才的男子，肯定是疍家人的后代吧？他的这种方式，尽管看上去有些鲁莽，却也实在。

这个男子成功转移了我的注意力。我沿着江边走了很远，方才拿出手机来看。她已经回我微信了。

只有四个字：

"你不怕吗？"

我回她："不就是喝酒吗？再陪你喝呗，喝个够。"

既然话一出口，我就已经决定了，我这次要豁出去陪她喝个够。如果

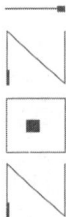

不能陪她一起下地狱，又怎能跟她一起上天堂？光是嘴巴说，让她戒酒，那是毫无力量的。我知道自己酒量不行，我想了个残酷的办法，那就是差不多有醉意时就去抠嗓子，将酒吐掉，然后回来继续战斗。我就不信，这样还不能陪她喝尽兴。

"九点钟，老地方见。"她回道。

九点钟，我准时来到下渡路的那家烧烤店，她已经坐在那里了。这次她戴的是大圆形的细边眼镜，咖啡色的眼影适合这夜色。头发扎成高高的马尾，显得青春娇小。我一见她，就像陡然潜水一般，世界安静而神奇。

"你来广州办什么事？"她见面第一句便问我。

我毫无防备，被问蒙了，结结巴巴说："我……是来看……看一个人。"

"谁？"

"你。"我不管不顾了，"专程来看你的，不好意思说。"

"不诚实，罚酒三杯。"她的眼角似有笑意。

三杯啤酒下肚，她又陪我喝了三杯，我的胃里很快就感到憋胀。我借故上厕所，在厕所里吐掉了。人为制造恶心感而呕吐，真是可怕的体验。眼泪鼻涕全出来了。我洗洗脸，漱漱口，照照镜子，然后装作若无其事的样子走出去。

我远远看到阿姿在低头看书，不知那书是从哪儿飞来的，也许是她随身带的。她低头看书的样子真美，侧脸的线条勾勒出她的鼻子和嘴巴的小巧形状，我忽然感到情欲的冲动。我不由得放慢脚步，想多欣赏几眼。不过，待我走近一些，不由得慌乱起来，她看的书怎么很像我平时画眼镜草图的黑色笔记本？我看到我椅背上的挂包果然移动了位置，看来真的是了，我不知该如何是好，呆愣在原地。

阿姿抬头看到我，吐吐舌头，解释说："刚才有人走过不小心将你的包撞到地上，里面的本子掉出来了，我帮你捡起来的时候，看到这个笔记本里竟然有眼镜设计的草图，职业习惯，忍不住的好奇心，你知道的，我便看了起来……没经过你的同意，抱歉抱歉。"

"都是我的胡涂乱抹，太多不成熟的想法，"我尴尬而忐忑地说，"请冼老师多提意见。"

她没理会我的客套话，忽然捂着嘴笑了，说："没想到你还是个诗人呢。"

我赶紧说："我写的这些可不敢称之为诗，我有自知之明，最多也就是眼镜的宣传文案，当然，是比较个人化的文案。"

"我第一次到你店里的时候，看到墙上挂着顾城的诗歌，觉得你这个人还是有点文化品位的。"

我刚想说那是我的伪装，可她抬眼露出一丝坏笑："不过，当时我觉得你真是个笨蛋，太笨了，怎么就摔倒了呢？"

"无地自容，无地自容呀……"我瘫坐在椅子上，赶紧喝杯酒压惊。

"你还写着和阿姿一起完成设计，谁答应和你一起设计了？"阿姿继续翻看笔记本，对我不依不饶。

"冼老师，你教我设计还不行吗？"

"你本子里怎么不这样写？罚酒！"

"以后都这样写。"我只好又喝了杯酒。

我想要回我的本子，但是阿姿不给，她说她想看完，明天再给我。事已至此，我只得说可以，但我要求她不要再当着我的面看，不然我确实无地自容了。想到里边有很多地方写到对她的思念，我感到羞赧，这下好了，她全都知道了。阿姿看到我为难的样子，同意明天再看。她合上本子，望着我，那眼神仿佛在说：那接下来聊点什么？

其实，我们这次的氛围和上次不大一样，两个人的话都少了。但我知道，这是因为我们来到了一个私密的边界上，我必须走进她的边界，才能真正了解她。如果我不知道该如何安慰她，最好还是老老实实陪着她喝酒便是。而她，则在不经意间，通过黑皮笔记本，踏进了我的边界。我跟她的交往，我一直都处于被动的劣势，而内心对她的情感则日益浓厚，需要我不断克制才能在她面前显得正常。

一时无话，她便自顾自喝起来，她喝酒的样子并不颓废，反而有种力量，那证明她的内心并没有彻底绝望，她还在抗争。

也许，她又会哭泣吧？

可她没有哭，突然就开始讲她的故事。

"要讲我哥哥的故事，必须要从我阿爸开始讲起，"她说，"阿爸有个外号叫'澳门仔'，自幼父母双亡，据说是他的父母，也就是我的爷爷奶奶是地下党。可也没什么证据，只是阿爸自己的说法。他是跟一个叔父长大的，他十六岁时那个叔父过世，他便独自从澳门来广州了。他说他小

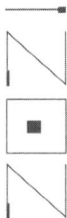

时候最喜欢读《虾球传》，所以要回祖国干革命。他小时候在酒店当学徒，有门做糕点的好手艺，尤其是做葡挞，那是一流的，因此他在国营的广州酒家谋得了一个点心师傅的位置。同时，他还是一个很棒的足球教练，他并不是有国家编制的正式教练，他只是球踢得好，参加过广州举办的很多联赛，因此有很多街坊邻居会把男孩子送过来，请父亲教他们踢球。你知道，广州有很多球迷，父亲因此也特别风光和得意过一阵。他觉得街坊们的认同比什么都强。因此当哥哥出生的时候，他特别开心，他觉得一定要把哥哥培养成特别优秀的足球运动员。

"他真是这样做的。哥哥似乎天生有踢球的基因，在阿爸的严格指导下，哥哥的球技突飞猛进，成了体育特长生，靠着踢球一路轻轻松松上到了高中。哥哥在广州的青少年俱乐部足球比赛中表现亮眼，被职业俱乐部选中了，进入一线队，这是让父亲和哥哥兴奋不已的大好事，我也特别开心，从小我就把哥哥当偶像。再等个一年半载，哥哥有机会进入国家队，就成了大名鼎鼎的球星。想想都开心呀。可现实太残酷了。哥哥年少成名，在学校里获得了一定的特权，经常可以不上课，不知怎么会跟混社会的那些'古惑仔'有了来往，学会了赌博。也许踢球和赌博之间有什么深层关系吧，比如都会迷恋那种突如其来的激情。哥哥一赌再赌，甚至背着父亲欠下了高利贷。

"有一日，债主，广州话叫'大耳窿'，带着一帮烂仔直接来学校讨债了。哥哥是个很要面子的人，当着老师和同学的面，他愤怒到了极点，完全失去了理智，飞起一脚踢在了大耳窿的腹部。你想想，一个足球运动员的腿部力量有多大，还是在疯狂的情况下。那个大耳窿当场就翻了白眼。哥哥也是年少气盛，居然还不罢休，拿起凳子在对方脑门上砸了几下。那个大耳窿在送往医院的途中就死掉了。哥哥被逮捕了，什么锦绣前程全没有了。哥哥的生日早，是年初，所以那会儿他已经年满十八岁了，要负完全的刑事责任。检方虽认定哥哥是过失杀人，可以免于死刑，但行为极其恶劣，被判了无期徒刑。恐怕他这大半辈子都得在监狱里度过了，就算幸运，可以减刑出来，估计都已经是老人家了吧。

"按理说，这件事对阿爸的打击应该是最大的，因为哥哥是他的希望、他的梦想所在，但他竟然咬着牙挺住了，反而是我阿妈没挺住。阿妈是极为疼爱哥哥的，她把这件事的罪责全都归结在父亲的身上，她天天一边哭，一边骂阿爸，说你这个死老鬼，要不是你当时非要逼着儿子踢球，怎么会弄到这一步呢？你让他好好上学，当个正常人，他现在肯定还好好的，你这个死'澳门仔'怎么不死回你的澳门去……阿爸年轻时很帅的，阿妈当时在百货大楼当售货员，两家人是邻居，住在同一个巷子里，就跟小说《三家巷》里写的差不多。还是阿妈先对阿爸示好的，阿爸喜欢扮靓，她就给他送发蜡，那时候那可是稀罕物。两个人结婚后，感情一直都不错。可哥哥出事后，她心中的一块天坍塌了，靠着天天疯狂控诉阿爸才能活下去。

"阿爸从一开始的道歉，痛哭流涕，咒骂自己，到后来的沉默，整个人变得苍老不堪，头发彻底白了，整个人都瘦干了，像个鬼一般。但即便如此，阿妈那种疯狂的情绪依然不能得到缓解。在一次探监过后，阿妈看到哥哥痛哭流涕的样子，她的精神完全崩溃了，得了失心疯，整个人忽而歇斯底里，大喊大叫，忽而很沉默，稀里糊涂的，很多事情都记不清了。医生诊断说，阿妈同时患上了精神分裂症和阿尔茨海默病。

"阿良，你能想象吗？这是我十五岁时发生的事情，所谓的青春花季瞬间破碎。因此，我一直想要逃离这个家庭。我知道自己的这个想法有多么自私，沉默寡言的阿爸，失心疯的阿妈，坐牢的哥哥，天哪，我还要离开他们。但我真的不想就那样毁掉，所以我唯一的念头就是自救，我想做点什么至少先拯救我自己，然后等自己有能力之后再来拯救这个家庭。我考上女子学院之后，我全部的花费都是自己解决的。我申请了助学贷款，还有做家教，我没再花过家里一分钱。

"阿爸除了教街坊小朋友踢球赚点儿小钱外，只有一份微薄的工资，但他每隔几个月，还是会拿几千块钱给我，我猜他应该是给一些小蛋糕店去帮忙了。我让他拿着给妈妈看病，我不收他的钱，他竟然会哭，骂自己没用。但我真的不能拿他的钱，我把自己的存折拿给他看，说我表现好，有奖学金。他佝偻着背离开了。说实话，哥哥刚刚出事的时候，我跟阿妈一样，责怪过阿爸，觉得阿爸只管哥哥踢球，对哥哥别的毛病都是睁一只眼闭一只眼，这才酿成大祸。但阿妈疯后，我看着阿爸佝偻的背影，一点也不怪他了。其实在这个世界上，谁都不会比他更爱哥哥，因此谁都不会比他更恨他自己。"

她一口气说了这么多，停下来，喝了一杯酒，咬着嘴唇，看着我说：

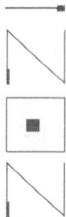

"你懂吗？"

"懂。"我向她举杯，然后一饮而尽。我看着她，我的心隐隐作痛。

"不，你不懂。"她深深吸了口气，"你不知道我付出了多大的努力，才可以去香港深造。从女院毕业后，我做了很多兼职，为了活下去，为了攒够学费。你知道广州的龙潭村吗？那里是做服装加工的一条街，我给那些家庭作坊做服装设计，有时得跟他们一起做缝纫。那真是个沸腾的地方，无论白天还是夜晚，都是人声鼎沸，灯火通明，路面上全是拉着服装布料的小推车，汽车都要等好久才能通过。在那里的大都是湖北人，街道上充满了湖北特有的辛辣气息，我吃不惯辣的，一开始老是拉肚子。

"后来，在我住的那栋楼里发生了杀人案。起因很简单，简单到难以置信，就是一对恋人分手了，男人要求复合，女人不肯，尤其是女人的闺密还嘲笑了男人，男人竟然大受刺激，失手杀了人……我不敢在那里做了，便经过我的老主顾介绍，去了康乐、鹭江和五凤三个村组成的'中大布匹市场'。你根本想象不到，那里有一万多家作坊式制衣厂，全国一半以上中低端女装都是在那里生产的。走在里边，犹如在迷宫一般，每个档口都看看，需要两年时间。我看到每一张脸都憋着劲，准备大干一场。我为了多攒钱，也为了逃避，便跟那些女工吃住在一起。

"她们听我的口音是本地人，都觉得奇怪，说她们的房东一年光收租都能挣百万元，我只能说，怪我没生在这三个村里。她们看我年纪小，是个读过大学的服装设计师，却还那么能吃苦，便对我非常好，格外照顾我。有时她们挤在一起，也会给我腾出单间来休息。我想起她们都觉得感动，她们那种坚忍的精神给了我很大鼓励，让我可以坚持下去。一般来说，广州本地人远远没有外地人那么拼，当我跟她们一起工作的时候，我被她们感染了，我觉得我可以跟她们一样拼。这种东西是在我生活中难以获得的，这些经历让我成熟了很多。我甚至在想，假如当年哥哥在这样的地方生活，便会知道生活的艰难，他一定不会去赌博了吧？我在那里给阿哥写过信，阿哥回信说：'妹妹，你比阿哥成熟多了，我很惭愧，你一定要走好自己的路。'看到他的信，那一瞬间，我忽然觉得自己受的苦都是值得的，因为我意识到，阿哥的一部分人生转移到我身上了。

"终于，我攒够了钱，经过半年的复习考试，如愿以偿考上了香港理工大学设计学专业，都说这是香港最好的设计院系。我跟着最好的设计师学习，有了国际化的视野，我的作品也越来越时尚，有一些大公司已经给我发出了邀请函，如果我愿意留在香港，一点问题都没有。你知道啦，那边的生活、习惯、饮食和语言跟广州差不多的，留下来的话，我会很适应。但是，我并不开心，因为我知道阿妈的身体越来越差，她的阿尔茨海默症越来越严重了，她眼下的记忆越来越少。她的记忆定格在了哥哥出事之前，我放假回家，告诉她我是阿姿，她便会问我，那你阿哥回来没呀，他什么时候回来呀，他什么时候返屋企呀？屋企，就是家，你应该知道的。

"其实，一度我甚至为阿妈的这种变化感到庆幸，因为她忘记了哥哥的出事，她的痛苦应该就会少很多。她也不再去指责阿爸，那阿爸的痛苦也会少很多。这算是一种自欺欺人吗？"

"她不是自我欺骗，她是病了。"我说着，又喝了一杯酒。我听着她的讲述，竟然开始频频主动喝酒了。不是借酒浇愁，而是心中忽然有个空洞，想要吞噬自己，只得用酒去喂它。阿姿酗酒也是这样的感觉吗？

"对阿妈来说，不是自欺欺人，可对我来说，总是有那种感觉。"阿姿挺直了身子，眼镜在夜色中反射出复杂的光泽，"我原先害怕回家，可阿妈成了这个样子，好像时光倒流了，那些可怕的事情都没发生过，我就特别想回家了。关于回家的念想，折磨着我，我没法再安安心心留在香港。我就是在香港的时候，开始喝酒的。我那会儿太孤独了，一个人在异地，有时深夜想家，想到家事，想到过去的美好，想到生命的无常，想到未来的道路，什么力气都没有了，像是陷入沼泽地里，要被黑暗吞没。那种恐惧让人崩溃，我只能一醉了之，慢慢就成了恶习……"

我举起酒杯，敬她。

喝完后，我说："从明天起，我们不喝酒了，好不好？"

"我每次喝酒的时候，都是这样想的。"她惨然一笑，摇摇头，继续说，"假期回到家中，我发现阿妈的记忆退化得越来越厉害。她老是聊到她的童年，聊到她的阿爸阿妈，也就是我的外公外婆，他们一起在船上的日子。她甚至有时还会哼唱起渔船上的睡眠曲，冲着我叫我阿妈。她竟然变回了孩子，回到了单纯的童年。我心中明白，她来日应该不多了，因此我决定一毕业便回广州，在她身边照顾她。我还要为她设计一个场所，

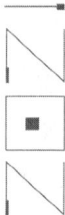

把她那些珍贵的记忆保存下来，分享给世界。现在，我是回来了，但是，我还没能达到我的目标。你看到我工作室吊顶上的小船和小鱼，只是一次小尝试，还差得远呢。唉，想到这些，我就焦虑，就想喝酒。真是抱歉。"

她果真端起酒杯，一饮而尽。

我被她的故事震撼着，久久说不出什么话来。

"你听傻了吗？"她笑了。

"我听你的经历，想到了一句歌词：要走多少路，才能成为一个人……"

"鲍勃·迪伦。"她说，"一些人要存在多少年，才能获得自由……一个人要回转多少次头，才能假装什么都没看见。"然后，她用英文哼唱了起来。

她任眼泪滑落，没有擦拭。

眼泪掉在了桌面上，掉进了酒杯里，像是落在大地上的雨水。

我的眼睛也湿润了，我也想在餐桌上就这样放声大哭一场。但我不能，我只能忍着，扭头看着马路，看车一辆辆驶过，仿佛这些车可以带走那些悲伤。

"那你怎么开始设计眼镜的？"我想避开伤心的话题。

"我对眼镜设计有着特别的情感。我这么拼，所以我近视好多年了，但我的眼镜跟我的近视程度一直都不是很匹配。因为我为了省钱，一直没配新眼镜。当我做服装设计赚到第一笔像样的钱时，我所做的第一件事，便是去给自己配一副合适的眼镜。当我戴上新眼镜后，我一下子发觉整个世界都清晰了，我好像重新活过来了。我那会儿在龙潭村打工，我专门给自己放假一天，戴上新眼镜去散心。我走到了旁边的'七星岗'公园，这是一处古海岸遗址，据说五六千年前那里还是一片汪洋大海，可大海早已后退，只留下海浪拍击礁石的痕迹。在一大片裸露的红色岩石上边，可以看到海水侵蚀过的大大小小的洞穴。我站在崖边，通过新眼镜看着这一切，觉得自己看穿了时间，也看透了这个世界。这让我的心情既苍凉又愉悦。

"这个眼镜一戴又是许多年。我去香港深造后，恍然发现自己戴的眼镜是多么老土。我这才意识到，戴上眼镜不仅是为了看清这个世界，与此同时，这个世界也会因为我们的目光而报以回望的目光。这就是世界的目光。世界的目光是一个巨大他者的目光，反而提醒了我们自己的存在。因此，戴上好看的眼镜，便是对世界的目光进行回报。阿良，你读的书多，也许早都明白这个，但我是很晚才意识到这点的。对我来说，这太重要了，是我的新起点，我终于找到了自己做设计的哲学意义。因此，我觉得自己找到了人生的根基。也就是说，设计眼镜，便体现了我的设计哲学。"

我的眼泪终于不受控制，落了下来。我赶紧起身，说抱歉，走去了厕所。在酒精的催化下，我无法控制自己的情感，只得关上厕所门哭了一气。好多年都没有这样了。其实，父亲过世的那年，我只是没有当着母亲和妹妹的面哭，我把自己关在房间里狠狠地哭过好多次。我的父亲是很爱我的，可我总是不愿意承认。

这次竟然因为阿姿的家事而痛哭流涕，我知道自己是爱上她了。折磨她的艰辛是我难以体会的，她却从中学到这么多，并理解到了生活和艺术的深刻哲理，而我所承受的那点东西，跟她所经历的相比，又算得了什么呢？

我陷到一种巨大的感伤当中，这种感伤已经不再限于她了，也关于我自己，以及更大的我也说不清的东西。

阿姿说我读书多，能想到这些，其实我还真没有想过这么深。但是她一说，我全都能理解，好像是激活了心底的一个沉睡火山。因而，我的内心发生了极大的共鸣与震颤。应该设计出一款王者眼镜，"世界的目光"这个命名多么大气啊。这是阿姿的专利，我可不能偷窃她的创意。

【世界的目光】

当我们不再沉溺于所见

世界的目光反而迎面而来

时代需要一副大眼镜

才能看清那个野未来

型号：007

材料：记忆钛以及贵重金属、珠宝配饰

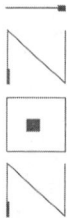

关于这款眼镜，我只是想到它应该是无框的，表示人跟世界交融的无

限性。材料还是应当选用记忆钛的，意味着即便世界进入一个无法预知的野未来，也不能丢失关于过去和今天的记忆。但是，光是记忆钛的材料无法表现出此款眼镜的王者风范，应该跟一些珠宝进行搭配，提升品质。但这是我暂时没有能力实现的。因此，这款眼镜应该让阿姿来设计，她一定会设计出一款精品。

我所能确保的，就是她一定会喜欢这款眼镜的命名。

8

"该你了！"

阿姿说着再次将杯中啤酒一饮而尽，然后杯子重重落在桌面上。巨大的敲击声引得左右侧目，尤其是服务员警惕地望着我们。

"我？该我……什么？"我在感伤中变得虚弱。

"该你讲讲你的故事了，阿良，我能感觉到你和我是相似的，有什么东西在折磨着你，你压抑着自己，但你并不甘心。"

"我有吗？"

"有。"

"其实我对我妹夫陈春秋没什么意见，"我想到此前阿姿问过这个问题，便从这里说起，"但是他跟妹妹还没有自己的房子，我们挤在一起，他们还在凑钱想付首期款，我赚得不算多，母亲让我也给他们凑一份。"

"你当哥哥，不应该帮帮妹妹吗？我的哥哥虽然出了这么大的事，但上学的那会儿，他一直很照顾我的，生怕我在学校里被谁欺负了。"

"我也是的，一直呵护着妹妹长大的，但是……但是她不是结婚了吗？妹夫毕业后来到深圳，几乎是从零开始的。我知道他很不容易，他们还没结婚的时候，我就让他先住到家里来，他节省了不少房租。但老实说，家里地方不大，嗯，不是不大，是很小。六十八平方米，我让他们住在房间里，我自己住在客厅。我这个当哥的，也没那么差啦。本来我们不必这么惨的，如果父亲还在，按照老规矩，我们可以多分一套房子。实际上，在父亲重病的时候，拆迁的风声已经传开了，但父亲不以为意，还跟我们说，不该我们占的便宜坚决不能占。我当时心里想，他怎么会那么迂腐呢，我还拐弯抹角劝过他，让他跟当居委会主任的廖叔商量一下这个事情，廖叔一定会帮我们想办法的，可他闭着嘴巴，不说话，就那样看着我……"

"可惜你父亲死得不是时候。"阿姿说，"我喝多了，这样说你别生气，可你就是这样想的吧？"

"我不是这个意思，但客观上来说，假如父亲能多活半年，真不会是这样的局面。"

"那你不就是在怪你的父亲吗？"

"我……我也不知道，是个悲剧吧。"

"那你到底想说什么呢？他也不想那么早死去。"

"唉，是的，我也不想，我真不是怪他，而是怪命运的捉弄。说心里话，我可怜他。一般我不敢想起他，想到他，我首先觉得他这一生是不幸的，从他的父亲开始，包括母亲和我，都是他不幸的一部分。他的父亲，也就是我的爷爷，我从来都没见过，不知道是跑去了加拿大还是美国，想挣大钱的，但是一去不返，没有半点消息，连怎么死的都不知道。父亲做了一辈子民办教师，连个编制都没混上。母亲曾经一度跟父亲的关系也不好，也觉得他迂腐，不懂得变通，不能赚钱。我本来是很爱父亲的，但他对我太过严格了，在他的潜意识里，男孩子一定不能溺爱，要受苦。他把他不幸的父子关系投射到了我和他之间。所幸，妹妹是个暖宝宝，她和父亲相处得很好。"

"我不了解你的父亲，但听你这么说，他应该是个正直的人。"

"是的，这是毋庸置疑的。可他对我做的每一件事情都百般挑剔，让我无所适从。假如我有能力，可以自己去买套房，就好了。"我被她逼问，脑子一片混乱，不自觉地叹口气，"可我觉得自己失去了这样的能力，我都不敢去想。所以，归根结底，我还是无法面对自己的怯懦吧。"

"你怪你父亲也不仅仅是分房的事情吧，好像你对他又恨又爱，"她笑了声，然后却说，"我们家也是两房一厅，以前也特别挤，小时候我和哥哥住上下铺，长大后，哥哥跟你一样，也睡在客厅里，在他的床边摆了一个印有扬帆出海图案的屏风。哥哥坐牢后，家里是大了，可我倒是愿意哥哥还在家里，挤挤也没关系……"

我刚想说那是因为你还没结婚，还没自己家庭的缘故，可突然间，她像断电的机器人一样，脸部直挺挺地倒在了餐桌上，眼镜都扎进了盘

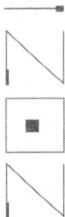

子里。

"你没事吧？"我赶紧跑过去扶起她。她幸亏没受伤。我用纸巾擦干净她的脸，她浑身瘫软，嗓子里发出细微的呻吟。

她彻彻底底喝醉了，这可怎么办？我主动呕吐了三次，此刻除了食道火辣辣的，头脑还是清醒的，我们不可能再像上次一样同时醉倒在路边，现在唯一的办法就是去开房。

我扶着她慢慢走，很快，找到了附近的一家宾馆。办理入住的时候，我居然想起了那则新闻：有色狼专门去酒吧门口"捡尸"，将那些醉倒后不省人事、瘫倒在地的女孩子带到房间里猥亵。这样的念头，让我不敢正眼看服务员的眼睛，仿佛我要干什么坏事。但我又不能开两个房间，也怕她出事，喝醉熟睡后呕吐是很危险的。因此，我选择了两张床的标准间，一人一张，心里倒也踏实些。

迷迷糊糊不知睡到深夜几点，我起身上厕所，回来后顺便看看她。突然，她伸手抱住了我，我也本能地回抱她。她的拥抱不是轻飘飘的触碰，而是极其有力的，我只得顺势躺下。我和她脸挨着脸，她的气息与呼吸占据了我的意识，我们的嘴唇情不自禁地触碰在一起，急切地探入到彼此的边界之内。身体的欢悦如同猛烈的潮水，将我推到幻觉的更深处。

早上醒来的时候，我和她仍抱在一起。

赤裸的身体接触在一起，那种潮热的感觉忽然让我紧张不安，一种自我质疑出现了：我昨晚是否乘人之危犯下错误了？我只得半睁眼睛观察她，却发现她的眼睛正直视着我。从她的眼神中，我能感受到她的温柔。于是，我大胆吻了她的眼睛，然后搂紧了她。

此前，我是多么渴盼能和她在一起，但是，很快让我有了一种不真切的感觉，我依然怀疑这是自己醉酒后的幻觉。

我们起床，一起洗漱，她给我的牙刷也挤上了牙膏，递给我。我接过来，忽然意识到，即便做梦，我也不会梦到这样的场景，这是超出我经验范围的事情。一种美好的暖流让我全身松软，我想再抱抱她，可她灵活地躲开了，咯咯笑着。奇怪，昨晚明明是她酩酊大醉，现在她却行动利索，像是什么也没发生过，反倒是我笨手笨脚，好像仍处于宿醉之中。

"还想喝艇仔粥吗？"她刷完牙，从镜子里看着我问道。

"当然好啊，喝粥养胃。"我赔着笑，小心翼翼地问，"你昨晚喝醉了，你知道吧？"

"废话。"

我又问："咱们聊了好多，你还记得吗？"

她点点头。

"那你没喝断片吧？"

"阿良，你到底想说什么？"

"我经常喝醉后醒来，不知道自己说了些什么。"

"你别再怪你父亲了。"

我一愣，她笑了。

我也笑了。

看来她什么都记得，我的心里终于有种飞机着陆般的踏实。

我们喝艇仔粥，吃虾饺，饮了好多茶。阿姿专门点的是潮汕的单丛茶，既有绿茶的清香，又有红茶的浓郁，解腻又提神，宿醉状态彻底消失。退房后，我们来到江边，沿着江边缓缓散步。我试着牵她的手，她没有拒绝。没有酒精的催化，说话自然没有昨晚那么密集，不过，江边的风景弥补了说话的间歇。白天的珠江没有游船，露出了它的天然本色，正像阿姿说的，它是如此沉默。它将无数的倒影记取在它的记忆里，却无法破解。

我和阿姿并排俯靠在石栏上，凝望着江面，与喜欢的人同看一片风景，跟凝视彼此的双眼有着异曲同工之妙。

阿姿说为了兑现她上次的承诺，要带我去登"小蛮腰"，吃那家旋转餐厅，奢侈一把。我当下心领神会，今天对我和阿姿来说，是值得纪念的一天。从今天开始，我结束了我长达数年的单身生活，有了一个知心人。

我们沿着江边向"小蛮腰"走去，大约走了三公里，有种徒步的快乐。我们走走停停，等走到时，已近黄昏，"小蛮腰"亮灯了，周身都闪着各色彩光，犹如一个巨大的宝瓶。站在下方仰望这个六百米高的庞然大物，令人迷幻不已。我们走进宝瓶，我恍然觉得自己的生活从此开始脱离

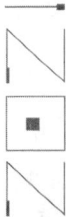

现实，要变成童话了。

电梯是透明的，眼睁睁看着视野阔大起来，江的长度也显现了出来。大江蜿蜒着从这座高楼林立的古老城市横穿而过，江水沉重如同银色的重金属，装饰着万家灯火。这一幕还真是震撼到我了。我承认，我确实没法再跟我妹夫陈春秋说，上去看了看，又下来了，仅此而已。我反而想的是，我以后应该带着母亲，还有妹妹一家子，也要来看看。当然，还有阿姿和她的家人。由我和她带着一大家人，谈天说地，其乐融融，那该多好。世俗生活的普通场景，对我现在来说竟然有点类似奢望。

"我还是喜欢广州。"阿姿跟我一样凝望着大江。

"喜欢香港吗？"

"也喜欢，但不一样。"

"深圳呢？"

"那得问你了。"阿姿收回目光，笑着看我一眼。

"我当然是喜欢的，但我觉得深圳是一个变化很快的地方，要说出对它的喜欢，不是一件容易的事情，得真正理解它。我小时候觉得深圳是最有活力的地方，每个人都是老板，所以那会儿我觉得既然老板这么好当，那还苦哈哈学习干什么。父亲批评教育我，我也听不进去，显然，这种思想害了我，原本我可以有一个更高的起点，可等我意识到这点的时候，已经老大不小了，晚了。"

"不晚，你还要当眼镜设计师呢，加油。"阿姿说着，用手指轻触我的手背，我竟然感动得无言以对。

走进塔顶的旋转餐厅，我们坐定后，叫了牛扒和罗宋汤，我问阿姿："要不要来杯红酒？"她摇摇头："疯了，酒才刚刚醒。"我跟她开玩笑道："你这样说真不像是酗酒的人。"她说："你不懂，喝酒不是爱酒，是一种逃避。"我赶忙说："知道了，我们戒酒。"

沉默了一会儿，我忽然想到不知下回什么时候才能见她，心中一阵焦虑，便邀请她再来横岗玩。

她问我："横岗除了眼镜，还有什么好玩的？"我着实愣了一下，横岗没有大江，也没有大山，只好调侃道："哦，对了，我们那儿有座小山，叫'跌死狗'。"阿姿听后笑了，觉得不可思议。我忽然想起一件陈年往事，告诉她，当年有人为了逃赌债，竟然逃进"跌死狗"里，还是被警察抓住了。

"应该改名叫'跌死人'。"阿姿的语气有些不悦。

我这才意识到自己说错话了，让她想起她哥哥了。

"赌博让人有种失控的激情吧……"既然话已出口，覆水难收，只能想办法宽慰她，我说，"我还知道一个叫陀什么的俄国作家特别喜欢赌博，靠写作的稿费去还赌债，还写成了伟大的作家。你哥哥只是运气不好，他本心肯定不想如此的。"

"陀思妥耶夫斯基。那个俄罗斯作家的名字再难，我都记得住。"阿姿说，"哥哥出事后，我有一天在图书馆看到了一本叫《赌徒》的书，看译者的介绍说这是作者根据自身的经历写的，便借回去看了。"

"对，就是他，我也恰好读过那本书。"

"那你也知道，阿列克谢一开始赌博是为了爱情，但等他赌赢了，却发现赌博的快感远远大于爱情的快乐。他说的那句话你还记得吗？我把那句话抄下来，本想寄给哥哥的，但后来想想还是算了，觉得太过残忍。"

"哪句话？"

"'我的整个生命都成了赌注。'"

我伸出手，握紧了她的手。

食物上桌了，可气氛沉重。我们默默吃了一会儿，不知不觉中，我们已经旋转到了另一侧，没有大江的一侧，只有浩瀚的城市灯光，犹如荧光生物聚集在夜晚的海面。

终于，我把自己的隐秘和盘托出："阿姿，你来横岗看看茂盛世居吧。"我把父亲临终前去看围屋的事情跟阿姿说了，也讲了何氏兄弟艰辛创业的故事。

"茂盛世居，好名字。"阿姿望向窗外浩瀚的灯光，"我喜欢'世居'这个词，有着大地的稳定，被你说得还真想去看看了。"

"大地的稳定……不愧是冼老师，每次都有独到的发现。"

"也许是我敏感了，我想起我的祖先，他们世居在水面上，你听听，这个说法似乎有些超现实。"

"世居在水面上，简直像一句诗。"

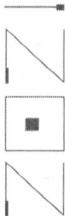

"如果我们深入了解这首诗，会发现这是一首恢宏的史诗。"阿姿若有所悟地沉吟片刻，"我要为母亲设计的那个艺术空间，一直没想到贴切的名字，似乎就可以叫'水上世居'？"

"绝妙！就叫'水上世居'。不仅是为你的母亲，也为所有的疍家人，留下一个激活历史记忆的地方。历史记忆这个说法，其实还是父亲告诉我的。他说个人记忆终究要汇入历史记忆，我当时还不理解。"

"你父亲哪里是个中学老师，分明是个哲学家。"阿姿笑道。

我们的谈话渐入佳境，我有心旷神怡之感："我之前喜欢的是'茂盛'这个词，我还想设计一款叫'茂盛'的眼镜呢，没想到经你一说，'世居'更是意味深长。如果没有'世居'，又何来'茂盛'呢？"

"我知道你的'茂盛'眼镜，昨天看你本子上写了。"阿姿突然有些动情地说，"阿良，你真的是用心了。本来我还没想好去不去横岗呢，但我现在想去了。"

"周末就来吧？"我迫不及待地说。

"这周还有事，下周吧，下周末，我来深圳。"

我笑着说："顺便来我家里做客。"

"你想干吗？太快了吧？"她佯装嗔怒。

"你多虑啦，就是来家里吃顿饭，我把你设计的环保眼镜送给家里人，他们赞不绝口，都想认识你呢。"

"真不知道你是怎么说我的，"她站起身来，"到时再看情况吧。"

她没完全拒绝就有希望，我暗自窃喜。

从"小蛮腰"出来，我们便道别了，她还有事情要忙。我恋恋不舍，握着她的手不忍放开，并让她别再酗酒了。她点点头，说会尽力克制的。我忍不住当街轻轻吻她，她嘴唇微张，说了个无声的"羞"字。

我走下地铁站，回味着这梦幻的一天，脚步像踩在云端上一样轻快和愉悦。

回到家中，妹妹和妹夫上班未归，母亲一个人坐在客厅的窗前，戴着眼镜，一点一点地用竹条编织着造型，就跟小时候给我们兄妹打毛衣一模一样。她那双手，这辈子很少有闲下来的时候，上边布满了粗茧。

"崽，你最近忙什么呢？好像魂不守舍的样子。"

果然母子连心，我脱口而出："阿妈，我有女朋友了。"速度之快，仿佛就等着她问呢。

母亲的手停下来，抬头望着我笑了："崽，你不是哄我开心吧？"

"哪有拿这种事开玩笑的？她在广州，是个好厉害的设计师。"我说的时候，竟然在母亲面前都有些羞涩。

我干脆搬个凳子，坐在母亲身边，把阿姿的情况跟她慢慢讲了。她的父母出身，哥哥如何出的事，以及她如何努力自救的历程，都一一讲了。我感触很深，因此也讲得格外动情。母亲听完之后，竟然摘下老花镜，用手背擦了擦眼泪，连连感叹了几句："苦命的孩子！"她专门说到阿姿的母亲，"这个老太太太苦了，比起她来，我可以称得上幸福了。"我看着母亲布满老茧和伤疤的双手，一时间觉得我和她对幸福的理解是不是很有些差别？

"你想想看，要有多大的苦，才会把人逼疯？要是你出了事，我也不知道该怎么活了。"母亲用泪眼望着我，脸上又挂着慈爱的微笑，"我现在唯一担心的，就是你的婚姻大事，看你一直不急的样子，还以为你要当剩男了，可没想到你是'懒人自有懒人福，迟来食碗猪肉粥'。"母亲把流行用语和客家土话来了个大杂烩，把我逗笑了。我告诉她，阿姿下周末会来横岗玩，但还没说好见不见家长。

"耕田唔好误一年，娶妻唔好误一生。"母亲低下头，她的手继续开始忙，"现在你们好上了，反而不着急，慢慢来吧，你对人家付出真心，人家自然回报你真心。"

"我想带她去茂盛世居看看。"

"去吧，你阿爸，还有何氏的老祖宗，会保佑你的。"

"要是阿爸还在就好了，"我说，"你也不用这么辛苦。"

"你阿爸要在，你也不用这么辛苦。"母亲顿了一下，并没有看我，继续说，"然后你迟早跟你那个远房表哥一样，成天就知道吃喝玩乐，最终染上毒瘾。"

"阿妈，你不能这么说呀！"我有些急了，"我在你眼中就是那样的

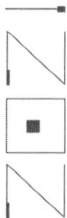

烂仔？”

母亲放下手里的物件，站起身来，向卧室走去。我有点纳闷，母亲这是怎么了，怎么好端端地忽然发火了？她可是个极少发火的人。很快，她又走出来了，手里拿着一个红色的本子，递给我。我一看，是房产证，整个人愣住了，不知她的用意。

“阿良，你阿爸临终前专门跟我说，这套房是留给你的。我看你这些年迷迷糊糊的，不知道怎么过日子，就一直帮你保管着。现在，你谈女朋友了，店铺也算是做稳了，这证应该交给你了。从今天起，你就是一家之主，明天我们就去房管局，把上边的名字改成你的。我要好好养老了，不想再操心咯。”

“阿妈，这上面写谁的名字不都一样？换成我的名字，又不会大一寸，还是咱们挤在一起。”我不知道该怎么回应母亲，只好说着这样的话掩饰慌张，然后把房产证重新放回了抽屉，仿佛那东西是见不得光的。

“嘴硬。”母亲说，“就这么定了。”

过了一会儿，妹妹回来了，她看到我有些意外：“咦，哥哥，今天这么早回家？”

“你快有嫂子咯。”母亲搭腔道。

“真的啊？太好了，我要看照片！”

“小细别胡闹，哪有照片看！阿妈，你嘴太快了。”我嘴上严厉，脸上的表情一定是掩饰不住在笑。

“世居”对我来说是个理所当然的名字，我竟然长时间忽略了它。在我的意识里，“世居”跟“围屋”都快变成同义词了，但它们显然是不一样的。“世居”与其说是一个词，不如说是一句话。在两个字构成的简洁叙事中，透露出的是一部史诗的片段。“世居”是时间和空间在人类身上的结合点。

但“世居”终究还是被我忽视，被很多人忽视，尤其是被带着大地属性的人所忽视。反而是阿姿这个水上居民的后裔赋予了“世居”全新的意味。是啊，在水上世居意味着怎样的漂泊与荡漾，意味着怎样的艰辛与磨砺，更是意味着怎样的诗意与自由。

在水上世居——凡是有水的地方都可以称之为故乡。

这不仅仅是一种比喻，也是现实。实际上，在知道阿姿的身份后，我在网上查阅了疍家人的相关资料，知道疍家人不仅分布在广州，还分布在珠江流域与韩江水系的很多地方，从江门、东莞、佛山到潮汕地区，都有。而且不只是淡水，从福建到海南的沿海港口，从古至今一直有疍民的船影。在江水上讨生活的叫"河疍"，在大海里闯荡的叫"海疍"，还有一种专门养殖和采集珍珠的叫"珠疍"。回头我会好好跟阿姿聊聊这些。可惜她的母亲已经失去了大部分的记忆，无法回忆起祖辈的更多生活。

疍家跟客家真是具有鲜明对比度的两个族群。当客家人用一砖一瓦把自己安全守护起来的时候，疍家人却在敞开的水面上不断寻找着适合生存的地方。可以说，疍家人是最极端的游牧者。当中亚大草原上的游牧者第一次感受到大陆的广袤时，以水为家的疍家人早已在风浪的拍打下寻找着世界的尽头。

【世居】

住下来，因为大地是稳定的

住下来，即便水面是晃动的

住下来，生命靠繁衍穿越了时间

住下来，空间向所有的生命敞开

．

型号：008

材料：设想用黄金代表大地，用蓝钻代表大江

设计人：希望能和阿姿一起完成

住下来，不仅是身体安定下来，心也要安定下来。那么，我跟阿姿何时才能真正地住下来呢？如果说，从前我根本不敢想这个问题，但现在，显然我们正在往那个方向迅速发展着。总有一天，我们会住下来的，身与心一起住下来。

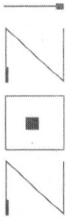

9

　　这段时间我和阿姿的微信来往频繁，稍有空闲，我便给阿姿发信息，她若恰好没在忙，便会很快回复我。这种"秒回"的感觉真美妙，像是传说中的量子纠缠。有另外一个生命可以随时跟自己产生互动，我生活中的凝滞感开始从深层被搅动起来，即将彻底消散。不过，我们在微信上极少聊那些伤心事，聊的都是一些无关痛痒的事情，比如：你吃饭了吗，吃了什么，好吃吗，拍个照片来看看……如果普通人之间谈论这种话题，是没话找话，惹人厌烦，但是对有情人来说，这些索然无味的问题是如此生动有趣。不知道是不是我每天笑吟吟的缘故，眼镜都能多卖出几副。

　　转眼到了周五，我找来一页打印纸，在上面用油性笔工工整整写下了"周末休息"四个字，只要阿姿一声令下，我便会立刻贴在门口。

　　临下班，我兴冲冲问她明天是否过来，她说明天不行，可能要后天了。"明天，阿爸想和我一起去探监，有挺长一段时间没去探望我哥了。"

　　我理解她，去看望那个可怜的哥哥，对她和她全家人意味着太多。

　　"那你阿妈怎么办？"

　　"会请邻居阿姨帮着照顾一下，其实也就是半天时间。"

　　"那我等你信息哈。"

　　"好的。"

　　她去看过哥哥，心里肯定不好受，我琢磨着应该怎么安慰她。可这哪是几句话的事情，所以一直想不出来，索性作罢。到时只能多听听她自己的想法了。她是个很有主见的人，我愿意做她的聆听者。以后，我们真在一起了，我愿意陪她去探监。她哥哥看到妹妹有家庭了，一定也会感到欣慰的。

　　晚饭后，我看阿姿一直没来信息，便再次发微信，问她今天的情况。可她还是没有回我。她的心情一定是糟透了。

　　即便她心情低落，也应该回复一下我的信息呀，哪怕是简简单单的几个字都好。难道她出事了？这个想法犹如洪水，淹没了我的堤坝，我整个人陷入到了焦灼的沼泽当中，难以自拔。

　　睡前，我又给她发微信："阿姿，你还好吗？无论遇见什么事，我会陪着你。"

我紧闭双眼，知道自己今夜怕是要失眠了，但有什么办法呢？也只能忍受着，希望早上的时候，阿姿经过一夜的缓解，能够恢复跟我的联系。

不知凌晨几点了，我翻来覆去，总觉得这床、这枕头让人不舒服。我忽然很想喝酒，想把自己灌醉。阿姿之所以酗酒就是因为这样的难熬吧？这样一想，我觉得自己的心似乎离阿姿近了些，反而昏昏沉沉地睡着了。

早上醒来，我听到妹妹在厨房里忙活。正是那声音吵醒我的。我第一时间便是抓起手机看，可阿姿还是没回信息。我的心脏立刻抽紧，睡意全无。大门忽然开了，陈春秋提着一个黑色塑料袋进来了，能听到活虾在里边砰砰乱撞的声音。

"哥，小细让我买的九节虾，很肥的，等嫂子来了再下锅。"

"她今天可能来不了了。"

"不是说好了吗？"

"我说了没说好，你们非不信。"

说着，我的情绪有些激动，声音不由得大了。母亲不在家，妹妹从厨房里探出脑袋来问："怎么了？"

"嫂子不来了，哥生气了。"陈春秋的语气还有些委屈。

我无法反驳，突然间，眼泪就涌了出来，视线立刻有些模糊。

"哥，你别着急，慢慢说，到底怎么回事？"妹妹扭头关了火，两手在围裙上擦着走了出来，恍然像是母亲年轻的时候。

事已至此，嘴巴硬是没用的了。

"我和她失联了。"我说。

"失联？"

"发了好多信息，她都没回，打电话，也不接。"

"为什么会这样呢？之前你们吵架了？"妹妹锲而不舍地追问。

这下好了，我不得不把她去探监以及她哥哥为什么待在牢里的事情说了，我在说的时候怀着羞辱感，好像说的是自己哥哥的事情。我也担心说了这些，会影响阿姿在妹妹两口子心中的形象和尊严。

"哥，咱们是一家人，你说这些别不好意思，你对春秋家那点破事不也是了如指掌吗？咱们现在要好好商量一下，该怎么办。"

"别那样说春秋。"我瞪妹妹一眼。

陈春秋家在陕西终南山下世代耕种，他父母前几年听说了一种叫"阳光玫瑰"的葡萄很赚钱，一穗就能卖到两百多块，便向儿子陈春秋借钱投资。陈春秋跟妹妹商量，妹妹也被"阳光玫瑰"这个无比诗意的名字给诱惑了：葡萄园里全是阳光玫瑰的清香，她带着孩子任意采摘，边采边吃，果真是"采'萄'东篱下，悠然见南山"。这个场景让她无法抗拒。陈春秋就把一大笔积蓄都给了父母，他们在终南山下承包了一百亩地，全都种上了"阳光玫瑰"。一年后，因为栽培技术不到位，以及感染了炭疽病，几乎白忙活了一年。而且，由于当地种植葡萄的农户越来越多，"阳光玫瑰"的价格也一路走低。父母本想挣钱给儿子在深圳买房，可现在连自身都陷入了危机。

"没事，哥，我相信葡萄园会旺起来的，"陈春秋说，"现在你的事情要紧，我要是你，就立马坐车赶过去看看怎么回事。"

妹妹不同意，她从女性的心理出发进行分析，觉得不应该那么鲁莽，而是要给对方一个缓冲的时间。阿姿不回信息，肯定有人家的特殊情况。她不惜用自己举例，说有几次她跟陈春秋吵完架，她想一个人冷静一下，可陈春秋就是不依不饶，让她极为烦躁，甚至都有了分手的心。

陈春秋涨红了脸说："啥叫不依不饶，我是赶紧跟你道歉，想得到你的谅解。"

"那会儿道歉有什么用，就是想冷静下来，什么话都不想听。"

"好吧，可是哥跟阿姿并没有吵架啊，忽然不联系了，会不会出什么事了？"看来，男人的思维方式都差不多。

"不会的，我想至少阿姿本人应该是没事的，毕竟她的手机没关机，能打通，也没有把哥哥的微信给拉黑呀，不是吗？"

我和陈春秋不由得对视了一眼，同时被她说动。

"也许她喝醉了呢？哥哥你说她是经常酗酒的，她去监狱里看到自己可怜的哥哥，一定很难受，然后把自己灌醉，这应该是很容易理解的。哥哥你要是做了什么错事，被警察抓了，我去监狱里看你，我一定也会很难过的。"她竟然开起了玩笑，咯咯咯笑起来。

"死丫头，诅咒我吗？"我哭笑不得。要不是妹夫在这里，我一定要教训她一顿。不过，我紧绷着的心确实放松了。我觉得妹妹说得很有道理，也许还是女人了解女人。于是，我问她："那你说我该怎么办，就这么等着？"

"你今晚再给她发个信息，她若不回，你再打她电话。"

"不接呢？"

"那就好好睡觉，明天再说。"

"要是明天还不回呢？"

"不会的，你又没做什么错事。"

"就因为这样，我才心里没底呀。"

"哥——"妹妹拖长了音调，"我看你是太久没谈恋爱，变得疑神疑鬼，患得患失。如果你们没能走到一起，那就是缘分还没到。现在，你要淡定！"

她转身走进厨房，继续去做菜了。我心底那个长不大的弱小妹妹，从什么时候开始有了如此强大的能量？

晚饭后，我发了信息，打了电话，还是没回应。

妹夫买了六瓶珠江纯生，一袋南乳花生，主动过来陪我。我们一开始聊的是"阳光玫瑰"的话题，避免提及阿姿。不知怎么回事，我们从"阳光玫瑰"一路聊到了刚刚出台的三孩政策，陈春秋感慨自己三十五岁了连一孩都没有。我这个大龄"剩男"单身日久，对孩子的事当然从不上心，但听他这么说，才意识到情况很严重了。

"你们赶紧要呀！"我说，"还要等到什么时候！"

陈春秋支支吾吾，还是说了："哥，不是在凑首付款嘛……现在要是怀了，空间不够啊。"

该来的终于来了。

此前有母亲做挡箭牌，现在要直接面对了。

"我说你这个人是不是有点死心眼呀！"我趁着酒劲儿，呵斥他道，"老话怎么说的？'有苗不愁长'，你们先把孩子要到了再说，车到山

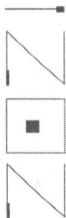

前必有路。咱们一起住，地方是不大，但也不差一个小宝贝吧？你知道历史上的疍家人吗？世世代代都生活在船上。一艘渔船能有多大，大人和几个孩子都生活在上边，都能延续数百上千年！咱们六十八平方米两房一厅的房子还比不上一艘小船吗？"我越说越激动。

陈春秋嘴巴张了下，估计想反驳我的，但又喝了口啤酒，把话咽下去了。

"实在不行，我到时搬出去住，你们北方人不是说，活人不能让尿给憋死。"

"哎，哥！你可别……"

"你叫我哥，就要听我的。从明天起，你要戒酒，开始锻炼。你作为资深的'程序猿'，也要尽量不熬夜。明年我要看到你们的孩子。"我很少以长辈身份跟他说话，现在我认为，我确实得管管他们了，我趁着劲头继续说，"你们对生活的认识太刻板了，非要把买房跟生孩子两件事关联起来。可是，那种野蛮的、顽强的、不顾一切也要生存于世的态度，才是人类绵延至今的动力。春秋，你是陕西人，你很自豪，因为你的故乡文化底蕴深厚，那我问你，你知道你们陕西大儒张载说的那四句名言吗？"

他摇摇头，有些茫然。

"那你听好了，"我一个字一个字地慢慢说，唯恐他听不清楚，"'为天地立心，为生民立命，为往圣继绝学，为万世开太平。'你说，这是什么气势？再看看咱们，盘算这个，盘算那个，然后不敢结婚，不敢生孩子，不敢辞职，不敢生病，别说不敢死了，甚至都不敢活着，让人工智能来替我们活，我们是不是都活得太小了？啊？太小了，太小了！你看《动物世界》，动物为了繁衍所付出的是什么代价。就连狮子这样的百兽之王，一生中也得不停繁衍，才能保证有那么几只小狮子逃过鬣狗的撕咬、疾病的感染、饥饿与干旱的威胁，从而勉勉强强活下去。春秋啊，大胆地活！活下去，活好了，才能帮到更多的人。"

"哥，说得好啊！我听你的！"

我忽然想到了那个模糊的差点被遗忘的念头，赶紧起身，走到客厅屏风后面的桌子前，拉开抽屉，将暗红色的房产证拿了出来。也许，这正是母亲把它交给我的意图吧。我走过去递给陈春秋，说："拿去银行，少说也能贷出百十来万，先把首付款付了再说。月供咱们一起想办法，其实也没那么难啦。"

妹夫已经语无伦次了，说什么也不合适，干脆倒了满满一杯酒敬我。

我看到了他眼里的感激和敬慕。

实际上，我自己都惊异于自己的表现。这段时间跟阿姿的交往，似乎让我过去经历的那散乱的一切，都在重新受到激发，产生系列的化学反应。尤其是跟阿姿的失联，让我更深地审视自己。

我举起酒杯，跟妹夫碰了。然后，我们一杯又一杯，加快了速度，一切尽在不言中。六瓶纯生喝完后，我倒头便睡。

周一，没消息。周二，还是没消息。

我不能再等下去了，她那边一定发生了很大的事情。我赶紧买了周三最早的高铁票，第二天八点半就到了创造社门口。

阿姿的工作室紧闭，一直没开门。我等到中午，她也没来。我询问一个年轻的保安，他摇摇头，说："不清楚。"

我一直等到了晚上，阿姿的工作室还是没开门。我深感绝望。这时，门口的保安换班了，来的正是那个收留过我和阿姿的东北保安。我赶紧上前，说起往事，他自然记得，哈哈大笑起来。

"她怎么一直没来工作室呢？"我问道。

保安大哥瞅了我一眼，大声说："你俩闹掰了？她发生啥事，你来问我？"

"没有闹掰……她不回我信息，急死我了。"

"吵架了吧？年轻人没事别吵架，尤其是你作为男人，要多包容。"保安大哥教训完，才换了个语气说，"冼老师的店周一就没开门，两天了。"

"您知道她家在哪儿吗？"

"这我哪知道呀。"

阿姿那边一定出事了，我再次给她打电话，她还是不接。我无计可施，走到她的工作室门前，一屁股坐下去，这样能让我觉得离她近一点。

保安大哥慢慢走过来，问："大兄弟，还是不接？"

我点点头。

"这样吧，我帮你打个电话怎么样？"

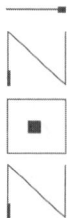

"你帮我？怎么帮？"我纳闷了。

"用我们物业办的座机打，她也许会接。那个号码她肯定是存了的。毕竟物业很少打电话，要打电话都是有事。"

他说得很有道理。我真没想到，这个东北大哥会第二次救我。

"谢谢大哥！"

我跟着他来到保安室，里边有两部电话，其中一部是物业值班电话。他把座机设置为免提，然后拨通了阿姿的手机。

一声声缓慢的"嘀"传来，我紧张得两手心都是汗，只能捂在大腿上。还是无人接听。就在我心里放弃的瞬间，电话接通了。

"喂？"

那正是阿姿的声音。

保安大哥示意我先别说话，他先介绍了自己，阿姿说有什么事情吗？他这才换了个语气说："冼老师，那个跟你一起喝醉酒的大兄弟在你工作室门前等两天了，要是你不回他的信息，他会一直在这里等你。"然后，他添油加醋地把我说得特别惨，我对这位东北大哥的口才十分佩服。阿姿那边长时间沉默着，我很怕她会突然挂掉。但她突然开口了，问道：

"他现在在哪里？"

"还在你工作室门口坐着呢。"大哥看了我一眼，"需要我去叫他吗？"

"不用了，我会联系他的。谢谢。"说完，阿姿挂断了电话。

"大兄弟，只能帮你到这儿了，等着吧。"

我买了一箱啤酒送给大哥，他说他现在上班呢，可不能喝。我把那箱啤酒放到保安室，然后从里边掏出一瓶，一个人又坐在阿姿工作室门前，小口喝着苦涩的温啤酒。大哥看我这样，也只能摇头叹气，忙他自己的事情去了。

过了一个小时十一分，我终于收到了阿姿的微信：

"阿良，我阿妈过世了。我不想跟任何人说话，请你理解。对不起，快回去吧。"

我犹如遭遇雷击，手里的啤酒瓶摔在了地上，碎了一地。脑海中浮现出了那个我想象中的失心疯老太太，她滑稽可笑，絮絮叨叨，脸上的皱纹多得吓人。

但是，她死掉了。

一股巨大的悲凉，让我如鲠在喉，泪眼迷蒙。

我该如何安慰阿姿？我无法安慰她了。

这世上没有任何人能安慰她了。

我呆愣许久，手有些颤抖，给她回了个信息，请她节哀，并告诉她，我会一直陪着她，在她需要我的时候，随时联系我。

她没有再回复。

我不知道她家在哪里，只知道不远处的那条大江与她是相通的。我起身，到保安室里拿了扫把簸箕，把碎瓶渣打扫干净。保安大哥看着我面如死灰的脸，连连叹气。也许是怕我想不开，他让我今晚就住在保安室。那保安室的床上满是我和阿姿同醉同宿的记忆，我现在哪敢轻易触碰。我谢过大哥的好意，一个人向珠江走去。

时已深夜，江边没有一个人影。"小蛮腰"那绚烂的灯光秀也熄灭了，露出灰色的骨架，那像是储存光焰的容器。

我俯身在石栏上，江风带来了寒冷，这一年马上就要过去了。我回忆着我跟阿姿一起望江的时刻。昏暗的江面上传来马达"突突突"的声音，一艘收集垃圾的小船从薄雾中显影，一个寂寞的工人站在船舷，用长柄网兜打捞着水面上漂浮的垃圾。

阿姿的母亲，她是最后一个在水上长大的孩子吗？这沉默无言的江水还记得她的童年吗？

但愿这次阿姿依然能挺住……

我陷入一种奇异的伤痛及其带来的迷茫当中。我当然知道，我永远也无法抵达阿姿心中的疼痛程度。我不认识那个老太太，我伤心很大程度只是因为她是阿姿的母亲。我心底还升起了巨大的迷茫，我感受到了人生的那种不确定性。

本来，我们来到了一个风景优美的路口，在这个路口多走几步，我就可以见到阿姿的母亲，再多走几步，我们便可能改变我们的生活。但是，就在这个路口，就在这个时刻，阿姿的母亲忽然离开了这个人间，这同时改变了这个路口的走向。

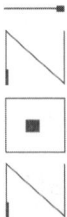

这个路口的风景不再优美，犹如暴雨天降，或是冰雪肆虐，我不得不眯起眼睛，看到阿姿在巨大的冲击中瑟缩起身子，变得越来越小，几乎如石头一般了。我看不见她的眼睛，她也不再看我，我们即将相接的存在重新独立开来。

设计眼镜，大多数时候都是为了让人们更加清楚地看到这个世界，但是人们为什么会发明墨镜呢？仅仅是为了过滤强烈的阳光？显然不是。就像我之前说的，眼镜也在遮挡着什么，通常是让别人看不清我们。不过有时候，譬如此刻，我们也需要这样一款眼镜：让我们即便在能够看清事情残酷真相的时候，也能人为地将它放置在雾气弥漫的保护之中。

【薄雾】

我们一直努力要看得再清楚些

可很多时候，我们无法看清

更有一些时刻，我们不想看清

因为薄雾的后边隐藏着深渊

型号：009

材料：渐变色镜片；牛角镜框，显得稳重

设计人：希望能和阿姿一起完成

我凝视着江面上的薄雾，很久很久，意识逐渐虚幻起来，一时不知自己置身在何方。后来，有风吹过，对面高楼的顶层从薄雾中显露出来，几家未眠的灯光照进我的眼睛，才让我恢复了一些现实感。

10

回深圳吗？不。阿姿承受着巨大的痛苦，我怎能就这样回去呢？我要住下来。也许明天，也许后天，等她情绪稍微好一点的时候，我便可以见到她，力所能及地为她做点什么。

走进距我最近的这家宾馆，柜台后的服务员一边给我办手续，一边看着手机里的抖音哈哈大笑。那笑声在深夜里显得有些空洞。我看到了他的手机屏幕：一只哈士奇狗在看电视，而在主人回家的前一秒，它关了电视，俯卧在门口，像是什么也没发生过。

动物要在人类当中生存下去，也学会了欺骗。

不，我其实并不相信那个视频。动物不懂得欺骗，正如动物不相信死亡。我更喜欢电影《忠犬八公的故事》里的秋田犬，它曾让我在深夜哭得稀里哗啦。它用一生等待已经死去的主人，只是因为它不相信主人已经离世。

当你深爱一个人的时候，死亡便是不可告知的，死亡成了一场自我说服的自残。这充分说明了爱是死的反面。

除非，你目睹了那个人的死亡。

中国人在亲人弥留之际，跨越千山万水来见，表面上是给对方一个安慰，深处则是因为只有目睹死亡才能放下爱的执念。

没有电梯，我疲惫地爬到三楼，迷迷糊糊躺在床上，可脑子里乱哄哄的，想象中的阿姿的母亲不时出现。假如我和阿姿结婚，我也要叫她阿妈的，她会把我当成那个闯了祸的儿子吗？假如真是那样，我会扮演下去的。

直到窗外晨曦亮起，我也没能沉睡。

我起身拉开窗帘，看到珠江近在咫尺，可确实没有听见"江声浩荡"。正如阿姿所说，江是沉默的，满怀心事。

喧嚣的不是江的声音，而是汽车行驶的声音、市场叫卖的声音、楼下争吵的声音、楼上装修的声音……喧嚣的都是人的声音，而其中最喧嚣的，却跟江声一样，是听不到的，那就是人们心底的声音。

此刻的阿姿，肯定听不见我心底的声音。而我真的能听到阿姿心底的声音吗？没有灵魂之间的亲密关系，我怎么可能分担她的痛苦？我始终只是一个外人罢了。

理解一个人的痛苦是容易的，但这种理解跟置身于痛苦相比，就显得太轻浮了。我忽然有了冲动，我要把阿姿在广州经历过的地方，全都实地走一遍。也许只有这样，我才能真正听清阿姿心底的声音，才能够真正接近她。

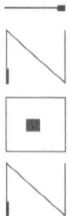

接近她的灵魂，让她对我产生来自灵魂的真正信任，她才会允许我跟她一起面对那巨大的不可化解的痛苦。

我来到楼下，开启导航，开始行走。我不会乘坐任何交通工具，要用脚一步步走在广州的街道上。

先去女子学院吧，那是阿姿成为她自己的最初之地。我独自一人站在栏杆外边，再次凝视着校园里墙上的画，恰好有一名女生走过，她勾着头，匆匆忙忙的，只留下一个背影。曾经阿姿也是这样的吧，阿姿似乎很少提到她的朋友，也许她就是孤独地在这校园里蓄积着力量。我还回想起了自己的青春，有些惆怅。我本想站在这里多看看的，但是门卫出来了，他盯着我看，眼神里充满了警惕与蔑视。估计他把我当成偷窥女校的色狼了吧，我只得离开。

接下来，去龙潭村吧。那是她走进社会的第一站。

太阳当空，尽管已经十月，可广州的溽热依然让人大汗淋漓。走了整整一个小时，我才走到龙潭村。

走进牌坊，来到内街，我看到了一个芜杂繁忙的世界。路上全是装满了布料的推车，后边跟着焦急的出租车和私家车。人们推拉着小车，走进更窄的内巷。我忽然想起阿姿说起的凶杀案，原本燥热的身体掠过一丝阴冷。

我抬头看着周围的楼房，其中必有一栋是她住过的。这里喧嚣依旧，繁华依旧，人心的希望、欲念，以及深渊依旧。我不由自主地把眼光再往上看，看到那无垠透明的蓝天。嗯，不会错的，那才是阿姿当年在这里的心境。

因此，我没有忘记她提到的七星岗，那个古海岸遗址。她在那里寻到了一个更深远的所在，从而安放着心灵的目光。

从村尾穿过高架桥，很快就到了七星岗。一道矮墙后边，竟然就是时间留下的可怕荒寂，那些赭红色的礁石依然保持着迎受海浪击打的姿势。

海岸线对人类来说，是一道实与虚的分界线。尽管这里的海水早已退向远方，可仍有什么牵动着人心。也许，六千年前，某个手持石器的人类先祖也曾在这里眺望过，我能感到他的目光充满了恐惧与希望。

我在这个特殊的地点，寻找着阿姿的目光。我凝视着那遍布凹坑的苍老礁石，感到我们的目光在六千年前相遇了，那无形而神秘的量子信息瞬间被激活，消弭了时空的阻隔，跟阿姿同频存在的感受，如六千年前的海浪般绵延不绝地呼啸而来，让我浑身战栗，不由得坐在岩石上，双手紧紧握住岩石的棱角，在心里轻呼她的名字——阿姿。

黄昏来临，阴影覆盖了周遭，我才依依不舍地离开。我继续出发，来到五凤村。这里的店铺密度之大，犹如蜂巢。我被震惊了。阿姿曾说，如果把这里的每个档口看一遍，需要花两年时间。我当时还以为她在开玩笑，有夸张的成分，但没想到她说的是事实。临走时，我看到宣传栏里的规划，明年这里就要拆迁了，要建新"国际创新谷"，还有设计师工作室。

这会让阿姿感到些许安慰吗？

回到宾馆，我精疲力竭。稍稍休息，喝杯水后，我简单给阿姿发了个微信，告诉她我还在广州，等着她的信息。简单洗漱后，我便躺下了。连续的失眠与今天的大强度行走，让我很快失去了意识。

早上醒来，打开手机屏幕，阿姿没有回信。在我意料之中。我似乎已经习惯了这种单方向的联系。但我深知，这种习惯是暂时的。因为我还在广州，跟阿姿在同一座城市。假如这样持续下去，等到我不得不返回深圳的那一天，我将会无比伤心，那很可能意味着我和她的彻底终结。

我要把我在她的"故地"看到的，分享给她。这些地方的变化她也许还不了解，而我对这些地方的感受，则与对她的思念缠绕在一起。

点开手机的文档，我开始给阿姿写信。我想一点写一点，可能词句不美，甚至前后文都没有关联，但我是真诚的。我先写了今天的见闻与感受。实地走过之后，跟此前想象的确实很不一样，那些街道，那些建筑，那些面孔，我闭上眼睛，就会重新浮现，仿佛那段岁月是我跟阿姿共同度过的。

阿姿的母亲过世，也让我想到了父亲过世时的很多事情。我发现自己是如此怀念他，可他在自己心中的形象却在逐渐消散。记忆终究是会磨损的，不是因为我们不再珍视记忆，而是因为记忆的载体——神经元细胞是会衰老的。我要是能跟父亲多聊聊天该多好，而我总是惧怕他，离他远

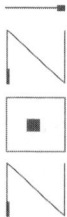

远的。我告诉阿姿，我哭得最厉害的时候，便是从火葬场的焚化炉捡出父亲骨殖的时候。

我们额外付费才让父亲享有单独焚化的待遇。要是父亲在天之灵知道，他一定不会同意的。他在生命的最后一年看破了生死，反复跟我们说，他的后事一定从简，骨灰随便找个地方撒掉，只要在横岗这片土地上就行。但是妹妹担心直接送出来的骨灰不纯，夹杂了别人的，便坚持要购买单独焚化的服务。我和母亲也不再拦着她。半个小时后，工作人员叫我们进去。妹妹忽然有些不敢进去，我和母亲让她等着。也是，妹妹还是不要看到残酷的景象为好。

尽管我有心理准备，但现实情况还是超出了我的预计。我看到父亲变成了一副白色的骨架，那白色如此纯洁，犹如光滑的白瓷，让我触目惊心。工作人员站在一旁，用铁钳指着骨架，跟我和母亲说：

"要哪块，便敲碎哪块。你们自己来还是我来？"

"我们自己来。"母亲说。

她接过了铁钳，从脚开始，轻轻一碰，那地方就碎成小块了。母亲忽然号啕大哭起来，我接过了铁钳，让母亲也在外边等我。那个时候，我根本顾不得伤心，死亡的巨大阴影让人喘不过气。我从脚开始，每个部位都捡一点点碎片，放到提前准备好的黑陶骨灰盒里。最后，我轻触头颅，将头盖骨放在了最上边。这样，至少在我的感受中，父亲依然是一个完整的存在。

装好骨灰盒，将盖子合上，在外面又披了一方黄色的绸缎，我方才抱着它走出去。等在外面的母亲和妹妹抱在一起哭泣，看到我手中的盒子，她们的哭声骤然升高。我仍然没有哭，我紧抱着骨灰，跟母亲和妹妹坐上了开往墓地的车。我们怎能忍心将父亲的骨灰随意抛撒呢？我们只好违背了他的意愿，举办了一个简朴的葬礼。

想来父亲不会怪罪我们的，因为说到底，是我们需要一场葬礼，是我们需要一个跟他告别的仪式，是我们需要一个纪念他的地址。

这些事情通通都是为了我们，而不是为了他。他已经在最后的时刻完成了自己。

在车上，我手中的骨灰盒逐渐温暖起来。我当然知道那是骨灰的余温传递出来了，但那种温暖的手感，像是父亲以另外一种形式活了过来，而我把他捧在手里。

我突然崩溃，泪水一直流，一直流，把骨灰盒上的黄色绸缎都浸湿了。

回想起那一刻，我很想再大哭一场。可我从未跟任何人说过这些，包括妹妹。这几天阿姿正在经历同样的至暗时刻，我把这些心底的隐秘都向她撕开和敞开，唯有如此，才能让她明白我愿意同她共同分担人生的困难与责任。

从早上写到天黑，不知道自己写了多少字，因为我不敢回看自己写的东西，很怕因为尴尬和胆怯而删掉。我将这个文档命名为"写给阿姿的话"，犹豫再三，还是发给了她。看到文档出现在对话框内的一瞬间，我感到了极度的虚弱。两天来，支撑着我行动的激情彻底耗尽。我这才想起，今天还没吃饭呢。

我躺在床上，打算休息一会儿再出去吃东西，可没想到直接睡了过去。等我再醒来时，周围极度安静，我拿起手机，看了下时间：凌晨三点十分。我进入手机界面，不抱任何希望，习惯性地点开微信，忽然发现阿姿在几分钟前给我回信息了！我直接从床上跳了起来，身体不小心撞到椅子上，发出了巨大的噪声，楼下估计被吓得够呛。

她只发了短短三个字：

"你在哪？"

但这三个字对我而言，就像是日出一样壮丽，我赶紧回复："我在广州。"

"我知道。具体呢？"阿姿竟然还在线！

我也不知道该怎么描述，便直接把定位发了过去。我想跟她说，我一直在等她。

"你等着，我现在过去。"她回复道。

简直难以置信！我怀疑自己在做梦，于是，继续发信息给她："我一直在等你……"

"再等一会儿。"她秒回。

我的心都快化了，给她发了个大大的拥抱表情。

她说："把房号发我。"

"303。"我觉得从今以后，"3"会是我的幸运数字。

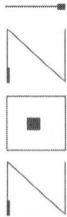

我将房间的灯都打开，洗了脸，剃了胡须，让自己彻底清醒。

不到半小时，有人敲门。我打开门，看到她不仅一身黑衣，而且在深夜还戴着墨镜，墨镜的线条下垂而悲伤，仿佛她的心境。

进门后，我便紧紧抱住她，她瞬间哭了起来。我也哭了，蓄积多天的悲伤、担心与委屈也倾泻而出。当我控制住自己的时候，感到她在我怀里像只受惊的小猫一样颤抖着。我劝慰她别哭别哭，轻轻摘掉她的墨镜，给她擦眼泪。我这才看到，她的眼睛已经红肿得不像样子了。

"哭多了，怕光。"她捂着眼睛说。

我让她在床上躺下，我关灯后躺在她身边，抱着她。她蜷缩在我怀里。

"为什么一直不回我信息？"我还是忍不住轻声问了一句。

这句话让她好不容易止住的哭泣，再次爆发。

"对不起，对不起……"我抚摸着她的背，"不管发生任何事，我都会陪你面对的。"

"我没法面对你，因为我还没法完全确信我们的关系。"她哽咽着说，"我对感情很认真，是要安身立命的，我还没准备好。尤其是阿妈突然走了，我的心完全碎了，乱了……"

我亲吻她的额头，不再说话，只是静静陪着她。此刻，她能在我身边，已经是对我最大的信赖了。至于今后，就交给时间与缘分。

外边起了喧嚣，清晨就要到来。忽然，我听到了一声汽笛声，那肯定来自一艘船，然后，我真真切切听到了江水拍岸的声音。

大船驶过后，江水拍击岸边，发出了深沉的波浪声，有些像大海的潮水。但不同的是，大海的潮水有种主动性，是向上飞升的，而这江水是被动的，因而是沉重的，它只能上升到一定程度，然后便下坠和远去。

深流的江水如果没有船的激发，依然是寂静无声的。就像孤独日久的人，总会陷入坚硬的沉默。

能用"江声"来命名眼镜吗？没什么不可以的。谁说眼镜只是为了看？我已经明白了，眼镜有时是为了遮挡，为了不看，那么，我觉得眼镜也可以抛开视觉，转而跟听觉发生关系。我忽然想到了李商隐的诗：《暮秋独游曲江》。我记得这首诗还是因为妹夫。我当时很好奇，他怎么那么文艺？后来他说因为曲江在他老家附近，是唐代的皇家园林。我说他真是个家乡控，可他不承认，他说汉唐长安是所有中国人的乡愁。也许是吧。

那一年，妹妹跟陈春秋刚刚谈恋爱，有一次吵架后，陈春秋送给妹妹一束玫瑰花，花丛里还夹着一个卡片，上面就写着《暮秋独游曲江》的后两句："深知身在情长在，怅望江头江水声。"妹妹手持玫瑰，看了这诗，很快消气了。那时我还不知道我的"情"在何方，所以对后一句"怅望江头江水声"极为有感触。现在想来，那江水声可不正是望见的吗？

【江声】

你望见江在叹息

像是刚刚睡醒的人

想到了活着的重量

江声低沉，一路远去

带走两岸所有的杂音

包括心底的呢喃与呐喊

为了抛开这痛苦

连快乐也一并拿去吧

我们只是静静拥抱

在这江声中休憩

型号：010

材料：黄金，手工雕刻江水的纹理；镶嵌小钻，如大浪淘沙

设计人：这是一对专为我和阿姿设计的情侣眼镜，所以今后必须和阿姿一起完成

11

她在我怀里如此寂静，没有任何声响，我甚至都听不到她的呼吸声。我以为她睡着了，我甚至以为自己也睡着了。可她忽然开口说话："周六

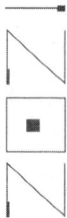

那天，我去监狱看完哥哥回来之后，特别想陪阿妈去散步。"

我这才意识到自己还醒着，并没睡着。我摸摸她的脊背，让她继续放松。

"阿哥在监狱里表现良好，他居然靠着自学取得了广州体院教育学的学士学位，这真是个好消息，他没有放弃自己。阿爸也很欣慰，他们父子俩隔着玻璃还哭了挺久。回到家后，我让阿爸在家里休息，我想带着阿妈去江边走一走。"

她的声音很细很轻，像是来自遥远的地方，但她说的每一个字我都听得很清楚。我依然没有说话，抚摸着她的脊背，让她继续说下去。说出来就好了。

"说来好奇怪，那天阿妈表现得特别平静，话很少，行为也很正常。我跟她说什么，她都很顺从。我和她走在江边，缓缓散着步，微风吹来，周围没人知道我阿妈是个病人。有那么一会儿，我都觉得阿妈的病好了，又变回那个健康阳光的妈妈了。熬了太多年，我真是有种'守得云开见月明'的错觉，以为一切都好起来了。哥哥好起来了，我也好起来了，我还遇见了你，阿妈没有道理不好起来呀。我那样想着，开心得都要笑出声了。我想着第二天去深圳见到你，要当面把这些好消息分享给你。"

我心中一暖，但也知道马上就有很坏的事情发生了。我抚摸她脊背的手，不由变得有些僵硬。

"你知道，江边总有很多人钓鱼，有人钓上来一袋奇怪的东西，打开一看，发现是十几发有点生锈的子弹。我当时就在想，如果有一天江水干涸了，不知道会有多少秘密曝光出来。钓上来的人觉得这没什么大不了，但有的围观者坚持要报警。派出所倒是离得很近，就在旁边的珠江广场小区里。很快，一个民警匆匆忙忙地赶过来。警察来了，看热闹的人越来越多，将路都堵住了。这种混乱的场面显然刺激了母亲，她张望着那些人，忽然说出了哥哥的名字。我顺口回了一句：'阿妈，你放心吧，阿哥挺好的。'她显然愣了一下，'阿哥？阿哥？'她喃喃说着，似乎记起了什么。

"我有些担心，又有些期待，如果她能够记起我们该多好。但随即她又恢复了平静，像什么都没有发生一样。我放松了警惕，挡住去路的人群里忽然有人惊叫，我不由自主往里边多看了几眼，等我转头的时候，发现阿妈怎么已经翻到了江边石栏的内侧。我不知道她怎么过去的，她那么老，那么弱，却忽然那么快，那么敏捷，我直到现在都难以想象。我急忙向她跑去，但是围观的人太多了，挡住了我的去路，而他们又被前方的事情吸引，没人留意到有个行为怪异的老太太。我看到阿妈手扶石栏，看着江上来往的彩船，嘴里嚷嚷着说：'好靓的彩船呀，我是生活在船上的，我要回到我的船上去。'说着，她竟然笑了，那个笑容在彩灯的映照下格外分明。

"我疯了一样挤到她面前，就在我的手触到她的手准备拉住的瞬间，她跳了下去。我阿妈竟然跟小石子一样轻飘飘的，掉进江里只溅起极少的水花。她的身影一下子就没了，像是放生的大鱼重新回到了水里。我大喊：'救命啊，救命啊，有人落水啦！'这才有人注意到。一位男子衣服都没脱，扑通一下就跳了下去。他真是厉害，阿妈很快被他救了上来。可是，虚弱的阿妈已经奄奄一息，当晚就在医院走了。阿妈临死前一句话都没有说，她没有留下半句遗言。她陷入了彻底的沉默。她不是昏迷，而是沉默。她微睁着干枯的双眼，就那么愣愣地看着我和父亲，那种感觉极为陌生。我阿妈从没有过那样的眼神，那眼神不属于她，也不属于这个世界。我害怕那样的眼神，那样的眼神让我知道，我这辈子没法安宁了。"

忽然，她撕心裂肺地大哭大喊起来：

"我要是不带阿妈去散步，阿妈肯定还活着，是我害死了母亲呀！"

我紧紧抱住她，在她耳边说："阿姿，不是你害的，不是你，不是你……她这辈子太苦了，这是她的解脱。"

父亲病重的那些年，母亲经常在父亲睡着的时候嘤嘤哭泣，但是父亲走后，尤其是葬礼结束后，她便很少哭了。我和妹妹在整理父亲遗物时哭得难以自已，她跟我们说："你们别哭了，你们的阿爸是解脱了。要是他还活着，他该多疼呀。"

我把这事讲给阿姿听，我说："你阿妈也是解脱了，要不然，她还得受多少折磨。"我劝慰阿姿的同时，忽然感觉到父亲离我如此之近。他就在我的心里，从未远去。

阿姿哭泣的声音变轻了一些，可是我在黑暗中睁着眼睛，任眼泪流下来。她目睹了母亲的非正常死亡，从而背负了太沉重的罪恶感。她把自己当成了那个"非正常"的原因。但实际上，她的母亲随时都会因为任何微小的触动而死去，而面对着儿时的珠江一跃而下，更有种悲壮的意味。

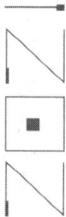

"抱紧我。"她缩成一团，贴近我身体。

我紧紧抱住她，她周身冰凉。我感到我们正在坠落，我要成为她的缓冲垫。

她终于能够接纳我，允许我跟她一起面对痛苦。

经过她的叙说，我了解到这段时间她母亲的后事都是由她父亲一手去处理的。阿姿很幸运，她不必像我那样去直面父亲的骨灰，但她的父亲，那个沉默寡言的"澳门仔"，怕女儿因为负罪感而伤心过度，甚至告诉女儿，他其实一直都很想杀死她的阿妈，然后再自我了结。这样的劝慰，反而让她更加痛苦。

"你最近先别回家了，就跟我住在这里吧，或是换个你喜欢的地方，这样应该有助于你恢复。"我说，"横岗那边也没什么事，不过就是一间小小的眼镜店罢了。只要你需要我，我可以一直陪你在广州住下去。"

她在我怀里点了点头。

我提醒她，给她阿爸打个电话，没想到她说："我已经跟阿爸说过了。"

"什么时候说的？"我很纳闷。

"出门前呀。"她抱紧我说。

"那么晚你阿爸还没睡？"

"怎么睡得着，他每天晚上都醒着，经常来我屋里看我，怕我想不开。"

"被你这么一说，有些担心他。"

"我天天在家哭，才让他担心。我还是躲到你这里哭吧。"她说，"我每天都会联系他的。"

"那你跟他说你去哪里了？"

"男朋友那里呀。"

"他什么时候知道你有男朋友的？"

"那天去看阿哥的路上。"

"你哥也知道了？"

"是的。"

我心里暖暖的，有种力量在心底升起。那力量不是热血沸腾的冲动，而是像不远处的江水一般，笨拙、迟钝却沉厚。

从理性的角度，所有的道理她都明白，但人的情感波澜犹如深渊，不是仅仅靠理性就能够挣脱的。即便我做了很多心理准备，但现实情况还是超出了我的预计。

她不愿意出门，这好办，我叫外卖送上来。可我们简单吃过后，她要我陪她喝酒。我当然不能拒绝。正如前几天，在我最难熬的时候，是妹夫陈春秋陪我喝酒才度过去的。我现在也得帮阿姿把这段时间度过去。不过，情况比此前严峻得多，她不再只喝啤酒，还需高度白酒才能到量。

还能怎么办，舍命陪君子，我继续去卫生间抠喉吐掉。

她喝醉后，有时会安静睡着，有时会陷入癫狂状态，我紧紧抱住她，她低头便往我的胳膊上咬，疼痛让我失声叫喊。她心中的绝望暗流几乎也将我席卷，我的负面情绪也日甚一日。三天过后，我知道我们不能再待在这个房间里，我们要出门。我几乎是强制性地将她拽出了房间，拉着她来到户外。我们被明亮的阳光照得睁不开眼睛，然后我们戴上了形状诡异的墨镜，在街上随意行走，惹得路人纷纷侧目。现在唯独不敢去江边，那一定会触发她的痛苦机关。

我们用整个白天在街上走路，走到精疲力竭，然后晚上吃完饭便开始在房间里喝酒，同时播放着悲伤的音乐，好让她的情绪彻底宣泄出来。我跟她约定好，每天都要比前一天少喝一点，她同意了。就这样到了第七天的时候，我几乎要崩溃了。我每晚喝酒都要呕吐三次以上，对我的身体产生了巨大的伤害。

这天晚上，我呕吐一次后，食道和胃部一阵绞痛，我再吐，竟然吐出了一口鲜血。望着马桶里散开的那团鲜血，我捂着腹部坐在了地上，整个人疲惫不堪，虚弱至极。我像只病倒的动物，等待着自己的大限。也许是因为酒精的麻醉，我心间竟然并无恐惧，只有说不清楚的悲凉。

看我太久没从卫生间出来，阿姿过来找我。她推开门，看见瘫坐在地上的我，再一眼，看见马桶里的呕吐物和鲜血，她顿时被吓清醒了，用广东话尖声喊道：

"阿良！你冇嘢吓话？你撑住，我马上叫白车。"

我向她伸出手，她握住了我的手。我让她不用叫救护车（也就是她说的"白车"），休息一下应该就能好。我不想去医院，只想和她多待一

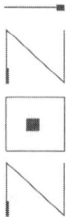

会儿。

她倒了一杯温水给我，我喝后能舒服一些。

"怎么会吐血呢？我好惊。"

"看你吓得，白话和普通话一起用。"

"哪有心情说这个。"

"阿姿，我的身体确实快撑不住了。"我把每次陪她喝酒都抠喉呕吐的事情跟她坦白了。

"你傻噶，干吗这样折磨自己？"

"我好中意你嘛。"这是我会说的不多的几句白话，也被她带节奏给带出来了。

"傻猪。"她的声音变得好温柔。

她用力把我从地上拉起来，紧紧抱着我。然后将我扶到床边，让我躺下休息。我们看着彼此的眼睛，好长一段时间没有说话。

"阿良，我下定决心了。"她握着我的手说，"我真的要戒酒。"

她还年轻，她的酒瘾主要还是心理上的，还不至于深入脑部神经，形成生理上的酒精依赖。现在所要做的，就是要让她转移注意力，压制那种虚无的腐蚀。

所幸的是，我自己的身体没什么大碍。好好休息两天，滴酒未沾之后，我的胃痛便大为缓解了。接下来，我的主要任务就是对抗她的酒瘾。只要她想喝酒了，我就牵着她的手出门下楼，无论是早上六点还是凌晨三点，拖着她在街上走到精疲力竭。

这种极端的方式确实取得了一定的效果。四天后，她终于不喝酒也能睡着了。我暗暗一算，从她来跟我住，竟然已经过去十四天了。可我总觉着像是置身在无比漫长的一天当中。时间几乎凝滞了，但这种凝滞与我遇见阿姿之前的那种凝滞相比，是完全不一样的。现在我的心中并不凝滞，凝滞的是酒精与悲伤带来的情绪低落。只要我抱着阿姿的时候，那种低落感便会消失大半。我能感到自己踏踏实实地活在此时此刻。

这天，我们沿街走了好远，她忽然说："阿良，我想回家看看我阿爸，他一个人在家很久了。"

听她这样说，我很高兴，证明她能控制住自己的情绪了。我说那我也回深圳看看母亲，我出来挺久了，她一直非常担心我们。

"我们？"她停住了脚步。

"我们。我和你。"

她忽然有了笑容，说："下次你跟我一起去看阿爸，好吗？"

"见家长吗？好紧张。"

"我阿爸会喜欢你的。"

我送阿姿回家，记住了她家的位置。她家离江很近，就在孙中山大元帅府后面，旁边是仲恺农学院。小区的楼体已经很旧了，但每层楼的阳台上都种着鲜艳的三角梅，花瓣犹如安静的火焰，让老楼焕发着一种奇异的生机。我暗暗感叹，怪不得广州叫"花城"。这是阿姿出生和长大的地方，那种历经岁月发酵的醇厚优雅也渗透在她的气质中。

她忽然转身对我说："记住地方了吗？以后来找我，就不用再去找保安了。"

我差点笑出声来，但随即泪目，我好想立即跟她拥抱，但担心周围都是她熟悉的邻居，只能微笑着朝她挥挥手。我看着她走进单元门，感受着她上楼的脚步，良久之后，我才转身离开。

抬头看，一路之隔就是珠江，可我也不敢过去了。阿姿的母亲已经成为我和她共同的母亲。

我坐上出租车，刚刚跟司机说去南站，便接到了国麟的电话。

"听说你在广州，你在干什么？"他直接问道。

此前，他已经知道我和阿姿的相处，老是嚷嚷着要见见"弟妹"。我便将阿姿母亲过世的事简略跟他说了。

"阿良，我真觉得你很坚强。"国麟忽然用一种极为认真的口吻说，"你阿爸那么早就过世了，这些年你不容易……"

我没想到在他眼中，还有这样一个坚强的自己。这些年，我的生活比较灰暗，确实是勉力而活，但我从没想到自己是坚强的。

"我不坚强，但总得度过。"我这样对他说。

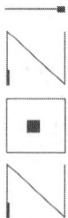

我陪着阿姿疗伤的这些日子，我坚信这个难熬的阶段终会度过的。

每一分每一秒，我们需要度过；一件又一件事情，我们需要度过；再到人的一生，我们也要度过的。无论是主动地度过，还是被动地度过，终究都是要度过的。但度过不是时间本身，度过是时间跟事件综合在一起的间隔。这就是我现在所能想到的关于活着的一个秘密，一个不可破解的秘密。

阿姿的哥哥出事后，对于阿姿的母亲来说，就是一次度过；阿姿的母亲患上阿尔茨海默症之后，又是一种度过；当她幻想着回到了儿时，跃入水中之际，也是一种度过；当阿姿承受着母亲的离去，靠酗酒化解这种悲伤的时候，还是一种度过。

"度过"当然也可以成为一款眼镜的名字。眼镜陪伴着我们，调整着我们跟世界之间的关系，是清楚一点，还是模糊一点，还是遮蔽一点，就是让我们度过时好受一点。

阿姿一定会对"度过"心有戚戚，希望她能顺利度过戒酒的阶段，然后跟我一起设计这款名叫"度过"的眼镜。

【度过】

从过去到现在

从那里到这里

我们恍然觉得自己

也能聊聊人生了

但是，从现在到未来

从这里到那里

我们依然一无所知

并因此充满恐惧

恐惧于度过是必然

恐惧于此心无法度过

型号：011

材料：黄金、珀金、牛角，不同的材料和谐相接，体现度过的每一个阶段

设计方向：这款眼镜从镜框到镜腿都应该设计成最优美的曲线，来呈现一

我现在更加理解阿姿了，她说设计终究是关乎思想与哲学的。确实，生命的体验最终都会落实在设计对象的细枝末节上，等待着另一个有共鸣的人接收这个信息。这是一个定制的时代，所以，不要要求每个人都理解你的想法，你总会找到自己的知音。你编码的设计信息经过破译后，将会在知音的心里爆发出强烈的光焰。

12

国麟打电话给我，是想告诉我他父亲退休了，准备宴请全村。

廖叔很年轻时就当了村主任，这里城市化后，乡政府变街道办，村委会变居委会，他又做了快三十年的居委会主任。他视野开阔，人脉广泛，手腕也硬，做成了不少大事。像是我去上班的国际眼镜城，就是他多方协调、招商引资后建成的。

这是一场为了告别的盛宴。

我有些恍惚，除了拆迁盖楼的那几年，村里人再也没有为了某件事齐聚一堂。廖叔的退休唤醒了某种记忆，也预示着一个新时代的开启。四十年前，我出生时，我们这里还是农田，现在已经完完全全城市化了，而且还属于中国最发达的城市地区之一。

人们围着廖叔，诉说着他的成果，频频给他敬酒。他身旁的几位长者谈论着过去的日子，稻田和眼镜混搭在一起聊，居然也浑然天成，毫不违和。

一个新时代不仅仅体现在这城市化的光鲜外壳上面，更是在人们的生活深处慢慢凝聚，让彼此碰撞与认同，从而形成与过去衔接却又崭新的价值。这种新的价值更加开阔，已经不局限于宗族与地域，而是不断突破各种界限，在新的整合中构成了我们高度浓缩和别具一格的历史。

我能看清这几十年的历史吗？我毫无自信，也许是到了回溯的时候了，廖叔的卸任便是一次重要的契机。

想到这里，我端起酒杯向廖叔走去。

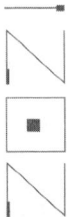

我要敬他三杯酒。

古希腊哲学家说，太阳底下无新事。但是，人类对于新事情、新价值一直充满着渴望。现代以来，这种渴望变得越来越强烈，因为人类的能力提升得越来越快，能量变得越来越大。尤其是置身中国，这几十年来的快速发展，让人处于目不暇接的状态中，沧海桑田式的变迁让这几十年相当于过去几百年。而深圳、广州和港澳乃至整个珠三角，也就是被称作"大湾区"的地方，就像是中国经济的巨大马达，以最大的功率在运转、在驱动、在创新。因此，新事情和新价值已经不仅仅停留在渴望的层面上，而是一点一滴地融进我们的现实当中。我们必须注视那些正在生成的新价值，即便我们还无法深入辨析与判断。

【新价值】

历史的河流在加速

平稳的水面起了波纹

每道涟漪都是一条蜿蜒的道路

涟漪交汇之处

隐藏着新价值

见者方是智者

型号：012

材料：纯金，宝蓝色渐变镜面

造型：时尚与稳健相兼容，形状可以大胆，如带弧度的梯形

13

很快，春节要到了。今年的春节比往年要早。我提着梅菜干、金柚、姜糖、桂花糕、霸王花米粉等客家特产去广州看阿姿。当然，此行还有个重要目的，就是见家长，不仅拜见她的阿爸，还要探视牢中的哥哥。

"大元帅府"后的那栋老楼前，粉红色的三角梅依然开得灿烂。我给阿姿发信息，说我到了。她让我上六楼。我刚刚上到五楼，看到有个驼着背的老人从楼梯上

走下来了。

"你是阿姿的男朋友？"老人打量着我问道。

我说是的，他点点头，对我笑了一下。

"我是阿姿的爸爸。"他的语音里粤味十足。

没想到他会亲自来接我，我有些紧张："阿叔，谢谢您……"

他有些拘谨，嘴巴翕动着，似乎也不知道接下来该说点什么。他看上去很瘦，完全想不到他曾是足球教练。他转身招呼我上楼。他的白衬衣很干净，白得耀眼，也许是为我专门买的新衬衣。我有些感动。

进门后，我还是郑重其事地握了一下他的手。然后，我把礼品放在桌面上。桌上摆着一盆白色的蝴蝶兰，花萼是粉红色的，犹如一群蝴蝶展翅欲飞。老房间完全被一种奇异的祥和笼罩着。

"真好看。"我对他点头微笑。

他脸上又掠过笑容，说："阿姿在里屋，你去看看她吧。"

我换拖鞋时，才看到对面的矮柜上摆放着阿姿母亲的遗照。她的那双眼睛里，充满了深深的忧郁，我不敢多看。想到她这一生承受的苦难，我的胸腔里犹如泥沙填埋，立刻喘不过气来。遗照前的小香炉里，有三炷香即将燃尽。我走上前去，点了三根香，深深鞠躬，再小心地插进香炉里。

"谢谢，有心啦。"阿姿的父亲在身后说。

走进里屋，我看到阿姿躺在床上休养。这段时间的巨大悲痛，以及酗酒、戒酒的反复折腾，让她虚弱不堪，前天来了一场寒流，她便病倒了。

"还很难受吗？"我关切地问。

"好多了，烧已经退了。"

她的大眼睛在略微昏暗的房间里显得格外明亮，她刚刚冲我微笑了一下，转瞬却又哭泣了。我赶紧俯身帮她擦去泪水，然后坐在床边，拉起她的手，放在怀中。

这时，阿姿的父亲提着袋子，准备出门买菜。临出门前，他还望着墙上的遗照出了会儿神，在心底跟她默默说着话。

他下楼后，我和阿姿拥抱在一起。

我闭着眼睛，闻着她的气息，觉得万事万物都平静了。

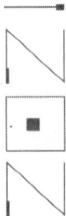

第二天，我跟着他们一起去探视阿姿的哥哥。

进到监狱，我有点紧张，每个人第一次来监狱都会有这样的感觉吧。人与罪人往往就是一念之差。里边很多人，如果当初换一个环境，肯定还在好好生活着。而我想起过去那些愤怒、冲动的时刻，也感到某种后怕。

探视室的顶上安着白色的摄像头，侧面的墙上贴着八个黑色大字："前车之覆，后车之鉴。"对来这里的人持续产生着威慑力。

警察叫了一个编号，我看到一个精瘦的青年人走进玻璃后的小房间。他穿着蓝色的囚衣，胸前有蓝白相间的条纹。他比我高半个头，极短的头发，脸上的胡须剃得干干净净，比照片看上去要沉稳很多。他的目光扫视过我，显然那瞬间就知道我是谁。

阿姿挽着我的胳膊，认真地将我介绍给他："哥，这就是阿良。"

我冲他笑笑，也叫了一声"哥"。其实，我比他还大两岁呢。他也冲我笑笑，那一瞬间，我有种错觉：我们根本不在牢中，而是在家里。

他们用白话聊了一些家事，我在旁边默默听着。有个很大的好消息：阿姿的哥哥因为表现良好，又获得了减刑。他们屈指一算，还有三年，他就可以出来了。他们高兴得哭了起来。我完全没想到会这么快，之前听阿姿说，她哥出来就成老头了，可事实上，他三年后出来，比现在的我只大一岁呢。不过，再转念一想，他十八岁坐牢，已经在里边度过了二十年，让人心惊胆寒。我不由想起了电影《肖申克的救赎》，不，不要误会，不是要越狱，是我希望他出来后能够尽快适应生活，还来得及，来得及。

一个小时的探视时间，很快就过去了。

"阿良，照顾好我妹妹。"阿姿的哥哥望着我，专门跟我说道。他的眼睛尽管噙着泪花，但目光中却有某种坚硬的东西，那是失去一切还要生存下去的人才有的眼神。那眼神让我深受触动。我忽然明白，真正的呐喊不是发自嗓子和嘴巴，而是出自眼睛——那种对世界的绝望盯视。

"放心，我会的。"我伸出手，跟他的手隔着玻璃相触。生命的气息穿越了玻璃的阻隔，完成了深层交流，我们仿佛早已相识多年。

跟阿姿回到家，吃了晚饭，我的心情依然沉重。我这才意识到此前自己对这种痛苦的理解还是太肤浅，见过她哥后，我才来到了痛苦的核心地带。有一个坐牢的亲人，就好像你的一部分也被关在了那里，他的痛苦像电流一样源源不断地传递过来。这种痛苦的强度与亲密关系成正比。一个母亲可以忍受自己的痛苦，却会被儿子的痛苦逼疯。

我深深吸了一口气，然后牵起阿姿的手，来到她母亲的遗像前，一起上了三炷香，磕了三个头。

阿姿哥哥带给我的触动一直挥之不去。短短一个小时的见面，应该会忘记很多细节，但随后这段时间，此前有些忽略的记忆居然重新变得清晰了。我想起他的鼻子，是很像他父亲的，而他的嘴唇则像他的母亲。这就像是我用眼睛拍了张照片，事后慢慢端详似的。之所以如此，我想一方面是他悲剧的命运让我产生了共情心理，另外一方面，也有着对我自身的一种感慨。毕竟他和我是同龄人，让我对自己的生命有了很多的反思。过去的二十年，尽管我是自由的，但我没能充分运用好这种自由，要不是遇见阿姿，我不知道还会浑浑噩噩到何时。因此，我很想专门给他设计一款眼镜，作为我这个"妹夫"的心意。

二十年的岁月像一座塔吗，镇压着一个不堪回首的过去？二十年的光阴像一阵风吗，吹过就了无痕迹？也许塔已经建在心上，成了坐标；也许风还在，你要迎着它走。我还是相信：人总是具有重新开始的能力。

【开始】

生命有很多次开始

有些开始很短，像早晨醒来

有些开始很长，像石头始终是石头

有些开始很珍贵

需要你把记忆变成石头

垒成一座城门

走出去

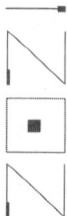

型号：013

材质：珀金、小钻石、菩提子穿成的细链

设计理念：垂下来，放下来，则自然有新开始。这不仅要成为一款很酷的眼镜，还要成为一款很有禅意的眼镜。因此，镜片也要用渐变色的。他肯定需要遮挡，他跟世界的关系还有些紧张。这眼镜会让他放松，有助于他缓解那种紧张

我把这款眼镜的名称以及设计理念写下来，给阿姿看。她蛮有感触。她说："你这个关于'开始'的想法，我也会常常想到，而且也是哥哥带来的。他在里面太长时间了，进去是一次开始，出来又是一次开始。什么是开始？光有时间还谈不上开始，我们必须在时间中带着目的去做事情，当时间可以被历史另起一段讲述的时候，才能叫开始。"对她的这个说法，我表示万分赞同。我邀请她跟我一起设计这款眼镜，她说："这是你想到的，你就自始至终完成它吧，等阿哥出来那天，你亲手送给他，那意义是非凡的。你既然已经设计了眼镜，我就设计别的东西送他。谁让本小姐的本事大呢。"

你还别说，我好喜欢她那自信的语气。

14

正月十五，我跟阿姿坐高铁回深圳。

这趟早就计划好的旅程，因为意外延迟至今。想起在"小蛮腰"上的约定，竟有恍若隔世之感。因此这一路上，我和阿姿之间的话并不多，但我们比以往任何时候都亲近。我看看窗外的风景，看看她，再看看她望向窗外的目光，确认自己真的不再孤单了。

她穿着一袭白色吊带长裙，戴的眼镜是我们第一次见面时的那款，大弧度的镜片让她的眼睛更显明亮与温柔，银链坠在她的颈窝里，高贵典雅。那些时光的流转及其带来的聚合，悄悄蓄积心间。我们对视了一眼，我在心底默默对她说：阿姿，在你的唇上有我想说的话，在你的眼里有我试图看清的真相。如今，我是如此幸运，我和你的目光融为一体了，这合体的目光不仅让我们看清彼此的小世界，更让我们看清了一个浩渺宏阔的大世界。

"我忽然觉得自己已经来过好多次了，"她忽然笑着说，"其实就那一次。"

我在她耳边悄悄说："那证明你跟我一样，是回家的心情。"

等我们走进家门时，母亲已倒好了娘酒在等待。阿姿有些犹豫，我这才想起，她说过滴酒不沾的誓言。

"阿姿姑娘，这是我专门为你酿的，尝尝吧。"母亲说着又急忙转身回房间，拿出一艘用竹篾编制的小渔船，乌篷、船桨、船舵、水桶，一样不缺，精巧动人，不知花了她多少心思与气力。她郑重地把小船放在阿姿的手上，说："这是我送给你的见面礼，想妈妈的时候就看看。"

阿姿的眼睛瞬间湿润。

"它叫娘酒，"我说，"为了我们的娘，可以喝一杯。"

阿姿举起酒杯，对母亲说："谢谢您，敬您。"

我赶忙作陪。娘酒下肚，我感觉周身都融化了，那种甜糯的口感因为酒精的催化而绵延不绝，正如母爱一般。

"谢谢阿姿姑娘，"母亲有些哽咽，"咱们都会好起来的。"

本届灯节的开幕式别出心裁，是在茂盛世居上演一场"活"的舞台剧。所谓"活"，就是观众不用正襟危坐，而是跟着演员四处走动，沉浸其中。

我牵着阿姿的手，回到了两百年前。我们看到了何氏兄弟如何建设，如何生活，如何救济大众的种种场景。看到何氏兄弟祭祀祖先的时候，我想起当年就是在这里，父亲带我和妹妹祭拜了祖先。我们当时祭拜的是何氏兄弟，而何氏兄弟在这里祭拜的则是我们祖先的祖先。生命的长河在历史的隐秘处始终流动着。

忽然有人拍我的肩膀。

我扭头，看到妹妹和妹夫一脸笑眯眯的样子。

"你俩去哪儿了？"我轻声问。

"感觉怎么样？"妹妹没理我的问题，手指画了一个大圈。

"这是你策划的？"我立刻明白了她那洋洋得意的表情。

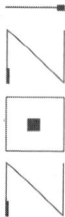

妹妹捂着嘴笑了，扒在我和阿姿的耳边说："还会有更大的惊喜哦。"

她话音刚落，周围的灯光全熄了，演员沉入黑暗中，犹如时光逝去的真相。人群有些骚动，以为发生了故障。就在这时，一阵海浪似的轰鸣声席卷而来，头顶出现巨大的亮光，让人睁不开眼。

"无人机！"有人惊呼。

无人机队列犹如科幻电影中的机械昆虫，它们的复眼闪烁着斑斓的光芒。重金属风格的配乐响起，冲击耳膜。无人机在夜空的幕布上写出"茂盛世居"四个字。四个字又幻化成"元宵灯节快乐"。然后，无人机聚拢成一颗红心，还在有力地跳动。

妹夫咧开嘴大笑，原来，这正是他策划的惊喜。

"这家无人机公司的App是春秋设计的。"妹妹说。

"嫂子，你下载个App，我送一架无人机给你，"妹夫对阿姿说，"我一直不知道送你什么礼物好，想来想去，还是无人机好，你可以用它来进行各种角度的拍摄，这会给你的设计带来很多灵感。"

"谢谢你，妹夫，"阿姿笑道，"阿良经常夸你酒量好。"

妹夫腼腆地笑笑，指着天空说："快看，还有个彩蛋！"

无人机队列在夜空徐徐写出两句话：

时代需要一副大眼镜

才能看清那个野未来

"阿良，这不是你写的吗？"阿姿惊呼起来。

这让我也很吃惊，肯定是妹妹偷看了我的笔记本。我瞄了一眼妹妹，她朝我吐吐舌头。果真如此。

开幕式结束后，妹妹带我们拜访住在世居里的最后一家人。

这是一位九十五岁的老人，坐在老式木椅上，手持竹扇，用迟缓的语调说："住在这里安心。"

我听后，心中一颤。我向窗外望去，那里就是风水林，高大的树木掠过屋脊，伸向夜空，像是舞台的布景，一时虚与实难以分清。

老人家的几个小重孙在院内尽情奔跑和玩耍，古老的庭院里回荡着他们稚嫩的声音，像是来自遥远的过去。

回到茂盛世居正门口，我们意犹未尽，来到月湖边上，看着灯笼在水中的倒影。微风吹过，细小的波澜让水面变得虚幻而缥缈，但也更美。美总是高于触手可及的事物。我蓦然想起，这里正是十几年前，我和妹妹陪父亲参观围屋后休息的地方。

"妹妹，阿爸在这里问我们的那个问题，你知道答案了吗？"我终于问出了那个尘封多年的问题。

"为什么先人们从梅州来横岗？"妹妹脱口而出。此刻，她的心间一定也浮现出我们陪父亲望着月湖的场景。

"是的，我到现在还不知道，真是惭愧。"

"没想到哥哥还记得这个问题！"妹妹欣喜过后，表情有些凝重，甚至紧张，仿佛要进行论文答辩。也是，在她心里，回答这个问题不仅仅是为我，更是为了天上的父亲。

她望着波光粼粼的水面说：

"前清初年，沿海军事压力大，清政府不得不实行沿海内迁政策，整个深圳地界都在内迁范围内。等到康熙皇帝统一台湾后，便'展界开海'，拿出优惠政策，招徕各地民众重回海边开垦荒地。梅州山多，因而一向人多地少，我们的先辈何氏兄弟，便响应号召，一路南下，来到横岗，凭着勤奋和智慧，盖起了恢宏大气的茂盛世居……"

妹妹转过头，望向我，我在她的目光中看到了对父亲的无尽怀念。

"明白了。"我说，想起了父亲提出这个问题时似笑非笑、有点顽皮的眼神，原来，他那时望着月湖的目光已经望穿了历史的雾霭。

父亲当年还说，明朝那个料事如神的刘伯温路过横岗时，留下一句话："横岗为龙之腹，日后必昌隆。"数百年后，这里确实昌隆了，而且还在持续，远未终结。

"你从大西北来这里是为什么呢？"我调侃妹夫道。

我当然知道他是为了创业，而今他已经小有所成。也许，我的"程序

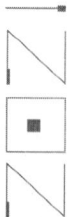

猿"妹夫陈春秋以后会在腾讯、华为、大疆等品牌之外，创造出自己的品牌……在这里，什么都是有可能的。

妹夫愣了下，随即笑道："我的答案很简单，就是为了这个历史学家。"

"你又跟我贫嘴。"妹妹笑着挽起妹夫的胳膊。

说着话，不知不觉就到了家门口。

母亲打开门，慈爱地看着我们。我们惊奇地发现，屋里没开电灯，只有灯笼发出的极为柔和又微微摇曳的光。

"好神秘呀。"阿姿感叹道。

"上灯咯。"母亲手里提着一盏灯说。

窗台上摆放着父亲的照片和祖先的灵位。

"上灯？"我愣住了。

这是客家人的一个古老习俗，生了儿子，会在祖先灵位前上灯，表示后继有人。

"你问你妹妹。"母亲说。

妹妹害羞地说："哥哥、嫂子，我有宝宝了。"

这个消息足够劲爆，我还没来得及说话，母亲继续说道："我要一碗水端平，女儿生孩子，也要上灯。而且，人的命在娘胎里就开始了，所以，今天趁着人齐，咱们就上灯祈福吧。你们在正式场合是怎么说的来着？与时俱进？创新？我们这也是！"

母亲说着这些词，不仅自己笑了，也把我们逗笑了。

我牵着阿姿的手，跟妹妹、妹夫站在一起，围拢着母亲，看着母亲把灯挂在了她事先准备好的吊钩上。我们凝视着明亮的灯芯，沉默良久。我偷偷看了阿姿一眼，她的眼镜和大眼睛里，映照着双份神秘的光。我感到这光从过去而来，照亮过父亲，照亮过阿姿的母亲，此刻，又照亮我们，照亮刚刚孕育的新生命。

这光注定还要继续照亮下去。

在横岗举办的眼镜设计大赛中，我斩获铜奖。在拿到证书的瞬间，我得承认，我是相当激动的。我终于成为一名真正的眼镜设计师了。

我最感谢的人，肯定是阿姿。在这里应该叫她冼老师。冼老师曾告诉我，未来的眼镜绝对是非功能性的，所以一定要大胆，不要拘泥于固定的模式。我思考很久，忽然从茂盛世居得到灵感。围屋是建造在大地上的，但如果从天空看，它倒是很像一个独眼的镜框。围屋本是团聚人们的，但如果围屋作为镜框，便意味着通过它，我们还能在团聚的同时，看到一个更加开阔的世界。而在望向遥远世界的过程中，又因为有着围屋的聚拢，我们的目光会变得更加深邃与稳重。因此，我的这款眼镜设计，便是将茂盛世居当成一种象征性元素，放进造型中。尤其是镜腿上的纹路，是从围屋屋顶的灰瓦排列中得到的灵感。我守在国麟帮我介绍的工厂里，在阿姿和老师傅的帮助下，亲手让这款眼镜从图纸变成实体。

"酷！"连妹夫见了这款眼镜都对我竖起大拇指。当年，正是妹夫质疑眼镜在未来的生存权，如今能让他认同，算是不小的进步。不仅如此，妹夫下一步要把无人机和智能眼镜结合在一起，让人拥有一双天空之眼。

回首过去，我曾经对围屋有过偏见，不理解父亲对围屋的那种深爱。可现在我才领会到，人无法远离自己的文化，总会从中取得创造的灵感。关键是，我们看待事物的目光有没有智慧，能否将传统激活。

我想到最后住在茂盛世居里的那位老人，他说他住在围屋里感到安心，多好啊。因此，这款眼镜就叫"安心"。

【安心】

迁徙已足够漫长

将时间聚拢成空间

守住一颗脆弱的心

此心安处是吾乡

可未来已来，此心安否？

型号：000（这是我第一款设计成型的眼镜，是新的起点，我要铭记）

材料：乌金，牛角，珍珠

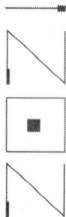

总重：26.88g

尺寸：56-19-140

这是一个创造的时代。科技的力量改变了太多，技术在技术的基础上像蚂蚁繁殖。我想，我们创造不是要征服万物，而是为了抚平心的躁动。万物谦卑，人又如何？人应该跟万物一样谦卑，并替万物谦卑地表达。如此，心才能安。我已经将我的想法凝铸在这款眼镜中，现在静候知音。

除了我获奖这件事之外，近来还有几件大好事。阿姿的设计展"水上世居"已经接近完成，这周六下午三点在珠江边的广东美术馆正式开幕。她利用巨大的凹面镜与凸面镜，营造了我们与历史之间复杂的观看关系。其中，母亲送她的小船被巧妙放置在一个凸面镜前。此外，阿姿还做成了一个慈善项目。她跟中山眼科医院合作，针对在校学生定期进行保护眼睛的宣讲，以及义务验光与配镜。

国麟受我的影响，也想拥有一款装饰性的眼镜。我打算把草图系列中的那款012号"新价值"亲手制作出来，送给他。我告诉他，这款眼镜的灵感来自于他的父亲。我给他看了我写的文案，他很有感触，并告诉了廖叔。他跟廖叔商量后，计划把自家祖屋拿出来，跟我们一起合办设计公司，打造一个高端眼镜品牌，就叫"合金目光"。这是我眼镜店的名字，意味着专卖店是现成的。

"那你的'眼镜帝国'怎么办？"我调侃道。

他倒是振振有词："放心，在我的'眼镜帝国'里会有'合金目光'的专柜。"我得承认，这家伙是个商业人才。

妹妹和妹夫现在每周末都忙着在外边看房子，因为妹夫入选"深圳高层次人才"，获得了一笔数额可观的资助，他们终于可以大胆买房、踏实生娃了。我还是跟他说，有需要的话可随时抵押目前这套房，老哥我的承诺不变。陈春秋这小子连个谢字都没说，竟然说他不会客气的。

最大的喜事最后说。我跟阿姿订婚了！我跟她已经选好了婚礼的日子——我们见面一周年的日子，也就是我为她"倾倒"一周年的日子。此刻，我的心情异常平静，不再凝滞，也不再浮躁。我确信我的心安了。至少目前如此。希望未来也如此。

点评

威廉的小说在故事之中总是包裹着一个哲思性的精神之核，在故事的架构之中展开着一条隐秘的精神跋涉之路。《你的目光》这篇小说比较典型地体现了他的这一叙事特点。

小说非常巧妙地讲述了一个爱情故事，两个在成长过程中有着沉重内心隐痛的人，两个情感内敛、自我封闭的人，因为眼镜而结缘。一个是眼镜设计师，一个是有着设计师之梦的眼镜销售者。两个人的故事开始充满偶然性，但整体故事的发展却是一个必然性主导的过程。因为他们有着相通的精神状态和情感结构，他们迅速地找到了彼此，然后克服内心的重重障碍，打开了自我，接纳了彼此以及厚实的充满烟火气的生活。他们把那些苦难和伤痛结成的痂打碎了，实现了生命的自我愈合。而在这一过程中，他们同时完成了对于生命和生活的深刻体认与理解，并在这样的基础上获得了再出发的动力。

小说精巧地处理了人与生活、与世界的关系，小说中的人物因眼镜而结缘，眼镜既是一个物理性的实体，也是透视世界和人的一个镜头。阿良成为设计师的愿望内含着重新梳理、打量和界定生活和生命的野心，他要通过眼镜、通过他者的目光、通过看与被看来重新理解、表达对于世界的看法。阿姿同样有着这种潜在的欲望。这构成了二者深度的精神契合。

可以说，小说既讲述了一个精致而动人的情感故事，也借由这个故事讨论了对于生命、生活、世界的认识，作者通过眼镜（目光）巧妙地找到两者的连接点，创造了一个精致又意味深长的小说文本。

（崔庆蕾）

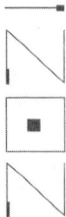

你的名字/

/肖　勤（仡佬族）

一

姓什么？

滚。

什么？

滚，波涛汹涌的滚。

那不就是滚开的滚。百家姓里有这姓？冯愉快放下笔，很不礼貌地笑起来。冯愉快觉得当警察就是好，人进了派出所，管你有事没事，我用什么样的态度跟你说话都可以，但你不能什么都可以。

眼前这个中年男人对冯愉快这个态度明显有点恼火，但他也只能憋着。这家伙个头不到一米六，皮肤黑亮紧绷，肩宽背厚，整个人就像张家沱老盐号里经年的秤砣，从里往外冒出来的都是汗滋滋的实诚，身上一套宽松肥胖的暗灰色珊瑚绒睡衣，脚上是一双乡下女人手纳的布鞋。

这样子怎么可能是犯罪嫌疑人，所里这一堆猪头。

名字？冯愉快接着问。

滚月光。

冯愉快迅速脑补出一轮月亮被他撵猪儿一样撵着走的情形，又浪漫又有点古怪稀奇。

于是又嘻嘻笑起来，今晚他的心情不错，平头哥袁百里被人砍——联想到不可一世的袁百里被人追着砍时惊恐、猥琐或者狼狈的样子，冯愉快的大脑就不可抑制地分泌出一大堆多巴胺，让他忍不住想笑，眼角、嘴角，板着板着就弯上去了，仿佛他并不是在派出所调查一个叫滚月光的男人，而是在某个小巷子里调戏良家妇女。

男人显然被他持续不断的嬉笑彻底惹恼了，他以为冯愉快还在笑他的名字，于是身子向前倾，一脸老实人要炸毛的表情。

好、好好好，滚月光。冯愉快收起笑容，边记录边朝滚月光的头顶看了一眼，嘀咕，好端端地把头发弄成这个样子搞啥子，人家不抓你抓谁？

男人的发型很特别，整个脑袋剃得光溜溜的，只剩头顶一撮，蓄得很长，绾成棍状立在头上。大街上估计只有两种人这样蓄头发，一种是艺术家，一种是满大街混社会的。不管是哪种，都不好惹，万一抓错了，闹起来不好收场，所以冯愉快立马把锅扣在人家的发式上——冯愉快其实属于那种既怕事又爱揽事的主儿，用媳妇的话说，日天的架势、拉稀的胆。若不是因为这个，冯愉快也不会一直在派出所当协警，对"日天拉稀"的冯愉快来说，他一辈子五行缺刚，协警这一身皮相，正好补足所欠刚火。

我头发怎么了？我们满个寨子的人都是这样的头发。男人怒火冲天地答着。也许是说到了他们寨子的缘故，他顿了顿，表情突然变得温驯，叹口气，嘴角轻扯了一下，又说，我们满个寨子的人都姓滚。说完转头去盯着窗外路灯下那棵油绿的皂角树，眼神温润孤单，仿佛那里有他的寨子，还有一群头顶绾着一撮发辫的姓滚的人。

好嘛，那滚月光，知道为什么叫你来这里吗？

我车上有刀。滚月光转回头，却不看冯愉快，低头看地上，那里有一只莫名其妙冒出来的蚂蚁。

冯愉快顺脚一抹，地上只剩一道细小的黑痕。

滚月光一动不动地盯着那黑痕，缓钝地抬起头，目光像块黑色的磁铁，能把人吸进去。然后，他费解地问，你踩它干啥子？

冯愉快放下笔，也一脸费解的表情，我为啥子不能踩死它？

哼。滚月光咧咧嘴，表情古怪。

袁百里被砍的时候，你在哪里？

哦，滚月光又咧咧嘴，突然嘿嘿嘿笑出声来，我在要去砍他的路上。说完，滚月光十分受活地往后一靠。

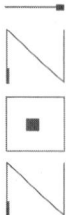

他忘记了派出所作询问笔录时给坐的凳子没有椅背，于是，冯愉快还没来得及伸手，他就整个人昂着倒翻在地。

冯愉快没忍住，狂笑。

　　"一块朴实的秤砣，

　　咚一声，砸痛了谁的夜，

　　有人在痛，有人在笑。"

冯愉快在他的《众生录》上写下这么一段。

询问就这样以闹剧收场。

想一想，今夜，有人拿刀砍了牛哄哄的袁百里，有人拿着刀正在去往要砍袁百里的路上，这事真他妈疯狂。

二

从青春期开始，协警冯愉快就经常做同一个梦，梦见自己走在一条没有尽头的小巷道里，对面走来一个人，脸上没有鼻子和眼睛，只有一张巨大的嘴，嘿瑟地笑着。那个人举着一个透明的玻璃瓶，白花花的阳光从高高的巷壁上照下来，照在小小的瓶子上，瓶子散发着七月焦热的泥土味，还带着太阳雨过后弥漫在空气中的濡湿气息，里面困着一只画眉，慌里慌张无头无脑地在瓶子里扑腾。

你出不来的，冯愉快与那个只有嘴巴的人擦肩而过，用细得只有蚂蚁听得见的声音说，尽管声音不大，但冯愉快的语气像极了一个痞子。

画眉看了他一眼，突然它的头变成了恶狠狠的袁百里，冯愉快脸上的痞子气顿时吓得收住。

其实，冯愉快的爸一直希望儿子冯愉快能是个痞子，他觉得作为一个小市民的儿子，要么就跟杀猪匠破鱼娘一样无惧贫穷脏乱，要么就在猪摊鱼市里拼出一条仕途来，做那种每天穿着干干净净白衬衣上班的人。没有第三条路可走。当然，从现状看，儿子冯愉快离穿白衬衣上班的要求显然还远得很，所以他只能奢望儿子能像个痞子，而不是生了痞子的命，又天天想着写他那些狗屁不通的诗。杀猪匠知道，生活就是战斗，痞子不成器，但至少有拼搏的血性。可是他没想到他每天拿着杀猪刀，却生了个怯懦到鱼都不敢杀的儿子，实在是丢了他和他列祖列宗的脸。

杀猪匠对冯愉快的失望表现在若干参照物上，巷子东口家敢倒着从树上向下摔表演铁头功的铁头，西门刘寡妇家那个能与泼妇较量三天三夜的许大嗓子，龙井坎梧桐树下敢直接拿巴掌把猪儿虫拍得满井坎都是绿肉汁的李家疙瘩……天下所有的男孩都是反照出冯愉快"什么玩意儿都不是"的镜子。

比照得多了，杀猪匠也累，最后万马归槽，把参照物固定在"隔壁家的袁百里"身上。

隔壁家的袁百里就是今天滚月光要去砍的那个袁百里。

脑补一下袁百里血光四溅的画面，冯愉快全身打了个哆嗦，像是憋了许久的一泡尿，终于爽快地一泻千里。

杀猪匠说冯愉快没有继承他半点遗传，也不完全对，起码冯愉快和他一样，对血是有深厚感情的。每当看着杀猪匠朝猪身上捅一刀，接着一注鲜血漂漂亮亮准确无误地射进地上的木盆里时，冯愉快是开心的，眼神阴森快活地躲闪跳跃，像是偷偷和自己谈了场不敢与人言说的恋爱。

冯愉快妈害怕冯愉快看血的鬼样子，她跟杀猪匠诉苦——这孩子让人心里发毛。

咋个了？杀猪匠瓮声瓮气地答，肥厚的手掌朝冯愉快妈胸口搓过去，冯愉快妈烦着呢，拿起手里的剪刀比画，远点，说话呢。

你说。杀猪匠端起桌上的搪瓷大茶缸，喝一口浓茶，兴奋地问，他咋个让人心里发毛了？

你说他不敢动刀子吧，前天张二娘杀个鸡，他一边哆嗦一边使劲往前凑，一双眼白花花黑森森，死盯着那血和刀子，牙齿还磨得霍霍响。我把他往前掇，想让他多看练胆吧，结果他跟个炸毛鸡似的，呜啦啦地叫着跑了，从巷子这头窜到那头，像啥，像个——奔跑的哨子——这话是百里那孩子说的，百里那孩子有文化，你听听人家这味道。

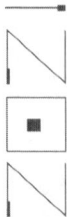

冯愉快妈说到袁百里，叹口气，觉得一样的十月怀胎，人家生的和自己生的怎么差别就这么大呢？

想到这里，后头的事她就不想再说了，怕杀猪匠也怪起她的肚子来。

杀猪匠却看出媳妇还有话没说，一只厚厚的手掌又伸出来，准备把话"压"出来。冯愉快妈赶紧躲开，道，今天何家三妹生日，正蹲门前欢欢喜喜端着碗蛋炒饭吃着呢，他突然弯着腰冲着人家三妹打干呕，像是要吐，噎得眼泪汪汪，气得何三妹整碗饭都倒了喂狗了。何三妹来家里泼，我打他，他却委屈得慌，说张二娘杀鸡，自己老子杀猪，巷子里整天飘的都是血腥味，他闻得太饱了。

闻饱了他还看？

就是啊，也不是一回两回了。巷子里哪家杀鸡宰鱼不都想法避开这孩子，你看，本来就瘦得肋巴骨贴胸，再三天两头吐，怕是活不长。可他不轻省，吐完了嗅着那股子血腥味，又巴巴要去看，二娘李哥他们都躲，他就爬到人家树上、房顶上，贴到人家门缝上看，看着看着，又突然炸毛尖叫，从巷子这头，哨子一样叫到那头。冯愉快妈说完，又叹气，巧妙地拐了个弯做总结，说，这孩子，有病，都是你手上杀生太多。

冯愉快是有病，冯愉快家门前的节煤炉上常年煨着苦恹恹的中药，熏得旁边那棵桑葚树结满了桑葚也没人采。冯愉快坐在门槛旁的小石礅上，端着一碗黑乎乎的中药，一口一口细细抿，他妈给他压苦的白糖，冯愉快从来不吃，因为他发现每当自己这样子喝药的时候，巷子里那些鄙视或讨厌他的眼神就会闪出一丝丝惊骇和佩服。

冯愉快洋洋得意。

"一碗中药，征服江湖。"冯愉快脑子里冒出一句诗。

那时候，冯愉快就已经开始写《众生录》了，乱七八糟，什么都往里塞。

巷子里的老人们，自认为有点年岁，见世面多，向来有点矫情，东一堆西一堆围在一起，研究杀猪匠的儿子是五行缺了啥，还是他老子杀生太多犯了啥。

冯愉快冷眼看着这群凑堆的老烟枪，没声没响地走过去，像一只黑夜里的猫，到了他们背后，突然一声高唱，学习雷锋，好榜样。

惊得老人们也像炸毛鸡一样散开来，脚步零乱，中风一样。

只有冯愉快自己知道，他的病是心病。

去年隔壁院子里搬来一户回城知青，他们家有个儿子，叫袁百里。搬来就搬来吧，偏生得跟冯愉快一个级，这个袁百里刚来不久就在学校出了名，功课科科一百，主科就算了，居然连思想品德和体育音乐都要考一百。毛病不是？

夏天黄昏，水巷子向来是最热闹的，每家每户都把小板凳竹躺椅端到门口，狭长的巷子里坐满了一长排光着膀子粗声大气说话的男人们，还有叽叽喳喳洗洗涮涮的女人们。袁家呢，不出来，在自家院子里拉手风琴，家访的老师得意地介绍说，那是《莫斯科郊外的晚上》，水巷子的人嘴巴都合不拢来——他们连省城都没去过，人家就已经莫斯科了！一时间，连巷子里的狗都不敢造次了，冯愉快爸晚上喝醉酒回来，也不再大声吐痰。

袁百里出现之前，语文能考全年级第一的冯愉快，在水巷子里还是有点地位的，甚至还有人替他辩解——愉快是个斯文人，当然怕血。可是姓袁的一来，冯愉快完蛋了。

提到姓袁的，冯愉快寒心到脑门顶，这龟儿子太全面，不光成绩好，四肢还很发达，那年头大街小巷都在演《霍元甲》，大人小孩一开口都在唱"万里长城永不倒，千里黄河水滔滔"，冯愉快也唱，袁百里呢，不唱，只管把那两句"冲开血路，挥手上吧"付诸实践。他从小跟着当知青的父母在大草原上长大，野惯了，三天不动手脚就痒痒，学校里有个风吹草动他就狂热地钻进人堆里去，不分山头、不管西东，揪着人就开打，不需要任何理由和动机。冯愉快也爱往里凑，但没打架的本钱，只是瞪大了眼盯着看，然后看到血就开始尖叫，冲出人群满操场跑。学校里的老师看着他的背影，可怜他，这孩子！吓坏了。

没有比较就没有伤害，以往，杀猪匠觉得儿子胆小，但语文好，斯文。现在有了一个科科拿一百分，又能打架的袁百里，所谓隔壁出英雄，自家出孬蛋，冯愉快老子彻底受不了了，有事没事揪住冯愉快就是一顿打，打得整个巷子里都是冯愉快吹哨子一样锐细的尖叫声，鸽群都不敢朝这里飞。

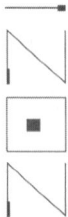

好好看看隔壁院子家的袁百里。杀猪匠边打边气得发抖，吼声惨烈，像一头就要被杀掉的猪——你好好看看，好好学学。

冯愉快越被揍越不好好学，他知道杀猪匠打得越厉害其实心里越受伤，杀猪匠也有自尊心的。这家人没来之前，整个巷子就只有冯愉快家一年三百六十五天，天天桌上都能见油腥，没人不羡慕，何况还有个会写诗歌的儿子。可惜这家人一来，整个巷子都不再羡慕冯愉快家，而是一听到那个破曲儿响就赞美"莫斯科"，杀猪匠多难受啊，他打冯愉快是因为他失败了。于是冯愉快的尖叫声里就多了层意境，带着受尽欺凌却又蔑视苍生的笑意，让人听起来感觉大白天都像是遇到了鬼。

冯愉快在水巷子度过了他的少年时代，"隔壁院子家的袁百里"像巷子墙壁晨昏交替的阴影一样始终笼罩着他。早上上学，阴影从左边压过来；下午放学，阴影从右边压过来。

冯愉快经常捂着胸口咳嗽，他也不知道咳嗽啥子，只觉得袁百里像一口痰，堵在自己喉咙里。

杀猪匠骂，咳咳咳，不见死呢。有一次，他骂过冯愉快，顿了顿，脸上浮起古里古怪的笑容，转头看隔壁的围墙，自言自语地说，猪长膘招杀，人得意招祸。

冯愉快听懂了，啧啧道，咦，有人起杀心呢。说完肩膀笑得直抽抽。杀猪匠大惊失色，踢了他一脚说你他妈的乱讲什么鬼？骂完举起捶衣棒要打人，冯愉快却呼哨一声尖叫着，风一样跑开了。

冯愉快知道，在他身后，杀猪匠又要开始喊头痛了。

很多年过去，水巷子的老烟枪们始终坚信，杀猪匠的脑出血绝对不是因为当时宰鸡用力过度，而是冯愉快长年累月的尖叫声，在那一瞬间从他记忆深处像海啸一样冲出来，把他的血管冲爆了。

冯愉快妈也坚信这一点，没有杀猪匠后，冯愉快妈胸口那一块衣襟从此不再常年油腻腻的了，冯愉快家的饭桌也不再油腻。冯愉快妈对冯愉快再没好脸色过。

干巴无味的日子从那时开始进驻冯愉快的人生，冯愉快恨袁百里，他清楚，杀猪匠不是被自己气死的，他是被袁百里气死的——人比人，气死人。

从杀猪匠下葬后的第二天开始，关注仇人袁百里的一举一动并每日诅咒袁百里吃饭被噎走路被撞考试被黑如此种种，成了冯愉快苦涩青春唯一的调料。

三

高三结束，少年丧父的冯愉快高考成绩和那歌词一样，"千里黄河水滔滔"，滔到最后没有了。袁百里呢，自然是"冲开血路，挥手上吧"，考上大学得意扬扬吹着口琴坐火车走了。

同一个天地出来的两个少年，人生从此分了岔。一个像大树往上生长，一个像蚯蚓越钻越泥泞。数年后，当冯愉快勉强凭着一首《警察赞歌》，终于"在这凉薄的世界"里找到一份派出所协勤的活儿时，袁百里早已衣锦还乡，在县城最招人红眼的财政局上班了。

在冯愉快的理想中，财政局已经遥不可及，但对袁百里来说只不过是人生小小的第一站。"公元一九九九，大河奔流；红河水电站，把英雄召唤。"写下这行蹩脚诗时，激情豪迈的冯愉快不知道，水电站建设召唤的英雄竟是他妈的袁百里。

水电站建设淹没线一确定，整个县城乱成一锅粥——大半个县城都得搬出花河子城区，迁到县城城郊万佛山半腰的台子地去，叫晃格里。那两年，什么GDP，什么创卫、创文、创优争先，政府统统不管。只管大喇叭天天喊着，县城街道不是这里牵开一块条幅就是那里刷上一桶油漆，都是动员搬迁的口号。人人见面都苦大仇深地指着万佛山说，就是那儿，背时的晃格里。

好像是晃格里害了他们，生生扯散了他们和现在的家。

冯愉快对于家在哪里不感兴趣，人生百年，只不过沧海一粟，何其渺小，考虑那么多事情做什么？其实，彼时，思想伟大的冯愉快在派出所只负责扫地打开水做笔录顶夜班，活得像一截猪下水。县城在晃格里也好，在花河子也好，都改变不了冯愉快猪下水的命运。所谓不屑一顾，不过是放屁不响。下了班，瘦得跟个竹竿似的冯愉快整天拿着个相机，这个废墟堆里晃晃，那个楼顶上转转，问他干啥，答说要学《南方周末》的记者，拍一百组老县城纪实，十年二十年以后做摄影展。听起来主意不错，只不过放在冯愉快身上，到底是没人信，瘪个嘴呸一声就蔑视掉了。

和冯愉快学钻旮旯地不同，袁百里在大搬迁中是大显身手、战功赫

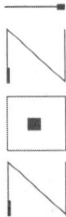

赫，还当上了建设局副局长。

混乱中，年轻气盛的袁百里充分发挥了其能言善战的优势，不管是讲道理还是讲感情，他一个顶十个，绝不落败。拼胆量，更没有几个干得翻他。遇到钉子户，你敢左手煤气罐，他就敢右手打火机。你敢喝乐果，他敢递杯子。你敢跳楼，他敢楼下摆一棺材。你说打架，他绝对敢单挑。

钉子户们遇到的行政干部大都是四平八稳的角色，突然来这么个刚货，钉子户的一线作战部队"十八罗汉阵"有点拿不稳战术，最后整个队伍在极不稳定的作战状态下迅速四分五裂。

县城里曾一度传闻，袁百里能拿下著名的十八罗汉，并不是因为他敢打会吵，是因为这家伙年纪轻轻学了一大堆阴招——明面上寸土不让，背后大放水，暗中帮钉子户虚报建筑面积，今天测量明天就签协议，后天立即拆房子。你说面积不对报多了，冲一地瓦砾讨证据去。

传闻隐秘传递着，像暗夜的风，明明有，但就是摸不着也逮不着，急死了冯愉快，天上怎么不掉个雷下来劈死袁百里？没办法，大搬迁时期，干部群众都忙瞎了去，水要淹上来，七八万活人，七八万座坟，活着的死了的，都是事，这个哭那个求，乱成一锅，能按时搬走就是大局。

能维护好大局的同志，自然是好同志。大搬迁后，财政局小科长袁百里摇身一变，成了建设局副局长，走在崭新的晃格里大街上那个嘚瑟，要是喝了点酒，更是整条街都是他的。

反观人生对于冯愉快来说，却是鸡飞狗跳，派出所里整天吵吵闹闹，家里整天也是吵吵闹闹。冯愉快妈和冯愉快媳妇都是俗人，老的要架子小的要面子，吵起架来一个不输一个。儿子更是个白眼狼，对自己杀猪匠孙子、窝囊废儿子的出身深恶痛绝，每提到冯愉快都一脸鄙夷，只差认隔壁当科长的老王叫爹。

冯愉快由他动心思，只要不是"隔壁院子家的袁百里"，其他都好说。

你看看人家谁谁谁——身为药材批发小商贩的老婆黄曼骂冯愉快的台词总是以这一句开头。

那你贴他屁股去。冯愉快总用这句意味深长的话结尾，其实冯愉快还有更恶心的，但来不及说，因为黄曼总在这个时候湿漉漉一抹布摔打过来。她是个有洁癖的女人，但冯愉快这个家再怎么打理也充满泔水味。

因为在儿子和媳妇黄曼眼里，冯愉快就是一桶泔水。

冯愉快知道，自己之所以成为一桶泔水，都是因为"隔壁院子的袁百里"。当年以他的语文成绩，亲爱的亲人和老师们再鼓励一下，学文科走个二本，应该不是大问题。可是杀猪匠老把他塞在袁百里的影子下面，让他受潮生霉发馊。若不是袁百里，协警冯愉快至少也是中学语文冯老师。

恨什么惦记什么，冯愉快的目光每天盯着袁百里转，县城新闻联播和《晃格里周报》，他从不落下，每天瞪大了眼，找的都是袁百里。

袁百里怎样怎样了，袁百里又怎样怎样了……

那年端午节，天漏了个洞，涨端阳水，冯愉快左手撑着一把完全顶不住雨水的尼龙伞，右手提着几大袋菜，全身湿透，手指也勒得发僵，路边站了好半天，一个车也打不到。正淋得打喷嚏，袁百里的车过来了，且从他旁边缓慢掉头。袁百里透过车窗，看了一眼路边这个狼狈不堪的男人，眼神漠然——他已经不记得冯愉快了。

冯愉快本来想和他对上眼神之后骂他一句，就一句——你个狗日的，原本我是可以考上大学的，是你他妈莫名其妙冒出来，把老子摔翻，变成今天的猪下水。

可是他没想到，袁百里看过来的眼神完全是无障碍穿透性的——他心心念念天天惦记的人，根本不记得他是谁。

车驶远了，激起两侧巨大的水幕，大雨如注，白茫茫哗啦啦天地间，只留下一个穿着协勤制服的中年男人，提着一袋子葱葱蒜蒜呆立在风雨中。他的头发跟他的心一样柔软恓惶，在雨里淋湿成一团。此时，他心头有一场巨大的海啸掠过，但他不说，也没人知道。

真他妈的笑死人，明明是两个人的战场，却只有他一个人在辛苦厮杀。

他本想放下袁百里，可是黄曼放不下，她受了冯愉快妈的影响，动不动说，你看看你同学袁百里。

有时候，冯愉快跟黄曼上床时总骂，你他妈是不是想我是袁百里？黄曼由着冯愉快骂，越骂她越快活，可一完事了她就立马翻脸，阴森森吐出五个字，你他妈，有病。

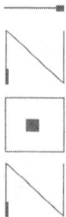

老子没病，有病的是袁百里。我告诉你，姓袁的迟早出事。

冯愉快的语气和表情，跟他老子当年一模一样。

他坚信袁百里是要出事的，树大招风，何况袁百里年少得志肆意汪洋，还不知收敛。每每想到这些，冯愉快心情就无比激动，他带着焦灼的期待，每天守着晃格里新闻联播，如同守候最心爱的恋人。

有病、有病。黄曼从沙发上起身，如同嫌弃瘟疫病人似的绕开冯愉快，频频强调。

喊！这世道谁没病？人吃五谷生百病，穷病、红眼病、懒病、黑心病。

再说，灵魂都生病了，躯壳还能好吗？

比如他袁百里。

四

我爱晃格里，你在蓝天下，你在白云里。

我爱晃格里，奉献是首歌，大爱在心里。

晨曦未晓，派出所前面的广场又响起音乐声。可怕的老太太们又开始跳广场舞了。朦胧中，冯愉快眼睁睁看着她们把《洗衣歌》里的洗衣服、晾衣服跳成穿裤子、脱裤子，现场一片惨不忍睹。

我爱袁百里，一刀捅肩上，一刀捅腰里。冯愉快打了个哈欠，哼哼唱唱走出派出所。街道路灯还亮着，一阵风吹来，有点凉，冯愉快跟随音乐的节奏扭了几扭，跑到街对面买早餐——他的，滚月光的。

滚月光不是犯罪分子，从时间逻辑和监控记录来看，袁百里在县城纪念广场血淋淋地倒下时，滚月光正开着他的那辆途观，在离袁百里四条马路远的地方严格遵守着红灯停、绿灯行的交通规则。

冯愉快头夜里赶到派出所，看到滚月光的第一眼就断定这家伙根本不是捅袁百里刀子的人，不是眼毒不毒的问题，好歹冯愉快在派出所已经混了二十多年。

滚月光身上有一种味道，秋天乡野里的味道——阳光不错，一丛丛松枝或一片片枫叶从树上落下，掉到干燥的泥土上，散发出干净、干燥而朴素的气息，很木、很实诚，循规蹈矩。

要这种人去砍大名鼎鼎的"平头哥"袁百里，不可能。

"平头哥"不是指袁百里的头发，"平头哥"是非洲草原上一种叫非洲蜜獾的动物，这玩意儿是个狠物，"非洲乱不乱，蜜獾说了算"，眼镜蛇五步蛇，它捉住就咬，毒对它来说完全不是事，吃完抹抹嘴就拜拜。网上说，人家狮子王"只是在人群中多看了它一眼"，这疯玩意儿也能打个洞钻过去咬上一回，根本不考虑自己和狮子是不是一个重量级的，违不违规，属于那种"生死看淡，不服就干"的疯子。总而言之，在非洲，你惹着了这么个主，不替它跑，就替它死。同理，在晃格里，谁惹了袁百里，也绝对没好果子。当然，不惹他，也不一定能吃上好果子。总之看他心情——自从袁百里在财政局、住建局、审计局转战数个来回之后，这个高考状元身上的"莫斯科"味道渐渐就散了，只剩下当年打架斗狠的一身匪气。县城几百号包工头、项目经理、开发商建筑商承包商，再硬的后台，看到他也是要低头的。袁百里的逻辑是，天大地大，落到我手里我最大。谁要不识相，拿上头来压，他可以放你一马，但紧接着能给你来若干马。你有本事，次次都请大神来呗。

袁百里横有横的资本，不管调到哪里，他都能迅速成为一把业务好手。书记县长常常撇开县里的分管副县长找他商量工作，他牛气哄哄从书记县长办公室出来后，总会到副县长办公室去"汇报"，副县长五蕴皆空，笑而不语，配合演出。反正铁打的营盘流水的兵，谁也不在这里当一千年的官，忍两年就走人了。再说，管你袁百里多嘚瑟，天地也不过是小小一个县城。

袁百里自然也明白这道理，出了副县长办公室，明面上，花花轿子永远替领导抬着。整个县城，提到袁百里，都不往深里说，只哼哼。

"平头哥"这个绰号其实就是冯愉快起的，且不动声色地传遍晃格里。袁百里还以为是因为自己少年白头，又爱穿一身黑色立领，是以被尊称为"平头哥"，哪里知道冯愉快是给他下药，非洲蜜獾平头白毛、全身一溜黑，又称"白头发，穿黑色中山装的黑帮大哥"。

人言可畏啊。都黑帮大哥了，你袁百里还想洗白？

看着袁百里一路风光，冯愉快又兴奋又生气，总想着，快了，快了，月满则亏，快了。偶尔他也慈祥善良地表示可惜——这孩子，想想一个高

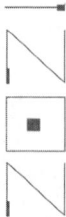

考状元，怎么长着长着就长出一身匪毛来。

早点摊子只有油条、饼和豆浆。

冯愉快揉了揉眼皮，又打了个哈欠，掏出一张皱巴巴的百元钞票。道，通通要的干活，两根油条，两个肉饼，两杯豆浆。

老孙看一眼钞票，边炸油条边嘿嘿笑，说，才几块钱的事，补不开，你给啥子嘛。

冯愉快也不客气，揣回裤兜。这张一百元的钞票，老孙经常补不起，冯愉快也经常就这一张，都习惯了，大家心头都有数。呵呵。

手机响，是小葛。

冯哥，老大说等我们一回来就放人，你先招呼招呼，客气点。小葛在那头传达张所的指示。张所刚当所长，派头十足，三十出头，有事没事都是叫警员"传达"。

冯愉快没工夫计较这个，放人之前，他得再跟滚月光聊聊。

滚月光要砍袁百里，这里面有悬念，冯愉快想知道，滚月光和袁百里之间有什么曲折。

你为啥想砍袁百里？冯愉快问。

大冬天在派出所坐了大半夜，滚月光有点感冒，肉饼里的葱花味一呛，打了两个大喷嚏。他吸溜一把鼻涕，不回答，只埋头开始喝豆浆，喝着喝着，拿着筷子的手抖起来，眼圈儿也红了，这才抬起头，瓮声瓮气问冯愉快，人死了没？

应该……还没死。冯愉快迟疑地答，他不知道那边的情况，但是听小葛的语气，肯定没死。

谢天谢地。滚月光像个帕金森病人一样反复点头，谢天谢地。

你不是要砍他吗？他不死了，你倒谢天谢地？

他要是死了，我也得去死。滚月光长叹口气，眼神灰暗，失魂落魄地说，没路走了。说完，他起身退到屋子的阴影角落里，坐下来，木然地看着远方。

冯愉快递给他一根烟，他先是伸出手，又摇摇头缩了回去。

我也不是存心要砍他，我就是气不过，在姓袁的眼里，我们就像只蚂蚁，跟你昨晚踩死的那些蚂蚁一样。

冯愉快干咳了一下，不好意思地拍拍滚月光的背，对不起——哥们儿，屋里煤烟太呛，等我捅个火，咱们大门口坐，慢慢聊。冯愉快说着，拉开所长抽屉，弄了两包烟放口袋。

天光越发白亮，从门外泻进来，清水一样，冯愉快捅着炉子，蓝色的火焰倏然腾起，火星迸闪，滚月光盯着火光，面色青白。

五

真有这么一个寨子，满个寨子都姓滚，叫枫叶寨。寨里出来的男人个个都蓄着跟滚月光一样的发型，千山万水，哪怕是到了火星水星，这发型没得变。祖宗传下来的规矩，滚月光本来就是个中规中矩的人。

滚月光十八岁时跟冯愉快一样，没考上大学，就是太规矩，老师说他脑袋里没有转弯灯，不会拐，读的书有十几箩筐，就是不知道关键时候用哪一筐，没得法。

过苗年的时候，寨子里滚开山的女儿女婿回来了，女婿黄大嘴一进寨子就急吼吼的，说晃格里正新建县城，活儿多得像山里的野杨梅，风吹掉一地，随便捡，他想多整几支工程队，让寨里的崽们都出去跟着找钱。

蚂蟥听不得水响，正困在屋里抠墙壁的滚月光二话不说就开始收拾东西。

他不是为了找钱，他是为了寻找理想，理想在不在县城他不知道，但肯定不在山寨里。

寨老看着那么多年轻小伙子都出山去，气得哆嗦，指着寨子后山金灿灿的枫叶林，说，都走了，你们的树怎么办？

树。

是的，树。

寨里的男儿一生下来就有爹妈给种下一棵枫树，崽有一岁生，树有一岁长，人是树的命，树是人的命。人走了，树怎么办？

滚开水的女婿，也就是黄大嘴，大咧咧一挥手，说，人不出门生不贵，火不烧山地不肥。寨老啊，树挪死，人挪活，树在寨里替人守魂，人

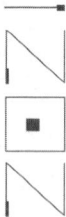

在县里替树生根，好得很。

黄大嘴这话滴水不漏，寨老听了，沉默半晌，转身走了，背影融进山林，像一棵孤独的树干。这些年，很多事，寨老说了不算，管了也没用。

滚月光跟着黄大嘴到了县城，在城里，他看到了一片和山寨一样巍峨的树林——但这树林是钢筋水泥的。

什么时候，你把自己变成这种树，扎根在县城里，崽，你就成功了！黄大嘴细长的眼缝里迸出一道光，像猎刀在月色下勇猛寒闪。

滚月光在工地上先是挑灰浆，然后拌沙，慢慢学会了砖工和瓦工，也学会了扎钢筋。读过高中的滚月光，学什么都快，人又敦实，黄大嘴满意，让他管材料，每天钢筋用多少、水泥用几包，滚月光一笔笔记着，绝不含糊，给黄大嘴节省了不少钱。他本来就是从打下手做起来的，门儿清，骗不了他。日子长了，黄大嘴待看滚月光就有点当儿子看了。

那年腊月尾，工地停工，民工们坐汽车的骑摩托的东一堆西一堆都回家过年了。滚月光没走，留下来守材料。如今城里的世道还不如乡下，一到年节，偷摸抢劫成堆。

山外的冬天，天空灰白光亮，晃格里静静的，仿佛憋着气，等待大年三十的喜庆猛烈迸发。滚月光也屁颠屁颠去超市买了方便面、卤肉、面条和电光炮、香纸烛。临近夜里十二点，开始下雪了，稀稀拉拉的鞭炮声从遥远的地方传来，间或一声"嗖"——紧接着，鞭炮声开始变得密集而热烈。突然，伴着一声巨大的鸣响，一条长长的红色的鱼尾似的光直冲上云霄，接着"砰"地散开星点万千——那是除夕夜的烟花。

这是滚月光平生第一次看到烟花，他从不知道世上还有这么美好神奇的东西，他震惊了，昂头看着一朵朵瑰丽的烟花在天空绽放，蓝莹莹、红闪闪，然后又渐渐像梦一样消失在漆黑的夜空……雪还在下，铺天盖地地落在他脸上，滚月光眨了眨眼睛，天空的烟花和雪花也跟着眨眨眼睛，有个遥远的声音从天际传来，像在呼唤着他。

那一定是他在寨子里的那棵树，他出生时爸给他栽下的枫香树。

也怪，出来几年，每当他一个人的时候，都会听到那棵树被风吹得哗啦响的声音，像水浪打在船舷上、微风吹在稻草上。爸说，遇上千情万事都不要慌，只要树好好长着，就不消怕，树寿叶旺着，人就太平着。树是人的魂，人是树的根。

喂，你在哪儿呢？树问。

我在这儿。滚月光让雪花给压着，动不了。

这儿是哪儿？

是城里。

我找你来？

你可不能来，树到了城里，会给改成板子、桩子、柱子，叫料子。

你给改成啥了？

我？滚月光困顿地想了想，答不上来，进城七年，他没思考过这个问题。

枫香树不说话了，世界跟着寂静下来，像在寨子的老房里，爸妈面对面坐在地火塘前不说话盯着火苗的样子。

骤然间，又一声巨大的炮响，一朵最大的烟花在天空盛开来，这时候天空已经不是天空了，是奇幻的花园。全世界最神奇的花儿都在那里开放，你开罢，我又来，一朵朵一簇簇，有的像灯笼有的像流星，有的像牡丹有的像石蒜花……滚月光看得眼睛都直了，天空变成了一块巨大的磁铁，直将他的灵魂吸噬，神思飘浮间，他眼前仿佛出现一片万里无云的风眼。

它静悬在风暴的中心，梦境一样，湛蓝、安然、恍若隔世，静静地看向滚月光。

那一刻，滚月光像一片等待唤醒的树叶，在蛰伏了二十多个春夏秋冬之后，终于从一棵树里探出头，向人世间伸展出属于他的叶脉和想法。这个想法与他的祖辈完全不同，是的，是的，他不要被改成啥子，他要在城里扎根，长成一棵城里的树。

有志气，黄大嘴听他说后，干脆利落地挥挥手，你有文化，这样，你先带一遍工程楼的内粉和外粉，弄完再试别的班组，都过了一遍就算

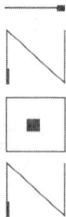

出师。

黄大嘴说话算话，这么练了一年，便让滚月光出师当了包工头。

说是包工头，其实滚月光还是跟着师父在干。

因为他拿不到工程单子。在晃格里，三十万以下的单子不用招投标，但这便宜食不是谁都吃得着，得是熟客。皮肤黝黑且有着一个特异发型和口音的滚月光怎么看都是个"外人"，圈里的活他够不着。别看新县城这些年搬迁，新建工程多，俗话说，是个坑都蹲着人，何况外带后面还排着队，滚月光根本挤不进。至于三十万以上的招投标，滚月光也试过几次，没用。黄大嘴笑他，是标都有主，傻了吧唧往里拱个屁，你只管跟着我，我在前头，你在后头——黄大嘴参加招投标时，滚月光就帮着他围标。黄大嘴不亏他，每次围标成功后，给人家多少，也给他多少，不管他要不要，硬塞。工程开工后，黄大嘴照例分一块宝肋肉给滚月光，滚月光只管老实巴交地带着一帮兄弟把活儿做扎实就行了。

如此七八年下来，向甲方要款的事、和监理搞关系的事，统统都是师父去操劳，而工程质量这边有滚月光，黄大嘴也不必担心。师徒俩合作得轻松愉快，找起钱来也是风生水起。

但滚月光心里终究有个坎，总觉得要翻过去了，才算了愿，这个坎就是"乙方"。他想这辈子真正做一回乙方，像师父那样，在正经八百的仪式上，和甲方签一回合同。仿佛只有那样，自己的树才算是在城里真正落下第一铲泥。

经不起滚月光磨，黄大嘴把安专乡山塘抢险应急公路硬化工程给了他。

滚月光第一次坐在乙方的签约席上签下了自己的名字。

我姓滚，波涛汹涌的滚。签完字，他向领导解释自己这个姓氏——我们满个寨子的人都姓滚，很少见的姓。

滚总。

您叫我月光吧。滚月光憨厚地笑，抬头看月光，低头思故乡。

人家说不对呀，是举头望明月，低头思故乡。

一样的，一样的。滚月光点头哈腰地说，他渐渐知道了师父黄大嘴的腰为啥子老勾着。

山塘抢险应急路硬化工程设计是五米五，滚月光修成了六米宽，负责验收的水利局副局长没遇到过这种事，纠结地蹲在路边，扯了地里一根白萝卜，拿萝卜叶抹去了泥，咔嚓咔嚓啃开来，然后举着半截萝卜说，局里的工程款，跟这一样，一个萝卜一个坑，你多修的，我一个子儿也没有。

不是这个事。滚月光嘿嘿笑，我们寨里插秧有个规矩，第一行一定要插好。

这单工程，滚月光只赚了十来万。但后来滚月光渐渐就成了县水利局的应急后备军。一有小工程，上头催得紧的，局里都知道打电话找"六米宽"。

几年下来，滚月光在县城买起了房子车子。

滚月光开始喜欢上洗澡，一年三百六十五天，天天洗，每次洗的时候，他都会低下头闻自己的身体，有没有什么味道——以前在工地上，工棚里又脏又臭，全是汗味，又酸又咸。

他不想再在自己的生活中闻到这种味道。

有了点钱，又有了口碑，滚月光渐渐在县城里有了点名头，稀里糊涂间，常被人叫去喝一些事后也不知来头的酒。那次也一样，人家喝到半途打电话叫他去，进了门刚入座，席面正中一个胖子就笑着端起酒杯来，指着他说，这个人要是杀进晃格里的建筑行业，一定是县城的福气，厚道嘛。

滚月光正走上坡路，哪里听得人唆使，跟刚开叫的公鸡一样顿时激动得奓毛，脸红到脖子根，屁股赶紧从椅子上抬起来，因不知对方是谁，左右寻求眼神和答案。

那人淡淡说，鄙姓包，都叫我老包。

老包？滚月光心脏一阵猛跳。

晃格里最近一直传言，有个老包，跟着新到的县长从湖北过来，是县长的白手套。

白手套什么意思，就是官员想搞事，自己不出面，找人成立一家项目顾问公司，谁想抢到好工程，就得找这家公司，表面上付费请这家公司做项目规划书什么的，其实什么都还得自己干，而这家公司拿到了钱后，官

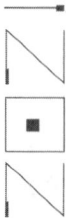

员自然知道帮你把工程搞到手。

说白了，老包就是帮着县长把钱洗白的人。

滚月光这才用心看老包，不看则已，一看，滚月光感觉是个人物——这老包整个人胖得跟他的姓一样，端坐在正席那个神情，妥妥一尊菩萨。

席散，湖边，两个人，一席对话。刚过三月，夜黑如墨，寒风迅捷地卷过一些秘密。激动得全身发烫的滚月光那时还不知，风高杀人夜，月黑放火天，不是大吉，是大凶。

老包抽一口烟，火星映出满手金光闪闪。月总，跟你透个底，有个工程，县移民三期搬迁，预算是一千二百万这个数。这个工程呢，本该明年下来，因为省里的项目资金计划在明年。可是等明年批下来，这个就得搞招投标，这个一搞招投标，像你这种老实人根本就沾不到边。

滚月光谦卑地笑，那是。

我呢，合计了一下。老包吹一口烟圈，目前上头明年有项目这个事，也只有我和那啥知道，信息没公开之前，县里呢，准备弄成BT，搞垫资修建。所谓垫资，你明白的，其实钱明年开春就到，而且，据我所知，今年年底，省里的盘子肯定还会余一点肉，如果咱们启动第一期项目，这肉自然就到了咱们碗里来——谁主动谁得吃。

BT滚月光清楚，乙方先垫资建，政府再按约定时间和比例回购。这几年县城搞得不少，但他从没敢接过，新县城这些年负债累累，到处都是窟窿眼。搞BT，部门说得好听，到时间就回购，但到了约定回购期时部门拿不出钱，你能把部门给吃了？

但是人心经不起搅，滚月光给搅得像是心上长了根羽毛。BT往往是政府又缺钱又必须做项目时采取的解决办法。相当于请有资金的乙方帮政府完成项目建设，然后政府再赶紧找钱来回购。回购时，政府部门除了要结工程款之外，还要按BT的既定模式多支付两笔款，一笔是乙方垫资建设期间的资金占用费，一笔是垫资期间的利息。也就是说，只要你有充足的本钱敢做BT，政府部门又能喘过气来按时结算，那你就可以赚到比常规工程多得多的利润。

怎么办？滚月光一口一口猛抽着烟，听见自己心脏在怦怦狂跳。太冒险了！他充其量只是个小老板，说得不好听点，是只小蚱蜢，全靠老实打江山，除了手掌心那一点点肉，根本没有过硬的家底，万一县里资金链条断掉，或者是把工程款结给别人不给他……总之，要是他B了，政府却不T，他就完蛋。

老包一对绿豆眼仿佛看穿了他的心，嘿嘿笑——担心什么，我和老大从小一起光屁股玩河水长大的，县里再缺钱，能少得了你这点？说着拿出他那湖北手机号的手机打给滚月光，把我号码存着。

望着绿莹莹直闪的手机屏，滚月光心头直打鼓，一千二百万哪，他至少得凑个六七百万的底儿，哪弄去？

想法子呗。老包长叹口气，这点办法都没有？还混个屁。借高利贷也行啊，时间又不长，稍微倒一倒贴一贴，半年多工夫就回来了。

可是，您为啥子选我呢？咱们也不……熟。滚月光忍不住问，我就一小蚂蚱，上了三百万的单子都没做过。

领导走到今天，也不容易，我不得为他考虑吗？自古以来，修庙子建学校做移民工程，都是大事，不能闭着眼睛瞎找人，你嘛，人厚道，讲质量，其他的人，我不放心。老包慈眉善目摇着头，实足一尊大慈大悲的菩萨——告诉你吧，省里那边的项目就是我负责替县里去跑，眼下我们打的就是时间差和信息差，表面是做BT，其实省里的专项经费紧跟着就来了，你相当于不用招投标就能拿到一千二百万的工程，赚大了。而县里呢，也会因为早动一步，在省里可以提前交成果，体现新领导新作风新速度。双赢嘛。

滚月光听到自己的心跳越来越快，快到他完全控制不住，他喘着气，说，你确定咱们能拿得到这个工程？那么多眼睛盯着呢。

老包眼里露出一道凶光，冷冷道，我跑来的项目，我说谁拿得到，谁才拿得到！

这坐莲佛瞬间屠刀魔的架势，生生镇住了滚月光。

如老包所说，县里不日便抛出了移民三期工程BT项目招商公告，滚月光"派"老包的咨询顾问公司替他去"跑"，然后毫不费力便拿到了

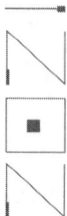

工程。

签约仪式在县政府铺着红牡丹图案地毯的会见厅举行。滚月光第一次进这么正式庄严气派的地方，紧张得鼻孔直抽。老包用他柔软肥胖的手递给他一杯红酒，滚月光如梦初醒，端起酒杯，和分管副县长喝了签约酒，他不知道所谓签约酒只是表示个意思，昂起头就把大半杯红酒全干了下去。

副县长抿一口，慢吞吞地说，滚总的确是个老实人。

滚月光红着脸说，罗县长，您叫我月光吧。

副县长不露声色地微微笑，哦，月总。

却不肯叫月光。

选定了日子杀了大红公鸡放了鞭炮搞了开工仪式。滚月光把六十万咨询顾问费打给了老包后，又忙了半个多月，突然想起该请包总吃顿饭，以后和政府谈回购款时还得靠老包呢，于是喜盈盈打过去，结果，那个来自县长湖北老家的手机号关机了。

滚月光隐隐感觉不妙，脑子里有一根啥东西小苗一样往外生长，但他没工夫理会。

工地一开工就忙着呢，每天一睁眼头顶上就悬着几十万的账。三个月不到，滚月光手里的两百多万积蓄已经见了底，过了五一节，滚月光横下心把房子也抵押了，这才又接上了炊。幸好水泥沙石和砖还可以欠着，但所谓欠，也是打了条子算了利息的。滚月光一边提心吊胆节省着开支，一边暗中求菩萨保佑。

结果天上一道雷，县里开大会。听说县长在会上澄清说，他压根没有一个叫老包的老乡，就算有，他也决不会容许他的任何老乡、亲戚、朋友来县里做工程捞好处。

老包是真是假，是不是县长的白手套，怎么弄来的工程，一切已经不重要了，重要的是滚月光已经陷进去了。

六月初，县纪委通知滚月光过去一趟。滚月光正在银行办门面抵押贷款，工地缺钱得紧，便说能不能明天来。

马上。纪委那头硬邦邦地说，纪委通知，你以为是请客吃饭，还有推时间的？

滚月光一路惴惴不安，公家怎么找上他来了呢，他一个小包工头。

去了才知道，老包已经"进去了"，据说是打着县领导旗号四处诈骗。纪委问完滚月光材料，已经到了半夜，那个叫陈主任的人边揉眼睛边说，你这个发型，呃。

滚月光吓得缩缩头，下意识地摸脑袋。

看上去像黑社会。陈主任继续揉着眼，貌似不经意地问，有要交代的吗？

滚月光紧张地答，没……这发型，我们家乡，男子都这样。

嗯，倒也酷……你回去吧，电话开着，有事找再过来。

滚月光夹着一泡尿，胆战心惊地问，那……我的工程款呢？还有我拿给老包的钱，六十万呢。

你们俩是不是合伙骗取政府项目还说不清呢。

滚月光急了，怎么说骗呢？房子摆在那里，一砖一瓦都是真的，工程也是县政府正式招商引资上了网的。我连房子都抵出去了，一分钱没见着，我才是被骗的。

陈主任冷笑，一个BT算下来，你要赚好几百万，你还招投标都省了，高风险高产出，算盘打得恁好，叫个鬼的屈。

滚月光百口莫辩，心想吃的喝的送的高利贷欠的，我哪来几百万赚头啊。

凉着身子走出县纪委，烈日当空，三十五摄氏度的高温浪一样打过来，滚月光有点发晕，眼前隐隐有个黑洞，即将吞噬掉他。

开弓没有回头箭，老包说的话是假的，但合同是真的，上面明明白白写着年底要完成建设，否则工程审计不计算资金占用费和利息。而滚月光为了赶工程已经在外头融了四百万，五分的息，一个月利息就是二十万，要是年底完不了工，光是这四百万的息，他就得倒贴进去一百多万。他算过，只要能按时完工，政府按时跟他结账，工程做下来，除了还本抵息和老包弄走的部分，他勉强能赚个七八十万；要是完不成，工程搁下了，不知猴年马月才能拿到前面投进去的几百万，而四百万的高利贷利息还得每月还下去……

东想西想，越想越怕。

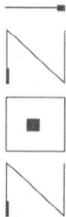

滚月光感觉自己在刀尖上跳大戏，停下来是死，一直跳下去也是死。

他只有赌一把，趁着纪委没叫停，拼命接着干。

生米煮成了熟饭，总得拿句话来说吧？再说，移民工程，就算上面没项目，县里的确也是必须得做的，这一点，师父黄大嘴打听得清清楚楚。

三个月下来，生米倒是基本煮熟了，只可怜提心吊胆又四面楚歌的滚月光，整个人瘦了一圈——生生给吓的。

六

寒风扑面。

滚月光腋下夹了个摆样子的空皮包，目光呆滞地站在大街上，发髻零乱。他想不通，刚刚夏天才过去，怎么转眼就年底了呢？这背时砍脑壳的时间，你想它快时它动都不动，你想它慢时它跑得飞快。

灰色的街道，弥漫着青色的烟雾，家家户户都在熏腊肉香肠，滚月光已经十来天没敢回家了，也不知道媳妇灯心怎么应对要债的。滚月光心事重重打开车门，刚坐定，突然手机响，接了，是袁百里。

我有个朋友回北京，一个小时后从市里红水宾馆出发去机场，你方不方便，帮我去送一下？

我他妈在县城，你叫我去市里接人再送机场，还问我方便不方便！滚月光恨得牙痒痒，却半点不敢声张，扬高了声音欢快地答，哎呀方便、方便，袁局长您说话，我分分钟都方便。

说罢掉转车头去接人。

到市里，正好用了一小时，那"朋友"在宾馆门口站着，看一眼车牌，一言不发上了车，也不和滚月光搭讪，低头玩手机一直玩到机场，下了车冲滚月光晃了晃手，仍不说话，拜拜了。

滚月光赔着笑脸一直等到人家的背影进安检，这才转出来，缓缓开车出停车场。碎碎想，这大半年，替袁百里接了送了多少人！他不知人家是谁，人家也不知道他是谁。可是他巴巴拍着马屁的袁百里，除了电话根本也见不着几回。

没办法，他不敢得罪袁百里，工程完工已经几个月了，按合同，工程过了审计他就能拿到第一笔回购款。可是到现在为止，他送到审计局的材料还不知道在哪个柜子里睡大觉！

越想越急，一窝火，滚月光一巴掌按到喇叭上，一阵猛叫。

机场旁交警杀将过来，怒目冷对，手指着滚月光，滚月光吓出一身汗，赶紧松开手，点头哈腰开过去。

回到县城，滚月光找不到个去处，工地工地不敢去，家家不敢回，到处都蹲着问他要工钱的民工。想找个人喝酒打牌，可这年底的光景，个个项目经理都在忙跑科局跑银行找关系整钱，饭都顾不上吃，谁还有心思跟他喝酒，他自己也没心思。

晃了几圈，逼不得已，硬着头皮往黄大嘴家开，上楼时从后备厢里提了一件赊来的五粮液。

黄大嘴刚吃过饭，正剔牙，手里拿着个球往角落里扔，逗得那只几年不见长的泰迪屁颠屁颠地去扑球，见滚月光进来，黄大嘴扬了扬眉毛，也不说话。

滚月光坐下来，憋了好一会儿，把意思说了，不外乎就是借钱。

黄大嘴目视前方，面无表情，只说，出了窝的雀子，各自单飞。还有，酒，拿走。

师父……

屁师父，接单时你跟我说一声没？怕我吃了卡了捏了你？现在才晓得叫师父，滚蛋。黄大嘴起身上楼，脚步缓慢，显出被后生伤心后的老迈。

的确是真真伤了师父的心！滚月光愧得慌。前头师徒配合得那么好，可这回接这个单子，他从头到尾没给师父漏过一句。他其实是防着师父，毕竟他们带的人都是一个寨子里出来的，他怕工人们一个不小心就往一边倒了去。师父树大根深，他底子浅，总是有担忧的。

灰溜溜出了门，滚月光顶着寒风往县政府走，想着能不能求分管的罗县长，好歹借几十万应个急——政府那么大的家业，总不能看着他上吊。

到了县政府门口，滚月光吓一跳，桂花树下、楼梯旁边、广场旗杆下，黑麻麻围了里三层外三层，都是讨工资的民工。

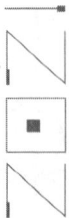

滚月光最近已经给围怕了，条件反射，又是头皮发麻又是尿急。

正要掉头找厕所，手机响，罗县长召集系统内工程的所有项目经理开会。

滚月光心头一闪，莫非县长拨应急款？

开心得撒尿都在笑，像个憨憨。

事实证明他的确是个憨憨。

会开得很简单，罗县长说得很干脆——红萝卜，抿抿甜，看到看到要过年。关于农民工工资问题，自家的娃娃自家抱，凡是BT项目的，各个老板自己负责农民工工资。招投标工程的，老板们自己想法解决一部分，县里按进度设法解决一部分。

县政府的会议室滚月光也是第一回进来，忐忑得屁股都只敢坐半边，耳朵嗡嗡响着听完"指示"，七条魂去了六条半，剩下半条魂鼓足勇气飘出来一句——县长，我是BT，按合同规定，分三期按五三二回购，本来县里该给第一期回购款，是工程款的50%，可是现在都没给我，我实在没钱给民工啊。

那是你的事。罗县长站起身准备离开。

怎么是我的事呢？明明是你欠我，我才欠民工啊，这个娃娃我抱不动咯。滚月光哈着腰苦快快地说。

我欠你？罗县长停下脚步，上下打量滚月光，仿佛从不相识，这位老总，BT合同上明明白白写着，政府如果不能及时给你钱，政府按规定计算违约金和利息就是，哪时给，算到哪时。而具体做工程，是你和民工的事，既然你叫垫资，支付民工工资就是你的事。民工工资跟县里是没关系的。

滚月光心想这事到了副县长这里怎么就辩不明白了呢，能没关系吗？明明是政府欠工程款拖出来的三角债。但话敢想不敢说，只有杵在那里，气得脸通红。

罗县长看出他有气，也不怵，直瞪瞪一段话甩过来——有句话说得好，没得金刚钻，莫揽瓷器活。BT项目你自己没点钱，也敢来签？凭啥子政府给你那么大的利润？就是考虑到你得先贴钱做工程支付民工工资，考虑到你的风险，不然，白给呢？凭什么？

凭合同啊。滚月光一冲动，嚷起来，环顾四周求支援，结果一条藤上的十多个苦瓜一致装聋作哑，低头玩手机。

合同？罗县长徐徐说，合同写得清清楚楚，要审计后再付，你的工程审计结果呢？

说到审计结果，滚月光大脑一片空白，这才发现，最后一丝希望原来一直就不曾存在过。是的，他也知道必须要过审计才行，但是从九月份到现在，他孙子一样跟在袁百里后面，袁百里永远忙着，说晃格里这两年天上地下都是工程，只差修月球，审计不过来。

要是师父在，可能接得上一句半句，但是滚月光到底是笨了些，完全接不上罗县长的话。

出了县政府，十多个项目经理面白如纸，骂骂咧咧往政府后门钻，结果还没绕到楼背后，又让电话给撵了回来——门口的民工，各自认走。

滚月光暗自叫苦，只得到前门去认自己的人。哪里用得着他去认啊，他才从政府楼梯间露出个脑袋，几十个人就围了上来。

我想想办法，我想想办法。滚月光头发都夯立起来，忙不迭地说，给我一个月时间。都是叔伯兄弟们，容我点时间，我在弄呢，在弄。

七

又到周一，还有好十几天才放寒假。

滚月光照例一大早到袁百里家门口等着接袁百里的小儿子去幼儿园。天气越来越冷了，风里夹杂着雨丝，滚月光发了个信息给媳妇灯心——山路滑，小心些。

自从接送袁家"小宝贝"的重担落到他肩上后，家里养的那只斗雀基本上每天早上都交给灯心去遛了。还好灯心也是寨子里出来的姑娘，山里长大，看到林子和雀子说不出的亲，也认得出画眉的好歹。滚月光这只是小青眼，前两年五六月回山寨在白岩捕的，是只老毛，野性大，养功一般的人根本拿它无法。但山寨里的孩子，哪个不是从小玩斗雀长大的？不怕雀野，只怕它不野。转眼两年熬下来，小青眼已经毛眼老辣，眼瞠宽得像蛤蟆眼，跟人对视时眼神闪都不闪一下。

灯心看着他把命都悬在袁百里身上，天天跟进跟出，却连个影子都见不着，气得骂，他妈的小青眼都比你活得傲气。

妹哦，现在我拿傲气顶屁用啊，每天一睁眼都欠着别人钱，等于刀子抵着喉咙呢。

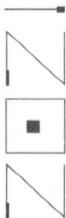

车里，音响已经提前放好了给小孩子听的歌，唱得奶声奶气——"爸爸的爸爸叫什么"。

滚月光又恨又盼，心乱如麻，想，你爸爸的爸爸叫狗，生了你爸个狗日的。

想完先是得意地笑，接着笑意酸软下来，叹口气下了车，蹲着查看轮胎。灯心说有个车胎好像有点跑慢气。老天爷，可得扛住啊，这段时间，滚月光已经连换车胎的钱都没了。

正好听见袁百里的第二任老婆牵着小宝贝出来的对话。

妈妈，这个叔叔姓什么？

你管他姓什么。

老师说，小朋友要懂礼貌，要喊人，要甜甜的。

嗯，这个叔叔，我们不用喊得甜甜的，因为不熟。

怎么不熟，宝贝天天坐他的车车。妈妈，我到底叫他什么呀？

叫喂就可以了。

不可以。老师说，喂不礼貌。

这个叔叔可以叫喂，他姓喂。

哦。

一阵下台阶的脚步声。

滚月光从车旁缓缓站起身来，不知是不是因为蹲的时间长了点，他眼前有点发黑，好几秒，眼前的一片虚光才对好焦，看清了这对衣着鲜亮的母子。

他有种骂人的冲动，可只能在心里咬牙切齿地强调，老子姓滚，波涛汹涌的滚。

女人没想到他在车外，眼神躲闪，表情尴尬，但这尴尬转瞬消失了——对她来说，滚月光什么都不是，听见了又如何？她犯不着尴尬。

月总，小宝贝说要吃幼儿园门口那家早餐，不要在幼儿园里吃，你先带他去吃了再进去。女人叮嘱。

滚月光脸上堆着笑，连连答着，把小宝贝接过来，还亲了一口，装出的热乎劲搞得自己都想吐，还憋出一腔城里人嗲嗲的声音，哄，小宝贝要吃早餐，叔叔带你去吃早餐。

那个……你不要惯着他，叫什么小宝贝嘛，叫他袁千。女人脸色不好看，明显不高兴他套近乎，说。

是是是。滚月光尴尬地说，上幼儿园了，得叫大名。

算一算，从九月份开始，滚月光已经"顺路"接了袁百里小儿子上幼儿园三四个月了，"反正"从家里到公司刚好要过袁百里的家，也要过幼儿园；"反正"滚月光又是从来不睡懒觉的人；"反正"滚月光车都空着，顺路送送孩子没事。

因为这小爷，很多个应酬后烂醉如泥的夜晚，滚月光都会半夜惊醒，睁着血红的眼睛死扛到天亮，生怕自己睡死了，错过了接"小宝贝"的时间。还得洗干净澡，把酒味清洗掉，假装神清气爽。等强撑着把人家的小宝贝送进幼儿园，他回到家，整个人瘫倒在床上，睡得像死猪。

眼看离过年的日子越来越近，见袁百里也越来越难，打电话也从来不接，滚月光只求在接小宝贝时能见他一眼——有时候袁百里心情好，早上会出门送小宝贝，那一点点时间，不够滚月光和他说三句话，但碰个面也是好的。

望着小院铁门，滚月光心有不甘，往驾驶室走，一步三回头。

正要上车，铁门嗒的一声响，袁百里出来了。

袁局长。滚月光喜出望外，一不小心声音就高了点。

袁百里不高兴地皱眉，批评二任老婆，怎么又让人家送？

顺路嘛。二任老婆不急不缓地，说，也不是天天。

顺路，顺路。滚月光也说，又不是天天。

这样的理由，见面一次重复一次，两个人是在串供，三个人就是一起在表演了。

那个袁局长，我们的那个工程……滚月光鼓起勇气，说。

袁百里定定地看着他，又回头看年轻的小媳妇，扬扬眉毛，表情阴冷。

滚月光不敢再说话，钻进车里一溜烟赶紧闪，车都开出了小区，心脏还在突突突狂乱地跳。

可不能惹平头哥发火，平头哥一发火，他就完了。

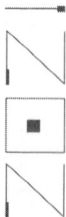

　　陪袁家小爷在幼儿园门口那家专门敲宝妈宝爸竹杠的"健康宝宝早餐店"吃完二十六块钱一份的早餐，滚月光拐到市场旁的摊子上点了六块钱的素粉，心头还惦记着刚才那小祖宗没吃完的半瓶酸奶，七块钱一瓶，可惜了。手机嘟一声，是袁百里的信息——以后可以不顺路。

　　隔着手机屏，滚月光也能想象出袁百里那种阴森森的眼神和表情，一瞬间，滚月光吓出一身冷汗，赶紧回——顺路，顺路，完全是顺路，以后也是顺路。

　　各是各，我是有原则的人。

　　是，各是各。滚月光回信息的手都在抖，回完捏着手机，也不敢动碗筷了，硬邦邦坐在板凳上半天不动，生怕一动，手机就响。

　　还好，没响，袁百里也没有继续来信息强调"以后可以不顺路"。

　　看着清晨急匆匆来去的人群和车流，滚月光虚汗遍身，上车时手脚酸软，终于明白过来，能"顺路"接送小宝贝，不是他滚月光在送人情给袁百里，是人家袁百里在送面子给你滚月光。

　　还敢堵门口说事！

　　然而，滚月光还是搞不明白，事情怎么成了这种逻辑，明明他是债主。在山里，债主不必直着腰说话，但绝对不是哈着腰那一个。

　　这城市不是他理想中的样子，看着前面的红绿灯，他有点晕，摸摸额头，发烧了。

八

　　一上午，滚月光都在打电话借钱，到了中午，依然两手空空。

　　不得已，滚月光又把车开到了师父家，还没进门，脚下一虚，人倒了下去。

　　醒来在医院，白晃晃的病房，黄大嘴坐在病床前，滚月光眼泪顿时淌下来。

　　他妈的恁没骨气！多大点事，你们寨老没教过你？死得哭不得。黄大嘴嘴里凶巴巴，眼神已经软了。

　　师父。滚月光抹一把滑到脖子窝里的泪水，哽咽，活不下去了，真的活不下去了。这个月再不出审计结果，年前拿不到钱，高利贷得拖死我，师父，你帮帮我，求求袁百里，你跟他说得上话。

　　黄大嘴坐在床畔，烟一支接一支地抽，搞得病房里乌烟瘴气，小护士进来虎着脸要教育他，被他狠剐一眼给顶了回去。

你就是头猪。黄大嘴闷声道，整个晃格里都在看你的笑话，你不自知。

滚月光一脸茫然，什么嘞？

那个事。黄大嘴说，那个事以后，袁百里就扬言说要收拾你。

哪个事？滚月光感觉头又烫又胀。

前段时间传说袁百里要当副县长那个事。黄大嘴道，你呀你。

滚月光明白过来，红着脸，嗫嚅道，我真不知道啊。

前阵子民间组织部传言袁百里要当副县长，那段时间平头哥心情好，笑容花满人间，中间还让滚月光参加一次他的饭局——当然，饭局是袁百里的，饭钱是滚月光的。但是对滚月光来说，能为袁百里买单，已是恩赐。

那天夜里，滚月光看着老家的方向，热泪盈眶，他仿佛看到山寨里自己那棵树，在风中昂扬，绿色的树叶油亮一片。

谁知道高兴没几天，市里决定空降一个副县长下来，屁股正好坐到平头哥头上。

整个县城顿时清静下来，开发商、建筑商、包工头那段时间都不约而同"出了远门"。

因为怕碰到袁百里，说句什么吧？不敢，不说吧，怕平头哥翻脸。

平头哥是遇到狮子都要扑上去咬两嘴的货，这种时候出现在他眼皮底下，做什么说什么都是错。

偏偏滚月光不知道这消息，他毕竟只是个小包工头，不是那种经常和县里体面人物们混的那种，所以，当大家都躲着袁百里，只有他凑上去——真是作死咯——他还坐在人家办公室里，傻了吧唧地跟袁百里说，以后要叫袁县长了。

袁百里正端着茶杯喝茶，从杯沿上射过来一注目光，炽灼如炬。许久，他放下茶杯，意味深长地笑，滚月光以为那是希望的佛光，哪知道自己已经触碰到了平头哥的逆鳞。

我给他道过歉了。滚月光不安地挪了挪身体，吊瓶跟着晃了晃，黄大

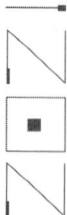

嘴护住瓶子，叹气，你道个鸟歉，姓袁的本来把面子看得比天大。你这个呆瓜，读书呢，一根肠子通到底，不会拐弯。进了城呢，还是个心里没红绿灯的憨憨，全世界都在躲着平头哥，他正鬼火上头嫌手里没鸡崽捏，你自己挤上去当那只小鸡崽。这几个月，县里谁不知道你天天给他接送娃？袁百里就是故意做给人看，莫说当不当副县长的事，就是不当那个副县长，他想拿捏谁，照样拿捏！

滚月光这才明白，自己受死累活这几个月，完全成了晃格里的一个笑话。

难怪那么多项目审计结果都出来了，只有他的一直"审计中"。袁百里一直在玩他呢。

玩他第一道，不用回忆滚月光也记得，那是袁百里唯一一次主动打电话给他，正是八月出事那会儿。那天下午，滚月光刚把小青眼串到洗澡笼里，袁百里一个电话打来，懒洋洋的声音，现在想起，人家那哪是懒呀，是猫玩老鼠的悠闲。袁百里在电话里问滚月光，是不是公司要租个办公室。

滚月光当时一愣，想，我有个屁公司啊，一个小包工头，家就是公司。话都到了嘴边突然觉得不对，赶忙说是是是，是要那个、那个、租一个。

我亲戚有套空房，可以免费送给公司用，只是房子老了点，你们自己粉刷一下。

空调电视那些，也有，只是旧了点，也免费送给你们。

审计嘛，要晚一点。

要不要的，你们定吧，我就觉得空着也是空着。

中心思想说完，袁百里挂了。

滚月光好歹也混了十来年，不用想也明白怎么回事，带上装修队就往地址去。什么只是粉刷一下，完全就是一套毛坯房，滚月光偷了灯心卡上三十万，整整两个月，一有空就盯在房子上，买块砖都是自己亲自跑铺面，终于"粉刷"完了"亲戚家的房子"。空调电视整屋顶配，完了签合同还得按市场价签——局长经常教导我们各是各，局长体谅企业是局长风格高，但咱们还是要按市场规律办事。

之后，一年付四万租金签到手的房子，滚月光用都不敢用，只摆了几张桌子做做样子，反而还得三天两头过去开窗通风，这种事交给下面的人不放心，下面的人嘴碎，都是滚月光自己来。

玩他第二道，是袁百里的二任老婆居然打电话说，月总，最近家里的车拿出去修了，公车又不能用，听说你公司和小宝贝幼儿园是顺路，可否麻烦顺便送一下小宝贝？

那一刻，滚月光觉得一点都不麻烦，女人的声音温柔又妩媚，像春天的阳光晒在耳朵上，烘得他全身都冒着幸福的细汗——能和袁百里的家事攀上关系，能和袁百里的漂亮老婆说上话，那就证明袁百里不把他当外人。有了租房和送孩子这两层隐秘又亲切的来往，年底前他的一期审计结果肯定就有戏，只要拿到审计结果，他就可以找罗县长要钱，有了钱，他就可以还上高利贷，日子还是以前的日子。

正值秋高气爽，蓝天上飘过一片片白云朵，滚月光抬头看，觉得每片白云都是钱，一张接一张，足足四万张，每一张都在向自己招手。

四百万就是他的命，没有这四百万，明年的鼓藏节，他可能只有一缕魂回山里去。

他压根不知道，自己只不过是袁百里玩捏着的一只小鸡，袁百里嘻嘻看着他挣扎，全世界也都嘻嘻笑着看他的挣扎。在城市的丛林里，他是一棵挤进来抢地盘抢空气抢营养的树，多他一棵碍眼，少他一棵舒坦。

怎么会这样？他实在想不通，世界恁大，人心怎恁窄。

九

这世道就这么个鬼样。冯愉快回答滚月光，世界无论有多大，有些人的心，终究比他妈的麻雀眼睛还要小。

滚月光抬头看着桂花树的叶子，脸上写满悲伤。

日子又过去一天了。

有人朝他俩看过来。

也是，两个大男人，一个瘦巴拉干穿着警服，一个拙憨憨穿着珊瑚绒睡衣，还绾着个奇异的发髻，大清早并排坐在派出所门口的大青石上，多少有点吸引人目光。

冯愉快颇有点得意地享受着这些目光，问滚月光，都将就了那么久，

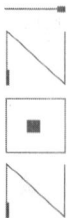

那为什么昨天晚上突然想砍袁百里？

　　他捏了我的小青眼。滚月光声音低沉，眼眶渐渐红了，我不介意他捏我，从小爸妈说，人活在世，走路不要和田埂争宽，心眼却要和天比阔亮。但他不能捏我的小青眼，我遭的罪是我起了贪心，但是我的雀没有做错啥子事，在山里，树是有尊严的，雀子也是有尊严的。

　　尊严，嗯，这个事，他妈的你做得对。冯愉快大声表示赞同，赞同的方式是用力朝最远处啐了口痰。结果招了路过大姑娘一对大白眼。他不管，愤愤道，我晓得，斗雀除了幼鸟受捕时可以捏一次，再捏他妈的就废了。狗日的袁百里，捏死了多少人和鸟，他想捏就捏！想捏就捏！

　　你懂斗雀？滚月光眼神一亮。

　　我还养着一只呢。冯愉快抠抠眼角，不好意思地笑，黄水眼，不行。跟我一样，蔫巴。不过，听说姓袁的是只胆巴青，他跟你一只小青眼较什么劲？冯愉快困惑地问，一只小青眼，至于让你拿刀去砍袁百里吗？

　　你说呢？一直拒绝抽烟的滚月光伸出手要了支烟，狠狠吸了一口，冷笑，昨天，我的小青眼赢了他的胆巴青！

　　冯愉快吓一跳。好画眉看眼水，胆巴青在斗雀中算是极品，小青眼跟胆巴青完全不是一个级别，何况袁百里那只是养在万佛寺的，那里离万佛山近，每天大清早，袁百里的司机都会开车过去，然后带上鸟笼到万佛山西面的悬崖去遛，西崖高，林子又厚实，斗雀在那里简直是君临城下、八方来风。这样的雀，到哪里都是王，能败给滚月光的小青眼？

　　就像袁百里和滚月光，一个是捏小鸡的人，一个是被捏的小鸡，根本不是一个档次。

　　嗯，他也是这样想的。滚月光裹紧棉睡衣，靠着派出所院墙，眼睛眯成一线，倏然闪出一道寒光——但是，他不知道小青眼也有翻盘的时候，你没看过我那只，小青眼，贯黑水，起块状粗沙，嘴是大钉子嘴，尾是铁尺尾，全身是硬毛，生一双牛筋脚，猫爪、鸭胸、鸡背。

　　猫爪鸡背，打死不退！

　　对！猫爪鸡背，打死不退！冯愉快听得兴奋，冲口而出，眼里也跟着闪出一把刀来，像当年在水巷子看他老子杀猪时喷出的猪血。狗日的，他大声道，狗日的，他也有今天。然后腾地起身，一脚踢在桂花树上，人往所里钻。

干吗子去？滚月光看一眼无辜摇晃的桂花树，有点蒙，这些城里人，一阵一阵，抽风似的。

送雀。冯愉快人已不见，只抛下一句话，滚月光正想呢，人又跑出来了，提了只鸟笼子，越过他，直直往小公园湖边跑过去，滚月光眼见着他把鸟笼子送了一老头，又屁颠屁颠跑回来，吭哧吭哧坐回他身边。

我说啊，大半辈子的，没想到……咱哥俩素不相识，你倒是替我了了桩心愿。冯愉快喘着气，长叹着，完成宏伟大业一般闭上眼。

啥？滚月光还想着那只小青眼，没听明白。

打败袁百里。冯愉快没头没脑地说，生当作人杰，死亦为鬼雄。

滚月光跟他接不到一个频道，顿了顿，怅怅地叹口气。

打败他。冯愉快刚喘匀，火气又嗖嗖上来，他妈的，我也买过一只胆巴青，跟姓袁的斗过一回，一上去就招他那只一嘴。他奚落老子，说，在他面前，老子和老子的雀都是叫雀，只能打个响声，没用。这杂碎，我跟你说，我猜他早就认出我了，他就是故意假装不认识，你想想，我这张脸，我这名字，轻易能让人忘记吗？就像你这发型。

滚月光扭头看冯愉快一眼，不禁失笑。

可不是笑嘛，冯愉快长得古怪，阔额深眼，而且眼睛还有点斗。

笑个鬼你笑，真是个憨憨。冯愉快看着憨厚又忧伤地微笑着的滚月光，叹息，可惜了，要是不和姓袁的斗，能斗败胆巴青的小青眼，卖也能卖一二十万……也能抵点民工工资。你也是，晓得他这个人输不起，又一直在拿捏你，你和他斗个啥子呢？

滚月光长叹口气，说，我哪里知道啊？昨天遇到他从万佛山下来，他说，一直想找个雀，好好斗一斗，胆巴青很久没找到对手了，他愁得很。我就想，让小青眼上一架，输了讨他个高兴，赢了就把小青眼送给他。

你还敢想让小青眼赢？

为什么不敢？本来，在我们山里，斗雀是最公平的事情，寨老的雀给人斗败了也从来没有二话说的……只是这城里的人和事，我真是想不明白了，我的雀更不明白——我都说了赢了就送给他，他接过去时还嘿嘿直

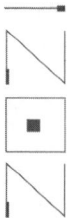

笑，突然，他阴森森地把手伸进笼子，生生一把捏了它！滚月光说到这里，眼圈又红了，难受得直摇头。早知道我就不该在山里把它捕来；早知道，我也不该从山里到城里来。这世上，怎么会有这么狠的人。

说罢，滚月光低下头，好半天不言语，末了，拍拍裤子，仿佛有灰，又仿佛即将起程去往某处，他看着水泥地，呢喃，我讨不到公道就算了，但我得替我的雀子讨公道，不是我想砍死他，是他自找的。

吱一声刹车声，派出所的警车正好回来，年轻的所长刚下来就听到这句，吓得打了一半的哈欠都回去了，一脸警惕地盯着滚月光——你想搞哪样？

我不搞哪样。滚月光困乏地站起身，一整夜没睡觉，看来谁都困得很，他裹紧棉睡衣，疲倦沧桑地前行，太阳已经高高升起，花园里的小湖面泛着冷冷白白的光，对他来说，寒闪如时间和高利贷的利剑。

所长转身进大院，才迈进一条腿，手机响了，他接了电话，哦一声，又点点头，迈进另一条腿，再哦一声，突然声音飙高，啊？什么？啊！

抓住他！年轻的所长慌乱地转身，差点绊倒在门槛上，他边跑出院门追滚月光边大声叫着，叫声因亢奋而急促、尖锐、刺耳——快抓住他，受害人醒了，说是……一个头顶绾着鬏鬏的男人……叫人……砍的他。

滚月光回过身来，还没反应过来是怎么回事，眼见着一群警察轰地扑上来，把自己摁翻在地。

滚月光的胳膊、手和腿被强摁在粗糙的水泥地面上，扭曲成奇怪的形状。天光刺眼，冬日惨白的阳光照耀在他脸上，他眯起眼，从十来条裤管中间的缝隙中看出去，看到跑上前来、一脸惊诧且愤怒的冯愉快。

你们干什么！冯愉快冲上来，扒拉开如狼似虎的小警察们，干什么！干什么！不是他。

所长年轻的胸膛激动兴奋地起伏着，举着手机，指着滚月光的发髻说，老冯，你不要在这里鬼扯，刚才医院来电话，袁百里醒了，他提供的线索就是这样，一个绾发髻的男的。

放他妈的屁！冯愉快愤而冷笑，他们一个寨子里的男人都是这个发型，你都抓喽？

老冯！所长警告。

老冯老冯，你他妈当年刚进所里来叫老子冯老师！你爹叫老子冯哥，几天过去，你和你爸串辈儿了？叫起老子老冯！冯愉快表情狰狞，破口大骂着，钻进人缝，一把抓起滚月光——起来。

滚月光软软站起身来，摇摇欲坠，他不说话，目光如灰，从警察们扑向他那一刻起，他明白了，这个城市从未接纳过他，在这里，他永远是一个外来的质地和细胞。而袁百里，劫后余生都还要如此恶毒地栽赃陷害到自己身上，无非是为了掩饰更大的真相——能拿刀去砍袁百里的人，不是他最亲密的战友，就是他最可怕的敌人，无论是谁，袁百里这样的人，都不愿意将他暴露在公安或纪委的眼皮底下。他并不笨，他只是憨厚而已，历经了这生不如死的数月，他已经懂得了许多以前从不曾懂得的东西。

这城市伤了他的心，他本来是那么爱它。寨老说过，山里的树挪到城里没法活，他非不信。

他冲着冯愉快摇头，再摇头。

冯愉快也冲着他摇头，和他不同，冯愉快的表情古怪，甚至带着隐隐笑意。

十

是的，他很开心，只有他自己明白自己为什么突然这么开心。冯愉快边把滚月光从警察堆里拉出来，边呵呵笑。

年轻的警察们诧异地看着他，跟看个神经病似的。他视若不见，眼前重现的是旧日的记忆。水巷子里，他老子手起刀落，猪血喷了一地，红彤彤的，着实痛快。

那欢快又悲伤的岁月啊……要是没有袁百里，他的人生应该完全是另外一个样子吧？本来他长得好好的，考个二本大学问题也不大，突然冲出来袁百里这么个胆巴青，一嘴就叼死了他。死了就死了吧，袁百里长着长着偏偏又长残，好好的斗雀不做，要当平头哥。人要是狠毒到这地步，基本就完蛋了。

简直对不起冯愉快为他白白耗进去的半辈子光阴。

想到这里，冯愉快有些悲壮，他定定神，看着强压怒火直盯着他的所

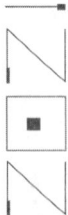

长，认真地警告他，以后叫我冯哥。

所长瞪他一眼，要恼不恼的。恼吧，刚才都给点穿了，以前还叫过叔呢。不恼吧，一个破值班干杂活儿的，真把自己当人物了？只好哼哼。

冯愉快说，哼个屁，又不是吃食拱槽的猪。月光兄弟我先交给你们，好好待人家，烟茶伺候着。我去医院一趟，个把小时回来。

所长忍耐到极限，冷冷地说，你想干什么？

不干什么，会个旧友，叙叙旧。

冯愉快说完，上了院门口的警车，轰一声开走了。

十一

门开了，一道强烈的光照进询问室，冷冽的空气新鲜残酷地扑进来。滚月光打了个冷战，瞥了一眼光芒中间那个瘦长的影子。

他并不在乎进来的人是谁，他只知道，又过去一个上午了，新年的脚步越来越近，医院里的袁百里现在正掐着他的生路。也许，他真的迎不到明年热闹的鼓藏节了。

可是，如果他死了，寨里那棵树怎么办，他还年轻，那棵树也还年轻，不足以成为他容身的棺木，真是可惜了树。

喂。

逆光中，他听出来，是冯愉快的声音。

没事了，回家吧。

他不动。

你什么也没干，没找人砍他。走吧。

他当然什么也没干，他当然知道自己没找人砍他，他眼下穷得连找人砍袁百里的钱都没有。

可他哪敢回家？说不定门口一堆堆堵着催材料款的、要工资的。

一个夜晚又半个白天过去，他仿佛已经不关心高利贷的事情了，再高又怎样？生是一堆债，死是一条命。丢不下的是那些一起从寨子里出来的亲友和兄弟，他欠着他们工资，那些都是血汗钱，用夏天四十度高温下的汗水和冬天冻僵冻烂的双手换来的血汗钱。

叫你走就走嘛，难道还想住在派出所？回家，车到山前必有路。冯愉快仿佛知道他心里在想什么，走过来拍拍他的肩膀，亲密地搂了他。

滚月光不自在地躲了一下，困惑地看向冯愉快。

不是不报，时候未到。冯愉快再次亲密地搂住他的肩，把嘴凑到他耳朵边，轻声说——从他拆迁一路走到现在，我有他大把大把的证据。刚才老子去医院，只给他看了十八罗汉中三罗汉家里老房子的照片，他那双鬼眼就吓得定定的。

什么十八罗汉？滚月光越来越听不明白。

水巷子。冯愉快笑起来，他忘记了水巷子拆迁时，里面还住着个窝囊的老同学，拆迁钉子户的十八罗汉，水巷子有三个，他做过手脚的三栋房子，我全部三百六十度无死角拍照做过记录，外带测量尺寸统计。我跟你讲，在派出所混饭吃有好处，学得到真东西，现场取证拍照这一块，现在的所长都得叫老子师爷。

然后呢？

改口了，不敢栽赃你了。老子要求他立马安排局里给你做审计。那龟孙子气得一副要咬老子卵的样子，哈，老子就喜欢看他想咬老子又不敢咬的样子。冯愉快咪咪咪笑着，提提对他来说略显宽松的警服裤腰，脸上充满甜蜜的回忆。

滚月光想笑，又笑不出来。

黑夜给了我黑色的眼睛，我却用它寻找光明。冯愉快声情并茂地朗诵完，立刻换一副急不可耐的表情，推搡着滚月光往外走——走吧走吧，还有半个多月才过年呢，一切都还来得及。只有姓袁的来不及，我跟你说，等审计结果一出来，老子就送他进纪委。

和冯愉快的轻松快活不一样，滚月光实在是回不过神来，这二十四个小时里，他到底遇到了什么？冯愉快手里明明有袁百里的证据，为什么又偏偏要等到现在？一个一直被袁百里的阴影逼在角落里生存的老警察，活得当初带出来的徒弟小所长都只愿意叫老冯，突然间佛光照耀大地，搞得之前像是来历劫似的，说不过去啊。

谢谢你。滚月光不知道说什么好，半天挤出一句。

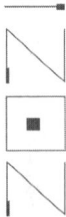

指不定谁谢谢谁呢。冯愉快有点羞涩地抹抹鼻尖，低声说，月光，咱俩不一样。你恨袁百里是有道理的，袁百里太恶毒，但你一直砍不下去，因为你善良，直到为了小青眼。我也恨袁百里，可我当年恨他其实是没有道理的——那时候大家都在念高中，人家只是比我优秀而已，我恨他完全是因为我他妈心眼狭隘。后来这么多年跟踪他，窥探他，纯属变态——总而言之，我是个卑鄙的人。我拿着他那么多证据，但我实在找不到一个高尚的理由来为人民除害，包括什么反腐——因为我自己心里头清楚，那些只是借口，我心里住着的是个猥琐小人冯愉快。直到今天，为了你，我拿出来了，也放下了，他妈的，几十年，不容易啊。堵得慌着呢。

滚月光默默看着冯愉快，好半天，极认真地说，我们可以喝血酒的。

好，喝血酒。一提到血，冯愉快忍不住打了个干呕，强撑着说道，大碗的，老子和你喝！

那个……先前，就是刚才的前面的前面——你叫我月光？

冯愉快一巴掌打在始终处于迟钝状态且完全与他的节奏不合拍的滚月光肩膀上，佯装生气地大声喊，月光，滚月光，你明明姓滚，怎么这么慢？

滚月光缓缓咧开嘴，缓缓笑起来，灰暗的眼神渐渐有了微亮的晶莹。这是他第一次听到寨子里以外的人叫他月光，也是第一次在城市里听到一个人郑重其事地叫他滚月光时，明明用着揶揄的语气，却又那么温暖。

真好。

关于事态的突然变化，他脑子依然有点转不过弯，但是他在门和窗户透进来的光和空气中实实在在闻到了鲜活的尘世味道。那是在阳光下生长的枫树散发出的清香味道，那是灯心在家里炒的香椿鸡蛋的味道，也是……此刻冯愉快有点邋遢的头发间散发出的油汗味道。

这个冯警官，如果在山里，一定是棵油桐树。

十二

大年二十九傍晚，滚月光付完最后一笔账，收到了冯愉快的短信。

搞定？

滚月光拨了他的号码，才响一响，冯愉快开心的嗓音立即就传了过来。月老总，还要拿着刀去砍人不？

滚月光不好意思地嘿嘿笑，想道谢，又觉得说什么都太轻，舌头转了半天，还是嘿嘿。

别尽嘿嘿呀，月光，你知道那天我从袁百里那里出来，都走到病房门口了，袁百里叫我什么咯?

狗日的。滚月光心情舒畅，开起玩笑来。

滚! 冯愉快笑骂，滚到月亮上去——我跟你说，那家伙装了二十来年终于装不下去，直接炸毛了，咬牙切齿叫我——冯——愉——快。他妈的，他到底把老子名字叫了出来，老子就知道，他一直认得老子!

滚月光陷入沉默，冯愉快的心情他明了。名字生来是给人喊的，但这世上，终有许多人，一辈子都被人忽略掉名和姓。那些滚月光一直接接送送的人，那些从不在乎滚月光是谁的人;那些曾经叫冯师傅冯大叔冯大哥最后叫老冯的人。滚月光一直把他们放在心上，耿耿着。冯愉快也是。

还好，万物都在努力生长。于是城市里有了一棵名叫月光的树，也有了一桶叫愉快的水，彼此记住了名和姓，深深珍藏在心里。

冯愉快知道，不光是他们彼此，即将被某部门"召见"的袁百里也会深深记住这两个名和姓。

冯愉快警官，你是个好人。滚月光真诚地说，要是没有你，我就是一棵死在城里的树。

冯愉快在电话那头说，非也，我是个龌龊的人，卑鄙了半辈子。

你不是。滚月光边替灯心把回家的行李放到车上，边从她手上抱过儿子，亲了一口，儿子身上暖暖的奶香味让他倍加珍惜这一刻自由蓬勃又真实的生活。他对着手机说，你是个好警察，是个好人。

那边沉默了几秒，然后是尴尬的咳嗽声——那个，我不是警察，我只是个辅警，也就是协勤。那天做你笔录，其实不合法，我他妈还装模作样来着，你记得你不? 你一倒，吧嗒，昂面摔地上了。

滚月光回忆着两个人初识的那一幕，爆笑起来。有新年的烟花在暮色四合的城市边缘绽放，天空在夜色与暮色交错之间，呈现出梦境和现实交替的质感，烟花像绣在上面的魔法，瞬间闪亮又瞬间消失。

但是滚月光知道，它亮过，就像芸芸众生或流星，天空中努力绽放光

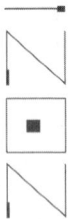

芒，只要闪烁过，它就一直在。

原载《民族文学》2021年第1期

点评

《你的名字》从一个特殊的视角切入了时代现场，讲述了一群小人物的奋斗史和心灵史，并通过他们的生活史展现了丰富宽阔的社会生活，有着鲜活的时代感和温热的现场感。

滚月光，这棵来自山寨的枫香树，带着山野给予他的力量与善良，力求在城市的丛林中扎根。他在波涛汹涌的城市中，艰难地寻找着自己的位置——用质朴真诚赢得了一声"滚总""六米宽"，那是他在城市里第一次探出头伸出自己的叶脉和想法。滚月光带着真挚的向往看待这个城市，期待着自己能在这里扎根成长。然而，当他遇上"活菩萨"一般的老包和"非洲蜜獾"一般的袁百里，这棵旺盛的枫香树，却成了一块桩子、料子，被无情利用；这抹带着山野间浪漫的月光，却成了一只小鸟雀，被玩弄拿捏，成了一截没有尊严的木桩。

冯愉快，这个来自杀猪匠家的怂蛋，五行缺刚的斯文人，带着血腥和斥责给他的怯懦与隐秘的野性，力求在人生路上找寻价值。他在一步步成长的路上，对袁百里"仇人"一般的关注，让他苦涩的青春愈加晦暗，这晦暗甚至成了他前半段人生的底色。但滚月光的出现提供了一个实现自我救赎的机会，他利用职业经验，拯救了滚月光这棵即将枯死的乡野之树，也将笼罩在自己生命中的阴影彻底祛除。

作者让故事在戏剧性中发展，在各种巧合之中，人物完成了自我成长，实现了自我救赎。小说中有一个山野与城市的对照结构，山野的赤诚与质朴，城市的诡秘与阴谋，交织在滚月光这一人物身上，让一棵乡野之树到底能否在城市存活的宏大命题始终回响在文本之中，成为小说更加开阔的题旨所在。

（崔庆蕾）